PASCAL ENGMAN

MÖRDERISCHE WITWEN

EIN FALL FÜR VANESSA FRANK

AUS DEM SCHWEDISCHEN VON
NIKE KAREN MÜLLER

TROPEN

Das vorangestellte Zitat entstammt der Übersetzung von Hanns Grössel und erschien zuerst in folgender Ausgabe: Tomas Tranströmer, *Sämtliche Gedichte*, herausgegeben von Michael Krüger, Carl Hanser Verlag, München 1997, S. 195.

Tropen
www.tropen.de
Die Originalausgabe erschien unter dem Titel »Änkorna« im Verlag Bookmark, Schweden

Cover: Gestaltung: Zero-Media.net, München
unter Verwendung einer Abbildung von © FinePic®, München
Gesetzt von C.H.Beck.Media.Solutions, Nördlingen
Gedruckt und gebunden von CPI – Clausen & Bosse, Leck
ISBN 978-3-608-50515-3
E-Book ISBN 978-3-608-11862-9

Für Linnea. Ich liebe dich.

böse Idealisten sind es, und was sie auf dem Hinterhof
der Greuel getan haben, kann ich nicht beschreiben,
kann nicht Blut in Tinte verwandeln.

Aus dem Gedicht »Carillon« von Tomas Tranströmer

Die Presseagentur AP berichtet unter Berufung auf Quellen aus militärischen Abschirmdiensten in Europa und dem Irak, dass mindestens 400 IS-Terroristen ausgebildet worden seien, um Anschläge in Europa zu verüben. Diese seien in mehreren Zellen organisiert, mit dem Ziel, eine ganze Reihe von blutigen Attentaten zu begehen.

Laut eines hochrangigen Offiziers des irakischen Geheimdiensts habe sich die Zelle, die sich zu den Terroranschlägen von Paris bekennt, nach Deutschland, Großbritannien, Italien, Dänemark und Schweden verzweigt.

Der Islamische Staat verfügt nach eigenen Angaben über Trainingslager in Syrien, im Irak und in ehemaligen Sowjetstaaten, in denen die Dschihadisten ein Spezialtraining absolvieren.

Wie eine nachrichtendienstliche Quelle berichtet, würden die Männer in Kampftechniken und Überwachung ausgebildet sowie im Umgang mit Sprengstoffen. In der Vergangenheit seien die Attentäter lediglich einem mehrwöchigen Spezialtraining unterzogen worden. »Nun hat man die Strategie geändert und Spezialeinheiten geschaffen. Die Ausbildung dauert bedeutend länger«, so der Informant.

Radio Sverige beruft sich auf Angaben des investigativen Nachrichtenformats »Panorama« der BBC, laut denen der IS über ein Netzwerk aus 1500 als Terroristen ausgebildeten Rekruten verfügt, die neue Anschläge in Europa planen könnten.

Presseagentur Omni, 23. März 2016

Vanessa biss sich so kraftvoll auf die Unterlippe, dass sie Blut schmeckte. Sie schloss die Augen und drückte gleichzeitig die drei Knöpfe. Hinter ihren Lidern begann es zu flimmern. Sie barg das Gesicht in der Achselhöhle und machte sich vor Verzweiflung so klein sie konnte.

Sie wollte nicht sterben. Nicht jetzt. Vor ein paar Jahren hätte sie nichts dagegen gehabt, aber das war nun anders. Seit Celine in ihrem Leben eine Rolle spielte und ihr einen Grund gegeben hatte zu kämpfen. Um etwas Schönes. Wunderbares. Celine verließ sich auf sie, und sie brauchte sie.

Drei.

Tränen traten ihr in die Augen. Ihre Lippen bebten, ihre Halsmuskeln brannten, als sie den Rücken durchdrückte und sich zwang, aufrecht zu stehen. Sie wollte nicht in gebeugter Haltung sterben. Das wollte sie den Terroristen nicht gönnen. Niemand würde jemals erfahren, wie sie die letzten Sekunden ihres Lebens verbracht hatte, aber sie würde es wissen. Sie redete sich ein, dass das tatsächlich etwas bedeutete.

Zwei.

»Mörder, verfluchte«, flüsterte sie.

Sie sog Luft in ihre Lunge und begriff, dass dieser Atemzug ihr letzter sein konnte.

Eins.

PROLOG

Gelegentlich kam es vor, dass die zweiundzwanzigjährige Molly Berg in den Mittelmeerraum zu palastähnlichen Villen geflogen wurde, wo sie die meiste Zeit mit Warten verbrachte, um anschließend mit einem dicken Kuvert voller Scheine wieder nach Hause zurückzukehren, und alles, was sie dafür tun musste, war, Däumchen zu drehen. Immerhin konnte sie sich mit ihrem Mobiltelefon beschäftigen oder sie las Bücher. Diesmal hatte ihr ein Wachmann mit finsterer Miene das Telefon weggenommen, als sie an Bord der rund 45 Meter langen Luxusjacht Lucinda geklettert war. Das Buch, das sie zurzeit las, *Der Mann mit der Ledertasche* von Charles Bukowski, hatte sie zu Hause in ihrer Wohnung in Barcelona vergessen. Im Fernsehen liefen nur spanische Sender, und obwohl sie bereits seit einigen Jahren in Spanien wohnte, war ihr die Sprache fremd geblieben. Das Honorar war jedoch besser als sonst: fünftausend Euro, pro Tag.

Durch das Bullauge der luxuriösen Kajüte konnte Molly die mallorquinische Küste und den Hafen Puerto Portals sehen. In den Geschäften und Straßencafés herrschte reges Treiben, die Luxusjachten lagen am Kai vertäut. Touristen schlenderten an ihnen entlang und fotografierten sich davor. Für die größten Jachten wie die Lucinda war kein Platz im Hafen selbst, und so lagen sie direkt vor der Mole fächerförmig verteilt vor Anker.

Molly knurrte der Magen. Sie schaltete den Fernseher aus und warf die Fernbedienung auf das Doppelbett. Als sie in die Kajüte gebracht worden war, hatte man ihr aufgetragen zu warten, bis sie jemand holen würde.

Sie trat vor den Spiegel.

»*A girl's gotta eat*«, sagte sie mit verstellter Stimme.

Dann todernst: »Hör auf mit den Selbstgesprächen.« Sie drückte mit Zeige- und Mittelfinger auf ihre Nasenwurzel. »Na gut, entschuldige, Molly«, sagte sie näselnd.

Dann steckte sie sich die dunklen Haare hoch und zog ein schwarzes T-Shirt über ihr Bikinioberteil.

Im Korridor war niemand zu sehen. Auf dem Weg nach achtern kam sie an vier geschlossenen Türen vorbei und erreichte eine Treppe. Ein Mann in weißer Kellner-Livree war auf dem Weg nach unten und blieb abrupt stehen.

»*The kitchen?*«, fragte sie mit einem Lächeln. Der Mann starrte sie wortlos an. Molly legte eine Hand auf ihren Bauch und machte eine kreisende Bewegung. »*Food. I'm hungry.*«

Der Mann bedeutete ihr zu folgen. Er zog eine Stoffserviette aus der Gesäßtasche und trocknete sich damit die Stirn, dann blieb er vor einer Tür aus Holz stehen und zeigte darauf.

Molly trat in ein kleines Restaurant. Direkt vor sich registrierte sie eine Glastür, die an Deck führte. Fünf runde Tische warteten auf Gäste, an den Wänden hingen nostalgische Schwarz-Weiß-Fotografien von Schiffen. Vor einem der Fenster standen silberne Platten mit frischem Obst und einem Kühler mit Eiswürfeln für Mineralwasserflaschen.

»Ich habe mir da eher einen Hamburger vorgestellt, elender Geizkragen«, murrte sie und bedachte das Obst mit einem strafenden Blick. Das hellblaue Meer draußen war verlockend.

Sie nahm sich ein Mangostück, schob es in den Mund und leckte sich die Finger ab, dann umrundete sie die Bar auf der Suche nach Snacks. Zog eine Schublade auf, in der San-Miguel-Flaschen lagen. Sie nahm zwei heraus, malte einen Smiley auf eine beschlagene Flasche und stellte beide auf die Bar. Beugte sich wieder vor, suchte weiter, stieß auf eine Tüte Chips und Cashewnüsse.

»Gott sei Dank«, murmelte sie.

Sie drückte die Schublade wieder zu und hörte, wie die Tür zum Deck aufging.

Sie schnappte sich eine Bierflasche und versteckte sich hinter dem Bartresen. Zwei Männer redeten leise miteinander. Als die Stimmen näher kamen, hörte sie, dass sie Arabisch sprachen.

»Sind die Märtyrer so weit?«

»Sie warten auf das Okay. Sie sind sehr demütig und haben lange gewartet ...«

Seine Stimme war heiser, und Molly konnte den Rest nicht mehr verstehen. Sie rührte sich nicht, hielt den Atem an und bereute es, dass sie sich versteckt hatte.

»Und das Ziel?«

Einer der Männer machte eine Flasche auf. Er ließ die Verschlusskappe fallen und fluchte.

»Stockholm, die Hauptstadt.«

»Wann?«

Ein Teller schepperte, die Stimmen wurden leiser, und die Männer entfernten sich wieder Richtung Deck.

Molly atmete langsam aus und kam vorsichtig auf die Füße. Sie ließ ein paar Sekunden verstreichen, ehe sie die Chips, das Bier und die Nüsse an sich nahm. Sie stellte sich neben der Tür an die Wand und spähte Richtung Deck. Die Männer waren nicht zu sehen. Eilig kehrte sie in die Kajüte zurück.

Mit zittriger Hand führte Molly ein paar Chips zum Mund und kaute mechanisch. Das Hungergefühl war weg. Sie war sicher, dass sie sich nicht verhört hatte. Die beiden Männer hatten von einem Terroranschlag auf Stockholm gesprochen.

Im Laufe der Jahre war sie zwangsläufig einigen Dreckschweinen begegnet, Männern mit Macht und Geld, die die Frauen, für deren Gesellschaft sie bezahlten, schlimmer als Vieh behandelten. Männer, die es genossen, sie zu demütigen und grob zu sein. Sie hatte jedoch noch nie um ihr Leben gefürchtet. Nicht ernsthaft. Dieses Mal war es anders, sie spürte die Angst mit jeder Faser ihres Körpers.

Niemand wusste, wo sie sich aufhielt. Ihr Vater glaubte, sie würde in einer Modeboutique in Barcelona arbeiten. Er hatte nicht einmal ihre Adresse. Und Marc, der Mann, der ihre Einsätze koordinierte, würde keinen Finger rühren, wenn sie verschwand.

Doch auch wenn sie entdeckt worden wäre, konnten sie nicht wissen, dass sie Arabisch verstand. Sie hatte einen schwedischen Pass. Sie sah vielleicht nicht typisch skandinavisch aus, aber auf keinen Fall arabisch.

Sie erhob sich vom Bett, als Motorengeräusch vom Wasser her näher kam.

Es klopfte an der Tür, und sie musste unfreiwillig husten.

»*I'm coming*«, rief sie. Sie prüfte, ob ihre Frisur akkurat saß, und machte auf. Draußen stand ein Wachmann, in weißem Hemd und mit einem Holster quer über der Brust.

»*I need you to come with me*«, sagte er.

Ein kleines Boot hatte soeben von der Lucinda abgelegt und hielt Kurs auf Puerto Portals. Achtern stand ein Mann mit einer blauen Cap. Vielleicht war er einer der beiden Männer, die sie vorhin gehört hatte?

Das Motorboot legte am Kai an, der Mann sprang behände hinaus, und das Boot fuhr wieder zurück.

In den folgenden Tagen würde sie das einfältige Luxus-Escort spielen. Unter keinen Umständen durfte jemand herausfinden, dass sie Arabisch sprach.

Molly machte an der Schreibtischkante das zweite Bier auf, trank einen großen Schluck und wischte sich den Mund ab.

TEIL I

EINS

Auf der Fahrbahn des Valhallavägen stand das Wasser. Der Regen ging auf Vanessas schwarzen BMW nieder. Ein Blitz erhellte das Dunkel, und sie begann zu zählen. Bei fünf knallte der Donner und übertönte die Nachrichtensprecherin im Radio.

»Sturm Gertrud erreicht Stockholm im Laufe des Freitagabends«, verkündete eine ernste Frauenstimme. »Die Bevölkerung wird gebeten, zu Hause zu bleiben und nur im Notfall das Haus zu verlassen.«

»Shit«, murmelte Vanessa und nahm den Blick von der Straße, um das Radio leiser zu stellen.

Im nächsten Augenblick machte sie eine Vollbremsung, als ein Fahrradfahrer in einem Affenzahn die Straße kreuzte. Um Haaresbreite hätte sie sein Hinterrad touchiert.

Gertrud. Warum bekamen Stürme keine vernünftigen, furchterregenden Namen wie Odin oder Thor? Etwas aus der nordischen Mythologie, damit die Leute begriffen, wie ernst es war. Gertrud klang wie eine zerstreute Grundschullehrerin, die Nägel kaute und nach Kaffeeatem roch.

Es hatte so gut wie den ganzen Oktober über geregnet, und nun war es fast Mitte November. Vanessa hatte diese Dunkelheit wirklich satt. Sie kam am Einkaufszentrum Feldöversten vorbei und riss das Lenkrad herum, um einer großen Wasserpfütze auszuweichen, aus der ein Elektroroller herausragte. Ein paar Hundert Meter weiter konnte sie durch die Regenschnüre das Blaulicht erkennen.

Vanessa bog in die Oxenstiernsgatan im Stadtteil Gärdet und parkte in zweiter Reihe vor den Absperrungen, die auf Höhe des Rundfunkhauses aufgestellt worden waren. Sie machte die Autotür auf, drehte sich um und nahm den Regenschirm von der Rückbank.

Im Aussteigen spannte sie den Schirm auf. Ein Windstoß zerrte daran, und Vanessa schwankte. Ein Polizeibeamter in Regenjacke mit hochgestülpter Kapuze musterte sie flüchtig, dann winkte er sie durch.

Vanessa ging nach rechts in die Taptogatan. Drei Scheinwerfer erhellten den Bürgersteig, auf dem ein Mann neben einem SUV auf dem Rücken lag.

Einige Kriminaltechniker in weißen Schutzanzügen waren damit beschäftigt, ein provisorisches Zelt aufzuspannen, sodass der Regen den Fundort nicht kontaminierte. Eine Technikerin bemerkte Vanessa und bedeutete ihr mit einer Geste, stehen zu bleiben. Vanessa hielt zehn Meter von der Leiche entfernt inne und versuchte, den Schirm in einen günstigen Winkel zu drehen, während sie sich umsah. Zu ihrer Rechten mündete der Fußweg in eine abschüssige Rasenfläche. Am Ende der Straße konnte sie die Klettergerüste und Schaukeln des Gustav-Adolf-Parks ausmachen.

Die Technikerin bedeutete Vanessa, ihr zu folgen, und ihrer Statur und Körpersprache nach zu urteilen, war Vanessa sicher, dass es sich um Trude Hovland handelte. Sie schätzte die norwegisch-indische Kriminaltechnikerin, die in ihren Augen ungewöhnlich kompetent war. Außerdem mochte Vanessa ihren trockenen Humor.

Sie stellten sich in einen Hauseingang, und Trude schob den Mundschutz unter das Kinn.

»Rikard Olsson, ein Kollege. Zwei Schüsse in den Rücken.«

Trude wischte sich ein paar Regentropfen von der Stirn.

»Wo hat er gearbeitet?«, fragte Vanessa.

Wieder zuckte ein Blitz über den schwarzen Himmel.

»Team 2022.«

»Bandenkriminalität also.«

Nun war das Zelt über der Leiche aufgestellt. Trude zog den Mundschutz wieder bis über die Nase und ließ Vanessa allein.

In den letzten Jahren waren Drohungen gegenüber Polizisten und ihren Familien häufiger und heftiger geworden. Nicht nur Beamte, die mit Bandenkriminalität zu tun hatten, waren davon betroffen. Bevor Vanessa die sogenannte *Novagruppe* verlassen hatte und zur Mordkommission gewechselt war, war sie ebenfalls bedroht worden.

Sie nahm ihr Telefon zur Hand, um ihren Chef Mikael Kask anzurufen und um Verstärkung zu bitten. Und schob es wieder in die Innentasche zurück, als ihr klar wurde, dass sie seine Nummer nicht in ihrem neuen iPhone gespeichert hatte, das sie früher am Tag einem endlos quasselnden Verkäufer in einem Laden in der Kungsgatan abgekauft hatte. Außerdem hatte sie eine neue Nummer, und ihr Diensthandy lag noch im Auto. Sie hatte eben beschlossen zurückzugehen, um es zu holen, als der uniformierte Beamte, der vor der Absperrung postiert gewesen war, einen Mann in schwarzer Regenjacke über den Fundort führte. Als sie Vanessa bemerkten, kamen die beiden Männer auf sie zu.

Sie drängten sich ebenfalls in den Hauseingang. Der Mann mit der Regenjacke, er war in den Dreißigern, streckte die Hand aus.

»Samer Bakir«, sagte er mit schonischem Dialekt, und Vanessa musste dabei an Zlatan Ibrahimović denken.

»Sind Sie neu?«

Er zog die durchnässte Kapuze in den Nacken und fuhr sich durch das kurze schwarze Haar.

»Aus Malmö. Jetzt bin ich bei den Kapitaldelikten.« Er machte eine Geste in Richtung des aufgestellten Zeltes. »Was wissen wir?«

»Ein Kollege, Rikard Olsson«, sagte Vanessa. Die Männer starrten sie an. Der Funk des uniformierten Beamten knackte, aber er machte keine Anstalten zu antworten. Samer und Vanessa nickten in Richtung Funkgerät. Der Mann fuhr zusammen, wandte sich ab und bat die Zentrale, die Meldung zu wiederholen.

»Wissen wir, ob er im Dienst war?«, fragte Samer.

Vanessa schüttelte den Kopf.

»Können Sie Ihren Chef anrufen und Verstärkung anfordern? Bisher weiß noch niemand, dass der Tote ein Kollege ist.«

»Haben Sie das denn noch nicht gemacht?«

»Neues Telefon, ich hatte noch keine Zeit, die Kontakte zu synchronisieren«, flunkerte Vanessa. Tatsächlich war es aber so, dass Vanessa keine Ahnung hatte, wie das ging.

Samer tastete seine Jacke ab, als der uniformierte Beamte sich zu ihnen umdrehte. Er wirkte erschrocken.

»Sie haben eine zweite Leiche gefunden.«

Samers Hände hörten auf zu tasten und senkten sich kraftlos.

»Wo?«, fragte Vanessa.

Der Beamte benetzte die Lippen.

»Ein paar Hundert Meter von hier im Park«, gab er zurück.

ZWEI

Axel Grystad lag in seinem schmalen Bett, die Hände hinter dem Kopf gefaltet, und betrachtete die Risse in der Zimmerdecke. Der Regen schlug gegen die Fensterscheibe, schien aber etwas nachgelassen zu haben.

Er war betrübt. Morgen würde er sich von seinem neunjährigen Sohn verabschieden müssen, und es würde eine Woche dauern, bis er wieder bei ihm wohnen würde. Die Wochen mit Simon waren es, für die er lebte, der Rest war ein einziges langes Warten.

Er hörte Schritte in der Diele, dann wurde die Klinke gedrückt. Simon, bekleidet mit seinem blauen Pyjama, schob die Tür auf.

»Ich kann nicht schlafen.«

Axel rückte in seinem Bett zur Seite, damit Simon neben ihm Platz hatte.

»Warum denn nicht?«

»Ich habe Hunger.«

Vor ein paar Stunden hatten sie erst Spaghetti mit Hackfleischsoße gegessen, und Axel wusste, dass er Simon eigentlich wieder in sein Bett zurückschicken musste, damit er nicht zu müde war für das Fußballtraining am nächsten Tag. Aber er war einfach nur glücklich.

Er ließ seinen Blick auf Simons Gesicht ruhen.

»Ich auch.«

Axel blinzelte Richtung Fenster und stellte fest, dass der Regen wirklich schwächer geworden war. Dann schielte er zum Wecker auf dem Nachttisch, die roten Ziffern zeigten 21:30 Uhr.

»Was hältst du davon, wenn wir uns was beim Grillimbiss holen?«

Simon strahlte übers ganze Gesicht, ihm fehlte ein Schneidezahn. Er erinnerte Axel an einen Eishockeyspieler, der nach einem Sieg ein Fernsehinterview gab.

»Dann nehme ich diesmal den Dünnbrot-Wrap, den du sonst immer nimmst.«

»Du wirst ihn lieben. Aber wir erzählen Mama nichts davon. Wenn sie fragt, haben die Grystad-Jungs die ganze Woche lang Brokkoli gegessen und sind zeitig schlafen gegangen.«

»Klar, Papa.«

Sie klatschten einander mit einem High five ab. Axel liebte es, wenn Simon ihn »Papa« nannte.

Kurz darauf waren sie in ihre Regenmonturen geschlüpft und aus dem Haus auf die Rådmansgatan getreten. Simon legte den Kopf in den Nacken und sah in den Himmel.

»Es hat aufgehört«, stellte er fest und ließ den Fußball, den er stets bei sich hatte, auf den Gehweg prallen. Er kickte den Ball und rannte ihm hinterher, wendig und geschmeidig. Jedes Mal, wenn Axel ihn so laufen sah, wurde er von Erleichterung und Dankbarkeit übermannt, weil sein Sohn nicht die ungelenke und unterentwickelte Motorik geerbt hatte, die seine Kindheit und Jugend zur Hölle gemacht hatte. Simon hatte sogar Talent. Axel hingegen machte nie Sport. Physische Betätigung war für ihn für immer mit Qualen verknüpft. Er hatte sich nie verletzlicher gefühlt als im Sportunterricht. Zahlreiche seiner besonders demütigenden Stunden hatte er während der Schulzeit in den Umkleideräumen erlebt.

Deshalb hatte er sich zuerst Sorgen gemacht, als Simon ihm erzählt hatte, dass er mit Fußball anfangen wollte. Aber dann hatte Axel keine einzige Trainingseinheit und kein einziges Spiel von Simon versäumt. Es war pures Glück, seinen Sohn hinter dem Ball herjagen zu sehen. Wenn Simon ein Tor schoss, umarmten ihn die Mannschaftskameraden. Manchmal kam es Axel so vor, als würde er selbst über den Platz rennen.

Der Ball blieb in einer Pfütze liegen, und Simon stoppte, nahm den Ball auf seinen Rist und spielte ihn ein paarmal in die Luft.

Das ist Zauberei, dachte Axel, dass das mein Sohn ist und dass er solche Sachen kann.

»Schau mal«, rief Simon und begann, den Ball auf der Stirn zu jonglieren.

Axel wurde ganz kribbelig, wenn er an die Reise dachte, die er für Simon und für sich gebucht hatte. In ein paar Wochen würden sie Simons Lieblingsverein, den FC Barcelona, spielen sehen. Axel hatte sich geschworen, nichts zu verraten vor Simons Geburtstag.

Das Match fand in einer Woche statt, in der Simon eigentlich nicht bei Axel war, aber er hatte Rebecca gefragt, und sie hatte selbstverständlich nichts dagegen. Sie waren beide flexibel und großzügig dem anderen gegenüber, was Tage und Uhrzeiten anbelangte. Axel hörte oft von geschiedenen Eltern, die immer nur stritten, doch für ihn war das ganz einfach. Wenn Rebecca und ihr Mann Thorsten eine Reise machen wollten, die ein paar Tage länger dauerte, dann blieb Simon natürlich länger bei ihm. Sein Sohn war das Einzige, was ihm wirklich etwas bedeutete in seinem Leben, und andere Freunde hatte er nicht.

Selbstredend gefiel ihm sein Job als IT-Techniker bei der Danske Bank. Eigentlich war er überqualifiziert für diese Tätigkeit, und einige seiner Aufgaben waren wirklich simpel. Die Arbeitskollegen könnten allerdings netter sein. Er spürte ihre Blicke, ihr höhnisches Grinsen und Feixen hinter seinem Rücken, wenn er ins Stammeln geriet und kein Wort mehr herausbrachte. Aber es könnte auch schlimmer sein. Alles könnte schlimmer sein.

Axel hatte Simon, Simon liebte ihn, und das war alles, was er brauchte.

Er konnte es nicht fassen, wie er die Barcelona-Reise so lange hatte für sich behalten können. Er beschloss, Simon davon zu erzählen, sobald das Essen auf ihren Tellern lag. Das wäre dann der perfekte Abschluss für diese Woche.

Axel bückte sich und nestelte an seinem Schnürsenkel, der aufgegangen war.

Im nächsten Moment hörte er Autoreifen quietschen. Es durchfuhr ihn wie ein Stoß in die Magengrube, der sich durch den ganzen Körper fortpflanzte. Als er sich wieder aufrichtete, sah er einen dunklen Wagen davonrasen.

Die Fußgängerampel zeigte grün.

Auf dem Überweg lag Simon, reglos.

DREI Vanessa verließ das Gebäude des Senders SVT durch die Drehtür, nachdem sie die vergangene Stunde damit zugebracht hatte, das Filmmaterial von den Überwachungskameras durchzugehen, die auf die Oxenstiernsgatan zeigten.

Es hatte aufgehört zu regnen, sie warf den Schirm in den Kofferraum ihres BMW und sah sich um.

Sie hatten das volle Programm aufgefahren, Blaulichter zuckten über die Fassaden der Häuser ringsum und den grauen Betonkoloss des Fernsehsenders, von den Balkonen und aus den Fenstern spähten neugierige Nachbarn herüber.

Jeder einzelne Streifenwagen in Stockholm war zum Fundort gerufen worden. Sogar die Spezialkräfte waren gekommen und suchten die Umgebung ab. Sie waren bewaffnet, denn es war nicht auszuschließen, dass es sich um die Tat eines Wahnsinnigen handelte. Ein Reporter und ein Fotograf lauerten an der Absperrung, und weitere Journalisten würden ihnen folgen.

Vanessa spähte Richtung Ladugårdsgärdet. Zwei Wagen der Kriminaltechnik waren durch den Matsch des Sportplatzes gepflügt und hatten an der Steinformation gehalten, die an eine kleinere Version von Stonehenge erinnerte. Hier war das zweite Opfer gefunden worden. Sie konnte sehen, wie die Techniker im Scheinwerferlicht ihrer Arbeit nachgingen.

Samer Bakir kam auf ihr Auto zugetrabt. Seine weißen Sneakers waren durchnässt, und die Hosenbeine seiner Jeans hatten braune Flecken.

»Das Opfer ist eine Frau in den Zwanzigern. Ich tippe auf arabische Herkunft, wie bei mir«, sagte er.

»Auch erschossen?«

Samer beugte sich hinunter und machte sich an den schlimmsten Spritzern am Schienbein zu schaffen.

»Erstochen.« Er gab den Versuch auf, den Schlamm zu beseitigen, und richtete sich wieder auf. »Brustkorb und Hals. Was haben die Überwachungskameras ergeben?«

»Nicht gerade viel.« Eine Windböe fuhr in Vanessas Haare, sie schauderte.

»Und was machen wir jetzt?«, fragte Samer.

Wortlos öffnete sie die Autotür und setzte sich auf den Fahrersitz. Startete den Motor und drehte die Heizung hoch. Samer nahm den Beifahrersitz in Beschlag und rieb sich die Handflächen, um die Blutzirkulation in Gang zu bringen, während er sich umsah.

Es klopfte an der Seitenscheibe, und Trude Hovlands Gesicht tauchte auf. Sie hielt einen verschließbaren Plastikbeutel mit einem Mobiltelefon hoch. Vanessa bedeutete ihr einzusteigen.

»Rikard Olssons Handy«, sagte Trude.

»Was ist mit dem Code?«, wollte Samer wissen.

»Unbekannt bisher.«

Vanessa wog das Smartphone in der Hand. Sie war frustriert. Zwei Morde an einem Abend, in einem von Stockholms ruhigsten Stadtvierteln. Sie brauchte etwas Konkretes, damit die Ermittlungen am morgigen Tag Fahrt aufnehmen konnten. Ein Team befand sich bereits in Rikard Olssons Wohnung, die nur wenige Hundert Meter vom Tatort entfernt im Karlavägen lag, direkt gegenüber vom Bürokomplex Garnisonen.

»Wo ist die Leiche?«

»Sie wird gerade abtransportiert«, gab Trude zurück.

Vanessa machte die Autotür wieder auf und ging Richtung Taptogatan, Samer und Trude im Schlepptau. Zwei Männer trugen die Bahre mit Rikard Olssons Leiche gerade zum Wagen, und Vanessa rief ihnen zu, kurz zu warten. Sie zog das weiße Tuch zurück und deckte den Oberkörper des Polizisten ab. Drückte den Knopf seitlich am iPhone und drehte das Display dem Gesicht des Toten zu, um die Gesichtserkennungsfunktion zu aktivieren.

»Danke«, sagte sie und legte das Tuch wieder zurück.

Während die Leiche eingeladen wurde, schauten Trude und Samer über Vanessas Schulter auf das Telefon. Zuerst erschien das Foto von einem Kind auf einer Schaukel. Vanessa seufzte und tippte links unten den grünen Punkt mit dem weißen Hörer an, um die letzten Telefonverbindungen aufzurufen.

»Das ist ja Wahnsinn«, rief Samer aus.

»Die Kollegen sollen auch gleich die Audiodatei raussuchen«, sagte Vanessa.

Die letzte Nummer, die Rikard Olsson angerufen hatte, war die 112. Der Anruf war um 19:04 Uhr eingegangen und hatte 23 Sekunden gedauert.

VIER Axel Grystad durchlitt den schlimmsten Albtraum seines Lebens. Er war mehr als einmal überzeugt, dass er schlief, und kniff sich in den Unterarm.

Er ging in dem kahlen weißen Korridor der Universitätsklinik Karolinska auf und ab, Simons Fußball gegen die Brust gedrückt. Kurz zuvor waren die Türen des Saals aufgegangen, in dem sein Sohn notoperiert wurde. Sechs Personen in grüner OP-Kleidung und Mundschutz standen um Simons kleinen Körper herum. Axel begriff, dass sie mit allen Mitteln darum kämpften, Simons Leben zu retten.

Diesen Anblick würde er nie vergessen.

Jedes Mal, wenn er blinzelte, hatte er die Szene vor Augen.

Als er Simons reglosen Körper auf der Straße liegen sah, war sein erster Impuls gewesen, ihn ins Auto zu tragen und ins Krankenhaus zu fahren. Das wäre schneller gegangen, als erst auf den Krankenwagen zu warten. Dann war eine Frau Mitte fünfzig angelaufen gekommen. Sie war Krankenschwester und hatte erklärt, Simon könne Rückenmarksschädigungen davontragen, wenn man ihn bewege, ohne ihn vorher zu stabilisieren.

»Ich habe den Krankenwagen schon gerufen, er ist unterwegs«, hatte sie außer Atem gerufen.

Sieben Minuten später war er eingetroffen. Axel hatte auf der Bordsteinkante gesessen, das Gesicht in den Händen vergraben, während die Sanitäter mit der Krankenschwester geredet hatten. Sie hatten Simons Verletzungen rasch untersucht, die Halswirbelsäule fixiert und ihn dann auf eine Bahre gehoben. Wie gelähmt hatte Axel danebengestanden und war sich vollkommen nutzlos vorgekommen. Er schämte sich, dass andere darum kämpften, das Leben seines Sohnes zu retten.

Er wurde aus seinen Gedanken gerissen, als eine junge Krankenschwester auf ihn zukam.

»Sind Sie Simons Vater?«

Axel nickte.

»Er wird noch operiert. Ich bringe Sie zum Warteraum.«

»Wird er wie-wieder g-ganz gesund?«

Die Einzigen, in deren Gegenwart Axel nicht stotterte, waren Rebecca und Simon.

»Wir tun, was wir können«, entgegnete sie und legte ihm behutsam einen Arm um die Schulter. »Kommen Sie mit, hier drüben können Sie sich setzen.«

Sie führte ihn an den Fahrstühlen vorbei in einen anderen, schmaleren Gang, und Axel spürte, wie ihm die Tränen in die Augen traten. Die Schwester bugsierte ihn auf ein Sofa und setzte sich neben ihn.

»Simons Mutter ist auf dem Weg hierher, ich bringe sie dann zu Ihnen«, sagte sie und erhob sich, und langsam verhallten ihre Schritte.

Kurze Zeit später stürmte Rebecca auf ihn zu und schlang die Arme um seinen Hals. Er versuchte zu erklären, aber sie legte einen Finger an seine Lippen.

»Sie haben mir schon alles erzählt.«

Axel wusste nicht, was er sagen sollte. Er wagte es nicht, ihr in die Augen zu sehen. Machte sie ihm Vorwürfe? Meinte sie, er sei schuld? Er hätte natürlich besser auf Simon aufpassen müssen, keine Frage.

»Sie operieren ihn immer noch«, sagte er, um nicht nur hilflos zu schweigen.

Rebecca war bleich, ihre blonden Haare hatte sie zu einem Pferdeschwanz zusammengebunden. Er fand, sie sah Simon sehr ähnlich, und er fand, Rebecca und Simon waren die schönsten Menschen auf der Welt.

»Alles wird gut.«

»Es ging alles so schnell. Ich habe mich nur kurz gebückt, um die Schnürsenkel zu knoten …«

»Ich weiß, dass du nie leichtsinnig bist, wenn es um Simon geht.«

»Das stimmt.«

Rebecca griff nach Axels Hand und hielt sie fest. Er lehnte sich zurück und versuchte, ruhig zu atmen.

Zwei Beamte tauchten im Korridor auf, und eine Schwester deutete in Axels Richtung. Er legte Simons Fußball zur Seite und ging ihnen entgegen.

»Ich gehe mal einen Kaffee holen«, sagte Rebecca und verschwand.

Die Polizisten stellten sich mit vollem Namen vor, baten Axel, sich wieder zu setzen, und nahmen seine Personalien auf. Fragten ihn, ob er in der Lage sei, zu schildern, was geschehen war.

Er berichtete, dass das Auto angerast gekommen und über Rot gefahren war. Als er wieder aufgeblickt hatte, hatte Simon reglos auf der Straße gelegen. Der Fahrer hatte nicht angehalten, sondern beschleunigt und war Richtung Roslagstull verschwunden.

Der Beamte musterte ihn mitfühlend.

»Haben Sie die Automarke erkannt?«

»Ich kenne mich mit Autos nicht aus. Es war schwarz, mehr weiß ich nicht.«

»Kennzeichen?«, fragte der Kollege.

Axel schüttelte den Kopf.

»L-leider, es ging einfach zu schnell.«

»Verstehe.«

Die Beamten standen auf, einer der beiden klopfte Axel unbeholfen auf die Schulter und sagte, sie würden sich melden.

Als er sicher war, dass sie gegangen waren, nahm Axel sein Telefon zur Hand und rief das Zentrale Fahrzeugregister auf. Ins Suchfeld gab er das Kennzeichen des Wagens ein: HNC – 106.

FÜNF

Vanessa parkte in der Tiefgarage unter dem Norra-Real-Gymnasium. Der Himmel hatte sich verfinstert, und es nieselte. Obwohl es Freitagabend war, lag die Vasastan verlassen da, bis auf ein Taxi, das an Vanessa vorbeirauschte, als sie die Odengatan querte.

Wie so oft blieb sie am Monica-Zetterlunds-Park stehen und schloss die Augen. Sie lauschte der Musik, die von der Parkbank erklang, die zu Ehren der Jazzlegende dort aufgestellt worden war und rund um die Uhr ihre Songs spielte. Vanessa musste ins Bett, der morgige Tag würde hektisch werden mit einem Meeting um acht Uhr früh im Präsidium. Die Notrufzentrale hatte ihnen zugesichert, die Datei von Rikard Olssons Anruf so schnell wie möglich zu mailen, was vermutlich im Laufe der Nacht der Fall sein würde. Die Identität der toten Frau konnte noch nicht festgestellt werden, weder Mobiltelefon noch Ausweispapiere waren gefunden worden. Bislang war es unklar, ob zwischen den beiden Morden ein Zusammenhang bestand.

Vor dem Haus entdeckte Vanessa ein in Jeans gekleidetes Paar Beine. Sie nahm an, sie gehörten zu einem Obdachlosen, der vor dem Regen Schutz gesucht hatte und eingeschlafen war. Leise näherte sie sich, um die schlafende Gestalt nicht zu wecken, dann fiel ihr Blick auf den rosa gefärbten Haarschopf. Es war Celine Wood, das dreizehnjährige Mädchen, das sie vergangenen Sommer kennengelernt hatte. Bei einem Amoklauf im Stockholmer Stadion war Celine durch einen Bauchschuss schwer verletzt worden und um Haaresbreite dem Tod entronnen. Seit ein paar Monaten wurde sie von Pflegefamilie zu Pflegefamilie weitergereicht, haute immer wieder mal ab und kam zu Vanessa, um sich satt zu essen und sich dann wieder aus dem Staub zu machen.

Celine war abgemagert, und Vanessa fröstelte schon beim Anblick ihrer Jacke, die viel zu dünn war für die Novemberkälte. Sie ging in die Hocke und tippte Celine leicht auf die Schulter.

Das Mädchen schlug die Augen auf.

»Was hast du denn mit deinen Haaren gemacht?« Celine gähnte, streckte die Hand aus und strich über Vanessas neue Pagenfrisur.

»Das sagt die Richtige.«

Nach einer kurzen festen Umarmung gab Vanessa den Türcode ein und ließ Celine den Vortritt, die sich aufrappelte und ins Treppenhaus schlurfte.

In der Diele hängten sie ihre Jacken auf, und Vanessa suchte einen weißen Pyjama heraus, der Celine viel zu groß war.

»Wie lange hast du denn schon gewartet?«, fragte Vanessa.

»Ein paar Stunden, glaube ich. Aber das macht nichts, ich bin ziemlich schnell eingeschlafen.«

»Wie war's in der Schule?«

Celine schwieg.

»Du musst da wirklich mal wieder hingehen.«

Vanessa durchforstete den Gefrierschrank auf der Suche nach etwas Essbarem, während Celine es sich auf dem Sofa bequem machte. Ihre Müdigkeit schien sie abgeschüttelt zu haben.

»Ich habe nachgedacht. Warum sind alle von Greta begeistert, wenn sie schwänzt, aber ich werde dafür nur angemeckert? Das ist echt unfair.«

Vanessa verdrehte die Augen, machte die Mirowelle auf und legte eine Gorby's-Pirogge hinein. Sie stellte den Timer auf eine Minute.

»Greta hat einen großen Plan. Sie demonstriert für den Klimawandel und begehrt gegen das System auf für eine bessere Welt.«

»Ich begehre auch gegen das System auf. Ich bin Punk.«

Celine stand auf und trat an den offenen Kamin, nahm ein gerahmtes Foto vom Sims und betrachtete es.

»Die ist ja süß.«

Das Bild zeigte das syrische Flüchtlingsmädchen Natasja, für das Vanessa vor zwei Jahren das Sorgerecht übernommen hatte. Nun war sie wieder in Syrien, bei ihrem Vater. Vanessa vermisste sie so sehr, dass es wehtat. Jeden Tag hoffte sie, Natasja würde sich melden und ihr sagen, sie würde wieder nach Stockholm zurückkommen.

Die Pirogge in der Mikrowelle war fertig, Vanessa nahm sie heraus, legte sie auf einen Teller und schob ihn über die Kücheninsel. Celine stellte die Fotografie von Natasja zurück und setzte sich auf einen der Barstühle. Ein Drittel der Pirogge verschwand mit dem ersten Bissen.

»Ich versuche, mich eher vegetarisch zu ernähren, aber heute mache ich mal eine Ausnahme. Ich will ja kein undankbarer Gast sein«, meinte sie.

»Noch eine?«, fragte Vanessa.

»Wenn du drauf bestehst«, gab Celine mit vollem Mund zurück. »Ich habe seit gestern nichts mehr gegessen. Aber davor hatte ich zur Abwechslung Burger King. Eine halbe Stunde musste ich warten, bis so ein Reicher seinen halben Whopper nicht mehr haben wollte. Man kann ja sagen, was man will, über die Reichen, aber Geschmack haben sie.«

Als Celine die zweite Pirogge verdrückt hatte, legte sie sich aufs Sofa, und Vanessa ließ sich neben ihr nieder.

»Isst du nichts?«, wollte Celine wissen.

Vanessa schüttelte den Kopf.

»Ich bin nicht wirklich hungrig«, log sie. Die Wahrheit war, dass sie nur noch zwei Piroggen gehabt hatte und Celine sie dringender brauchte als sie selbst.

Celine streckte sich und schloss die Augen. Das Pyjamaoberteil rutschte hoch und entblößte den Bauch. Die Narbe direkt über dem Bauchnabel von dem Einschuss, der sie fast das Leben gekostet hatte, schimmerte weiß.

»Du darfst nicht immer wieder abhauen, mein Herz. Und du musst zur Schule gehen«, sagte Vanessa.

Celine nickte mit einem schwachen Lächeln.

»Kannst du mir nicht die Haare kraulen? Das fühlt sich so gut an.«

Vanessa rückte auf Celines Seite, nahm ihren Kopf auf den Schoß und fuhr mit den Fingern durch das rosafarbene Haar. Es war fettig, verfilzt und roch streng.

Celine kniff die Augen zusammen, eine Träne kullerte ihre Wange hinab und hinterließ eine weiße Spur in ihrem ungewaschenen Gesicht. Mürrisch wischte sie sie weg. Kurz darauf war sie eingeschlafen. Vanessa reckte sich nach einem Kissen, schob es langsam unter Celines Kopf und erhob sich.

Sie zückte ihr Mobiltelefon, die Audiodatei von Rikard Olssons Notruf war eingegangen. Sie schenkte sich ein Glas Wasser ein, nahm sich ihre Ohrhörer, setzte sich auf einen Barhocker an die Kücheninsel und spielte die Datei ab.

»SOS 112, was ist passiert?«, sagte eine Frauenstimme.

Nur schweres Keuchen und schnelle Schritte waren zu hören. Im Hintergrund pfiff der Wind.

Vanessa justierte die Ohrhörer.

»Hallo?«

Rikard Olsson sagte noch immer nichts, nur seine gehetzten Atemzüge, die Schritte und das Rascheln seiner Kleider waren zu hören. Wurde er verfolgt? Alles deutete darauf hin, nicht zuletzt der Umstand, dass von hinten auf ihn geschossen worden war.

»Hallo?«

Die Stimme der Dame von der Zentrale klang angespannt.

Sekunden verstrichen.

»Mit wem spreche ich bitte?«

Ein lauter Knall ertönte. Rikard Olsson schrie auf. Ein spitzer, durchdringender Schrei. Dann ein dumpfer Aufprall. Er musste zu Boden gegangen sein und hyperventilierte. Wimmerte. Dann fiel der zweite Schuss.

»Hallo?«

Knistern. Schritte, die sich entfernten. Sekunden später war es still, nur der Regen ging auf den Asphalt nieder.

SECHS

Es hatte die ganze Nacht geregnet, und eine dünne Eisschicht lag auf den Pfützen vor dem Krankenhaus. Axel Grystad saß der Frau, die er liebte, gegenüber. Doch Rebeccas Hand ruhte auf dem Tisch und berührte Thorstens Hand. Rebecca und Axel waren die Nacht über im Krankenhaus geblieben, Thorsten war nach Hause gefahren, um für Rebecca frische Kleidung und ein paar Hygieneartikel zu holen. Er hatte in der Wohnung übernachtet und war früh am Samstagmorgen wieder eingetroffen. Nun saßen sie zu dritt zusammen und frühstückten.

»Ich bin diesen elenden Krankenhauskaffee wirklich leid«, sagte Thorsten und deutete auf die leere Tasse, die vor ihm stand. Er und Axel hatten jeweils ein Schinkenbaguette gegessen, Rebecca war seit ein paar Jahren Vegetarierin und hatte sich für ein Putenbaguette entschieden, weil alles andere aus war. Die Putenscheiben hatte sie heruntergenommen und sorgsam auf dem Tellerrand aufgereiht.

Thorsten unterdrückte einen Rülpser und kratzte sich im Bart.

»Ich muss kurz verschwinden, möchtet ihr noch etwas?«, fragte Rebecca und schob den Stuhl zurück.

Thorsten und Axel schüttelten den Kopf.

Simon war auf die Intensivstation verlegt worden. Sein Zustand war unverändert, die Ärzte wussten nicht, ob er es schaffen würde. Jedes Mal, wenn Axel die Augen schloss, sah er den kleinen drahtigen Körper vor sich, umgeben von blinkenden Maschinen.

Rebecca verschwand in Richtung Toiletten. Wenn Axel und Thorsten allein waren, wurde die Stimmung zwischen ihnen verkrampft. Sie hatten nichts gemeinsam, außer dass sie in dieselbe Frau verliebt waren. Doch mit den Jahren schien es, als sei das nicht mehr so wichtig. Thorsten begegnete Axel stets mit Freundlichkeit, wenn sie sich auf Geburtstagen begegneten oder Simon abholten. Außerdem hatte Thorsten Simon gern, er behandelte ihn wie seinen eigenen Sohn. Und Simon wiederum liebte Thorsten. Natürlich hatte Axel sich in den ersten Jahren darüber Sorgen gemacht, dass Simon seinen Stiefvater lieber mögen würde als ihn, wer hätte das nicht? Thorsten war witzig, gesprächig und erfolgreich. Machte immer eine gute Figur. Das Maklerbüro, er war einer der Gründer, erwirtschaftete Hunderte Millionen Kronen Umsatz im Jahr. Er, Rebecca und Simon unternahmen ausgedehnte Luxusreisen, im Sommer wie im Winter. Bali, Thailand, Dubai, die Malediven.

Thorsten musterte Axel angestrengt. Er nahm sich von dem Putenaufschnitt von Rebeccas Teller. Im Treppenhaus tapste ein Klinikclown mit weißem Gesicht und roten Haaren vorbei.

»Wie oft habe ich dir gesagt, dass er mit dem verdammten Ball nicht auf dem Gehweg spielen soll?«, sagte er.

Axel überraschte die urplötzlich aufflammende Aggressivität. Er kniff die Lippen zusammen und hielt sich an der Tischkante fest. Aber was sollte er darauf erwidern? Thorsten hatte recht.

»Das ist deine Schuld. Kapierst du das überhaupt? Du bist schuld, dass der Junge halb tot da drinnen liegt. Wenn er stirbt, bist du schuld.«

Jedes Wort, jede Silbe versetzte Axel einen Stich.

Er senkte den Kopf und nickte.

»Ich weiß. Ve-ve-verzeih mir.«

Thorsten verdrehte die Augen.

»Du warst schon immer ein Idiot. Aber das hier … Weißt du, was du für Leid angerichtet hast? Hörst du mir überhaupt zu? Wenn er stirbt, kommt sie nie darüber hinweg. Dann hast du zwei Leben auf deinem Gewissen.«

Thorsten schnaubte, schüttelte den Kopf und schob den Teller von sich weg.

»Aber du kommst damit ja sogar durch. Mit deinem pathetischen Gestammel und deiner schwachsinnigen Visage.«

So hatte Axel ihn noch nie erlebt, auch wenn er wusste, dass Thorsten nicht begreifen konnte, wie Rebecca sich mit jemandem wie ihn für ein Kind entschieden hatte.

»Wenn sie nicht wäre, würde ich dich zusammenschlagen.« Thorsten deutete Richtung Toilettenräume. »Aber du tust ihr leid.«

Rebecca kehrte an ihren Tisch zurück, hielt jedoch plötzlich inne und sah die beiden an.

»Worüber redet ihr?«, wollte sie wissen.

Thorsten stieß einen Seufzer aus und hob abwehrend die Hände.

»Ich habe nur gesagt, wie es ist.«

Rebecca beugte sich zu ihm vor.

»Soll heißen?«

»Dass Axel daran schuld ist, dass wir hier sind. Verflucht, Becca, irgendwer muss das mal aussprechen. Er kommt doch mit allem durch. Er ist ein erwachsener Mann und muss die Wahrheit abkönnen.«

Nun klang er schon nicht mehr ganz so selbstsicher. Rebecca starrte ihn an.

»Du stellst Axel nicht als Schuldigen hin. Verstanden? Nicht jetzt. Nicht, solange unser Sohn da oben liegt und vielleicht …«

Sie ließ sich auf den Stuhl fallen und begrub ihr Gesicht in den Händen. Thorsten legte einen Arm um sie, doch sie zuckte zurück. Er seufzte erneut.

»Ich brauche frische Luft«, sagte er gereizt, griff sich seine Jacke, schob die Hände in die Taschen und strebte mit langen Schritten auf den Ausgang zu.

Axel wusste nicht, was er sagen sollte. Es brach ihm das Herz, Rebecca so traurig zu sehen, und er schämte sich dafür, dass er einen Keil zwischen Thorsten und Rebecca getrieben hatte. Er hätte besser für sich selbst sprechen sollen. Trotzdem war er froh darüber, dass sie ihn verteidigt hatte. Er konnte einfach nicht anders, aber es gefiel ihm, dass sie ihn in Schutz genommen hatte.

Keiner setzte sich so für ihn ein wie Rebecca.

»Hör einfach nicht auf ihn«, murmelte sie, ohne die Hände vom Gesicht zu nehmen.

»Er hat recht. Ich hätte auf keinen Fall erlauben dürfen, dass Simon den Ball mitnimmt, aber er hat sich so darüber gefreut. Er ist gesprungen und gerannt und … nichts hat mich glücklicher gemacht, als ihn so laufen zu sehen.«

Rebecca richtete sich auf und strich sich eine Haarsträhne hinters Ohr.

»So darfst du nicht denken. Wie er war oder was er gemacht hat. Er lebt. Simon lebt, und eines Tages wird er auch wieder Fußball spielen.«

Sie zuckte zusammen und schluckte die Tränen hinunter.

»Du bist ein guter Vater, Axel. Und Simon erzählt mir immer, was für ein toller Vater du bist. Ich wusste schon bei unserer ersten Begegnung, dass du das sein würdest.«

Er hatte niemandem von dem Autokennzeichen erzählt, nicht einmal Rebecca. Die Adresse des Mannes, auf den das Fahrzeug zugelassen war, konnte er inzwischen auswendig.

»Ich muss nach Hause«, sagte er. »Duschen und neue Klamotten anziehen.«

Es war das erste Mal, dass er Rebecca anlog.

Er hatte nur noch einen Gedanken im Kopf: Die Person, die Simon und Rebecca das angetan hatte, musste sterben.

SIEBEN

Der Garten hinter dem Haus war trist und grau. Der Pool ruhte unter seiner Abdeckung, hinter ein paar kahlen Obstbäumen war die weiße Steinmauer zu erkennen, die das Grundstück mit der vierhundert Quadratmeter großen Villa in Djursholm umgab. Aus der ersten Etage konnte man über die Bucht blicken, aber Nicolas Paredes' Zimmer lag im Erdgeschoss. Es maß rund dreißig Quadratmeter und war schlicht möbliert.

Es gab einen Schrank und ein Bett, einen Schreibtisch samt Stuhl sowie ein leeres Bücherregal.

Routiniert legte Nicolas das Schulterholster mit seiner Dienstwaffe an, einer Glock 17, die er mit Lizenz auch in Schweden benutzen durfte. Offiziell lautete sein Titel Sicherheitskoordinator, ein Begriff der schwedischen Bürokratie, was in der Praxis das Gleiche bedeutete wie zuvor, als er für die Sicherheit von Familie Karlström in London verantwortlich gewesen war: Er war ihr Bodyguard. Seit dem Umzug waren die Sicherheitsvorkehrungen heruntergeschraubt worden, und anstelle von vier Personen war nun nur noch Nicolas für ihre Sicherheit verantwortlich. Als die Chefs verkündet hatten, dass Johan Karlström wünschte, Nicolas solle die Familie begleiten, hatte er das mit Verwunderung zur Kenntnis genommen.

Allerdings war Johan unberechenbar. Mehrmals hatte Nicolas seine Chefs kontaktiert, um darauf hinzuweisen, dass Johan seine Arbeit erschwerte und sich selbst unnötigen Risiken aussetzte. Mal war er ohne Vorwarnung mit dem Auto verschwunden und hatte Nicolas allein im Restaurant oder in der Hotellobby zurückgelassen. Dann wieder war er Nicolas geradezu feindlich begegnet. Nicolas hatte allmählich einsehen müssen, dass er dagegen nicht besonders viel tun konnte. Johan Karlström war CEO bei Gambler, einem der weltgrößten Online-Casinos. Und dieses Unternehmen war einer der wichtigsten Kunden der AOS Risk Group. Nicolas' britische Chefs gaben ihm stets denselben Rat: Halte ihn bei Laune und tu einfach dein Bestes.

Nicolas hoffte, dass außer ihm noch niemand auf war, aber schon als er die Tür zur Wohnküche aufschob, hörte er, dass der Fernseher lief. Er wollte unbedingt raus aus diesem Haus, um Johan Karlströms überhebliches Grinsen und seine Gemeinheiten nicht immer ertragen zu müssen. Nicolas' Chefs hatten ihm nach Weihnachten eine eigene Wohnung in Aussicht gestellt, doch bis dahin musste er mit der Familie unter einem Dach leben.

Zu seiner Erleichterung sah er James, den zehnjährigen Sohn der Familie, auf dem Sofa sitzen. Auf dem Schoß balancierte er einen Teller mit einem Marmeladentoast. Neben dem Fernseher hing eine große Schwarz-Weiß-Fotografie von Erica Karlström im Bikini.

»Na, wie geht's?«, fragte Nicolas, machte den Kühlschrank auf und nahm ein paar Eier heraus. »Bist du fit für das Match?«

James nickte, aber Nicolas merkte ihm an, dass er nervös war. Schon in London hatte der große Hockey-Fan Johan darauf gedrungen, dass sein Sohn mit dem Hockeysport anfing, und inzwischen war James bei Djursholm Hockey und würde heute sein erstes Match auf Eis spielen.

Nicolas befüllte die Kaffeemaschine, schlug die Eier in eine Schüssel und verquirlte sie.

»Möchtest du Rührei?«

»Nein, danke.«

»Kaffee?«

»Nein, danke.«

»Einen Whisky?«

James wandte sich um und prustete los. Nicolas stellte die Pfanne auf den Herd, sog den Duft von frisch gebrühtem Kaffee ein, den die Maschine verbreitete, und kam zum Sofa herüber. Er ging vor dem sommersprossigen Jungen in die Hocke.

»Ernsthaft, Partner. Du packst das. Es ist ja nur ein Spiel, und du machst einfach das Beste draus. Ich drück dir die Daumen.«

»Kommst du und guckst zu?«, wollte James wissen. Seine Stimme war hell und brüchig zugleich. Obwohl seine Eltern beide aus Schweden kamen, sprach er mit britischem Akzent, er war in England geboren und aufgewachsen.

»Ich habe leider keine Zeit, ich treffe mich mit meiner Schwester. Sie hat Geburtstag.«

Vor genau zwei Wochen hatte Familie Karlström London verlassen, um nach Stockholm zurückzukehren, und Nicolas hatte heute seinen ersten freien Nachmittag und Abend. Die AOS Risk Group würde einen Kollegen von einer schwedischen Sicherheitsfirma als Vertretung schicken.

»Wie schön«, sagte James, bemüht, seine Enttäuschung zu verbergen.

Nicolas ging zum Herd zurück, und in dem Augenblick kam Erica Karlström die Treppe hinunter. Sie trug einen weißen Morgenmantel aus Seide.

»Guten Morgen«, sagte sie heiser und gab James einen Kuss aufs Haar. Ihr Blick war leer, abwesend. Nicolas registrierte, dass sie betrunken war. Für gewöhnlich mischte sie Schlaftabletten mit Alkohol. Er nahm zwei Becher, schenkte Kaffee in beide und reichte einen Erica. Sie musterte ihn verständnislos, ehe sie ihn langsam entgegennahm.

»Wie kommen Sie denn hin zum Spiel?«

»Ich fahre. Oder ist das ein Problem?«

Nicolas widmete sich dem Rührei in der Pfanne, während Erica auf einem der hohen Küchenstühle Platz nahm. Es war, als gäbe es eine unsichtbare Membran zwischen ihr und ihrer Umwelt. Sie stützte das Kinn in die Handflächen, die Ellenbogen ruhten auf der Marmorplatte vor ihr. Da der Morgenmantel von seinem Gürtel nur lose zusammengehalten wurde, blitzte ihre Brust unter dem Stoff hervor. Nicolas wandte sich verlegen ab.

»Möchten Sie von dem Rührei?«, fragte er mit dem Rücken zu ihr.

Sie reagierte nicht und starrte ins Leere. Schien vollauf damit beschäftigt, den Kaffeebecher zum Mund zu führen. Nicolas fluchte im Stillen. Er konnte sie auf keinen Fall den Jungen fahren lassen. Es hatte Frost gegeben, und die Straßen waren vereist. Sie konnten von der Fahrbahn abkommen, einen Fußgänger überfahren. Er zog sein Mobiltelefon aus der Tasche seiner Jeans, tat, als konzentriere er sich auf den Bildschirm, und nahm dann einen großen Bissen Rührei.

»Meine Schwester ist krank, und ich will mich nicht anstecken. Ist es in Ordnung, wenn ich mitkomme und mir das Spiel ansehe?«

James sprang vom Sofa auf, lief zur Kücheninsel und fiel Nicolas um den Hals.

»Ist das dein Ernst?«

»Na klar.«

Erica verzog keine Miene, aber Nicolas merkte, dass sie das fuchsteufelswild machte. Sie stellte den Becher mit einem Klirren auf die Marmorplatte und verließ die Küche.

»Willst du noch ein bisschen trainieren?«, fragte er.

James streckte sich nach der Fernbedienung und schaltete den Fernseher aus.

Sie holten sich zwei Schläger und einen Ball aus James' Zimmer und gingen in den Garten. Sie stellten zwei Tore im Abstand von zwanzig Metern auf. Der Junge nahm den Ball und führte ihn mit seinem Schläger in raschen Zügen. Nicolas hob seinen Schläger an und luchste so James den Ball ab.

»Gilt nicht, ich war noch nicht bereit«, rief James und jagte dem Ball hinterher, doch Nicolas lag um eine Schrittlänge vorn und schoss ins Tor.

Eine Viertelstunde später stand es drei zu drei, und sie machten eine Pause. Nicolas war aus der Puste und stützte sich auf den Schläger, James hatte einen hochroten Kopf und setzte sich auf den Torrahmen.

Nicolas machte Johan Karlström am Fenster aus, er trank aus einem Kaffeebecher und beobachtete sie mit ausdrucksloser Miene.

Als sich ihre Blicke trafen, tippte Johan mit Zeige- und Mittelfinger auf seine Armbanduhr. Nicolas legte den Schläger aus der Hand und ging ins Haus.

»Wir holen einen neuen Wagen«, erklärte Johan.

»Und wann?«

»Jetzt. Wir nehmen den alten und brechen gleich auf.«

»Ich habe versprochen, James und Erica zum Spiel zu fahren.«

»Welches verfluchte Spiel?«

»James hat heute Nachmittag ein Spiel.«

Johan schnaubte.

»Sie schaffen das, wenn Sie hier nicht länger rumstehen und meckern.«

Kurz darauf setzte Johan sich auf die Rückbank, schräg hinter den Fahrersitz. Nicolas startete den Motor, öffnete mit der Fernbedienung das Garagentor und fuhr los.

»Sie sind wirklich Ihr Geld wert, Nicolas.« Johan bedachte ihn mit einem verächtlichen Lächeln im Rückspiegel. »Bodyguard und Nanny in einem.«

Nicolas schwieg. Hinter ihnen glitt das Garagentor wieder zu.

»Als Nächstes vögeln Sie wohl auch noch meine Frau.«

ACHT

Das Fitnessstudio in der Kronobergsgatan war voll. Immer wieder fielen schwere Hantelstangen zu Boden und brachten das Laufband zum Beben. Ein Mann mit Muskelshirt und Pferdeschwanz stöhnte wie ein Pornostar, während er seine Hanteln bis über den Kopf hob und dabei seinen mit Anabolika vollgepumpten Körper im Spiegel bewunderte.

Vanessa stellte »Flash« von Freddie Mercury in ihren Ohrhörern lauter und erhöhte das Tempo. Mit langen Schritten und Eisengeschmack im Mund quälte sie sich durch den letzten Kilometer.

Eigentlich trainierte sich nicht gerne mitten am Tag, aber sie wollte den Kopf freikriegen. Sie dachte an die beiden Morde, die seit gestern auf ihrem Tisch lagen, und an ihren neuen Kollegen Samer Bakir. Sie hatte nichts gegen ihn, nicht wirklich. Er hatte ein gesundes Selbstbewusstsein, sowohl was seinen Job als auch was die Frauen betraf. Er war attraktiv und hatte ein entwaffnendes Lächeln, das die Frauen in seiner Umgebung sicher nicht kaltließ, wie Vanessa annahm.

Im Morgenmeeting hatte sich Samer wacker geschlagen, hatte konstruktive Vorschläge gemacht und kluge Fragen gestellt. Aus naheliegenden Gründen lag der Fokus der Ermittlungen zunächst auf Rikard Olsson. Vor dem Hintergrund seiner beruflichen Tätigkeit im Zusammenhang mit Bandenkriminalität war er möglicherweise bedroht worden.

Das Mobiltelefon der Toten war ein paar Meter von ihrem Fundort entfernt gelegen. Trude Hovland von der Kriminaltechnik fürchtete, es würde eine Weile dauern, es wieder zum Laufen zu bringen, aber Vanessa rechnete schon bald mit dem Nachweis der Einzelverbindungen.

Merkwürdigerweise waren ihr die Ermittlungen relativ gleichgültig, obwohl es um einen Kollegen ging.

Seit dem Amoklauf im Stadion, bei dem elf Frauen ums Leben gekommen waren, war es, als würde alles an ihr abperlen. Ihr Leben lief auf Sparflamme. Ein halbes Jahr war vergangen, doch die Bilder in ihrem Kopf waren noch immer präsent. Vielleicht war das der Grund, warum sie sich nicht richtig um Celine kümmern konnte. Das Mädchen war einsam. Ihr Vater hatte ein Alkoholproblem, ihre Mutter war tot. Sie brauchte eine Freundin, aber sie erinnerte Vanessa viel zu sehr an das, was sie viel lieber vergessen wollte. Vielleicht war das auch der Grund, warum sie den Kontakt zu Nicolas Paredes hatte einschlafen lassen. Er war an ihrer Seite gewesen, als die beiden Attentäter getötet worden waren, und seit er nach London übergesiedelt war, hatte er sie mehrmals angerufen, aber sie hatte keine Kraft gehabt, ihm zu antworten. Mittlerweile hatte er offenbar aufgegeben, denn seit ein paar Monaten hatte sie nichts mehr von ihm gehört.

Auf den letzten hundertfünfzig Metern plingte ihr Handy. Vanessa stellte das Laufband wieder langsamer und griff nach ihrem Handtuch. Sie trocknete sich Arme und Nacken und trank mit großen Schlucken aus ihrer Flasche. Wasser lief ihr am Kinn hinunter.

Die SMS war von Trude, die sie aufforderte, ihre E-Mails zu checken. Sie hatte ihr die Liste mit den Einzelverbindungen der toten Frau geschickt.

Vanessa scrollte bis zur letzten Nummer, die die Frau angerufen hatte.

»Das gibt's ja nicht«, murmelte sie vor sich hin. »Das gibt's einfach nicht.«

Sie klaubte ihre Sachen zusammen und steuerte die Umkleiden an. Verzichtete auf eine Dusche, zog sich die Winterjacke über die verschwitzten Sportklamotten und rief Trude an.

Während das Freizeichen ertönte, dachte sie an die Frau. Sie hatte die Leiche noch gar nicht angesehen, ihre Aufmerksamkeit hatte Rikard Olsson gegolten. Die Tote sollte im Laufe des Tages obduziert werden, das Labor hatte bislang noch keine Ergebnisse geschickt. Ihre Identität war ungeklärt. Nur die Todesursache in Form von zwei gezielten Messerstichen war bekannt. Einer hatte den Brustkorb verletzt, der andere den Halsbereich. Danach war sie im Matsch verblutet.

Aber das hier änderte alles.

»Ich muss sie sehen«, sagte Vanessa, als Trude sich meldete. »Jetzt.«

»Dann musst du nach Solna fahren. Die Obduktion fängt jeden Moment an. Gibt's was Neues?«

Vanessa holte tief Luft und versuchte, sich zu sammeln. Zu viele Gedanken auf einmal gingen ihr durch den Kopf.

»Die letzte Nummer, die sie vor ihrem Tod angerufen hat, war meine. Meine alte. Die, die ich hatte, bevor ich gewechselt habe.«

Sie legte auf und rannte Richtung Präsidium, um ihr Auto zu holen. Der Endorphinkick, den sie normalerweise nach dem Training spürte, war ausgeblieben. An seine Stelle trat plötzliche Beklommenheit. Wer war diese Frau? Jemand, den sie kannte?

Sie spürte einen Stich in der Magengegend. Ihr fiel nur eine Person ein, auf die die Beschreibung passte.

NEUN

Nicolas und Erica Karlström saßen auf einer knarzenden, halb mit Zuschauern gefüllten Tribüne in der Eishalle von Tumba. Das letzte Spieldrittel neigte sich seinem Ende zu. James, die Acht auf dem Spielfeld, war der Kleinste in der Mannschaft. Der Helm mit Vollvisier war viel zu groß für seinen Körper, und das rote Trikot reichte ihm bis zu den Knien. Ein paar Minuten hatte er spielen dürfen, aber die meiste Zeit hatte er auf der Bank gesessen und den Kopf hängen lassen. Nicolas litt mit ihm. Erica hatte das Spiel hinter ihrer überdimensionierten Sonnenbrille verfolgt und keine Regung gezeigt. Auch als James mit einem Ellbogencheck zu Fall gebracht worden und auf dem Eis liegen geblieben war, hatte sie nicht besorgt gewirkt. Tatsache war, dass sie kaum Notiz davon genommen hatte. Er wusste, wie sie mit James umging, wenn sie nüchtern war – aufmerksam und liebevoll.

»Ich besorge noch einen Kaffee, den können Sie dann auf dem Heimweg im Wagen trinken«, entschied er.

Sie zuckte mit den Schultern.

Als er mit zwei Pappbechern und einem Schokoriegel zurückkam, um James damit aufzumuntern, hatte Erica die Sonnenbrille abgesetzt.

Sie nahm den Kaffee entgegen, ohne Nicolas anzusehen.

»Ich weiß, dass Sie die Absage Ihrer Schwester nur vorgeschoben haben.«

Nicolas tat, als wisse er nicht, was sie meinte. Er vermochte nicht zu sagen, ob das ein Vorwurf oder ein Dank war. Erica mahlte mit den Kiefern, griff wieder nach ihrer Sonnenbrille und schob sie sich auf die Nase.

Die Sirene ertönte, das Match war zu Ende. Djursholm hatte 6 : 2

gegen Tumba verloren. Die Spieler glitten über das Eis zu ihren Umkleiden.

Entgegen Nicolas' Befürchtungen war James guter Dinge, als er mit seiner schweren Sporttasche angetrottet kam. Er wandte sich an seine Mutter.

»Carl-Johan hat gefragt, ob ich bei ihm übernachten darf«, sagte er begeistert. »*May I?*«

»Natürlich darfst du«, sagte Erica mit einem erleichterten Lächeln. »Ich schicke dir Zahnbürste und Kleidung mit dem Kurierdienst, wenn du mir die Adresse durchgibst.«

Nicolas, der sich im Hintergrund gehalten hatte, trat einen Schritt nach vorn.

»Gut hast du gespielt, James. Viel Spaß heute Abend. Wir sehen uns morgen.«

Dann schulterte er die Sporttasche und folgte Erica, die bereits auf ihren Wagen zuging. Er schloss den neuen schwarzen Range Rover auf, hievte James' Sporttasche und Schläger in den Kofferraum und setzte sich hinters Steuer. Das Auto war mit dem alten identisch, worüber Nicolas sich gewundert hatte, als er es früher am Tag mit Johan abgeholt hatte. Ein Stück entfernt sah Nicolas, wie James und sein Mannschaftskamerad sich angeregt unterhielten und auf die Rückbank eines SUV setzten. Ganz automatisch merkte er sich das Nummernschild und parkte rückwärts aus.

Erst, als sie in nördlicher Richtung auf die E4 gefahren waren, räusperte Erica sich und drehte das Radio leiser.

»Ich war nicht immer so, wissen Sie«, begann sie. »Ich sehe Ihnen an, dass Sie mich verachten, und von Ihren vorwurfsvollen Blicken wird mir schlecht.«

Nicolas schwieg.

»Ich war glücklich, bevor ich Johan kennengelernt habe. Ich verfluche den Tag, an dem ich ihm begegnet bin, verdammt noch mal. Ich war 24 ich hatte doch keine Ahnung. Ein paar Jahre vorher habe ich bei einer Doku-Soap mitgemacht, und dann habe ich langsam die Kontrolle über mein Leben verloren. Irgendwann konnte ich nicht mal mehr in Bars auftreten. Für fünfzig Dollar durfte ich meine Möse in die Kamera halten, das waren die einzigen Angebote, die ich bekommen habe. Ich war pleite. Und ich dachte, es würde mir Sicherheit geben, mit jemandem wie Johan zusammenzuleben. Verflucht.«

»Erica, ich …«

Sie hob abwehrend eine Hand, und Nicolas verstummte.

»Jeden Tag, jeden einzelnen Tag erinnert er mich daran, wie dankbar ich ihm sein muss. Weil er mich vor mir selbst gerettet hat. Vor einem Leben als White-Trash-Mutter, die von Sozialhilfe lebt. Ich habe alles, Nicolas, und nichts. Er kann mich jederzeit rauswerfen, wenn er will. Verurteilen Sie mich ruhig, wenn Sie wollen. Ich bin sein Eigentum, genau wie Sie. Der Unterschied zwischen uns ist nur der, dass Sie jederzeit Ihre Sachen packen und gehen können.«

Nicolas tat Erica leid, aber er wusste nicht, was er sagen sollte, um sie zu trösten.

»Wissen Sie, warum Johan seinen Wagen austauschen wollte?«, fragte er, um das Thema zu wechseln.

»Ich wusste gar nicht, dass er das gemacht hat«, gab sie zurück und starrte auf die düsteren Hochhäuser des Millionenprogramms, das Ergebnis des staatlichen Wohnungsbauprojekts aus den Sechzigern, ehe sie das Radio wieder lauter drehte.

ZEHN

Vanessa stellte ihren BMW auf dem Parkplatz im Retzius väg in Solna ab. Sie schob sich an Hecken und Motorhauben vorbei und folgte den Schildern, die den Weg zur Pathologie wiesen. Ihre Sportklamotten klebten ihr am Leib. Sie drückte die Klingel an dem großen Backsteingebäude und wartete. Nichts passierte. Sie klingelte ein zweites Mal, und das Licht ging an. Ein Mann in den Fünfzigern mit zurückgekämmten, schwarz glänzenden Haaren machte auf. Seine Brille mit dunkler Fassung hatte er auf den Kopf geschoben, im Ohrläppchen glänzte ein kleiner Goldring.

»Vanessa Frank?«

Er streckte die Hand aus, und Vanessa ergriff sie. Er roch nach Zigarettenrauch. Der Mann bat sie herein, und sie trat in eine große Halle mit Steinfußboden.

»Ich bin Peter Thysell. Ihre Kollegin hat mir gesagt, dass Sie die Frauenleiche sehen wollen, die gestern in Gärdet gefunden wurde.«

Vanessa nickte und zeigte ihren Polizeiausweis. Per Thysell ließ die Brille auf die Nase wandern, studierte den Ausweis und reichte ihn Vanessa zurück.

»Was wollen Sie denn wissen? Der Obduzent und ich fangen gleich an.«

»Ich möchte eigentlich nur einen Blick auf die Leiche werfen.«

Ihre Schritte hallten durch den Gang. Per Thysell blieb vor einer dicken Stahltür stehen und hielt einen Smartkey vor das Lesegerät. Dann gab er mit Zeige- und Mittelfinger einen vierstelligen Code ein. Es klickte, und die Tür glitt auf. Die Kälte, die Vanessa entgegenschlug, ließ sie frösteln. An der Längsseite des Raumes befanden sich Luken aus rostfreiem Stahl. Vanessa holte tief Luft. Das Herz klopfte ihr bis zum Hals. Der Pathologe trat vor eine Luke, umfasste ihren Griff und zog sie auf.

Jetzt würde sie gleich alles hinter sich haben und das Gesicht eines völlig fremden Menschen sehen. Danach würde sie wieder nach Vasastan zurückfahren, sich duschen und Haare waschen. Gemütlich zu ihrer Stammkneipe McLarens hinunterschlendern, um ein bisschen mit dem Inhaber Kjell-Arne zu plaudern. Ein helles, unkompliziertes Lagerbier trinken, wieder nach Hause trotten und sich ausschlafen. Und weiter den Täter jagen, ohne jegliche Gefühle für das Mordopfer. Es gab mit Sicherheit eine vollkommen schlüssige Erklärung dafür, dass die Frau sie angerufen hatte. Oder sie hatte sich schlicht und ergreifend verwählt.

Per Thysell las den Leichenzettel, der an einem bleichen Zeh befestigt war.

»Das hier ist sie«, stellte er fest, zog die Bahre heraus und trat zur Seite.

Das grelle Neonlicht brachte die Schönheit ihres Gesichts besonders gut zur Geltung. Die dicken, schwarzen Haare glänzten. Ohne die beiden Messerstiche sähe sie aus, als würde sie schlafen, wie sie es so oft in ihrem Zimmer in Vanessas Wohnung getan hatte. Sie ließ den Blick über ihren Körper schweifen, über das geronnene Blut auf ihrem Bauch, über ihr Geschlecht, ihre Schenkel bis zu den Füßen. Die Natasja von Syrien bis nach Schweden getragen hatten, die zerschunden und müde durch Europa gewandert waren, auf der Suche nach einem Leben in Würde. Bis nach Stockholm. Zu Vanessa.

Natasja sollte in Syrien sein, bei ihrem Vater, und nicht hier. Nicht nackt auf einer Pritsche aus rostfreiem Stahl in der Pathologie in Solna liegen.

Per Thysell hatte die Arme vor der Brust verschränkt und musterte Vanessa stumm.

Sie brachte keinen Laut heraus. Als hätte sie eine Kiefersperre. Sie ging einen Schritt auf Natasja zu, streckte die Hand nach ihr aus und zog sie wieder zurück, ehe sie ihre Wange berühren konnte. Sie brachte es nicht über sich, ihren kalten Körper zu spüren.

Eine Träne rann Vanessas Wange hinab und tropfte auf den Klinkerboden.

Per Thysell wurde unruhig.

»Wer ist sie?«

Vanessa antwortete mit belegter Stimme. »Mein Ein und Alles.«

Sie fuhr sich mit dem Handrücken über das Gesicht und räusperte sich. Natasja hatte sie angerufen, versucht, sie zu erreichen. War das ein letzter Hilferuf gewesen? Danach hatte irgendjemand ein Messer in sie hineingerammt. Tausend Fragen gingen Vanessa durch den Kopf. Warum war Natasja wieder in Schweden? Und warum hatte sie sich nicht schon eher gemeldet?

Vanessa verscheuchte einen furchtbaren Gedanken.

War der Mord ein Mittel, um sich an ihr zu rächen? Es gab genügend Leute, die ihr schaden wollten und die wussten, dass der Tod von Natasja ihr eine Wunde zufügen würde, die nie aufhören würde zu bluten.

»Schicken Sie mir den Obduktionsbericht, so schnell wie möglich«, sagte sie tonlos.

Vor ihrem inneren Auge sah sie, wie Per Thysell an Natasjas Körper Schnitte setzte, wie ein Obduktionsassistent ihre Organe entnahm, sie wog und ihr Gewicht notierte. Bei der Vorstellung musste sie würgen. Sie wollte dem Pathologen schon sagen, er solle vorsichtig sein und Natasja behutsam behandeln. Doch sie wusste, dass das keine Rolle mehr spielte. Natasja war tot und würde nichts mehr spüren.

Vanessa wandte sich um und verließ den Kühlraum. Per Thysell rief ihr etwas nach.

Als sie ein paar Hundert Meter gefahren war und die Uniklinik Karolinska hinter sich gelassen hatte, kam der Schrei.

Sie fuhr an den Straßenrand und setzte den Warnblinker. Die Autofahrer hinter ihr hupten wütend, während Vanessa das Lenkrad umklammerte und schrie. Nach einer Weile kroch sie über den Beifahrersitz, drückte die Tür auf und übergab sich auf den Seitenstreifen.

TEIL II

EINS

Es war Montagnachmittag. Molly Berg saß auf der Dachterrasse über ihrer Wohnung in der Banérgatan und war in ihre Lektüre *Faktotum* von Charles Bukowski versunken. Sie trug eine schwarze Daunenjacke und graue Fingerhandschuhe, denn es war knapp über dem Gefrierpunkt. Aber die Kälte machte ihr nichts aus.

Sie war in Kiruna aufgewachsen, rund 1200 Kilometer weiter nördlich. Mit sechzehn hatte sie ihren Eltern verkündet, die Minenstadt sei nichts für sie. Nicht wegen des Klimas oder der langen Finsternis in den Polarnächten, sondern weil es ihr so vorkam, als sei sie irgendwie abgeschnitten von allem. Isoliert. Molly hatte ein Sportgymnasium in Stockholm gefunden, eine Einzimmerwohnung in Solna bezogen und war seither nicht nach Kiruna zurückgekehrt.

Ungefähr mit dreizehn hatte sie festgestellt, dass sie eine besondere Wirkung auf Männer hatte. Sie wusste, dass sie hübsch war, mit ihrem dunklen glänzenden Haar, großen braunen Augen, hohen Wangenknochen, vollen Lippen und ihrer perfekten Haut. Aber es war noch etwas anderes. Etwas, das sie bis heute nicht in Worte fassen konnte. Alle Männer fühlten sich von ihr angezogen. Alte, junge, reiche, arme. Geschäftsmänner, Kriminelle. Künstler, Fußballprofis. Sie vermuteten meistens, sie käme aus Argentinien oder Brasilien, eventuell aus Kolumbien oder Venezuela. Tatsächlich war sie das Ergebnis einer Geschäftstransaktion zwischen einem schwedischen Minenarbeiter und einer thailändischen Bedienung. Er war auf der Suche nach der Nähe gewesen, die ihm keine schwedische Frau hatte geben wollen, und sie hatte ein würdiges Leben gesucht. Mollys Vater Robert war nach Bangkok geflogen, hatte in den Bars und Stripklubs botanisiert und sich für das Mädchen entschieden, das er besonders hübsch gefunden hatte. Er hatte ihr ein neues Leben versprochen und sie mit nach Hause gebracht.

Ein Jahr später war Molly zur Welt gekommen.

Seit ein paar Jahren war Siriwan nun schon tot, und Robert wohnte mit seinem Hund Jojk in einem Bauernhaus außerhalb von Kiruna.

Molly sah irritiert auf, als ein Schatten auf den Text fiel. Ihre Verwunderung schlug sofort in Freude um, als sie sah, zu wem dieser Schatten gehörte. Sie knickte ein Eselsohr in die Seite und schob das Buch in ihre Louis-Vuitton-Tasche.

»Zu dir oder zu mir?«, fragte Didrik de Graaf mit gekünstelter Stimme, die um einiges tiefer war als seine gewöhnliche. Seine blonden Haare trug er kurz und hatte sie zu einem Pony in die Stirn gekämmt.

»Kein Mensch wird dir jemals glauben, dass du mich anmachst«, entgegnete sie und stand auf. »Egal, wie sehr du dich anstrengst.«

»Warum nicht?« Didrik spielte den Eingeschnappten. »Ich bin doch ein Macho. Ein richtiger Frauenheld, oder etwa nicht?«

»Vor allen Dingen deswegen, weil du eine rosa Federboa um den Hals trägst, die einer toten Operndiva gehören könnte. Und weil deine Eltern dir den tuntigsten Namen der Welt gegeben haben. Didrik, also wirklich – da musstest du doch schwul werden.«

Didrik zog einen Stuhl heran und setzte sich neben Molly. Sie legte die Füße auf das Terrassengeländer, während er sich einen Joint anzündete, die Augen schloss und mit einem tiefen Zug inhalierte. Er legte den Kopf in den Nacken und reichte Molly den Joint. Sie sog den dichten Rauch in ihre Lunge, hielt die Luft an und atmete dann wieder aus.

Sie ließen ihre Blicke über die Lichter der Stadt und das schwarze Wasser unter ihnen gleiten.

»Vermisst du Barcelona?«, fragte Didrik.

»Jeden Tag.«

»Ich auch.«

Sie spürte die beruhigende Wirkung des Marihuanas, das durch ihre Blutbahn pulsierte und den Lärm dämpfte. Didriks Stimme klang fern und leise. Sie zog noch einmal an dem Joint und gab ihn an Didrik zurück.

»Du wolltest doch damit aufhören, hast du gesagt ...«

»Für Geld zu vögeln?«, unterbrach sie ihn. »Ich kann doch nichts anderes. Ich kann eine Hure sein, sonst nichts. So wie meine Mutter.«

Didrik wandte sich ihr zu, den Joint im Mundwinkel.

»Sag so was nicht.«

»Aber genau das bin ich. Und genau das war sie. Eine Hure. Sie hat die Beine breit gemacht, um ein besseres Leben zu haben. Ich mache das, seit ich siebzehn bin. Ich kann nur das. Aber ich verlange mehr, und genau das war Mamas Problem. Sie hat sich mit wenig Geld zufriedengegeben.«

»Ernsthaft, Molly. Such dir was andres. Was willst du mit dem ganzen Geld?«

»Das verstehst du nicht. Du erbst ja auch zweihundert Millionen, wenn deine Eltern sterben. Aber alle anderen ...« Sie schmunzelte. Trotz des harschen Tons war sie nicht verärgert. Sie streckte die Hand aus und strich ihm über die Wange. Es war schön, dass es jemanden gab, dem sie nicht egal war. »Mach dir keine Sorgen, das habe ich nur so gesagt. Ich höre auf damit.«

Didrik nahm einen tiefen Zug. Seine Augen waren gerötet.

»Verflucht, wie ich Barcelona vermisse. Ich kann echt nicht fassen, dass du mich überredet hast, wieder nach Hause zurückzugehen.«

Molly erstarrte. Nicht einmal Didrik hatte sie erzählt, was sie letzten Sommer auf der Lucinda gehört und was sie veranlasst hatte, Spanien zu verlassen und nach Schweden zurückzukehren. Sie hatte mit dem Gedanken gespielt, die Polizei zu informieren, hatte sich jedoch nicht getraut. Seit ihrer Rückkehr mied sie Menschenansammlungen und Plätze, an denen ihrer Meinung nach Terroristen zuschlagen könnten.

»Hast du was von Thomas gehört?«, erkundigte Didrik sich mit geschlossenen Augen.

»Ich treffe ihn heute Abend.«

»Kann ich noch mal das Foto sehen?« Er hatte Molly überredet, den Mann, den sie vor zwei Wochen kennengelernt hatte, heimlich zu fotografieren. Sie reichte ihm ihr Mobiltelefon. »Er sieht wirklich klasse aus. Ich liebe die Briten. Vor allem geheimnisvolle Briten, die plötzlich in irgendwelchen Bars auftauchen.«

Molly lachte, und vor ihren Augen drehte sich alles. Sie wollte mehr Marihuana, wollte mehr Distanz schaffen zwischen sich und ihrer Umwelt.

Didrik hustete, und Rauch quoll aus seinem Mund.

»Hast du ihm erzählt, was du machst?«, wollte er wissen, als der Hustenreiz nachgelassen hatte.

»Nein«, gab sie zurück und nahm Didrik den Joint wieder ab. »Aber er hat mir auch nicht verraten, was er beruflich macht.«

ZWEI

Es war halb fünf, und Mikael Kask beobachtete Kriminalkommissarin Vanessa Frank dabei, wie sie sich räusperte, sich nach dem Wasserglas auf dem Schreibtisch reckte und einen Schluck trank.

Ende der Achtziger hatte Mikael als Fotomodell in New York gearbeitet, bis er Anfang der Neunziger dann auf die Polizeischule gegangen war. Er hatte rasch Karriere gemacht, und seit ein paar Jahren leitete er die Mordkommission, jene Einheit, die der Nationalen Operativen Einheit NOA unterstand und komplizierte Ermittlungen im gesamten Land unterstützte.

Er schätzte Vanessa und hielt sie für eine der besten Ermittlerinnen, mit denen er je zusammengearbeitet hatte. Allerdings fiel es ihm wie den meisten anderen auch nicht leicht, an sie ranzukommen. Vanessa arbeitete hart, geradezu besessen, und blieb zu ihren Kollegen auf Distanz. Viele bezeichneten sie als schwierig, nicht jedoch Mikael. Er war fasziniert von ihr. Sie war charismatisch auf ihre ganz eigene zurückhaltende Art. Außerdem war sie eine Schönheit. Im Zuge ihrer Scheidung von diesem Regisseur Svante Lindén hatte er sich Hoffnungen gemacht, er könne bei ihr landen. Ihm war nichts Ernstes vorgeschwebt, aber eine heiße Affäre mit aufregenden Nächten hätte ihm durchaus gefallen. Doch Vanessa hatte sich nie für ihn interessiert, jedenfalls nicht auf diese Weise, auch wenn er sich ziemlich sicher war, dass sie ihn mochte. Zumindest als Chef.

»Du hattest also keine Ahnung, dass Natasja in Schweden war?«, fragte er vorsichtig.

»Bis Samstag habe ich gedacht, sie wäre in Syrien bei ihrem Vater.«

»Weißt du denn, ob sie hier Feinde hatte?«

Vanessa schüttelte nachdenklich den Kopf.

»Ihre gesamte Familie ist im Syrienkrieg umgekommen. Bis auf ihren Vater, natürlich. Und trotzdem war sie kein hasserfüllter Mensch. Ich kann mir nur schwer vorstellen, dass sie sich irgendwelche Feinde gemacht hat.«

»Siehst du eine Verbindung zu Rikard Olsson?«

»Nein.«

Mikael fuhr sich mit der Hand durch seine perfekt gestylten Haare.

»Warum hat sie eigentlich bei dir gewohnt?«, wollte er wissen.

»Ich hatte sie gern, und sie hatte mich gern. Sie dachte, dass ihre Familie ums Leben gekommen war, und hat einen ganzen Kontinent überquert, um sich hier in Sicherheit zu bringen. Die Alternative wäre ein Flüchtlingsheim für unbegleitete Minderjährige gewesen. Also keine echte Option.«

Mikael bemerkte, dass sie das Zittern in ihrer Stimme nur mit Mühe verbarg. Es war ungewohnt, Vanessa so verletzlich zu sehen, und das gefiel ihm gar nicht. Er stellte das Diktafon aus. Seufzte. Holte Luft. Nun kam der unangenehme Teil des Gesprächs. Vanessa würde fuchsteufelswild werden und ihm eine Szene machen. Aber sein Entschluss stand fest, und Samer Bakir war ihm vertretungsweise bereits zugeteilt worden.

»Im Hinblick auf das, was passiert ist, und aufgrund der psychischen Belastung in letzter Zeit ist es besser, wenn du dir freinimmst.«

Mikael setzte eine strenge Miene auf.

»Kein Problem«, entgegnete Vanessa.

Mikael war perplex.

»Willst du gar nicht wissen, für wie lange?«

»Du bist hier der Chef«, gab sie tonlos zurück. »War das alles?«

Ohne die Antwort abzuwarten, stand Vanessa auf und nahm ihren Wintermantel vom Kleiderbügel an der Tür.

Sie verließ den Raum, Mikaels verwunderten Blick im Rücken.

DREI

Der erste Schnee in diesem Jahr fiel in kleinen, feinen Flocken, die schmolzen, sowie sie den Boden berührten, und den Asphalt dunkel färbten. Vanessa lenkte ihren BMW Richtung Stadshagen. Sie hatte Mikael Kask immer respektiert. Er war kompetent. Gerecht. Verhielt sich stets korrekt. Und er war ein Womanizer. Ein Gentleman der alten Schule. Er sah nicht nur hervorragend aus, hochgewachsen, mit markantem Kiefer und einer großen, aber charismatischen Nase und sorgfältig gestylten Haaren, sondern er verfügte auch über eine spitzbübische Selbstsicherheit, die Vanessa gegen ihren Willen anzog. Und nicht nur sie. Gerüchte über seine Affären mit Kolleginnen und Staatsanwältinnen machten schon lange die Runde. Es war eher die Regel als die Ausnahme, dass er seine Junggesellenbude auf Kungsholmen in Begleitung betrat. Zudem schien er sich jedes Mal mit heiler Haut aus der Affäre zu ziehen, wenn er die Verbindungen wieder beendete. Vanessa hatte noch niemanden ein böses Wort über ihn verlieren hören und ging davon aus, dass er seinen Charme erfolgreich spielen ließ, um niemandem das Herz zu brechen. Seit einer Weile hatte sie den Verdacht, dass er etwas mit Trude Hovland am Laufen hatte. Auch wenn es beide abstritten, war das offensichtlich – zumindest für Vanessa.

Sie kam an der Stadtmission vorbei, wo sich die Bedürftigen der Stadt sammelten, um sich satt zu essen, ließ die alten, hübschen Backsteinhäuser auf Kungsholmen hinter sich und passierte modernere und höhere Gebäude. Im gelblichen Licht der Scheinwerfer spielte eine Kindermannschaft auf dem Platz von Stadshagen Fußball. Die Welt drehte sich weiter, obwohl Natasja tot war. Die Busse fuhren ihre Strecken ab, unter der Erde raste die U-Bahn durch ihre

Katakomben. Überall spielten sich kleine Dramen ab. Arbeitnehmer wurden gekündigt, Menschen verliebten sich, betrogen ihren Partner. Fahrradkuriere in Windjacken und mit Wärmeboxen auf dem Rücken für Pizzen, Thai-Food oder Kebab sausten für Hungerlöhne durch die Stadt.

»Alles ist wie immer, ich bin diejenige, die sich verändert hat«, sagte sie laut zu sich selbst.

Irgendwo lief Natasjas Mörder frei herum. Vanessas Kopf fühlte sich immer noch dumpf an von den Schlaftabletten, die sie in der letzten und vorletzten Nacht genommen hatte. Doch hinter dem Nebel begannen die Gedanken, wieder klar zu werden.

Sie spürte einen Stich. Angst? Sorge? Sie atmete tief ein und ließ die Luft durch den Mund langsam entweichen, um sich zu beruhigen.

Vor einem tristen Häuserblock fuhr sie in eine Parklücke und blieb sitzen, die Hände am Steuer. Von der U-Bahn-Station kamen Leute mit Lebensmitteltüten angetrottet.

In diesem Teil von Stadshagen gab es mehrere Notunterkünfte und Obdachlosenheime, die Mieten waren wegen der Alkoholiker und Junkies, die mit eingefallenen Gesichtern in den Hauseingängen und an den Straßenecken lungerten, niedriger als anderswo auf Kungsholmen.

Vanessa musste an Nicolas denken. Vielleicht sollte sie sich bei ihm melden, um ihm zu sagen, dass Natasja tot war. Nein, das würde die Dinge nur unnötig kompliziert machen. Würde ihr wertvolle Zeit stehlen, die sie brauchte, um denjenigen zu finden, der Natasja auf dem Gewissen hatte. Danach würde sie sich um alles andere kümmern.

Das Telefon klingelte, es war Celine.

»Ich kann jetzt nicht«, schnaubte sie kurz angebunden und musste ihr schlechtes Gewissen ignorieren, als sie den Anruf wegdrückte, ohne Celines Antwort abzuwarten.

Im Seitenspiegel sah sie die Person näher kommen, auf die sie gewartet hatte. Sie rührte sich nicht. Wartete, bis der Mann mit der

Sporttasche über der Schulter die Eingangstür geöffnet hatte und ins Haus gegangen war. Kurz darauf ging ein Licht im dritten Stock an.

VIER

Molly Berg musterte Thomas, während er Billardkreide auf seinen Queue auftrug und den Tisch umrundete, um die Kugeln in Augenschein zu nehmen. Er sah einfach umwerfend aus. Er bewegte sich besonnen und selbstsicher, egal an welchem Ort oder in welcher Situation er sich befand. In seiner Gesellschaft fühlte sie sich wohl und unsicher zugleich.

In seinem dunklen Anzug, weißen Hemd und locker gebundenen Schlips wirkte er unter den anderen Gästen, zum größten Teil grobschlächtige Männer in den Zwanzigern, fehl am Platz. Die Billardtische standen nebeneinander aufgereiht, parallel dazu verlief ein Bartresen durch das Kellergewölbe. Einige Gäste saßen auf Barhockern, tranken Bier und warteten darauf, dass ein Tisch frei wurde.

Molly fand, ein siffiger Billardsalon sei ein eigenartiger Ort für ein Date. Andererseits war sie froh, dass Thomas nicht vorgeschlagen hatte, sie auf einem Hotelzimmer zu treffen und Sex zu haben, um dann wieder getrennte Wege zu gehen. Es war nicht so, dass sie nicht mit ihm schlafen wollte, aber sie rechnete es ihm an, dass er ihr zeigte, dass er nicht nur Sex von ihr wollte.

Fakt war, dass sie sich kein einziges Mal geküsst hatten, obwohl sie sich zum vierten Mal trafen. Er hatte auch keine Anstalten gemacht, sich ihr körperlich zu nähern.

Fast auf den Tag genau vor zwei Wochen waren sie sich zum ersten Mal begegnet. Molly hatte in ihrer Stammkneipe in der Banérgatan zu Abend gegessen. Thomas hatte an einem der anderen Tische gesessen. Auch er war allein gewesen, die *Financial Times* aufgeschlagen vor sich. Ihre Blicke hatten sich hin und wieder getroffen, er hatte ein Nudelgericht gegessen, die Stoffserviette in den Kragen gesteckt, damit keine Tomatensoße auf sein Hemd kleckerte. Zum Kaffee war er aufgestanden und an ihren Tisch getreten, um sie zu fragen, ob sie sich vorstellen könne, einen Drink mit ihm zu nehmen. Sie hatten sich gut unterhalten, hatten ein bisschen über sich und die eigene Lebensgeschichte gesprochen und sich über einige andere Gäste amüsiert. Molly hatte sich gewundert, als Thomas ein paar Drinks später erklärt hatte, er müsse wieder ins Hotel zurück – ohne sie zu fragen, ob sie ihn begleiten wolle. Er hatte die Bedienung zum Tisch gewunken, für beide bezahlt und war aufgestanden.

»Morgen werde ich wieder hier essen ... falls du zufällig vorbeikommst«, hatte er gesagt, ehe er das Lokal verlassen hatte.

Zu ihrer Überraschung hatte sie am folgenden Tag gespannt dagesessen und auf ihn gewartet. Thomas war aufgetaucht, die Stimmung war elektrisierter gewesen als am Vorabend. Sie hatten mehrere Flaschen Wein getrunken und ein paar Zigaretten geraucht. Unauffällig hatte sie dann das Foto geschossen, das sie Didrik vor wenigen Stunden gezeigt hatte.

Sie waren bis zur Sperrstunde geblieben, und wieder war die Frage ausgeblieben, mit der sie felsenfest gerechnet hatte. Stattdessen hatte Thomas ein Treffen in der kommenden Woche vorgeschlagen.

Sie hatte gelacht, und sie hatten sich in einer Bar in Gamla stan verabredet, wo sich das gleiche Szenario wiederholt hatte. Obwohl sie sich körperlich nicht nähergekommen waren, war da eine Spannung zwischen ihnen, die fast alles übertraf, was sie bisher erlebt hatte.

»*Check this out*«, sagte Thomas, zwinkerte Molly zu, beugte sich vor und spielte die weiße Kugel. Der Stoß traf die grüne genau mittig, sie rollte ins Loch.

»*Nice*«, sagte sie. »Ich hole mir noch ein Bier, magst du auch eins?«

»Ja, gerne. Das geht auf mich.« Er schob die Hand in die Gesäßtasche, fischte einen Hunderter heraus und betrachtete ihn zweifelnd. »Reicht das?«

»Ich mache das schon.«

Thomas wedelte mit dem Schein.

»Es geht ums Prinzip. Wenn du mich ausführst, zahlst du. Okay?«

Sie grinste und nahm den Hunderter entgegen.

»Nicht schummeln«, sagte sie mit einem Blick auf den Billardtisch.

Molly ging an die Bar und bestellte zwei große Starkbiere, während Thomas weiterspielte. Er zahlte stets in bar. Das war ein wenig merkwürdig, aber es passte irgendwie auch zu ihm.

Er hatte gesagt, er sei am Wochenende in Stockholm gelandet, doch Molly hatte es vermieden, ihn zu fragen, warum er wieder hier war. Alles in allem erzählten sie relativ wenig von sich selbst.

Sie wusste, dass Thomas im Nobis Hotel am Norrmalmstorg abgestiegen war, *to attend some business*, wie er sich ausgedrückt hatte. Er war höflich und hatte gute Manieren. Ein perfekter britischer Gentleman, auch wenn er so aussah, als stamme er aus dem Nahen Osten. Er trug sein schwarzes Haar kurz geschnitten und mit akkuratem Seitenscheitel. An den Seiten war es kurz rasiert. Seine Haut hatte einen goldbraunen Schimmer, seine Wimpern waren lang und dicht. Würde er sie anschließend mit auf sein Hotelzimmer nehmen? Molly hoffte es.

Sie wusste, dass er gut im Bett war. Manchen Männern merkte sie das an. Wie sie sich bewegten, mit ihr redeten, sie ansahen. Thomas war einer von diesen Männern, ganz sicher.

Sie kehrte mit den Biergläsern zum Billardtisch zurück. Zwei neue Spieler hatten den Nachbartisch in Beschlag genommen. Ein Mann Mitte vierzig, das hellblaue T-Shirt mit dem Logo einer Gebäudetechnikfirma in die Jeans gesteckt, in Begleitung einer zierlichen Thailänderin, kaum älter als Molly.

Sie schielte kurz zu Thomas herüber, weil sie befürchtete, er würde das kommentieren und ihr etwas Hämisches zuflüstern. Doch er schien gar keine Notiz von den beiden zu nehmen.

»Du bist dran«, sagte er.

Er reichte ihr den Queue, denn sie spielten mit demselben, und ihre Hände berührten sich dabei. Er hielt ihrem Blick stand, lächelte flüchtig und trat zur Seite. Eine Woge der Lust brandete durch ihren Körper. Sie fragte sich, ob er das bemerkte und ob er sie ganz bewusst berührt hatte. Es war frustrierend, normalerweise war sie diejenige, die die Kontrolle hatte und nicht umgekehrt. Seit sie wusste, welche Wirkung sie auf Männer hatte, hatte sie gelernt, nach deren Regeln zu spielen. Ihren Egos zu schmeicheln, sie herauszufordern und zu necken. Sie schlüpfte in unterschiedliche Rollen, je nachdem, was sie bezwecken wollte. Doch bei Thomas war das anders. Er war nicht wie die anderen Männer. Er hielt sich nicht an diese Spielregeln. Manchmal überlegte sie, ob er sie überhaupt attraktiv fand. Er tat vollkommen unbehelligt in ihrer Gegenwart, gänzlich unberührt von ihrer äußeren Erscheinung und Anziehungskraft. Das störte, aber reizte sie auch. Er war ein Mann, den sie nicht durchschauen konnte – eine Seltenheit.

Ihr Stoß verfehlte die weiße Kugel. Er lachte auf.

»Da musst du aber noch ein bisschen üben bist zum nächsten Mal.«

Sie unterdrückte den Impuls zu fragen, wann das denn sein würde, und verfluchte sich selbst, weil ihr so sehr daran gelegen war.

Die Frau am Nachbartisch machte sich bereit. Der Mann trat hinter sie und erklärte ihr, wie sie vorgehen solle, eine Hand auf ihrer Hüfte. Sie lächelte, doch Molly sah, dass ihr Lächeln falsch war. Sie war den Mann leid, und sein Gefummel ekelte sie an. Molly konnte nicht umhin, sich zu fragen, ob ihre Mutter genauso empfunden hatte, als sie mit ihrem Vater zusammen gewesen war.

Thomas' Mobiltelefon summte, und er betrachtete es konzentriert.

»Es tut mir leid, aber ich muss los«, sagte er.

Sie war enttäuscht. Auch diesmal würde also nichts weiter passieren. Thomas umrundete den Billardtisch und ging auf sie zu. Sie erstarrte, denn auf einmal wurde ihr bewusst, wie das wirken musste, dass sie so dastand. Doch er wand ihr geschickt den Queue aus der Hand, drehte sich um und stellte ihn in die Halterung an der Wand.

Er trank in aller Ruhe noch einen letzten Schluck Bier, dann verließen sie das Lokal. Am Odenplan war das Schneetreiben dichter geworden, ihr Atem stieg in Form von weißen Wölkchen vor ihren Gesichtern auf.

»Ganz schön kalt«, bemerkte Thomas und blinzelte in den Himmel.

»Es geht eigentlich«, erwiderte Molly.

Er grinste. »Soll ich dir ein Taxi rufen?«

Sie schüttelte den Kopf und verkniff sich die Frage, wann sie einander wiedersehen würden. Stattdessen ging sie auf die Zehen und drückte ihm einen flüchtigen Kuss auf die Wange.

»Kann ich dich noch was fragen?«, begann sie.

Thomas musterte sie. Eine Millisekunde lang glaubte sie, Missbilligung in seinem Blick zu erkennen, aber das bildete sie sich vielleicht nur ein.

»Ja?«

»Was ist das für ein Duft, den du trägst?«

»Von Versace. Ich weiß nicht, wie er heißt, aber es ist ein blauer, durchsichtiger Flakon.«

»Ich werde auch so einen kaufen.«

»Für wen?«

»Für meinen Freund natürlich«, sagte Molly. »Wir sehen uns.«

Thomas lachte.

Während sie nach Hause schlenderte, beschloss sie, dass der Abend trotz allem nicht vergeudet war. Sie konnte zwar nicht genau benennen, an was es lag, aber aus irgendeinem Grund bekam sie weiche Knie in Thomas' Gegenwart. Vielleicht sollte sie einfach dazu stehen, entschied sie. Es kam so selten vor. Sie hatte schon seit Langem nicht mehr so gefühlt.

Damals war es ziemlich übel ausgegangen, und sie hatte nach Barcelona fliehen müssen. Aber sie war immerhin am Leben gewesen.

Und an diesem Abend war sie froh darüber.

FÜNF

Samer Bakirs Wohnung bestand aus einem einzigen Raum. Unter der Decke hing eine nackte Glühbirne, die kaltes Licht verströmte. Die einzigen Möbel waren ein Futonbett und ein Stuhl am Fenster.

»Ganz schön Feng-Shui«, bemerkte Vanessa.

Samer zog die Tür hinter ihr zu.

»Ich bin noch nicht dazu gekommen, mir mehr als das Nötigste zu besorgen.«

Die Luft war klamm, im Bad hing der Wasserdampf. Samer hatte nasse Haare und trug einen grauen Trainingsanzug. Er ging in die Kochnische, holte zwei Gläser aus dem Küchenschrank und nahm einen Tetra-Pak Orangensaft aus dem Kühlschrank. Er warf Vanessa einen fragenden Blick zu, und sie nickte kurz. Sie schlüpfte aus dem Mantel und hängte ihn über die Stuhllehne, ehe sie sich setzte. Samer reichte ihr ein Glas, und sie nahm einen Schluck.

»Wunderbar, danke.«

Er trank im Stehen sein Glas in einem Zug aus und schenkte es wieder voll.

»Sie haben sie gekannt?«

»Natasja?«

»Ja, Natasja.«

Vanessa beugte sich vor und stellte ihr halb volles Glas auf den hellen Parkettboden.

»Ich bin von dem Fall abgezogen«, sagte sie. »Aber ich will, dass Sie mich auf dem Laufenden halten.«

Es entstand eine Pause. Vanessa konnte nicht sagen, was in seinem Kopf vorging.

»Davon habe ich gehört. Ich bin ja für Sie eingesprungen.«

»Dann wissen Sie wohl auch schon, dass sie bei mir gewohnt hat und ich mich um sie gekümmert habe«, sagte Vanessa tonlos. Sie hatte plötzlich einen Kloß im Hals und wurde unsicher. Vielleicht sollte sie einfach aufstehen und gehen. Das Ermittlungsergebnis abwarten. Trotz allem war es sinnvoll, dass Polizeibeamten von den Ermittlungen ausgeschlossen wurden, wenn nahe Angehörige beteiligt waren. Das Emotionale stand dem Rationalen im Weg.

»Natürlich kann ich Sie auf dem Laufenden halten. Sie dürfen sich nur nicht in die Ermittlungen einmischen. Ist das klar?«

»Danke.«

Samer stieg über seine Sporttasche am Boden, setzte sich im Schneidersitz aufs Bett und lehnte sich an die Wand.

»Warum hat sie denn bei Ihnen gewohnt?«

Vanessa blickte auf ihre Hände.

»Ich war zu der Zeit suspendiert, wegen Alkohol am Steuer.« Samer runzelte die Stirn, und sie fuhr fort: »Bis die internen Ermittlungen abgeschlossen waren, habe ich ein paar Tage die Woche in einem Heim für minderjährige Flüchtlinge gearbeitet und den Mädchen bei den Hausaufgaben geholfen. Natasja war dort untergebracht, und so haben wir uns kennengelernt. Ein paar Monate später ist sie bei mir eingezogen. Wir waren einfach füreinander bestimmt.«

Samer fuhr sich mit der Zunge über die Lippen.

»Natasja, ist das nicht ein syrischer Name?«

»Ihr Vater war Professor für russische Literatur an der Uni in Damaskus. Ihr kleiner Bruder hieß Lev.«

»Hieß?«

»Die gesamte Familie kam bei einem Bombenattentat ums Leben, nur Natasja und ihr Vater haben überlebt. Sie hat sich außer Landes schmuggeln lassen und dann zu Fuß bis nach Schweden durchgeschlagen.«

Samer zog das Hosenbein hoch, entblößte ein behaartes Bein und kratzte sich an der Wade.

»Wann ist sie nach Syrien zurück?«

»Im vergangenen Dezember. Als sie ihren Vater in Syrien zurückgelassen hat, lag er im Sterben, aber er hat überlebt und nach ihr gesucht. Sie ist dann wieder zurückgekehrt, um sich um ihn zu kümmern.«

Samer sah Vanessa mitfühlend an.

»Sie hatten keine Ahnung, dass sie sich in Schweden aufhielt?«

Sie schüttelte den Kopf. Streckte sich nach ihrem Glas und trank den Saft aus.

»Wissen Sie, seit wann sie wieder hier war?«, wollte sie wissen.

Samer schien abzuwägen. Mit der Antwort zu zögern.

»Wir wissen nur, dass sie bei Johannes und Ida Lindskog in Bergshamra gewohnt hat. Die beiden waren gerade in New York im Urlaub. Als Natasja ihre Anrufe nicht angenommen hat, haben sie sich Sorgen gemacht und sie als vermisst gemeldet. Morgen früh landet ihr Flieger in Arlanda. Dann wissen wir mehr.«

Vanessa erhob sich und steuerte auf die Wohnungstür zu. Als Samer Anstalten machte, ihr zu folgen, winkte sie ab, und er ließ sich wieder aufs Bett sinken.

»Ich finde schon raus.«

SECHS

Das Haus lag auf einem abschüssigen Grundstück, umgeben von einer weißen Steinmauer.

Axel war am Samstag direkt vom Krankenhaus dorthin gefahren, ohne Ausrüstung. Hatte sich vor der protzigen Villa postiert und versucht, durch das schwarze Tor zu spähen, allerdings ohne Erfolg.

Nun, am Montagabend um kurz nach elf, war er wieder da und hatte einen Rechner dabei. Er wollte wissen, was das für ein Mensch war, der ein Kind über den Haufen fuhr und dann Fahrerflucht beging.

Um rechtzeitig zu sehen, wenn jemand näher kam, schaltete er die Dashcam auf dem Armaturenbrett ein. Er hatte sie für die Versicherung installiert, für den Fall, dass er in einen Unfall verwickelt werden würde.

Axel war sieben Mal durch die Führerscheinprüfung gefallen. Rebecca war mit Simon schwanger gewesen und hatte eisern mit ihm weitergeübt, obwohl er eigentlich am liebsten alles hingeschmissen hätte.

»Wie willst du sonst jemals unseren Sohn irgendwo abholen? Oder gehst du davon aus, dass ich ihn die ganze Zeit herumkutschiere?«, hatte sie ihn gefragt.

Schließlich hatte es geklappt, obwohl er immer noch ein unsicherer und vermutlich ungeeigneter Autofahrer war. Für Dinge, die für andere selbstverständlich waren, brauchte er einfach mehr Zeit. Er fuhr so langsam und vorsichtig, dass Simon auf dem Beifahrersitz stets laut aufgeseufzt hatte. Bei dem Gedanken daran musste Axel schmunzeln und schielte auf den leeren Sitz rechts neben sich.

Das Villenviertel hatte die Bürgersteige offenbar schon hochgeklappt, die Fenster oberhalb der hohen Mauern lagen entweder im Dunkeln oder die Vorhänge waren zugezogen.

Axel legte sich auf die Rückbank und warf einen letzten Blick durch die getönten Scheiben. Zog sich eine dunkle Decke über den Kopf, damit der helle Schein des Bildschirms von draußen nicht zu sehen war, und begann zu arbeiten. In eine fremde WLAN-Verbindung einzudringen, war ein Kinderspiel. Die Familie, die in der Villa wohnte, hatte allerdings ihre Netzverbindung besonders hoch gesichert, sodass er ein paar Minuten länger brauchte, um sie zu knacken.

Zwischendurch klickte er auf seinem Rechner immer wieder das Fenster von der Kameraübertragung an, um sicherzugehen dass sich niemand seinem Auto näherte.

Es fühlte sich richtig an, etwas zu unternehmen und nicht tatenlos herumzusitzen, während Simon mit seinem Leben rang. Er begann damit, die Aktivitäten der Familienmitglieder im Internet nachzuverfolgen, um sich ein Bild von ihnen machen zu können. Auch wenn der Range Rover auf den Mann zugelassen war, ließ das keine Rückschlüsse darauf zu, wer vergangenen Freitag im Valhallavägen am Steuer gesessen hatte.

Obwohl nur drei Personen unter diese Adresse gemeldet waren, schien noch eine vierte Person in dem Haus zu wohnen. Das überraschte ihn, denn es war ungewöhnlich, dass so eine reiche Familie aus finanziellen Gründen einen Untermieter hatte. Konnte die vierte Person, die den Internetverbindungen zufolge Nicolas Paredes hieß, so etwas wie ein Butler sein? Oder ein Chauffeur?

Eigentlich hätte es ausgereicht, die Festplatten, zu denen er sich Zugang verschafft hatte, auf seinen Rechner zu kopieren, aber er war plötzlich wie elektrisiert, wollte unbedingt noch mehr herausfinden und vergaß dabei die Zeit.

Erneut klickte er das Fenster der Kamera an und sah einen Mann mit einem Labrador an der Leine auf das Auto zukommen. Axel klappte unter der Decke den Rechner zu und rührte sich nicht. Offenbar umrundete der Mann das Auto und versuchte, durch die

Scheiben zu spähen. Axel ließ noch ein paar Minuten verstreichen, ehe er den Bildschirm wieder hochklappte und die Festplatten kopierte.

Die Daten, die er auf seinem Rechner gespeichert hatte, würde er im Krankenhaus durchsehen. Er versicherte sich, dass niemand in der Nähe war, kletterte auf den Fahrersitz und fuhr los.

SIEBEN

Die Sonne war eben erst aufgegangen, als die SAS-Maschine aus New York pünktlich um 8 Uhr 20 in Arlanda landete. In der Ankunftshalle von Terminal 5 standen Taxifahrer mit Namensschildern. Müde, sonnengebräunte Urlauber kamen von der Gepäckausgabe und zogen ihre Reisetaschen hinter sich her. Manche von ihnen trugen Flipflops und Sonnenhüte. Sie warfen resignierte Blicke auf den Schneeregen draußen vor dem Panoramafenster.

Vanessa trat an den Informationstresen und zeigte dem Mann dahinter ihren Polizeiausweis, den er mit einem gleichgültigen Blick bedachte.

»Können Sie jemanden für mich ausrufen?«, fragte sie und nahm einen Schluck aus ihrem Kaffeebecher. Sie fühlte sich ausgeruht, obwohl sie nur ein paar Stunden geschlafen hatte. Letzte Nacht hatte sie sich gezwungen, auf Schlaftabletten zu verzichten. Sie musste fit sein, auch wenn Natasjas Tod sie ganz schön mitnahm.

Sie lehnte sich an den Tresen und trank ihren Kaffee, während das Ehepaar Johannes und Ida Lindskog über Lautsprecher aufgefordert wurde, sich an der Information in der Ankunftshalle zu melden. Auf keinen Fall würde Vanessa zu Hause herumsitzen und auf die Ermittlungsergebnisse der Kollegen warten. Sie musste selbst aktiv werden. Weder Mikael Kask noch Samer Bakir konnten sie daran hindern, sich an der Jagd auf Natasjas Mörder zu beteiligen. Außerdem wusste sie, dass sich die Ermittlungen zunächst auf Rikard Olsson konzentrierten. Ein ermordeter Kollege hatte stets höchste Priorität, unabhängig davon, was nach außen hin kommuniziert wurde. Dass er im Einsatz gegen Bandenkriminalität besonders gefährdet gewesen war, ließ sich nicht leugnen.

Ein Paar Ende zwanzig löste sich aus der Menschenmenge und hielt eilig auf den Informationstresen zu. Vanessa zeigte erneut ihren Polizeiausweis und stellte fest, dass Johannes und Ida Lindskog um einiges jünger waren, als sie vermutet hatte. »Mein Name ist Vanessa Frank, ich bin von der Polizei«, stellte sie sich vor.

»Wir sind davon ausgegangen, dass Sie zu Hause auf uns warten«, entgegnete Johannes Lindskog.

»Planänderung.« Vanessa bedeutete ihnen, ihr zu folgen. »Ich fahre Sie nach Hause, und wir führen die Unterhaltung im Auto, das spart Zeit.«

Ida nahm auf dem Beifahrersitz Platz, während Johannes das Gepäck im Kofferraum verstaute und die Rückbank in Beschlag nahm. Vanessa aktivierte die Diktierfunktion in ihrem Mobiltelefon und lehnte es an den Schaltknüppel, ehe sie den Motor startete.

»Wie lange hat Natasja bei Ihnen gewohnt?«

»Natasja?«, rief Ida überrascht aus. »Sie meinen Zahra?«

Vanessa, den Blick auf das Auto vor sich geheftet, drehte den Kopf und sah Ida an. Sie überspielte rasch ihre Verwunderung.

»Ja, ich meine Zahra.«

»Seit Mai«, gab Ida zurück. »Oder?«

Johannes bestätigte dies mit einem Murmeln von der Rückbank. Natasja hatte sich also mindestens ein halbes Jahr lang in Schweden aufgehalten, ohne sich zu melden. Und sie hatte einen falschen Namen benutzt. Wollte sie es Vanessa damit besonders schwer machen, sie zu finden?

»Ist sie einer Beschäftigung nachgegangen?«

»Sie hatte verschiedene Aushilfsjobs. Im Sommer hat sie in einem Café gearbeitet, in den letzten Wochen in einem asiatischen Restaurant im Solna-Centrum.«

»Ich werde sie nachher bitten, die Namen der Arbeitgeber aufzuschreiben.« Vanessa bog auf die zweispurige Autobahn und fuhr unter einer Brücke hindurch. Der blinkende Tower wurde im Rückspiegel immer kleiner. »Hatte sie mit jemandem Kontakt?«

»Zwei Mal hat sie von einer Freundin Besuch bekommen.«

Johannes beugte sich nach vorn.

»Sabina hat sie geheißen, stimmt's?«, warf er ein.

»Haben Sie die Kontaktdaten von Sabina?«, erkundigte sich Vanessa und fädelte Richtung Stockholm ein.

»Leider nicht. Sie haben nur kurz Hallo gesagt und sind dann in Zahras Zimmer verschwunden.«

»Alter?«

»Sie war wohl so alt wie Zahra. Vielleicht ein bisschen älter.«

Auf dem Weg stadteinwärts ließen sie Schnellrestaurants, Lagerhallen, Tankstellen und Industriegebiete hinter sich.

»Wann war Sabina zuletzt bei Ihnen?«

»Vor zwei, drei Wochen etwa. Ich weiß es nicht mehr genau«, sagte Ida.

Der Verkehr wurde dichter, je weiter südwärts sie kamen. Auf der Höhe von Kista musste Vanessa abbremsen, denn vor ihnen kroch eine lange Schlange aus roten Bremslichtern langsam voran.

Sie trank noch einen Schluck Kaffee, der mittlerweile kalt geworden war.

»War Zahra in letzter Zeit anders oder irgendwie beunruhigt?«

Johannes beugte sich abermals vor.

»Nein, überhaupt nicht. Sie war genauso ausgeglichen wie immer. Sie war die Erste, die auf unsere Annonce geantwortet hat, und wir haben uns sofort entschieden. Das ist wirklich tragisch, was passiert ist.«

»Und unheimlich«, ergänzte Ida.

Aus irgendeinem Grund war Vanessa irritiert. Das junge Paar war ihr sympathisch, aber es störte sie, dass sie über Natasja redeten, als kannten sie sie besser als Vanessa selbst. Die Situation war grotesk. Natasja war tot, ermordet. Außerdem hatte sie sich von Vanessa ferngehalten. Das war komisch. Irgendetwas war faul an der Sache.

»Hat sie ihre Miete pünktlich gezahlt? War sie ordentlich?«

»Einwandfrei. Sie ist direkt nach der Arbeit nach Hause gekommen. Sie war nicht gerade gesellig, aber immer freundlich. Manchmal haben wir abends ferngesehen, alle drei. Aber das war auch schon alles.«

Der Verkehr lief wieder flüssiger auf den Nebenstraßen, die nach Bergshamra führten. Häuserblöcke ragten in den Himmel, dazwischen lagen kleine Parkanlagen und Plätze, ein ICA-Supermarkt.

»Aber mir ist da tatsächlich noch etwas aufgefallen«, sagte Ida mit einem Nicken in Richtung Supermarkt. »Es ist bestimmt nichts Wichtiges, aber trotzdem … Das war letzten Dienstag, hier vor dem Supermarkt. Ich habe noch Süßigkeiten für den Flug gekauft.«

»Was ist passiert?«

»Also, Zahra hat mit einem Mann geredet, vor dem ICA. Hier müssen Sie rein«, sagte Ida und deutete nach rechts.

Vanessa fuhr langsamer und bog ab.

»Warum ist Ihnen das aufgefallen?«

»Weil wir Zahra nie mit jemand anderem gesehen haben, außer mit Sabina. Und es sah so aus, als würde sie mit dem Mann diskutieren. Als Zahra mich bemerkt hat, ist der Mann ziemlich schnell verschwunden. Zahra und ich sind dann zusammen nach Hause gegangen, und ich habe sie gefragt, wer der Mann war.«

»Was hat sie gesagt?«

»Dass sie ihn nicht kennt, und dass er sie nur nach dem Weg gefragt hat. Aber das hat überhaupt nicht so gewirkt. Dafür haben sie sich irgendwie zu lange unterhalten.«

»Wie sah er denn aus?«

»Ich habe ihn nur von der Seite gesehen. Er trug eine graue Jacke und eine Mütze.«

»Sah er aus wie ein gebürtiger Schwede?«

»Eher nicht. Er hatte einen schwarzen Bart.«

»Können Sie mir sagen, wie groß er ungefähr war?«

»Mindestens einen Kopf größer als Zahra.«

Natasja, dachte Vanessa. Sie hieß Natasja. Was immer Sie meinen, und ganz gleich, wie gut Sie glauben, sie zu kennen, ihr Name war Natasja.

»Und um welche Zeit war das?«

»Es war noch hell draußen, also zwischen eins und drei nachmittags.«

Vanessa parkte vor dem Haus der Lindskogs und stellte den Motor ab. Sie schaltete die Diktierfunktion aus und speicherte die Aufnahme, anschließend bat sie Ida um ihre Telefonnummer. Nachdem sie diese notiert hatte, nahm sie eine Bewegung am Hauseingang wahr. Die Tür ging auf, und Samer kam zusammen mit einem Kollegen aus dem Haus.

Vanessa half Johannes dabei, die Koffer auszuladen, dann schwang sie sich wieder auf den Fahrersitz. Samer beugte sich vor, klopfte an die Seitenscheibe und gab ihr zu verstehen, dass er mit ihr reden wolle.

Sie ignorierte ihn, drehte den Zündschlüssel und fuhr Richtung ICA-Markt davon.

ACHT

Molly Berg lag im Sturebadet in einen weißen Frotteebademantel gehüllt ausgestreckt auf der Liege am Beckenrand. Nach der Trainingseinheit spürte sie ihren Rücken und die Oberschenkel, aber sie fühlte sich auch angenehm entspannt. Das Hintergrundgemurmel der Besucher bildete einen behaglichen Geräuschteppich.

Die Klientel des traditionsreichen Badehauses bestand an einem Dienstagvormittag wie diesem hauptsächlich aus Hausfrauen der Stockholmer Oberschicht, die ihre Kinder in die Vorschule gebracht hatten und sich nun mit ihren Freundinnen trafen, um Selleriesaft zu trinken und sich eine Massage zu gönnen. Vermutlich nahmen sie an, Molly sei ebenfalls eine von ihnen, da auch sie einen grünen Selleriesaft vor sich stehen hatte. Wahrscheinlich habe ich in den letzten fünf Jahren mit dem Ehemann von mindestens einer geschlafen, dachte sie.

Sie schloss die Augen und begann zu dösen.

Alles hatte nach ihrem Umzug angefangen, in Stockholm am Gymnasium. Molly hatte die Klubs am Stureplan frequentiert, und weil sie noch nicht alt genug dafür gewesen war, hatte sie einem älteren Mädchen einen Personalausweis abgekauft. Es war, als hätte sie eine exklusive Welt betreten, zu der nur Auserwählten der Zutritt gewährt war. Die Rollen waren klar: Die Männer zahlten, und die jungen Frauen waren Spielzeug, austauschbare Accessoires.

Eines Tages hatte Molly eine Nachricht auf Instagram erhalten von einem Mann, der sich Marc nannte. Er wollte wissen, ob sie Lust hatte, nach Dubai zu fliegen und zu feiern. Sie sollte zwei Freundinnen mitbringen, das Hotel sowie die Drinks würden die Jungs übernehmen. Außerdem würden ihre Freundinnen und sie jeweils dreitausend Dollar bekommen. Eine Woche lang bezahlte Party. Molly sagte begeistert zu und nahm zwei Freundinnen mit. Die Männer waren Amerikaner, sie waren nett und hatten gute Manieren. Dass sie verheiratet waren, störte Molly nicht im Geringsten. Sie kauften Molly und den beiden anderen Markenklamotten, Handtaschen und Schmuck, luden sie zu extravaganten Abendessen ein, zeigten ihnen exklusive Strände und tanzten in den Klubs die Nächte durch. Zwangsläufig landeten sie im Bett, aber das passierte eigentlich eher zufällig, wie das eben so war, wenn man miteinander Zeit verbrachte und zusammen trank. Das redete Molly sich jedenfalls ein.

Als sie wieder zu Hause war, meldete Marc sich erneut bei ihr und wollte wissen, ob sie Lust hatte, weiterzumachen. Die Männer waren zufrieden gewesen.

Weitere Reisen folgten: Los Angeles, Miami, Rio de Janeiro, Ibiza, London, Paris, wieder London und schließlich Athen.

Molly wurde immer begehrter, die teuren Geschenke häuften sich, sie hatte immer höhere Einnahmen. Ihren Eltern in Kiruna sagte sie von alldem nichts. Sie musste sich für die Geldscheinbündel eine Kassette kaufen, die sie in ihrer Einzimmerwohnung in Solna unter dem Bett versteckte. Sie hätte schließlich schlecht in eine Bank gehen und erklären können, warum eine Gymnasiastin über eine halbe Million Kronen in abgegriffenen Scheinen und drei verschiedenen Währungen besaß.

Die Monate vergingen, und Marc und Mollys Zusammenarbeit intensivierte sich. Er bot ihr Hilfe an, um ihr Geld zu waschen. Sie befasste sich nicht mit den Einzelheiten, aber ein paar Wochen später hatte sie ein Konto bei einer ausländischen Bank, auf dem sich das Geld von ihren Reisen häufte. Ferner wurde sie nun auch in Stockholm gebucht. Schwedische Geschäftsmänner zahlten ihr bis zu 40000 Kronen für eine Nacht in einem Luxushotel. Sogar Stars aus dem Ausland, Musiker, Künstler, Sportler und Geschäftsleute wollten sie in Schweden treffen. Molly schmiss das Gymnasium hin.

Doch dann kam alles anders.

Jamal bezog die Wohnung unter Mollys in dem Mietshaus in Solna. Er war ein paar Jahre älter als Molly und hatte die gleichen ungewöhnlichen Arbeitszeiten wie sie. An einem Sommerabend fingen sie an zu reden, von Balkon zu Balkon, und dann ging Molly zu Jamal hinunter, setzte sich auf den wackligen Stuhl auf seinem Balkon, und sie unterhielten sich, bis die Sonne wieder aufging. Während die Nachbarn zu ihren eintönigen Arbeitsstellen wanderten und ihre verrotzten Gören in den Kindergarten brachten, kifften Jamal und Molly, tranken Whisky aus der Flasche, erzählten einander von ihren Träumen und bestellten sich Pizza zum Frühstück. Sie hatten den Bogen raus, wie sie leben mussten, damit die Gesellschaft sie nicht kaputt machte, obwohl sie mit nichts auf die Welt gekommen waren. Davon waren sie jedenfalls überzeugt, und so redeten sie auch miteinander. Molly kündigte ihre Zusammenarbeit mit Marc auf und zog bei Jamal ein. Stattete seiner Familie in Rinkeby einen Besuch ab und wurde mit offenen Armen empfangen. Zum ersten Mal in ihrem Leben war sie Teil eines liebevollen Miteinanders, und die Menschen akzeptierten sie so, wie sie war.

Molly war durchaus klar, womit Jamal sein Leben finanzierte und woher das Geld kam. Doch anstatt sich davon einschüchtern zu lassen, fand sie es spannend, wenn er seine Glock in den Hosenbund schob, bevor er die Wohnung verließ. Er bat sie, keine Fragen zu stellen, und sie akzeptierte das. Sie träumten davon, wegzugehen. Jamal wollte sich darum kümmern und das nötige Geld beschaffen. Sie wollten eine Familie gründen und auf dem Land leben. Auf einem großen Hof irgendwo in der Pampa ein Dutzend Kinder großziehen und Straßenhunde aufnehmen.

Alle hatten Angst vor Jamal, weil sie in ihm den tätowierten Gangster sahen, den nichts und niemand stoppen konnte. Alle, außer Molly. Er behandelte sie liebevoll, begegnete ihr mit Respekt. Fragte sie um Rat, hörte zu, unterstützte und ermutigte sie.

Molly spürte ein Zwicken am großen Zeh und schlug die Augen

auf. Didrik lächelte sie an. Sie machte ihm Platz, damit er sich auf die Liege setzen konnte. Im Becken zogen gut situierte Pensionäre mit gemächlichen Bewegungen ihre Bahnen.

»Du bist der einzige Mensch in ganz Schweden, der noch Speedos trägt«, sagte sie.

Er sprang auf, fasste den Gummizug der winzigen roten Badehose, zog daran und ließ ihn mit einem Schnalzen zurückschnellen.

»Warum etwas verbergen, womit Gott sich so viel Mühe gegeben hat?«

Er winkelte den Arm an, ballte die Faust und küsste seinen Bizeps.

Molly lachte.

»Hat er deshalb vergessen, dich mit einem funktionierenden Hirn auszustatten?«

Didrik schnitt eine Grimasse.

»Lass uns schwimmen gehen.«

Molly schlüpfte aus dem Bademantel, zeigte ihren schwarzen Bikini, und sie warfen sich kreischend und mit rudernden Bewegungen in das hellblaue warme Wasser. Die Rentner sahen tadelnd zu ihnen herüber, als sie sich lachend aus dem Becken stemmten und sich nebeneinander auf den Liegestuhl legten.

»Musst du heute nicht arbeiten?«, fragte Molly, als sie wieder zu Atem gekommen war.

»Mir geht es nicht gut.«

»Schon wieder?«

»Du klingst schon wie mein Vater. Aber ihr müsst einfach begreifen, dass du und ich zur Generation Z gehören. Wir haben keine Zukunft. Die Welt geht unter, so oder so. Wenn die Klimaerwärmung kein brennendes Inferno aus der Erde macht, dann sterben wir an irgendeinem Virus oder einem Terroranschlag.«

Molly zuckte unwillkürlich zusammen, als Didrik das Wort Terror aussprach. Aber er redete unbekümmert weiter und bemerkte ihre Reaktion gar nicht.

»… man kann sich aber auch einen goldenen Schuss setzen. Oder was meinst du?«

Er drehte sich auf den Bauch und sah sie erwartungsvoll an. Molly riss sich zusammen und strich ihm mit dem Zeigefinger vom Haaransatz bis zur Nasenspitze.

»Wenn du das sagst«, meinte sie. »Ich habe Hunger. Sollen wir einen sündteuren Salat essen und uns dabei von den Oberklasseschachteln mit ihrem klimpernden Goldschmuck ermahnen lassen, leiser zu sein?«

»Klingt gut.«

In ihre Bademäntel gehüllt gingen sie die Treppe zum Café hinauf, bestellten sich Salat und ließen sich an einem Tisch mit Sicht über das Becken nieder.

Als ihre Teller leer waren, lehnten sie sich zurück und tranken grünen Tee. Mollys Mobiltelefon gab einen Ton von sich. Thomas wollte sie treffen. Um halb vier in ihrer Wohnung.

Molly grinste und hielt Didrik das Display hin, damit er die Nachricht lesen konnte.

»Von wegen, du lässt ihn betteln. Sowie er pfeift, kommst du angelaufen«, sagte er.

»Ich kann einfach nicht anders. Er hat was, ich habe mich schon lange nicht mehr so gefühlt, seit …«

Molly unterbrach sich und schluckte.

»Jamal?«, ergänzte Didrik. »Wie das ausgegangen ist, weißt du ja.«

Jetzt merkte er, dass seine Worte in Molly etwas auslösten. Er griff über den Tisch nach ihrer Hand.

»Entschuldige. So war das nicht gemeint.«

»Ich weiß, schon gut.«

Sie sammelte ihre Sachen zusammen und ging hinunter in die Umkleiden, duschte sich, zog sich an und schminkte sich besonders sorgfältig. Sie hatte noch ein paar Stunden Zeit, bis Thomas kommen wollte, und beschloss, einen Stadtbummel zu machen.

Mitten auf dem Stureplan blieb sie abrupt stehen, ein Mann rempelte sie im Vorbeigehen an und fluchte. Molly nahm keine Notiz von ihm, zog ihr iPhone aus der Tasche und las Thomas' Mitteilung.

Dann sehen wir uns bei dir.

Bei ihr? Zu Hause?

Keiner, außer Didrik, wusste, wo Molly wohnte. Sie hatte Thomas niemals ihre Adresse gegeben, da war sie sich ganz sicher. Wie konnte er dann wissen, wo sie wohnte?

NEUN

Vanessa legte den Kopf in den Nacken und blickte in die graue Wolkendecke über Stockholm. Vergangenes Jahr gab es gerade mal neun Sonnenstunden im ganzen Monat November. Bislang hatte die Sonne sich eine einzige Minute gezeigt, aber immerhin hatte es aufgehört zu regnen.

Rechts am Eingang des ICA-Marktes war eine Überwachungskamera angebracht. Vanessa ignorierte den mechanischen Gruß der Bettlerin und betrat das Geschäft. Hinter der einzigen geöffneten Kasse gähnte ein junger Mann mit gerötetem Gesicht und struppigem Pony.

»Ich bin von der Polizei und benötige das Bildmaterial von der Kamera am Eingang.«

»Da müssen Sie mit Gurra reden. Dem Chef. Er ist in seinem Büro.«

Vanessa folgte der Wegbeschreibung des Kassierers und blieb vor einer dicken Metalltür mit einem Sichtfenster darin stehen. Sie wölbte die Hand, drückte ihre Nase gegen die Scheibe und spähte in den Raum, bei dem es sich um ein Lager zu handeln schien. Sie klopfte an, ehe sie eintrat.

Ein groß gewachsener, rothaariger Mann in weißem Polohemd mit dem ICA-Logo auf der Brusttasche kam zwischen den Reihen mit Waren auf Vanessa zu. Er machte ein überraschtes Gesicht.

»Gurra?«

Der Mann nickte.

»Vanessa Frank, Polizei.« Sie zeigte ihren Ausweis.

»Aha. Und wie kann ich Ihnen helfen?«

»Die Überwachungskamera am Eingang. Kann ich mir die Aufnahmen der letzten Woche ansehen?«

»Ich bin eigentlich gerade beschäftigt ...«

»Ich auch. Also bringen wir's besser gleich hinter uns«, schnitt Vanessa ihm das Wort ab.

Gurra zuckte resigniert mit den langen Armen, drehte sich um und ging tiefer in das Lager hinein. Führte sie in einen kleinen fensterlosen Büroraum, in dem es nach Schweiß und Fast-Food-Resten roch. Das Mobiliar bestand aus einem Schreibtisch, zwei Stühlen und einem Bücherregal, das vor lauter Ordnern schier überquoll. Auf dem Schreibtisch stand ein Rechner, davor lag aufgeschlagen die tagesaktuelle Ausgabe der *Kvällspressen*. Daneben ein Becher mit dampfendem Kaffee und eine Zimtschnecke auf einer Papierserviette.

Gurra bewegte die Maus, und der Bildschirm wurde hell. Er klickte ein Kamera-Icon an, woraufhin acht schwarz-weiße Fenster erschienen. Vanessa beugte sich über Gurras Schulter. Eines der Fenster zeigte den Außenbereich, die übrigen sieben das Innere des Supermarktes.

»Um welchen Tag geht es denn?«

»Um letzten Dienstag, zwölf Uhr und später.«

Er öffnete ein neues Fenster, gab Datum und Uhrzeit ein. Vanessa zog den zweiten Stuhl zu sich heran, und Gurra rückte ein Stück zur Seite.

»Wonach suchen Sie?«

»Nach einer jungen Frau, unter achtzehn. Mit schwarzen Haaren. Sie soll sich mit einem Mann unterhalten haben, der möglicherweise Mütze und Bart trägt«, entgegnete Vanessa, ihren Blick auf den Bildschirm geheftet.

»Spannend«, sagte er und gähnte. »Soll ich etwas vorspulen?«

»Tun Sie das.«

Die Passanten auf dem Platz begannen, sich schneller zu bewegen, wie in einem alten Film aus der Wochenschau. Kinderwagen sausten hin und her, eine Vorschulklasse mit Kindern in Einheitskleidung marschierte vorbei. Ein Wagen von der Securitas hielt an. Der Mann vom Wach- und Schließschutz stieg aus, ging in den

Supermarkt, kam mit einem Koffer wieder heraus, und der Wagen verschwand.

Gurra verlor das Interesse, streckte sich nach der Zimtschnecke und biss hinein. Es regnete Hagelzucker und Krümel, und er wischte sie nachlässig mit der Handfläche vom Schreibtisch.

Er griff nach seinem Kaffeebecher und führte ihn zum Mund.

»Stopp«, sagte Vanessa.

Gurra hielt inne und sah sie mit vollem Mund perplex an.

»Der Film, Gurra. Nicht den Kaffee.«

Er schluckte und stellte den Becher wieder ab.

»Sorry.«

Die eingeblendete Uhrzeit zeigte 13:37. Gurra spulte ein paar Sekunden zurück. Stocherte dann mit einem Fingernagel zwischen den Zähnen, um hängen gebliebenen Hefeteig zu entfernen.

Es versetzte Vanessa einen Stich, Natasja plötzlich im Bild zu sehen.

Sie stand der Kamera zugewandt und trug eine dunkle dicke Jacke. Schwarz oder dunkelblau, vermutete Vanessa. Plötzlich drehte Natasja den Kopf. Von rechts kam ein Mann näher und stellte sich mit dem Rücken zur Kamera.

Vanessa musterte Natasjas Gesicht. Kein Zweifel, sie wirkte verängstigt. Der Mann redete offenbar mit ihr. Natasja antwortete, machte eine ausholende Geste und schüttelte den Kopf. Wich zurück. Der Mann nickte. Im Nacken, direkt unterhalb des Haaransatzes, hatte er ein Mal. Vielleicht eine Narbe oder Tätowierung? Vanessa beugte sich noch näher zum Bildschirm vor und studierte den Mann. Es schien sich um ein großes Muttermal zu handeln.

Die Unterhaltung dauerte 23 Sekunden, dann schob der Mann die Hände in die Taschen und ging. Ida Lindskog tauchte auf, wechselte ein paar Worte mit Natasja und verschwand in den ICA-Markt, während das Mädchen stehen blieb und dem Mann nachsah.

»Wo ist er hingegangen?«, wollte Vanessa wissen.

»Richtung U-Bahn wahrscheinlich. Oder zum Parkplatz.«

Ida Lindskog kam wieder aus dem Supermarkt, in der Hand eine

Plastiktüte. Sie winkte Natasja, die ein Lächeln aufsetzte und zu ihr aufschloss. Zusammen gingen sie in dieselbe Richtung aus dem Bild wie der Mann.

»Ich brauche die Aufnahmen von sämtlichen Überwachungskameras, drinnen wie draußen. Alles, was zwischen elf und achtzehn Uhr aufgezeichnet worden ist.«

»Kein Problem.«

Vanessa nahm sich einen Stift und ein Post-it vom Schreibtisch und notierte ihre private Mailadresse.

»War das alles?«

Sie klebte den Zettel mitten auf den Computerbildschirm.

»Das war alles.« Sie klopfte Gurra auf die Schulter.

Die Angst in Natasjas Gesicht war nicht von der Hand zu weisen. Sie würde den Mann von der Überwachungsaufnahme finden. Sie würde ihn bis ans Ende der Welt jagen, wenn es sein musste.

ZEHN

Nicolas lief im Zickzack zwischen den überdimensionierten Djursholmer Generaldirektoren- und IT-Millionärsvillen hin und her. Hinter der Wolkendecke glich die Sonne einer weißen Scheibe. Die Bäume in der Samsö-Bucht hatten ihre Blätter verloren und wirkten ausgemergelt.

Es begegnete ihm kaum jemand, nur ein paar vereinzelte Oberschichtmütter mit ihren Kinderwagen oder Hundebesitzer. Einige wenige Jogger waren mit Leibwächtern unterwegs, die sich an ihre Fersen geheftet hatten und Nicolas aufmerksam taxierten. In seiner schwarzen Lederjacke und dunklen Jeans, dem Kapuzenpulli und robusten Stiefeln sah er nicht gerade wie der typische Nachbar hier aus.

Schweden und Stockholm hatten sich verändert. Die oberen Zehntausend hatten jetzt Panic Rooms in ihren Villen, CEOs und Unternehmer bezahlten Bodyguards, die sie und ihre Familien vor Kidnappern und Erpressungen schützten. Fast täglich berichteten die Zeitungen von neuen Sprengstoffanschlägen und Schießereien in den Vororten. Vor ein paar Jahren, kurz nachdem Nicolas bei der Eliteeinheit der schwedischen Streitkräfte SOG unehrenhaft entlassen worden war, hatte er den Trend zu Panic Rooms und Personenschützern selbst befeuert. Zusammen mit einem Freund von früher hatte er zwei Vorstandsvorsitzende entführt und Lösegeld gefordert. Vanessa Frank hatte seinem Treiben schließlich Einhalt geboten. Im Gegenzug dafür, dass sie ihn laufen ließ, hatte er sie nach Südchile begleiten müssen, um Natasja das Leben zu retten.

Seitdem war eine besondere Freundschaft zwischen ihm und Vanessa gewachsen, eine Freundschaft, die bisweilen … ja, an etwas anderes grenzte. Bevor er vergangenen Sommer den neuen Job in London angetreten hatte, war er ein paarmal drauf und dran gewesen, sie zu fragen, was das eigentlich war zwischen ihnen. Doch irgendetwas hatte ihn davon abgehalten. Vanessa hatte ihn davon abgehalten. Es war, als wollte sich keiner von beiden die Blöße geben und eine unsichtbare Grenze überschreiten, um damit ihre Beziehung zu riskieren. Nachdem Nicolas nach London gezogen war, hatte er versucht, Kontakt zu halten, aber Vanessa hatte seine Anrufe ignoriert und auch seine Nachrichten nicht beantwortet. Er konnte sich nicht erklären, warum. Er wollte ihr nichts Böses. Im Gegenteil. Keinem anderen Menschen wünschte er mehr Glück als Vanessa Frank – was immer zwischen ihnen sein sollte. Sie war kompliziert und eigen, aber Nicolas war im Laufe seiner 31 Lebensjahre keiner anderen Person begegnet, mit der ihn ein größeres Zusammengehörigkeitsgefühl verband.

Er blieb auf einer Brücke stehen und ließ seinen Blick über die Samsö-Bucht schweifen.

Am anderen Ufer lag Lidingö. Er nahm sein Mobiltelefon zur Hand und rief Vanessa an. Eine blecherne Frauenstimme informierte ihn, dass die Nummer zurzeit nicht vergeben war.

Zurück im Haus ging Nicolas gerade über den Flur zu seinem Zimmer, als er Erica in Spitzendessous am Esstisch des großen Salons entdeckte, eine Flasche Rotwein vor sich. Das Licht war gedimmt, im offenen Kamin loderten die Flammen an den knackenden Holzscheiten empor.

»Trinkst du ein Glas mit mir?«, fragte sie.

»Danke, nein.«

»Willst du mir nicht ein bisschen Gesellschaft leisten?«

Erica erhob sich, griff nach der Weinflasche und kam damit langsam auf ihn zu. Die Kombination aus hohen Absätzen und Alkohol machte ihren Gang unsicher. Nicolas wandte sich ab und blickte ins Feuer.

»Gefalle ich dir nicht?«, flüsterte sie. »Schau mich an.«

Erica nahm seine Hand und legte sie auf ihre Hüfte. Sie lehnte sich vor, ihr Atem roch nach Wein und Pfefferminze. Nicolas zog seine Hand weg.

»Hören Sie auf«, sagte er und sah ihr in die Augen.

Sie trat zurück, setzte die Flasche an und trank einen Schluck. Wischte sich lachend das Kinn ab.

»Wenn Johan dir sagen würde, dass du mich vögeln sollst, dann würdest du's machen. Willst du das? Dass er dich darum bittet?«

Ihm tat Erica leid. Er wollte ihre Situation nicht ausnutzen.

»Ich will nur meinen Job machen. Und ich glaube, Sie wollen das nicht wirklich. Sie sind nur … traurig. Und betrunken.«

Sie schnaubte.

»Sag mir nicht, was ich will und was nicht. Ich weiß, wie du mich ansiehst. Ich weiß, dass du auch willst.«

Erica trat einen Schritt vor und verpasste ihm mit der rechten Hand einen Schlag gegen die Brust. Nicolas verzog keine Miene.

»Bin ich so ekelhaft? Verachtest du mich so sehr, dass du mich nicht mal bumsen willst?«

Sie schlug ihn erneut.

Nicolas drehte sich um und hielt auf sein Zimmer zu.

Erica schniefte. Sie hatte ja recht. Ihre Blicke waren ihm in den ersten Tagen schon aufgefallen. Und er hatte sich vor ihnen gefürchtet, vor ihrer Bedeutung, vor seiner Reaktion darauf. Er fand Erica attraktiv. Aber er konnte nichts tun, das würde alles zerstören. Er würde rausfliegen und müsste wieder bei null anfangen.

Nicolas blieb stehen und ging zurück. Nahm Erica in den Arm. Spürte ihre Tränen an seinem Hals hinabrinnen.

»Alles gut«, sagte er leise. »Es wird alles gut.«

Er hielt sie fest und presste den schlanken Körper an sich. Erica missverstand dies und versuchte, Nicolas zu küssen, da ließ er sie los und wich zurück.

Während er auf seine Zimmertür zuging, hörte er, wie die Weinflasche gegen die Wand prallte und mit einem Splittern zerbrach.

ELF Axel fand eine freie Lücke auf dem Parkareal, und nach ein paar Versuchen gelang es ihm, seinen VW Passat innerhalb der weißen Linien abzustellen. Er zitterte am ganzen Körper, als er die Fahrertür aufmachte und der Wind an seinen Kleidern zerrte.

Er folgte den Pfeilen ins Einkaufszentrum von Skärholmen. Das Bündel Geldscheine, die er vor Kurzem abgehoben hatte, beulte seine Jeanstasche aus.

Die Ärzte hatten ihnen inzwischen ihre Einschätzung mitgeteilt. Axel und Rebecca konnten nun nur noch auf ein Wunder hoffen. Und wenn in den nächsten Tagen keines geschah, dann würde Simon in seinem Krankenbett im Astrid-Lindgren-Kinderkrankenhaus sterben.

Axel hatte nicht länger einfach nur dasitzen und mitansehen können, wie das Leben langsam aus seinem Sohn wich. Lauter kranke Kinder befanden sich in diesem Krankenhaus, und ihre aufgewühlten Eltern wankten gespenstergleich mit ihren rot geweinten Gesichtern in den langen sterilen Gängen auf und ab.

Rebecca hatte ihn verwundert angesehen, als er gesagt hatte, er müsse noch mal los, um etwas zu erledigen. Er hatte noch nie so eine unbeschreibliche Wut in sich gespürt wie die, die jetzt durch seinen Körper peitschte.

Er fuhr mit der Rolltreppe in die öde Shoppingmall hinunter, ging an einer Clas-Ohlson-Filiale und an ein paar jungen, unüberhörbaren Handyverkäufern von Telenor vorbei und steuerte auf den Bistro-Bereich zu.

Das Restaurant, in dem er sich mit dem Mann treffen wollte, hieß Alhambra.

Thorstens Beleidigungen vom Wochenende klangen ihm noch in

den Ohren. Das Problem war jedoch, dass er recht hatte. Es war Axels Schuld, dass Simon schwer verletzt war und nur atmete, weil seine Lunge an eine Maschine angeschlossen war. Es gab allerdings eine andere Person, die noch größere Schuld trug als Axel. Diejenige, die das Auto gefahren hatte. Noch wusste er nicht sicher, ob Johan Karlström der Fahrer gewesen war, aber es deutete alles darauf hin.

Wenn Simon es nicht schaffte, würde Rachenehmen das Letzte sein, das Axel in seinem Leben tat. Es gab keine andere Alternative. Und er wollte auf das Schlimmste gefasst sein.

Die Waffe, die er zu kaufen gedachte, würde zwei Leben beenden. Das des Mörders seines Sohnes und sein eigenes. Er würde niemals mit den Schuldgefühlen leben können, wenn Simon starb.

Der Mann, mit dem Axel sich über das Darknet verabredet hatte, sollte eine rote Mütze tragen. Ihn auszumachen war einfacher, als Axel gedacht hatte. Nur zwei Tische im Alhambra waren besetzt. An einem saß eine Familie mit lärmenden Kindern, an dem anderen ein Mann mit roter Mütze. Axel war unsicher, nervös. Der Mann fing seinen Blick auf, Axel hob verstohlen die Hand zum Gruß und ging auf ihn zu. Er tupfte sich den Mund ab, schob seinen Teller zur Seite und erhob sich.

»Hej, i-i-ich bin der, den Sie treffen wollten«, sagte Axel.

Der Mann ignorierte Axels ausgestreckte Hand, kratzte sich am Kopf, nahm dann die Mütze ab und steckte sie in die Jackentasche.

»Kommen Sie mit.« Er ging Richtung Ausgang, und Axel folgte ihm. Sie überquerten einen Platz, auf dem die Gemüsehändler ihre Waren anpriesen, während weiße Atemwolken aus ihren Mündern aufstiegen. Axel musste in Laufschritt verfallen, um mitzuhalten. Sie erreichten einen Wohnblock. Pfützen reihten sich auf dem Asphalt aneinander. Ein rostiger Fahrradrahmen war achtlos ins Gebüsch geworfen worden. Der Mann blieb vor einer weißen Metalltür stehen, sah sich wachsam um und bedeutete Axel, sich zu beeilen.

»Wir müssen hier runter.« Der Mann machte die Tür auf, hinter der eine Treppe nach unten führte.

Axel zögerte. Er konnte hier genauso gut ausgeraubt werden, der Mann wusste schließlich, dass er 15 000 Kronen bei sich hatte. Vielleicht warteten da unten noch andere Männer.

Axel hatte panische Angst vor Gewalt. Wie oft hatte er sich in seiner Jugend auf dem Boden zusammengekrümmt und verzweifelt versucht, seinen Kopf vor den Tritten zu schützen? Hatte das Gelächter, das aufgekratzte Gejohle gehört, wenn die Schulkameraden sich gegenseitig aufgestachelt hatten: »Er soll sich in die Hose pissen. Er soll sich in die Hose pissen.«

»Ey, los jetzt. Ich habe nicht den ganzen Tag Zeit.«

Axel stieg in die Dunkelheit hinab und wäre beinahe auf der letzten Stufe gestolpert, aber er fing sich wieder. Auf einmal ging das Licht an, und er erkannte eine Reihe mit Kellerabteilen. Unter der Decke verliefen kupferne Wasserleitungen, es roch klamm nach Schimmel und Feuchtigkeit. Der Mann umrundete ihn, holte einen kleinen Schlüssel aus seiner Hosentasche und schob ihn in das Vorhängeschloss des Abteils, vor dem er stand. Dann stieß er die Tür auf, zog Einweghandschuhe an und stellte grummelnd ein paar Kartons zur Seite.

Er machte eine Kiste auf und kramte darin herum.

»Kommen Sie.«

Auf einer Box lag eine schwarze Pistole, daneben eine Schachtel mit messingfarbenen Patronen.

»Erst das Geld.«

Axel legte das Geldscheinbündel in die ausgestreckte Hand des Mannes und überlegte, was er jetzt tun sollte. Sollte er die Waffe prüfen? Nach einem Beutel fragen? Der Mann trat auf dem unebenen Zementboden ungeduldig von einem Fuß auf den anderen, während er die Scheine zählte.

Axel beugte sich vor, steckte die Glock in eine Jackentasche und die Patronenschachtel in die andere.

»Da-danke«, murmelte er, drehte sich um und ging zur Treppe.

ZWÖLF

Es war Nachmittag, die Wanduhr zeigte zehn Minuten nach drei an. Schon als Molly ihre große, stilvoll möblierte Diele betrat, war klar, dass etwas nicht stimmte. Die Deckenlampe brannte. Schuhabdrücke auf dem hellen Parkett führten in die Wohnung.

»Hallo?«, rief sie.

»Ich bin hier«, rief Thomas zurück.

Sie unterdrückte den Impuls, sich umzudrehen und wieder aus ihrer Wohnung zu laufen, schlüpfte stattdessen aus ihren Adidas-Sneakers und stellte sie ins Schuhregal. Für einen Moment fragte sie sich, ob er so etwas wie ein Rollenspiel vorbereitet hatte. Mit klopfendem Herzen folgte sie den Spuren ins Wohnzimmer. Er saß in dem großen hellen Sessel unter dem Kronleuchter. Sie sah ihn forschend an und versuchte zu erspüren, was hier vor sich ging. Hatte sie sich in ihm getäuscht? War er ein Verrückter?

»Wie bist du reingekommen?«, wollte sie wissen.

»Setz dich«, sagte er barsch. »Wir müssen reden.«

Seine Stimme war klar und fest und ließ keinen Spielraum für Diskussion. Molly stellte die Tasche mit ihrer Wechselkleidung aus dem Sturebadet ab und setzte sich aufs Sofa. Die Stimmung zwischen ihnen war wie ausgewechselt, sie empfand nur noch Abscheu.

»Ich brauche deine Hilfe«, sagte er. Er musterte sie ernst.

»Wobei?«

»Nächste Woche triffst du dich mit einem Mann, einem von deinen Stammkunden. Johan Karlström, der CEO von Gamblers.«

Molly spürte Unbehagen in sich aufsteigen, sie machte den Mund auf, um zu widersprechen, aber Thomas bedeutete ihr mit einer Geste, ihn nicht zu unterbrechen.

»Lass uns ehrlich zueinander sein, Molly. Ich weiß, womit du dein Geld verdienst, und ich will das nicht bewerten.«

Sie starrte ihn an. Seine Miene war ausdruckslos.

»Wer bist du?«, fragte sie.

»Das ist jetzt nicht wichtig.«

»Warum sollte ich dir helfen?«

Thomas wies auf den runden Couchtisch zwischen ihnen. Molly hatte nicht bemerkt, dass auf der gläsernen Platte ein braunes Kuvert lag.

»Mach den Umschlag auf«, forderte Thomas sie auf.

»Nein.«

Sie schüttelte den Kopf und legte demonstrativ die Hände in den Schoß. Sie benetzte die Lippen, und ihr Herz pochte immer heftiger in ihrer Brust.

»Tu, was ich dir sage.«

Molly nahm das Kuvert an sich und wog es in der Hand.

Es war leichter als erwartet und enthielt vermutlich ein paar Seiten Papier. Sie machte es auf. Fotos, mindestens zwanzig Stück. Aus der Ferne, durch Fensterscheiben aufgenommen. Bilder aus der Nähe, wahrscheinlich mit versteckter Kamera geschossen. Molly auf allen vieren in der Kajüte der Lucinda. Ihr Gesicht war gut zu erkennen, jedoch nicht das des Mannes. Molly mit seinem Penis im Mund. Molly nackt, mit leerem Blick und high vom Ecstasy tanzend an Deck der Lucinda. Molly in einem roten Kleid bei einem Dinner in London. Molly auf einer Party, während sie mit einem bekannten Politiker eine Line Koks zieht. Molly und Didrik auf ihrer Terrasse in Barcelona. Sie blätterte immer hektischer und ihre Hände zitterten immer stärker. Die Observation musste schon seit Monaten laufen.

»Es gibt auch Videos«, sagte Thomas.

Sie wurde rot und legte die Fotos beiseite.

»Wer bist du? Wer zum Henker bist du?«, sagte sie matt.

»MI6.«

»MI6?«

Molly spuckte die Worte förmlich aus. Sie war mehr als wütend.

Ihre Wohnung in der Banérgatan war ihr Allerheiligstes. Der einzige Ort auf dieser Welt, an dem sie sich sicher fühlte. Thomas hatte sich Zutritt zu ihrem Unterschlupf verschafft. Drohte ihr. Anders konnte man die Situation gar nicht deuten.

»Britischer Geheimdienst. Aktuell geht es um eine gemeinsame Operation mit der Säpo, der schwedischen Sicherheitspolizei. Und wir brauchen deine Hilfe.«

Molly ließ diese Information sacken. Versuchte, einen klaren Gedanken zu fassen, trotz der bleiernen Übelkeit, die in ihr aufstieg. Hatte das etwas damit zu tun, was an Bord der Lucinda passiert war? Oder war das alles gelogen? Am Ende arbeitete er für den Mann, mit dem sie auf der Jacht Sex gehabt hatte. Ihre Gedanken wurden immer wirrer und abstruser.

»Was soll das alles?«

»Du sollst mir einen Gefallen tun, mehr nicht.«

»Und wenn ich mich weigere?«

»Das wirst du nicht.«

»Wenn ich mich weigere?«, wiederholte sie stur, obwohl sie die Antwort kannte. Doch sie wollte, dass er sie aussprach.

»Dann schicke ich diese Fotos an deinen Vater, der denkt, dass du in einer Boutique arbeitest. Deine Kunden haben Macht, sind zum Teil sogar weltberühmt. Ich glaube, dass sowohl die britische Regenbogenpresse als auch die schwedischen Abendzeitungen durchaus an den Bildern interessiert wären. Du wärst überall in den Schlagzeilen, in jeder Nachrichtensendung. Du wärst die berühmteste Hure der Welt.«

Nicht nur das, dachte Molly. Sie würden mich jagen. Viele der Männer, die mich gebucht haben, würden mich zum Schweigen bringen wollen. Mich tot sehen wollen. Sie würden denken, dass ich selbst die Aufmerksamkeit gesucht hätte.

Letztes Jahr war eine junge Russin, die in den Zeitungen als Fotomodell bezeichnet worden war, tot vor einem Hochhaus in Bangkok aufgefunden worden. Molly hatte diese Frau gekannt, hatte sie in mehreren Villen rund ums Mittelmeer auf Partys getroffen. Sie war high gewesen. Laut. Unzuverlässig. Es hatte kein Zweifel bestanden, dass sie im selben Metier gearbeitet hatte wie Molly. Aufgrund des gewaltsamen Todes der Russin und dem, was Molly an Bord der Lucinda gehört hatte, hatte sie beschlossen, nach einem Ausweg zu suchen. Doch nun zwang Thomas sie, selbst zur Zielscheibe zu werden.

DREIZEHN

Vanessa saß an einem Fenstertisch im McLarens in der Surbrunnsgatan. An der Bar standen zwei beschwipste Stammgäste in Lederwesten und warfen unter lautem Gelächter Dartpfeile, die die Scheibe jedoch jedes Mal verfehlten. Aus dem Fernseher hinter dem Tresen ertönte die monotone Stimme des Nachrichtensprechers, der vom elenden Zustand der Welt berichtete. Vanessa stocherte gedankenverloren in ihrer veganen Pasta mit Bohnen und Tomatensoße und schaute auf das Display ihres Telefons. Sie sah sich den kurzen Filmausschnitt mit Natasja und dem Unbekannten vor dem Supermarkt an, der ihr im Laufe des Nachmittags geschickt worden war. Es war unmöglich zu erkennen, was Natasja gesagt hatte. Vanessa hatte die Aufnahmen an Trude weitergeleitet, die sie in die Analyse gegeben hatte. Für den nächsten Tag war ein Experte für Lippenlesen einbestellt, der Klarheit in das Gespräch bringen sollte.

Dennoch hatte Vanessa das Gefühl, dass Mikael Kask und die anderen aus der SoKo den Mord an Natasja immer noch nicht ernst nahmen. Für sie war sie ein Zufallsopfer, jemand, der einfach nur im Weg gewesen war.

Vanessa musste aber wissen, warum Natasja gestorben war, ganz gleich, wie das Mordmotiv lautete. Sie musste einen Schlussstrich unter diesen Fall ziehen, um wieder nach vorn blicken zu können. Und sie hatte das untrügliche Gefühl, dass die Aufnahmen der Überwachungskamera von Bedeutung waren. Während Mikael Kask und die anderen sich auf Rikard Olsson konzentrierten, konnte sie gut und gerne in andere Richtungen ermitteln.

Der einzige Mensch, den sie in ihr Leben gelassen hatte, war Natasja gewesen. Und Nicolas. Nun war Natasja tot, und Nicolas war nach London gezogen. Im Nachhinein war es sogar gut, dass er Schweden den Rücken gekehrt hatte. Die Geschehnisse der letzten Jahre hatten ein Band zwischen ihnen geknüpft, aber sie hatte Angst, ihn richtig an sich heranzulassen. Sie fühlte sich von ihm angezogen, geradezu schmerzhaft angezogen, keine Frage. Und es gab niemandem, dem sie mehr vertraute. Aber sie war dreiundvierzig, und er war über zehn Jahre jünger als sie. Und es würde der Tag kommen, an dem er Kinder wollte. Die konnte sie ihm nicht schenken, dafür war sie zu alt. Vor allem wollte sie sich nicht erneut dem Risiko aussetzen, sich so verwundbar zu machen. Deswegen hatte sie auch nicht geantwortet, als Nicolas sich bei ihr gemeldet hatte. Es war besser, wenn sie sich rarmachte.

Es gab ja noch Celine. Wo auch immer die sich zurzeit aufhielt. Vanessa hatte ein schlechtes Gewissen, weil sie ihren letzten Anruf so brüsk weggedrückt hatte. In dem Moment war ihr einfach alles zu viel gewesen. Sie streckte sich nach ihrem Mobiltelefon, um Celine zurückzurufen und sich zu erkundigen, ob es ihr gut ging.

In dem Moment brüllte jemand ihren Namen. Sie sah auf und entdeckte Gusten, einen der Stammgäste, an der Bar. Neben ihm stand der Gitarrenkoffer, den er stets bei sich hatte. Er hüpfte vom Barhocker und kam auf sie zu.

»Wie sieht's aus, Konstabler?«, fragte er.

»Geht so.«

»Kennst du den schon?« Gusten räusperte sich. »Das Leben ist wie ein Abflussrohr, lang und voller Scheiße.«

Vanessa grinste.

»Nett. Ich lese leider keine Gedichte, Gusten.«

Er wandte sich schnaubend um und kehrte an den Tresen zurück. Ein Pfeil sauste an ihm vorbei, aber er schien ihn gar nicht zu registrieren.

Vanessa fühlte sich wohl in dem schummrigen Lokal. Die Stimmung war freundschaftlich, das Essen akzeptabel, und die anderen Gäste wurden nie aufdringlich. Der Inhaber des McLarens, der Norweger Kjell-Arne, schien seine Versuche aufgegeben zu haben, die Kneipe aufzupeppen.

Die Tür ging auf, ein kalter Windstoß wehte herein. Vanessa drehte den Kopf, als der neue Gast an ihrem Tisch stehen blieb.

Es war Samer Bakir.

»Trude hat gesagt, ich würde Sie hier finden.« Er zog den Stuhl gegenüber von Vanessa vom Tisch und setzte sich. Sie hob wortlos die Brauen. »Hübsch hier.«

»Was wollen Sie?«, fragte Vanessa tonlos. Sie rechnete mit einem Rüffler, weil sie das Ehepaar Lindskog befragt hatte und im ICA-Markt gewesen war, obwohl sie offiziell freihatte.

Die beiden Dartspieler schienen Vanessas Irritation über die ungebetene Gesellschaft trotz ihres Pegels zu bemerken. Sie legten die Pfeile aus der Hand und schlurften an ihren Tisch. Bauten sich breitbeinig davor auf, steckten die Daumen in ihre Gürtel und sahen Samer forschend an.

»Stört dich dieser Troll hier, Sheriff?«

»Alles in Ordnung«, sagte Vanessa.

Einer der Männer legte ihr seine Pranke auf die Schulter.

»Sag einfach Bescheid, dann werfen wir den Kerl hochkantig raus.«

»Bei Bedarf komme ich gerne darauf zurück.«

Während die beiden zu ihrer Dartscheibe zurückkehrten, schälte Samer sich aus seiner Jacke und hängte sie über die Stuhllehne. Vanessa trank einen Schluck Bier und ließ ihren Blick auf ihm ruhen.

»Was wollen Sie?«, fragte sie erneut und stellte ihr Glas ab.

Er beugte sich über den Tisch.

»Es wird nichts bringen, einen Lippenleser einzubestellen, um herauszufinden, was Natasja sagt.«

»Wieso denn nicht?«

»Weil sie Arabisch spricht.«

Vanessa starrte ihn an. Samer lehnte sich wieder zurück und konnte seine Genugtuung angesichts ihrer fragenden Miene nur schwer verbergen.

»Und was sagt Natasja zu dem Mann?«

Samer seufzte.

»Geben Sie mir Ihr Handy.«

Vanessa legte es vor sich auf den Tisch, und Samer stand auf, griff sich seinen Stuhl und setzte sich neben Vanessa. Er spielte die Filmsequenz ab. Natasjas Lippen bewegten sich.

»Ich schwör's, ich werde euch nicht verraten.«

Dann hörte Natasja dem Mann angespannt zu.

»Bitte, lasst mich am Leben. Ich werde euch nicht verraten, niemals«, sagte Samer, als ihre Lippen sich erneut zu bewegen begannen.

Er stoppte den Film, gab Vanessa das Telefon zurück, zog den Stuhl wieder an seine ursprüngliche Position am Tisch und ließ sich darauf nieder.

Er kratzte sich die Bartstoppeln.

»Hören Sie auf, mir Steine in den Weg zu legen, Vanessa. Ich will den Täter doch auch um jeden Preis fassen, genau wie Sie. Aber Sie können nicht einfach im Alleingang ermitteln, das funktioniert nicht.«

TEIL III

EINS

Vanessa saß in den Obduktionsbericht vertieft, den der Rechtsmediziner Per Thysell ihr geschickt hatte, im Monica-Zetterlunds-Park auf der Bank. Es war 20:30 Uhr, das Thermometer zeigte knapp unter null Grad. Sie trug eine dicke schwarze Winterjacke, die sie vor ein paar Jahren in einem Warenhaus gekauft hatte. Sie war zwar nicht besonders elegant, aber sie erfüllte ihren Zweck und wärmte. Vanessa hatte den Tag damit zugebracht, den Leiter der Flüchtlingsunterkunft zu erreichen, in der Natasja gewohnt hatte, als sie sich kennengelernt hatten. Schließlich hatte sie Erfolg gehabt. Lars Gustafsson konnte sich noch gut an Natasja erinnern. Und an Natasjas Freundin Sabina, von der die Lindskogs erzählt hatten und die Gustafsson zufolge Sabina Haddad hieß. Er hatte Vanessa die letzte bekannte Adresse des Mädchens gegeben, und sie wollte sie am folgenden Tag aufsuchen.

Sie konzentrierte sich auf den Obduktionsbericht. Mehrmals hielt sie inne, um einen Abschnitt ein zweites Mal zu lesen, denn in Per Thysells Ausführungen gab es Behauptungen, die seiner Fantasie entsprungen sein mussten.

»Vanessa?«

Samer schlitterte den kahlen kleinen Hügel bis zur Bank hinunter und blieb vor Vanessa stehen. Gegen die Kälte hatte er sich mit dicken Lovikka-Fäustlingen und einer schwarzen, in die Stirn gezogenen Mütze gewappnet.

»Was ist das denn für Musik?«

»Monica Zetterlund.«

»Können wir ein paar Schritte gehen? Zum Sitzen ist es zu kalt.«

Sie schlugen die Roslagsgatan Richtung Odengatan ein und bogen dann rechts zur Stadsbiblioteket ab.

»Gibt es schon eine Verbindung zwischen Natasja und Rikard Olsson?«, wollte Vanessa wissen.

»Nein, nichts.«

»Es kann einfach kein Zufall sein, dass beide fast gleichzeitig ums Leben gekommen sind.«

Vanessa versuchte, Samers Gedanken zu erraten, aber sie konnte sich keinen Reim auf seine Miene machen.

»Was halten Sie vom Obduktionsbericht?«, fragte er und deutete auf die Mappe in Vanessas Hand.

»Was soll ich sagen?«

Sie kamen an einem überfüllten Tapasrestaurant vorbei, in dem Salsamusik lief und Gäste mit Rotweingläsern in der Hand hinter den Fenstern saßen. Vanessa wartete mit ihrer Antwort, bis sie vorübergegangen waren.

»Natasja war siebzehn und nicht, wie es hier steht, mindestens zwanzig.«

Samer sah sie fragend an.

»Und angeblich soll sie ein Kind zur Welt gebracht haben«, fuhr Vanessa irritiert fort. »Ich kannte Natasja, sie hatte kein Kind.«

»Ihre Gebärmutter weist Narbengewebe auf«, wandte Samer zögerlich ein. »Das haben Sie ja selbst gelesen.«

Er machte ein skeptisches, besorgtes Gesicht. Vanessa blieb abrupt vor einem Werbeplakat mit Radiomoderatoren stehen, die ihr breites phosphorweißes Lächeln abfeuerten.

Sie hob warnend den Zeigefinger.

»Natasja hat mich nicht angelogen. Mich nicht. Ist das klar? Ich scheiß drauf, was Sie und dieser verfluchte Rechtsmediziner denken. Hier, nehmen Sie den Mist.«

Sie drückte ihm die Mappe gegen die Brust, und Samer nahm sie.

Sie hatte eigentlich fragen wollen, ob er morgen mit nach Rågsved kommen wollte, um mit Sabina Haddad zu sprechen, aber die Idee war jetzt gestorben. Er hatte bewiesen, dass man sich nicht auf ihn verlassen konnte. Natasja war Samer und den anderen egal, ihnen war nur Rikard Olsson wichtig, obwohl die Aufnahmen der

Überwachungskamera vom ICA-Markt offensichtlich belegten, dass auch Natasja bedroht worden war.

Vanessa setzte sich wieder in Bewegung, und Samer schloss zu ihr auf.

»Wenn Sie das nicht wahrhaben wollen, was im Obduktionsbericht steht, dann brauche ich meine Zeit auch nicht damit zu verschwenden, Sie auf dem Laufenden zu halten. Ich habe das für Sie getan, weil ich weiß, dass Ihnen Natasja am Herzen lag. Und weil ich weiß, wie es sich anfühlt, einen Menschen zu verlieren, der viel zu jung ist.«

Samer legte Vanessa eine Hand auf die Schulter, bis sie stehen blieb. Sie unterdrückte den Impuls, die Hand wegzuschlagen.

»Ich komme aus Rosengård«, sagte er. »Mit jedem zweiten Toten in Malmö bin ich entweder aufgewachsen oder habe mit ihm Fußball gespielt. Deshalb bin ich hierhergezogen. Um nicht ermitteln zu müssen, wer meine Freunde umgebracht hat. In den meisten Fällen kannte ich auch ihre Mörder. Ich konnte einfach nichts machen, denn auch wenn ich in meinem Job noch so gut war, konnte ich nie gewinnen. Glauben Sie, es macht mir Spaß, in einer leeren Wohnung zu hausen, in einer Stadt, in der ich keine Menschenseele kenne? Nein, es macht mir keinen Spaß. Aber ich muss, denn sonst würde ich zu den Leichen meiner Freunde von damals gerufen werden, und wenn ich meine alten Kumpel einbuchte, weil sie die Schüsse abgefeuert haben, würde ich von ihnen Morddrohungen erhalten.«

Ein blauer Bus fuhr die Odengatan entlang.

Aus ihren Mündern stiegen Atemwolken auf, ihre Gesichter waren nur eine Handbreit voneinander entfernt.

»Es ist mir egal, mit wie vielen Rowdies Sie aufgewachsen sind. Natasja hat nicht gelogen«, stellte Vanessa klar.

Samer wandte ihr den Rücken zu und ging Richtung Sveavägen. Vanessa sah zu, wie er bei Rot stehen blieb, ehe er den Hügel Richtung Odenplan hinaufstapfte.

ZWEI Hamza Mansour war zweiunddreißig Jahre alt und mochte die kompakte Dunkelheit und die Einsamkeit, die im Winter vom Wald Besitz ergriffen. Dort konnte er unentdeckt herumstromern, allen anderen und den armseligen Problemen, die untrennbar mit der menschlichen Existenz verbunden waren, aus dem Weg gehen.

Doch nun war er aus dem Wald hinausgetreten und hatte die Baumlinie hinter sich gelassen. Er warf einen Blick auf die schwarze Casio an seinem Handgelenk. 20:57 Uhr. Vor ihm lagen Straßen aus schwarzem Asphalt, Häuserblöcke und Betonviadukte.

Willkommen in Skärholmen war auf einem Schild zu lesen.

Er passierte eine Bushaltestelle, Glassplitter lagen verstreut auf dem Gehweg und funkelten im Schein der Straßenlaternen.

Hamza wickelte sein Halstuch fester ums Gesicht. Jemand hatte eine Mülltonne umgestoßen, der Inhalt lag über den Boden verstreut. Zwei Busfahrer wechselten bei einer Zigarette halblaut ein paar Worte. Hinter ihnen auf dem Hügel ragten hellgraue Wohnblöcke in den Himmel. Als Kind hatte Hamza gedacht, sie sähen wie startklare Raumschiffe aus, wenn man den Kopf in den Nacken legte und blinzelte.

Auf dem Platz blieb er stehen. Halbwüchsige saßen in Grüppchen untätig auf den Lehnen der Bänke und unterhielten sich. Er schielte Richtung Moschee. Sie war in einem Souterrain untergebracht, der Eingang lag im Dunkeln. Ein kleiner gebeugter Mann hastete vorüber, und Hamza konnte einen Blick auf sein runzliges Gesicht erhaschen. War das nicht Stig, sein ehemaliger Lehrer? Die einzige Seele hier, die für etwas brannte. Der Einzige, der sich wirklich für seine Schüler interessiert hatte.

Hamza hätte beinahe Stigs Namen gerufen, stattdessen blieb er vor einem Café stehen und sah ihm nach, bis er in einer Seitenstraße verschwunden war.

Zwei der Teenager standen auf und folgten ihm. Etwas an ihren Bewegungen ließ Hamza ihre Absicht erahnen. In seiner Jugend hatte er gut dreißig Personen bestohlen, ihnen die Handys, Bargeld und Markenjacken abgenommen. Vor allem war es ihm dabei aber um den Kick gegangen, den Moment der Kontrolle und Macht, auf den er aus gewesen war.

Am Morgen erst hatte er gelesen, dass die Diebstähle durch Jugendliche in den letzten vier Jahren in Stockholm um dreihundert Prozent gestiegen waren. Jeder Kriminelle trug ein Messer bei sich, jeder zweite eine Schusswaffe. Das traf sicherlich auch auf die beiden Milchbärte zu, die Stig ins Visier genommen hatten.

Bei seinen Überfällen hatte Hamza so getan, als habe er ein Messer. Doch allein seine Erscheinung, seine Körpergröße und Rücksichtslosigkeit hatten schon ausgereicht. Ein paar Ohrfeigen, der Schwitzkasten, dann hatten seine Opfer ihm ausgehändigt, was er haben wollte.

Er wog ab. Er sollte besser nicht eingreifen, das wäre idiotisch, jetzt, da er untergetaucht war. Aber er konnte auch nicht zulassen, dass Stig überfallen wurde. Die Typen könnten ihn umbringen. Der Alte hatte sich stets für Hamza eingesetzt. War für ihn in die Bresche gesprungen, war der Einzige gewesen, der in einer Welt voller Zweifler an ihn geglaubt hatte.

Nun würde Hamza für Stig in die Bresche springen, auch wenn der Alte das nie erfahren würde. Manche Dinge musste man einfach tun als Mensch. Sicherzustellen, dass der alte Mann mit dem großen Herzen nicht von ein paar Möchtegern-Rowdies ausgeraubt wurde, war eines davon.

Hamza beschleunigte seinen Schritt und nahm die Verfolgung auf.

Er holte die beiden Halbstarken am Parkplatz vor dem Wohnkomplex ein, in dem Stig zu Hause war. Sie blieben etwa zehn Meter hinter dem ahnungslosen Alten. Hamza nahm an, dass sie ihm bis ins Treppenhaus folgen wollten, um ihn zu überwältigen, nachdem er seine Wohnungstür aufgeschlossen hatte, ihn dann zu fesseln und die Wertsachen aus der Wohnung mitgehen zu lassen.

Er ging hinter einer Reihe parkender Autos in die Hocke und wartete, bis der Alte ins Haus getreten war. Dann rannte er auf den Eingang zu. Einer der Typen hatte gerade die Hand ausgestreckt, damit die Tür nicht wieder ins Schloss fiel. Hamza attackierte ihn mit voller Kraft, und sein Gegner erschrak dermaßen, dass er die Balance verlor. Er fuchtelte mit den Armen, um den Angreifer abzuwehren, aber er hatte keine Chance. Jede einzelne Faser von Hamzas Körper war jetzt auf Kampf gepolt. Er schlug den Kopf des Jungen mit solcher Wucht auf den Boden, dass er sicher eine Gehirnerschütterung davontrug.

Der Zweite zog sein Messer und griff ihn an. Hamza warf sich auf ihn. Mit geballten Fäusten parierte er die Schläge, nutzte eine Lücke und verpasste ihm einen rechten Haken auf die Nase.

Sein Kopf wurde nach hinten katapultiert, er stolperte, stürzte und blieb liegen. Hamza setzte sich rittlings auf ihn, fixierte seine Arme mit den Knien und schlug ihm zwei Mal mit der Faust ins Gesicht. Hielt inne. Reckte sich nach dem Messer, das der Junge hatte fallen lassen, und holte aus.

DREI

Im Vanadislunden-Park konnte Vanessa ihren Blick von der Anhöhe in zwei Richtungen schweifen lassen. Zum einen über die Giebel der Innenstadt, zum anderen über die Gebäude in der Frejgatan und Tulegatan, die den Park umgaben. Dafür musste sie allerdings hinaufgehen. Sie blieb am Hügel stehen und blickte in die erleuchteten Fenster, hinter denen sich kleine Szenen aus den Leben der Bewohner abspielten. Die Wohnungen glichen übereinandergestapelten Fernsehapparaten, in denen verschiedene Filme liefen.

Die Konfrontation mit Samer machte ihr zu schaffen, sie war aus der Puste, und ihr Brustkorb hob und senkte sich heftig mit jedem Atemzug.

Aber Vanessa zwang sich, weiterzugehen, hinauf zu den alten Wasserspeichern, die wie eine mittelalterliche Burg aussahen. Auf der Wiese sprangen ein paar Hunde umher, die von ihren Besitzern nicht aus den Augen gelassen wurden. Auf den Wegen kreuz und quer durch den Park war kaum jemand unterwegs. Auf einer Bank saß eine junge Frau mit abwesendem Blick und führte Selbstgespräche. Die Arme um den Körper geschlungen, wiegte sie sich hin und her wie eine Schiffsbrüchige. Vielleicht war sie high, vielleicht ließ der Trip allmählich nach.

Vanessa ging an ihr vorbei, nahm ihre Mütze ab und stopfte sie in die Jackentasche.

Sie wartete auf einen Anruf von einer Kollegin aus Malmö, der sie eine Nachricht getextet hatte, nachdem Samer gegangen war. Hanna Jackson hatte damals mit Vanessa in der Nova gearbeitet, sich dann aber in einen Künstler aus Malmö verliebt, den sie über das Internet kennengelernt hatte, und war deshalb seit ein paar Jahren bei der Polizei Malmö.

Das Telefon vibrierte, und Vanessa nahm das Gespräch sofort entgegen. Nach den üblichen Floskeln und Fragen zum persönlichen Befinden kam Vanessa gleich zur Sache. Hanna musste ihr versprechen, das Telefonat vertraulich zu behandeln. Privat pflegten sie zwar keinen Kontakt, aber Vanessa vertraute ihr. Sie wollte wissen, welchen Eindruck Hanna von Samer hatte und wie die Zusammenarbeit mit ihm gewesen war.

»Guter Mann. Äußerst ambitioniert. Er war kompetent, die Kollegen mochten ihn. Aber es gab in seinem Umfeld ein paar Dinge, die haben alles irgendwie schwierig gemacht.«

»Wie meinen Sie das?«

»Er ist ja in Rosengård aufgewachsen, und das hatte natürlich viele Vorteile. Er wusste, wen man fragen musste, und er kannte die Leute. Sie haben ihm vertraut. Aber genau das hat die Dinge eben auch komplizierter gemacht. Für ihn und für uns alle. Viele von denen, gegen die wir ermittelt haben, waren alte Freunde von ihm, Typen, mit denen er aufgewachsen ist, die er kannte oder mal gekannt hatte. Einige Kollegen hatten ein Problem damit, und intern ist ziemlich viel geredet worden. Und weil er Migrationshintergrund hat, machten hinter seinem Rücken die üblichen Gerüchte die Runde – dass er nur wegen der Quote den Job hatte und dass die Vorgesetzten ihm Honig um den Bart schmierten, weil er nichteuropäische Wurzeln hatte.«

»Gab's da irgendwas Besonderes?«

»Das hatte mit uns oder seinem Job eigentlich gar nichts zu tun, aber vor ein paar Monaten hieß es, dass eine interne Ermittlung gegen ihn läuft. Und aus dem Grund ist er dann letztendlich auch weg aus Malmö.«

Vanessa blieb stehen. Das Dezernat für interne Ermittlungen war immer dann gefragt, wenn gegen einen Kollegen etwas vorlag.

»Und worum ging es dabei?«

»Ich weiß nicht, wie viel davon wahr ist, aber sein ehemals bester Freund ist ein bekannter Dschihadist, der nach Malmö zurückgekommen ist. Wie hieß er noch mal? Hassan oder so. Das kann ich gleich nachschauen. Jedenfalls sollen die beiden sich nach seiner Rückkehr getroffen haben und zusammen gesehen worden sein.«

»Und wie ist man damit umgegangen?«

»Samer wurde für ein paar Wochen beurlaubt, das Ganze war natürlich unangebracht, aber sie haben seine Erklärung akzeptiert. Ich weiß nicht, was er gesagt hat, aber von einer strafbaren Handlung war jedenfalls nicht die Rede. Ihm konnte nichts bewiesen werden, und er durfte bleiben. Aber manchen Kollegen der Einheit hat das nicht gereicht. Sie haben ihn geschnitten und nicht mehr mit ihm geredet. Schließlich ist die Situation untragbar geworden. Nach ein paar Monaten hat er uns dann erzählt, dass er sich nach Stockholm versetzen lässt.«

Sie legten auf, Vanessa verstaute ihr Telefon und blickte auf den Sveavägen. Samers Schilderung zufolge hatte er Malmö aus eigenen Stücken verlassen, um nicht länger persönlich in die Fälle involviert zu sein, in denen er ermittelte. Aber Hannas Darstellung zeichnete ein vollkommen anderes Bild. Samer war mehr oder weniger gezwungen worden zu gehen. Vanessa wusste nicht, was sie glauben sollte.

VIER Hamza hielt in der Bewegung inne, als die Messerspitze die Brust seines bewusstlosen Gegners fast berührte. Er schleuderte das Messer weg und hörte es auf den Asphalt aufschlagen. Er war wie in Trance gewesen. Er begann am ganzen Körper zu zittern, als ihm klar wurde, dass er um ein Haar einen Menschen getötet hätte. Erst jetzt fiel ihm auf, wie jung die beiden waren, höchstens vierzehn oder fünfzehn.

Er kam auf die Füße, ging auf den zweiten Rowdy zu und nahm ihn in Augenschein. Er blutete am Hinterkopf. Hamza streifte die Handschuhe ab und überprüfte den Puls.

Er lebte.

Beide lebten.

Hamza atmete geräuschvoll aus.

Er hatte sie daran gehindert, Stig zu überfallen, aber er wollte nicht, dass sie verletzt wurden, jedenfalls nicht schwer. Er hoffte, Stig würde heute Nacht gut schlafen in seinem Bett, nicht ahnend, dass er beinahe überfallen worden wäre. Von den Nachbarn schien niemand von dem Tumult Notiz genommen zu haben.

Die Kleider klebten ihm am Körper, der Adrenalinschub ebbte allmählich wieder ab. Hamza nahm eine Handvoll Schneematsch und fuhr sich damit übers Gesicht, um sich abzukühlen und wieder klar denken zu können. Er griff sich mit der kalten Hand in den Nacken und ließ die Wassertropfen den Rücken hinunterrinnen. Beugte sich vor und brachte den Verletzten in die stabile Seitenlage. Kehrte zu dem anderen zurück und tat das Gleiche.

Er konnte die Jungs hier nicht ihrem Schicksal überlassen, sie könnten erfrieren, wenn niemand sie entdeckte. Er bahnte sich einen Weg durch die Büsche, die den Wohnkomplex umgaben, und erreichte ein Fenster. Spähte in die Wohnung. Sie lag im Dunkeln. Dann klopfte er an die Scheibe und ging in die Knie, um nicht gesehen zu werden. Das Licht ging an, und eine Frau spähte in die Dunkelheit hinaus. Hamza rührte sich nicht. Die Frau verschwand wieder, und im nächsten Moment ging die Haustür auf.

Sie trat mit einem Mann heraus. Die beiden näherten sich den bewusstlosen Tätern, rüttelten sie an den Schultern und sprachen sie an. Der Mann nahm sein Mobiltelefon zur Hand.

Hamza hatte genug gesehen. Er hechtete aus den Büschen und rannte los. Die Frau schrie vor Schreck auf, und der Mann rief ihm etwas nach. Er sprintete über den Parkplatz und hielt auf die Bäume zu.

FÜNF

Das Armaturenbrett warnte vor Straßenglätte, aber Vanessa fuhr ohnehin schneller als erlaubt. Es war kaum Verkehr, die Rushhour war schon vorbei.

Sie hatte die besten Chancen, Sabina Haddad am Abend anzutreffen. Damit die Zeit bis dahin nicht zu langsam verstrich, war sie ins Fitnessstudio gegangen, das erste Mal, seit sie von Natasjas Tod erfahren hatte. Hatte versucht, ihrer Trauer davonzulaufen. Das war ihr jedoch nicht gelungen, und den restlichen Nachmittag hatte sie versucht, Celine zu erreichen, um sich zu entschuldigen. Ohne Erfolg. Sie ging einfach nicht ans Telefon, und Vanessa machte sich langsam Sorgen. Sie hoffte, dass Celine wenigstens irgendwo ein warmes Bett hatte und bei diesem Wetter nicht draußen schlafen musste.

Auf der Höhe von Skogskyrkogården schaltete Vanessa das Navi ein und gab die Adresse ein – Vedevågslingan 5 –, die ihr Lars Gustafsson, der Leiter der Flüchtlingsunterkunft, genannt hatte. Kurz darauf hielt sie am Bürgersteig vor einem hellgrauen Wohnblock mit neun Stockwerken. Sie stellte den Motor ab, ging zur Haustür und prüfte, ob sie offen war. Verschlossen. Man brauchte eine Karte oder einen Code, um ins Haus zu gelangen. Sie ging zum Auto zurück und behielt über den Rückspiegel den Weg hinter ihr im Blick. Vereinzelt waren Fußgänger unterwegs, und die, die von der Straße abbogen und die Hausnummer fünf ansteuerten, würde sie rasch ausmachen können.

Vanessa rief nochmals bei Celine an. Es klingelte ins Leere, bis die Mailbox ansprang. Celine hatte die Ansage mit irgendeinem Kauderwelsch besprochen, als sie noch kein Schwedisch konnte.

»Wenn du das gerade nicht verstanden hast, dann deswegen,

weil ich auf Mandarin gesagt habe, dass du mir nach dem Piep eine Nachricht hinterlassen kannst. Peace out.«

Vanessa seufzte.

»Celine, ich bin's noch mal. Es tut mir leid, dass ich dich so abgewürgt habe. Ich … Natasja ist tot aufgefunden worden, und ich bin ziemlich neben der Spur. Ich hoffe, du kannst mir verzeihen. Kannst du mich vielleicht kurz zurückrufen, damit ich weiß, ob es dir gut geht?«

Sie legte auf. Ihr Magen rumorte und knurrte, wie es oft in ihrer Jugend der Fall gewesen war, als Vanessa versucht hatte, das bisschen Fett auf ihren Rippen wegzuhungern. Zu jener Zeit hatte sie kaum etwas unter Kontrolle gehabt, und das Essen war eine der wenigen Ausnahmen gewesen. Sie hatte erbrochen, hatte Diäten gemacht und wie besessen trainiert.

Sie streckte sich und musterte ihr Spiegelbild im Rückspiegel. Wen versuchte dieses alte Gesicht hinters Licht zu führen? Sie war noch immer dasselbe unsichere, essgestörte Oberschichten-Mädchen von damals, das gegen die Welt rebellierte. Vielleicht sollte sie einfach wieder in ihre Wohnung zurückfahren. Sollten doch Samer und die anderen den Mord an Natasja aufklären. Sie war gefühlsmäßig viel zu stark in den Fall involviert. Verdammt stark involviert. Das konnte einfach kein gutes Ende nehmen.

Aber sie wollte Sabina treffen, mit jemandem reden, der Natasja gekannt hatte und wusste, wie sie gewesen war. Der nicht nur als Mordopfer von ihr sprach oder sie in einem trocken formulierten Obduktionsprotokoll abhandelte.

Vanessa nahm eine Bewegung wahr und schwang sich behände aus ihrem Wagen. Ein Mann ging unsicher auf dem glatten Asphalt an ihr vorüber, eine Einkaufstüte mit Lebensmitteln in jeder Hand. Sie heftete sich an seine Fersen und beobachtete, wie er die Tüten abstellte und eine schwarze Keycard zückte.

»Ich besuche einen Freund«, murmelte sie.

Er nickte freundlich, und sie stiegen zusammen in den Lift. Er drückte die Sieben, und der Fahrstuhl setzte sich in Bewegung.

»Wohin müssen Sie?«

»In den neunten«, entgegnete Vanessa.

Er drückte für sie den Knopf.

Im neunten Stock gab es fünf Wohnungen. Auf keinem Namensschild stand *Haddad*. Vanessa ging ein Stockwerk tiefer und fand die richtige Wohnungstür, sie lag am weitesten vom Fahrstuhl entfernt. Sie klingelte, wartete. Nichts tat sich. Sie drückte den Briefschlitz auf und spähte in die Diele. Die Wohnung lag im Dunkeln, aber im gelben Lichtschein des Treppenhauses konnte Vanessa die Lokalzeitung *Mittendrin* und zwei Kuverts auf dem braunen Flurteppich ausmachen.

Sie knöpfte ihre Jacke auf und setzte sich, den Rücken an die Tür gelehnt, um zu warten.

Aufgebrachte Stimmen, laufende Fernseher, Musik, weinende Kinder. Der Geräuschteppich aus den Wohnungen durchdrang den Beton. Die Zeitschalte für das Licht war um, im Treppenhaus wurde es finster.

Während Vanessa wartete, ging das Licht mehrmals wieder an, und jedes Mal stand sie auf.

Nach einer Stunde hörte sie, wie der Lift sich in Bewegung setzte und nach oben fuhr. Vanessa stützte sich an der Wohnungstür ab und stemmte sich auf die Füße. Die Fahrstuhltür ging auf, und eine junge dunkelhaarige Frau trat heraus. Sie trug eine Einkaufstüte von Lidl, mit der freien Hand suchte sie in ihrer Jackentasche nach dem Wohnungsschlüssel.

»Sabina?«, fragte Vanessa.

Die Frau erstarrte und sah erschrocken auf. Die Frauen musterten sich eine Sekunde lang, dann ließ Sabina die Tüte fallen und floh die Treppe hinab. Vanessa rief, sie solle stehen bleiben, und setzte ihr nach.

SECHS

Nicolas drosch mit einer Kombination aus Schlägen und Tritten auf den schwarzen Boxsack ein. Der Sack schwang hin und her, und Nicolas' Körper schaltete auf Autopilot, parierte jede Bewegung mit äußerster Präzision. Auch wenn das Training vor allem die Muskeln beanspruchte, bestand das eigentliche Ziel darin, nicht länger denken zu müssen.

Als er genug hatte, lehnte er sich mit dem Rücken ans Rudergerät, bis er wieder ruhig und regelmäßig atmete, trank Wasser und legte sich ein gerolltes Handtuch über die Schultern. Die Tür zum Fitnesskeller wurde aufgerissen, und Erica Karlström kam herein. Als sie Nicolas entdeckte, hielt sie inne, und für eine Moment sah es aus, als machte sie Anstalten, umzukehren. Schließlich nickte sie nur kühl, legte Handtuch und Wasserflasche aus den Händen und trat an die Stereoanlage, um ihr Mobiltelefon anzuschließen.

»Ich darf doch, oder?«

Sie gab Nicolas keine Chance zu antworten, denn schon wurden dröhnende Bässe von den Wänden zurückgeworfen. Er grinste. Erica setzte sich aufs Trimmrad. Er beobachtete sie unauffällig über die Spiegelwand. Sie trug ein weißes enges Trainingstop und knappe graue Shorts. Ihre blonden Haare hatte sie zu einem strammen Dutt zusammengebunden.

Nicolas stand auf und begann erneut, wie ein Wahnsinniger den Boxsack zu bearbeiten. Er registrierte, dass Erica zu ihm herüberschielte, aber tat, als bemerke er es nicht. Auch wenn das seine Konzentration auf den Boxsack minderte, musste er zugeben, dass er Gefallen daran fand.

Bereits in den ersten Wochen in London hatte es zwischen ihnen geknistert. Die Blicke, das Lächeln. Doch Nicolas war recht schnell hinter Ericas Alkoholproblem gekommen. Ihr leerer Blick aus glänzenden Augen und ihre trägen Bewegungen. Nachmittags der Geruch nach Minze und Wodka, wenn er sie zu James' Schule fuhr.

Es war, als herrschte eine stille Übereinkunft in ihrem Umfeld, all das auszublenden. Und was die Öffentlichkeit betraf, funktionierte Erica besser als die meisten, zumindest wenn sie gut aufgelegt war. Sie war Elternsprecherin an James' Privatschule gewesen und hatte sich um die Nachmittagsveranstaltungen und die Spendenakquise gekümmert. Und sie war eine charmante, spritzige Gastgeberin gewesen, wenn Familie Karlström in ihrem Haus in Kensington zu Charity-Empfängen geladen hatte.

Die Entscheidung, nach Schweden zurückzukehren, war sehr plötzlich gekommen.

Alles hatte damit angefangen, dass Johan Karlström in seiner Eigenschaft als CEO von Gambler vom britischen Dezernat für Wirtschaftskriminalität vorgeladen worden war. Nicolas hatte vor der Tür zum Besprechungsraum gewartet. Hinterher war Johan wortkarg gewesen und hatte sich bereits am darauffolgenden Morgen bei der Sicherheitsfirma erkundigt, ob Nicolas für einen Zeitraum von einem Jahr die Familie Karlström nach Schweden begleiten könne.

Die Sicherheitsmaßnahmen würden dann heruntergefahren werden, Nicolas sollte die Koordination der persönlichen Sicherheit allein übernehmen und von den schwedischen Kollegen unterstützt werden. Zuerst hatte er gezögert. Er hatte erst kurz zuvor begonnen, sich in London zu Hause zu fühlen, seine Wohnung gefiel ihm, genau wie das Viertel, in dem sie lag. Zum ersten Mal seit Jahren war er nicht gezwungen, inkognito zu leben. Warum war er dann der Bitte nachgekommen?

Zum einen wegen der Bezahlung, keine Frage. Das Honorar lag bei 120000 Kronen brutto im Monat. Er hätte sich nie träumen lassen, jemals so viel zu verdienen wie ein schwedischer Spitzenpolitiker. Und selbst wenn seine Arbeit oftmals eintönig war, so war sie doch bequem.

Dann war da auch noch Erica und seine Sorge wegen ihr. Er sah dabei zu, wie sie sich langsam, aber sicher selbst zerstörte. Außerdem mochte er James. Er schätzte den stillen, netten Jungen, der die Welt mit wachsamen, intelligenten Augen betrachtete.

Er wollte die beiden mit Johan Karlström nicht allein lassen, den Nicolas in seinen besseren Momenten für einen kalten, berechnenden Menschen hielt und ihn in seinen schlechteren schlichtweg verachtete. Doch vor allem lockte ihn die Aussicht, seiner Schwester Maria wieder nahe sein zu können. Und Vanessa.

Auch wenn es sich bislang nicht ergeben hatte, sie zu treffen, dachte er oft an sie. Zwischen ihnen stand etwas Unausgesprochenes, das ihn einfach nicht losließ. Es verletzte ihn, dass Vanessa sich so rarmachte. Nicht, weil sie ihn ignorierte, sondern weil er fand, er hätte zumindest eine Erklärung verdient. Doch sie war einfach von der Bildfläche verschwunden und hatte eine neue Telefonnummer.

Er verpasste dem Boxsack einen letzten Tritt und beendete das Training mit einer Schlagkombination.

Erica sprang vom Trimmrad und nahm die Rudermaschine in Beschlag. Nicolas setzte sich an die Wand, um zu verschnaufen.

Erica umfasste die Griffe, drückte die Beine durch und machte den Rücken gerade. Der Schweiß auf ihrer Haut glänzte, ihr Gesicht war rot vor Anstrengung.

»Wie denken Sie eigentlich über die Drohungen, die Johan erhalten hat?«, sagte sie plötzlich.

Nicolas sah sie verständnislos an.

»Was meinen Sie damit?«

»Ja, darüber sollten wir wohl mal reden, Sie und ich. Schließlich arbeiten Sie doch genau deswegen bei uns.«

Er stemmte sich auf die Füße und umrundete den Boxsack.

»Er hat mir nichts von irgendwelchen Drohungen erzählt.«

SIEBEN

Sabina war überraschend schnell. Vanessa hörte ihre hallenden Schritte und konnte einen Blick auf sie zwei Stockwerke tiefer erhaschen. Allmählich holte sie Sabina ein und befand sich nach einem weiteren Stockwerk direkt hinter ihr. Vanessa setzte zu einem Hechtsprung an und bekam ihren Fuß zu fassen. Sabina ging mit einem Schrei zu Boden und riss die Arme hoch, um Vanessa abzuwehren, die sich auf sie stürzte.

»Tun Sie mir nichts.«

»Ich tue Ihnen nichts«, keuchte Vanessa. »Ich bin von der Polizei, ich will nur mit Ihnen reden.«

»Polizei?«

Sabina hielt inne und ließ ihre Arme sinken. Vanessa nickte. Sie streckte der jungen Frau eine Hand entgegen und half ihr auf.

»Was wollen Sie von mir?«, fragte Sabina zögerlich. Vanessa wich ihr nicht von der Seite, falls sie doch wieder versuchen sollte wegzurennen.

»Es geht um Natasja. Können wir in Ihrer Wohnung reden? Dann nehmen wir aber den Fahrstuhl, oder?« Vanessa drückte den Knopf.

Die Wohnung bestand aus zwei Zimmern. Sie machten einen unpersönlichen Eindruck auf Vanessa, denn es gab weder Fotografien noch Deko. Aber es war sauber und ordentlich und roch nach Putzmitteln. Sabina wies Vanessa in die Küche, stellte die Einkaufstüte auf die Arbeitsfläche und schaltete den Wasserkocher an. Sie nahm zwei Tassen aus einem Schrank, gab je einen Teebeutel hinein und setzte sich Vanessa gegenüber an den Küchentisch.

»Nette Aussicht«, bemerkte Vanessa.

In der Ferne, jenseits der Lichter der Stadt, ragte der erleuchtete Globen in den Himmel.

»Sie müssen Vanessa sein.«

»Woher wissen Sie das?«

»Natasja hat mir von Ihnen erzählt. Sie hat bei Ihnen gewohnt, bevor sie nach Syrien zurückgekehrt ist.«

Ihre Worte überrumpelten Vanessa.

»Natasja ist tot«, sagte sie und atmete hörbar aus. Es gab keinen Anlass, mit der Wahrheit hinter dem Berg zu halten. »Sie ist letzte Woche tot aufgefunden worden, in Gärdet. Erstochen.«

Sabina schlug die Hand vor den Mund. Ihr Blick flackerte, dann schloss sie die Augen.

»Ich muss Ihnen ein paar Fragen stellen.«

Der Wasserkocher verstummte mit einem Klicken, aber Sabina machte keine Anstalten, aufzustehen. Die Nachricht schien sie hart zu treffen. Vanessa schenkte das heiße Wasser in die Tassen und stellte eine vor Sabina auf den Tisch.

»Wann haben Sie Natasja zum letzten Mal gesehen?«

»Vor drei Wochen ungefähr, wir waren bei ihr zu Hause.«

»Hat sie da irgendwie beunruhigt gewirkt?«

Sabina nahm einen Schluck Tee, er war zu heiß, sie verzog das Gesicht und stellte die Tasse wieder ab.

»Beunruhigt?«

»Verängstigt.«

»Nein, sie war wie immer.«

Vanessa taxierte Sabina, um zu prüfen, ob sie etwas verschwieg, aber die junge Frau hielt ihrem Blick seelenruhig stand. Ihre Reaktion im Treppenhaus sagte jedoch alles. Es war offensichtlich, dass sie vor jemandem oder etwas Angst hatte. Vielleicht vor demselben Mann, der auch Natasja bedroht hatte.

»Warum sind Sie vorhin weggerannt?«

»In dieser Gegend weiß man nie, was gerade los ist.«

»Ich glaube, dass Sie lügen.«

Vanessa kramte ihr iPhone aus der Jackentasche, gab ihren Code ein und suchte nach den Überwachungsaufnahmen vor dem ICA-Markt. Sie legte das Telefon auf den Tisch und spielte die Filmsequenz ab. Sabina beugte sich darüber und sah sie sich an, zeigte jedoch keine Regung.

»Wer ist dieser Mann?«

»Woher soll ich das wissen? Man kann nicht mal sein Gesicht sehen.«

»Aber man sieht die Angst in Natasjas Blick«, sagte Vanessa. »Sie waren ihre Freundin. Sie muss Ihnen etwas erzählt haben.«

Vanessa machte eine Pause, dann wiederholte sie, was Natasja zu dem Mann gesagt hatte.

»Ich weiß nicht, wer das ist«, behauptete Sabina schroff.

»Hatte Natasja einen Freund?«

»Nein, nicht dass ich wüsste.«

Vanessa suchte nach einem Foto von Rikard Olsson in ihrem Telefon und zeigte es Sabina. Ein Zusammenhang, es muss einen Zusammenhang geben, dachte sie.

»Kennen Sie diesen Mann?«

»Nein.«

»Sind Sie sich sicher?«

»Ja. Wer ist das?«

»Er war Polizist und ist einige Hundert Meter von Natasja entfernt tot aufgefunden worden. Ich vermute, es handelt sich um ein und denselben Täter.«

»Ich habe ihn noch nie gesehen.«

Vanessa ließ ihr Telefon zurück in die Jackentasche gleiten, befingerte die Teetasse und beschloss, das Thema zu wechseln. Sie konnte Sabina nicht zu sehr unter Druck setzen, aber offenbar verheimlichte sie etwas aus Furcht, in Gefahr zu geraten.

»Wann sind Sie nach Schweden gekommen?«, fragte sie.

»Am 30. August 2015.«

»Einen Monat vor Natasja?«

Sabina zuckte mit den Schultern.

»Ich weiß nicht genau, wann sie hergekommen ist.«

»Wo haben Sie sich kennengelernt?«

»Das war in der Flüchtlingsunterkunft in Tyresö. Dort haben wir uns angefreundet, aber dann haben wir uns eine Weile aus den Augen verloren.«

»Gehen Sie einer Arbeit nach?«

»Ich bin Reinigungskraft.« Sabina spannte ihr gelbes T-Shirt mit zwei Fingern glatt, damit Vanessa den Aufdruck lesen konnte. *Hemstäd AB* stand dort. »Ich bin keine Kriminelle, und ich weiß nicht, wer Natasja und diesen Polizisten ermordet hat. Natasja war meine Freundin, meine beste Freundin. Wenn ich wüsste, wer ihr etwas antun wollte, dann würde ich Ihnen das auf jeden Fall sagen.«

Vanessa kam der Obduktionsbericht wieder in den Sinn. Die Frage widerstrebte ihr, aber sie musste sie stellen.

»Das klingt vielleicht etwas merkwürdig, aber wissen Sie, ob Natasja ein Kind zur Welt gebracht hat?«

Sabina starrte sie entgeistert an.

»Ein Kind?« Sie beugte sich vor. »Nein, Natasja hatte keine Kinder.«

»Und sie war 17?«, hakte Vanessa mit gesenkter Stimme nach. »Sie hat keine falsche Altersangabe gemacht, um in Schweden bleiben zu können?«

Sabina überlegte und führte ihre Tasse zum Mund. Trank einen Schluck.

»Ich muss das wissen«, sagte Vanessa.

Die junge Frau zuckte mit den Schultern. In dem Moment hörte Vanessa den Benachrichtigungston einer eingegangenen SMS aus dem Wohnzimmer. Sie warf einen Blick auf Sabinas Handy auf dem Tisch und stellte fest, dass es keine Nachricht erhalten hatte. Sabina schien nicht auf das Geräusch zu reagieren.

»Möglich. Da wäre sie nicht die Erste. Aber ich schätze, sie hätte mir davon erzählt. Und Ihnen.«

Vanessa lehnte sich zurück und lächelte erleichtert. Natasja war keine Lügnerin, sie erfand keine Geschichten. Nicht für Vanessa. Per Thysell konnte zur Hölle fahren. In seinem Bericht war irgendetwas gehörig durcheinandergeraten.

Sie beugte sich wieder vor und stützte die Ellbogen auf den Tisch. »Wann ist Natasja aus Syrien zurückgekehrt?«, wollte sie wissen.

Sabina dachte nach.

»Das muss im März gewesen sein.«

»Warum ist sie zurückgekommen?«

»Sie meinte, sie hätte keine Zukunft in Syrien. Der Krieg ist im Großen und Ganzen beendet, aber Mord und Totschlag sind trotzdem noch an der Tagesordnung. Bomben. Schüsse. Das ist kein guter Ort für eine junge Frau.«

»Das Ehepaar, bei dem sie gewohnt hat, hat gedacht, dass sie Zahra hieß.«

Sabina machte ein überraschtes Gesicht.

»Das ist ja komisch.«

Vanessa schluckte. Wappnete sich, damit ihre Stimme nicht versagte.

»Warum hat sie sich nicht bei mir gemeldet nach ihrer Rückkehr?«

»Keine Ahnung«, entgegnete Sabina leise. »Ich habe keine Ahnung.«

Vanessa atmete tief ein und ließ die Luft langsam durch die Nase entweichen.

»Hat sie gedacht, ich wäre böse auf sie, weil sie Schweden wieder verlassen hat? Weil sie … mich verlassen hat?«

Sie wollte diese Frage nicht stellen, aber sie konnte nicht anders. Seit Natasjas Leiche gefunden worden war, hatte diese Frage Vanessa keine Ruhe gelassen. Und sie hatte eine Heidenangst vor der Antwort. Konnte sie Natasja unbewusst verletzt haben, etwas gesagt haben, weshalb sie nichts mehr mit ihr zu tun haben wollte?

»Natasja hat nie schlecht über Sie geredet. Sie hat Sie geliebt. Und sie hat gesagt, Sie haben ihr das Leben gerettet.«

Vanessa spürte, wie ihre Augen zu brennen begannen, hob die Tasse an und nahm noch einen Schluck Tee.

ACHT

Erica Karlström grinste Nicolas spöttisch an, dann stieß sie sich mit den Füßen ab und begann wieder zu rudern.

»Johan hat mir nichts von irgendwelchen Drohungen erzählt«, sagte Nicolas noch einmal und trat an das Rudergerät, um Erica zu stoppen.

Erica versuchte, sich loszumachen, aber er hielt sie an der Schulter fest. Schließlich gab sie nach und sah ihn an.

»Sorgst du dich um mich?«

»Das ist mein Job …«

»Dein Job.« Erica schnaubte und schlug seine Hand weg.

»Sie müssen mir sagen, worum es geht. Auch Sie und James können in Gefahr sein.«

Sie ignorierte ihn und ruderte weiter, den Blick auf das Spiegelbild vor sich geheftet. Nicolas entwand ihr die Griffe und legte sie ans Fußende der Maschine.

»Ich meine es ernst«, sagte er.

Er fasste sie am Kinn, ihre Nasenspitzen berührten sich fast.

»Dann zeig mir, dass du dich um mich sorgst.«

Erica stand auf und blieb so dicht vor ihm stehen, dass er ihre Körperwärme spürte. Sie war gut und gerne einen Kopf kleiner als er und sah ihn durchdringend an. Sie trat noch einen Schritt vor, und Nicolas wich zurück.

»Zeig mir, dass du dich um mich sorgst, Nicolas.«

Sie knuffte ihm gegen die Brust, Nicolas wich weiter zurück. Erica schloss auf. Nicolas rang mit sich. Er wollte sie. Und sie wollte ihn. Aber wenn er das geschehen ließe, gäbe es keinen Weg zurück. Er schluckte. Sie schubste ihn erneut. Er ging noch einen Schritt zurück und spürte die Wand hinter sich. Erica kam näher.

»Zeig mir, dass du dich um mich sorgst.«

Sie schmiegte sich an ihn. Nicolas legte seine Hände auf Ericas Hüften und tauschte seinen Platz mit ihr. Nun hatte sie die Wand im Rücken. Er hielt sie fest und küsste sie.

NEUN

Vanessa lag nackt auf dem Sofa in ihrer Wohnküche und betrachtete die Stuckverzierungen an der Decke. Der Abend war noch jung, aber Vanessa hatte weder Energie noch Lust, zu kochen. Später wollte sie noch auf einen Sprung im McLarens vorbeischauen, immerhin war trotz allem Freitag.

Nach einem ausgiebigen Workout hatte sie geduscht, und jetzt wartete sie mit nassen Haaren darauf, dass ihr Kreislauf wieder runterkam Das Fenster zur Roslagsgatan stand offen, Winterluft wehte herein.

Das gestrige Gespräch mit Sabina Haddad hatte sie beruhigt. Natasja war zumindest die, für die sie sich ausgegeben hatte. Dennoch wunderte sie sich darüber, dass Sabina davongelaufen war, als sie Vanessa vor ihrer Wohnungstür gesehen hatte. Sie war irgendwie alarmiert gewesen. Vanessa bezweifelte, dass sie die Wahrheit gesagt hatte und wirklich nicht wusste, wer der Mann war, mit dem Natasja vor dem ICA-Markt geredet hatte.

Vanessa hatte sich noch nicht entschieden, ob sie Samer von ihren Erkenntnissen berichten wollte. Was Hanna Jackson über ihn erzählt hatte, gab ihr zu denken. Sie erinnerte sich aber auch daran, wie ihre Kollegen in der Vergangenheit hinter ihrem Rücken über sie getuschelt hatten. Vor allem die männlichen. Sie galt als kompliziert, arrogant und nervig. Und nach ihrer Beförderung hatten einige der jüngeren, testosterongesteuerten Polizeibeamten gemeint, sie müsste nur mal ordentlich durchgevögelt und in ihre Schranken verwiesen werden und bräuchte einen Schwanz. Dass sie aus der Oberschicht stammte, hatte die ganze Sache nicht besser gemacht. Sie hatte sich eingeredet, dass ihr das vollkommen gleichgültig gewesen war, aber rückblickend war sie sich da nicht mehr so sicher.

Sie wollte Samer nicht genauso behandeln und ihn bei seinen Vorgesetzten schlechtmachen. Deshalb beschloss sie, die Informationen bis auf Weiteres für sich zu behalten. Und ihm zu vertrauen. Sie konnte ihn schlecht schief von der Seite ansehen, nur weil sie nicht der gleichen Ansicht waren, wie die Ermittlungen zu führen waren. Wie hätte sie sich verhalten, wenn nicht eines der Mordopfer Natasja gewesen wäre? Dann hätte sie den Fokus vermutlich auch auf Rikard Olsson gerichtet.

Es läutete, und Vanessa zuckte zusammen. Sie zog ihren Bademantel von der Sofalehne, schlüpfte hinein und schlang einen Knoten in den Gürtel, dann spähte sie durch den Spion ins Treppenhaus.

»Gott sei Dank«, murmelte sie und schloss auf.

Sie schlang die Arme um Celine. Die ließ die Umarmung reglos über sich ergehen. Ihre Wangen waren eiskalt.

»Wo warst du? Ich habe mir Sorgen gemacht.«

»Wirklich?«, sagte Celine erstaunt.

»Ja, ist doch klar.«

Vanessa zog sie sanft in die Diele und schob die Tür zu.

»Das mit Natasjas Tod ist schrecklich. Ich wollte dich nicht stören.«

»Du störst mich nie, merk dir das. Sonst tätowiere ich dir das auf die Stirn.«

Sie grinsten sich an, Vanessa nahm Celine wieder in den Arm und drückte den Kopf des Mädchens an ihre Brust.

»Es tut mir leid«, flüsterte Celine. »Um mich hat sich noch nie jemand Sorgen gemacht. Deswegen wusste ich nicht, dass ich sofort zurückrufen sollte. Und dann war der Akku leer.«

»Nein, mir tut es leid, Celine«, sagte Vanessa. »Das war blöd von mir. Ich hätte dich nicht so abfertigen dürfen am Telefon. Wir sind doch Freunde. Hast du Hunger?«

Celine verzog das Gesicht. »Mir ist kalt.«

Vanessa massierte Celines Oberarme, damit ihr Kreislauf wieder in Schwung kam. Celine hielt eine Tüte in der Hand, die Vanessa erst jetzt bemerkte. Sie fiel zu Boden. Darin lag ein Päckchen, eingeschlagen in rotes Geschenkpapier.

»Mein Papa hat Geburtstag. Ich habe ihm ein Hemd gekauft«, erklärte Celine.

Vanessa wusste nicht viel über Celines Vater, außer dass er ein ernsthaftes Alkoholproblem hatte, seine Tochter grün und blau geprügelt und am Ende des Sommers seine Wohnung in Bredäng bei einer Zwangsräumung verloren hatte. Anschließend wurde ihm das Sorgerecht für Celine entzogen, und deswegen reichte sie das Jugendamt von einer Pflegefamilie zur nächsten.

»Seid ihr denn verabredet?«

Vanessa konnte ihre Verwunderung nur schwer verbergen. Celine senkte verlegen den Blick.

»Er weiß nicht, dass ich ein Geschenk für ihn habe«, nuschelte sie. »Ich kann ihn nicht erreichen, aber ich weiß, wo er wohnt. Ziemlich weit draußen. Ich will nicht, dass er allein ist an seinem Geburtstag. Ich wollte fragen … ob du …«

Vanessa war unsicher, ob es eine gute Idee war, dass Celine sich mit ihrem Vater treffen wollte. Trotzdem verstand sie, warum sie ihn sehen wollte.

»Soll ich mitkommen?«

Celine nickte und sah zu Boden.

»Natürlich komme ich mit.«

Vanessa hatte Celine in Wollstrümpfe gesteckt, ihr eine Mütze und ein viel zu großes Funktionsshirt aufgezwungen, dessen Ärmel unter den Jackenärmeln hervorschauten. Als sie aus dem Haus traten, bemerkte sie einen Mann, den sie irgendwoher kannte.

»Vanessa Frank?«

Sie bat Celine zu warten und ging auf den Mann zu.

»Mein Name ist Max Lewenhaupt, ich bin Journalist bei der *Kvällspressen.*«

Vanessa wusste sofort, warum er ihr bekannt vorgekommen war. Er war der neue Star der Abendzeitung. Sein Foto neben seinen Kolumnen schien von Tag zu Tag größer zu werden.

»Ich weiß, dass Sie nach dem Anschlag auf das Stadion letzten

Sommer einen der beiden Attentäter erschossen haben. Sie sind eine Heldin. Eine richtige Heldin. Ich habe tausendmal versucht, Sie anzurufen.«

Vanessa musterte ihn. Das war also der Typ, der sie einen Monat lang mehrmals täglich terrorisiert hatte. Wegen dem sie sich ein neues Handy zugelegt und die Nummer gewechselt hatte. Wenn er nicht gewesen wäre, hätte Vanessa Natasjas Anruf bekommen und sie wäre jetzt vielleicht noch am Leben.

»Ich möchte fragen, ob Sie an einem Interview interessiert sind. Ein richtiges Heldenporträt. Ganz Schweden wird Ihnen zu Füßen liegen«, sagte er mit einem schmeichlerischen Lächeln.

Obwohl sich Vanessa bemühte, die Ruhe zu bewahren, war Max Lewenhaupt ihr schwelender Zorn nicht entgangen. Er trat einen Schritt zurück, doch die graue Jugendstilfassade hielt ihn auf. Er schielte auf Vanessas unbewusst zusammengeballte Fäuste.

»Hören Sie zu, Lewenhaupt. Ich werde niemals mit Ihnen oder mit Ihren Kollegen reden. In diesem Land herrscht Pressefreiheit, Sie schreiben, was immer Sie wollen, aber ohne mein Zutun.«

»Aber …«

Vanessa wurde schwarz vor Augen, sie hob den Arm, um Lewenhaupt an der Jacke zu packen, aber als Celines Stimme an ihr Ohr drang, hielt sie inne.

»Vanessa, lass uns gehen. Sonst kriegen wir hier nur Probleme.«

Sie drehte verwundert den Kopf. Zwang sich zu einem Lächeln und nickte knapp. Dann wandte sie sich wieder Max zu.

»Rufen Sie mich nie wieder an«, sagte sie und hielt dem Journalisten einen warnenden Finger vor die Nase. Dann spürte sie Celines Hand auf ihrem Arm. Sie hatten etwa zehn Schritte zurückgelegt, als Max ihnen nachrief.

»Diese syrische Frau und der ermordete Polizist … Was wissen Sie davon? Stimmt es, dass sie ein Verhältnis hatten, und dass es sich um eine Eifersuchtstat handelt?«

Vanessa fuhr herum.

Celine packte sie am Arm, um sie aufzuhalten.

»Beruhige dich. Sonst kommst du noch in den Knast«, zischte sie.

Obwohl das Mädchen sie festhielt, wurde der Abstand zu Max Lewenhaupt mit jeder Sekunde kleiner.

»Nein, nein«, sagte Celine. »Wer soll denn Natasjas Mörder schnappen, wenn du nicht mehr als Polizistin arbeiten darfst, weil du diesem Gartenzwerg eins übergezogen hast?«

Vanessa blieb stehen und starrte Max Lewenhaupt wütend an, dann machte sie auf dem Absatz kehrt und ging Richtung Parkgarage. Celine wandte sich noch mal zu dem Reporter um und deutete mit einer Geste eine masturbierende Hand an.

»Lass Vanessa in Ruhe, du *fucking wanker*«, brüllte sie, dass es in der Roslagsgatan widerhallte.

Vanessa musste unweigerlich grinsen. Sie legte den Arm um Celine, und Seite an Seite gingen sie zur Tiefgarage.

ZEHN

Im Speisesaal des Hotel Bank erhob sich eine Frau von ihrem Tisch und kam langsam auf Johan Karlström zu.

»Hej, Liebling«, sagte sie mit einem verführerischen Lächeln.

Nicolas hatte sie in London schon einmal gesehen. Doch da hatte er nicht gewusst, dass sie Schwedin war, und sie für eine Edelprostituierte aus Südamerika gehalten.

Johan bedeutete Nicolas, er solle an der Bar bleiben, während er der Frau zu ihrem Tisch folgte. Nicolas schob sich auf einen Barhocker und bestellte einen Kaffee. Keiner der Gäste hatte von Johan Notiz genommen, nichts deutete darauf hin, dass er hier erwartet worden war. Ihm stand wohl ein weiterer langweiliger Abend bevor. Der Kellner brachte Drinks an den Tisch, an dem die junge Frau und Johan sich angeregt unterhielten.

In Nicolas' Tasche vibrierte es. Er warf einen Blick in den Raum, zog sein Telefon hervor und öffnete die Nachricht. Sie enthielt ein Nacktfoto von Erica. Er erkannte den Hintergrund wieder, das Bild war im Bad des Erdgeschosses aufgenommen worden.

Ich kann das nächste Mal kaum erwarten, hatte sie getextet.

Nicolas schob das iPhone zurück in die Tasche und warf einen Blick hinüber zu Johan und der jungen Frau. Seine Wangen glühten. Er hatte kein schlechtes Gewissen wegen dem, was passiert war. Das hing möglicherweise damit zusammen, dass er seinen Arbeitgeber verachtete. Er verabscheute Johans kalte, fiese Art, mit der er die Menschen in seinem Umfeld behandelte. Nicht zuletzt seine Frau und seinen Sohn. Merkwürdig war, dass Nicolas dennoch bereit war, sein Leben für ihn zu geben. Er würde nicht zögern und sich vor die Kugel werfen, die für Johan bestimmt wäre. Aus Pflichtgefühl, aus reinem Instinkt.

Er hatte zwar kein schlechtes Gewissen, aber die Situation war alles andere als ideal. Er war gezwungen, das Verhältnis mit Erica rasch zu beenden oder sein Arbeitsverhältnis aufzukündigen.

Nach dem Sex im Fitnessraum hatte Erica ihn mit nach oben in Johans Arbeitszimmer genommen und das Passwort in seinen Rechner eingegeben. Offenbar checkte sie auf diese Weise regelmäßig Johans E-Mails. Vielleicht war das ihre Art, eine gewisse Macht über ihn auszuüben, dachte Nicolas. Um sich selbst und nun auch Nicolas zu zeigen, dass sie nicht nur Johans Spielzeug war. Dass sie darüber Bescheid wusste, was in seinem Leben passierte.

Erica hatte das Mailprogramm geöffnet und ihm die Drohbriefe gezeigt, von einer anonymen Hotmailadresse gesendet. Sie waren auf Englisch. In der vergangenen Woche hatte Johan drei Mails vom selben Absender erhalten. Keine der Nachrichten hatte er beantwortet.

Der Barkeeper tippte Nicolas auf die Schulter und schob eine weiße Tasse zu ihm herüber.

»Danke.«

In den Mails ging es offenbar um Gamblers Onlinecasino. Möglicherweise handelte es sich bei dem Absender um einen unzufriedenen Spieler. Johan schien der Person zu einem früheren Zeitpunkt so etwas wie ein Sahnehäubchen im System versprochen zu haben, doch wie das genau funktionierte, konnte Nicolas nicht sagen. Er rang mit sich: Sollte er seinen Vorgesetzten von den Drohmails berichten? Sich heimlich zum E-Mail-Konto der Schutzperson Zugang zu verschaffen oder mit der Ehefrau zu schlafen, zählte nicht zum Jobprofil bei der AOS Risk Group.

Doch warum hatte Johan mit Nicolas und der Sicherheitsfirma, der er Monat für Monat viel Geld dafür bezahlte, damit sie ihn schützte, nicht über die Drohungen gesprochen? Entweder nahm er sie nicht ernst, oder er hatte etwas zu verbergen.

ELF

Das Obdachlosenheim Ryssevikenbucht lag inmitten eines Wäldchens in Haninge südlich von Stockholm und war so etwas wie ein Schrottplatz für all die Leute, die die Behörden vor der übrigen Gesellschaft verstecken wollten. Von den Bewohnern wurde weder Drogen- noch Alkoholabstinenz erwartet, sofern der Konsum jener Substanzen nicht außerhalb des Geländes vollzogen wurde. In den schäbigen Behausungen drängten sich Junkies, Bedürftige, ehemalige Häftlinge und andere Randständige.

Nachdem sie das Auto auf der asphaltierten Parkfläche abgestellt hatte, stellte Vanessa den Motor ab. Es war stockdunkel. Celine hielt das Geschenk fest umklammert.

»Bist du okay?«, fragte Vanessa.

Celine nickte und benetzte ihre Lippen.

»Ich bin nur nervös. Ich habe ihn schon so lange nicht mehr gesehen.«

»Wenn du willst, komme ich mit rein.«

»Das brauchst du nicht.«

»Aber ich mach's, oder willst du lieber mit ihm allein sein?«

»Eher nicht. Manchmal ist er nicht so nett zu mir.«

»Das war mein Vater auch nicht. Aber das Komische mit Vätern ist, dass wir sie trotzdem mögen und auf Teufel komm raus wollen, dass sie uns lieben. Oder uns zumindest akzeptieren. Stimmt's?«

Ohne eine Antwort abzuwarten, machte Vanessa die Autotür auf. Am Waldrand hörte sie jemanden schreien, ein paar gekrümmte Gestalten standen um ein Feuer herum, das in einer Tonne brannte.

»Weißt du, wo er wohnt?«, fragte Vanessa.

»Nicht wirklich.«

»Bleib hier, dann frage ich.«

Vanessa umrundete ein Autowrack, dessen Räder durch Getränkekisten ersetzt worden waren, und ging auf das Grüppchen an der Tonne zu.

»Guten Abend. Ich suche einen Engländer, sein Nachname ist Wood«, begann sie.

Niemand sagte etwas. Die Münder der Männer blieben schmal wie Striche, alle sahen mit stumpfem Blick in die Flammen. Vanessa trat einen Schritt vor und wärmte sich die Hände.

»Ich kenn dich«, sagte ein Mann mit einer Weihnachtsmütze auf dem Kopf. Er hustete, räusperte sich und spuckte einen gelblichen Schleimbatzen ins Feuer. Ihm fehlten beide Schneidezähne. »Du bist ein Bulle.«

Nun richtete die Gruppe bohrende Blicke auf Vanessa. Sie kannte den Mann flüchtig von einer länger zurückliegenden Ermittlung.

»Das bin ich. Und du bist Hehler und Dieb, aber ich bin nicht hier, damit wir unsere Lebensläufe austauschen. Ich bin mit einer jungen Dame hier, und sie möchte ihrem Vater ein Geschenk überreichen.«

Gemurmel wurde laut, und eine der Frauen mit strähnigen, hennaroten Haaren und einem Zucken im Gesicht deutete auf Celine, die den Hals reckte, um zu verfolgen, was da vor sich ging.

»Ist das das Frollein?«

»Exakt.«

Die Frau führte einen zitternden, schmutzigen Finger zum Mund, biss ein Stück ihres Nagels ab und spuckte den Splitter ins Feuer.

»Wenn du Kenny meinst, dann wohnt er da hinten«, krächzte sie und deutete mit dem Kinn auf eine heruntergekommene Baracke.

»Danke«, sagte Vanessa.

Obwohl das Fenster geöffnet war, stank es in dem kleinen Raum nach Armut: Alkohol, Schweiß und Zigarettenrauch. An der Gardinenstange baumelte eine speckige Jacke im Wind. Die Tapete, die ursprünglich weiß gewesen sein musste, schimmerte im Schein der nackten Glühbirne unter der Decke nikotingelb. Der Boden war mit getragenen Kleidern, leeren Dosen, Flaschen und Fast-Food-Schachteln übersät.

Kenny Wood lag im Bett und starrte unter halb geschlossenen Lidern ins Leere. Er war stark alkoholisiert, sein Unterkiefer hing herunter.

»*Who is it?*«, grunzte er.

Vanessa registrierte, dass Celine beim Anblick ihres Vaters die Luft wegblieb. Seine Nase war bläulich und geschwollen, seine Wangen rot von den geplatzten Äderchen. Ihm blieb nicht mehr viel Zeit.

»*It's me, dad*«, piepste sie und trat zögernd einen Schritt näher. Es war ein Fehler gewesen, herzufahren, dachte Vanessa und bereute dieses ganze Unterfangen zutiefst. Wozu sollte es gut sein, dass Celine ihren Vater so sah? Vanessa unterdrückte den Impuls, auf ihn zuzugehen, ihn aus dem Bett zu zerren und zu einem der Handwaschbecken auf dem Gang zu schleifen, damit er wieder nüchtern wurde.

»Ich habe dir ein Geschenk mitgebracht. Du hast doch heute Geburtstag.«

Kenny Wood lachte hohl und laut auf. Celine hielt ihm das Päckchen hin. Er machte keine Anstalten, es zu nehmen, und Celine ließ ihre Arme unbeholfen wieder sinken.

»Behalt deinen Scheiß und verschwinde«, brabbelte Kenny auf Schwedisch. »Ich will dich nicht sehen.«

»Papa … bitte …«

Vanessa trat auf Celine zu, legte ihr einen Arm um die Schultern und drückte ihren Kopf an sich.

»Komm, mein Herz, lass uns gehen«, sagte sie leise.

»Nein«, protestierte Celine. »Er hat Geburtstag. Und er ist gut drauf, wenn wir nur ein bisschen warten. Oder, Papa?« Plötzlich spürte sie einen Kloß im Hals. »Ich muss mich um ihn kümmern. Hier kann er nicht bleiben.«

»Jetzt fahren wir beide erst mal nach Hause. Eigentlich ist es gar nicht so, dass er dich nicht sehen will, er will nur nicht, dass du ihn so siehst.«

Kenny setzte sich mühsam auf.

»*Get the fuck out of here*«, grölte er, dass sein Speichel nur so spritzte. Er fuchtelte unkontrolliert mit beiden Armen Richtung Tür. »*Now. Get the fuck out, you little cunts.*«

Celine stand wie angewurzelt da und starrte ihren Vater an. Tränen rannen ihr die Wangen hinab. Vanessa drehte sie sanft an den Schultern und schob sie auf den Gang hinaus.

»So habe ich mir das nicht vorgestellt«, flüsterte Celine.

Als sie das Auto eine knappe Stunde später in der Tiefgarage unter dem Norra Real abgestellt hatten, schneite es große schwere Flocken und es pfiff ein eisiger Wind. Das Seven-Eleven-Schild leuchtete einladend, und ein Aushang im Fenster tat kund, dass die ersten Lussekatter zu haben waren.

»Möchtest du?«, fragte Vanessa und deutete.

»Ich liebe Lussebullar.«

»Ich auch«, sagte Vanessa und hielt ihr die Tür auf. »Aber weißt du, was ich noch lieber mag?«

Celine schüttelte den Kopf.

»Den Teig. Als Kind bin ich immer in die Läden gegangen und habe gefragt, ob ich sie auch roh haben kann. Probieren wir's aus?«

Celine hatte rot geweinte, geschwollene Augen, ihre Wangen glänzten feucht von den Tränen. Der junge Mann an der Kasse machte ein verdutztes Gesicht, als Vanessa ihm auseinandersetzte, dass sie nicht die fertigen Hefeschleifen mit Safran und Rosinen kaufen wollte, sondern die Teiglinge.

»Ich weiß nicht, ob ich das darf. Außerdem sind sie kalt, sie stehen in der Kühlung.«

»Ich bezahle denselben Preis.«

Er hob die Schultern, griff nach einem Papptablett und legte zwei gelbe Teigschleifen darauf. Vanessa und Celine ließen sich an einem Fenstertisch mit Blick auf die Odengatan nieder. Celine biss in den weichen Teig und schloss beseelt die Augen.

»Was für ein Lifehack«, sagte sie.

»Lifehack?«

»Weißt du nicht, was das ist?«, fragte Celine verdutzt und mit vollem Mund. »Also, das ist ein Kniff, der das Leben ein bisschen leichter macht.«

Celine nahm noch einen Bissen, kaute genüsslich und lehnte sich im Stuhl zurück. Vanessa war es schleierhaft, wie sie so abweisend zu ihr hatte sein können. Sie war doch noch ein Kind. Das Jugendamt machte keinen Finger krumm, und Vanessa konnte nicht länger tatenlos dabei zusehen, wie das Leben des Mädchens vor die Hunde ging. Es ging nicht darum, einen Ersatz für Natasja zu finden, und es ging auch überhaupt nicht um Vanessas Gefühle. Hier ging es um ein Kind, das Hilfe brauchte.

Sie hatte sich entschieden. Celine sollte bei ihr einziehen. Das würde eine Umstellung bedeuten und auch Probleme und Konflikte mit sich bringen, aber das war nun mal nicht zu ändern.

»Ich weiß noch einen Lifehack«, sagte sie.

»Was denn?«

»Du. Du bist ein wandelnder kleiner Lifehack. Kauf noch zwei Teiglinge, die nehmen wir mit nach Hause«, sagte sie und reichte Celine ihre EC-Karte. Vanessa stand auf und wartete an der Tür. Ihr Chef Mikael Kask hatte ihr eine Voicemail hinterlassen. Er klang verärgert, aber sachlich. Vanessa vermutete, dass Samer ihm von ihrem Ausflug nach Arlanda und zum ICA-Markt berichtet hatte.

»Die Rechtsmedizin hat angerufen. Ich weiß nicht, ob du den Obduktionsbericht schon gelesen hast, aber Thysell hat noch etwas ergänzt, im Zusammenhang mit einem Knochenbruch. Er meint, an dem Metall im Bein ist irgendwas ungewöhnlich. Wenn du noch interessiert bist, kannst du mich ja morgen anrufen.«

Die Nachricht war zu Ende.

Vanessa schloss die Telefon-App. Ein Beinbruch? Natasja hatte ihr erzählt, dass sie sich als Kind in Damaskus das Bein gebrochen hatte. Aber was spielte das Jahre später für eine Rolle?

Celine hielt Vanessa triumphierend eine Papiertüte vor die Nase.

Sie zog die Tür auf, nahm ihre Karte entgegen und ließ dem Mädchen den Vortritt.

Die beiden stapften durch das Schneetreiben heimwärts.

»Ich bleibe nur heute Nacht«, verkündete Celine. »Ich weiß, dass du lieber deine Ruhe willst. Morgen komme ich alleine klar.«

»Blödsinn. Du bleibst, solange du willst.«

»Und das Jugendamt?«, fragte Celine vorsichtig.

»Vergiss es. Das sind *fucking wankers*.«

ZWÖLF

Als Nicolas den Fahrstuhl hörte, erhob er sich vom Sofa und eilte Johan Karlström zur Hilfe, der sich kaum noch auf den Beinen halten konnte. Neben ihm torkelte die junge Frau durch die Lobby. Sie trug einen weißen Pelzmantel und schien nicht ganz so neben der Spur zu sein wie sein Chef, auch wenn beide richtig high waren. Johans Pupillen waren riesengroß, und weißes Pulver, das Nicolas für Koks hielt, klebte unter seiner Nase. Er streckte die Hand aus und fuhr Johan diskret über das Gesicht, dann legte er sich seinen Arm um die Schultern, um ihn zu stützen. Drei Stunden zuvor war Johan mit der Frau nach oben in eine Suite verschwunden, und Nicolas hatte die Order erhalten, im Empfangsbereich zu warten.

»Wie kommen Sie nach Hause?«, fragte er die Frau, während er Johan zum Ausgang bugsierte.

»Zu Fuß.«

»Wir fahren Sie«, schnaufte Nicolas.

Zwei Hotelgäste zeigten auf sie und brachen in schallendes Gelächter aus. Johan winkte unbekümmert. Die Schiebetüren gingen auf, frostige Winterluft brannte auf ihren Gesichtern. Nicolas manövrierte Johan über das Kopfsteinpflaster der schmalen Gasse zum Wagen. Als Nicolas ihn auf die Rückbank des Range Rover hievte, platzte ein Blutgefäß in Johans Nase. Blut strömte über sein weißes Hemd. Überrascht hielt Johan sich eine Hand vors Gesicht.

»Ich blute, Nicolas. Ich blute. Rette mich«, rief er theatralisch und lachte.

Nicolas schlug die Tür zu und umrundete den Wagen, während die Frau auf dem Beifahrersitz Platz nahm. Nach einem Blick in

Rück- und Seitenspiegel fuhr Nicolas los. Hinter ihnen blendete ein Scheinwerferpaar auf.

»Wo wohnen Sie?«

Sie zögerte.

»Banérgatan. Fahren Sie über den Strandvägen, das geht schneller.«

An einer roten Ampel bremste Nicolas. In dem Auto hinter ihm saß ein Mann am Steuer. Er hatte blonde Haare und war allein. Es war derselbe Wagen, der sie bereits seit dem Hotel verfolgte. Nicolas machte einen langen Hals, um Modell und Nummernschild zu erkennen, aber der Fahrer hatte zu dicht aufgeschlossen.

Am Zebrastreifen war ein junger Mann stehen geblieben und übergab sich. Nicolas schielte zu der Frau hinüber. Sie war auf eine Weise schön, dass es schmerzte. Sie wandte ihm ihr Gesicht zu, und im Schein des Armaturenbretts fiel ihm auf, dass die Haut an ihrem Hals geschwollen und gerötet war. Schnell schlug sie den Pelzkragen hoch.

»Sind Sie okay?«, fragte Nicolas.

Sie nickte mürrisch.

»Sind Sie sicher?«

»Ja, verdammt.«

Ihr Mobiltelefon klingelte.

Sie wühlte in der Handtasche auf ihrem Schoß, bis sie ihr iPhone zu fassen bekam. Nicolas hörte eine Männerstimme. Die Ampel sprang auf Grün, und Nicolas trat das Gaspedal durch. Der Abstand zu seinem Verfolger wuchs.

»*I'm on my way*«, sagte sie und beendete die Verbindung.

Nicolas wurde langsamer, ließ sich von zwei Taxis überholen und bog ab. Der Autofahrer von vorhin war noch immer hinter ihm und holte wieder auf. Am Narvavägen fuhr Nicolas links durch die Allee und bog in die Banérgatan.

»Sie können mich hier rauslassen.«

Er hielt an, und die Frau stieg aus.

Nicolas wendete und nahm den Narvavägen zurück Richtung Karlaplansrondellen, wo er wieder auf den Karlavägen bog.

Den Verfolger hatte er offenbar abgeschüttelt. An der Östermalmsskolan begann Johan, sich zu rühren.

»Halten Sie an.«

Nicolas fuhr in eine Seitenstraße mit Kopfsteinpflaster. Die Jugendstilfassaden schienen selbstbewusst gen Himmel zu streben. Er sah sich wachsam um. Stille. Nichts. Er öffnete die Tür zur Rückbank und knuffte Johan, damit er sich aufsetzte. Dann stützte er ihn und half ihm beim Aussteigen. Doch Johan sackte zusammen, versuchte, das Gleichgewicht wiederzufinden, und schwankte vor und zurück.

»Ich brauche frische Luft«, sagte er.

Nicolas lehnte sich an die schwarze Karosserie und warf einen Blick auf seine Armbanduhr.

Es war halb zwölf.

»Sie sind schon in Ordnung, Nicolas. Sie verstehen mich doch, oder? Deshalb wollten wir auch, dass Sie mit uns nach Schweden kommen.« Nicolas sah seinen Chef perplex an, der in die Knie ging und sich mit einer Hand an der Bordsteinkante abstützte, um nicht vornüberzukippen. Mit der anderen Hand schlug er sich vor die Brust. »Ich bin wirklich dankbar für das, was Sie für mich tun. Ich weiß, Sie haben es nicht immer leicht mit mir.«

DREIZEHN

Die Ärzte hatten Rebecca und Axel am Morgen mitgeteilt, dass es lediglich eine Frage der Zeit sei, bis sie gezwungen waren, die lebenserhaltenden Maßnahmen für Simon einzustellen. Er würde sterben.

Axel hatte einen Entschluss gefasst. Er würde aus Johan Karlström schon rausbringen, wer am Steuer gesessen hatte. Und er würde ihn, falls sich sein Verdacht bestätigte, kaltmachen und wenn nötig auch seinen Bodyguard.

Allein die Vorstellung, dass der Fahrer leiden sollte, bewahrte ihn davor, zusammenzubrechen. Axel hatte sich nie zuvor ausgemalt, einem anderen Menschen Schaden zuzufügen, geschweige denn jemanden umzubringen. Nicht einmal während seiner Schulzeit, als das Mobbing am schlimmsten gewesen war, hatte er sich gewehrt, doch nun sann er unerbittlich auf Rache. Wenn es um Simon ging, war das etwas anderes. Axel war für ihn verantwortlich, seine Aufgabe war es, sein junges Leben zu beschützen. Diese Aufgabe hatte der Fahrer des Wagens zunichtegemacht. Nie zuvor hatte er eine solche Wut verspürt wie die, die ihn jetzt übermannte. Und in gewisser Weise war er froh, dass er so empfand, denn trotz allem war er vielleicht doch nicht so viel anders als die anderen.

Er hatte es nicht länger ertragen, Simon leiden zu sehen. Er hatte Abschied genommen von seinem Sohn und war nach Hause gefahren. Hatte die Pistole an sich genommen und war gleich wieder aufgebrochen, nach Djursholm zur Villa. Hatte gesehen, wie Johan Karlström und sein Bodyguard losgefahren waren, und beschlossen, ihnen zu folgen. Sie waren Richtung Innenstadt gefahren, hatten vor einem noblen Hotel am Berzelii-Park gehalten und waren hineingegangen.

Axel hatte ebenfalls geparkt, eine Runde durch die Hotellobby gedreht und den Bodyguard an der Bar sitzen sehen.

Er war dann wieder zum Auto zurückgegangen und hatte sich so hingestellt, dass er den Range Rover im Blick behielt. Erst da war ihm aufgefallen, dass das Kennzeichen offenbar ausgetauscht worden war. Oder aber der Wagen war neu. Wie auch immer, es war ein eindeutiges Zeichen dafür, dass Johan sehr wohl wusste, was passiert war, und nun seine Spuren verwischen wollte. Axel kochte vor Wut.

Johan war ein schlechter Mensch. Das hatte er schon aus dem Material auf seinem Rechner gefolgert. Als der Leibwächter mit dem sichtbar mitgenommenen Johan und einer jungen Frau aus dem Hotel trat, nahm Axel die Verfolgung auf.

Der Range Rover stoppte vor einem Haus in der Banérgatan, und die Frau stieg aus.

Der SUV wendete hastig, und für einen Sekundenbruchteil trafen sich die Blicke von Axel und dem Leibwächter durch die Windschutzscheiben.

War er aufgeflogen? Gut möglich, aber dann wäre Johan jetzt gewarnt. Vielleicht sollte Axel besser noch einen Tag warten? Er spähte zur anderen Straßenseite hinüber und wog seine Alternativen ab.

Die Frau war vor dem Eingang stehen geblieben. Es war kalt draußen, der Wind fuhr in ihr Haar und zerzauste es. Sie schlang die Arme um ihren Körper. Warum ging sie nicht hinein, wenn sie in diesem Haus wohnte?

Etwas an ihr weckte Axels Neugier und ließ ihn seine Wut für einen Moment vergessen. War es Sympathie? Hatte Johan Karlström ihr auch etwas angetan? Er war unschlüssig, ob er an dem Range Rover dranbleiben oder die Frau observieren sollte.

Als Axel den Motor abstellte, kam ein Mann den Strandvägen entlang.

Er ging auf die Frau zu, die ihm etwas übergab. Axel konnte nicht erkennen, was es war, denn der Abstand war zu groß. Die beiden wechselten ein paar Worte, dann setzte der Mann seinen Weg Richtung Stureplan fort.

Axel drückte an der Kamera auf *rec* und duckte sich im letzten Moment, ehe der Mann den Wagen passierte.

VIERZEHN

Der schwarze Puck hinterließ lange, schnurgerade Spuren im Schnee. Nicolas und James standen mit ihren Hockeyschlägern im Garten und spielten lange Pässe. Johan und Erica Karlström lagen noch im Bett.

Nicolas überlegte, zu seiner Schwester Maria zu fahren. Er musste mal raus aus der Villa, den Kopf freikriegen. Schon allein wegen gestern Abend, der im Chaos geendet hatte. Nichts widerte ihn mehr an als Johans bezahlter Sex. Außerdem musste er mit Erica reden und ihr klarmachen, dass sich das, was am Donnerstagabend passiert war, nicht wiederholen durfte.

James spielte einen Lob zu Nicolas, der den Puck annahm, um einen imaginären Gegner herumdribbelte und ihn mit einer Rückhand wieder zurückschickte.

»Nett«, kommentierte James.

Im ersten Stock ging ein Fenster auf, und Johan Karlström streckte den Kopf heraus. Er war aschfahl im Gesicht, die Haare standen ihm zu Berge. Und er war fuchsteufelswild.

»Sie kommen sofort rauf hier«, brüllte er und zeigte auf Nicolas.

Er knallte das Fenster wieder zu, und Nicolas und James wechselten einen ratlosen Blick. Dann zuckte Nicolas mit den Schultern und legte grinsend den Schläger aus der Hand.

»Ich komme gleich«, sagte er.

Auch wenn er sich James gegenüber nichts anmerken lassen wollte, war er verstimmt. Wenn Erica ihrem Mann von ihnen beiden erzählt hatte oder Johan das Foto entdeckt hatte, das sie Nicolas geschickt hatte, dann war's das und er flog hochkantig raus. Er trank ein Glas Wasser an der Kücheninsel, dann ging er langsam die Treppe hoch und klopfte an der Tür zu Johans Arbeitszimmer.

»Herein«, rief Johan.

Er sprang hinter dem großen Mahagonischreibtisch am Fenster auf, als Nicolas eintrat.

»Diese Hure hat gestern mein Handy mitgehen lassen. Ich habe überall danach gesucht, aber ich find's nicht. Sie müssen zu ihr fahren und es holen. Jetzt.«

Nicolas atmete hörbar aus. Es ging also nicht um Erica. Dennoch beschlich ihn ein ungutes Gefühl. Ein gestohlenes Mobiltelefon konnte für eine Erpressung missbraucht werden. Alles Mögliche an Filmclips, Fotos, Tonaufnahmen oder Mails konnte auf dem Mobilgerät gespeichert sein.

»Beruhigen Sie sich«, begann Nicolas. »Ich habe da noch ein paar Fragen.«

Johan hielt inne und lehnte sich mit verschränkten Armen an die Schreibtischkante.

»Ja?«

»Hat irgendjemand zu Ihnen Kontakt aufgenommen oder Geld verlangt?«

»Nein.«

»Sie werden also nicht erpresst?«

Nicolas sah Johan forschend an, der hektisch den Kopf schüttelte.

»Nein. Und jetzt fahren Sie endlich los.«

»Ich muss die AOS anrufen, um mich abzusichern, wie ich das hier handeln soll. Ich kann schließlich nicht bei der Frau einbrechen und ihr dann vorwerfen, sie hätte Ihnen das Mobiltelefon geklaut.«

Johan taxierte Nicolas.

»Machen Sie, was Sie wollen. Schließlich bezahle ich Sie für solche Sachen. Holen Sie mein Telefon zurück, sonst können Sie sich einen anderen Job suchen.«

Nicolas stellte das Auto im Narvavägen ab. Die Allee war verschneit, und Nicolas schlug die Kapuze von seinem Sweatshirt hoch. Er war noch kurz unter die Dusche gesprungen und hatte sich umgezogen, ehe er stadteinwärts gefahren war, seine Haare waren noch immer nass. Familien und Paare spazierten Richtung Djurgårdsbron, zwei Männer zogen auf Langlaufskiern vorbei.

Nachdem er der AOS die Situation geschildert hatte, hatte Nicolas grünes Licht bekommen, so zu verfahren, wie Johan es wünschte. Er sollte die Frau aufsuchen und höflich um das Mobiltelefon bitten. Für den Fall, dass sie nicht zu Hause war, sollte er sich melden, um weitere Anweisungen zu erhalten. Nicolas ließ einen Schneepflug vorbeifahren, ehe er die Straße überquerte und in die Banérgatan eilte. Vor Hausnummer vier blieb er stehen in der Hoffnung, dass ein Nachbar herein- oder hinausging. Er stellte sich dicht vor die Haustür, damit man ihn von den Fenstern aus nicht sehen konnte, und fluchte innerlich, weil er sich nicht wärmer angezogen hatte.

Zwanzig Minuten später drückte er sich hinter einem Werbeprospektverteiler ins Haus. Er blieb in dem fürstlich ausgeschmückten Treppenhaus stehen, um die Namensschilder an der Wand zu studieren. Wie Johan gesagt hatte, hieß die Frau mit Nachnamen Berg.

Sie wohnte im zweitobersten Stock, das war der vierte.

Er nahm den Fahrstuhl, passierte auf dem Weg nach oben den Prospektverteiler und stieg aus. Zog das Gitter zu und schloss die Fahrstuhltür. Er drückte die Klingel und wartete. Nichts. Er klingelte erneut, horchte an der Tür, aber aus der Wohnung drang kein Laut an sein Ohr. Nicolas seufzte, zückte sein Handy, schaltete die Ohrhörer ein und rief in der Zentrale der AOL an.

Er nannte seinen Namen und schilderte die Situation.

»Is the door locked?«

Nicolas prüfte den Knauf, und die Tür gab nach. Er legte auf, warf einen Blick über die Schulter. Er war allein. Schnell schloss er die Tür hinter sich.

In der geräumigen Diele blieb er stehen. In einem Einbauregal lagen jede Menge Markenhandtaschen und Schuhe wild durcheinander. An der Garderobe hingen zahlreiche Jacken. Nicolas machte einen Schritt, überlegte, ob er die Schuhe ausziehen oder anbehalten sollte, und entschied sich für Letzteres. Er benutzte den Fußabstreifer, querte den knarzenden Parkettboden der Diele und kam in ein großzügiges, helles Wohnzimmer mit Kronleuchter unter der Decke. Die Möbel waren teuer, ebenso wie die Wandpaneele. Stuckdecken. Die ganze Wohnung schien sehr kostspielig eingerichtet zu sein. Nicolas steuerte auf eine geschlossene Schiebetür zu, die, wie er vermutete, zum Schlafzimmer führte. Er klopfte verhalten.

Die Frau konnte im Bett liegen und schlafen.

Oder in Panik geraten und die Polizei rufen.

Außerdem war es alles andere als sicher, dass sie das Telefon genommen hatte. Es konnte ebenso gut noch im Hotelzimmer liegen, auch wenn Johan behauptet hatte, dass er angerufen und sich erkundigt hatte.

Nicolas gab der Tür einen Schubs und betrat das Zimmer.

In dem Moment, als er feststellte, dass das Bett leer war, hörte er das Parkett knarren und ahnte eine Bewegung im Rücken. Er fuhr herum und konnte in letzter Sekunde den Angriff des maskierten Mannes parieren.

FÜNFZEHN

Hamza zog einen Korb auf Rollen hinter sich her. Darin lagen eine Schachtel Eier, ein paar Fertiggerichte von Findus und ein Glas Nescafé. Er hatte seine Kappe tief in die Stirn gezogen und trug eine blaue Daunenjacke, die er secondhand gekauft hatte.

Im City Gross in Kungens Kurva drängten sich lärmende Familien und Paare, die den Wochenendeinkauf erledigten. Hamza musste daran denken, wie er mit seinen beiden jüngeren Geschwistern durch die Regalreihen getobt war, während seine Mutter Shaida vergebens schimpfte und gleichzeitig versuchte, den Einkaufszettel abzuarbeiten. Nun wohnten seine Eltern auf der anderen Seite der Stadt in Akalla. Der dunkle Winter machte ihn allmählich mürbe. Doch plötzlich war die Wolkendecke aufgerissen, und die Sonne hatte sich blicken lassen. Hamza war in seine Jacke geschlüpft und durch die schneebedeckten Wäldchen spaziert, dann hatte er das Schild von City Gross entdeckt und war hineingegangen. Er hatte der Versuchung nicht widerstehen können, obwohl er Gefahr laufen würde, jemandem von früher zu begegnen. Doch er hatte sich äußerlich verändert in den letzten Jahren, und durch den dichten schwarzen Bart war er kaum wiederzuerkennen.

Er ging zu den Kassen und stellte sich in eine der Schlangen. Tastete in der Hosentasche nach den zerknitterten Hundertern. Nur noch eine Person war vor ihm, dann war er an der Reihe. Der ältere Mann trug eine gefütterte, braune Fliegermütze mit Ohrenklappen, deshalb konnte Hamza sein Gesicht nicht sehen, aber die Stimme erkannte er sofort wieder. Stig. Hamza überlegte, die Kasse zu wechseln, aber er begnügte sich damit, seine Kappe noch tiefer ins Gesicht zu ziehen und zu Boden zu blicken.

Die junge Kassiererin begann, Hamzas Waren über den Scanner zu ziehen. Stig stand am Ende des Bandes und verstaute seine Einkäufe in Tüten.

»249 Kronen«, sagte die Kassiererin.

Hamza reichte ihr drei Hunderter und nahm das Wechselgeld entgegen. Stig stand noch immer dort, obwohl er seine Einkäufe bereits eingepackt hatte.

»Hamza? Bist du das?«

Stig musterte ihn, und Hamza gab sich überrascht. Der alte Mann trat einen Schritt vor und umarmte ihn stürmisch.

Hamza ließ den dünnen, gebrechlichen Mann gewähren, der ihm anschließend auf die Schulter klopfte, wieder zurücktrat und ihn musterte.

»Dich habe ich ja seit Ewigkeiten nicht mehr gesehen.«

Die Reaktion des alten Lehrers war rührend. Er musste zahllose Schüler unterrichtet haben in seiner Laufbahn.

»Wo bist du denn die ganze Zeit gewesen?«

»Ich habe in Malmö gewohnt. Wegen der Arbeit. Deshalb war ich da«, log Hamza. Die Antwort hatte er sich vor langer Zeit zurechtgelegt.

Stigs Blick kam auf Hamzas Händen und den zerschlagenen Knöcheln zu ruhen. Er setzte schon zu einem Kommentar an, aber dann besann er sich eines Besseren.

»Und jetzt bist du also wieder hier?«

Hamza legte seine letzten Waren in die Tüte.

»Ja, jetzt bin ich wieder zu Hause.«

»Schön, dass du wieder da bist.«

Draußen auf dem Parkplatz blieben sie stehen. Der alte Mann streckte Hamza seine Hand entgegen, der sie nahm.

»Komm doch einfach mal auf einen Kaffee vorbei, ich würde mich freuen. Ich wohne immer noch in derselben Bude.«

Stig drehte sich um und stapfte durch den Schnee, dass ihm die prall gefüllten Tüten gegen die Waden schlugen. Nach ein paar Metern sah er sich nochmals um.

»Wenn du nichts vorhast, bist du auch jetzt willkommen«, sagte er erwartungsvoll. »Aber du hast bestimmt viel zu tun.«

»Ein Kaffee wäre jetzt genau das Richtige«, entgegnete Hamza. »Gib mir deine Tüten, ich nehme sie dir ab.«

Er erinnerte sich vage an die dustere Dreizimmerwohnung. Stig hatte die größten Rabauken aus der Gegend hin und wieder zu sich eingeladen, hatte versucht, mit ihnen zu reden und ihnen Halt zu geben, hatte ihnen Abenteuerbücher ausgeborgt. Nun roch es in der Wohnung nach Einsamkeit und altem Mann. Stig ging in die Küche, befüllte die Kaffeemaschine und legte zwei trockene Hefeteilchen auf einen Teller.

»Ich bin gleich wieder da.«

Hamza sah sich in der kleinen Küche um. Auf dem Fensterbrett stand das gerahmte Foto einer jungen Frau. Er kannte sie, es war Stigs Tochter. Er trat näher und nahm den Rahmen in die Hand. Sie musste zehn bis fünfzehn Jahre älter sein als er selbst und hatte kurze, rabenschwarze Haare. Ihr Blick war dunkel und ernst. Er wusste noch, dass sie in seiner Vorschule gearbeitet hatte und er auf ihrem Schoß gesessen hatte. Später hatte er sie ein paarmal gegrüßt, wenn sie sich im Zentrum zufällig über den Weg gelaufen waren.

»Petra.«

Hamza stellte das Foto wieder zurück. Stig stand im Türrahmen, in der Hand ein Buch. Er legte es auf den Tisch und trat neben Hamza, berührte den Rahmen.

»Hat sie nicht eine Weile im Eichhörnchen gearbeitet, als ich dort war?«

Stigs Miene hellte sich auf.

»Sie hat ein Praktikum gemacht.«

»Alle Kinder wollten immer auf ihrem Schoß sitzen. Wie geht es ihr denn?«

Hamza bereute die Frage, kaum dass er sie gestellt hatte.

»Nicht so gut. Sie ist in der Geschlossenen. Sie hatte ein ziemlich hartes Leben, meine Petra. Und Freunde, die nicht gut zu ihr gewesen sind. Drogen.«

»In der Geschlossenen?«

Stig nickte.

»In der Klapse, aber das sagt man wohl heute nicht mehr.«

»Hast du sie dort besucht?«

»Das ist schon eine ganze Weile her. Ich schaffe es einfach nicht, dahin zu fahren, immerhin ist das ein ganzes Stück außerhalb von Jönköping. Es ist schön da, aber zu weit für mich. Außerdem musste ich meinen Führerschein abgeben, wegen meiner Epilepsie. Und … sie erkennt mich fast nicht mehr wieder. Daran sind die Medikamente schuld. Hast du auch Kinder, Hamza?«

Er nickte.

»Zwei. Ein Junge und ein Mädchen.«

»Unsere Kinder sind das Wunderbarste und Kostbarste, das wir haben auf der Welt.«

Hamza schnürte es die Kehle zu, so sehr vermisste er die beiden. Mazhar und Amina waren tot, ermordet. In Stücke gesprengt. Seine Hände begannen zu zittern, und er ballte die Fäuste, damit sie aufhörten.

Stig nahm das zerlesene Buch wieder zur Hand und reichte es Hamza. Der nahm es und las den Titel. *Die Abenteuer des Huckleberry Finn.*

»Du hast es geliebt. Nun mach schon, schlag es auf.«

Hamza blätterte das Buch auf.

»Die letzte Seite.«

Er schlug die letzte Seite auf, sein Blick fiel auf seine kindliche Handschrift. Er hielt das Buch ans Fenster zum Licht und blinzelte, damit er entziffern konnte, was da geschrieben stand.

Ich will auch nach Mississippi fahren. Wenn ich mich gut benehme, brav bin und mich nicht prügele und Hockeyprofi bei der NHL werde, dann nehme ich auch meinen Freund Stig mit, versprochen.

Skärholmen, den 17. August 1999.

Stig und Hamza hatten beide unterschrieben.

Hamza musste lachen.

»Aber du hast dein Versprechen nicht gehalten und dich geprügelt«, sagte Stig mit plötzlichem Ernst in der Stimme.

Er klopfte mit dem Zeigefinger gegen Hamzas geschwollene Knöchel. Die Berührung ließ ihn zusammenzucken.

Stig nach Hause zu begleiten, barg ein unnötiges Risiko, aber sein Bedürfnis nach sozialen Kontakten hatte überhandgenommen. Seit seiner Rückkehr hatte er isoliert in seiner Wohnung gelebt. Es waren Monate vergangen, seitdem er das letzte Mal eine anspruchsvolle Unterhaltung geführt hatte.

»Es ist nicht das, wonach es aussieht«, sagte Hamza und zwang sich, seinem alten Lehrer in die Augen zu sehen. »Ich trainiere MMA. Die Handschuhe sind sehr dünn. Wenn man ordentlich austeilt, dann kommt so was dabei raus.«

Hamza zeigte seine Hand und spreizte die Finger.

»Wenn du das sagst.«

Unmöglich zu wissen, ob Stig ihm glaubte. Hamza schlug das Buch zu und strich über den Umschlag, ehe er es zurückgab.

»Du kannst es behalten«, sagte Stig.

SECHZEHN

Instinktiv wusste Nicolas, wo ihn der Schlag treffen würde, und wehrte ihn mit der linken Hand ab. Er unterschätzte jedoch die Wucht des Angriffs und entging nur knapp einem Tritt, der eine Bodenlampe zerschmetterte. Der Gegner trieb Nicolas rückwärts ins Schlafzimmer, er hatte Mühe, sich zu verteidigen. Diese Tritte, Hiebe, die Kombinationen – das war kein durchschnittlicher Kampfsportler. Alles deutete darauf hin, dass er militärisch ausgebildet worden war.

Nicolas begriff, dass er schlechte Karten hatte.

Schließlich nutzte er eine Lücke, blockte mit dem linken Unterarm einen Tritt ab und ging mit einer Hieb- und Trittkombination zum Angriff über, die sich gewaschen hatte. Nun war es Nicolas, der den maskierten Angreifer zurückdrängte, aber er war sich dennoch alles andere als sicher, wieder lebend aus dieser Wohnung herauszukommen.

Nicolas hatte äußerst selten einen Gegner gehabt, der in puncto Kraft, Reaktionsvermögen und Nahkampftechnik dermaßen anspruchsvoll war.

Die beiden Männer hielten inne, wechselten einen Blick und holten Luft, nur, um dann wieder aufeinander loszugehen. Nicolas wehrte ab, trat und boxte, aber er merkte, wie seine Kräfte schwanden. Die des Gegners ließen ebenfalls nach.

Schließlich bekam Nicolas die Chance, den Zweikampf zu beenden. Der Angreifer zielte mit der linken Faust auf sein Gesicht, aber Nicolas sah den Schlag kommen. Er wich aus, spürte, wie die Faust an seiner Wange vorbeiglitt, packte den Arm, bog ihn auf den Rücken und kugelte mit voller Kraft die Schulter seines Gegners aus. Brüllend setzte der zu einem neuen Angriff an. Doch sein linker

Arm schlenkerte unkontrolliert herum und war nicht mehr zu gebrauchen, sodass Nicolas sich auf die andere Seite konzentrieren und den Mann mit einem zielgerichteten rechten Haken außer Gefecht setzen konnte.

Nicolas warf sich mit seinem vollen Körpergewicht auf ihn und drückte ihn zu Boden. Mit dem Unterarm würgte er ihn, bis er bewusstlos wurde, dann rollte er sich keuchend auf die Seite. Atmete ein paarmal tief durch, brachte seinen Gegner schließlich in die stabile Seitenlage und zog ihm die schwarze Sturmhaube vom Kopf.

Er war in den Dreißigern, hatte schwarze Haare und braune Augen. Kein Zweifel, er stand in irgendeiner Form mit der Armee in Verbindung. Doch was tat er in der Wohnung einer schwedischen Edelprostituierten?

Nicolas durchsuchte die Taschen des Mannes nach einem Ausweis, aber er fand nur ein paar Hunderter und eine weiße Schlüsselkarte, die vermutlich von einem Hotel stammte. In der Mantelinnentasche steckte ein zusammengerolltes, zugeklebtes Kuvert.

Der Mann kam langsam wieder zu sich. Nicolas riss das Kabel der zerbrochenen Lampe aus der Steckdose, zerrte ihn unsanft zum Heizkörper unter dem Fenster und band seine rechte Hand daran fest.

Sein Körper pochte vor Schmerz, Ober- und Unterarme waren mit Blutergüssen übersät. Nicolas schob einen Sessel beiseite, sodass er den Mann im Blick hatte, und ließ sich hineinfallen.

Der Mann schlug die Augen auf und sah sich benommen um. Schwer atmend befühlte er mit der gefesselten rechten Hand seinen Brustkorb.

»Wer sind Sie?«, fragte Nicolas. Keine Reaktion. Er wiederholte die Frage, diesmal auf Englisch.

Der Mann blickte ihn feindselig an, bewegte sich und verzog vor Schmerz das Gesicht.

Nicolas sah sich von seinem Platz aus in der Wohnung um. Der Angreifer war bereits vor Ort gewesen, als er das Haus betreten hatte. Die Maskierung deutete darauf hin, dass er nicht erkannt werden wollte. Wollte er etwas entwenden? Hatte er der jungen Frau etwas angetan?

»*Where is the girl?*«

Der Mann biss die Zähne zusammen und starrte an Nicolas vorbei ins Leere. Es war offensichtlich, dass er ihm nichts sagen würde.

Nicolas besah sich das Kuvert aus der Manteltasche genauer. Schwerfällig stand er auf, schleppte sich durch die Diele in die Küche. Nahm ein Gemüsemesser von einem Magnetband an der Wand und kehrte damit ins Wohnzimmer zurück. Der andere musterte das blinkende Messer in Nicolas' Hand gleichgültig.

In dem Kuvert lagen Fotos.

Er sah sich die ersten flüchtig an und stellte fest, dass alle die junge Edelprostituierte in verschiedenen intimen Situationen zeigten.

Erpressung. Aber warum? Gehörte der Mann zu einer ausländischen Gang, oder arbeitete er mit der Frau zusammen, um reiche Geschäftsmänner zu erpressen?

Nicolas blätterte die übrigen Fotos durch und bemerkte, dass Johan nirgends abgebildet war. Er verstand rein gar nichts, und der Mann würde ihm auch nicht weiterhelfen, so viel war sicher.

Nicolas konnte schlecht die Polizei rufen, denn er war unerlaubt in die Wohnung eingedrungen und würde in Erklärungsnöte geraten, was er in der Wohnung gewollt hatte. Also legte er das Messer in Reichweite seines Angreifers, schob die Fotos in den Umschlag zurück und verließ damit die Wohnung.

SIEBZEHN

Molly Berg fuhr 125 Stundenkilometer. Die Reifen wirbelten den frisch gefallenen Schnee auf. Je weiter nördlich sie kam, desto dichter wurde die Schneedecke und desto schöner wurden die Weiten und die wilde Kargheit der Natur. Weniger Autos, weniger Menschen. Weniger von allem, nur noch Schnee. Sie fühlte sich frei. Beinahe glücklich. Sie hatte getan, was Thomas von ihr verlangt hatte: das Mobiltelefon entwendet und ihm ausgehändigt. Inzwischen hatte sie bereits sechs Autostunden in dem Leihwagen zurückgelegt, den sie am Morgen bei AVIS gemietet hatte.

Aus den Boxen dröhnte »Emmylou« von First Aid Kit. Der Song sprach Molly aus der Seele: »*I was born to endure this kind of weather.*« Zu ihrer Verwunderung hatte sie bemerkt, dass sie sich darauf freute, anzukommen und ihren Vater wiederzusehen. Möglicherweise hing das mit der Unsicherheit und der Angst zusammen, die sie in den letzten Tagen und Monaten verspürt hatte? In der Hütte ihres Vaters zehn Kilometer vor Kiruna konnte ihr nichts etwas anhaben. Nichts konnte sie in Gefahr bringen oder ihr Schaden zufügen.

Je näher sie ihrem Ziel kam, desto stärker spürte sie, dass sie hier zu Hause war. Sie war mit Leib und Seele eine Norrländerin. Wie hatte sie all das nur zurücklassen können?

Das Armaturenbrett zeigte an, dass das Benzin langsam aber sicher zur Neige ging, Molly musste tanken. Durch die tanzenden Flocken erkannte sie ein Schild von CIRCLE K und nahm die Ausfahrt. Am Straßenrand neben der Tankstelle parkte ein Lkw, und Molly ging davon aus, dass der Fahrer schlief. Sie sprang aus ihrem Leihwagen, schraubte den Tankdeckel auf und schob die Karte in das Lesegerät. Sog den Benzingeruch ein, den sie früher schon so geliebt hatte, und summte die Melodie von »Emmylou« weiter. Gelegentlich brauste ein Auto oder ein Laster auf der Straße vorbei. Nachdem der Tank gefüllt war, drehte sie den Tankdeckel wieder fest, verriegelte das Auto und steuerte auf den Eingang zu. Der junge Mann an der Kasse konnte kaum den Blick von ihr abwenden, aber das störte sie nicht. Seine neugierigen Blicke amüsierten sie sogar.

Sie schnappte sich eine Packung Käseflips und nahm eine Cola light aus der Kühlung. Blieb vor den Zeitschriften stehen und musterte die grellbunten Hochglanzmagazine. Sie erkannte den Spieler auf dem Cover der Fußballzeitschrift wieder. Vor einem Jahr hatte sie in einem Hotelzimmer in Chelsea Sex mit ihm gehabt. Dann fiel ihr Blick auf den jungen schwedischen Justizminister Magnus Moheden mit seinen eisblauen Augen. Er prangte auf Seite eins der *Kvällspressen*. Auch der Sozialdemokrat, der als zukünftiger Kandidat für das Amt des Ministerpräsidenten galt, zählte zu ihren Kunden, aber sie hatten sich schon lange nicht mehr gesehen.

Die Bildunterschrift lautete: *Jetzt werden die Imame ausgewiesen.*

Was für ein Leben hatte sie in den letzten Jahren bloß geführt? Hier – weit weg von Stockholm und Barcelona, von den Partys in Dubai und den Luxussuiten in London – an einer Tankstelle irgendwo südlich von Umeå, kam ihr das alles unwirklich vor. Dem Kassierer würde sie das nie erklären können. Sie würde das niemals jemandem klarmachen können. Aber sie hatte eine zweite Chance bekommen. Zwei zweite Chancen, genau genommen.

Die erste zweite letzten Sommer auf der Luxusjacht, da war sie noch mal mit dem Leben davongekommen. Die zweite zweite gestern. Sie war überzeugt, dass Johan Karlström alles tun würde, um ihr Leben zu zerstören, wenn er herausfand, dass sie ihm das Mobiltelefon geklaut hatte. Doch Thomas hatte Molly versichert, dass die Fotos von ihr nicht mehr existierten und ihre Hilfe nicht mehr gebraucht werde. Sie hoffte, dass sie ihm vertrauen konnte. In einer Branche, in der Diskretion alles war, war Molly so oder so für alle Zeiten gebrandmarkt. Einerseits war das schön. Sie hatte nun keine

Wahl mehr. Ihr Vermögen umfasste rund zwanzig Millionen Kronen, wenn man die Wohnung mitrechnete. Das war mehr, als ihr Vater in seinem ganzen Leben verdient hatte, und vermutlich mehr, als die ganze Familie ihrer Mutter in hundert Jahren verdient hatte. Das Geld war gewaschen und sauber. Jetzt ging es darum, herauszufinden, was sie den Rest ihres Lebens tun wollte.

Molly legte ihren Einkauf an die Kasse und schenkte dem errötenden Teenager ganz bewusst ihr verführerischstes Lächeln.

»Das macht 73 Kronen, bitte«, sagte er mit rotem Hals.

Molly zahlte mit Karte, schüttelte den Kopf, als er fragte, ob sie den Beleg wollte, und wünschte ihm einen schönen Tag.

ACHTZEHN

Celine und Vanessa saßen auf dem Sofa. Im Fernsehen bereiteten ein übereifriger Koch und ein übertrieben lächelnder Moderator vegetarische Tapas zu. Vanessa war eben aus der Dusche gekommen und in ihren weißen Morgenmantel geschlüpft, Celine trug eine von ihren Trainingshosen und ein weißes T-Shirt mit dem Aufdruck *Living legend of Instagram*.

Im Laufe des Tages wollten sie in die Stadt fahren, um für Celine Kleider und Hygieneartikel zu besorgen. Doch vorher wollte Mikael Kask vorbeikommen. Vanessa hatte ihn widerstrebend angerufen, nachdem sie seine Nachricht vom Vortag erneut abgehört hatte. Auch wenn er ihr vorwerfen würde, dass sie sich in die Ermittlungen eingemischt hatte, musste sie einfach wissen, was er damit gemeint hatte, dass mit Natasjas Beinfraktur etwas nicht stimmte. Wenn er sie feuern wollte, dann war ihr das auch recht. Auf das Gehalt bei der Polizei war sie nicht angewiesen, und Natasjas Mörder würde sie so oder so fassen.

Vanessa stand auf, um sich umzuziehen. Sie entschied sich für schwarze Jeans und ein schwarzes Poloshirt. Als es an der Tür klingelte, föhnte sie sich gerade im Bad die Haare.

»Sei bloß brav«, sagte sie zu Celine, als sie am Sofa vorbeiging, um aufzumachen. Celine nahm Haltung an und salutierte.

Vanessa lachte auf, ehe sie Mikael eintreten ließ. Celine drehte die Lautstärke des Fernsehers herunter und streckte Mikael mit durchgedrücktem Rücken ihre Hand hin.

»Celine Wood«, sagte sie feierlich und deutete einen Diener an.

»Mikael. Eh … Kask.«

»Darf ich Ihnen ein Stück Teig kredenzen?« Sie bot ihm die Seven-Eleven-Tüte vom vergangenen Abend an.

Mikael ließ seinen Blick verwundert zwischen dem Mädchen und Vanessa hin und her wandern.

»Das ist nett, aber nein, danke.«

Vanessa bat ihn in die Wohnung und forderte Celine auf, in ihr Zimmer zu gehen.

»Gut erzogenes Mädchen«, meinte Mikael, nachdem Celine die Tür hinter sich zugemacht hatte. »Wer ist das?«

»Celine Wood, wie sie gesagt hat.«

»Die Celine, die im Stadion angeschossen wurde?«, fragte er leise.

Vanessa nickte. Später wollte sie Celine erklären, dass brav zu sein nicht bedeutete, sich wie ein Butler zu benehmen, auch wenn sie ihre Vorstellung lustig gefunden hatte.

»Sie hat es nicht leicht gehabt seitdem und wohnt jetzt erst mal bei mir. Bevor du reingekommen bist, habe ich sie gebeten, sich zu benehmen, sonst ist sie nicht so … formell.«

»Auf jeden Fall hast du genug Platz«, entgegnete Mikael und sah sich in der geräumigen Wohnung um.

»Möchtest du etwas trinken?«, fragte Vanessa. »Kaffee, Tee, Limo, O-Saft? Was du magst.«

»Dann gerne einen Kaffee für mich.«

Sie setzten sich an die Kücheninsel. Mikael legte seinen Mantel ab, darunter kamen ein enges weißes T-Shirt und ein beeindruckendes Paar Oberarme zum Vorschein. Vanessa griff nach der Kaffeekanne, schenkte zwei Tassen voll und schob eine zu Mikael hinüber, der einen Schluck trank und anerkennend nickte.

»Samer hat berichtet, was du gemacht hast. Dass du mit den Lindskogs gesprochen hast. Und es ist wirklich hilfreich, dass du den Film vom ICA-Markt so schnell bekommen hast, aber du kannst die Arbeit deiner Kollegen nicht dermaßen torpedieren. Das ist nicht gut, verstehst du?«

»Klar.«

Mikael sah sie ungerührt an.

»Wie du weißt, konzentrieren wir uns im Moment auf Rikard

Olsson. Wir denken, dass das Motiv für den Mord an ihm *und* an Natasja eher mit seinem Beruf zu tun hat als mit ihr.«

»Und genau das denke ich nicht.«

Es entstand eine Pause. Vanessa bedachte Mikael mit einem störrischen Blick. Sie kannte ihn gut genug, um zu wissen, dass er nach den richtigen Worten suchte. Er schob die Kaffeetasse von sich weg und trommelte mit dem Zeigefinger auf die Tischkante der Kücheninsel.

»Hat Natasja dir jemals erzählt, dass sie sich das Bein gebrochen hat, als sie etwa vier oder fünf war?« Er klang ernst.

»Ja?«

»Und sie hat dir dasselbe erzählt wie dem Sachbearbeiter vom Amt für Migration und Flüchtlinge – dass sie in Syrien geboren und aufgewachsen ist? Und dass sie ihren Fuß zum ersten Mal auf europäischen Boden setzte, als sie im Herbst 2015 hierherkam?«

Vanessa nickte. Ihre gute Laune von vorhin war wie weggeblasen. Mikaels Blick verhieß nichts Gutes. Was immer er jetzt sagen würde, es waren schlechte Nachrichten. Sie zwang sich, Ruhe zu bewahren, denn sie brauchte Mikael Kask auf ihrer Seite, wenn sie auch weiterhin Einblick in die Ermittlungen haben wollte.

»Spuck's aus.«

»Die flexiblen Marknägel, mit denen Natasjas gebrochenes Bein fixiert wurde, sind in Frankreich hergestellt worden. Diese Methode ist unmöglich Anfang der Nullerjahre in Syrien angewandt worden, sie wurde ausschließlich in Frankreich durchgeführt. Eventuell noch in Belgien. Thysell zufolge ist es vollkommen ausgeschlossen, dass syrische Krankenhäuser Zugang zu solchen Marknägeln hatten. Von dem Wissen, sie fachgerecht einzusetzen, ganz zu schweigen.«

Vanessa wollte protestieren, doch Mikael hob abwehrend die Hand.

»Und das MRT von ihrem Knie beweist ebenso wie die Röntgenbilder von ihren Weisheitszähnen, dass sie mindestens zwanzig ist.«

Vanessa starrte Mikael an. Suchte nach einer Erklärung. Vergebens.

Natasja war also älter, als sie vorgegeben hatte. Es war nichts Ungewöhnliches, dass Flüchtlinge bezüglich ihres Alters logen, das war sogar nachvollziehbar. Wenn sich ihre Chancen zu bleiben dadurch erhöhten, warum sollten sie sich dann nicht jünger machen, als sie waren? Vanessa fühlte sich verpflichtet, Natasja zu verteidigen.

»Wenn sie ein falsches Alter angegeben hat, dann deswegen, weil sie in Schweden bleiben wollte. Und ihr Vater war Literaturprofessor an der Uni in Damaskus, wie gesagt. Es ist also nicht ausgeschlossen, dass er Kontakte nach Frankreich hatte und Natasja dort operiert worden ist, wenn es eine komplizierte Fraktur war.«

Mikael seufzte und strich sich über die Bartstoppeln.

»Was?«, fragte Vanessa irritiert.

»Wir haben die Uni in Damaskus kontaktiert. Dort kennt niemand einen Professor in russischer Literatur mit Natasjas Nachnamen. Es tut mir leid, dass ich das sagen muss, Vanessa, aber Natasja war nicht die Person, für die sie sich ausgegeben hat. Das solltest du so schnell wie möglich einsehen, wenn du auch weiterhin etwas zu diesem Fall beitragen willst.«

Mikael erhob sich, schlüpfte wieder in seinen Mantel, umrundete die Kücheninsel und legte Vanessa eine Hand auf die Schulter.

»Es tut mir leid«, sagte er noch mal.

»Was, denkst du, ist da abgelaufen, als sie ermordet wurden?«

Mikael zuckte ratlos mit den Schultern.

»Rikard Olsson wurde verfolgt, du hast seinen Anruf bei der Notrufzentrale selbst gehört. Der Mann, vor dem Natasja offenbar Angst hatte, ist natürlich auch interessant, aber wir sind uns sicher, dass Rikard Olsson das eigentliche Ziel war. Er war in eine Operation gegen die Sätra-Gang involviert. Ein paar von ihren Mitgliedern sind an jenem Abend auf Östermalm gesehen worden. Und in diesen Kreisen suchen wir nach dem Täter.«

»Warum verwendest du so viel Zeit darauf, Natasja als Lügnerin dastehen zu lassen? Genau wie Samer. Was wollt ihr damit bezwecken?«

Mikael nahm seine Kaffeetasse, schüttete den restlichen Inhalt in den Ausguss und stellte sie in die Spüle.

»Damit du endlich aufwachst und wieder bei den Ermittlungen mitwirken kannst. Es deutet alles darauf hin, dass sie zur falschen Zeit am falschen Ort war.«

»Und was ist mit dem Mann vor dem ICA-Markt? Was hat sie ihm versprochen, für sich zu behalten?«

»Wir untersuchen das.« Mikael hob die Stimme. »Aber selbst du musst verdammt noch mal akzeptieren, dass der gewaltsame Tod eines Kollegen …«

Vanessa stand so abrupt auf, dass der Barstuhl umfiel.

»Was? Was wolltest du sagen, Mikael? Dass sein Tod mehr bedeutet als der von Natasja?«

Mikael schüttelte langsam den Kopf.

»Du weißt, dass ich das so nicht gemeint habe.«

Er bückte sich und stellte den Stuhl wieder auf.

»Natürlich sind wir alle gleich viel wert. Zum Teufel, Vanessa. Rikard Olsson war Polizist. Er hat gegen die Gang ermittelt, hat ihre Drogengeschäfte unterwandert, sie auf der Straße aufgehalten und aufgemischt. Du weißt, dass es Typen in der Gang gibt, die ihren Kumpels imponieren und zeigen wollen, was sie draufhaben. Und wie macht man das am besten? Genau, man erschießt einen Polizisten. Wir müssen die drankriegen, ihnen zeigen, dass wir so was nicht durchgehen lassen.«

TEIL IV

EINS

Die Temperaturen waren im Laufe des Sonntags gestiegen, und Montagmittag lag auf den Straßen und Gehsteigen auf Kungsholmen ein einziger Brei aus Schneematsch und Splitt. Das Treffen mit Mikael zwei Tage zuvor ging Vanessa einfach nicht aus dem Kopf. Sie war verwirrt. Es war nicht von der Hand zu weisen, dass seine Argumentation Sinn ergab.

Die Zeitungsschürze der *Kvällspressen* leuchtete ihr gelb entgegen, als sie an dem kleinen Kiosk in der St. Eriksgatan vorbeiging. Vanessa blieb wie angewurzelt stehen und blickte in Natasjas und Rikard Olssons Passbildgesichter in Schwarz-Weiß. Über den Fotos prangte in großen Lettern: *Der Fall, der den Ermittlern Rätsel aufgibt – wer tötete das Flüchtlingsmädchen und den Gangpolizisten?*

Vanessa stieß die Tür auf, ein elektronisches Signal ertönte. Sie schnappte sich eine *Kvällspressen* aus dem Zeitungsständer und zahlte. Rollte sie zusammen, schob sie sich unter den Arm und setzte ihren Weg Richtung Fleminggatan fort.

Sie hatte sich mit Sabina Haddad in einer Salatbar verabredet. Die junge Frau hatte ihr erklärt, dass sie eine Wohnung in der Kronobergsgatan putzte und deshalb eigentlich keine Zeit hatte, aber Vanessa hatte ihr versichert, sie wollte sich kurzfassen. Als sie die Bar betrat, saß Sabina bereits an einem Tisch nahe der Kasse, hinter der sich eine Schlange gebildet hatte. Vanessa fragte sie, was sie essen wollte.

»Einen griechischen Salat, bitte. Zum Mitnehmen.«

Trotz der zahlreichen Gäste wurde die Schlange rasch kürzer. Vanessa bestellte zwei griechische Salate, hielt ihre EC-Karte vor das Lesegerät und erhielt eine türkisfarbene Wartemarke. Sie schenkte zwei Gläser mit Wasser aus einer Kanne voll und nahm Platz.

»Ich muss leider gleich los«, sagte Sabina entschuldigend. »Ich muss in die nächste Wohnung, und die liegt auf Södermalm.«

»Was wissen Sie über Natasjas Kindheit oder Jugend in Syrien?«

»Nicht viel, wir haben nie über den Krieg geredet.«

»Ich meine vor dem Krieg«, sagte Vanessa. »Hat sie jemals von ihrer Familie gesprochen?«

»Nur, dass ihr Vater Professor war. An der Universität. Und sie hat von ihrem kleinen Bruder erzählt, von Lev. Er hatte ein Aquarium mit Fischen und ist bei einem Bombenangriff gestorben.«

Sabina verstummte, als eine Stimme von der Kasse die nächste Nummer aufrief: »Die 17.«

Vanessa warf einen flüchtigen Blick auf ihre Nummer und wandte sich dann wieder Sabina zu.

»Ich habe Grund zu der Annahme, dass Natasja nicht in Syrien aufgewachsen ist, sondern in Frankreich oder möglicherweise in Belgien. Gab es in Natasjas Erzählungen irgendwelche Hinweise, die darauf hindeuten könnten?«

Sabina starrte Vanessa entgeistert an.

»Auf keinen Fall«, rief sie aus und wirkte fast schon eingeschnappt. »Wer das behauptet, lügt. Natasja ist in Damaskus geboren und aufgewachsen.«

»Hat sie mal Französisch gesprochen, als Sie dabei waren?«

Sabina lachte auf und schüttelte den Kopf.

»Nein.«

Die Situation war absurd. Natasja war der Mensch, der Vanessa seit ihrer Scheidung von Svante am nächsten gestanden war. Sie war eine der warmherzigsten und fürsorglichsten Personen, denen Vanessa je begegnet war. Und nun saß sie hier, in einer Salatbar auf Kungsholmen, und bat ihre Freundin zu erörtern, ob Natasja immer die Wahrheit gesagt hatte.

»Sind Sie da sicher?«

»Ja.« Sabina beugte sich vor und legte ihre Hand auf die von Vanessa.

»Ganz sicher. Sie konnte kein einziges Wort Französisch. Und ich auch nicht. Warum fragen Sie das alles?«

»Es gibt da ein paar Details, die nicht schlüssig sind.«

Sabina zog ihre Hand langsam wieder zurück und ließ sie auf der Tischplatte ruhen.

»Und wie gehen Sie mit dem Tod von Natasja um?«, erkundigte Vanessa sich. »Sie war auch Ihre Freundin.«

»Das ist natürlich tragisch. Vielleicht klingt es hart, aber wenn man einen Krieg erlebt hat, dann lernt man, mit dem Tod umzugehen. Das ist wie mit allem anderen auch, man gewöhnt sich dran.«

»Haben Sie auch keine Familie mehr?«

Sabina lächelte traurig und schüttelte den Kopf.

Vanessa wusste, dass sie Sabina zu heftig anging, und das ohne ersichtlichen Grund. Sie hatte nichts verbrochen, sie hatte lediglich Natasja gekannt. Vanessa schlug einen versöhnlicheren Ton an und versuchte, das Thema zu wechseln.

»Wollen Sie auch irgendwann wieder zurück, so wie Natasja?«

Sabina seufzte.

»Es gibt nichts, wohin ich zurückkönnte. Nur Gräber und Ruinen. Mein Leben ist jetzt hier.«

Die Frau an der Kasse rief ihre Nummer auf. Sie erhoben sich gleichzeitig, Vanessa nahm die Tüte mit den Salaten und reichte sie an Sabina weiter.

»Nehmen Sie beide, ich habe keinen Hunger. Es tut mir wirklich leid für Sie. Wenn ich irgendwas für Sie tun kann, dann melden Sie sich einfach bei mir.«

»Danke.«

Nachdem Sabina gegangen war, setzte Vanessa sich wieder an den Tisch und schlug die *Kvällspressen* auf. Der Artikel zu der Schlagzeile war, genau wie sie vermutet hatte, von Max Lewenhaupt verfasst worden. Er begann mit dem Fund der beiden Leichen vor elf Tagen und beschrieb eingehend, welcher Gewalt die Opfer ausgesetzt gewesen waren. Anschließend berichtete er über Natasjas und Rikard Olssons Leben. Er hatte das Ehepaar Lindskog interviewt, bei dem Natasja eine Weile gewohnt hatte. Der Text über Rikard Olsson war ausführlicher. Vanessa vermutete, Max Lewenhaupt und sein Ressortleiter rechneten damit, dass sich die Leser eher für einen Polizisten als für eine Geflüchtete interessierten.

Der Artikel schloss damit, dass zwei ehemalige Polizeibeamte über das Mordmotiv spekulierten. Der eine behauptete, es sei der Racheakt einer Gang, die Rikard Olsson unterwandert habe. Der andere meinte, es handele sich um Mord aus Eifersucht, und riet den Ermittlern, nach der Verbindung zwischen den beiden Opfern zu suchen.

Vanessa knüllte die Zeitung zusammen und warf sie in den Papierkorb am Ausgang.

ZWEI Es war halb vier Uhr nachmittags, die Sonne ging langsam unter. Die letzten Strahlen klammerten sich an die Häuserblöcke von Skärholmen, als Hamza das Zentrum erreichte. Seit ein paar Tagen hatte er es eilig, zu regeln, was zu regeln war. Abschied zu nehmen. Er hatte den Verdacht, dass sie sich bald melden würden, und dann wollte er bereit sein. Vielleicht lag es am Wiedersehen mit Stig. Hamza konnte Petras Foto einfach nicht vergessen. Jedes Mal, wenn er die Augen schloss, sah er ihr ernstes Gesicht vor sich. Stigs trauriger, sorgenvoller Blick, als er von ihr gesprochen hatte. Der pensionierte Lehrer hatte ein Auto, einen rostigen alten Opel Astra. Konnte Hamza ihn damit nicht zu ihr fahren? Und ein Treffen mit seiner Tochter organisieren? Das Risiko war es allemal wert.

Hamza nahm die Treppen, die vom Platz nach oben führten. Die Sonnenstrahlen waren verschwunden, und in der Dunkelheit beschleunigte Hamza seinen Schritt. Fühlte sich freier. Die Parabolantennen an den Betonfassaden leuchteten wie eindimensionale schwebende Planeten. Er ließ seinen Blick über das Gelände schweifen, wo er seine Kindheit verbracht, Fußball gespielt, sich geprügelt und die anderen Kinder gejagt hatte und selbst der Gejagte gewesen war. In seiner Erinnerung war es viel größer, viel schöner, doch nun sah er, wie verlottert und trist alles war.

Instinktiv blickte er zum vierten Stock hinauf. Hinter dem Wohnzimmerfenster brannte Licht, der Fernseher flimmerte, aber die Familie war weggezogen. Abbas, sein Vater, saß in einer Wohnung auf der anderen Seite der Stadt und verfolgte die Nachrichten aus dem Irak. Schlug die geballte Faust auf die morsche Sessellehne und schimpfte in sich hinein, warum er nur mit solch naiven, dummen Kindern gestraft worden war. Hamza spürte die Wut in sich aufsteigen, wenn er nur daran dachte. Doch sein Vater war nicht immer so gewesen. Hamza erinnerte sich noch an die ersten Jahre in Schweden. Wenn die Verwandten aus dem Irak angerufen hatte, dann hatte sein Vater erklärt, in was für einem wunderbaren Land er hier lebte. Hatte eine feste Anstellung mit gutem Lohn erfunden und vorgegeben, er spräche Schwedisch. Er hatte seine neue Heimat »das kalte Paradies am Ende der Welt« genannt. In Wahrheit hatte er bei der Arbeitsvermittlung in der Warteschleife gehangen, war unter der Hand Taxi gefahren und hatte sich geweigert, den Schwedischkurs für Einwanderer zu besuchen. Das hatte er für Zeitverschwendung gehalten. Abbas hatte nie einen festen Job gehabt. War immer tiefer in die Gleichgültigkeit abgeglitten. Irgendwann hörte er auf, zum Amt zu gehen, stattdessen saß er zusammen mit den anderen arbeitslosen Männern im Café, rauchte Prince rot und trank schwarzen Kaffee, sein Haar wurde immer schütterer, seine Wangen immer eingefallener.

Das Leben rann ihm zwischen den Fingern hindurch.

All das geschah, während seine Kinder Hamza, Nadira und Ahmed alles taten, um sich anzupassen – um sich in ihrem neuen Heimatland zu integrieren. Der Vater, der sie anfangs noch ermuntert hatte, zu studieren, zu kämpfen und sich anzustrengen, verhöhnte ihre Bemühungen.

»Ist euch denn gar nicht klar, dass die Schweden euch verachten?«, sagte er immer. »Die brauchen billige Arbeitskräfte, jemand, der ihre Straßen kehrt und in ihren Schnellrestaurants das Essen serviert. Deswegen sind wir hier. Bildet euch bloß nichts ein. Seht mich an. Diese Teufel haben mir meine besten Jahre genommen.«

Schlussendlich hatten seine Worte Wirkung gezeitigt. Hamzas Noten hatten nachgelassen, Schlägereien hatten sich gehäuft, Hass und das Gefühl der Benachteiligung überhandgenommen.

Er fragte sich, wie es Ahmed und Nadira wohl ging. Er hoffte, dass sie glücklich waren, dass Abbas sie nicht auch fertiggemacht hatte. Aber er wusste, dass er nicht zu viel an die beiden denken durfte, denn das machte ihn schwach.

Er warf seufzend einen letzten Blick hinauf zur Wohnung, dann wandte er sich um und ging zurück zum Zentrum.

Bis zu Stigs Wohnung waren es nur vierhundert Meter. Hamza wollte klingeln und ihm sagen, dass er ihn zu seiner Tochter fahren würde, wenn er wollte. Aber damit musste er sich beeilen.

Wenn sie ihn kontaktierten, würden Stig und alles andere nebensächlich sein.

DREI

Nicolas sah sie schon von Weitem, als sie noch auf Höhe des indischen Restaurants in der Roslagsgatan war. Gedankenverloren wartete er ab, bis sie ihren Hauseingang erreichte. Dann sprintete er, so schnell er konnte, über die Straße, obwohl sein Körper protestierte, denn nach der Begegnung mit dem Unbekannten tat ihm immer noch alles weh.

»Vanessa.«

Sie hielt inne, zog ihre Hand rasch vom Codeschloss neben der Tür zurück und drehte sich langsam um. Der neue Pagenschnitt stand ihr gut, er umrahmte ihr Gesicht, das mit jedem Mal, dass er es sah, hübscher wurde. Sie betrachtete ihn stumm und mit ihrer üblichen Ernsthaftigkeit. Nicolas kam sich wie ein Eindringling vor.

»Ich habe von Natasja gelesen«, sagte er hastig. »Ich habe schon kapiert, dass du mich nicht sehen willst, aber ich muss einfach wissen, was passiert ist.«

»Bist du nicht in London?«

»Ich wohne wieder hier.«

»In Stockholm?«

Vanessas Gesicht zeigte keine Regung. Nicolas konnte ihr um keinen Preis ansehen, wie sie über seine Rückkehr dachte. Er schlug vor, an einen ruhigeren Ort zu fahren, um zu reden. Vanessa folgte ihm zu dem Range Rover, den er in der Tulegatan abgestellt hatte.

»Netter Wagen«, bemerkte sie und strich mit den Fingern über das holzvertäfelte Armaturenbrett. »Ich hoffe, im Kofferraum liegt keine Bankerleiche.«

Nicolas grinste.

Es war surreal, Vanessa wieder so nah zu sein. Sie war irgendwie anders, angespannt, wachsam. Er startete den Motor und fuhr Richtung Valhallavägen. Sie querten die Allee und bogen am Sophiahemmet auf die schmaleren, asphaltierten Straßen, die hinter dem Stadion entlangführten. Nicolas stellte den Motor ab, löste den Sicherheitsgurt und lehnte sich zurück.

»Ich habe gar nicht gewusst, dass Natasja wieder in Schweden war«, sagte er schließlich.

»Ich auch nicht.« Vanessa schien nach Worten zu suchen. »Sie ist irgendwann im März zurückgekommen und hat bei einem Ehepaar in Bergshamra gewohnt.«

»Und sie hat sich nicht bei dir gemeldet?«, fragte er, ohne seine Verwunderung verbergen zu können.

»Es gibt ziemlich viele Unklarheiten in ihrem Lebenslauf. Sie hat anscheinend einiges verschwiegen. Es gibt Hinweise, dass sie auch in Frankreich aufgewachsen sein könnte. Oder in Belgien. Dass sie sich jünger gemacht hat, als sie tatsächlich war. Aber nicht nur das, ein paar Tage vor ihrem Tod ist sie von einem Mann bedroht worden. Wir haben Bilder aus einer Überwachungskamera von dem Ort, wo das passiert ist. Sie hatte Todesangst. Und in den letzten Minuten vor ihrem Tod hat sie mich angerufen. Aber ich habe ja eine neue Nummer.«

Die Worte sprudelten auf einmal nur so aus ihr heraus. Nicolas hatte Mühe, Vanessa zu folgen.

»Habt ihr eine Ahnung, was passiert ist?«, fragte er.

Vanessa atmete tief durch, um sich wieder zu beruhigen.

»Nein.«

Sie schnallte sich ab und fuhr sich übers Gesicht. Wandte sich ab und sah zum Stadion. Nicolas wartete darauf, dass sie weitersprach, aber Vanessa hatte offenbar nichts mehr hinzuzufügen. Er wollte sie nicht drängen. Der Mord an Natasja war ein schlimmer Schlag für Vanessa. Schließlich wusste er, was sie durchgemacht hatte.

»Denkst du manchmal daran?«, fragte sie leise und deutete auf die braune Backsteinmauer des Stadions.

»Manchmal«, entgegnete er tonlos. »Und du?«

»Ziemlich oft. Immer öfter, würde ich sagen. Zumindest, bis Natasjas Leiche gefunden wurde.«

Ein Mann mit Warnweste über seiner Sportkleidung joggte vorbei. Vanessa folgte ihm mit dem Blick, bis er in der Dunkelheit verschwand, dann wandte sie sich wieder Nicolas zu. Streckte plötzlich ihre Hand aus und streichelte seine Wange, strich ihm über die Stirn und fuhr sanft durch seine kurz geschnittenen Haare.

Er überlegte, ob er sie fragen sollte, warum sie nicht auf seine Anrufe reagiert und den Kontakt zu ihm abgebrochen hatte, aber er war sich nicht sicher, ob er die Antwort hören wollte.

»Was machst du jetzt?«, wollte sie wissen.

»Ich arbeite als Personenschützer für eine schwedische Familie. Sie ist vor Kurzem aus London zurückgekehrt und hat mir angeboten, mitzugehen.«

Nervös rutschte er hin und her und verspürte einen Stich in der Brust. Vanessa sah ihn fragend an.

»Was ist los?«

»Nichts.«

»Hast du Schmerzen? Darf ich mal sehen?«

Sie machte das Licht an, knöpfte seine Jacke auf und schob das T-Shirt hoch. Starrte auf seinen Brustkorb, der von Blutergüssen übersät war, und betastete seine Rippen vorsichtig mit den Fingerkuppen.

»Das ist nichts«, sagte er und zog das T-Shirt wieder runter.

»Was ist denn passiert?«

Er fasste den Zwischenfall mit dem Fremden in der Wohnung in der Banérgatan kurz zusammen und erwähnte die Fotos, die er an sich genommen hatte.

Als er geendet hatte, fragte Vanessa, was er dort gewollt hatte, woraufhin er ihr die ganze Geschichte über Johan und seine Tätigkeit bei Familie Karlström erzählte. Die Affäre mit Erica verschwieg er, nicht, weil er etwas falsch gemacht hatte, sondern weil er unsicher war, was Vanessa davon halten würde. Vielleicht wäre sie enttäuscht von ihm. Und wenn es jemanden gab, den er nicht enttäuschen wollte, dann war das Vanessa.

»Was sind das denn für Fotos?«, wollte sie wissen.

Nicolas stieg aus, ging zum Kofferraum und kehrte mit dem Kuvert wieder zurück, das er im Erste-Hilfe-Kasten versteckt hatte. Er reichte es Vanessa, die durch die Fotos blätterte.

»Ich glaube, das ist die schönste Frau, die ich je gesehen habe«, murmelte sie. »Könnte es hier um Erpressung gehen?«

Sie gab ihm die Bilder zurück.

»Aber durch wen?«, überlegte Nicolas. »Entweder hat sie sich fotografieren lassen, um ihre Kunden zu erpressen, oder sie wird erpresst, und jemand will öffentlich machen, womit sie ihr Geld verdient.«

Vanessa zuckte mit den Schultern.

»Was weißt du über sie?«

»Nichts, außer dass sie Berg heißt und ein internationales Escort oder so ist.«

»Soll ich mehr über sie herausfinden?«

»Kannst du das denn?«

»Ich bin bei der Polizei. Und für mich hört sich das so an, als hätte dein unangenehmer Chef, oder wie auch immer du ihn nennen willst, ein Problem.«

»Danke.«

Sie wechselten einen warmherzigen Blick. Trotz der schweren Gesprächsthemen, über die sie in der letzten halben Stunde diskutiert hatten, fühlte Nicolas sich mit niemand anderem so gut wie mit Vanessa.

»Triffst du dich mit jemandem?«, fragte sie beiläufig.

Er konnte sie nicht anlügen. Sie sah ihn belustigt an und schien es zu genießen, wie er mit sich rang.

»Letzte Woche habe ich mit Erica Karlström geschlafen«, entgegnete Nicolas schließlich. »Es ist einfach passiert, ich weiß eigentlich auch nicht, warum.«

Vanessa kniff die Lippen zusammen und nickte langsam. Nicolas konnte sich beim besten Willen keinen Reim darauf machen, was sie dachte.

»Sieht sie gut aus?«

»Sie hat Ähnlichkeit mit dir.«

Vanessa lachte auf. Sie griff nach dem Gurt und schnallte sich an.

»Fährst du mich nach Hause?«

VIER Vanessa war der einzige Gast im McLarens. Kjell-Arne bereitete gerade alles für den Abend vor und stellte eine Kerze auf jeden Tisch. Das gestrige Treffen mit Nicolas verwirrte Vanessa noch immer. Verdammt, dass er einfach so in ihr Leben spazierte und die Dinge verkomplizierte, war das Letzte, was sie jetzt brauchte. Dennoch hatte sie ihm freiwillig ihre Hilfe angeboten. Die simpelste Begründung dafür war Loyalität. Das Vertrackte und zugleich Sonnenklare, woran sie am liebsten gar nicht denken wollte, war, dass sie ihn wiedersehen wollte. Vanessa googelte Erica Karlström und stieß auf ein paar ältere Nacktfotos.

Dann konzentrierte sie sich auf die beiden Dokumente vom Amt für Einwanderung.

»Das wird heute ein schöner Abend«, bemerkte Kjell-Arne, als er an ihren Tisch trat. Sie nahm die Kaffeetasse beiseite, damit er die Kerze abstellen konnte.

»Jaja«, sagte sie abwesend und ohne den Blick von den Unterlagen zu heben.

Jüngere Versionen von Natasja und Sabina sahen sie aus den Akten an. Sie enthielten Daten der Mädchen von ihren ersten Monaten in Schweden. Die Bearbeitung ihres Asylantrags.

In Sabinas Akte stand, dass sie Mitte September 2015 als Asylsuchende registriert worden war, genauer am 23., obwohl Vanessa sich noch genau erinnerte, dass sie gesagt hatte, sie sei Ende August 2015 nach Schweden gekommen. Sie hatte also gelogen. Das Datum ihrer Registrierung war mit dem von Natasja identisch.

Anschließend hatten sie das System durchlaufen und waren durchs Land geschickt worden. Hatten in denselben Flüchtlingsunterkünften gewohnt.

Warum hatte Sabina ihr nicht die Wahrheit gesagt? Eine Lüge war eine Lüge, und Vanessa musste den Grund dafür herausfinden.

Die Tür ging auf, drei Männer schlenderten herein und ließen sich am Bartresen nieder.

Vanessa überlegte, dann suchte sie auf hitta.se die Nummer des Reinigungsservice Hemstäd AB und rief den Geschäftsführer Goran Zelinsky an. Als das Freizeichen ertönte, bemerkte sie, wie Kjell-Arne sie missbilligend beobachtete, während er ein Bier zapfte. Sie wurde an eine Mailbox weitergeleitet und hinterließ eine kurze Nachricht, in der sie Goran um einen Rückruf bat. Als sie die Verbindung beendet hatte, trocknete Kjell-Arne sich an der Schürze die Hände ab und kam an ihren Tisch.

»Was ist denn?«, fragte Vanessa. »Ich arbeite.«

»Genau das habe ich befürchtet. Wir haben eine neue Policy. Keine Mobiltelefone, keine geschäftlichen Telefonate. Das hier soll ein Ort sein, an den man die Arbeit hinter sich lässt. An dem man im Moment lebt. Komm mit, ich zeig's dir.«

Er führte sie an die Bar und zeigte ihr den Eimer hinter dem Tresen, auf dem ein handgeschriebener Zettel mit den Worten *Hier lassen wir unseren Job draußen vor der Tür – sonst zehn Kronen Strafe* klebte.

»Das ist jetzt nicht dein Ernst«, sagte Vanessa. »Die meisten deiner Gäste sind seit zwanzig Jahren arbeitslos.«

»Arbeitssuchend.«

Vanessa seufzte.

»Ich muss aber dienstlich telefonieren können. Außerdem weißt du ganz genau, dass Leif und ich die einzigen Stammgäste sind, die einen Job haben.«

Kjell-Arne druckste herum.

»Leif ist letzte Woche rausgeflogen.«

»Das tut mir leid. Kannst du ihm das ausrichten?«

»Mach ich. Aber ich meine es ernst. Zehn Kronen pro Telefonat. Das Geld ist für einen guten Zweck.«

»Und für welchen?«

»Für die Anonymen Alkoholiker.«

»Machst du Witze?«

Vanessa ging an ihren Tisch zurück, suchte in ihrer Manteltasche nach einem Hunderter, stolzierte wieder an die Bar und stopfte den Schein in den Eimer.

»Dann habe ich jetzt noch neun Anrufe gut, richtig?«

»Stimmt.«

Ihr Telefon, das sie noch immer in der Hand hielt, vibrierte. Vanessa hielt es demonstrativ hoch, und Kjell-Arne zuckte resigniert mit den Schultern.

»Noch acht.«

Er verschwand hinter den Tresen, und Vanessa nahm den Anruf an. Es war Goran Zelinsky.

»Danke für Ihren Rückruf. Mein Name ist Vanessa Frank, ich bin von der Polizei. Ich würde Ihnen gern ein paar Fragen stellen, wenn Sie Zeit haben.«

»Worum geht es denn?«

»Um eine Ihrer Angestellten.«

Der Geschäftsführer von Hemstäd blieb stumm.

»Sie sind nicht in Schwierigkeiten, das kann ich Ihnen versprechen. Ich muss mit Ihnen über Sabina Haddad reden.«

Vanessa schob geräuschvoll ihren Stuhl zurecht und setzte sich.

»Geht das auch am Telefon?«, fragte Zelinsky.

»Eigentlich nicht.«

Goran Zelinsky atmete lautstark aus, dass es im Lautsprecher rauschte.

»Ich wohne am Liljeholmstorget. Können wir das heute Abend klären?«

»Ich melde mich wieder, wenn ich da bin.«

FÜNF

Axel Grystad wusste, dass er nur noch wenige Minuten zu leben hatte. Er hatte zwei Schriftstücke zu Hause auf den Küchentisch gelegt. Einen Brief, in dem er seine Handlungen erklärte, und ein Testament, in dem er sein gesamtes Hab und Gut Rebecca vermachte. Er wusste nicht, ob das Testament juristisch Hand und Fuß hatte, schließlich hatte es keinen Zeugen gegeben, aber er hoffte, dass es gültig war. Er wollte, dass Rebecca verstand, wie dankbar er ihr war und wie sehr er sie liebte.

Am Wochenende hatte ihn im letzten Moment die Panik gepackt, er war mehrmals unterwegs gewesen zur Villa, doch noch vor Djursholm wieder umgekehrt, war stattdessen ins Krankenhaus gefahren und hatte an Simons Bett gesessen. Am Dienstagmorgen war das Maß jedoch voll gewesen. Es war Simons Geburtstag, Axel hatte die Zeitung aufgeschlagen, und sein Blick war auf eine Anzeige für das Spiel in Barcelona gefallen, das sie sich zusammen hatten ansehen wollen.

Vor Familie Karlströms Villa bremste Axel ab, diesmal war es ihm einerlei, wenn er entdeckt werden würde. Er wusste, dass Erica, die Ehefrau, mit ihrem Sohn beim Hockeytraining war.

Er wollte an der Haustür klingeln, Johan Karlström erschießen und, wenn nötig, auch den Bodyguard, anschließend die Polizei rufen und den Doppelmord gestehen. Dann wollte er die Waffe gegen sich selbst richten und seinem Leben ein Ende setzen, ehe Simon seinen letzten Atemzug tat. Der Anruf war unverzichtbar, damit Erica und James die Leichen nicht finden würden. Er war sicher, dass Johan gefahren war, nicht zuletzt deshalb, weil er sein Auto danach ausgetauscht hatte. Außerdem glaubte er nicht, dass eine Frau fähig wäre, ein Kind sterben zu lassen.

Axel streckte sich zum Autoradio und ließ »Du hade tid« von Lars Winnerbäck laufen, ein Song, der von einer wichtigen Entscheidung an einem Wendepunkt erzählte. *Du hattest Zeit*. Er nahm seine Pistole aus dem Rucksack und wog sie in der zitternden Hand. Dachte an die Liste, die er vergangene Woche auf Johan Karlströms Rechner entdeckt hatte, das Punkteranking für Prostituierte. An das Geld, das er auf verschiedenen Konten rund um den Globus versteckt hatte. An die Geldwäsche. Aber vor allem dachte Axel daran, dass dieser Widerling Simon überfahren und schwer verletzt zurückgelassen hatte. Johan Karlström war ein schlechter Mensch. Ein Mobber, ein Tyrann. Seine Boshaftigkeit sprang auf Axel über, steckte ihn an.

Er sah Rebeccas Gesicht vor sich. Lehnte den Kopf an die Nackenstütze und dachte an ihre gemeinsame Nacht vor zehn Jahren zurück.

Axel hatte in einer schwarz untervermieteten Einzimmerwohnung in der Tomtebogatan gewohnt und als Programmierer für ein Spielesoftwareunternehmen gearbeitet. Eines späten Abends war er Rebecca begegnet, als er in der St. Eriksgatan an der U-Bahn-Station vorbeikam.

Sie war beschwipst und hatte ihr Mobiltelefon verloren. Axel lieh ihr seins, damit sie eine Freundin anrufen konnte, die aber nicht ranging.

Sie machten Small Talk, Rebecca rauchte blaue Camel. Sie stellte Fragen, die Axel einsilbig beantwortete. Ausweichend. Andere Menschen fragten Axel für gewöhnlich nichts, und wenn sie es taten, dann um ihn aufzuziehen. Mit Rebecca war das anders. Sie war einfach interessiert und fröhlich. Schließlich fragte sie ihn nach seinem Namen.

»Axel Grystad«, entgegnete er und streckte ihr die Hand hin.

Sie lachte. Weder hämisch noch derb, sondern vielmehr fasziniert.

»Rebecca Maria Thorén«, sagte sie und lobte seine Höflichkeit.

Das machte ihn verlegen, was sie umso mehr amüsierte.

»Aber du, Axel Grystad, kann ich nicht einfach bei dir pennen? Du hast doch bestimmt ein Sofa für mich übrig.«

»Ich weiß nicht, ich wollte eigentlich etwas essen«, antwortete er und deutete auf den Grillimbiss.

»Ich lade dich ein, wenn du mir dein Sofa zur Verfügung stellst. Und morgen früh bin ich längst weg, wenn du aufwachst, allerdings nur, wenn du kein Frühstück willst. Meine Pfannkuchen sind einsame Spitze. Deal?«

Sie bestellte Falafel, Axel schloss sich ihr an. Sie gingen die Rörstrandsgatan hinunter, und Rebecca erzählte von sich. Sie hatte Jura studiert, aber eigentlich Tierärztin werden wollen. Die Worte sprudelten nur so aus ihr heraus. Es gab so vieles zu erleben und zu unternehmen.

»Warst du schon mal verliebt?«, fragte sie, während er den Türcode eingab.

»Ich glaube nicht.«

»Hattest du denn schon mal eine Freundin?«

Er wusste noch, dass er überlegt hatte, zu lügen und jemanden zu erfinden, um normal zu wirken. Sonst war ihm das immer gleichgültig gewesen, doch in Rebeccas Fall war es ihm plötzlich sehr wichtig, was für einen Eindruck er auf sie machte. Allerdings war es ihm so vorgekommen, als würde sie jede Lüge sofort durchschauen. Und er hatte begriffen, dass es überhaupt keine Rolle spielte für sie, ob er schon mal mit einer Frau zusammen gewesen war oder nicht.

»Ich hatte noch nie eine Freundin. Es hat sich einfach nicht ergeben.«

»Ich hatte jede Menge Typen.« Rebecca lachte. »Aber besonders glücklich hat mich das nicht gemacht. Weißt du, was mich echt nervt?«

Sie blieben vor der Wohnungstür stehen, während Axel seine Schlüssel aus der Hosentasche fischte, die an einer Kette befestigt waren, damit er sie nicht verlieren konnte.

»Was denn?«

»Mädels, die sich aufsparen, damit die Kerle sie nicht für Schlampen halten, und die sagen, dass der Typ sich den Sex erst verdienen muss.« Sie steckte sich zwei Finger in den Mund und tat, als würgte sie. »Auf die Weise wird aus unserer Sexualität so was wie ein Preis. Als ob wir selbst total lustlos wären. Verstehst du, wie ich das meine?«

»Ich glaube, ja.«

Sie traten in die Wohnung, und Rebecca wandte sich sofort zur Stereoanlage um.

»Hast du gute Musik?«

»Nein, aber ich kann was runterladen.«

»Okay. Gefällt dir Lasse?«

»Lasse?«

»Lars Winnerbäck. Wenn du was von ihm runterlädst, kümmere ich mich um das Essen. Ich habe sowieso alle Alben von ihm zu Hause, er kann also nicht sauer sein. Du bist ja praktisch ein potenzieller neuer Fan.«

Axel lud Lars Winnerbäcks Album »Söndermarken« runter und machte den ersten Song an, »Faller«. Er handelte von der Sehnsucht nach Freiheit. Während die Musik lief, öffnete er die Balkontür, um zu lüften.

»Wollen wir draußen essen? Die Nacht ist herrlich, und es ist gar nicht so kalt«, schlug Rebecca vor.

Sie behielten ihre Jacken an und setzten sich auf den Balkon. Rebecca redete mit vollem Mund und gestikulierte mit dem Falafelwrap in der Hand, um ihren Worten mehr Nachdruck zu verleihen.

Bis dahin hatten für Axel Begegnungen mit neuen Menschen etwas Furchteinflößendes an sich gehabt. Mit Rebecca war das anders.

Als sie sich hinlegen wollten, überließ er ihr das Bett und machte für sich das Sofa zurecht. Sie protestierte, doch Axel ließ sich nicht umstimmen.

Es war der schönste Abend, den er je erlebt hatte. Und auf einmal wurde ihm klar, dass er kein einziges Mal gestottert hatte.

»Axel, bist du noch wach?«, flüsterte Rebecca. »Willst du dich nicht zu mir legen? Es ist doch viel gemütlicher, zusammen zu schlafen.«

Axel verlor zu den Klängen von Lars Winnerbäcks »Timglas« mit dreiundzwanzig seine Unschuld. Dazu passte die Metapher der Sanduhr perfekt.

Am folgenden Morgen fuhr Rebecca nach Hause, und Axel nahm an, er würde sie nie wiedersehen. Aber drei Monate später klingelte sie an seiner Tür. Er öffnete ihr verwundert. Rebecca bat ihn, sich zu setzen, da sie etwas Wichtiges zu erzählen hatte.

»Ich bin schwanger.«

»Wie schön«, sagte Axel.

»Das Kind ist von dir, und ich will es behalten. Ich werde dich nicht in die Pflicht nehmen, aber ich denke, es ist besser, wenn du Bescheid weißt.«

Er fühlte sich, als hätte er zweimal im Lotto gewonnen, nie im Leben hätte er sich ausgemalt, ein Kind zu zeugen. Und schon gar nicht mit einer Frau, die so schön, intelligent und humorvoll war wie Rebecca.

»Ich übernehme gerne Verantwortung. Ich freue mich riesig.«

Sie musterte ihn misstrauisch.

»Ehrlich?«

»Klar.«

Eine kleine senkrechte Falte grub sich zwischen ihre Augenbrauen.

»Bist du in mich verliebt, Axel?«, fragte sie.

»Ja, das bin ich. Und ich werde nie aufhören, dich zu lieben. Aber du musst dir keine Sorgen machen, ich weiß, dass du nicht in mich verliebt bist.«

Rebecca sah ihn voller Mitleid an.

»Ich mag dich wirklich, Axel, du bist ein ganz besonderer Mensch. Du bist so unglaublich lieb. Aber du hast recht, ich bin nicht in dich verliebt.«

»Das macht nichts. Ich bin unbeschreiblich stolz darauf, dass ich ein Kind von dir bekomme.«

Als Simon drei Jahre alt war, heiratete Rebecca Thorsten Lindgren. Simon saß während der Trauung auf Axels Schoß, und Axel sah zu, wie die Frau, die er liebte und die die Mutter seines Sohnes war, einem anderen ewige Treue schwor. Das hatte wehgetan, aber er hatte sich für Rebecca gefreut.

Axel holte tief Luft und blickte durch die Windschutzscheibe auf das Haus, in dem der Mann wohnte, den er gleich umbringen würde. Rebecca gab seinem Leben einen Sinn, als sie Simon zur Welt brachte. Doch nun hatte Johan Karlström ihm diesen Sinn genommen.

Er schloss die Hand um den Griff der Glock und wollte gerade die Autotür aufstoßen, als sein iPhone klingelte. Mit einem Blick auf das Display stellte er perplex fest, dass Rebecca anrief.

SECHS

Goran Zelinsky war fast zwei Meter groß und trug eine dunkle Daunenjacke und eine Mütze mit Ohrenklappen, die sein freundliches, gutmütiges Gesicht einrahmten. Sie begrüßten sich mitten auf dem Liljeholmstorget, und Vanessa schlug vor, in die Einkaufspassage zu gehen, um nicht länger zu frieren. Schweigend traten sie durch die automatischen Schiebetüren, dann deutete Vanessa auf eine freie Bank in einem der Gänge neben einer großen Topfpflanze.

»Wie Sie ja bereits wissen, habe ich ein paar Fragen zu Sabina Haddad«, sagte sie, nachdem sie sich gesetzt hatten.

»Schießen Sie los«, erwiderte Goran und zog seine Lederhandschuhe aus.

»Wie lange arbeitet sie schon bei Ihnen?«

»Seit Januar.«

Er schob die Handschuhe in seine Jackentaschen.

»Und, sind Sie mit ihrer Arbeit zufrieden?«

Er nahm die Mütze ab, und Vanessa bemerkte, dass er eine Glatze hatte.

»Sehr sogar. Sie ist ordentlich und pünktlich. Hat sich noch nie krankgemeldet. Springt sogar am Wochenende ein. Und abends. Ihr Schwedisch ist auch ganz passabel. Wir haben einen relativ großen Wechsel bei unseren Angestellten. Die Frauen ziehen weiter, gerade die guten finden schnell was anderes, aber ich hoffe, dass Sabina bleibt. Deswegen hat mich Ihr Anruf auch ziemlich beunruhigt. Hat sie sich strafbar gemacht? Hat sich jemand von unseren Kunden beschwert?«

Goran hatte eine sympathische, sanfte Art an sich.

»Nein, nein, überhaupt nicht.«

Er sah sie fragend an.

»Hat sie vielleicht noch … einen zweiten Job?«

»Wie meinen Sie das?«, fragte Vanessa überrascht.

Er zögerte.

»Wir hatten mal eine Mitarbeiterin, die sich noch was dazuverdient hat … Ja, also, sie hat einigen unserer männlichen Kunden andere Dienste angeboten, wenn Sie wissen, was ich meine. Sabina hat mehrere von ihren Wohnungen übernommen, deshalb war ich jetzt etwas alarmiert.«

»Ich kann Ihnen versichern, dass es keine Unregelmäßigkeiten gibt bezüglich ihrer Arbeitseinsätze.«

Goran schien sich zu entspannen. Er fingerte zerstreut an seiner Mütze herum.

»Ich weiß nicht, worauf Sie hinauswollen, aber Sabina ist wirklich beliebt. Monsieur Karlsson, wir kümmern uns um seine Wäsche und führen Reinigungsarbeiten durch, war sonst nie zufriedenzustellen. Er wollte jede zweite Woche die Putzkraft wechseln, bis wir Sabina bei ihm eingesetzt haben. Seitdem ruft er uns nicht mehr an, um zu fragen, ob wir jemand anders schicken können.«

»Wissen Sie, ob es einen bestimmten Grund dafür gab?«

»Warum mögen Menschen sich? Weiß der Himmel. Er ist Pensionär. Ein einsamer, alter Mann.«

Vanessa wollte ihn fragen, wie Sabina zu ihrer Stelle bei Hemstäd gekommen war, unterbrach sich aber, beugte sich vor und legte den Kopf schief. Ließ die Unterhaltung noch mal kurz Revue passieren. Frankreich. Belgien. Französisch. Natasja. Die flexiblen Marknägel.

»Warum Monsieur?«, fragte sie gedehnt.

Er sah sie verständnislos an.

»Was meinen Sie?«

»Warum haben Sie Monsieur Karlsson gesagt?«

»Ach so.« Goran grinste. »Die Frauen, die seine Wohnung putzen, nennen ihn so. Er ist so was wie ein Frankophiler. Baskenmütze, Zigarillos und Ölschinken von Napoleon an den Wänden, Sie wissen schon.«

Vanessa starrte ihn an.

»Spricht Sabina Französisch?«

»Das weiß ich nicht. Aber das ist ja wohl kein Verbrechen.« Er brach in dröhnendes Gelächter aus.

SIEBEN

»Dann bis bald«, sagte Rebecca und legte auf.

Axel konnte kaum fassen, was sie gerade gesagt hatte. Das war unglaublich. Ein Wunder. Simon würde nicht sterben. Er würde leben. Das Mobiltelefon rutschte Axel aus der Hand, und er barg sein Gesicht in den Händen. Brüllte einfach los vor lauter Erleichterung. Dann weinte er stumm, wischte sich die Tränen weg und warf einen letzten Blick auf die Villa. Schob den Schlüssel ins Zündschloss und wollte den Motor starten, um zurück nach Hause zu fahren, als er eine Bewegung an der Seitenscheibe wahrnahm.

Er drehte den Kopf und blickte geradewegs in die Mündung einer Waffe. Im nächsten Moment wurde die Fahrertür aufgerissen, eine Hand packte ihn unsanft am Arm und zerrte ihn mit beinahe übermenschlichen Kräften aus dem Wagen. Nicolas Paredes drückte ihm seine Pistole in den Nacken. Axel war wie gelähmt vor Angst.

»Wo ist Ihre Waffe?«

Axel brachte kein Wort heraus. Der Mann drückte ihn mit dem Brustkorb gegen die Karosserie und durchsuchte seine Taschen.

»Warum beschatten Sie meinen Auftraggeber?«

Axel stammelte unzusammenhängende Silben. Er stand unter Schock und hatte Todesangst.

»Für wen arbeiten Sie?«

Axel wollte etwas sagen, aber er brabbelte nur abgehackte Laute.

»F-f-für wen?«

»Letzte Woche sind Sie uns vom Hotel gefolgt, und jetzt sind Sie hier.«

Die Nervosität und die Angst machten alles nur schlimmer. Das durfte nicht so enden, nicht damit, dass der Bodyguard ihm eine

Kugel in den Kopf jagte. Nicht jetzt. Nicht jetzt, da Simon leben sollte.

»Er hat meinen Sohn überfahren«, brachte er schließlich heraus. »Er hat Simon fast umgebracht.«

Der Bodyguard sah ihn skeptisch an.

»Was sagen Sie da?«

»Mein Sohn, Simon. Er ist überfahren worden.«

Nicolas Paredes blinzelte ungläubig.

»Von Johan Karlström«, fügte Axel hinzu.

Der Bodyguard machte den Mund auf und wieder zu, ohne etwas zu sagen.

»Ich weiß nichts von Ihrem Sohn. Oder dass Johan ihn überfahren hat. Wie kommen Sie auf so was?«

»Es war der Range Rover«, entgegnete Axel barsch.

Nicolas Paredes warf einen raschen Blick über die Schulter.

»Können wir uns in Ihren Wagen setzen?«, fragte er und ließ seine Pistole sinken.

Axel nickte. Der Bodyguard behielt die Waffe in der Hand, umrundete den Wagen und machte die Beifahrertür auf. Als er sich setzte, ließ er die Pistole auf dem Schoß liegen und legte seine andere Hand darüber. Axel war nicht entgangen, mit welcher Selbstverständlichkeit er mit der Waffe umging. Er behandelte sie wie eine Verlängerung seines Arms, er schien gar nicht zu bemerken, dass er sie in der Hand hatte. Axel begriff, dass es schlichtweg dumm wäre, der pure Selbstmord, wenn er sich jetzt nach der Glock im Rucksack zu seinen Füßen bücken würde.

Der Bodyguard hielt den Blick fest auf ihn gerichtet und bat ihn, ihm alles in Ruhe und der Reihe nach zu schildern. Er wirkte ehrlich überrascht. Axel erläuterte, was geschehen war, und begann mit dem Abend, als er mit Simon zum Grillimbiss gegangen war. Die Tränen rannen ihm die Wangen hinab.

»Was passiert ist, tut mir aufrichtig leid. Aber ich verstehe nicht, warum Sie denken, dass es Johan war«, sagte er, nachdem Axel geendet hatte.

»Ich habe das Kennzeichen gesehen. Er ist der Fahrzeughalter, und er hat den Wagen ausgetauscht, gegen das gleiche Modell. Warum hätte er das sonst tun sollen?«

»Ich nutze den Wagen auch manchmal. Genau wie seine Frau. Wann ist Ihr Sohn angefahren worden?«

»Das war Freitag, der 8. November.«

Nicolas Paredes legte den Kopf in den Nacken und schloss die Augen. Er rieb sich die Augen und wirkte plötzlich sehr erschöpft. Axel interpretierte das als Bestätigung dafür, dass sein Arbeitgeber hinter dem Steuer gesessen hatte.

»Warum sind Sie nicht zur Polizei gegangen?«, wollte er wissen.

»Selbst wenn er verurteilt wird, verbringt er maximal ein paar Monate hinter Gittern, während mein ganzes Leben zerstört ist. Ich kann ohne meinen Sohn nicht leben. Bis vor ein paar Minuten habe ich noch geglaubt, er würde sterben. Deshalb bin ich ...«

Der Bodyguard nickte.

»Die Waffe in Ihrem Rucksack. Bücken Sie sich langsam und legen Sie sie oben auf das Armaturenbrett.«

Axel warf dem Mann einen ungläubigen Blick zu. Der lächelte schwach.

»W-woher wissen Sie das?«

»Sie sehen ständig zwischen dem Rucksack und meiner Waffe hin und her. Man muss kein Genie sein, um sich auszurechnen, was Sie denken.«

Axel tastete mit der Hand im Rucksack, bekam die Pistole zu fassen und legte sie dorthin, wo Nicolas Paredes sie haben wollte. Schielte zu dem Bodyguard hinüber, der reglos in die Dunkelheit blickte.

»Wie geht es Ihrem Sohn jetzt?«, erkundigte der Mann sich nach einer Pause.

»Ich habe gerade erfahren, dass er aus dem Koma aufgewacht ist. Er wird es schaffen.«

»Das freut mich für Sie.« Er sah Axel in die Augen.

Nicolas Paredes hatte trotz seiner Statur etwas Sanftmütiges,

Rücksichtsvolles an sich. Obwohl er ihn so grob aus dem Auto gezerrt hatte.

»Kann ich Sie um etwas bitten?«

Axel sah den Bodyguard erwartungsvoll an und schwieg.

»Bitte geben Sie mir Ihren Ausweis.«

»Und warum?«

»Weil ich es sage«, gab der Mann schroff zurück.

Axel griff sofort nach seiner Brieftasche, klappte sie auf und reichte ihm seinen Ausweis. Er studierte ihn ein paar Sekunden und gab ihn wieder zurück.

»Gut, Karl Axel Grystad. Ich denke, Sie sollten zur Polizei gehen und die Sache zur Anzeige bringen. Und lassen Sie sich hier nicht mehr blicken.« Er drückte die Beifahrertür auf und ging auf das Tor der Villa zu.

ACHT Hamza legte die zerschlissene Matratze auf den Boden, griff nach einer Decke und breitete sie über sich. Vom Fenster zog es kalt herein, es war schlecht isoliert. Aber das war er gewohnt, die Zugluft störte ihn nicht besonders. Mit Wärme war es schlimmer. Nach den Jahren in Syrien und im Irak wusste er, was Hitze und Durst mit einem Menschen machen konnten.

Er lächelte, als er an Stigs freudiges Gesicht dachte, nachdem er vorgeschlagen hatte, ihn am Wochenende zu seiner Tochter zu fahren. Der Alte war ihm um den Hals gefallen und hatte »danke, danke, danke« geflüstert.

Hamza zog den Laptop hervor, den er hinter der Heizung versteckte für den Fall, dass jemand in die Wohnung einbrechen würde. Ohne sich große Hoffnungen zu machen, fuhr er ihn hoch. Es war die gleiche Prozedur, die er jeden Tag durchführte, seit vier Monaten. Er loggte sich in sein Gmail-Konto ein. Die Kinnlade klappte ihm vor Verblüffung herunter, als er einen neuen Text im Entwurfsordner entdeckte. Jemand hatte den Ordner als elektronischen toten Briefkasten genutzt – eine Mail geschrieben, aber nicht abgeschickt. Somit konnte sie auch nicht zurückverfolgt werden. Mit zitternder Hand führte er den Pfeil auf den Ordner. Klickte, um ihn zu öffnen.

Eine Zeit und ein Ort.

Mehr nicht.

Er hatte wirklich lange gewartet und schon daran gezweifelt, ob sie sich überhaupt jemals melden würden. Hatte überlegt, ob er vergessen worden oder als Einziger übrig geblieben war. Der Zweifel hatte an ihm genagt und ihn fast zur Flucht verleitet. Wenn die Säpo die anderen geschnappt hatte, dann war er der Nächste auf ihrer Liste. Aber es gab sie noch da draußen. Sie waren frei und zu allem fähig. Und jetzt brauchten sie ihn. Das konnte nur eines bedeuten: Die Zeit war gekommen, die Stunde der Rache rückte immer näher.

Er schlug den Laptop zu und stellte ihn auf den Boden. Er wusste, dass er nun für mehrere Stunden keinen Schlaf finden würde.

Nicht nach dieser Nachricht.

»Danke, Gott«, murmelte er und schloss die Augen.

Nun hatte sein Leben wieder einen Sinn.

Er würde endlich als Märtyrer sterben dürfen.

TEIL V

EINS Hamza trat auf der Stelle, um sich warm zu halten. Trauben von Studenten gingen auf dem Weg zur U-Bahn-Station Universitetet an ihm vorüber. Es war Donnerstagnachmittag und die Rasenflächen zwischen den einzelnen Instituten hatten sich in grünbraunen Matsch verwandelt. Er ließ seinen Blick schweifen und versuchte, die Person auszumachen, mit der er sich verabredet hatte.

»Friede sei mit dir, Bruder.«

Hamza fuhr herum und blickte in ein dunkles Augenpaar. Er erwiderte die Begrüßung, ergriff die ausgestreckte Hand und stellte erfreut fest, dass sein Gegenüber in den Fünfzigern war. Sein Kopf war kahl, hatte etwas Vogelhaftes und saß auf einem schlanken, hochgewachsenen Körper.

Der Mann deutete Richtung Frescatihallen, und die beiden gingen nebeneinanderher den Fußweg entlang. Er holte eine Zigarettenschachtel aus der Tasche und hielt sie Hamza fragend hin, der den Kopf schüttelte. Der Mann blieb stehen, zog seinen Handschuh aus und zündete sich mit einem grünen Seven-Eleven-Feuerzeug eine Zigarette an.

»Ich heiße Farid«, sagte er, dabei atmete er weißen Rauch aus.

Der Einzigartige, dachte Hamza. Ein passender Name für jemanden, der sich endlich bei ihm gemeldet hatte, damit er Rache üben und sterben konnte.

Der Strom der Studenten war abgerissen, und die wenigen, die noch unterwegs waren, gingen in dieselbe Richtung wie sie. Zur Linken konnte Hamza das Naturhistoriska riksmuseet erspähen, hinter dem imposanten Gebäude rauschte der Verkehr. Direkt vor ihnen erstreckte sich eine Ebene, daran grenzte ein Hügel, auf dessen Kuppe mehrstöckige Wohnhäuser aus den Sechzigern thronten. Die beiden Männer bogen auf einen weiteren Fußweg ab.

»Ich dachte schon, ihr würdet euch überhaupt nicht mehr melden«, meinte Hamza.

Farid schielte zu ihm herüber und grinste.

»Es hat Schwierigkeiten gegeben«, entgegnete er. »Aber jetzt sind wir bereit.«

»Reißt sie in Stücke mit Gewehrsalven und Bomben oder stecht sie ab mit Messern.«

Mit diesen Worten zitierte Hamza den IS-Anführer Abu Bakr al-Baghdadi.

»Das Problem ist, dass die Kuffar Kuffar sich schon daran gewöhnt haben, die Abschreckung ist einfach nicht mehr so groß«, erklärte Farid und blies Rauch aus. »Abu Bakr hat natürlich recht damit, dass ein Anschlag im Westen tausend Mal mehr wert ist als einer im Mittleren Osten. Aber die kleinen Anschläge, die unsere Brüder und Schwestern verübt haben, haben nicht mehr die politische Wirkung, die wir uns erhoffen. Wir müssen größer denken, wenn wir die Kreuzzügler besiegen wollen.«

Hamza teilte diese Ansicht.

Sie durchquerten einen Tunnel und setzten ihren Weg auf der anderen Seite fort.

»Und welche Rolle spiele ich dabei?«

»Eins nach dem anderen. Ich verstehe, dass du ungeduldig bist, aber du musst dich in Gelassenheit üben.«

»Ich habe mich allein gefühlt.«

»Auch das verstehe ich. Jetzt bist du ja nicht mehr allein.«

Auf einem großen Schild stand *Campus Lappis*. Sie nahmen ein paar Treppenstufen und erreichten einen Platz mit einer Pizzeria, einem kleinen ICA-Markt und einer Sushi-Bar. Nach einer weiteren Treppe hielten sie sich rechts. In den Wohnhäusern konnte Hamza in die ebenerdigen Wäscheräume und Gemeinschaftsküchen blicken, in denen die Studenten gemeinsam kochten. Die meisten von ihnen kamen nicht aus Schweden, sie waren Austauschstudenten.

Die beiden Männer traten in einen großzügigen Innenhof, den fünfstöckige Wohnhäuser umgaben. Hamza las *Professorsslingan* auf dem Straßenschild. In der Mitte lagen ein geteerter Fußballplatz und ein Klettergerüst. Auf einem der Balkone hing eine überdimensionierte Pride-Flagge, und aus einem offenen Fenster drang intensiver Cannabis-Geruch.

»Hier«, sagte Farid und zeigte auf den Eingang mit der Hausnummer 37. Er zückte eine Schlüsselkarte und hielt sie vor den Scanner. Sie nahmen den Fahrstuhl in den vierten Stock, und Farid schloss die Wohnungstür auf. Er ließ Hamza den Vortritt und zog die Tür hinter sich zu. Die Wohnung verfügte über vier Zimmer, eine geräumige Küche sowie einen Balkon, der zum Fußballplatz zeigte. Farid schob die Balkontür auf, ließ sich im Wohnzimmer aufs Sofa fallen und zündete sich die nächste Zigarette an.

»Das hier ist euer Stützpunkt. Zuerst wollten wir eine Wohnung in Järva organisieren, aber so seid ihr näher am Ziel. Und ihr werdet nicht auffallen bei all den Austauschstudenten.«

Das war schlau. Außerdem war das Risiko für Polizeikontrollen geringer als in den einschlägigen Vororten.

»Wie viele sind wir?«, wollte Hamza wissen.

Farid hob eine Hand und beugte Daumen und Zeigefinger.

»Drei.«

»Wann?«

»Dass wir Schwierigkeiten hatten, habe ich ja schon erwähnt. Deshalb mussten wir ein paar Details umorganisieren, aber in ein paar Wochen werden wir mit Gottes Hilfe zuschlagen.«

»Was für Schwierigkeiten?«

Farids Miene verfinsterte sich.

»Finanzielle, zum Teil. Und wir sind auf Verräter in den eigenen Reihen gestoßen. Abtrünnige, deren Glaube nicht so stark ist wie deiner und meiner. Deshalb muss ich verschwiegen sein, auch dir gegenüber, Bruder. Bis es so weit ist, darf keiner zu viel erfahren, nicht mal du.«

Für Hamza klang das überzeugend. Er musste sich gedulden,

auch wenn es ihn in den Fingern juckte, jetzt, nachdem er endlich kontaktiert worden war. Er fragte sich, wo Farid gewesen war und ob Farid genau wie er auch für das Kalifat gekämpft hatte.

»Wann soll ich einziehen?«

»So schnell wie möglich«, gab Farid zurück, erhob sich und reichte Hamza die Schlüsselkarte und die Wohnungsschlüssel. Dann schob er die Hand in die Jeanstasche und holte einen gefalteten Zettel mit einem kleinen messingfarbenen Schlüssel heraus, der zu einem Vorhängeschloss zu gehören schien.

»Unsere Kommunikation wird hauptsächlich über diese Adresse laufen. Am besten, du kommst heute Abend schon hierher. Deine Sachen kannst du später holen.«

Hamza studierte die Zeilen auf dem Zettel. Er merkte sich die Adresse, bat Farid um sein Feuerzeug und zündete den Zettel an.

»Ich gehe zuerst aus der Wohnung, du kannst in einer Viertelstunde nachkommen. Wir müssen nicht unbedingt zusammen gesehen werden.«

Farid ließ das Feuerzeug zurück in die Hosentasche gleiten und trat in die Diele. Er machte die Wohnungstür auf.

»Was dir und deiner Familie passiert ist, tut mir leid«, sagte er auf Arabisch.

»Wir müssen alle Opfer bringen«, meinte Hamza.

»Dafür werden sie bezahlen.«

»Wenn Gott will.«

Farid streckte die Hand aus, Hamza ergriff sie, und ihre Blicke trafen sich, ehe Farid die Tür langsam hinter sich zuzog.

ZWEI Molly lag in dunkelblauer Funktionswäsche auf dem Sofa. Im Kamin knisterte gemütlich das Feuer, und vor ihr auf dem Boden schnarchte Jojk, der norwegische Elchhund ihres Vaters. Die Axthiebe auf dem Hof verstummten abrupt, und als kurz darauf die Haustür aufging, sah Molly von ihrer Lektüre auf, John Steinbecks *Früchte des Zorns*. Ihr Vater Robert klopfte sich auf dem Fußabstreifer den Schnee von den Schuhen, murmelte etwas in seinen Bart und stellte die Holzscheite ab.

»Wollen wir los?«, fragte Molly und schlug das Buch zu.

Es war kurz vor sieben Uhr abends. Die Sonne war ein paar Minuten nach eins untergegangen. Das Thermometer zeigte minus neun Grad.

Sie gingen über den schneebedeckten, dunklen Hof zum Pick-up, ein Chevrolet mit Allradantrieb.

»Darf ich fahren?«, fragte Molly.

»Klar.«

»Ernsthaft? Und wenn ich im Straßengraben lande?«

Ihr Vater schmunzelte.

»Wenn es dich glücklich macht, dann ist das eben der Preis, den ich dafür zahlen muss.«

»Auch wenn es eine Delle gibt?«

»Auch dann.«

Sie setzte einen Fuß auf den Tritt unterhalb der Tür, erklomm den Fahrersitz und beugte sich vor, um sich mit den Knöpfen und Funktionen des Wagens vertraut zu machen. Dann justierte sie die Rückenlehne und startete den Motor. Im Rückspiegel wurde der Hof immer kleiner, bis ihn die Dunkelheit schließlich verschluckte. Bis zum ICA-Markt in Kiruna waren es zehn Kilometer.

»Ist das nicht manchmal ganz schön einsam?«

»Ein bisschen. Aber ich habe mich daran gewöhnt. In den Jahren nach dem Tod deiner Mutter war es schwerer.«

»Warst du enttäuscht, weil ich nicht nach Hause zurückgekommen bin?«

»Nein, Molly. Das darfst du nicht denken. Manche leben gerne so, andere nicht. Du hast dich entschieden, wegzuziehen und deinen Weg zu gehen. Du hast dich hier nicht wohlgefühlt, da ist es besser, wenn man weiterzieht.«

»Ich hätte zur Beerdigung kommen sollen.«

»Es war deine Entscheidung, mein Mädchen.«

»Vermisst du sie?«

Ihr Vater nickte und blickte in die Dunkelheit hinaus.

»Jeden Tag.«

»Ich finde, sie war echt schwierig.«

»Gerade die Schwierigen sind die Besten.«

Sie verstummten, und wie so oft wurde es still zwischen ihnen. So war es immer schon gewesen. Aber die Stille war nicht bedrückend. In den vergangenen Tagen hatten sie Mollys Mutter Siriwan lediglich beiläufig erwähnt, und Molly war ihren eigentlichen Fragen, auf die sie dringend eine Antwort wollte, bislang nicht wirklich näher gekommen. Die, die ihr schon als Jugendliche gekommen waren und ihr seit ein paar Jahren auf den Nägeln brannten.

Die kahlen Bäume am Straßenrand ragten schemenhaft in den dunklen Himmel. Bisher war ihnen kein einziges Auto entgegengekommen.

»Kann ich dich was fragen?«, begann Molly und umfasste das Lenkrad fester. »Hast du nie gemerkt, wie die Leute geguckt haben? Wie sie getuschelt haben? Mit dem Finger gezeigt und gelacht?«

»Ich bin ja nicht blind und taub. Aber das hat mir eigentlich nichts ausgemacht. Mein Leben war einsam, es gab keine Frau, die mich wollte. Und als ich deine Mutter zum ersten Mal sah, habe ich mich sofort in sie verliebt.«

Ein Auto hatte hinter ihnen aufgeschlossen, die Scheinwerfer erleuchteten den Innenraum.

»Aber sie hat dich doch gar nicht geliebt«, rief Molly aus. Sie biss sich auf die Zunge. Ihr waren die Worte einfach so rausgerutscht, und jetzt befürchtete sie, dass sie ihren Vater verletzt hatte. »Entschuldige, ich hab's nicht so gemeint.«

»Deine Mutter hat sich entschieden. Entweder Nacht für Nacht als Sexarbeiterin zu schuften, auf einer Matratze zu hausen und nie genug zu essen zu haben, weil sie deinen Großeltern Geld schicken musste. Oder mit mir nach Schweden zu gehen, in Sicherheit zu leben. Ohne Hunger. Ohne Sextouristen. Das waren ihre Alternativen. Und ich hatte die Wahl, allein zu leben oder mein Heim mit ihr zu teilen.«

»Sie war eine Hure.«

Molly spürte, dass ihre Augen zu brennen begannen, und wischte die Tränen hastig fort.

»Ich will nicht, dass du so von ihr sprichst. Sie ist deine Mutter. Und ich habe sie geliebt.«

Er klang nicht aufgebracht, sondern eher besorgt und bedrückt.

Der Wagen fuhr immer noch dicht hinter ihnen und machte keine Anstalten, zu überholen.

»Warum hast du sie geliebt? Sie war kein guter Mensch. Es ging ihr immer nur darum, mich hübsch herzurichten, damit ich einen reichen Mann finden würde. Ihr ganzes Leben hat sich darum gedreht, aus meinem Aussehen Profit zu schlagen. Sie hat es gehasst, wenn du mich in den Wald mitgenommen hast oder zum Fischen aufs Meer. Sie fand das zu gefährlich, dabei hatte sie nur Angst um meine Haut. Verdammt. Das ist doch krank, Papa.«

»Du weißt, dass ich nicht ihrer Meinung war.«

»Weißt du, dass sie dich betrogen hat?«

»Ja.«

»Und du hast sie trotzdem geliebt?«

»Über alles. Fast so sehr wie dich.«

Molly schüttelte sprachlos den Kopf.

Die Berge Luossavaara und Kiirunavaara flankierten zwei schwarzen Schatten gleich die Stadt Kiruna. Sie lag nördlich des Polarkreises, und jeder Einzelne der rund 20000 Einwohner war in irgendeiner Weise mit dem Bergwerk verbunden, das täglich 75000 Tonnen Eisenerz produzierte.

Die Grube war die Lebensader der Stadt, ihre einzige Existenzberechtigung. Wie die meisten anderen arbeitete auch Robert seit seiner Jugend dort.

Die Lichter der Stadt erhellten den Himmel vor ihnen. Um sie herum nichts als Berge, Wald, Schnee.

»Siehst du, wie schön es hier ist?«, sagte er. »Wie eine Oase der Zivilisation mitten in der Wildnis.«

Molly legte die Waren in den Einkaufswagen. Es machte sie zufrieden, so etwas Alltägliches zu tun. Das hatte fast schon etwas Meditatives. Die Gelegenheiten, zu denen sie während der Jahre in Barcelona und der wenigen Monate in Stockholm selbst gekocht hatte, konnte sie an einer Hand abzählen. Entweder hatte sie auswärts gegessen oder sich etwas liefern lassen. Sie musste an die glückliche Zeit mit Jamal denken. Es war ihr kleines Ritual gewesen, sonntags den Wocheneinkauf im Supermarkt in Sundbyberg zu erledigen. Zum größten Teil Junkfood. Fettige Fertigsoßen. Gerichte für die Fritteuse oder die Bratpfanne. Aber durch die gemeinsamen Einkaufstrips kam sie sich erwachsen vor, als wären sie eine richtige Familie.

Molly starrte den gefüllten Einkaufswagen an und musste wieder daran denken, warum sie Supermärkte mied.

Jamal und sie waren gerade auf dem Supermarkt-Parkplatz dabei gewesen, ihre Einkäufe in den Kofferraum zu laden, als das Auto mit den beiden Männern angerast kam. Molly hörte Schüsse hinter sich und drehte sich um. Die Kugel sauste an ihrem Kopf vorbei. Sie rettete sich mit einem Sprung hinter das Auto. Jamal lag reglos auf dem Asphalt. In diesem Moment war sie überzeugt gewesen, dass der Schütze aussteigen und ihrem Leben ein Ende bereiten würde.

Aber der Wagen verschwand mit quietschenden Reifen, und Leute kamen angelaufen. Molly rappelte sich auf und stolperte verwirrt davon. In ihrer Wohnung packte sie wie in Trance Bargeld, Schmuck und Wertsachen in einen Bordkoffer, fuhr zur Centralstationen und löste eine Fahrkarte nach Kopenhagen. Von dort war sie mit dem Zug südwärts gefahren, bis nach Barcelona.

Sie wurde aus ihren Gedanken gerissen, als ihr Vater einen großen Beutel Hundefutter in den Wagen stellte und wieder zwischen den Regalreihen verschwand.

Molly bemerkte einen Mann an der Gemüsetheke, der ihr unauffällig zuwinkte. Es dauerte ein paar Sekunden, bis sie begriff, dass es Thomas war. Sie spürte Panik in sich aufsteigen. Was tat er hier? Er hatte versprochen, sie in Ruhe zu lassen. Sie blickte sich rasch um, stellte fest, dass ihr Vater nicht zu sehen war, und ging auf ihn zu. Er hatte einen bandagierten Arm, sein Gesicht war geschwollen. Sie stellte sich neben ihn, riss eine Tüte von der Rolle und füllte sie langsam mit Äpfeln.

»Ich muss mit dir reden. Morgen. Komm ins Scandic Ferrum. Morgen Nachmittag.«

Molly schüttelte energisch den Kopf.

»Vergiss es«, zischte sie. »Ich habe den Auftrag erfüllt, und du hast versprochen, mich nicht mehr …«

»Du musst«, raunte er, ohne sie anzusehen.

»Warum sollte ich?«

»Weil dein Land dich braucht. Und wenn dir das nicht reicht, dann aus demselben Grund wie letztes Mal. Sonst zeige ich deinem Vater, was du die letzten Jahre so getrieben hast.« Er nickte fast unmerklich in Richtung ihres Vaters, der auf den Einkaufswagen zusteuerte.

Thomas ging weiter, Molly knotete die Tüte zu und gesellte sich wieder zu ihrem Vater.

»Wer war das denn?«

»Nur irgend so ein Fjälltourist«, entgegnete Molly gleichgültig.

»Der dann im Fjäll gestürzt ist?«

Ihr Vater grinste, während Thomas auf die Kassen zuhinkte.
»So ungefähr.«
Molly legte die Tüte mit den Äpfeln in den Wagen.
»Äpfel? Ich dachte, du magst keine Äpfel.«
»Dinge ändern sich, Papa.«

DREI Nachdem er die Wohnung am Lappkärrsberget verlassen, sich zum Torsplan begeben und sich unter falschem Namen im Fitness World registriert hatte, war Hamza durch die nassen dunklen Straßen der Innenstadt geschlendert. Er hatte wie vereinbart eine Sporttasche gekauft, um im Fitnessstudio keine unnötige Aufmerksamkeit zu erregen, und sie mit Zeitungspapier ausgestopft. Er merkte, dass er sich verändert hatte. Die Menschen in den Geschäften, Cafés und auf den Plätzen waren zu Feinden geworden. Zu Zielscheiben. Der nächste Anschlag würde ihre glücklichen, selbstzufriedenen Gesichter auslöschen. Er würde ihnen schon zeigen, wie es war, wenn man sich nirgends auf der Welt sicher fühlte.

Nicht weit von den Orten am Mittelmeer entfernt, an denen die Schweden ihren Urlaub verbrachten, waren Tausende muslimische Frauen und Kinder unter fürchterlichen Bedingungen in großen Lagern gefangen. Bewacht von kurdischen Bestien. Ohne Trinkwasser. Menschen, die nur den Traum hatten, in einem eigenen Land nach der Scharia zu leben. Das Kalifat war nicht perfekt gewesen, bei Weitem nicht. Jede Nation verlangte ihre Opfer, so war das nun mal. Er befürwortete nicht alles, was die Anführer getan hatten, aber er wusste, dass sie weise Männer waren, die für die Muslime nur das Beste wollten.

Er entschied sich, rasch etwas im Kebab House in der Vasagatan zu essen. Draußen vor den Fenstern nahm die Zahl der Passanten ab, und der Verkehr wurde lichter.

Hamza dachte an Stig und daran, dass er die vereinbarte Fahrt nach Jönköping absagen musste. War Stig auch ein Feind? Eher nicht. Selbst unter den Kuffar, unter den Ungläubigen, gab es gute Menschen. Man durfte nicht vergessen, dass auch sie Geschöpfe

Gottes waren. Vielen Schweden wünschte er nichts Schlechtes. Aber sie waren Teil eines Systems, des Imperialismus der westlichen Welt, der die Muslime über Jahrhunderte unterdrückt hat. Mit den Kreuzzügen hatte es angefangen, die Europäer waren in den Mittleren Osten gezogen, um sich im Blut der Muslime zu suhlen, dann hatten sich die Kolonialmächte mit ihren Eroberungen Öl und andere natürliche Ressourcen unter den Nagel gerissen, und jetzt führte die westliche Welt ihren sogenannten »Krieg gegen den Terrorismus«, indem sie Flieger- und Drohnenbomben schickte, um die Muslime auszurotten.

Am Nebentisch saßen zwei halbwüchsige Mädchen und aßen Kebab im Brot, sie hatten Rouge auf den Wangen und trugen Lidschatten. In Raqqa würden sie ausgepeitscht, wenn sie in dieser Aufmachung auf die Straße gingen. Diese Strafe mochte hart sein, aber Gesetze waren dazu da, um sie zu befolgen. Die Scharia war für den Menschen geschaffen. Wie sonst sollte eine Gesellschaft funktionieren? Und wer verfügte über größeres Wissen als die Gelehrten, deren Aufgabe es war, dafür zu sorgen, dass Gottes Wort befolgt wurde? Wenn die Gottlosen es zuließen, dass ihre Töchter sich wie Straßendirnen herausputzten und wie Huren aufführten, dann war das ihre Sache. Hamza war das einerlei. Aber sie waren in den Mittleren Osten eingefallen, um den Islamischen Staat sofort nach seiner Gründung zu stoppen und die Muslime zu unterdrücken, die nach dem Koran leben wollten; das würde ihnen nun mit gleicher Münze zurückgezahlt werden. Es war Krieg. Und im Krieg starben nicht nur Soldaten. Wenn jemand das wusste, dann Hamza. Er wischte sich mit der Serviette die Finger ab, warf einen Blick auf die Uhr und beschloss, zum Torsplan zurückzugehen.

Das Fitnessstudio war rund um die Uhr geöffnet, aber das Personal hatte bereits Feierabend. Hamza drückte seinen Finger auf das Lesegerät links neben der Tür und trat in eine Schleuse, wiederholte die Prozedur und gab den vierstelligen Code ein. Er ging zu den Umkleiden, und ein schwaches Lächeln glitt über sein Gesicht, als er das Vorhängeschloss an Schrank Nummer elf entdeckte, so wie es ihm beschrieben worden war. Zweimal der erste Buchstabe des Alphabets: AA.

»*Allahu akbar*«, flüsterte er, Gott ist größer, und überprüfte rasch, ob er allein war, ehe er den Schlüssel ins Schloss schob und ihn drehte.

Eine schwarze Sporttasche lag darin, nahezu identisch mit seiner.

Er warf noch einen Blick über die Schulter, zog den Reißverschluss auf und fasste in die Tasche. Seine Hand berührte Metall, er begriff, dass es sich um eine Waffe handeln musste. Hamza machte die Tasche wieder zu, ohne ihren Inhalt genauer zu untersuchen, dann stellte er die Tasche, die er mitgebracht hatte, in den Schrank und schloss das Vorhängeschloss wieder. Nun musste er nur noch seine wenigen Habseligkeiten in die Wohnung am Lappkärsberget bringen, dann war er gerüstet.

VIER Vanessa saß ganz hinten in Thelins Konditorei in der Odengatan. Nachdem sich Celine auf den Schulweg gemacht hatte, hatte sie beschlossen, den dunklen Morgenstunden zu trotzen, um ihren nächsten Schachzug zu planen.

Es war Freitag, die Tische um sie herum waren leer. Abgesehen von ein paar Gymnasiasten auf dem Sofa am Fenster und zwei weißhaarigen Rentnern, die sich gegenübersaßen, war sie allein. Hans Karlsson, der Mann, bei dem Sabina Haddad putzte, hatte ihr am Telefon bestätigt, dass sie fließend Französisch sprach. Der redselige Pensionär meinte, sie habe einen belgischen Akzent, und deshalb hatte Vanessa sich entschieden, Mikael Kask zu kontaktieren. Zu viele Dinge in Sabinas Lebenslauf waren erfunden, davor konnte sie die Augen nicht länger verschließen. Auch Natasjas Geschichte war nicht schlüssig, das musste Vanessa zugeben. Mikael musste die Ermittlungen unbedingt ausdehnen; wenn die Kollegen sich weiterhin ausschließlich auf Rikard Olsson konzentrierten, würden sie wichtige Spuren übersehen.

Mikael meldete sich nach dem zweiten Freizeichen.

»Guten Morgen, Vanessa«, keuchte er.

Sie runzelte die Stirn: »Ich hoffe, du bist beim Joggen.«

»Exakt.«

»Dann bin ich aber beruhigt. Ich muss mit dir reden.«

»Komm nachher in meinem Büro vorbei.«

»Perfekt«, gab sie zurück und legte auf.

Sie sammelte Natasjas und Sabinas Dokumente vom Amt für Flüchtlinge und Migration zusammen, schob sie jeweils in die dazugehörige Mappe und zog eine dritte Mappe hervor, die sie für Molly Berg angelegt hatte.

Nicolas hatte sie gebeten, die Frau zu überprüfen, aber Molly war nicht vorbestraft. Sie wurde lediglich in einer Akte des kriminalpolizeilichen Nachrichtendienstes im Zusammenhang mit einer eingestellten Ermittlung erwähnt. Angeblich hatte sie Umgang mit einem bekannten Gangmitglied gehabt, der Mann war vor einem ICA-Markt in Sundbyberg hingerichtet worden. Das war auch alles.

Nicolas würde jeden Moment auftauchen. Vanessa dachte an ihr Treffen vergangenen Montag zurück und an ihre Reaktion, als er erzählt hatte, dass er mit Erica Karlström Sex gehabt hatte. Eifersucht war vielleicht ein zu großes Wort, aber es war ihr gegen den Strich gegangen. Natürlich konnte Nicolas tun und lassen, was er wollte, schließlich war sie es gewesen, die den Kontakt abgebrochen hatte. Oder das, was da zwischen ihnen gewesen war. Trotzdem ärgerte sie sich über ihn. War es wirklich notwendig gewesen, ihr das unter die Nase zu reiben? Zwar hatte Vanessa ihn gefragt, aber hatte er ihr buchstäblich alles erzählen müssen?

»Woran denkst du?«

Sie war völlig in Gedanken versunken gewesen und hatte gar nicht bemerkt, dass er plötzlich vor ihr stand.

»Nur an einen Trottel, den ich vor Kurzem getroffen habe.« Sie hatte Nicolas noch nie so elegant gekleidet gesehen, er trug einen dunkelblauen Anzug, Lederhandschuhe und einen schwarzen Mantel. »Willst du zum Abschlussball?«

Nicolas blickte an seinen Kleidern hinunter und grinste.

»Ich habe Johan gerade ins Büro gefahren, er legt großen Wert darauf, dass ich mich angemessen anziehe. Hast du das, worum ich dich gebeten habe?«

Sie schob ihm die Mappe über den Tisch. Nicolas zog seine Handschuhe aus und überflog die Seiten.

»Kann ich die mitnehmen?«

Vanessa nickte. Nicolas trommelte mit den Fingerspitzen gegen die Stuhllehne. Er wartete offensichtlich darauf, dass sie ihn bat, sich zu setzen, aber stattdessen begann sie, ihre Sachen zusammenzusammeln.

»Ich muss los«, sagte sie und ließ die anderen Mappen in ihre Handtasche gleiten.

»Ich kann dich fahren.«

»Du weißt doch gar nicht, wohin.«

»Ich habe noch ein paar Stunden, bis ich Johan abholen muss, wenn du also nicht gerade nach Deutschland runtermusst, dann kann ich dich fahren.«

»Die haben guten Kaffee hier, mach es dir doch hier gemütlich, während du wartest.«

Nicolas war enttäuscht, auch wenn er sich große Mühe gab, sich nichts anmerken zu lassen.

»Ja, gute Idee.«

Vanessa stand auf. Musste er wirklich so nett sein, obwohl sie so abweisend, fast schon unverschämt zu ihm war?

»Wir sehen uns«, sagte sie.

Wenig später drückte Vanessa gerade die Tür zu Mikael Kasks Büro auf, als ihr Handy klingelte. Sie erklärte Samer, wo sie sich befand, und schlug ihm vor, sich ihnen anzuschließen. Als sie Platz nahm, fiel ihr Blick auf ein grünliches Getränk auf dem Schreibtisch ihres Chefs.

»Was ist das denn?«, fragte sie.

»Selleriesaft. Probier mal«, forderte er sie munter auf. Skeptisch setzte Vanessa das Glas an die Lippen, trank einen Schluck und verzog das Gesicht.

»Ist total gesund. Das trinkt mittlerweile jeder.«

»Dass du auch so ein It-Girl bist«, erwiderte Vanessa spöttisch.

Mikael streckte sich mit einem Grinsen nach dem Glas, prostete ihr zu und leerte es.

Es klopfte, Samer trat ein und hob zur Begrüßung die Hand. Er ließ sich auf dem zweiten Besucherstuhl nieder.

Vanessa legte die beiden Mappen auf den Tisch, und Mikael warf ihr einen fragenden Blick zu.

»Sabina Haddad, Natasjas Freundin.«

Die beiden Männer starrten sie verdutzt an.

»Ihr habt sie gar nicht befragt?«

Mikael sah zu Samer hinüber, der den Kopf schüttelte.

»Das Ehepaar, bei dem Natasja gewohnt hat, hat eine Freundin erwähnt«, sagte Samer schließlich.

»Sabina Haddad hat mir gegenüber behauptet, dass sie am 30. August 2015 nach Schweden gekommen ist.« Sie ließ ihren Blick zwischen Mikael und Samer hin und her wandern. »Aber das stimmt nicht. Sie wurde am selben Tag wie Natasja registriert. Fakt ist, dass sie eigentlich nie getrennt waren in Schweden, bis Natasja bei mir eingezogen ist.«

»Und was schließt du daraus?«, wollte Samer wissen.

»Ich habe keine Ahnung. Das ist aber nicht die einzige Lüge.« Vanessa holte tief Luft.

Die Stimmung im Raum begann, sich langsam zu verändern. Sowohl Samer als auch Mikael sahen Vanessa forschend an.

»Sabina Haddad spricht fließend Französisch. Was sie für sich behalten hat. Vielleicht hat das nichts zu bedeuten, aber ich finde es angebracht, euch davon in Kenntnis zu setzen.«

Es entstand eine Pause, und Mikael senkte den Blick.

»Dann lügt sie also.« Samer seufzte. »Ein Flüchtlingsmädchen, das lügt. Ist das alles? Dann lass dir eins sagen: Flüchtlinge lügen. Wenn das jemand weiß, dann du. Nicht, weil sie so sind, sondern weil sie dann in Schweden bleiben können.«

Er lehnte sich zurück und heftete den Blick an die Decke.

»Das haben wir doch beredet, Vanessa«, begann Mikael resigniert und klopfte auf die Mappen. »Natürlich will ich den Mörder fassen, aber das gelingt uns, indem wir uns auf Rikard Olsson konzentrieren. Alles deutet darauf hin, dass Natasja zur falschen Zeit am falschen Ort war. Rikard Olsson ist bedroht worden. Er hatte Feinde, und zwar äußerst gewaltbereite.«

Samer räusperte sich, doch Mikael hob abwehrend die Hand und fuhr fort: »Dieses Mädchen, Natasja, sie hat dich angelogen. Verdammt, Vanessa, du musst das akzeptieren. Ich weiß nicht, was du dir von dieser Sabina Haddad versprichst. Aber dass sie gelogen hat und Französisch kann, reicht einfach nicht.«

»Ich sage ja nicht, dass ihr sie festnehmen und verurteilen sollt. Und ich sage nicht, dass sie Natasja und Rikard Olsson auf dem Gewissen hat. Ich sage nur, dass sie wegen irgendwelcher Kleinigkeiten lügt, obwohl sie das gar nicht bräuchte. Sie gibt vor, Natasja schlechter zu kennen, als es tatsächlich der Fall ist. Vielleicht gibt es irgendwas in der gemeinsamen Vergangenheit, was Natasja über Sabina wusste. Vielleicht ein Streit um Geld oder Zank um einen Mann, egal was. Könnt ihr wenigstens ihr Alibi überprüfen oder mit ihr reden?«

Mikael lehnte sich zurück und verschränkte die Arme.

»Auch wenn das hart klingt, aber Natasja war ein Kollateralschaden.«

Vanessa taxierte ihn, dann nahm sie die Mappen vom Schreibtisch und erhob sich abrupt. Als Mikael ihr nachrief, eilte sie schon den Gang hinunter.

FÜNF Kiruna wanderte. Da sich das Erzvorkommen bis unter das Zentrum der Stadt erstreckte, hatte man beschlossen, den Stadtkern drei Kilometer nach Osten zu verlegen. Der Umzug betraf mehrere Tausend Einwohner, lebende wie tote. Die Toten mussten weichen, indem ihre sterblichen Überreste auf einen anderen Friedhof übersiedelt wurden. Die Lebenden waren von der Bergbaugesellschaft LKAB abgefunden worden und hatten neue Wohnungen bekommen. Denkmalgeschützte Villen lud man auf Spezialfahrzeuge aus Holland und transportierte sie ab.

Molly spazierte durch das Zentrum, das es bald nicht mehr geben würde. Wie auch immer sie zu Kiruna stand, es war ihre Heimat, daran gab es nichts zu rütteln. Gewisse Dinge im Leben waren vergänglich, die Straßen der Kindheit sollten jedoch für immer existieren, fand sie. Nicht, weil sie so wunderbare Kindheitserinnerungen daran gehabt hätte, aber jetzt erschien ihr alles in einem neuen Licht. Das Kino, die Cafés. Das war nicht Barcelona und nicht London, aber diese Straßen gehörten zu ihr.

Und nun sollten sie dem Erdboden gleichgemacht werden.

Sie machte einen Abstecher in den gut sortierten Buchladen am Meschplan. In den Regalen standen neben regionalen Autoren internationale Bestseller sowie moderne Klassiker. Sie entschied sich für *In einem andern Land* von Ernest Hemingway und *Das Geisterhaus* von Isabel Allende. Als ihr der Verkäufer die Bücher in eine Papiertüte verpackt überreichte, bedankte sie sich und stellte amüsiert fest, dass ihr norrländischer Akzent ein kurzfristiges Comeback feierte.

Das Scandic Ferrum lag direkt neben dem Volkshaus. Molly war vor lauter Aufregung ganz kribbelig, als sie widerstrebend den Platz überquerte und auf den Eingang des Hotels zuhielt. Sie hoffte, Thomas hätte nur ein paar Fragen, aber ihr war klar, dass das allenfalls ein frommer Wunsch war. Er hatte sich offenbar große Mühe gegeben, sie zu finden. In der Lobby drängten sich Männer und Frauen in der farbenfrohen, traditionellen Sámi-Tracht.

Thomas saß in einem Sessel bei der Rezeption und erhob sich umständlich, als er Molly entdeckte.

»Wir gehen besser nach oben aufs Zimmer.«

Molly folgte ihm zu den Aufzügen. Sie fuhren schweigend in den vierten Stock, stiegen aus und gingen einen langen Korridor entlang. Der dicke Teppich schluckte den Schall ihrer Schritte. Vor Zimmer 425 blieb Thomas stehen, hielt die weiße Schlüsselkarte vor das Lesegerät, das grün aufleuchtete. Er drückte die Tür auf und ließ Molly den Vortritt.

Draußen vor dem Fenster strahlten die Berge und das Fjäll in der untergehenden Sonne.

»Die Aussicht ist wirklich einmalig«, sagte Thomas.

»Nur schade, dass es nur ein paar Stunden am Tag hell ist«, meinte Molly. »Was willst du von mir, und was machst du hier?«

Sie legte die Büchertüte aufs Bett, Thomas nahm sie, überprüfte ihren Inhalt und stellte sie wieder zurück.

»Ich muss dich bitten, dein Telefon ins Bad zu legen«, sagte er.

Molly verdrehte die Augen, riss die Badezimmertür auf und legte ihr Telefon auf den Waschbeckenrand, dann baute sie sich vor ihm auf.

»Und jetzt noch die Leibesvisitation.«

»Ist das dein Ernst?«

Er nickte, und Molly winkelte die Arme vom Körper ab.

»Aber pass auf, dass du die Bombe nicht zündest, die ich um den Bauch geschnallt habe.«

Mit leidender Miene beugte Thomas sich vor und klopfte ihre Beine ab. Ich hoffe, du hast richtig krasse Schmerzen, dachte Molly. Ihr wurde die Ironie der Situation bewusst. Ihr Wunsch seit ihrer ersten Begegnung, alleine mit ihm auf einem Hotelzimmer zu sein, war nun in Erfüllung gegangen. Allerdings befanden sie sich nicht im Grand Hôtel in Stockholm, sondern im Scandic Ferrum in Kiruna, und die Art, wie er mit ihrem Körper umging, war alles andere als romantisch.

Als Thomas fertig war, befühlte er seinen Brustkorb und bedeutete ihr mit einer Geste, sich in den Sessel am Fenster zu setzen. Er selbst ließ sich aufs Bett sinken und musterte sie einen Augenblick ernst, dann schlug er die Beine übereinander und ergriff das Wort.

»Ich brauche deine Hilfe«, sagte er.

»Ich habe dir bereits geholfen, und du hast versprochen, die Fotos zu vernichten. Warum sollte ich noch mal auf dich reinfallen?«

»Molly, ich will dich nicht erpressen. Aber du lässt mir keine andere Wahl. Wir brauchen deine Hilfe. Dein Land braucht dich.«

»Ach, ja? Dann erzähl doch mal. Worum geht es denn?«

»Natürlich kann ich dir keine Einzelheiten nennen. Aber die Alternative sieht so aus, dass ich deinem Vater einen Besuch abstatte und ihm erzähle, was du wirklich treibst.«

Die Einsamkeit, die Molly verspürte, war erdrückend.

»Warum regelt ihr das nicht mit jemand anderem? Wieso bin ich die Einzige, die euch helfen kann?«

Thomas verbarg seine Irritation kaum.

»Weil wir wollen, dass du dich mit jemandem triffst. Eine Person, die ein Kunde von dir ist und dir vertraut.«

»Wer?«

»Das wirst du erfahren, wenn es so weit ist. Jetzt musst du mit mir nach Stockholm zurückfliegen, noch heute Abend.«

»Das ist unmöglich«, rief Molly. »Was soll ich meinem Vater sagen?«

»Was du willst«, gab er gereizt zurück. »Es ist ja nicht das erste Mal, dass du ihn anlügst.«

Er beruhigte sich wieder, aber das genügte Molly nicht. Es wurde ihr immer klarer, dass hinter dem Charme und der aalglatten Fassade etwas äußerst Beunruhigendes lauerte. Etwas, das sie möglichst weit von sich fernhalten wollte. Doch trotz ihrer Abneigung

Thomas gegenüber fühlte sie sich Schweden gegenüber in der Pflicht. Sie hatte sich belesen. Und aus Artikeln in der internationalen Presse erfahren, dass es nichts Ungewöhnliches war, wenn Nachrichtendienste junge Frauen erpressten, um an Informationen zu kommen. Außerdem hatte sie ohnehin keine Wahl.

»Fahr nach Hause und verabschiede dich von deinem Vater. Der Flieger geht um halb sieben, wir treffen uns am Gate«, sagte er und reichte ihr ein SAS-Flugticket, ausgestellt auf ihren Namen.

SECHS

Vanessa legte die Mappen auf das Autodach und lehnte sich mit dem Rücken gegen die Tür. Sie war verwirrt. Weder Mikael Kask noch Samer teilten ihre Meinung, dass Sabina Haddad etwas genauer unter die Lupe genommen werden sollte. Im Gegenteil. Viel schlimmer war jedoch, dass sie allmählich an sich selbst zu zweifeln begann. Verlor sie wirklich langsam den Blick fürs Wesentliche?

Samer kam angeschlendert, die Sporttasche über der Schulter. Er sah Vanessa prüfend an. »Bist du okay?«

Er stellte die Tasche ab und ging auf sie zu. Eine Streife fuhr vorbei. Vanessa sah mit abwesendem Blick den Rücklichtern nach, bis sie hinter der Ecke verschwunden waren.

»Weißt du, was das Schlimmste ist?«, sagte sie langsam. »Ihr habt mich ja erst darauf gebracht, dass an Natasjas Geschichte was faul ist. Ihr habt sie von ihrem Sockel gestürzt. Ihr gebrochenes Bein. Ihr Vater, den es so offenbar gar nicht gibt. Dass sie älter war, als sie vorgegeben hat.«

»Also, was schließt du daraus, Vanessa?«

»Ich glaube, sie wusste etwas und hat dafür mit ihrem Leben bezahlt.«

Samer runzelte die Stirn. »Und was?«

»Etwas über Sabina Haddad. Oder über den Mann vor dem ICA in Bergshamra.«

»Und was wäre das?«

Vanessa biss sich auf die Lippe. Sie wollte ihren Verdacht nicht äußern. Noch nicht. Samer würde sie für verrückt halten.

»Ich weiß auch nicht. Aber vielleicht hat sie etwas herausgefunden und Sabina konfrontiert.«

»Was meinst du damit?«, fragte Samer mit einem schmalen Lächeln.

»Der Krieg in Syrien war lang und fürchterlich. Der Krieg schafft Heimlichkeiten, Loyalitäten, Hass. All das verschwindet nicht einfach, nur weil man nach Schweden kommt.«

Samer ließ seinen Blick auf ihr ruhen, dann nickte er.

»Ich sage nicht, dass du recht hast. Aber ich bin nicht so überzeugt wie die anderen, dass es nur um Rikard Olsson ging. Ich finde es auch problematisch, dass Sabina Haddad wegen scheinbarer Belanglosigkeiten gelogen hat. Französischkenntnisse sind das eine, aber dass sie Natasja schon länger kannte, als sie behauptet hat, und dass die beiden am selben Tag hierhergekommen sind, ist was anderes.«

Vanessa spürte einen Tropfen auf der Wange. Es begann zu regnen, und Samer nahm seine Tasche wieder in die Hand.

»Wohin musst du denn?«

»Ich wollte zum Sport.«

»Ich kann dich fahren, dann wirst du nicht nass. Steig ein.«

Samer nannte ihr die Adresse. Vanessa fuhr rückwärts aus der Parklücke, wendete und fuhr Richtung Scheelegatan. Der Regen nahm zu, Schneeflocken mischten sich darunter, und die Passanten auf den Bürgersteigen suchten Schutz in den Hausgängen und Läden. Vanessa beugte sich vor, um besser zu sehen, und stellte die Scheibenwischer eine Stufe schneller.

Hinter den Fenstern des Fitnessstudios waren Trainingsbegeisterte in Sportkleidung auf Laufbändern zu sehen. Vanessa stoppte, zog die Handbremse an und ließ den Motor laufen.

»Wir sehen uns«, sagte Samer und stülpte die Kapuze über seine Mütze.

»Wir sehen uns«, entgegnete Vanessa.

Sie beobachtete Samer, wie er vorgebeugt durch den Schneeregen zum Eingang hastete, und betrachtete dann eine Weile die vorübereilenden Regenschirme. Sie wollte Sabina Haddad nicht einfach so ad acta legen, zumindest nicht zum jetzigen Zeitpunkt.

Anstelle rechts in die St. Eriksgatan zu fahren, bog sie links ab, Richtung Essingeleden. Während sie südwärts fuhr, wählte sie über die Freisprechanlage das Telefon an. Celine nahm fast sofort ab.

»Was machst du gerade?«, fragte Vanessa.

»Ich lese dein Horoskop.«

Sie konnte sich ein Schmunzeln nicht verkneifen. Irgendwie war es rührend, dass Celine jeden Tag auch ihr Horoskop las, obwohl Vanessa sich überhaupt nichts aus Sternzeichen machte.

»Und wie wird der Tag für den armen alten Löwen?«

»Zusammengefasst – die Liebe deines Lebens wirst du nicht finden, aber vielleicht hast du Glück im Spiel.«

»Ich soll mich also von Männern fernhalten und stattdessen ein Rubbellos kaufen. Damit kann ich leben. Wie war's in der Schule?«

»Ganz okay.«

»Gut. Ich komme so gegen sieben nach Hause, dann können wir was Feines zum Essen besorgen, und dann machen wir es uns auf dem Sofa gemütlich und schauen uns einen Film an, wenn du magst.«

»Gerne!«

Eine halbe Stunde später erreichte Vanessa Rågsved. Ein Lkw versperrte die Straße, in der Sabina Haddad wohnte, und Vanessa musste ein Stück weiter entfernt parken. Ein paar Möbelpacker waren gerade dabei, ein in Folie verpacktes Sofa durch die Haustür zu bugsieren. Vanessa streckte einen Arm nach hinten zur Rückbank und bekam ihren Schirm zu fassen. In dem Moment, als sie aussteigen wollte, fiel ihr Blick auf Sabina. Die junge Frau trug eine dicke Steppjacke und ging auf den Wagen zu. Vanessa wollte sich schon zu erkennen geben, doch dann machte sie sich hinter dem Steuer klein. Sie wartete einen Augenblick, ehe sie sich wieder aufrichtete.

Sabina hatte den Wagen passiert und ging Richtung U-Bahn. Vanessa öffnete die Fahrertür und ließ den Regenschirm aufschnappen. Sie machte den Kofferraum auf und durchsuchte den Beutel mit Wechselwäsche, den sie immer dabeihatte, bis sie auf eine schwarze Mütze stieß, sie sich aufsetzte und die Kofferraumklappe wieder schloss, ehe sie sich an Sabinas Fersen heftete.

SIEBEN Vollkommen durchnässt stand Hamza vor Stigs Wohnung, die Regentropfen liefen ihm noch immer die Wangen hinab.

»Komm rein«, sagte der alte Mann erfreut und winkte ihn herein.

Hamza schüttelte den Kopf und blieb auf dem Dielenteppich stehen, um mit seinen aufgeweichten Schuhen keine Pfützen auf dem Boden zu hinterlassen.

»Es ist einfach herrlich, dass ich Petra wiedersehen kann. Ich weiß gar nicht, wie ich dir dafür danken soll.«

Hamza begann herumzudrucksen und konnte Stig nicht in die Augen sehen. Erst jetzt schien der alte Mann zu bemerken, dass etwas nicht stimmte.

»Ist alles in Ordnung?«

Hamza räusperte sich.

»Ich habe morgen leider keine Zeit.«

Stig sah ihn ratlos an, als würde er darauf warten, dass Hamza zu lachen begann und sagte, er mache nur Witze. Während die Sekunden weitertickten, ging ihm auf, dass Hamza es ernst meinte. Die Enttäuschung stand ihm ins Gesicht geschrieben.

»Ist was passiert?«

Stig stützte sich an der Wand ab.

»Meine Tante ist gestorben. Und ich muss zur Beerdigung«, log Hamza.

Es ließ sich unmöglich sagen, ob Stig ihm glaubte. Sein Blick war glasig und leer.

»Es tut mir leid.«

Stig nickte rasch. Ging einen Schritt auf Hamza zu, aber hielt plötzlich verwirrt inne.

»Das ist natürlich selbstverständlich, dass du auf die Beerdigung gehen musst«, meinte er. »Mein herzliches Beileid. Ich wollte dir kein schlechtes Gewissen machen. Du wolltest mir einen Gefallen tun, und ich habe mich so darauf gefreut, sie zu sehen.«

»Vielleicht klappt es ja wann anders«, sagte Hamza.

Stig lachte hohl.

»Mach dir keine Gedanken, Hamza. Mir steht es gar nicht zu, etwas von dir zu verlangen. Ich verstehe schon, dass du beschäftigt bist.«

Hamza wollte raus aus der Wohnung, und das so schnell wie möglich. Weg. Stig vergessen, sich auf das Wichtige konzentrieren. Auf seine Mission. Deswegen musste er Stig aus seinem Leben verbannen. Seit Farid ihn kontaktiert hatte, war einiges anders. Er durfte Stig nicht helfen, vor allem um Stigs willen. Ihre Freundschaft konnte sein Leben ruinieren. Hamza durfte kein Risiko eingehen. Die Polizei und die Presse würden jeden Stein einzeln umdrehen, wenn das alles vorbei war. Aber es war, als hätte ihn die Enttäuschung des alten Mannes paralysiert.

Hamza tastete hinter seinem Rücken nach der Türklinke und schob die Tür auf.

»Wir sehen uns«, sagte er.

Stig hob zum Abschied die Hand.

—

Die U-Bahn sauste aus der Station Slussen heraus über die Brücke Richtung Gamla stan. Die Lichter der Stadt spiegelten sich im schwarzen Wasser, der Schneeregen hatte aufgehört. Vanessa befand sich am anderen Ende des Wagens, in dem Sabina Haddad saß. Sie war sehr darauf bedacht, die junge Frau nicht anzustarren, aber ihr war dennoch nicht entgangen, dass Sabina nervös war.

Sie sah sich immer wieder über die Schulter und wirkte völlig anders als die ruhige, selbstsichere Person, die Vanessa kennengelernt hatte. Wovor hatte sie Angst?

Sabina hatte ein falsches Einreisedatum angegeben und bezüglich ihrer engen Freundschaft mit Natasja gelogen. Aus unerklärlichen Gründen konnte sie Französisch. Was hatte Vanessa übersehen?

Die Bahn fuhr in den Halt Gamla stan ein. Ein paar Teenager rauchten auf dem Bahnsteig. Einer von ihnen spuckte gegen den Wagen, als sich die U-Bahn wieder in Bewegung setzte, und die Dame schräg gegenüber Vanessa machte ein entsetztes Gesicht.

Vanessa nahm an, Sabina würde am T-Centralen aussteigen, und machte sich bereit, doch sie blieb sitzen, während neue Passagiere in den Wagen drängten. Zwischen T-Centralen und Hötorget nahm sie ihr Mobiltelefon zur Hand und hielt es sich ans Ohr.

Sie sagte etwas und beendete die Verbindung schnell wieder.

Kurz vor der Station Odenplan erhob sie sich, bahnte sich einen Weg durch den überfüllten Gang und stieg aus. Vanessa wartete ab und verließ den Wagen, als sich die Türen gerade schlossen. Sie konnte Sabina in der Menschenmenge ausmachen, die auf die Rolltreppe zusteuerte.

Vanessa wollte nichts riskieren. Allein eine Person zu beschatten, war so gut wie unmöglich, die Polizei arbeitete deshalb auch immer im Zweierteam. Sie griff nach ihrem Telefon, um Samer anzurufen. Schilderte ihm rasch die Situation und wo sie sich befand und bat um Unterstützung. Zu ihrer Erleichterung stellte er keine Fragen, sondern teilte ihr nur mit, er sei unterwegs.

Sabina nahm den linken Aufgang und eilte die Treppen hinauf. Vanessa blieb stehen und tat, als suche sie mit gesenktem Blick etwas in ihrer Tasche. Als sie kurz aufsah, bemerkte sie, dass Sabina auf der obersten Stufe innegehalten hatte. War sie aufgeflogen?

Als sie wieder zur Treppe blickte, war Sabina verschwunden. Vanessa lief nach oben und war schon überzeugt, dass sie sie verloren hatte. Doch dann entdeckte sie Sabina vor dem Burger King ein Stück weiter unten auf der Odengatan.

Sie sprang über eine Pfütze und nahm die Verfolgung auf. Da nur wenige Passanten unterwegs waren, konnte sie größeren Abstand halten und das Risiko verringern, bemerkt zu werden. Sabina ging den Hügel hinunter, kam am Hard Rock Café vorbei und blieb am Fußgängerüberweg im Sveavägen stehen. Erneut zückte sie ihr Telefon, telefonierte nur wenige Sekunden und ließ es wieder in ihre Tasche gleiten.

Die Ampel sprang auf Grün, Sabina überquerte den Sveavägen, um gleich darauf rechts abzubiegen und die Bushaltestelle in der Odengatan anzusteuern. Vanessa folgte ihr unauffällig. Würde Sabina einen Bus nehmen, würde es weitaus schwieriger sein, sie unentdeckt zu beschatten. Vanessa überprüfte ihr Mobiltelefon, Samer wollte sich melden, sobald er den Odenplan erreicht hatte.

Dann hörte sie plötzlich Schritte hinter sich und nahm gerade noch eine Bewegung im Augenwinkel wahr, ehe alles schwarz wurde.

ACHT

Nicolas klopfte an die Tür von Johan Karlströms Arbeitszimmer. Er wartete, bis sein Chef ihn hereinrief, dann schob er die Tür auf. Johan saß an dem großen Mahagonischreibtisch und widmete sich der Tastatur seines MacBook. Er nahm keine Notiz von Nicolas, der auf dem dunklen Teppich stehen geblieben war.

Die Situation war irgendwie unangenehm. Seitdem es Nicolas nicht gelungen war, Johans Mobiltelefon wiederzubeschaffen, war Johan ihm gegenüber kurz angebunden gewesen. Er hoffte, das läge ausschließlich daran, was bei Molly Berg passiert war. Nicolas hatte der AOS Risk Group Bericht erstattet und die Rückmeldung erhalten, er habe sich korrekt verhalten. Die Sache galt damit als erledigt.

»Sie wollten mich sprechen?«, sagte er schließlich, und Johan machte eine abwehrende Geste. Dann ließ er die Hand wieder sinken und bearbeitete mit entschlossenen Fingern die Tastatur.

»Das war's«, bemerkte er endlich und klappte den Deckel zu.

Er bedachte Nicolas mit einem leeren Blick, da wurde die Stille von einem Telefonklingeln unterbrochen. Johan nahm ab, hörte kurz zu und hielt Nicolas sein Handy hin.

»Schau an«, sagte er belustigt. »Für Sie.«

Nicolas warf einen schnellen Blick auf das Display und stellte fest, dass es sich um eine Nummer aus Großbritannien handelte.

Ein Mann erkundigte sich auf Englisch, ob er mit Nicolas Paredes spreche.

»*Yes.*«

Johan bedachte Nicolas mit einem sparsamen Lächeln.

»Ihr Einsatz bei Johan Karlström ist mit sofortiger Wirkung beendet.«

Nicolas sah Johan an, der sich in seinem Stuhl zurückgelehnt hatte, die Hände auf dem Bauch gefaltet.

»Verstanden. Ich werde morgen nach London zurückkehren.«

»Nicht nötig. Die AOS wird Ihre Dienste nicht länger in Anspruch nehmen.«

»Was haben Sie gesagt?«

Der Mann wiederholte seine Aussage geduldig. Nicolas dämmerte langsam, was gerade passierte. Gambler und Johan Karlström waren wichtige Kunden der Sicherheitsfirma und generierten Rechnungen in Höhe von mehreren 10000 Pfund jährlich. Johan musste es zur Bedingung gemacht haben, dass Nicolas nicht versetzt, sondern fristlos entlassen wurde. Nicolas beendete den Anruf und legte das Handy auf den Tisch.

Johan Karlström musterte ihn belustigt.

»Sie hätten mich um Erlaubnis fragen sollen, bevor Sie meine Frau gevögelt haben. Wer weiß, vielleicht hätte ich gar nichts dagegen gehabt.«

Hatte Erica ihm davon erzählt? Nein, dann hätte sie ihn gewarnt oder zumindest eine Andeutung gemacht. Es war zwecklos zu spekulieren, wer was gesagt haben könnte. Tatsache war: Nicolas hatte einen Fehler gemacht und musste nun mit den Konsequenzen leben. Es war nur eine Frage der Zeit gewesen, bis alles auffliegen würde.

Nicolas drehte sich um, um auf seinem Zimmer seine Sachen zu packen. Doch dann hielt er inne und wandte sich noch einmal an Johan.

»Sie sollten auf der Hut sein wegen Molly Berg«, bemerkte er. »Es gibt da ein paar Dinge in ihrem Leben, die mir Kopfzerbrechen bereiten.«

Das sagte er nicht um Johans willen, sondern wegen Erica und James. Ihre Sicherheit und damit auch ihr Leben waren in Gefahr. Johan klappte demonstrativ sein MacBook wieder auf.

—

Sie bogen auf das Flughafengelände, und der Bordkoffer wurde an die Seite der Ladefläche geschleudert.

Molly war nicht entgangen, dass ihr Vater bedrückt war, obwohl er es zu verbergen versuchte. Anfangs hatte sie gesagt, sie würde mindestens noch eine Woche bleiben.

»Und du bist sicher, dass ich nichts Falsches gesagt oder gemacht habe?«, fragte er behutsam. »Ich weiß, dass ich manchmal ziemlich hart und aufbrausend sein kann. Das ist wirklich nicht böse gemeint.«

Seine Stimme war so leise, dass sie kaum das Motorengeräusch übertönte.

»Ich muss zurück zur Arbeit, da kann ich nichts machen.«

»Aber ich dachte, du hast extra Urlaub bekommen?«

Er rangierte das Auto in eine Parklücke und stellte den Motor ab.

»Eine Kollegin ist krank geworden, ich muss einspringen. Es tut mir leid.«

Ihr Vater ließ die Hand am Schaltknüppel, und Molly legte ihre Hand auf die seine.

»Es war wirklich schön. Und Kiruna gefällt mir richtig gut. Hat bloß ein paar Jahre gedauert, bis ich den Charme der Stadt erkannt habe.«

Ihr Vater drehte den Kopf und hob verblüfft die Brauen.

»Im Ernst? Das überrascht mich aber. Dann … kommst du also wieder?«

»Ja, Papa. Sobald ich wieder freihabe. Weihnachten vielleicht.«

Sie tätschelte seinen Handrücken und schob eine Haarsträhne hinters Ohr.

»Du bist immer willkommen. Und wenn du wieder herziehen willst, um aus der Großstadt rauszukommen, dann haben Jojk und ich immer Platz für dich.«

»Ich muss jetzt«, nuschelte Molly.

Ihr Vater hielt mit seinen großen Fäusten das Lenkrad fest.

»Es war wirklich schön, dich zu sehen. Ich bin so froh, dass du da warst.«

Sie stiegen aus, und er nahm den Koffer von der Ladefläche,

stellte ihn auf den schneebedeckten Asphalt und zog den Griff heraus. Als Molly ihren Vater umarmte, drückte er sie fest an sich.

Sie wandte sich zum Gehen und zog ihr Bordgepäck durch den Schnee. Vor dem Eingang drehte sie sich noch mal um, und ihr Vater hob die Hand, um zu winken. Er sieht einsam aus, dachte sie und erwiderte den Abschiedsgruß. Sie hatte das Gefühl, als würde sie ihn zum letzten Mal sehen. Sie wollte den Augenblick festhalten, für immer. Aber sie musste weiter, zu ihrem Terminal.

Eine Dreiviertelstunde später hatte sie die Sicherheitskontrolle passiert und saß auf ihrem Platz, 14 A. Die beiden Sitze neben ihr waren frei. Einige Reihen weiter vorn konnte sie Thomas' Hinterkopf ausmachen. Sie hasste ihn. Die Crew schloss die Klappen der Gepäckfächer und ergriff die übrigen Maßnahmen für den Take-off, während die halb besetzte Maschine auf die Startbahn rollte.

Molly nestelte an der Broschüre mit den Sicherheitshinweisen herum und konnte sich nicht dazu durchringen, zu einem von ihren Büchern zu greifen. Ihr wurde mulmig, und ihr Magen hob sich, was jedoch nichts mit dem bevorstehenden Start zu tun hatte. Was wollte Thomas von ihr? Und wen sollte sie treffen? Das Flugzeug beschleunigte, sie wurde in ihren Sitz gedrückt, und die Räder verloren die Bodenhaftung.

Vor dem Fenster wurden die Bäume, die Autos und das Terminalgebäude immer kleiner, die Maschine wurde durchgeschüttelt. Sie schaute zurück auf das Lichtermeer von Kiruna, das in der Dunkelheit leuchtete.

»Wie eine Oase der Zivilisation mitten in der Wildnis«, murmelte sie.

—

Vanessa lag in stabiler Seitenlage auf dem Gehsteig. Um sie herum hatte sich eine Menschentraube versammelt. Sie blinzelte und führte eine Hand zum Hinterkopf, spürte einen stechenden Schmerz und schnitt eine Grimasse.

Samer ging vor ihr in die Hocke, tätschelte ihre Wange. Er trug keine Jacke, und Vanessa wurde klar, dass er sie ihr um die Schultern gelegt hatte. Ihre Kleider waren völlig durchnässt.

»Bist du okay?«, fragte er. Vanessa versuchte, sich aufzusetzen, aber sank wieder zurück. Der Kopfschmerz glich einem Pressluft-hammer und schickte Blitze durch ihr Nervensystem. »Der Krankenwagen ist gleich da.«

Die Umstehenden entfernten sich nach und nach wieder.

Vanessa fiel Sabina wieder ein, und wie sie an der Bushaltestelle stand. Danach war alles schwarz geworden. Jemand hatte sie von hinten niedergeschlagen.

»Seit wann liege ich denn schon hier?«

»Drei, vier Minuten etwa, schätze ich.«

»Mehr nicht?«

Wie hatte Samer sie so schnell finden können? Wenn sie sich nicht irrte, hatte er sich melden wollen, sobald er am Odenplan eingetroffen war. Das hatte er vielleicht auch getan. Sie hatte ihr Mobiltelefon noch nicht gecheckt. Vanessa klopfte ihre Taschen ab und stellte fest, dass es noch da war.

»Es standen lauter Leute um dich herum, andere kamen hinzu und wollten dir helfen. Ich bin zu der Menschentraube hingelaufen, da habe ich gesehen, dass du es bist.«

Samer fasste sie unter den Achseln und half ihr, sich aufzusetzen.

Die Sirene des Krankenwagens kam von Norrtull näher.

»Wie geht es dir?«

»Wie auf den abschreckenden Fotos auf Zigarettenschachteln.«

Vor ihren Augen drehte sich alles. Sie musste sich auf dem Bürgersteig abstützen, um nicht wieder umzufallen.

»Weißt du denn, was passiert ist?«, fragte Samer.

»Nein, ich habe nur etwas im Augenwinkel gesehen, und dann wurde alles finster wie die Nacht. Was sagen die Zeugen?«

»Ich habe keine Befragung durchgeführt, ich habe erst mal nach dir gesehen. Soll ich die Kollegen verständigen?«

»Nein, lass nur.«

Der Krankenwagen machte an der Kreuzung Odengatan-Sveavägen einen U-Turn und bremste. Das Blaulicht wurde von der Straßenecke zurückgeworfen. Die wenigen Passanten, die nicht weitergegangen waren, machten den Sanitäterinnen Platz, die herbeieilten und neben Vanessa in die Knie gingen. Samer sah zu, während sie ihren Hinterkopf untersuchten. Vanessa überlegte, was jetzt zu tun war. Zuallererst musste sie herausfinden, mit wem Sabina telefoniert hatte. Vermutlich mit demjenigen, der sie niedergeschlagen hatte. Sie sollte Samer bitten, die Telefonverbindung zu überprüfen, aber irgendetwas hielt sie davon ab.

»Das muss genäht werden«, sagte eine der grün gekleideten Sanitäterinnen. Die beiden Frauen halfen Vanessa auf die Füße und führten sie behutsam zum Krankenwagen, machten die Flügeltür auf und halfen ihr auf die Trage. Eine von ihnen gab ihr eine weiße Kompresse für die Kopfwunde.

Mit der anderen Hand griff Vanessa nach ihrem Telefon und warf einen Blick auf das Display. Samer hatte nicht geschrieben, dass er am Odenplan angekommen war. Und angerufen hatte er auch nicht. Sie textete eine kurze Nachricht an Celine, um Bescheid zu sagen, dass sie sich verspäte, sie sich aber keine Sorgen zu machen brauche.

»Ich nehme ein Taxi und fahre in die Notaufnahme vom Sabbatsbergs-Krankenhaus«, sagte sie zu den Sanitäterinnen. »Es geht mir gut.«

NEUN

Axels Blick fiel durch die Glasscheibe auf Rebeccas wogendes Haar. Sie saß in dem spärlich beleuchteten Krankenzimmer über das Bett ihres Sohnes gebeugt. Er wollte diesen Anblick am liebsten in sich aufsaugen und in seine Hirnrinde einbrennen. Er liebte sie so sehr. Bedingungslos. Er musste sich bewegt haben, denn plötzlich hob Rebecca den Kopf. Sie hatte rot geweinte Augen. Er machte die Tür auf und trat ans Krankenbett. Sie hob einen Finger an die Lippen und zeigte auf den schlafenden Simon. Sie stand auf und bedeutete Axel mit einem Zeichen, ihr zu folgen. Sie traten auf den Gang, und Axel zog langsam die Tür hinter sich zu.

»Was ist denn passiert?«, fragte er zögerlich. Er wollte Rebecca berühren und streckte die Hand aus, aber besann sich eines Besseren und zog sie wieder zurück. Eine Krankenschwester ging mit einem scheppernden Stationswagen an ihnen vorbei. Es war Samstagvormittag, auf der Station herrschte eine angenehme Ruhe.

»Ist es wegen Simon?«, fragte Axel und spürte leichte Panik in sich aufsteigen. »Geht es ihm wieder schlechter?«

Rebecca schüttelte rasch den Kopf.

»Nein, mach dir keine Sorgen. Simon geht es gut.«

Axel atmete hörbar aus.

»Was ist es denn dann?«

Er sah Rebecca erwartungsvoll an und wartete auf eine Erklärung. Stattdessen hakte sie sich bei ihm unter und führte ihn den Korridor entlang zu den Fahrstühlen. »Lass uns lieber unten reden, ich brauche mal einen Tapetenwechsel.«

Sie fuhren in die Cafeteria, Axel bat Rebecca, einen Tisch zu wählen, und eilte zur Getränkeausgabe, um ihr einen Tee zu holen. Er selbst entschied sich für Kaffee. Während er an der Kasse in der

Schlange stand, ließ er seinen Blick durch den Raum schweifen. Simon war von der Intensivstation verlegt worden, und seine neue Station lag offenbar im selben Gebäude wie die Entbindungsstation. An den Tischen saßen frischgebackene Eltern mit einem Bündel im Arm und warteten darauf, nach Hause entlassen zu werden.

Axel dachte an die Begegnung mit Nicolas Paredes Anfang der Woche zurück. Er war unsagbar dankbar dafür, dass Nicolas ihn davon abgehalten hatte, eine Dummheit zu begehen. Was war überhaupt in ihn gefahren, zu denken, er könne einen Mord begehen und Rebecca und Simon einfach im Stich lassen? Nicolas hatte ihn aufgefordert, den Vorfall zur Anzeige zu bringen. Einerseits wollte er Johan Karlström am liebsten vergessen und nach vorne schauen. Sich voll und ganz auf Simon konzentrieren und alles für ihn tun, damit er wieder ganz gesund wurde. Andererseits wollte er Johan auch nicht einfach so davonkommen lassen. Vielleicht ergab sich eine andere Möglichkeit, es ihm heimzuzahlen? Zu verhindern, dass das Gleiche ein zweites Mal passierte? Nächstes Mal würde es ein anderes Kind treffen, das möglicherweise nicht überleben würde.

Er zahlte, trug die Getränke an Rebeccas Tisch und stellte den Teebecher vor ihr ab.

Sie murmelte ein Danke und stützte ihren Kopf in die Hände. Axel ließ ihr Zeit, er wollte sie nicht unter Druck setzen.

»Weißt du noch, wie wir hier vor Simons Geburt saßen?«, fragte Rebecca. »Dann bist du im Kreißsaal ohnmächtig geworden.«

»Ich wollte mich nur ein bisschen ausruhen und habe mich deshalb hingelegt.«

Rebecca bedachte ihn mit einem skeptischen Blick, dann brach sie in Gelächter aus. Eine Woge der Zärtlichkeit übermannte ihn.

»Wenn du das sagst.«

Dann seufzte sie, wickelte sich eine Haarsträhne um den Finger und musterte die jungen Eltern ein paar Tische weiter.

»Glaubst du, dass sie das begreifen?«, raunte sie. »Was sie noch vor sich haben, meine ich. All die Sorgen und Ängste? Dass das Leben nie mehr so sein wird wie vorher?«

»Ich habe das nie so gesehen, das mit den Sorgen und Ängsten. Jedenfalls nicht bis zu dem Unfall. Mein Leben hat sich auch verändert, aber nur zum Besseren.«

»Du bist ein verdammter Optimist.«

»Wenn es so ist – auch wenn Simon nicht wieder aufgewacht wäre, dann hätte ich … hätte ich nichts bereut, verstehst du, wie ich das meine?«

»Klar verstehe ich das.«

Es entstand eine Pause. Rebecca hob mit beiden Händen den Teebecher an und trank einen Schluck. Dann lehnte sie sich zurück.

»Thorsten will sich scheiden lassen.«

Die Worte drangen nicht richtig bis zu Axel durch, er realisierte sie gar nicht. Er musste sie falsch verstanden haben. Kein Mensch im Vollbesitz seiner geistigen Kräfte würde Rebecca verlassen. Nein, da musste ein Irrtum vorliegen.

»Ich bin heute früh nach Hause gefahren, um frische Wäsche zu holen. Seit Simons Unfall habe ich mich nicht mehr um Papierkram gekümmert, ich war ja die ganze Zeit hier, also habe ich zu Hause endlich mal die Schreibtischschublade aufgemacht, in der wir die offenen Rechnungen aufbewahren. Und da habe ich die Scheidungspapiere entdeckt. Er hatte sie am Mittwoch, den 6. November erhalten, jedenfalls hatte er an dem Datum unterschrieben.«

»Zwei Tage, bevor Simon …« Axel führte den Satz nicht zu Ende.

»Ja, deshalb hat er das Ganze offenbar aufgeschoben«, sagte sie leise.

Axel wollte sie trösten, ihr versichern, dass alles gut würde, aber er fand nicht die richtigen Worte. Rebecca tat ihm leid. Er liebte sie, er war in sie verliebt, und das würde sich nie ändern. Natürlich wollte er nicht, dass sie traurig war.

»Kann ich irgendetwas tun?«

Sie schluchzte und schüttelte den Kopf. Axel fand sie schöner denn je.

Es war etwas Besonderes, Intimes, dass sie ihm gegenüber Schwäche zeigte. Ein Zeichen von Vertrauen.

ZEHN Ein Polizeihubschrauber stand in der Luft. Hamza hörte einen Pfiff, und kurz darauf löste sich Farids Gestalt aus dem Schatten des Wasserturms. Die beiden Männer gingen aufeinander zu. Hinter ihnen ragten die tristen, unansehnlichen Betonblöcke des Wohnungsbauprogramms in den Himmel. Die Autoscheinwerfer unter ihnen schlängelten sich wie eine Lichterkette auf der E18 entlang. Niemand kam hierher, der nicht hier wohnte, das restliche Schweden fuhr hier höchstens durch. Auf dem Weg von der U-Bahn in Hjulsta hatte Hamza Schüsse gehört, und nun wimmelte es auf dem kleinen Vorplatz des Einkaufszentrums von Polizeibeamten.

Farid ergriff seine Hand und dankte ihm, dass er so kurzfristig hatte kommen können. Hamza hatte im Fitnessstudio die Nachricht erhalten, dass etwas passiert sei und sie sich treffen mussten.

»Es gibt ein Problem«, sagte Farid. Er hatte eine besorgte Miene aufgesetzt und tiefe dunkle Ringe unter den Augen. »Wir müssen unseren Anschlag vorziehen. Das ist nicht optimal, aber auch nicht unmöglich.«

»Was ist passiert?«

»Einer von den unseren ist drauf und dran, aufzufliegen.«

Hamza sah dem Polizeihubschrauber nach, der in südlicher Richtung verschwand. Seine Begegnung mit Stig war ihm noch immer gegenwärtig. Das und die vielen Polizeibeamten und der Helikopter hatten etwas in ihm ausgelöst. Hatten Zweifel in ihm geweckt. Die ganze Situation hatte etwas Unwirkliches. Was konnte er schon ausrichten gegen einen Staat, gegen ein ganzes Land?

Die Guten, Rechtschaffenen waren so wenige.

Die Treulosen, Schlechten so viele.

Gott stellte ihn auf die Probe, und er begann zu hadern.

»Haben wir denn wirklich eine Chance gegen das alles?«, hörte er seine innere Stimme fragen.

»Hamza?« Farid trat einen Schritt auf ihn zu. Legte ihm die Hände auf die Schultern und sah ihn prüfend an. »Zweifelst du?«

Erst jetzt fiel ihm auf, dass Farid einen Rucksack bei sich hatte. Einen alten Haglöfs, wie Hamza ihn in der Mittelstufe gehabt hatte.

»Manchmal fühlt es sich so an, als wären wir die Einzigen, die übrig geblieben sind. Die einzig Überlebenden.«

Farid ließ Hamza los, fischte eine Zigarette aus der Jackentasche und drehte sich zur Seite, um die Flamme des Feuerzeugs vor dem Wind zu schützen.

»Weit gefehlt. Es gibt Tausende von uns, über ganz Europa verteilt. Schlafende Zellen. Wir müssen unseren muslimischen Brüdern und Schwestern das wahre Gesicht der Kuffar zeigen. Müssen sie wachrütteln. Männer wie du und ich opfern uns dafür auf, dass die Muslime auf der ganzen Welt in Würde leben können. Dass sie nicht dabei zusehen müssen, wie ihre Familien in die Luft gesprengt werden. Es ist kränkend, wie wir leben müssen.«

Hamza rieb sich das Gesicht. Farid zog an seiner Zigarette und blies den Rauch aus, der sich in der kalten Luft verflüchtigte.

Er wandte sich wieder um und forderte Hamza auf, sich neben ihn zu stellen. Mit der glühenden Zigarette zwischen Mittel- und Zeigefinger deutete er auf das Naturreservat Järvafältet.

»Rinkeby. Tensta. Akalla. Hjulsta. Aus all diesen Orten haben sich junge Männer aufgemacht, um das Kalifat zu bevölkern, und haben alles aufgegeben, um eine Freistatt für die Muslime zu schaffen. Einen Ort, an dem wir so leben können, wie Gott will, dass wir leben. Ein Land, in dem wir nicht länger unterdrückt werden. Die meisten von ihnen sind tot. Sie haben für Gott ihr Leben gelassen. Aber du nicht. Noch nicht. Warum?«

Hamza zuckte mit den Schultern.

»Du bist einer von den Auserwählten. Deshalb haben wir dich nach Hause geholt. Deshalb ist es ausgerechnet dir gelungen, aus der Gefangenschaft der kurdischen Ungeheuer zu fliehen. Damit du uns bei unserem Rachefeldzug helfen kannst. Du wirst ein Schahid sein – niemand verdient das mehr als du.«

»Haben wir nicht längst verloren? Sind wir nicht die Einzigen, die übrig geblieben sind?«, wisperte Hamza.

»Nein«, rief Farid aus. In seine Stimme hatte sich Zorn gemischt. Er führte mit zitternder Hand die Zigarette an die Lippen und nahm einen tiefen Zug. Seine Miene entspannte sich wieder etwas. »Ich verstehe, dass es danach aussieht, aber Gott will uns prüfen. Es ist doch völlig unmöglich, uns zu besiegen. Schließlich sind wir diejenigen, die für seine Ehre, für seine Worte kämpfen.«

Farid zückte sein Mobiltelefon, öffnete den Foto-Ordner und zeigte Hamza das Display. Bilder von toten dunkelhaarigen Kindern. Weinenden Frauen. Kriegsopfern. Die toten Kinder auf den Fotos hätten ebenso gut Amina oder Mazhar sein können. Oder Kinder von Familien, mit denen er in Raqqa Tür an Tür gewohnt hatte. Nachbarn, Freunde, Bekannte. Brüder, denen er sich angeschlossen hatte und die ihr Leben dem Kampf verschrieben hatten.

»Schau dir das an, Hamza. Das hier ist westlicher Friede. Westliche Gerechtigkeit. Und das wollen sie mit allen Muslimen machen, zumindest mit allen, die nicht so leben wollen wie sie. Die sich weigern, die Schwulen zu preisen, und die nicht zulassen, dass die Frauen sich wie Huren auftakeln und dass unser Glaube und unsere Propheten verunglimpft werden.«

Hamza wandte sich ab. Farid schaltete das Display aus und ließ sein Telefon wieder in die Tasche gleiten.

»Du bist ein berüchtigter Krieger, einer der größten. Im ganzen Kalifat erzählen Frauen und Kinder Geschichten über dich und deine Heldentaten. Und weißt du, wo diese Geschichten jetzt erzählt werden? In den Lagern. Wo sie darauf warten, dass wir sie befreien. In Lagern wie Ain Issa und al-Hol. Wo sie Tag für Tag bis zur Selbstaufgabe gedemütigt werden, und das Einzige, was sie noch am Leben hält, ist ihre Hoffnung auf Männer wie dich. Willst du ihnen wirklich sagen, dass wir verloren haben, dass wir sie im Stich lassen? Sie kampflos den Ungläubigen überlassen? Willst du sie aufgeben?«

Hamza schüttelte den Kopf. »Nein.«

Farid hatte recht. Gab es eine Alternative? Zum Arbeitsamt gehen und sich einen Job suchen? Er hatte nicht mal eine Bleibe. Keine Freunde, keine Verpflichtungen.

Farid zündete sich die nächste Zigarette an und schälte sich den Rucksack von den Schultern. Förderte einen Zeitungsausschnitt aus dem Außenfach zutage, in dem es um einen Mann ging.

»Ich will, dass du diese Person recherchierst und gleich heute Abend damit anfängst.«

Hamza las den Namen des Mannes. Er war überrascht, mit einer solchen Aufgabe hatte er nicht gerechnet. Er hatte ein Fußballstadion vor sich gesehen, oder ein Warenhaus. Er machte den Mund auf, um Farid zu fragen, was er damit beabsichtigte, aber der schüttelte nur den Kopf.

»Je weniger du zu diesem Zeitpunkt weißt, desto besser. Dieser Mann, Khenziir, wird sterben. Mehr musst du nicht wissen.«

»Das Schwein. Der Name passt ja.«

Farid nickte. Zog an seiner Zigarette.

»Wann werde ich die anderen treffen?«

»In zwei Tagen, am Montag. Jedenfalls einen von ihnen. Dann wirst du den hier übergeben.«

Farid hielt Hamza den Rucksack hin, der ihn nahm und in der Hand wog.

»Was ist da drinnen?«

»Schau nach, dann wirst du verstehen, warum ich ihn nicht bei mir zu Hause aufbewahren kann.«

Farid trat die Kippe aus, und Hamza zog den Reißverschluss des Rucksacks auf. Als er sah, dass eine Sprengstoffweste darin lag, schlug sein Herz kraftvoller und schneller.

ELF

Axel lag in Simons Zimmer auf dem Teppich, die Hände hinter dem Kopf verschränkt. Er musste schmunzeln. Um ihn herum lagen Spielsachen und Kleider, Fußballposter hingen an den Wänden – Dinge, von denen er nicht mehr geglaubt hatte, dass Simon wieder Verwendung dafür haben würde. Doch nun erschienen sie ihm in einem vollkommen anderen Licht.

Er hatte so dagelegen, seit er aus dem Krankenhaus gekommen war. Ein Blick auf die Uhr verriet ihm, dass es schon halb sechs war. Er musste über vieles nachdenken. Nicht nur über das, was Rebecca von ihrer bevorstehenden Scheidung von Thorsten erzählt hatte. Vor allem musste er sich darüber klar werden, wie er für Simon da sein konnte, wenn er aus dem Krankenhaus entlassen werden würde. Die Ärzte hatten gesagt, dass er wahrscheinlich nicht wieder laufen würde.

Neben der Tür lag eine ungeöffnete Rolle schwarzer Müllsäcke. Axel hatte sie gekauft, als er geglaubt hatte, sein Sohn müsse sterben. Um alles aufzuräumen, die Dinge, deren Anblick er nicht länger ertragen konnte, in den Säcken zu verstauen, sie wegzuwerfen. Nun war er froh, dass er das nicht getan hatte. Simon lebte. Vielleicht, überlegte Axel, sollte er nur die Sachen wegwerfen, die mit Fußball zu tun hatten, damit sein Sohn nicht ständig an seine Träume erinnert werden würde. Aber vielleicht war gerade das verkehrt. Vielleicht sollte er mit Simon später, in ein paar Monaten, nach Barcelona fliegen, um ein anderes Spiel zu sehen?

Wie auch immer – Axel würde alles dafür tun, damit Simon wieder glücklich wurde.

Er wurde aus seinen Gedanken gerissen, als es an der Tür klingelte. Für einen kurzen Moment hoffte er, es wäre Rebecca. Möglich, dass sie traurig war oder jemanden zum Reden brauchte. Er eilte im Laufschritt durch die Wohnung, drückte die Stirn gegen die Tür und spähte durch den Spion. Aber nicht Rebecca, sondern Nicolas Paredes hatte geklingelt. Der Mann, der für Johan Karlström arbeitete.

Axel beobachtete, wie er ein zweites Mal auf den Klingelknopf drückte. Er musste gehört haben, dass Axel sich in der Wohnung aufhielt. Was wollte er hier? Er sah weder bedrohlich noch verärgert aus. Und er hatte ihn davonkommen lassen, nachdem er von Simon erzählt hatte.

Axel legte zögernd eine Hand auf die Klinke und ließ ein paar Sekunden verstreichen, ehe er aufschloss und die Tür aufmachte.

»Danke«, sagte Nicolas.

»Was machen Sie hier?«

»Ich muss mit Ihnen reden.«

»Worüber?«, wollte Axel wissen und überlegte, ob er einen Fehler gemacht hatte. Hatte Johan Karlström ihn geschickt, damit er ihm drohte?

»Darf ich reinkommen? Ich will wirklich nur mit Ihnen reden. Mehr nicht.«

Axel trat zur Seite. Als der Mann sich bückte, zuckte Axel zurück.

»Draußen ist es ganz schön nass«, sagte er und zog sich die Schuhe aus. »Ich will hier nicht alles dreckig machen.«

Axel bat ihn ins Wohnzimmer. Simons Zimmertür stand offen, und Nicolas warf einen Blick hinein.

»Ihr Sohn mag Fußball?«

»Es gibt nichts, was er lieber mag.«

»Wie geht es ihm denn?«

»Er ist wach und er spricht.«

Axel musste unwillkürlich lächeln, und der Mann wirkte aufrichtig erleichtert.

»Das freut mich zu hören.«

Axel deutete auf die Sitzgruppe im Wohnzimmer, und Nicolas Paredes nahm Platz, während Axel den Sessel in Beschlag nahm. Er war weder nervös noch ängstlich. Es war seltsam, dachte er, aber der Mann auf seinem Sofa hatte etwas Freundliches, Sanftmütiges an sich. Obwohl er ganz offensichtlich vor Gewalt nicht zurückschreckte, schien er kein mieses Schwein zu sein.

»Vielleicht sollte ich vorausschicken, dass ich nicht mehr für Johan Karlström arbeite«, begann er und stützte sich auf die Armlehne. »Aber um seine Familie mache ich mir Sorgen. Ich glaube, er ist in irgendwas verwickelt, das ihre Sicherheit gefährdet.«

Als Axel nichts darauf erwiderte, fuhr er mit den Fingern über den robusten Stoff.

»Seine Familie hat damit nichts zu tun. Und ich denke, dass Sie etwas gesehen haben könnten, schließlich haben Sie die letzten Wochen ein Auge auf ihn gehabt. Wissen Sie, wer ihn erpresst und warum? Dass die Information von Ihnen kommt, behalte ich natürlich für mich. Ehrenwort.«

Axels Blick flackerte unstet, er benetzte die Lippen.

»Sie wissen doch was, oder?«

Axel rang mit sich. Er hatte so viel er konnte über Johan Karlström herausfinden wollen in der Hoffnung, etwas gegen ihn verwenden zu können. Und er hatte eine ganze Menge gefunden. Aber Nicolas hatte recht, seine Familie war unschuldig.

»Und Sie halten mich wirklich aus der Sache raus?«

»Ja.«

Axel nickte nachdenklich.

»Johan hat Geld gewaschen, horrende Summen, über Gambler.«

»Wie das?«

»Gambler betreibt Online-Casinos, über den ganzen Globus verstreut. Und sie sind einer der wenigen Akteure, die das Spiel mit Bitcoins zulassen. Die Krypto-Währung, Sie wissen schon. Unmöglich zurückzuverfolgen, und deshalb wird sie für die Geldwäsche eingesetzt.«

Nicolas Paredes machte eine ausholende Geste.

»Und wie?«

»Über Pokertische. Ein paar Spieler füllen ihr Spielkonto mit Bitcoins auf und verlieren systematisch an einen anderen, der im Vorfeld ausgewählt wurde. Dieser Spieler lässt sich seinen Gewinn zum Beispiel in Dollar auszahlen und gibt den Betrag als Gewinn an. Ta-daaa! Und das Geld ist gewaschen.«

»Aber …«

»Warum er jetzt erpresst wird?«

Nicolas nickte rasch.

»Alle Pokerwebseiten haben ein Warnsystem, damit genau das nicht passiert. Allerdings kann man dieses Warnsystem manuell ausschalten. Johan hat drei Jahre lang seine Techniker auf Malta instruiert, genau das zu tun, und zwar für ganz bestimmte Spieler. Aber vor einem halben Jahr hat er ihnen per Mail mitgeteilt, mit diesem Betrug aufzuhören.«

»Warum hat er das getan?«

»Das weiß ich auch nicht«, entgegnete Axel.

»Aber ab dem Zeitpunkt ging es mit den Drohungen los, oder?«

»Genau.«

Nicolas sah ihn perplex an.

»Und woher wissen Sie das?«

»Ich weiß alles über Johan Karlström.« Axel grinste.

»Wer sind denn die Spieler, die ihre Privilegien einbüßen mussten?«

»Das weiß ich dann doch nicht.«

Axel musste an jenen Abend denken, als er sich vor dem Bank an Johans und Nicolas' Fersen geheftet hatte und die schöne junge Frau gesehen hatte.

»Aber vielleicht habe ich eine Vermutung«, sagte er leise. Nicolas sah ihn mit stechendem Blick an, und Axel erhob sich aus dem Sessel.

»Sie müssen mich zu meinem Auto begleiten.«

ZWÖLF

Die Hovet auf dem Areal der Globen City war bis auf den letzten Platz ausverkauft, und das Publikum machte seinem Unmut über den Schiedsrichter lautstark Luft. Auf dem Eis war das Match zwischen Djurgården Hockey und dem Brynäs IF aus Gävle in vollem Gang. Es stand 2 : 2 im letzten Drittel. Der Geruch der Eisfläche mischte sich mit Bierdunst und dem Duft von Hotdogs. Djurgården hatte eben einen Platzverweis kassiert, und eine Reihe vor Hamza sprang ein Mann in Fanbekleidung auf und zeigte auf das Spielfeld.

»Scheiß-Schiri«, brüllte er.

Die Arena war der perfekte Ort für einen Anschlag, dachte Hamza. Nicht nur bei einem Hockeymatch, sondern auch bei einem der Konzerte, die immer wieder in der Multifunktionshalle stattfanden. Überall gab es Kameras, ein Spiel wie dieses wurde live im Fernsehen übertragen. Das Attentat würde gefilmt und weltweit in den Nachrichtensendungen ausgestrahlt werden. Würde Schläferzellen in ganz Europa wecken und all denen Mut machen, die stumm der Dinge harrten.

Die Kontrollen an den Eingängen waren nachlässig gewesen, der Sicherheitsdienst hatte die Tasche nur oberflächlich durchsucht, die Hamza zu Testzwecken mitgenommen hatte. So gesehen, hätte er eigentlich auch darauf verzichten können, den Rucksack in der Wohnung am Lappkärrsberget abzuladen. Ein älterer Mann in neongelber Warnweste hatte ihn gefragt, ob er Alkohol dabeihabe. Hamza hatte den Kopf geschüttelt. Der Mann hatte die Tasche aufgemacht, kurz die Sportklamotten gemustert und ihn gelangweilt durchgewunken.

Hamza heftete seinen Blick wieder auf die Eisfläche. Die Wendigkeit und Leichtigkeit der Spieler auf ihren Schlittschuhkufen faszinierten ihn. Schon als kleiner Junge hatte er Eishockey geliebt. Viel mehr als Fußball, was alle anderen Jungs auf Skärholmen gespielt hatten.

Er hatte seinem Vater in den Ohren gelegen, er wolle in einem Verein spielen, doch der hatte sich jahrelang geweigert. Die Ausrüstung war zu teuer gewesen.

»Nur Schweden spielen Eishockey. Und die Schweden hassen dich. Warum soll ich dafür bezahlen, dass du dich lächerlich machst?«, hatte er gesagt.

Doch nach einer Weile hatte sein Vater nachgegeben. Hatte Hamza im Secondhand-Laden mit einem Paar rostiger Schlittschuhe und mindestens zehn Jahre alten Schulter- und Beinschützern ausgestattet. Nach der Schule war Hamza mit dem Bus zur Freiluft-Eisfläche nach Huddinge gefahren, vor Aufregung völlig aufgelöst. Aber schon in der Umkleide lachten die anderen Jungs der Mannschaft, die ausnahmslos Schweden waren, über seine Ausrüstung. Und was so leicht und einfach ausgesehen hatte, war in Wirklichkeit ein Ding der Unmöglichkeit.

Hamza schleppte sich über das spiegelglatte Eis, stürzte und stand wieder auf. Stürzte erneut. Die Trainer schüttelten die Köpfe, und am Ende der Stunde stützte er sich auf die Bande, mit brennenden Tränen in den Augen.

Er sah ein, dass sein Vater recht gehabt hatte. Dennoch brachte er es nicht über sich, zu Hause die Wahrheit zu erzählen. In den darauffolgenden Monaten packte Hamza jeden Dienstag und Donnerstag seine Ausrüstung zusammen und strich auf Skärholmen durch die Wälder. Hielt sich von zu Hause fern, damit sein Vater glaubte, er wäre beim Training. Teils aus Angst vor Schlägen, weil er das Geld seiner Eltern verprasste, teils weil er seinem Vater nicht recht geben wollte.

Hamza fuhr zusammen, als das Publikum zu toben begann. Auf dem Eis fiel sich die Mannschaft von Djurgården in den blauen Trikots vor Freude über ihren 3 : 2-Sieg in die Arme. Auf dem Screen über dem Spielfeld erschien ein Bild der VIP-Loge. Die Kamera zoomte an Khenziir heran – der Mann, der sterben sollte –, als er die Faust in der Luft ballte. Hamza drehte sich um und konnte gerade noch erkennen, wie er in der Loge im Stehen applaudierte, von Bodyguards in Anzügen umringt. Khenziir schlug mit einem der anderen Gäste ein. Hamza entschuldigte sich bei seinen Sitznachbarn und steuerte auf einen der Ausgänge zu.

Seine Gedanken gerieten in Bewegung. Er hatte Stig gegenüber ein schlechtes Gewissen. Warum konnte er dem alten Mann nicht diesen einen letzten Gefallen tun? Farid und die anderen würden bestimmt nichts dagegen haben. Stig war der Einzige, der immer für ihn da gewesen war.

Wenn er seine Tochter noch ein letztes Mal sehen wollte, dann lag es in Hamzas Hand, das zu ermöglichen – und war es nicht ohnehin Hamzas Pflicht, ihm als Muslim und als Mitmensch beizustehen? Stig war kein Imperialist, keiner von den Abtrünnigen, die Muslime unterdrückten und demütigten. Im Gegenteil, der alte Mann hatte stets versucht, alles richtig zu machen. Jeden gerecht zu behandeln. Völlig ungeachtet ihrer Herkunft. Wenn mehr Menschen so wären wie Stig, wäre Schweden ein besseres Land.

Hamza zückte sein Mobiltelefon. Er wusste Stigs Festnetznummer noch immer auswendig. Manchmal hatte er ihn angerufen, wenn er zu lange allein durch das Wäldchen gestromert und ihm kalt geworden war. Stig hatte ihn kein einziges Mal fortgeschickt und versprochen, niemandem zu verraten, dass aus dem Hockeytraining nichts geworden war.

Übermorgen, am Montag, würde er Stig zu Petra fahren. Wenn sie zeitig in Stockholm aufbrachen, würde er rechtzeitig zum Abend wieder zurück sein, um die Sprengstoffweste zu übergeben.

Farid würde nichts davon erfahren. Der Anschlag wurde dadurch nicht gefährdet, und Hamza würde in Frieden sterben können, mit dem Wissen, dass er seine Schuldigkeit getan hatte.

DREIZEHN

Nicolas und Axel waren ins Wohnzimmer zurückgekehrt, nachdem sie die Dashcam geholt hatten. Axel setzte sich mit dem Laptop in den Sessel und legte die Speicherkarte der Kamera ein. Der Desktop-Hintergrund zeigte eine Frau mit einem kleinen Kind auf dem Arm.

»Ist das Simon mit seiner Mutter?«, fragte Nicolas.

Axel nickte.

»Rebecca.«

Dem Tonfall entnahm Nicolas, dass Axel nicht gerne über sie sprach. Ihm war aufgefallen, dass es keinerlei Anzeichen dafür gab, dass außer Axel und Simon noch jemand hier in dieser Wohnung lebte.

Axel war eigen, aber sympathisch. Nicolas empfand Mitgefühl für den leicht verpeilten, stotternden Mann, dessen Motorik ganz augenscheinlich eingeschränkt war. Umso mehr überraschte es ihn, Axels Finger über die Tastatur fliegen zu sehen. Er hatte noch nie jemanden so flink mit einem Rechner umgehen sehen. Es war, als würde er einem Konzertpianisten zusehen.

Nach wenigen Sekunden öffnete sich ein neues Fenster auf dem Bildschirm, das eine Straße zeigte, bei Dunkelheit.

»Das ist also von dem Abend, als Sie uns vom Bank nachgefahren sind?«, wollte Nicolas wissen.

»Sie hatten gerade die Frau in der Banérgatan abgesetzt.«

Nicolas beugte sich über den Bildschirm.

»Da. Sehen Sie.« Axel stoppte das Video, und Nicolas erkannte Molly. Sie sprach mit einem Mann.

»Warten Sie, der Mann ist gleich besser zu sehen.« Axel ließ den Clip weiterlaufen, und das Bild begann, sich wieder zu bewegen.

Der Mann ging direkt am Auto vorbei.

Axel reduzierte die Wiedergabegeschwindigkeit, und nun konnte Nicolas den Mann, mit dem Molly geredet hatte, einwandfrei erkennen. Nicolas wusste sofort, wer er war.

TEIL VI

EINS

Es war halb acht Uhr morgens, als Vanessa und Mikael Kask in dessen pedantisch aufgeräumtem Büro im Präsidium auf Kungsholmen zusammensaßen. Ein paar Tage noch, dann brach der Dezember an, die Sonne war noch nicht aufgegangen, und vor den Fenstern war es finster und unwirtlich.

Vanessa hatte sich einen Kaffee im Pappbecher mitgebracht, während Mikael mit geröteten Augen seinen Selleriesaft austrank und sich anschließend dem Becher mit dampfendem Kaffee widmete, der auf seinem Schreibtisch stand.

Sabina Haddad war untergetaucht, berichtete er. Man hatte ihre Wohnung nach dem Übergriff auf Vanessa das gesamte Wochenende lang observiert. Sämtliche Streifen hatten Sabinas Personenbeschreibung, sie war zur Fahndung ausgeschrieben. Ihr Mobiltelefon oder zumindest die Nummer, die ihr zugeordnet werden konnte, war nicht erreichbar.

Die Stiche an ihrem Hinterkopf juckten. Vanessa fühlte sich noch immer benommen, auch wenn der schlimmste Kopfschmerz nachgelassen hatte.

»Und der Einzelverbindungsnachweis? Wissen wir, wen sie angerufen hat?«

Mikael schüttelte den Kopf.

»Ihr Handy hat sich seit Freitag um 15 Uhr nicht mehr ins Netz eingewählt. Weder für eingehende noch ausgehende Gespräche.«

»Dann hat sie zwei Handys. Ich habe gesehen, wie sie jemanden angerufen hat.« Vanessa unterbrach sich, dann fuhr sie fort: »Als ich bei ihr zu Hause war, haben wir in der Küche Tee getrunken, und da habe ich ein Handy gehört. Es war aber nicht das, was auf dem Küchentisch lag, und meins auch nicht.«

Mikael trommelte mit den Fingern auf die Tischplatte.

»Ich will dich zurück im Team«, verkündete er. »Was du durch deine privaten Nachforschungen herausgefunden hast, kann uns durchaus von Nutzen sein.«

»Dann bist du nicht mehr sauer auf mich?«

»Das ist vergessen. Dein Verdacht gegen Sabina ist ja offenbar begründet.«

Vanessa war perplex. Sie hatte Mikael für einen Paragrafenreiter gehalten. Stets überkorrekt und vorschriftsmäßig. Vielleicht hatte die Arbeit mit Trude ihn verändert.

»Und was machen wir jetzt mit Sabina?«, fragte sie.

»Die Spurensicherung durchsucht ihre Wohnung nach DNA-Proben, und dann gleichen wir die Daten mit den Kollegen in Frankreich und Belgien ab. Die Unterlagen der Einwanderungsbehörde sind nicht immer verlässlich, wie du weißt, erst recht nicht, falls sie mit gefälschtem Pass eingereist ist.«

»Sehr gut«, stimmte sie ihm zu. »Wo ist Samer?«

»Er hat gestern angerufen und sich krankgemeldet. Ich habe ihm gesagt, er soll heute zu Hause bleiben.«

Während Vanessa ihren Kaffee austrank, dachte sie über Samer nach. Sie wurde das Gefühl nicht los, dass irgendetwas mit ihm nicht stimmte. Wie hatte er so schnell auftauchen können, nachdem sie niedergeschlagen worden war? Natürlich könnte es tatsächlich so sein, wie er gesagt hatte – dass er die Menschentraube um sie herum entdeckt hatte und herbeigeeilt war. Aber warum hatte er sich dann nicht wie vereinbart gemeldet, als er am Odenplan ankam?

Sie überlegte, ob sie Mikael von ihrer Unterhaltung mit Hanna Jackson und Samers mutmaßlichem Umgang mit Extremisten in Malmö erzählen sollte. Um Zeit zu schinden, drückte sie ihren Pappbecher umständlich in den überfüllten Papierkorb unter Mikaels Schreibtisch. Dann beschloss sie, diese Information bis auf Weiteres für sich zu behalten und der Sache selbst auf den Grund zu gehen. Die Situation war zu heikel, um sie auf sich beruhen zu lassen.

»Was hast du jetzt vor?«, wollte Mikael wissen, als Vanessa sich erhob.

»Ich muss mit Trude reden«, entgegnete sie und verließ sein Büro.

Trude wartete vor dem Amtsgericht auf Vanessa. Nach einer kurzen Begrüßung beschlossen sie, eine kleine Runde im Kronobergspark zu drehen.

Es war inzwischen heller geworden, und unausgeschlafene Stockholmer hasteten auf dem Weg zur Arbeit an ihnen vorbei. Vanessa hatte ein ungutes Gefühl wegen Samers Krankmeldung.

»Ich brauche die GPS-Daten der Dienstfahrzeuge vom Dezernat für Kapitaldelikte.«

»Dann loggst du dich am besten ins Storm ein und schaust nach.«

»Ja, schon«, entgegnete Vanessa zögerlich. »Aber ich werde auch jemanden brauchen, der mich vom Computer aus lotst.«

Trude blieb stehen und wandte sich Vanessa zu. Eine Vorschulklasse in neongelben Westen trottete in Zweierreihen an ihnen vorüber, und Trude wartete, bis sie weitergegangen waren.

»Worum geht es denn?«

»Um Samer. Er hat sich für heute krankgemeldet, aber hat einen Wagen zu Hause, weil er Bereitschaft hatte. Er ist ja eigentlich bei den Kapitaldelikten und hilft bei der Mordkommission nur aus. Wenn er das Auto benutzt, würde ich gerne wissen, wo er hinfährt.«

Trude runzelte die Stirn.

»Ich habe da was erfahren und möchte die Sache gerne überprüfen, nur um sicherzugehen«, sagte Vanessa.

»Musst wirklich du das machen?«

»Ich weiß, das klingt komisch, aber wenn ich falschliege, stehe ich wie der letzte Idiot da und habe ihn außerdem auf eine ziemlich hinterhältige Art verdächtigt. Vermutlich irre ich mich eh.«

Vanessa reichte ihr einen Zettel mit ihren Login-Daten für die Datenbank Storm sowie dem Zahlencode für den Funk in Samers Wagen.

Trude warf einen hastigen Blick auf den Zettel, nickte und ließ ihn in ihrer Tasche verschwinden. Vanessa fiel ein, dass sie noch eine weitere Frage klären musste. Samer kannte ihr Auto. Sie förderte die Schlüssel zu ihrem BMW zutage und hielt sie Trude vor die Nase.

»Können wir tauschen?«

ZWEI Sie waren gerade an Jönköping vorbei und näherten sich laut Hamzas Karten-App der Klinik, in der Stigs Tochter wohnte.

Er hatte penibel auf die Geschwindigkeitsbegrenzungen geachtet, um nicht von der Polizei aufgehalten zu werden. Den Rucksack, den er von Farid bekommen hatte, hatte er in Stigs Wohnung deponiert, weil er es nicht mehr rechtzeitig zurück nach Lappkärrsberget schaffen würde, um ihn am Abend in Kungens Kurva in der Nähe des Ikea zu übergeben.

Stig trug ein weißes Hemd und ein verschlissenes braunes Jackett, hatte die Haare mit Wasser gekämmt. Er war gut aufgelegt und hörte gar nicht mehr auf, Hamza dafür zu danken, dass er sich die Zeit genommen hatte.

»Du weißt gar nicht, wie viel mir das bedeutet, Hamza.« Stig strich über das eingeschlagene Geschenk für seine Tochter.

»Was schenkst du ihr denn?«, wollte Hamza wissen.

»Oh, nichts Besonderes. Nur eine gerahmte Fotografie von der Familie. Dann kann sie sich an das erinnern, was mal war«, erklärte Stig stolz.

Hamza besaß keine Fotos von seinen Kindern. Der Krieg hatte alles zerstört. In den ersten Monaten nach Mazhars und Aminas Tod hatte er befürchtet, ihre Gesichter würden allmählich verblassen, bis er sich überhaupt nicht mehr an sie erinnerte. Inzwischen wusste er, dass er gar nicht mehr so lange am Leben sein würde, um sie zu vergessen.

Sie bogen von der Landstraße ab, Hamza drosselte das Tempo und versicherte sich mit einem Blick auf sein Handy, dass sie richtig waren.

Kurz darauf ragte ein imposantes Gebäude aus rotem Backstein vor ihnen auf. Sie fuhren durch das Tor und erreichten eine geteerte Parkfläche. Hamza biss die Zähne zusammen und schielte verstohlen zu der Anzeige auf dem Armaturenbrett. 11:25 Uhr. Er würde rechtzeitig zurück sein. Und sich hoffentlich besser fühlen; die Gewissensbisse, die an ihm genagt hatten, würden verschwinden.

Sie stiegen aus, querten den Parkplatz und steuerten auf den Eingang zu.

Stig ging ungeduldig ein paar Schritte vor Hamza her, das Geschenk unter den Arm geklemmt. Hinter der Glastür befand sich ein Empfangstresen, von dem eine Frau mit Kurzhaarfrisur aufblickte.

Stig nannte seinen Namen, und Hamza ließ sich auf dem Besuchersofa nieder.

Er blickte zur Decke, konnte aber keine Überwachungskameras finden. Es spielte ohnehin keine Rolle, ob sein Besuch aufgezeichnet wurde. Wenn die Polizei und die Säpo die Aufnahmen zu Gesicht bekämen, wäre er im wahrsten Sinne des Wortes eh ein toter Mann.

Während die Rezeptionistin Stigs Namen ins System eingab, drehte er sich um, strahlte übers ganze Gesicht und reckte Hamza den Daumen entgegen.

DREI Die vergangenen Stunden hatte Vanessa damit zugebracht, sich in die Ermittlungsakten einzulesen. Das Material war sehr umfangreich, aber wie sie bereits festgestellt hatte, waren die Ermittler ausschließlich auf Rikard Olsson fixiert gewesen. Auch wenn ihr Fokus streckenweise nachvollziehbar war angesichts der Drohungen, die Olsson erhalten hatte, fand sie es fahrlässig, alle anderen Theorien außer Acht zu lassen.

Vanessa hatte sich eben ihre Jacke gegriffen und war mit dem Fahrstuhl auf dem Weg nach unten, um im Ciao Ciao in der Hantverkargatan zu Mittag zu essen, als Trude sie anrief. Vanessa war so in die Akten vertieft gewesen, dass sie gar nicht mehr an die Unterhaltung im Kronobergsparken gedacht hatte.

»Samer hat sich in Bewegung gesetzt.«

Vanessa klopfte ihre Jackentaschen nach dem Schlüssel von Trudes Alfa Romeo ab.

»Wo muss ich hin?«

»Er hat die E4 Richtung Süden genommen. Jetzt ist er ungefähr auf der Höhe von Alby.«

»Ich melde mich von unterwegs wieder. Ruf mich an, wenn er die Richtung wechselt.«

Eineinhalb Stunden später war Vanessa von der Autobahn abgefahren und hatte das Zentrum von Nyköping erreicht. Ihr knurrte der Magen, seit dem Frühstück hatte sie nichts mehr gegessen.

Sie parkte Trudes Alfa in der Hospitalsgatan auf Höhe der Nikolaikirche und ertappte sich bei der Frage, ob sie nach Natasjas Lügen jemals wieder jemandem vertrauen könnte. Ob sie für den Rest ihres Lebens jedem Menschen unterstellen würde, sich für eine andere Person auszugeben als die, die er war. Sie wollte nicht so werden, aber sie wusste nicht, was sie dagegen tun sollte.

Vanessa verscheuchte ihre Gedanken, stieg aus und schlug den Weg Richtung Stortorget ein. Kaum jemand war unterwegs, auf einer Bank saßen ein paar Sozialhilfeempfänger und ließen eine Flasche kreisen, eine Frau eilte vorüber.

Vanessa kam an einem Tapasrestaurant vorbei und blieb gegenüber von einem ockerfarbenen Backsteinbau stehen, in der die Philadelphia-Gemeinde untergebracht war. Im Erdgeschoss gab es ein Lokal namens Essplatz. Rechts, auf dem Parkplatz, stand die Zivilstreife, mit der Samer hergekommen war.

Von ihrer Position an der Straßenecke versuchte Vanessa, ihn zu erspähen, als ihr Telefon klingelte.

Sie trat ein paar Schritte zurück, damit man sie vom Restaurant aus nicht sehen konnte, und drückte ihr iPhone ans Ohr.

»Was gibt's?«, fragte sie irritiert.

»Montagsangst?« Mikael Kask gluckste. »Heute Morgen warst du noch ziemlich froh, wieder dabei zu sein.«

Vanessa stellte sich so, dass sie das Lokal wieder im Blick hatte.

»Möglich. Ist es dringend?«

»Kann man so sagen. Wo bist du denn?«

Vanessa wollte keine Einzelheiten preisgeben, aber auch nicht lügen.

»Vor dem Essplatz.«

»Eine neue Lunchadresse? Kenne ich gar nicht.«

»Mikael, was willst du?«

Ein Bus stoppte an der Haltestelle und versperrte die Sicht. Als er weiterfuhr, erspähte sie Samer im Inneren des Lokals, er saß am Fenster. Für einen Moment glaubte Vanessa, er habe sie entdeckt, doch dann wandte er sich wieder seinem Gegenüber zu.

»Vanessa, bist du noch dran?«

Sie drückte den Anruf weg.

An Samers Tisch saß eine dunkelhaarige Frau, den Rücken zur Straße.

Vanessa konnte ihr Gesicht nicht sehen, aber Frisur und Statur nach zu urteilen, wusste sie, wer die Frau war.

Sabina Haddad.

VIER Molly öffnete die Tür und trat auf die Banérgatan hinaus. Eine graue Wolkendecke hing über der Stadt, es ging ein eisiger Wind. Die Temperaturen waren gesunken, und den Meteorologen von TV4 zufolge würde es gegen Abend schneien. Sie ging Richtung Strandvägen und über die Djurgårdsbron.

Seit Tagen hatte sie sich jedes Mal verfolgt gefühlt, wenn sie ihre Wohnung verließ, hatte das aber als reine Paranoia abgetan. Sie zog den Reißverschluss ihrer schwarzen Fjällrävenjacke zu bis zum Kinn und stülpte sich die Kapuze über. Thomas hatte sich bislang nicht gemeldet und ihr lediglich aufgetragen, sie solle zu Hause bleiben und auf seinen Anruf warten. Vermutlich würde der schon gegen Ende der Woche kommen. Am Nordiska museet hielt sie sich links, umrundete das Restaurant Josefina und spazierte am Ufer entlang. Auf dem Weg begegneten ihr fast nur Hausfrauen in Laufkleidung. Molly überlegte, ob sie ihren Vater anrufen solle, um zu fragen, wie es ihm ging, damit er wusste, dass sie an ihn dachte, aber sie entschied sich dafür, sich erst wieder bei ihm zu melden, wenn die ganze Sache ausgestanden war.

Sie hörte Schritte hinter sich und musste sich ganz umdrehen, weil die Kapuze ihr die Sicht nahm. Ein Mann joggte an ihr vorbei. Er lief schnell, und sie atmete erleichtert aus. Sie brauchte jemanden zum Reden, eine Ablenkung. Sie schaltete ihre Ohrhörer ein und rief Didrik an. Das Freizeichen ging ins Leere, er nahm nicht ab. Es gab sonst niemanden, den sie anrufen konnte, dachte sie bedrückt. Sie war einsam. Die letzten Jahre hatte sie damit zugebracht, zu fliehen – vor Städten, Menschen und Beziehungen, sobald ihr jemand die geringste emotionale Anstrengung abverlangte. Aber vor der Einsamkeit konnte sie nicht fliehen.

Wieder hörte sie Schritte hinter sich.

»Molly.«

Sie fuhr herum. Es dauerte ein paar Sekunden, bis sie ihn wiedererkannte. Johan Karlströms Bodyguard, der vor dem Bank gewartet und sie dann nach Hause gefahren hatte. Er trug einen dunklen Parka mit Kapuze.

Er trat einen Schritt auf sie zu.

»Ich weiß nicht, ob Sie sich noch an mich erinnern, ich heiße Nicolas, Johan Karlström war mein Chef.«

»War?«

Er nickte kaum merklich.

»Ich habe gekündigt. Aber ich muss mit Ihnen reden.«

Molly schielte an ihm vorbei, konnte jedoch sonst niemanden entdecken. Er musste ihre Gedanken erraten haben, denn er lächelte.

»Wir sind unbeobachtet. Ich habe darauf geachtet, seit Sie das Haus verlassen haben.«

»Was wollen Sie von mir?«

»Es geht um das Mobiltelefon, das Sie Johan entwendet haben. Ich will wissen, warum Sie das getan haben.«

Molly wandte sich ab und ging weiter, aber er holte sie ein und lief neben ihr her. Sie passierten zwei Frauen, die ihnen entgegenkamen.

»Werden Sie erpresst?«, fragte er, als sie vorbeigegangen waren. »Oder wovor haben Sie Angst?«

»Lassen Sie mich in Ruhe.«

»Ich will Ihnen nur helfen.«

Sie kniff die Lippen zusammen und wurde schneller.

»Ich war einen Tag nach Ihrem Treffen mit Johan bei Ihnen zu Hause, um das Handy zu suchen. Ein Mann war dort. Ich weiß nicht, worin Sie da verwickelt sind, aber ich mache mir wirklich Sorgen um Sie und um Johans Familie. Er hat eine Frau und einen Sohn, die in Gefahr sein könnten. Genau wie Sie.«

Molly blieb abrupt stehen.

»Was haben Sie in meiner Wohnung gewollt?«

Er schob eine Hand in die Tasche und hielt Molly ein Blatt Papier hin. Der Ausdruck zeigte sie zusammen mit Thomas vor ihrem Hauseingang, in derselben Nacht, in der sie das Telefon übergeben hatte. In ihr stieg Panik auf.

Molly musste sich zwingen, die Ruhe zu bewahren.

»Wer ist das?«, wollte Nicolas wissen. »Für wen arbeitet dieser Mann? Bedroht er Sie?«

Molly sah ihm in die Augen.

»Wenn Sie mich nicht in Ruhe lassen, schreie ich um Hilfe«, sagte sie leise und setzte sich wieder in Bewegung.

»Warten Sie.« Er schloss wieder zu ihr auf, während er einen Stift und einen alten Kassenbon aus der Hosentasche kramte. Hektisch schrieb er etwas darauf und gab Molly den Zettel. »Meine Nummer, falls Sie mich erreichen müssen.«

FÜNF Vanessa kauerte sich hinter ein Auto, um nicht entdeckt zu werden. Sie überlegte, den Alfa Romeo zu holen. Wenn Trude sie lotste, könnte sie den beiden in großem Abstand folgen, ohne sie zu verlieren. Das war vermutlich die richtige Strategie. Sabinas Versteck finden und es observieren lassen, um herauszufinden, was da eigentlich lief und mit wem sie sich traf. Vanessa richtete sich auf, spähte zum Lokal hinüber und spürte, wie ihr Herz einen Satz machte, weil Samer und Sabina verschwunden waren. Sie blickte zur Eingangstür und sah die beiden herauskommen.

Aber irgendetwas stimmte da nicht.

Sie ging näher heran. Samer und die Frau steuerten auf die Zivilstreife zu und unterhielten sich angeregt. Sie war im gleichen Alter, hatte die gleiche Haarfarbe und war auch so groß wie Sabina – aber war sie es wirklich? Vanessa beschlichen immer mehr Zweifel. Sie heftete sich auf der gegenüberliegenden Straßenseite an ihre Fersen. Als die Frau sich Samer zuwandte und die Arme um ihn schlang, konnte Vanessa ihr Gesicht kurz sehen.

Das war nicht Sabina. Aber mit wem war Samer so vertraut? Vanessa drehte sich um und eilte Richtung Nikolaikirche zurück.

Vom Auto aus rief sie Trude an, erkundigte sich nach Samers Position und erfuhr, dass die Streife langsam in östlicher Richtung durch Nyköping fuhr und sich aktuell beim Gripsholmsparken befand. Ohne Hast nahm Vanessa die Verfolgung auf. Sie war erleichtert, auch wenn sie Samers Ausflug noch immer merkwürdig fand. Trotz allem war seine Krankmeldung eine Lüge, außerdem nutzte er einen Dienstwagen für einen privaten Anlass. War den ganzen Weg bis nach Nyköping gefahren. Und er hatte nie etwas von einer Frau in seinem Leben erzählt. Nicht, dass er Vanessa gegenüber dazu verpflichtet gewesen wäre, aber sein Verhalten kam ihr dennoch verdächtig vor. Sie erwog, wieder nach Stockholm zurückzufahren und ihn später damit zu konfrontieren, aber sie wollte zumindest sehen, wohin sie fuhren.

Ihr iPhone pingte.

Jupitervägen 39 erschien auf dem Display. Vanessa gab die Adresse in die Karten-App auf ihrem Handy ein und trat das Gaspedal durch.

Flache gelbe Wohnkomplexe mit Balkonen säumten die Straße, schlammige Rasenflächen und kahle Hecken umgaben die Grundstücke. Samers Wagen stach ihr ins Auge. Sie prüfte mit einem Blick in den Seitenspiegel, dass niemand hinter ihr herfuhr, und glitt rückwärts in eine Parklücke, vier Autos hinter der Streife.

Zwanzig Minuten später kam Samer aus der Wohnanlage.

Ehe er in den Wagen stieg, drehte er sich um und winkte in Richtung eines der verglasten Balkone. Im zweiten Stock erkannte Vanessa die Frau vom Essplatz.

Sie startete den Motor, fuhr vor und hielt auf der Straße, sodass Samer nicht ausparken konnte. Er musterte sie überrascht. Vanessa ließ die Seitenscheibe herunter, und kurz darauf tat Samer es ihr gleich.

»Was machst du denn hier?«, fragte er nervös.

»Mir war heute Morgen nicht so gut, und ich habe gehört, dass die Luft in Södermanland da reinste Wunder bewirken soll.«

Samer wurde rot.

Ein Auto bremste hinter Vanessa, der Fahrer gestikulierte wütend.

»Warte, ich komme gleich«, sagte sie und fuhr in eine Parklücke ein Stück weiter vorn. Sie stieg aus, lief wieder zurück und ließ sich auf den Beifahrersitz fallen. Im Wagen duftete es intensiv nach maskulinem Eau de Toilette.

»Ich bin wirklich krank«, begann er.

Erst jetzt fiel Vanessa auf, dass er sich hübsch gemacht hatte. Unter der offenen Jacke trug er ein Hemd, und er war frisch rasiert, nur ein kleines dunkles Dreieck am Kinn hatte er stehen lassen. Seine schwarze Haarpracht war ordentlich gekämmt.

»Das sehe ich. War die Niesattacke so heftig, dass dir der Schnurrbart auf die Unterlippe gerutscht ist?«

»Was meinst du damit?«

Vanessa deutete mit dem Zeigefinger auf ihr Kinn. Samer lachte. Dann verstummten sie.

»Wer ist sie?«, fragte Vanessa dann.

»Wer?«

»Die Frau auf dem Balkon, Romeo.«

Samer legte die Hände aufs Lenkrad und seufzte.

»Sie heißt Noor.«

»Und warum die Heimlichtuerei?«

»Weil ihr Bruder nach ihr sucht.«

Plötzlich ahnte Vanessa, was es mit dem Versteckspiel auf sich hatte. Sie dachte an ihr Gespräch mit Hanna Jackson. Im Anschluss daran hatte sie den Namen des Dschihadisten nachgeschaut.

»Heißt ihr Bruder zufällig Hassan Jaber?«, wollte sie wissen.

Samer starrte Vanessa an.

»Woher weißt du das?«

Vanessa bedachte ihn mit einem feinen Lächeln. Er drückte den Rücken durch.

»Okay. Ich bin Schiit, sie ist Sunnitin. Hassan ist IS-Rückkehrer und war mein bester Freund, bis er angefangen hat, in mir einen Feind zu sehen. Die radikalen Sunniten hassen die Schiiten, und als er nach seiner Rückkehr erfuhr, dass seine Schwester sich in mich verliebt hatte, musste sie aus Malmö flüchten.«

Er warf einen Blick nach oben zu ihrem Balkon, doch Noor war nicht mehr da.

»Ich habe versucht, mit ihm zu reden, ihn zur Vernunft zu bringen. Aber keine Chance. Er ist wie vernagelt vor lauter Hass. Er hat gesagt, dass er ihr die Kehle durchschneidet. Seine Familie hat ihm den Rücken gekehrt, aber für Noor war es das Sicherste, hierherzuziehen. In Malmö wird sie nie sicher sein, solange Hassan lebt.«

SECHS

Hamza war mit in Stigs Wohnung gegangen, um den Rucksack zu holen, den er in Kungens kurva übergeben sollte.

Während der Rückfahrt nach Stockholm war Stig ungewöhnlich wortkarg und in sich gekehrt gewesen. Er hatte darauf bestanden, für die Benzinkosten aufzukommen, doch Hamza hatte rundweg abgelehnt. Nun stand er in Hut und Mantel in der Diele.

»Entschuldige, dass ich so schweigsam war auf der Fahrt.«

»War es schwer für dich, Petra zu besuchen?«

Stig nickte.

»Ich freue mich, dass ich sie wiedergesehen habe, aber es war irgendwie auch hart in der Klinik. Sie ist nicht sie selbst.«

Hamza legte dem alten Mann eine Hand auf die Schulter.

»Sie hat sich bestimmt gefreut, glaub mir. Ich hätte mich jedenfalls gefreut, wenn mein Vater aufgetaucht wäre.«

»Ich werde das Gefühl einfach nicht los, dass heute das letzte Mal war, dass ich sie lebend gesehen habe.«

»Das darfst du nicht sagen. Sie kann doch wieder gesund werden. Wunden heilen. Die, die wir in uns tragen, genauso wie die sichtbaren. Die inneren Wunden heilen bloß langsamer.«

Stig lächelte Hamza an.

»Das hast du schön gesagt. Und ich hoffe, du hast recht. Ich will alles tun, damit ich den Tag erlebe, an dem Petra wieder Petra sein kann.«

Hamza schielte zu dem Rucksack auf dem Dielenboden hinüber, dann auf seine Uhr. Er hatte noch eine Stunde bis zur Übergabe, also genügend Zeit, und konnte gemütlich zu Fuß gehen.

»Kann ich mal kurz das Bad benutzen?«

Stig deutete in die entsprechende Richtung und trat zur Seite.

Hamza schloss die Tür hinter sich, machte die Hose auf. Entspannte. Er hatte sich bei Stig revanchiert, seine Schuld getilgt. Er brauchte kein schlechtes Gewissen mehr zu haben.

Er spülte.

Musterte sein Gesicht im Spiegel. Der Anschlag rückte immer näher. Heute Abend würde er sich rasieren. Beten. Sich waschen. Es würde sich komisch anfühlen ohne Bart, aber es war notwendig, um keinen Verdacht auf sich zu lenken.

Nun konnte er sich komplett auf das konzentrieren, was passieren würde, auf die Vergeltung, darauf, die Muslime in aller Welt und in Schweden wachzurütteln.

Er hörte Stig in der Diele auf und ab gehen.

»Du sollst wirklich nicht die Fahrt bezahlen, Hamza. Du hast schon genug getan für mich. Ich lege …«

Hamza zuckte zusammen, stürzte zur Tür und riss sie auf. Aber es war zu spät. Stig beugte sich bereits über den geöffneten Rucksack.

»Was ist …«

Er unterbrach sich. Der alte Mann blickte abwechselnd zwischen Hamza und der Sprengstoffweste, die er in Händen hielt, hin und her.

SIEBEN Vanessa fuhr langsam über die Västerbron Richtung Kungsholmen.

Es war Rushhour, der Verkehr kam nur langsam voran. Ein Auto stand am Straßenrand, der Fahrer hatte anscheinend die Kontrolle verloren, und jetzt stand er ratlos vor der demolierten Motorhaube und wartete auf den Abschleppdienst. Vanessa war nach ihrer Unterhaltung mit Samer erleichtert. Sie fand seine Erklärung glaubwürdig, denn sie stimmte überein mit dem, was sie von Hanna Jackson in Malmö erfahren hatte. Für sie war die Angelegenheit damit erledigt. Ihr Telefon begann zu klingeln, eine unbekannte Nummer.

»Hier ist Kenny, Celines Vater«, meldete sich eine heisere Stimme.

Vanessa schwante nichts Gutes. Wenn Celine etwas passierte, würde die Behörde Kenny informieren und nicht sie. Sie umklammerte das Lenkrad fester.

»Ist was mit Celine?«

»Nein, mach dir keine Sorgen. Ich wollte nur mal hören, ob du Zeit hast?«

Heilfroh atmete Vanessa aus. Und ihre Besorgnis wich der Neugier.

»Wann?«

»So bald wie möglich.«

»Soll Celine mit dabei sein?«

»Nein, ich will mit dir allein reden.«

Vanessa fragte sich, was er wollte, aber beschloss, dass er trotz allem vernünftig klang.

»Ich komme vorbei.«

Es war offensichtlich, dass Kenny Woods sich alle Mühe gegeben hatte, um sich und sein abgewohntes Zimmer in Rysseviken für Vanessas Besuch aufzuhübschen. Das ganze Gerümpel, leere Flaschen, Müll und Klamotten hatte er in einer Ecke aufgehäuft. Er hatte sich geduscht und ein relativ sauberes Sweatshirt mit angetrockneten Essensresten auf Brust und Bauch angezogen. Das Fenster stand sperrangelweit offen, um den Gestank nach Schmutz und Alkohol auszulüften.

»Danke, dass du gekommen bist«, begrüßte er sie.

Er deutete auf einen wackligen Stuhl. Während Vanessa sich setzte, zog er das Fenster wieder zu und ließ sich auf das Bett sinken. Sie war hin- und hergerissen. Das menschliche Wrack vor ihr hatte Celine mehr geschadet als irgendjemand sonst. Sie grün und blau geschlagen. Sie immer wieder für lange Zeiträume sich selbst überlassen. Aber er war Celines Vater. Was er ihr auch angetan hatte, es war eindeutig, dass er sie noch immer liebte.

»Zuallererst will ich mich entschuldigen für mein Benehmen, als ihr letztes Mal hier gewesen seid.«

Vanessa sah ihn ausdruckslos an.

»Bei mir musst du dich nicht entschuldigen. Aber bei deiner Tochter.«

Kenny verzog das Gesicht.

»Ich war nicht immer so.« Er machte eine ausholende Geste und musste sich erst sammeln, ehe er fortfahren konnte. »Irgendwann hatte ich mein Leben völlig gegen die Wand gefahren, und den einzigen Trost hat mir die Flasche gegeben. Alles andere war da zweitrangig, Celine eingeschlossen.«

»Noch ist es nicht zu spät.«

Kenny lächelte traurig.

»Du bist Polizistin, oder? Solche wie mich hast du doch zu Genüge gesehen, und du weißt, dass das nicht wahr ist. Ich habe noch ein paar Monate, höchstens. Ich habe Hepatitis C und Leberzirrhose. Menschen, die so leben wie ich, bringen sich am Schluss einfach um. Wenn du gegangen bist, greife ich gleich wieder zur Flasche. Und das mache ich jeden Tag, bis Samstag. Denn dann kommt der Sonntag, und der Systembolaget hat zu, ich bin hier eingesperrt und versuche zu schlafen, bis wieder Montag ist und ich mit dem Bus zum Systembolaget fahren kann, um mir meine Medizin zu holen.«

Vanessa wusste, dass er recht hatte. Es war sinnlos, ihm etwas vorzumachen. Kenny Wood war unrettbar verloren. Sie sah auf seine zitternden Hände. Schweißperlen standen ihm auf der Stirn. Er presste den Zeigefingernagel in den Daumen.

»Worüber willst du denn mit mir reden?«

»Über Celine. Ich muss wissen, dass du für sie da bist.« Seine Hände zitterten immer heftiger, und er faltete sie.

Kenny war jenseits von Gut und Böse, kein Zweifel.

»Trink doch erst mal was«, sagte sie.

Er seufzte befreit, kam mühsam auf die Füße und schlurfte zu einer Tüte unter dem Fenster. Holte eine grüne Dose Åbro heraus, machte sie gierig auf, legte den Kopf in den Nacken und trank.

»Danke«, sagte er. Er nahm sich eine zweite und kehrte zum Bett zurück. Trocknete sich mit dem Pulliärmel die Stirn.

»Ich bin auch jetzt schon für sie da, sie wohnt bei mir«, erklärte Vanessa. »Ich denke, sie ist ziemlich glücklich.«

Er beugte sich vor und benetzte die Lippen.

»Ich will, dass du dich richtig um sie kümmerst.«

Vanessa runzelte die Stirn, Kenny trank einen großen Schluck Bier. Hustete.

»Ich war heute beim Jugendamt. Wegen der Papiere.« Er erhob sich erneut, ging zu seiner Tüte und nahm einen Plastikhefter heraus. »Ich will das erledigen, bevor es zu spät ist.«

Er reichte Vanessa den Hefter.

»Adoptionsantrag«, las sie laut. Sie blätterte die Unterlagen durch, die Kenny mit kindlicher, krakeliger Handschrift ausgefüllt hatte. Unterschrieben hatte. Nur ihre Unterschrift fehlte, der Rest war Formsache.

Vanessa war wie vom Donner gerührt und sah zu Boden.

»Ich muss Celine natürlich fragen, was sie dazu meint«, murmelte sie.

»Sie vergöttert dich. Das ist mir trotz meines Zustands nicht entgangen.«

Kenny lächelte matt, lehnte sich wieder zurück und führte die Dose zum Mund. Vanessa war gerührt und blieb noch einen Moment sitzen, ehe sie sich erhob. Kenny tat es ihr nach.

»Pass gut auf mein Mädchen auf«, sagte er ernst.

Er streckte Vanessa seine Pranke entgegen, sie drückte sie und erwiderte seinen Blick.

»Das verspreche ich dir«, sagte sie leise, biss die Zähne zusammen und nickte langsam. Sie wusste, dass sie ihn zum letzten Mal lebend sah.

»Ich weiß, dass du es ehrlich meinst«, entgegnete er.

ACHT Hamza und Stig starrten sich an. Es war klaustrophobisch eng in der kleinen Diele. Stigs Hände, die noch immer die weiße Sprengstoffweste festhielten, zitterten. Der alte Mann erinnerte Hamza an ein aufgeschrecktes Tier. Er wusste, was er nun tun musste, aber es war, als würde sein Körper ihm nicht gehorchen. Sein Hirn suchte verzweifelt nach einem Ausweg, aber es gab keinen. Stig konnte nicht am Leben bleiben.

Hamza ging wie in Zeitlupe drei Schritte auf Stig zu, der die Weste aus der Hand legte und etwas zu sagen versuchte. Als Hamza näher kam, hob er reflexartig die Arme, der Fünfhunderter segelte durch die Luft und zu Boden. Seine Lippen bebten, doch er versuchte kaum, sich zu wehren, als Hamzas Hände sich um seinen Hals schlossen. Mit einer abrupten Bewegung brachte er Stig zu Fall, der rücklings stürzte. Hamza lag auf ihm und drückte seine Kehle zu.

Stig gurgelte, flehte. Panische Angst im Blick.

»Warum hast du den Rucksack aufgemacht?«, wisperte Hamza. »Warum?«

Er drehte den Kopf weg, blickte zur Wand und spürte, wie ihm die Tränen in die Augen traten, die Wangen hinunterrannen und auf Stigs hochrotes Gesicht tropften. Der Alte zappelte hilflos mit den Beinen, sein Gesicht färbte sich noch dunkler, fast violett. Stig begann, das Bewusstsein zu verlieren, seine Bewegungen wurden kraftloser, seine Gurgellaute leiser.

»Es tut mir leid«, sagte Hamza. »Es tut mir leid.«

Hinterher saß er an die Wand gelehnt, den Blick auf den reglosen Körper gerichtet.

Er reckte sich nach dem Fünfhunderter, hielt ihn zögernd zwischen zwei Fingern und ließ ihn dann in seine Gesäßtasche verschwinden.

Irgendwo auf der anderen Seite der Wand spülte jemand, Hamza hörte Bruchstücke einer Unterhaltung. Was sollte er mit der Leiche anfangen? Sie einwickeln, bevor sie zu stinken begann? Sollte er Kontakt zu Farid aufnehmen und erzählen, was passiert war, um Rat fragen? Nein. Vielleicht würden sie ihn dann für unzuverlässig halten und ausschließen. Stigs einzige Angehörige war seine Tochter Petra. Hamza hatte von einem Mann gelesen, der erst nach drei Jahren tot in seiner Wohnung auf Södermalm gefunden worden war. Er hoffte, Stig würde nicht allzu lange daliegen müssen.

Das Risiko, die Leiche wegzubringen, wäre zu hoch, viel zu hoch. Zumal es jetzt nur noch um Tage ging, bis Khenziir sterben würde.

Dass früher eine Verbindung zwischen Hamza und Stig bestanden hatte, würde wohl niemand mehr herausfinden. Und selbst wenn, spielte das keine Rolle. Er wäre bereits bei den anderen Märtyrern im Himmel, umgeben von seinen Brüdern, wenn die Polizei in dem Mordfall zu ermitteln begann.

»Warum musstest du auch so stur sein, warum hast du mir nicht einfach die Benzinkosten überlassen«, schluchzte Hamza, bis ihm die Stimme versagte.

Zwar gab es durchaus Kriegsgefangene, denen er die Kehle durchtrennt hatte, weinende Ehebrecherinnen, die ihm leidgetan hatten und die er lieber nicht getötet hätte. Doch aus Pflichtgefühl und Respekt den Höherstehenden gegenüber hatte er es getan. Krieg war Krieg. Aber nichts war damit vergleichbar, was er gefühlt hatte, als er Stig umgebracht hatte. Es war, als hätte er einen Teil von sich selbst getötet, einen Teil seiner Kindheit. Der Alte hatte einen besseren Tod verdient nach allem, was er für Jungs wie Hamza getan hatte. Und nicht auf diese sinnlose Art zu enden, wie ein Tier, erwürgt.

Hamza ging in die Küche, suchte nach Plastiktüten, mit denen er die Lüftungsklappe im Schlafzimmer abdichtete. Anschließend trug er Stig zum Bett. Er war so leicht, dass es sich anfühlte, als würde er ein Kind tragen.

Er legte Stig aufs Bett, schloss ihm die Augen und ging zurück in die Küche. In einer Schublade fand er eine Rolle Gaffa-Tape, womit er die Ritzen der Schlafzimmertür sorgfältig zuklebte, damit der Gestank nicht nach außen dringen konnte und die Nachbarn dazu veranlasste, die Polizei zu alarmieren.

Er nahm Stigs Schlüsselbund aus dem Schrank in der Diele an sich, verstaute die Sprengstoffweste wieder im Rucksack, und schloss hinter sich ab.

NEUN

Max Lewenhaupt ließ seinen Blick über die Redaktion der *Kvällspressen* schweifen. Die große Wanduhr zeigte Viertel nach fünf. Er war am Stureplan gewesen, hatte dort gegessen und für den Rückweg ein Taxi genommen, alles auf Kosten der Zeitung. Mittlerweile konnte er sich das gönnen, die Zeiten, in denen er tagein, tagaus in der Redaktion vor dem Rechner sitzen musste, waren Geschichte.

Im Herbst hatte er eine Festanstellung bekommen, verdiente 45 000 Kronen im Monat und war Schreibtischnachbar der wichtigsten Köpfe, die neben dem Newsdesk saßen. In den letzten Monaten hatte er die interne Schlagzeilen-Parade der Zeitung mit Abstand angeführt. Jede dritte Schlagzeile war von ihm. Im wöchentlichen Rundbrief an die Mitarbeiter lobte ihn die Chefredakteurin Tuva Algotsson in den höchsten Tönen.

Selbst sein Vater, der absolut dagegen gewesen war, dass Max die Journalistenlaufbahn eingeschlagen hatte, hatte bei einem Abendessen plötzlich eine Enthüllung gerühmt, die Max zu verantworten hatte. Seine Zeit war genau jetzt, und er genoss sie in vollen Zügen.

Max scrollte durch seine Inbox, die sich in den Stunden seiner Abwesenheit gefüllt hatte und eine bunte Mischung enthielt aus Mails von Durchgeknallten, Besserwissern, Verschwörungstheoretikern, gewöhnlichen treuen Lesern, die Artikel diskutieren wollten, und Einladungen zu Premieren.

Bei einer Nachricht mit dem Betreff *Sie war beim IS* hielt er inne. Der Absender hatte seine Mobilnummer angegeben. Wäre er einer der Männer, die sich Vaterlandsfreunde nannten und sich voll und ganz der Aufgabe widmeten, Hassmails an Reporter zu schreiben, hätte derjenige niemals seine Telefonnummer preisgegeben. Vermutlich war das bloß irgendein Spinner oder Verschwörungstheoretiker, der vor lauter Aufregung, dass eine dunkelhaarige Person in der Zeitung abgebildet war, vergessen hatte, seine Telefonnummer aus der Mail-Signatur zu löschen – aber ein Anruf schadete schließlich nicht.

Max setzte sein Headset auf und legte die Füße auf den Schreibtisch, während er die Nummer eingab.

Eine Frau meldete sich. Sie hatte einen starken Akzent und bat einen Freund namens Yussuf, für sie zu übersetzen.

Vier Minuten später begriff Max, dass er den größten Scoop seiner Laufbahn an Land gezogen hatte.

Er legte auf, rief sich umgehend ein Taxi, nahm seine Jacke und eilte aus der Redaktion. Nachdem er dem Taxifahrer eine Adresse im Stockholmer Vorort Tensta genannt hatte, wurde Max klar, dass er sogar zwei Scoops landen konnte, vorausgesetzt, er würde seine Karten schlau ausspielen und Vanessa Frank auf dem richtigen Fuß erwischen.

ZEHN Vanessa stieg aus der Dusche, streckte sich nach ihrem Handtuch und trocknete sich vor dem beschlagenen Spiegel ab. Sie hörte, wie jenseits der Tür der Fernseher zu laufen begann, was bedeutete, dass Celine nach Hause gekommen war. Sie schmunzelte. Seit Celine Teil ihres Lebens war, war sie bedeutend glücklicher. Sie hatte mehr, worauf sie sich freuen konnte, anstatt nur zwischen verschiedenen Tatorten und ihrer Wohnung hin- und herzufahren, allein vor dem Fernseher oder in Gesellschaft der Stammgäste im McLarens zu essen. Aber konnte sie das wirklich schultern? Wagte sie es, so viel von sich zu geben für jemand anderen? Von sich preiszugeben. Verletzlich zu sein. Wieder. Aber irgendwie hatte sie ihren Entschluss schon gefasst.

Sie wischte mit der Handfläche über den Spiegel. Trat zurück. Betrachtete ihren nackten Körper. Die Narbe auf der Stirn, als sie auf dem Sveavägen absichtlich in die Rampe eines Lkw gefahren war, um einem Auftragskiller zu entkommen und schlussendlich Natasja zu finden, die von einem kriminellen Netzwerk nach Chile entführt worden war.

Vanessa drehte sich zur Seite, fuhr mit dem Finger über die Narbe am linken Oberarm. Die trug sie für Celine. Sie hatte Tom Lindbecks Messer nicht abgewehrt, um genügend Zeit zu haben, ihre Pistole aus dem Hosenbund zu ziehen und die Neunmillimeterpatrone loszuschicken, die seinem Amoklauf ein Ende setzte. Vor ihrem inneren Auge konnte sie noch immer sehen, wie der Triumph in seinem Blick der Verwunderung gewichen war, als sie ihm letzten Sommer ihre Waffe unters Kinn gehalten, abgedrückt und sein krankes Hirn an die Decke der Kajüte verteilt hatte.

Wie vergänglich das Leben war. Eine Millisekunde, eine Patrone.

Wie schmal der Grat zwischen Leben und Tod. Es hätte Vanessa sein können, die den Radieschen von unten beim Wachsen zusah, während Tom Lindbeck weitergelebt hätte, in irgendeiner überfüllten Haftanstalt Schwedens.

Das waren zwei der drei Narben, die ihr Leben beeinflusst hatten. Die dritte befand sich in ihrem Innern, eine Schramme in ihrer Seele. Der Tod von Adeline auf Kuba Ende der Neunziger.

Nur drei Personen wussten davon, dass Vanessa mit 23 Jahren eine Tochter zur Welt gebracht hatte. Nach Natasjas Tod waren es nur noch zwei. Nicolas und Adelines Vater Camilo, von dem sie seit ihrer überstürzten Flucht von Kuba weder etwas gehört noch gesehen hatte.

Sie war eine junge Direktorentochter gewesen, die sich in einen kubanischen Soldaten verliebt und alles hinter sich gelassen hatte, um zur Bestürzung ihres Vaters von Östermalm in eine kommunistische Diktatur überzusiedeln.

Vanessa fragte sich, ob sie in jenen Monaten auf Kuba glücklich gewesen war, als sie mit Adeline in der kleinen, heruntergekommenen Wohnung in Havanna lebte. Die Wahrheit war, dass sie sich nur mehr an Bruchstücke aus der Zeit erinnerte. Verschwommene Schatten von Menschen, denen sie begegnet war, Schemen von Orten, die sie besucht hatte, zogen bisweilen an ihrem inneren Auge vorüber. Strände. Bars. Clubs. Der Duft nach Benzinschwaden und Sonne. Manchmal kam es ihr vor, als ob das alles nur ihrer Fantasie entsprungene Hirngespinste waren.

Der Tod war in sehr unscheinbarer Form zu Adeline gekommen: ein Bakterium, dem die Ärzte ratlos gegenüberstanden. Vanessa stöhnte auf, als das Krankenzimmer, in dem ihre Tochter ihren letzten Atemzug getan hatte, plötzlich deutlich vor ihrem geistigen Auge auftauchte. Die flatternde Gardine vor dem offenen Fenster, der Lärm von den Straßen Havannas und der kleine leblose Körper.

Sie griff sich ein zweites Handtuch und wickelte es wie einen Turban um ihren Kopf, verscheuchte die Erinnerungen. Cremte sich ein und machte die Badezimmertür auf.

Celine saß im Schneidersitz auf dem Sofa, komplett in Orange gekleidet, sogar der Nagellack passte. Vanessa blieb überrascht stehen und sah sie verwundert an.

»Sollte ich fragen?«

»Was denn fragen?«, erwiderte Celine.

»Warum du wie eine Zitrusfrucht rumläufst.«

Celine blickte an ihrem Pullover und ihren Hosen herunter.

»Ach so, nein, das ist nichts. Ich habe nur gerade so eine Phase, in der ich gerne orange Sachen anziehe. Man kann sagen, ich bin in einer Orangenphase.«

»Und wieso?«

Celine zuckte unbekümmert mit den Schultern.

»Warum nicht?«

»Okay«, sagte Vanessa. Sie ging Richtung Schlafzimmer, um sich anzuziehen, hielt dann aber doch zwischen Celine und dem Fernseher inne.

»Ist das was Politisches?«

»Nein.«

Celine beugte sich zur Seite, um die Sendung zu verfolgen.

»Aber dir geht es gut?«

»Klar, warum sollte es mir nicht gut gehen?«, fragte Celine zögerlich.

»Du weißt, dass ich für dich da bin, wenn irgendwas ist? Dass wir reden können?«

»Dass du das kannst, habe ich schon gemerkt.« Celine kicherte.

Vanessa machte die Schlafzimmertür hinter sich zu, suchte sich eine Jeans und ein weißes T-Shirt raus. Löste den Turban und stellte den Fön an. Sie wollte mit Celine über das Sorgerecht reden, jetzt sofort. Die ganze Sache vor sich herzuschieben, wäre keine gute Idee.

Durch das Surren des Föns hörte sie, wie es an der Tür klingelte. Als Vanessa ins Wohnzimmer spähte, war das Sofa leer, woraus sie schloss, dass Celine bereits aufgemacht hatte. Sie versteckte die Papiere, die Kenny ihr gegeben hatte, in ihrem Schrank.

»Wer ist es denn?«, rief sie.

»Schon wieder dieser Schreibtischtäter«, gab Celine zurück.

Vanessa warf einen Blick in die Diele und entdeckte Max Lewenhaupt.

Celine machte ihm die Tür vor der Nase zu. Der Journalist hob den Briefkastenschlitz an.

»Ich muss mit Ihnen reden«, sagte er. »Es ist wichtig.«

Celine bückte sich und linste durch den Schlitz.

»Jemand sollte den Zirkus informieren, aus dem er abgehauen ist«, murmelte sie.

Vanessa bat sie, wieder ins Wohnzimmer zu gehen.

»Ich komme schon klar.«

»Sicher?«, fragte Celine besorgt.

»Sicher«, sagte Vanessa, machte die Tür auf und trat ins Treppenhaus.

ELF

Hamza wartete mit dem Rucksack am Ausgang von Ikea in Kungens kurva. Er fühlte sich ausgelaugt und kraftlos und brauchte Schlaf. Ein junges Paar lud große Topfpflanzen in den Kofferraum ihres Wagens. Eine Familie ging vorbei, die Kinder saßen oben auf den langen Kartons im Einkaufswagen. Hamza sah sich um. Wen sollte er hier treffen? Vielleicht war es jemand, den er wiedererkennen würde, aus dem Krieg. Ein Glaubensbruder, einer der Söhne des Sechzigerjahre-Wohnungsbauprogramms, mit denen er Seite an Seite gekämpft hatte?

Er hoffte, dass es so war.

Er sah Stigs aufgerissene Augen, seinen vorwurfsvollen Blick vor sich. Er betrachtete seine Hände, die Stigs Leben ausgelöscht hatten. Ihm schauderte. Er verscheuchte das Bild von seinen Pranken um Stigs Hals.

Stig hätte nicht sterben müssen.

Aber Gott hatte das so entschieden. Vielleicht wollte Gott Hamza prüfen, ob er auch der Aufgabe würdig war, die vor ihm lag?

Eine junge Frau musterte ihn wachsam. Sie stand ein Stück entfernt bei den Einkaufswagen. Ihre Blicke trafen sich, und Hamza sah zur Seite. Aber dann kam sie mit forschen Schritten auf ihn zu.

Sie sagte den vereinbarten Satz, doch er reagierte nicht, starrte sie nur überrascht an und brachte kein Wort heraus.

»Wenn die Sonne morgen nicht aufgeht, dann ist das Gottes Wille«, wiederholte sie.

»Und wenn der Mond versinkt, ebenso«, nuschelte Hamza, noch immer perplex.

Seine Verwunderung amüsierte sie sichtlich. Sie steuerten einen Bereich des Parkplatzes an, wo sie ungestört waren.

Hamza hatte von ihnen gehört – von den Witwen, die nach Europa geschickt werden.

Einige der Frauen des Kalifats, deren Männer gefallen waren, heirateten erneut. Andere, besonders geeignete und gläubige Kriegerinnen, waren ausgewählt und in Trainingslager geschickt worden, damit sie sich anschließend unter den Strom der Flüchtlinge mischten, der sich nach Norden aufgemacht hatte. In Europa angekommen, hatte ihre Aufgabe darin bestanden, sich in der Gesellschaft zu assimilieren. Den Ball flach zu halten. Einem Beruf nachzugehen. Keinen Verdacht zu erregen. Ein Dasein als Schläferinnen zu führen, solange, bis sie aktiviert wurden. Die Frau vor ihm war also eine von ihnen. Er sah sie an, ihr schwarzes hochgestecktes Haar, ihre feinen Gesichtszüge, ihre dunklen Augen.

»Du kannst Sabina zu mir sagen.«

ZWÖLF

Gegen 22 Uhr parkte Vanessa ihren BMW vor dem Punjab Masala in Tensta. Kalter Regen ging nieder. Sie überquerte die Straße, stieg über ein Geländer und blieb vor einem fünfstöckigen Wohnhaus stehen.

Vanessa gab den Türcode ein und nahm den Fahrstuhl nach oben.

Es war, als wäre sie endlich am Ziel angekommen. Die Unterhaltung mit Max Lewenhaupt war das letzte Puzzleteil, das noch gefehlt hatte. Und wenn es stimmte, was Max erzählt hatte, dann konnte sie den Verdacht nicht länger von der Hand weisen, der sie seit einigen Tagen beschlich. Sie war ohne Zögern auf seinen Vorschlag eingegangen. Ein anonymes Interview, in dem sie von ihrer Rolle im Zusammenhang mit dem Amoklauf in Stockholms Stadion berichtete. Im Gegenzug nannte er ihr seine Quelle, die die E-Mail geschickt hatte. Wenn sie dafür zur Verfügung stand, würde er klären, ob die Frau namens Malika einverstanden war, mit Vanessa zu sprechen.

Was der Fall war.

Die Haustür ging auf, und eine Kakofonie aus Stimmen und Musik schlug ihr entgegen. Ein Mann mit grauem Bart und freundlichem Lächeln ließ Vanessa in die Wohnung treten. Er legte die Hände vor die Brust und deutete eine leichte Verbeugung an.

»Yussuf.«

Sie erwiderte seine Begrüßung.

»Vanessa.«

Hinter ihm stand eine kleine gebückte Frau in den Dreißigern in der Diele.

»Malika?«

Der Mann bestätigte, dass es sich um Malika handelte.

In der Wohnung ging es zu wie in einem Bienenstock. Erwachsene, Kinder, neun Personen insgesamt lebten hier in dieser Dreizimmerwohnung, wie Yussuf ihr erklärte, während er sie ins Wohnzimmer führte. Die anderen wichen auf Küche und Schlafzimmer aus, damit Malika ungestört mit Vanessa reden konnte.

Yussuf blieb, um zu übersetzen.

»Nur wenig Schwedisch«, sagte Malika und maß mit Daumen und Zeigefinger.

Vanessa setzte sich auf ein knarzendes Ledersofa, nippte an dem süßen Tee, der ihr eingeschenkt worden war, und wandte sich an Yussuf.

»Bitten Sie sie zu erzählen, was sie über die Frau in der Zeitung weiß.«

Yussuf wechselte zu Arabisch, und Vanessa schnappte *Raqqa* auf. Sie hörte konzentriert zu, obwohl sie nichts verstand.

»Malika war Gefangene des IS und musste als Sklavin in einem Haushalt in Raqqa arbeiten. Raqqa ist in Syrien …«

»Ja, ich weiß, wo Raqqa liegt«, unterbrach Vanessa ihn und versuchte, ihre Ungeduld zu zügeln.

»Sie sagt, dass die Tote aus der Zeitung die Ehefrau eines IS-Soldaten war, der im Nachbarhaus gewohnt hat. Sie hat sie mehrmals gesehen. Sie war Mitglied der Hisba.«

Vanessa schloss die Augen. Sie war erschüttert. Und wollte, dass dieser Albtraum sofort wieder aufhörte. Aber es war kein Traum, das wusste sie. Die Gesichter, die neugierig zu ihr hereinspähten, der süße Tee, Malikas ruhige Selbstsicherheit.

»Hisba?«, raunte sie.

»Eine Art weibliche Sittenpolizei«, entgegnete Yussuf.

Vanessa machte die Augen wieder auf.

»Zeitung falsch. Nicht Syrien. Europa«, erklärte Malika.

»Welches Land?«

Malika zuckte mit den Schultern.

»Belgien? Frankreich?«

Vanessa wandte sich wieder an Yussuf.

»Fragen Sie, ob sie wirklich sicher ist.« Yussuf wollte protestieren. »Bitte, fragen Sie einfach.«

Ehe er die Frage übersetzen konnte, ergriff Malika das Wort.

»Ich sicher«, sagte sie und legte dabei eine Hand auf den Brustkorb, um ihren Worten mehr Nachdruck zu verleihen.

Es entstand eine Pause.

»Was ist mit ihrem Mann passiert? Dem IS-Soldaten?«

Malika sah erst Vanessa verständnislos an, dann Yussuf.

Als er fertig übersetzt hatte, huschte ein flüchtiges Lächeln über Malikas Lippen. Sie führte in einer eindeutigen Geste ihre Hand an der Kehle entlang.

»Er ist im Kampf umgekommen«, sagte Yussuf, nachdem Malika erläutert hatte, was geschehen war. »Nach der Bestattung verschwand die Frau, eine von zwei Ehefrauen, spurlos.«

»Wann war das?«

Yussuf übersetzte wieder für Malika.

Sie dachte nach.

»Das war Anfang 2015.«

Vanessa trank von ihrem Tee, während der Regen weiter zunahm. Schwere Tropfen prasselten gegen die Fensterscheiben und die Balkonverkleidung aus Wellblech.

»Warum hat sie bis jetzt damit gewartet, zu erzählen, dass sie die Frau aus der Zeitung wiedererkannt hat?«

Malika hob eine Hand in Yussufs Richtung.

»Angst. Viel Angst«, erklärte sie und sah Vanessa mit ernstem Blick an.

»Aber jetzt hat sie keine Angst mehr?«

»Doch.« Malika unterbrach sich mehrmals und wandte sich dann wieder an Yussuf. Sie sprach langsam und länger als vorher. Vanessa wartete auf die Übersetzung.

»Die Anhänger des IS dürfen nicht gewinnen. Nicht noch mal. Nicht hier.«

Der Regen hatte etwas nachgelassen, als Vanessa sich wieder ins Auto setzte. Sie hielt das Steuer fest umklammert, ohne den Motor zu starten. Dass Natasja, vorausgesetzt, das war überhaupt ihr richtiger Name, einer der größten und grausamsten Terrororganisationen in der Geschichte der Menschheit angehört hatte, war unfassbar. Dennoch war Malikas Geschichte glaubwürdig. Vanessa sah keinen Grund, ihren Bericht anzuzweifeln. Sie hatte kein Motiv, zu lügen oder sich etwas aus den Fingern zu saugen.

Vanessa griff zum Telefon und rief Samer an.

»Ich muss mit dir reden«, sagte sie, als er abnahm.

»Ist alles in Ordnung?«

Vanessa schwieg. Der Regen donnerte aufs Autodach. Rinnsale liefen über die Windschutzscheibe.

»Natasja war beim IS.«

»Was meinst du damit?«

Vanessa fasste ihr Gespräch mit Malika zusammen, und Samer hörte wortlos zu. Als Vanessa geendet hatte, blieb es am anderen Ende der Leitung eine Weile still, dann sagte er: »Kann es ein Flüchtling gewesen sein, ein Opfer des IS, der Natasja wiedererkannt und sie umgebracht hat?«

»Das ist eher unwahrscheinlich, denke ich. Du hast auf der Videoüberwachung selbst gesehen, was sie vor dem ICA gesagt hat: ›Ich schwör's, ich werde euch nicht verraten.‹ Ich schätze, dass der Mann, der sie bedroht hat, ebenfalls zum IS gehört. Syrien-Rückkehrer sind bei uns nicht wirklich Mangelware. Der Säpo zufolge befinden sich mindestens hundertfünfzig Personen im Land, die für das verdammte Kalifat gekämpft haben.«

»Du hast recht. Fragt sich also: Was machen wir jetzt?«

Vanessa sah im Seitenspiegel ein Auto, ließ es vorbeifahren und wechselte die Spur.

»Wir müssen die Säpo informieren«, entgegnete sie unwirsch. »Die wissen, wer die Rückkehrer sind. Ich nehme an, der Mann vor dem ICA ist einer von ihnen und im Register.«

DREIZEHN Hamza und Sabina hatten den Parkplatz vor Ikea und den anderen Warenhäusern von Kungens kurva, aus denen die Kunden Fernseher, Kleidertüten und Lebensmittel schleppten, hinter sich gelassen und hielten auf den Wald mit dem kleinen See Gömmaren zu.

Der Regen ging in Strömen nieder, der Mond schien durch die kahlen Äste. Hamza musste sich eingestehen, dass er Sabina nicht wiedererkannt hätte, selbst wenn er in Raqqa ihr Nachbar gewesen wäre. Frauen mussten in der Hauptstadt des Kalifats den Nikab tragen, wenn sie sich im Freien bewegten. Nun schimmerten ihre langen dunklen, nassen Haare im Mondschein.

Er war ergriffen und dachte, sie sei ein Engel. Ein Todesengel Gottes.

Am Seeufer blieben sie stehen.

»Hier ist es gut«, stellte Hamza fest und sah sich um.

Durch den Regen war das Rauschen des Verkehrs nur schwach zu hören, es klang wie surrende Insekten auf der E4. Sabina streifte ihre Handschuhe ab und machte hektisch ihre Jacke auf. Hamza wandte sich ab, damit sie sich nicht zu genieren brauchte. Nahm die Sprengstoffweste aus dem Rucksack und begutachtete sie.

»Ich bin so weit«, sagte Sabina. Er drehte sich wieder um, den Blick auf einen Punkt oberhalb ihres Scheitels gerichtet, doch er konnte nicht vermeiden, ihre Haut und die Rundungen ihres Körpers zu sehen. Sie nahm die Weste entgegen und steckte vorsichtig den Kopf durch die Öffnung. Fröstelte. Hamza zog sie fest und zeigte ihr den Knopf, mit dem der Sprengsatz ausgelöst wurde. Sie schlüpfte rasch wieder in ihre dicke Jacke, zog den Reißverschluss zu und hüpfte leicht auf der Stelle, um wieder warm zu werden.

Hamza wollte zurückgehen, aber sie fasste kurz seine Schulter und schlug vor, noch ein bisschen zu bleiben.

»Ich habe seit Tagen mit niemandem gesprochen«, sagte sie. »Ich habe mich in einem Keller versteckt gehalten. Deswegen muss ich die hier tragen, für den Fall, dass ich entdeckt werde.«

Erst jetzt fiel Hamza auf, dass sie nicht mit Arabisch aufgewachsen war, sondern ihre Kindheit ebenfalls in Europa verbracht hatte.

»Von wo kommst du?«

»Aus Belgien.«

Sie tauschten einen schüchternen Blick. Sie hätten sich auf Stockholms Straßen begegnen können, ohne zu wissen, dass sie für dieselbe Sache kämpften.

»Du bist also eine von den Witwen von Raqqa?«

Sabina nickte. Hamza entging nicht, dass sie darauf stolz war.

»Diese kurdischen Schweine haben meinen Mann auf dem Gewissen. Wir hatten nur ein Jahr zusammen.«

»Gott möge seiner Seele gnädig sein.«

Sabina neigte den Kopf.

»Und du?«

»Ich habe mit meiner Frau und unseren beiden Kindern in Raqqa gewohnt. Sie sind bei einem Bombenangriff ums Leben gekommen, unser Haus war ein einziger Trümmerhaufen. Ich habe nicht wieder geheiratet. Stattdessen habe ich meine gesamte Zeit darauf verwandt, die Stadt gegen die Ungläubigen zu verteidigen. 2017 wurde ich verwundet und kam in Gefangenschaft, aber nach ein paar Monaten konnte ich fliehen. Als ich wieder zurückkam, dauerte die Belagerung nur noch wenige Tage. Nach meiner Rückkehr konnte ich einen meiner Befehlshaber ausfindig machen und habe einen gefälschten Pass von ihm bekommen mit dem Auftrag, nach Europa zu reisen.«

»Dann hast du auch einen Menschen verloren, dessen Tod du rächen willst«, bemerkte Sabina leise.

»Wie hieß dein Mann?«

»Mohammed. Er war aus Göteborg. Er hat Schweden gehasst. Und er hat die Menschen in Schweden gehasst. Er hat erzählt, wie sie ihn behandelt haben, ihm seine Würde genommen und ihn gezwungen haben, ein Leben voller Sünde zu leben, mit Drogen und Diebstählen. Deshalb habe ich mich gefreut, als ich hierhergeschickt wurde, um Kuffar zu töten.«

Es war, als würde sie unter Hamzas Augen ein anderer Mensch werden. Ihre Stimme bebte vor Wut, war voller Hass und Verachtung. Er konnte sie gut verstehen und ließ sich mitreißen. Es war ein herrliches Gefühl, sich endlich mit einem Menschen auszutauschen, der nachvollziehen konnte, was er durchgemacht hatte, der da gewesen war, in Raqqa, im Kalifat. Er hätte stundenlang weiterreden, von seinen Kindern, seiner Frau und den Erinnerungen erzählen können, die er für sich behalten musste. Sie gingen langsam Richtung Skärholmen, wo ihre Wege sich trennten.

Sabina würde auch für die nächsten Tage noch untertauchen, damit die anderen der Gruppe nicht Gefahr liefen, aufzufliegen. Würde sie gefunden werden, musste sie sich in die Luft sprengen.

Hamza nahm die U-Bahn und kehrte in die Wohnung am Lappkärrsberget zurück. In sechs Tagen wollten sie zuschlagen.

In weniger als einer Woche, am 1. Dezember, musste Khenziir sterben.

VIERZEHN

Vanessa zückte ihr iPhone und rief die Seite der *Kvällspressen* auf. Das Interview, das sie Max gegeben hatte, war eben erschienen. Es war schnell gegangen, gerade mal zwei Tage war es her, dass er ihr im Treppenhaus von Malika erzählt hatte. Wie versprochen, war Vanessa anonym geblieben.

Sie machte sich auf dem Sofa lang, stützte den Hinterkopf gegen die Armlehne und blickte an die Decke. Sie hatte Hunger, sowohl Lunch als auch Abendessen waren ausgefallen. Wo steckte Celine eigentlich? Als sie aufstehen wollte, um ihren Gefrierschrank nach etwas Essbarem zu durchforsten, vibrierte ihr Telefon. Mikael Kask.

»Ich bin auf dem Rückweg von der Säpo und denke, wir sollten reden«, sagte er gereizt. Das war ungewöhnlich direkt für Mikael, sonst waren seine Begrüßungsfloskeln für Vanessas Geschmack eher etwas zu gekünstelt.

»Jetzt?«

»Wenn du nichts Besseres vorhast?«

»Was hältst du vom McLarens in der Surbrunnsgatan?«

Es hatte zu schneien begonnen. Vanessa hatte eben einen Cheeseburger bestellt und sich wie üblich an ihren Fenstertisch gesetzt, als Mikael das Lokal betrat. Er blieb kurz an der Bar stehen, um zu bestellen, dann ließ er sich ihr gegenüber nieder. Er stellte sein Glas ab, offenbar hatte er sich für ein Leichtbier entschieden.

Vanessa hatte ihn selten so niedergeschlagen gesehen.

»Danke für deine Zeit, ich brauche einfach gerade jemanden, mit dem ich reden kann.«

»Was ist denn passiert, heute Morgen warst du doch noch voller Tatendrang?«, sagte Vanessa und nahm einen Schluck Cola aus ihrem Papptrinkhalm. Sie schnitt eine Grimasse und legte den Halm auf den Tisch.

Mikael warf einen Blick über die Schulter in das leere Lokal und beugte sich dann zu Vanessa vor.

»Die belgische Polizei hat sich gemeldet. Sabina und Natasja sind beide aus Brüssel. Sabina ist von ihrer Familie vermisst gemeldet worden und hat sich vermutlich schon 2013 nach Syrien abgesetzt, um sich dem IS anzuschließen.«

»Dann müssen wir alles daransetzen, um sie zu finden«, meinte Vanessa.

»Wir nicht«, entgegnete Mikael. »Die Säpo hat übernommen. Wir sind raus.«

»Wieso?«

»Die meinen, der Mord an Natasja könnte ein Hinweis darauf sein, dass in Schweden eine Terrorzelle aktiviert worden ist. Und dass ein Anschlag kurz bevorsteht.«

»Das ist ja wohl auch nicht besonders abwegig«, gab Vanessa zurück. Sie senkte die Stimme. »Im Weihnachtstrubel?«

»Möglich. Viel mehr konnte ich nicht in Erfahrung bringen, denn dann bin ich gebeten worden, das Meeting zu verlassen.«

Ihre Unterhaltung wurde von Kjell-Arne unterbrochen, der die Küchentür neben der Bar aufstieß und Vanessas Burger brachte.

Sie schob sich eine Pommes frites in den Mund und bot Mikael an zu probieren.

Er schüttelte kurz den Kopf.

Vanessa nahm einen Bissen und legte den Cheeseburger wieder auf den Teller.

»Du bist doch sonst so pragmatisch, Mikael. Nicht wie andere Männer, die bei jeder Gelegenheit ihr Revier markieren. Die Säpo ist dafür zuständig, Terroranschläge zu verhindern, ist es da nicht ziemlich logisch, dass sie jetzt übernehmen?«

»Ich dachte, du würdest dich ziemlich aufregen«, sagte er verwundert.

Vanessa musste sich eingestehen, dass er recht hatte, sie war selbst überrascht. Doch Tatsache war, dass die Ermittlungen nicht vorankamen. Und wenn die Lage tatsächlich so beunruhigend war, wie die Säpo annahm, wäre es absurd, über das weitere Vorgehen zu streiten.

In allererster Linie mussten die Pläne der Terroristen zunichtegemacht werden, vorausgesetzt, sie existierten.

»Ich will Natasjas Mörder schnappen. Ich will die Wahrheit rausfinden, will wissen, was passiert ist und warum sie versucht hat, mich anzurufen. Aber wir kommen einfach nicht weiter, das kann man nicht anders sagen. Drei Wochen, und wir haben nichts. Wahrscheinlich ist es das Beste, mit dem Fall abzuschließen und den Kollegen eine Chance zu geben.«

Mikael rieb sich die Augen.

»Vielleicht hast du recht«, meinte er und hielt sich die Hand vor den Mund, während er gähnte. »Seit wann bist du so verdammt schlau?«

»Seit dem Anschlag im Stadion letzten Sommer, glaube ich.«

Er hob den Blick und sah sie forschend an.

»Musst du oft daran denken?«

»Manchmal«, sagte sie. »Aber immer seltener.«

»Gut.«

Es war offensichtlich, dass er noch etwas sagen wollte, doch er fand nicht die richtigen Worte.

Vanessa überlegte, ob sie von dem Interview erzählen sollte, aber entschied sich dagegen. Nicht, weil sie etwas falsch gemacht hatte, sondern weil es im Grunde keine Rolle spielte. Es waren die Ereignisse im Stadion und ihre Erinnerungen daran, ihre Wunden, und mit wem sie all das teilen wollte, ging nur sie selbst etwas an.

»Fahr nach Hause und schlaf dich aus, Mikael. Ich esse noch auf, dann mache ich mich auch auf den Heimweg.«

FÜNFZEHN

Max Lewenhaupt saß in der Redaktion der *Kvällspressen* und rutschte so nah an den Bildschirm, dass die Tischplatte gegen sein Brustbein drückte. Der Artikel mit der Überschrift *Diese Heldin tötete den Incel-Terroristen – jetzt erzählt die Polizistin von den dramatischen letzten Sekunden* war vor einer Stunde online gegangen und schon jetzt der Artikel mit den meisten Klicks des Tages. Wie neuerdings üblich, wurden Artikel bereits am Abend eingestellt, auch wenn sie am Folgetag für die Seite Eins und die Zeitungsschürze vorgesehen waren.

Max war ausgesprochen zufrieden mit seinem Text, ebenso wie Chefredakteurin Tuva Algotsson und Nachrichtenchef Bengt »der Bulle« Svensson, obwohl sie gemurrt hatten, weil Vanessa Frank anonym bleiben wollte.

»Wirklich schade drum, die Frau ist jung und sieht verdammt gut aus«, hatte der Bulle kommentiert, sich eine Riesenportion losen Snus unter die Lippe geschoben und war wieder an seinen Schreibtisch gewankt. Ein Versprechen war nun mal ein Versprechen. Max hatte sein Ehrenwort gegeben.

Eine Kollegin namens Victoria Selander blieb neben Max' Schreibtisch stehen.

»Was für ein Scoop«, sagte sie anerkennend. »Die meisten Leser der ganzen Woche, oder?«

»Des Monats«, entgegnete Max ohne aufzusehen. »Mindestens. Vielleicht sogar des Jahres.«

Seit seine Verfasserzeile immer populärer wurde, war Max etwas aufgefallen: Immer mehr Kollegen kamen auf ihn zu und wollten mit ihm reden, lobten ihn. Luden ihnen zum After-Work-Dinner ein. Er war hin- und hergerissen: Einerseits gefiel ihm das plötzliche Interesse an seiner Person, andererseits störte ihn das Statusdenken der anderen. Das war typisch Mittelschicht, wie seine Mutter zu sagen pflegte. Viele von denen, die auf einmal seine Nähe suchten, hatten ihn nicht mal von der Seite angesehen, als er noch kein leuchtender Stern am Zeitungshimmel gewesen war. Von den ehemaligen Klassenkameraden ganz zu schweigen, die sich plötzlich über Facebook meldeten. Zudem hatte er vor ein paar Tagen die erste Einladung zu einer Filmpremiere im Kino erhalten. Max wollte nicht hingehen. Nicht, weil er etwas gegen die Besucher von Filmpremieren hatte, sondern weil er unbestechlich bleiben wollte; niemand sollte den Eindruck bekommen, dass er in jemandes Schuld stand oder sich davor drückte, die Wahrheit zu schreiben. Er war Journalist und kein Prominenter.

»Wie lange bleibst du heute Abend noch?«, wollte Victoria wissen.

»Schon noch eine Weile.«

»Und dann?«

»Dann bin ich mit meinem großen Bruder zum Abendessen verabredet, er ist aus London rübergekommen«, murmelte Max.

Victoria gab auf und ging zu ihrem Schreibtisch in der Nähe des Newsdesk zurück. Ihm war klar, dass sie ihn für einen Langweiler halten musste, und tatsächlich löste die Vorstellung, seinen erfolgreichen Bruder zu treffen, der in London bei einer Finanzgesellschaft arbeitete, keine große Begeisterung bei Max aus. Außerdem war Samuel der Liebling seines Vaters und hatte, ebenso wie dieser, die Hände über dem Kopf zusammengeschlagen, als Max seiner Familie verkündet hatte, er wolle Journalist werden. Samuel hatte sich seit Max' Uniabschluss nicht mehr bei ihm gemeldet, doch vergangene Woche hatte er den Kontakt zu Max wieder aufgenommen und gefragt, ob er Lust auf ein gemeinsames Abendessen habe. Nun war er offenbar ausreichend erfolgreich, um in der Öffentlichkeit vorzeigbar zu sein. Was Max jedoch am meisten störte, war die Tatsache, dass er sich geschmeichelt fühlte, denn Samuels Anerkennung sowie die der übrigen Familie waren ihm wichtig.

Er stand auf, nahm seinen Mantel und steckte seinen Laptop in die Tasche. Die Redaktion war halb leer, nur die Kollegen der Spätschicht waren da. Warum sollte er nicht einfach noch in irgendeiner Bar ein Bier trinken, um sich für die Verabredung mit seinem Bruder zu sammeln.

Als Max am Schreibtisch des Bullen vorbeigehen wollte, der wie üblich seine Schuhe auf der Tischplatte ruhen ließ, hielt er inne, als eine Gestalt mit rosafarbenen Haaren im Korridor auftauchte. Das Mädchen kam ihm vage bekannt vor, aber er wusste nicht, woher. Sie stiefelte zwischen den Schreibtischen hin und her und musterte die anwesenden Journalisten. Max heftete sich amüsiert an ihre Fersen. Schließlich blieb sie vor Victoria stehen, die auf Max deutete. Da entdeckte das Mädchen ihn, und plötzlich ging ihm auf, wer sie war: das merkwürdige Mädchen, das bei Vanessa Frank wohnte. Und ihn Schreibtischtäter genannt hatte.

Sie stürmte auf Max zu, der die Arme vor der Brust verschränkte. Dann schob sie eine Hand in ihre Tasche, förderte etwas zutage, das wie ein Plundergebäck aussah, und warf es in Max' Richtung. Er duckte sich, und das Gebäck flog an seiner Wange vorbei gegen einen Statistikbildschirm.

»Du lässt Vanessa in Ruhe, ist das klar?«, brüllte sie.

Max versuchte, sie zu beruhigen, aber sie war außer sich vor Wut.

»Kapierst du nicht, was du getan hast? Du hast sie gezwungen, über etwas zu reden, obwohl sie gar nicht darüber reden wollte. Du bist widerlich. Wenn du noch eine einzige Zeile über sie schreibst, wirst du das bereuen, dafür sorge ich. Du tust Vanessa nicht weh. Niemand tut Vanessa weh.«

Die anderen erhoben sich von ihren Schreibtischstühlen und kamen neugierig näher.

»Ganz ruhig«, lenkte Max ein. »Können wir nicht erst mal in Ruhe über alles reden?«

»Vergiss es. Verdammter … Angeber.«

Sie fuhr herum und zeigte auf die schaulustigen Journalisten um sie herum.

»Schämt euch, alle miteinander. Ihr habt dem liebsten Menschen wehgetan, den ich kenne, dem einzigen Menschen, der sich jemals um mich gekümmert und sich für mich eingesetzt hat. Meiner einzigen richtigen Freundin.«

Celine hatte Tränen in den Augen. Sie zog ihr T-Shirt hoch und entblößte eine große Narbe.

»Er hat mich angeschossen. Hier«, sagte sie und deutete. Max starrte auf den breiten, hellrosafarbenen Streifen. »Vanessa hat mir das Leben gerettet. Sie hat ihn umgebracht für das, was er mir und den anderen angetan hat. Nicht ihr. Ihr zwingt sie gegen ihren Willen zum Reden und verdient auch noch Geld damit.«

Ein hochgewachsener Securitas-Wachmann kam keuchend angerannt. Er baute sich vor dem Mädchen auf und fasste sie unsanft an der Schulter.

»Lass mich los, verfluchter Neandertaler«, kreischte sie, als er sie festhielt und aus der Redaktion schaffen wollte.

Max und die anderen waren wie versteinert.

»Beruhige dich«, rief Max. Er eilte dem Wachmann hinterher. Das Mädchen trat um sich, versuchte sich loszureißen. »Lassen Sie sie los.«

Der Wachmann blieb stehen, sein Gesicht war tiefrot angelaufen vor Wut.

»Sie hat hier nichts verloren. Sie hat sich reingeschlichen. Ich rufe die Polizei, dann können die übernehmen.«

»Lassen Sie sie sofort los«, wiederholte Max.

»Aber …«

»Kein Aber, lassen Sie sie los.«

Er ließ von ihr ab.

Max wartete ab, bis der Wachmann sich umgedreht und von dannen getrottet war. Legte dem Mädchen dann einen Arm um die Schultern und führte sie behutsam in einen der Besprechungsräume. Er machte die Tür auf, zog einen Stuhl vom Tisch und klopfte gegen die Rückenlehne. Sie zögerte, doch schließlich nahm sie Platz.

»Magst du eine Limonade oder so?«

»Ich darf keine Limo unter der Woche«, gab sie zurück.

SECHZEHN

Die kleine Lampe auf dem Nachttisch neben Simons Bett warf gedimmtes Licht in das Krankenzimmer. Er hatte die Augen geschlossen, aber Axel wusste, dass er nicht schlief. Das verriet seine Atmung. Axel konnte nicht genau sagen, wieso, aber er spürte instinktiv, dass Simon wach war. Nach Hunderten von Stunden, die er an seinem Bett gewacht hatte.

Er wusste, dass Simon Ruhe brauchte, dass ihm Schlaf guttat. Doch er wollte kurz seine Stimme hören, nach all der Zeit.

Schließlich konnte er nicht länger an sich halten.

»Schläfst du, du Fuchs?«, flüsterte er.

Sein Sohn schmunzelte und schlug ein Auge auf.

Axel musste lachen. »Hab ich's mir doch gedacht.«

Er erhob sich aus dem Sessel und setzte sich auf die Bettkante, damit Simon den Kopf nicht zu sehr drehen musste, um ihn anzusehen. Streckte eine Hand aus und zerstrubbelte Simons blonden Haarschopf. Sein Gesicht war schmal und blass, die Wangenknochen traten deutlich hervor.

»Weißt du, woran ich denke, Papa?«, fragte Simon.

Axel schüttelte den Kopf.

»An den Wrap von dem Grillimbiss, wir haben's ja nicht mehr geschafft.«

»Ich werde dir so viele Wraps von dem Imbiss mitbringen, wie du magst, wenn du morgen entlassen wirst«, sagte Axel. »Dann essen wir die bei Mama zu Hause. Denn dort wirst du die nächsten Wochen erst einmal wohnen. Aber ich komme dich besuchen, jeden Tag.«

Sie waren zu dem Schluss gekommen, dass die Wohnung von Rebecca und Thorsten am besten geeignet war, solange Simon noch Unterstützung brauchte.

»Und wo ist sie jetzt?« Simon schielte zu dem Besuchersessel hinüber, in dem Rebecca in den letzten Wochen unermüdlich gesessen hatte.

Axel wollte nicht zu viel sagen. Es war nicht seine Art, von der Scheidung zu erzählen, davon, wie traurig Rebecca war. Im Laufe des Abends hatte sie lediglich erwähnt, dass sie einfach mal raus aus dem Krankenhaus und auch mal wieder in ihrem eigenen Bett schlafen musste. Axel hatte sich erfreut angeboten, die Nacht an Simons Bett zu verbringen.

»Wir müssen in nächster Zeit besonders nett sein zu Mama«, meinte er.

»Ist sie traurig?«

»Das ist ... äh, Erwachsenenkram. Es wird alles gut, ganz sicher, aber wir müssen jetzt wirklich für sie da sein.«

»Sind wir nicht immer für sie da?«

Axel nickte.

»Das sind wir.«

Simon tastete nach seiner Hand. Er hielt sie fest und drückte sie leicht. Es wurde still.

»Papa, bist du in Mama verliebt?«, fragte Simon leise.

Die Frage überraschte Axel. Er machte den Mund auf, um etwas zu antworten, und schloss ihn wieder, als er Simons bekümmerten Blick bemerkte. Von der Sorge, den Bedenken darin wurde ihm übel. Es war nicht Simons Aufgabe, sich Sorgen um seinen Papa zu machen.

»I-i-ich mag sie wirklich sehr. Aber sie ist ja in Thorsten verliebt.«

Simon nickte nachdenklich.

»Bist du deswegen traurig?«

Axel schüttelte rasch den Kopf.

»Versuch zu schlafen, das ist das Beste«, flüsterte er, stand auf und gab seinem Sohn einen Kuss auf die Stirn. »Gute Nacht, mein Junge.«

Es entstand eine Pause.

»Wann kann ich wieder Fußball spielen?«

»Das weiß ich nicht«, wisperte Axel und spürte, wie etwas in ihm zersprang. »Ich weiß es nicht.«

»Gute Nacht, Papa.«

Eine Viertelstunde später schnarchte Simon leise.

Axel seufzte, betrachtete das friedliche Gesicht und löschte schließlich das Licht. Er ließ die vergangenen Wochen Revue passieren, ohne Zweifel die einschneidendsten, die er je erlebt hatte. Weder er noch Rebecca hatten es über sich gebracht, Simon zu erzählen, dass er vermutlich nie wieder würde laufen können.

Wie sollten sie sich jemals dazu durchringen, die Träume ihres Sohnes zu zerstören? Trotz allem wusste Axel, dass sie es nicht viel länger vor sich herschieben konnten. Rebecca wollte er das ersparen, wollte es Simon am liebsten selbst schonend beibringen. Sie hatte schon genug durchgemacht. Und Axel würde alles tun, was in seiner Macht stand, um Rebecca und Simon zur Seite zu stehen, ihnen unter die Arme zu greifen in dieser schweren Zeit, die vor ihnen lag. Sie brauchten ihn jetzt. Er war froh, dass Nicolas ihn davon abgehalten hatte, Johan Karlström zu Leibe zu rücken. Axels Tod hätte für Rebecca alles nur noch schlimmer gemacht, gerade jetzt, da sie ihn mehr brauchte denn je. Und Simon wäre für immer der Sohn eines Mörders gewesen. Aber so war Axel nicht, er glaubte an Gerechtigkeit und nicht an Gewalt.

Er nahm seinen Laptop aus der Tasche und verband sich über den LTE-Router, den er stets bei sich hatte, mit dem Internet. In den letzten Tagen hatte er immer öfter an Johan gedacht, der sein Leben weiterlebte, als wäre nichts geschehen.

Die Höchststrafe für Fahrerflucht belief sich auf sechs Monate Haft, die Höchststrafe für Geldwäsche lag bei sechs Jahren. Die Wahl war nicht schwer. Axel wollte Johan Karlström nicht davonkommen lassen. Er würde die Transaktionen zurückverfolgen, die Geldwäsche beweisen und die Anklagepunkte dem Staatsanwalt auf dem Silbertablett servieren.

Sechs Jahre im Gefängnis waren lachhaft gegen ein ganzes Leben im Rollstuhl, aber immerhin besser als nichts.

SIEBZEHN Der Schriftzug auf dem Verlagsgebäude leuchtete hell vor dem dunklen Winterhimmel. Das Taxi fuhr wieder an, und Vanessa legte den Kopf in den Nacken, musterte ein letztes Mal die weißen Buchstaben, ehe sie durch die Drehtür das Gebäude betrat, in dem die Redaktionen der Tageszeitung *Dagens Nyheter* sowie der Boulevardzeitung *Kvällspressen* untergebracht waren. Am Empfang nannte sie dem Wachmann ihren Namen, und der Mann murmelte mürrisch, ehe er den Telefonhörer hob und eine Nummer eingab.

»Es kommt gleich jemand.«

Vanessa wartete auf einem der Sofas an der Fensterseite, die zur Gjörwellsgatan zeigte. Im flackernden Schein seiner orangefarbenen Rundumkennleuchte türmte ein Räumfahrzeug mit seinem Pflug Schnee auf.

Eine junge Frau trat aus einer Glastür, Vanessa sprang auf und gab ihr die Hand. Schweigend fuhren sie im Fahrstuhl nach oben. Bei einer Drehtür angekommen, nahm die Frau ihre Zugangskarte zur Hand, tippte einen Code ein und ließ Vanessa den Vortritt. Sie durchquerten eine weitläufige, hell erleuchtete Bürolandschaft mit Schreibtischen, Bildschirmen, Kaffeetassen. Die meisten Arbeitsplätze waren verwaist, lediglich in der Mitte des großen Raumes arbeiteten Journalisten an ihren Bildschirmen. Die Frau deutete auf einen Raum mit Glaswänden. Dort saß Celine und starrte mit verschränkten Armen unwirsch vor sich hin, während Max Lewenhaupt vor einem Whiteboard stand. Vanessa machte die Tür auf.

Celine schaute beschämt auf die Tischplatte, Max wandte sich Vanessa zu.

»Sie ist hier plötzlich aufgetaucht und war wütend wegen des Interviews«, erklärte er.

Vanessa sah flüchtig zu Celine hinüber, die ihr einen beunruhigten Blick zuwarf.

»Entschuldige«, stammelte sie. »Aber ich habe mich einfach voll geärgert. Ich wusste, dass du nicht wolltest und dass er dich gezwungen hat mitzumachen. Aber ich weiß, dass ich einen Fehler gemacht habe.«

Vanessa wurde warm ums Herz davon, Celine so zu sehen. Natürlich war es nicht richtig gewesen von ihr, in die Redaktion zu fahren und Streit zu suchen, aber sie hatte es getan, um Vanessa zu verteidigen. Und dafür war sie Celine dankbar, auch wenn sie das nicht zeigen wollte. Jedenfalls noch nicht.

»Wie bist du hier hereingekommen?«

»Ich habe gesagt, ich bin die Tochter des Chefredakteurs«, murmelte Celine.

Vanessa musste ein Lachen unterdrücken, trat an den Tisch und setzte sich neben Celine.

»Wie geht es dir?«

»Ich bin ziemlich hungrig.«

Max grinste.

»Du hättest das Plunderstück lieber essen sollen, anstatt damit nach mir zu werfen.«

Vanessa runzelte die Stirn.

»Plunder?«

»Es gab halt keine Torte.«

Vanessa legte Celine die Arme um die Schultern und zog sie an sich.

»Du hast einen Fehler gemacht, aber ich finde es schön, dass du dich für mich so ins Zeug legst.«

Celine schlang die Arme um Vanessa. Sie ließ es geschehen und zog sie dann auf die Füße.

»Hast du dich denn bei Max schon entschuldigt?«

Sie schüttelte den Kopf.

»Dann sei so gut und mach das bitte.«

Celine ging auf Max zu, hielt ihm ihre Hand hin und sah ihm in die Augen.

»Es tut mir leid, dass ich mit dem Gebäck geworfen habe. Und dass ich dich Schreibtischtäter genannt habe. Und für alles andere, was ich gesagt habe, aber nicht mehr richtig weiß.«

Max ergriff ihre Hand und schüttelte sie.

»Das ist schon in Ordnung. Und, Celine, ich denke, es ist gut, wenn man seine Freunde beschützt. Aber man muss es eben richtig machen. Das nächste Mal kannst du gerne anrufen oder eine Mail schicken, wenn du etwas zu einer Veröffentlichung zu sagen hast.«

Vanessa und Celine spazierten schweigend über die Lilla Västerbron in Richtung des Taxistands am Fridhemsplan. Unter ihnen erstreckte sich der Rålambshovsparken, und eine Frau mit einem großen Hund an der Leine ging Richtung Riddarfjärden an ihnen vorbei.

»Bist du sehr sauer auf mich?«, fragte Celine.

»Nein, aber das war wirklich keine gute Idee. Und das Ganze hätte ziemlich übel ausgehen können für dich.«

»Es tut mir leid.«

»Schon gut.«

»Ich war so wütend, als ich den Artikel gelesen habe. Nicht, weil daran etwas falsch gewesen wäre, sondern weil ich weiß, dass du gar nicht darüber reden wolltest. Hast du ihn gelesen?«

Vanessa nickte.

»Wir hatten eine Abmachung, er und ich. Das hat mir zwar nicht gefallen, aber ich habe mich an meinen Teil der Verabredung gehalten und er sich an seinen. Man kann sich nicht total danebenbenehmen, nur weil man stinkwütend ist.«

»Ich weiß.«

»Warst du heute in der Schule?«

Celine nickte eifrig.

»Ja. Jeden Tag. Das habe ich dir doch versprochen.«

Vanessa schmunzelte, legte ihr einen Arm um die Schultern und zog sie an sich.

»Gut. Das ist wichtig für die Zukunft.«

Celine seufzte.

»Aber das ist doch noch so lange hin.«

TEIL VII

EINS

Es war Freitagmorgen um halb sieben, als Mikael Kask Barrys Bootcamp verließ, die Sporttasche über der Schulter. In einer Hand hielt er einen Smoothie, mit der anderen scrollte er Tinder durch, während er die Smålandsgatan überquerte. Er hatte elf neue Matches.

Er war ein Spätzünder, wie seine Mutter zu sagen pflegte. Nach seinen Jahren als Model in New York und der kurzen Karriere als TV-Sternchen hatte er sich mit dreißig bei der Polizeischule beworben. Schnell war klar, dass er zu Höherem berufen war, und entsprechend hatte man ihn behandelt. Bis er vor drei Jahren das Ende der Karriereleiter erreicht hatte und zum Chef der Mordkommission ernannt worden war. Aber seiner bedeutenden Aufgabe zum Trotz fühlte er sich irgendwie nicht erwachsen. Jedenfalls lebte er nicht so, wie er als Kind gedacht hatte, dass Erwachsene lebten. Der offensichtlichste Unterschied bestand darin, dass er keine Kinder hatte und nie auch nur im Entferntesten an eine Ehe gedacht hatte. Stattdessen hatte er seit seiner Rückkehr aus New York einen erheblichen Frauenverschleiß. Die längste Beziehung hatte zwei Monate gedauert, Kinder waren für ihn nie infrage gekommen. Warum auch? Bis vor einem Jahr hatte er sein Junggesellendasein umfassend genossen. Er besaß eine großzügige Dreizimmerwohnung in guter Wohngegend auf Kungsholmen und hatte vor Kurzem ein Sommerhaus auf Ingarö erworben. Er konnte zu jeder Tages- und Nachtzeit mit Influencern, Fernsehgrößen und Schauspielern in den angesagten Fitness Clubs trainieren, war mit allen per Du. Vielleicht war das kindisch, aber er liebte diese Freiheit, zu kommen und zu gehen, wann immer er wollte, um sich dann wieder wochenlang in die Arbeit zu stürzen.

Und dann waren da noch die Frauen. Er zog sie an wie das Licht die Motten, so war es immer schon gewesen. Mikael liebte die Frauen, und die Frauen liebten ihn. Tatsache war, dass er auch gerne mit Frauen befreundet war, er tat sich schwer mit dem ruppigen Ton, der so oft zwischen Männern herrschte. Obwohl er nichts dagegen hatte, sich mit seinen alten Kumpels aus Södermalm auf ein Bier zu treffen, nahm er nie die emotionale Nähe wahr, die er von Frauen kannte.

Sein Tinderprofil war auf Frauen zwischen 25 und 45 eingestellt. Das mochte chauvinistisch sein, aber er sah nicht aus wie 51. Er hatte überlegt, die untere Altersgrenze auf dreißig zu erhöhen. Doch wenn Fünfundzwanzigjährige mit ihm ins Bett wollten, warum sollte er da Nein sagen? Sie hatten die Wahl. Und er behandelte sie alle stets korrekt. Er wollte weder Tränen noch gebrochene Herzen. Er verabscheute es, rechtschaffene Menschen zu enttäuschen.

Mikael warf den leeren Smoothiebecher in einen Abfallkorb, als er den Norrmalmstorg passierte, Richtung Stureplan weiterging und sich vor dem Scandic Anglais an die Bushaltestelle stellte. An der Fassade der Sturegallerian blendete die Leuchtreklame, ein frisch geschiedener Influencer machte Werbung für einen Armaniduft. Angelica? War das ihr Name? Sie hatte vergangene Woche im Barrys trainiert, ihn angesprochen und sich mit ihm über seinen Job unterhalten. Vor ein paar Jahren hätte er sie vermutlich postwendend verführt, um bald darauf die Liaison wieder zu beenden.

Doch nun gab es Trude Hovland. Sie hatte ihn irgendwie verändert. Vielleicht, weil er zum ersten Mal eine Frau kennengelernt hatte, die mindestens genauso wenig wie er Mutter-Vater-Kind spielen wollte. Trude kam und ging, wie es ihr passte, ihre Beziehung – wenn man das so nennen wollte – beruhte ausschließlich auf ihren Bedingungen. Ein Jahr war es nun schon her, dass sie zum ersten Mal miteinander im Bett gelandet waren, und es langweilte ihn nicht im Geringsten, mit ihr Zeit zu verbringen oder Sex zu haben. Mikael wollte sie anrufen und fragen, was sie für Pläne hatte, aber entschied sich dagegen. Stillschweigend waren sie übereingekommen, dass sie sich bei ihm meldete. Außerdem stand fest, dass ihre Beziehung eine offene war. Vor zwei Wochen hatte er gesehen, wie sie in einer Bar einen Mann geküsst hatte. Er hatte sie nicht darauf angesprochen und wusste nicht einmal, ob es ihn verletzte. Die Regeln waren klar; Trude hatte nichts falsch gemacht. Trotzdem wünschte er, sie würde ihm mehr Zuneigung entgegenbringen oder ihm wenigstens sagen, dass sie ihn gern mochte.

Sein Telefon vibrierte. Katarina Fredriksson, die Dezernatsleiterin für Kapitaldelikte Stockholm Syd.

»Wir haben hier was, das könnte dich interessieren. Letzten Dienstag ist in Skärholmen ein Toter gefunden worden. Stig Boström heißt er.«

»Jetzt stehe ich auf dem Schlauch.«

Katarina hüstelte amüsiert.

»Also, Stig Boström ist vergangenen Dienstag erdrosselt in seiner Wohnung gefunden worden, und wir haben DNA-Spuren sichergestellt. Unser Abgleich hat ergeben, dass die DNA einem nahen Verwandten eines gewissen Ahmed Mansour gehört. Dieser Ahmed ist wegen Diebstahls, Körperverletzung und illegalen Waffenbesitzes in Haft, er sitzt in Kumla ein. Sein Vater Abbas Mansour hat ein Alibi, und es halten sich keine weiteren männlichen Verwandten der Familie in Schweden auf. Ahmed hat einen älteren Bruder, Hamza Mansour, der nach Syrien ausgereist ist. Er wurde für tot erklärt, die Familie bekam einen Anruf einer Behörde aus Raqqa, vor etwa einem Jahr. Und jetzt haben wir in der Wohnung DNA-Spuren gesichert, die höchstwahrscheinlich von ihm sind. Seid ihr nicht gerade hinter Leuten mit Verbindung zum IS her?«

Der Bus hielt, und Mikael stieg ein, nickte dem Fahrer zu und hielt seine Karte vor das Lesegerät.

»Wir haben die Ermittlungen begonnen, aber die Säpo hat inzwischen übernommen.« Er schirmte das Handymikrofon mit der hohlen Hand ab, damit die anderen Fahrgäste nicht mithören konnten.

»Schade. Wir haben gerade ziemlich viel um die Ohren, und ich wollte eigentlich fragen, ob ihr uns helfen könnt. Wir kommen kaum hinterher, weil wir uns um die beiden Banden auf Söder kümmern, die sich gerade gegenseitig abknallen.«

Mikael blieb im Gang stehen und dachte nach. Natürlich schätzte er die Säpo, aber das waren schließlich keine Kriminaler. Es schadete sicher nicht, einen Blick auf den Fall zu werfen. Vanessa war verfügbar, und Samer arbeitete wegen Personalmangels ebenfalls zum Teil für die Mordkommission.

»Ich kann Vanessa bitten, sich die Sache mal anzusehen.«

»Frank?«

»Ja.«

Der Bus hielt in der Kungsgatan, die Türen gingen auf, und eine Frau mit Kinderwagen wollte einsteigen. Mikael klemmte sich das Telefon zwischen Ohr und Schulter und half ihr, den Wagen in den Bus zu heben.

»Gut, ich schicke ihr die Infos.«

ZWEI Molly Berg saß auf dem Sofa und trank Tee. Sie trug einen dunkelblauen Morgenrock aus Seide, das Mitbringsel von einer Reise nach Dubai, und hatte ihre Haare zu einem Dutt auf dem Kopf zusammengeknotet. Sie hatte ihre Wohnung nur verlassen, um einzukaufen und auf Djurgården spazieren zu gehen, wie Thomas es von ihr verlangt hatte. Sie hatte Didriks Kontaktaufnahmen freundlich abgewiesen und die Zeit damit totgeschlagen, Romane zu lesen und Fernsehserien auf Netflix zu schauen.

Molly hatte beschlossen, Thomas' Anweisungen strikt zu befolgen und darauf zu vertrauen, dass er sie in Ruhe lassen würde, wenn sie ihm half. Doch sie verabscheute ihn mehr, als sie jemals einen Menschen verabscheut hatte, und zugleich hatte sie Angst. Angst, er würde ihr Leben zerstören, die Beziehung zu ihrem Vater zerstören, die doch gerade erst entstanden war. Zwei Mal war er bereits in ihre Wohnung eingedrungen, hatte ihr in Kiruna aufgelauert, als er sie in Stockholm nicht hatte erreichen können. Er hätte nicht lockergelassen, wenn sie nicht getan hätte, was er sagte, das war offensichtlich.

Deshalb hatte sie auch nichts davon diesem Nicolas erzählt, obwohl jede Faser ihres Körpers danach geschrien, um Hilfe gefleht hatte. Rückblickend war sie froh über ihre Entscheidung.

Sobald sie das alles hinter sich gebracht hatte, würde sie ihre Wohnung verkaufen und verschwinden, den Kontakt zu Marc abbrechen, diesmal endgültig. Sie war gebrandmarkt. Die Fotos waren in der Welt und würden nie wieder verschwinden. Molly war gezwungen, ihr altes Leben für immer zurückzulassen. Zunächst wollte sie Richtung Norden, vielleicht wieder nach Kiruna? Sie könnte irgendeinen gewöhnlichen Job anfangen, in der Nähe ihres

Vaters sein. Ihre Beziehung vertiefen. Um Geld brauchte sie sich keine Gedanken zu machen, allein mit dem Erlös aus dem Verkauf ihrer Wohnung konnte sie sich die nächsten zehn Jahre über Wasser halten, wenn sie einigermaßen sparsam lebte.

Sie zuckte zusammen, als es an der Tür klingelte. Es war kurz nach acht Uhr morgens. Das musste Thomas sein, vielleicht war jetzt endlich alles überstanden. Auch wenn sie nervös war, hoffte sie, dass bald alles vorbei sein würde und sie wieder anfangen könnte zu leben.

Sie zog den Gürtel ihres Morgenrocks straff, sie trug nichts darunter, und prüfte im Flurspiegel, dass nichts hervorblitzte. Dann ging sie zur Wohnungstür.

DREI Die Sonne kletterte langsam über Skärholmen den Himmel hinauf, als Vanessa und Samer in Stig Boströms verwaiste Wohnung traten.

Samer hatte eine Mappe mit Fotos der Rechtsmedizin vom Fundort der Leiche sowie einen hastig verfassten Bericht über den Stand der Ermittlungen bei sich. Von einer kriminaltechnischen Untersuchung des Tatorts und vereinzelten Befragungen der Nachbarn abgesehen, hatten die Kollegen von den Kapitaldelikten Stockholm Syd keine Ressourcen übrig, um den Fall wirklich zu lösen.

Die Wohnung wirkte düster. An den Wänden hingen verblichene Fotografien aus vergangenen Zeiten, im Wohnzimmer ein Poster von einem Ulf-Lundell-Konzert aus den Achtzigern. Vanessa kam es so vor, als habe Stig Boström sich ein nostalgisches Museum eingerichtet, anstatt zu leben, um neue Erinnerungen zu erschaffen. Als hätte er auf den Tod gewartet. Doch dann war seine Wartezeit unvermittelt verkürzt worden.

Die Schlafzimmertür war offen. Sie stellten sich in den Türrahmen, und Samer hielt die Fotos der Kriminaltechnik so, dass Vanessa sie gut sehen konnte.

Stig Boström hatte auf dem Bett gelegen.

Auf den Aufnahmen war sein Kinn auf die Brust gesunken, seine Augen waren geschlossen. Wären die graue Gesichtsfarbe und der Schmerbauch nicht gewesen, über dem das T-Shirt spannte, hätte er ebenso gut ein alter Mann sein können, der gerade ein Nickerchen machte.

Vanessa löste ihren Blick von den Fotos, trat ans Fußende des Bettes und sah nach oben zur Lüftungsklappe, die mit Plastiktüten zugeklebt worden war.

»Der oder die Mörder haben sich richtig Mühe gegeben, damit die Leiche nicht so schnell gefunden wird«, meinte sie.

»Das wäre sie auch nie, wenn …«

Samers Telefon klingelte. Er unterbrach sich und ging ins Wohnzimmer. Vanessa sah, wie er sich das Telefon ans Ohr hielt, während er eine Medikamentenschachtel vom Sofatisch nahm und in der Hand wog.

Sie nahm Bruchstücke des Telefonats wahr, konzentrierte sich aber auf den Tatort.

Dem Obduktionsprotokoll zufolge war Stig Boström seit 24 Stunden tot, als er gefunden wurde. Das Bett, nun abgezogen, war ordentlich gemacht gewesen. Wenn er im Schlafzimmer erdrosselt worden wäre, hätte mehr Unordnung geherrscht. Das Opfer hätte sich gewehrt, um sich getreten, um sein Leben gekämpft. Doch die Decke war nicht zerwühlt und glatt, den Fotos nach zu urteilen.

Nein, im Schlafzimmer war er nicht getötet worden, dachte Vanessa. Und die Wohnung war zu aufgeräumt für einen Raubmord.

Samer erschien in der Tür und räusperte sich.

»Das war die Klinik, in der die Tochter, Petra Boström, behandelt wird. Wir können sie heute besuchen.«

»Gut, dann fahren wir gleich hin, und danach statten wir Hamza Mansours Familie einen Besuch ab, wenn wir das noch schaffen. Wolltest du noch was dazu sagen, wie die Leiche entdeckt wurde?«

Samer nickte.

»Ja, er wäre wohl nie gefunden worden, wenn die Nachbarin nicht gewesen wäre. Sie hat manchmal ihre Kinder zu ihm gebracht, wenn sie einkaufen ging. Montagabend hat sie angeklopft, aber es hat niemand aufgemacht. Sie dachte, er hätte sie vergessen, und ist Dienstagfrüh noch mal wiedergekommen. Als er da auch nicht aufgemacht hat, hat sie die Polizei gerufen. Zwei Kollegen sind dann in die Wohnung und haben ihn auf dem Bett gefunden.«

»Die Wohnungstür war abgeschlossen?«, fragte Vanessa.

»Exakt.«

Sie wandte sich um und heftete ihren Blick auf das Bett.

»Der Täter erwürgt ihn, schleppt die Leiche ins Schlafzimmer, klebt Lüftung und Türritzen ab, damit die Nachbarn keinen Verwesungsgeruch wahrnehmen.«

»Warum meinst du, dass die Leiche bewegt worden ist?«

Vanessa zeigte auf eines der Fotos in Samers Hand.

»Das Bett war absolut akkurat gemacht. Penibel.«

VIER »Wir sind vor Ort, die ganze Zeit, auch wenn du uns nicht sehen kannst«, sagte Thomas und beugte sich zu Molly vor. »Du musst dir keine Sorgen machen.«

»Wirst du auch da sein?«

Seine braunen Augen sahen sie forschend an.

»Ja, ich werde auch da sein.«

Er trug denselben Anzug wie bei ihrem ersten Treffen. Bevor das ganze Chaos ausbrach. Unvermittelt wurde ihr bewusst, wie lange das her war, als sei es in einem anderen Leben gewesen.

»Dann also am Sonntag?«

Der Thomas, der ihr nun gegenübersaß, hatte mehr Ähnlichkeit mit dem von damals. Ruhig. Freundlich. Ganz und gar nicht so aufdringlich und hektisch wie bei ihren letzten Begegnungen. Und sein Gesicht war fast wieder verheilt.

»19 Uhr. Das Zimmer ist schon gebucht.«

»Und es ist wirklich das letzte Mal?«

Er lehnte sich zurück, rückte seinen Schlips zurecht und setzte sein schiefes Grinsen auf. Sie konnte einfach nicht anders, sie fand ihn sexy. Auch wenn die Anziehung, die von ihm ausgegangen war, mittlerweile wie weggeblasen war. Es war seltsam, dass sie vor einem knappen Monat noch in ihn verschossen gewesen war und gehofft hatte, sie würden eines Tages ein Paar.

»Ja, dann siehst du mich nie wieder. Es tut mir leid, dass ich mein Versprechen nicht halten konnte, aber diesmal kann ich es.«

Er fuhr mit der Hand in seine Innentasche und holte ein Kuvert hervor.

»Ich habe dir etwas mitgebracht«, sagte er und reichte ihr den Umschlag.

Molly machte das Kuvert auf. Es enthielt die Buchungsbestätigung für ein Flugticket nach Kiruna für Montag, ausgestellt auf ihren Namen.

»Frühmorgens, gleich der erste. Neulich habe ich dich Hals über Kopf zum Aufbruch gezwungen, da dachte ich, es ist das Mindeste, was ich tun kann für deine Hilfe. Was du machst, ist mutig, sehr mutig. Und wichtig.«

Sie war beruhigt. Sie würde ihren Vater wiedersehen und Didrik. Sobald das alles hier vorbei war, würde sie ihn anrufen.

Denn wenn das geringste Risiko bestand, dass ihr etwas zustoßen könnte, dann hätte Thomas wohl kaum ein Flugticket für sie gebucht?

FÜNF

Ihm dröhnte der Kopf, und Hamza war flau im Magen. Er hatte in der Nacht von Stig geträumt. Erneut. War kalt vor Schweiß aufgewacht und hatte nicht wieder einschlafen können. War durch die leere Wohnung getigert, hatte einen kurzen Spaziergang durch das Wäldchen gemacht, aber nichts hatte geholfen.

Als es an der Tür klingelte, fuhr er zusammen. Rasch erhob er sich, nahm die Pistole vom Tisch und schlich in die Diele. Zielte auf die Tür und spähte durch den Spion ins Treppenhaus, die Waffe im Anschlag. Farid. Hamza beschlich eine ungute Vorahnung. Er schob die Pistole hinten in den Hosenbund, löste vorsichtig den an der Tür befestigten Sprengsatz und machte auf.

Farid trat ein und drückte die Tür wieder ins Schloss.

»Ist was passiert?«, wollte Hamza besorgt wissen.

Farid benutzte den Fußabtreter, nahm die Mütze ab, die er sich tief in die Stirn gezogen hatte, und warf einen flüchtigen, gleichgültigen Blick auf die Sprenganordnung

»Wir holen die Waffen, die ihr am Sonntag verwenden werdet.«

»Jetzt sofort?«

Farid nickte.

»Das habe ich dir doch gesagt. Was ist los mit dir? Zieh dir was an.«

Kurz darauf fuhren sie in Farids silberfarbenem Renault auf den Albanoleden. Farid zündete sich eine Zigarette an und hielt sie mit der Hand, die am Steuer ruhte. Sie fuhren in südlicher Richtung in den Tunnel. Im Radio berichteten die Nachrichten von zwei Personen, die erschossen in einem Pkw in Fittja aufgefunden worden waren.

»Müssen wir nicht nach Hallunda?«, wollte Hamza wissen.

»Doch«, entgegnete Farid.

»Dann müssen wir aufpassen, das ist ganz in der Nähe. Wollen wir nicht besser warten, wenn da überall Polizei ist? Es kann auch Straßensperrungen geben.«

Farid gab ein Grunzen zur Antwort. Zog energisch an seiner Zigarette.

Hamza musterte sein Gesicht im Seitenspiegel. Strich sich mit der Hand über die frisch rasierte Wange. Das Gefühl war ungewohnt, er vermisste seinen Bart. Er überlegte, ob er Farid von Stig erzählen sollte, aber beschloss, lieber zu schweigen. Möglicherweise war es besser, den Leichnam an einen anderen Ort zu bringen. Doch wo sollte er ihn verstecken? Niemand vermisste Stig, niemand würde ihn vermisst melden. Wenn die Wohnbaugenossenschaft eine Mahnung wegen der Miete rausschickte, wäre es zu spät. Dann war Khenziir bereits tot und Hamza wahrscheinlich ebenfalls. Er sah Stigs leblosen Körper auf dem Bett im Schlafzimmer vor sich. Er war vermutlich aufgedunsen und hatte angefangen zu stinken. Er fragte sich, ob er von Fliegen übersät war, wie die Leichen in den Städten und an den Straßen im Krieg.

Stig hatte einen besseren Tod verdient, aber da war er nicht der Einzige. Die Polizei würde den Mord wohl nie mit Hamza in Verbindung bringen. Er hatte online die Tageszeitungsmeldungen verfolgt und nichts über einen Toten auf Skärholmen gefunden.

Der Mord würde nie aufgeklärt werden.

Und was spielte das für eine Rolle? Die Geschichte war voll von Menschen, die den Tod nicht verdient hatten. Hamza hatte mehrere Leben auf dem Gewissen. Junge Soldaten der schiitischen Miliz, die um ihr Leben bettelten und flehten, während ihre Hinrichtung mit Mobiltelefonen gefilmt wurde. Kurdische Peschmerga-Frauen, die seine Männer stundenlang vergewaltigten, bevor sie sie töteten. Jesidische Jungen, denen er ohne Zögern die Kehle durchgeschnitten und deren warmes Blut er an seinen Händen gespürt hatte.

Hatte deren Tod ihn damals nicht sonderlich getroffen, weil um ihn herum der Krieg tobte?

Aber es herrschte immer noch Krieg. In zwei Tagen würde er einen Mann töten, der den Tod wirklich verdiente. Und er hoffte, Gott würde daran Gefallen finden.

»Sabina und du, ihr checkt morgen im Hotel ein«, sagte Farid.

Er kurbelte die Scheibe herunter und warf den Zigarettenstummel aus dem Fenster.

»Die Witwe?«

»Genau. Lass dich von ihrem hübschen Gesicht nicht täuschen.« Farid grinste. »Sie ist sehr gläubig und sehr effizient. In Raqqa war sie bei der Hisba. Ein Freund von mir hat mir eine Geschichte über sie erzählt.«

Hamza sah ihn neugierig an.

»Sie und ihr Mann hatten zwei jesidische Sklaven. Mutter und Tochter. Das Mädchen war ungefähr fünf und gehorchte nicht. Sprang überall herum, haute ab, tat nicht, was Sabina ihr auftrug. Weißt du, was sie gemacht hat?«

Hamza schüttelte langsam den Kopf. Farid ließ sich Zeit, fischte sein Zigarettenpäckchen wieder hervor und zündete sich eine neue an. Legte das Feuerzeug aus der Hand, blies eine Rauchwolke aus und schnaubte.

»Sie hat die Kleine im Hinterhof angekettet, bei fünfzig Grad im Schatten. Und hat sie langsam vor sich hin brutzeln lassen, während ihre Mutter verzweifelt geschrien hat.«

SECHS Eine gestresst wirkende Sekretärin hatte Samer und Vanessa in einen Konferenzraum geführt. In der Mitte stand ein Tisch, an einer Schmalseite ein Whiteboard mit den Stichpunkten des letzten Personalmeetings in grüner Schrift.

Man hatte Samer am Telefon erklärt, dass die Chancen, zu Petra Boström durchzudringen, am besten stünden, wenn sie sie persönlich sprachen. Es sei allerdings nicht sicher, ob die Frau wirklich Besuch von der Polizei würde empfangen können, da sich ihr Zustand stündlich ändern könne. Die Befragung von Stigs Nachbarn im Haus hatte nichts Wesentliches ergeben, und Vanessa hoffte, dass sie mit Petra Boströms Hilfe wenigstens ein paar offene Fragen klären konnten. Bei ihrem jüngsten Anruf in der Klinik hieß es, dass ein Treffen sehr wahrscheinlich möglich sei.

Sie hatten sich gerade am Konferenztisch niedergelassen, als die Tür aufging und ein hochgewachsener Mann eintrat. Er sah in etwa so aus, wie Vanessa sich einen Oberarzt der Psychiatrie vorstellte. Glatt rasierter Schädel, rotbraune Bartstoppeln und ein neugieriger, wachsamer Blick hinter einem Brillengestell aus Metall.

»Nils Gysander«, stellte er sich mit småländischem Dialekt vor, schüttelte den Beamten die Hände und nahm ihnen gegenüber Platz.

»Ist Petra Boström auch zu sprechen?«, erkundigte sich Vanessa.

Nils Gysander zuckte ratlos mit den Schultern.

»Aufgrund der Nachricht vom Tod ihres Vaters mussten wir sie medikamentös behandeln. Heute Morgen ging es ihr schon wieder besser, aber vor rund einer halben Stunde hatte sie einen Anfall, und wir waren gezwungen, die Dosis zu erhöhen. Sie ist kaum ansprechbar, leider.«

Vanessa sah ihn enttäuscht an.

»Seit wann ist sie denn Patientin hier?«

»Seit fast drei Jahren.«

»Warum?«

»Wie Sie sicher verstehen, unterliegen derartige Informationen der Schweigepflicht.«

Nils Gysander legte den Kopf leicht schief und kniff die Lippen zu einem schmalen Lächeln zusammen. Vanessa konnte ihre Frustration nur schwer verbergen.

»Wie stand sie denn zu ihrem Vater?«, warf Samer unvermittelt ein. Er hatte Vanessas Reaktion offenbar registriert.

»Ohne zu viel zu sagen, hatte sie eine gute Beziehung zu ihm, meiner Ansicht nach. Sie standen sich nahe, jedenfalls bis sie hier aufgenommen wurde.«

»Hat er sie oft besucht?«

»Nein«, gab der Arzt zurück. »Er hatte Schwierigkeiten, hierherzukommen, wenn ich das richtig verstehe.«

»Inwiefern?«

»Ich kenne keine Details, aber ich habe mich ziemlich gewundert, als er vor ein paar Tagen anrief und sie besuchen wollte. Das erste Mal seit einem Jahr.«

Vanessa und Samer beugten sich über den Tisch.

»Wann war er hier?«

»Diesen Montag.«

»Und wie hat Petra reagiert?«, fragte Vanessa. »War sie … aufgewühlt?«

Samer ergriff rasch das Wort, bevor Nils Gysander antworten konnte: »Natürlich respektieren wir Petras Privatsphäre, wir versuchen nur, uns ein Bild von den letzten Stunden ihres Vaters zu machen.«

Er lächelte unterwürfig.

»Petra hat sich gefreut, sehr sogar«, erklärte der Arzt. »Der Besuch hat ihr gutgetan, und wir ermuntern die Angehörigen stets, vorbeizukommen, soweit das angebracht ist. Wie ich bereits erwähnte, kann ich zu dem Verhältnis zwischen den beiden nichts sagen, außer dass es ein gutes, ein liebevolles war.«

Zwanzig Minuten später parkte Vanessa ihren BMW rückwärts aus. Es hatte zu schneien begonnen, die Sitze waren kalt, die Scheiben beschlagen. Vanessa drehte die Heizung hoch.

Samer warf noch einen Blick zurück auf das Gebäude.

»Also ist er zum ersten Mal seit einem Jahr hergefahren, um seine Tochter zu besuchen. Und dann ist er umgebracht worden, vermutlich am selben Abend«, sagte er nachdenklich.

»Fast so, als ob er gewusst hätte, dass er sterben würde«, murmelte Vanessa, während sie das Tor passierten. »Glaubst du, wir schaffen es heute noch, bei Familie Mansour vorbeizufahren? Bei diesem Wetter kann ich nicht so auf die Tube drücken.«

»Da passt irgendwas nicht«, fuhr Samer fort und ignorierte Vanessas Einwurf.

»Und was?«

Aufgrund der schlechten Sicht beugte Vanessa sich über das Lenkrad.

»Stig Boström war Epileptiker. Ich vermute, dass er den Führerschein abgeben musste und deshalb nicht zur Klinik fahren konnte. Wenn man einen Anfall hatte, darf man eine Zeit lang nicht fahren.«

Vanessa nahm den Fuß vom Gas.

»Woher weißt du, dass er Epileptiker war?«

»Das Medikament auf dem Wohnzimmertisch, Lamictal. Noor nimmt das gleiche. Aber wie ist er dann hierhergekommen?«

Vanessa hielt am Straßenrand und machte nach einem Blick in die Seitenspiegel einen U-Turn.

SIEBEN Hamza und Farid fuhren auf der E4 zurück zur Wohnung in Lappkärrsberget auf Höhe von Älvsjö. Es war wenig Verkehr, Farid fuhr auf der rechten Spur und hielt sich an die Geschwindigkeitsbegrenzung. Die Waffen lagen im Kofferraum, und Hamza war ganz ruhig.

Alles war glattgelaufen. Sie hatten den Renault vor einem Wohnkomplex in Hallunda abgestellt, Farid hatte den Türcode eingegeben, und sie waren zusammen in den Keller gegangen. Dort hatte er eines der Kellerabteile aufgeschlossen und auf eine Tasche gedeutet. Mit der Taschenlampe des Handys hatten sie ihren Inhalt überprüft und die Tasche anschließend mitgenommen. Sie hatten das Haus wieder verlassen, die Tasche im Kofferraum verstaut und sich wieder auf den Weg gemacht.

»Dann also am Sonntag?«, fragte Hamza, um die Stille zu unterbrechen.

Farid drehte den Kopf, begegnete Hamzas Blick und nickte.

»Die Einzelheiten erfahren wir morgen. Aber wir wissen, wo er sein wird.«

»Woher sollen wir das wissen?«

»Wir wissen es. Du wirst ihm sehr nah sein. Ganz nah.«

Farid schaute in den Rückspiegel und setzte eine angestrengte Miene auf. Hamza warf einen Blick in den Seitenspiegel und begriff sofort, warum er reagiert hatte. Hinter ihnen fuhr eine Streife, so dicht, dass Hamza die Gesichter der Polizisten sehen konnte. Er machte das Handschuhfach auf, griff nach der Pistole, entsicherte sie und legte sie in das Seitenfach, damit er sie sofort zur Hand hatte. Dann schielte er zu Farid hinüber, der krampfhaft das Steuer umklammerte.

»Nur die Ruhe«, sagte Hamza. »Die werden uns nicht stoppen, dafür gibt es gar keinen Grund.«

In dem Moment ging das Blaulicht an, der Streifenwagen wechselte auf die linke Spur, und der Beamte auf dem Beifahrersitz signalisierte ihnen, am Straßenrand zu halten. Hamza realisierte, dass er keine andere Wahl hatte, als zu schießen. Zu viel stand auf dem Spiel. Der ganze Anschlag war in Gefahr, wenn sie nun mit zwei Sturmgewehren geschnappt werden würden. Die Polizei würde die Ermittlungen gegen sie aufnehmen, was bedeutete, dass die gesamte Zelle aufzufliegen drohte. Alles wäre vergebens. Sie würden gefasst und verurteilt werden, und nichts würde sich ändern für die schutzlosen Kinder und Frauen in den Lagern in Syrien.

»Wenn wir den Kofferraum aufmachen müssen, dann muss ich schießen«, stellte Hamza fest.

Farid, der am ganzen Körper zitterte, nickte kurz. Hamza musterte ihn beunruhigt, seine Körpersprache war alles andere als selbstsicher.

Er drosselte die Geschwindigkeit, die Tachonadel zeigte auf die Siebzig.

»Hast du deinen Führerschein?«

Erneutes Nicken. Schweißtropfen perlten auf Farids Stirn, er wischte sie weg.

Fünfzig Stundenkilometer.

»Du musst cool bleiben. Beantworte einfach die Fragen, und wenn's schiefgeht, schieße ich. Alles, was du dann tun musst, ist uns von hier wegzubringen. Du schaffst das.«

Hamza spürte, wie seine Verachtung für Farid mit jeder Sekunde wuchs. Er war schwach, im Kalifat hätte er kaum ein paar Stunden durchgehalten. Es war offensichtlich, dass er sich noch nie richtig geprügelt hatte.

Der Wagen kam zum Stillstand, die Streife hielt etwa zwanzig Meter weiter an einem Straßenschild. Hamza atmete tief ein und musste an die Meldung von den beiden Männern denken, die erschossen in einem Auto in Fittja aufgefunden worden waren.

»Wo ist mein Telefon?«, murmelte er.

»Was?«, zischte Farid.

»Nichts, nichts«, raunte Hamza, der sein Telefon in dem Getränkehalter zwischen ihnen entdeckt hatte.

ACHT

Der Schnee fiel in dichten Flocken. Vanessa und Samer drängten sich unter dem Schirm zusammen und gingen zum Empfang der Klinik zurück.

Samer eilte zum Tresen, hinter dem eine Frau mit Kurzhaarfrisur und Brille aufschaute.

»Haben Sie diesen Montag hier gearbeitet?«, fragte Samer und zeigte seinen Polizeiausweis.

»Ja«, erwiderte die Frau unsicher.

Vanessa ließ ihren Blick durch den Raum schweifen, suchte vergeblich nach einer Überwachungskamera. Angrenzend an die Rezeption standen eine Sitzgruppe und ein Tisch mit einem Kaffeevollautomaten von Selecta, daneben ein Tablett mit Tassen, Teelöffeln und Zuckerdose. Auf dem Sofatisch lagen ein Stapel Tageszeitungen und ein paar Zeitschriften.

»Dann hat sich Stig Boström also bei Ihnen angemeldet, als er seine Tochter besuchen wollte?«

Sie nickte und tippte mit einem langen rot lackierten Fingernagel an ihr Kinn.

»Wissen Sie, ob er in Begleitung war?«

»Ja, er war mit einem Mann hier.«

Vanessa und Samer wechselten einen flüchtigen Blick.

»Können Sie den Mann beschreiben?«

»Er war, äh, von ausländischer Herkunft, wie man so sagt«, meinte sie, ein unsicheres Flackern im Blick. »Nun, er hatte schwarze Haare, dunkle Augen. Er hat dort drüben gesessen und ein paar Zeitungen durchgeblättert, während Stig Boström seinen Besuch gemacht hat.«

Vanessa zückte ihr Mobiltelefon und zeigte der Frau ein älteres

Foto von Hamza Mansour, das sie am selben Morgen vom Dezernat für Kapitaldelikte geschickt bekommen hatte.

»War das der Mann?«

Sie nickte.

»Sind Sie sicher?«, hakte Vanessa nach.

»Vielleicht nicht hundertprozentig, aber ich glaube, dass er es war.«

Nachdem sie sich versichert hatte, dass die Räumlichkeiten, in denen sich Hamza Mansour aufgehalten hatte, über keine Videoüberwachung verfügten, verließ sie erneut mit Samer das Gebäude. Enttäuscht stapften sie durch das Schneegestöber über den Parkplatz und setzten sich wortlos ins Auto.

»Was meinst du?«, fragte Samer schließlich.

»Ich denke, dass Hamza Mansour der Mörder von Stig Boström ist.«

»Aber er ist tot, jedenfalls müsste er tot sein.«

»Es war Krieg, und der Krieg ist auch jetzt noch nicht vorbei. Es ist unmöglich, zu wissen, wer tatsächlich umgekommen ist, wer in Gefangenschaft sitzt und wer wieder nach Europa zurückgekommen ist. Jemand hat Hamzas Eltern angerufen, um ihnen mitzuteilen, dass er gefallen ist, woraufhin die Eltern die Polizei informiert haben. Wir können schlecht ins Kriegsgebiet reisen, um den Totenschein und das Obduktionsprotokoll zu kontrollieren, abgesehen davon, dass solche Dinge dort überhaupt nicht existieren.«

Samer nickte, den Blick starr auf die Mauer vor der Motorhaube gerichtet.

»Da hast du natürlich recht. Aber warum hat er Stig umgebracht? Und wo ist er jetzt?«

NEUN

Kerzengerade, das Telefon auf dem Oberschenkel, gab Hamza die 112 ein. Das Herz hämmerte in seiner Brust, er ballte die Fäuste und atmete kontrolliert und flach. Das Freizeichen klingelte ins Leere.

»Was machst du da?«, knurrte Farid.

Hamza ignorierte ihn.

Hinter dem Wagen gab einer der Polizeibeamten zu verstehen, dass der Fahrer aussteigen solle. Farid schnallte sich ab und machte die Tür auf.

»Steig schnell aus und mach die Tür zu«, sagte Hamza leise.

»Notrufzentrale, was ist passiert?«, kam es aus dem Lautsprecher. Blickte starr geradeaus, für den Fall, dass einer der Beamten auf die Idee käme, einen Blick ins Auto werfen zu wollen. Bewegte kaum merklich die Lippen.

»Schusswechsel in Sätra. Maschinenpistolen. Vier Männer werden sterben. Sie bluten. Beeilen Sie sich.«

Farid und der Beamte standen sich gegenüber, eine Hand ruhte auf seiner Dienstwaffe. Er deutete auf den Wagen. Farid gestikulierte ratlos, schüttelte den Kopf.

»Wo in Sätra?«

Die weibliche Stimme am Telefon klang angespannt und ernst. Hamza kannte sich nicht aus in Sätra, kannte keine Straßennamen.

»Im Zentrum bei der U-Bahn. Beeilen Sie sich. Die sterben.«

Er beendete die Verbindung und spürte, wie ihm der Schweiß in den Hosenbund rann. Er beugte sich zum Seitenspiegel, um auszumachen, was hinter dem Wagen vor sich ging. Der Polizist und Farid waren einen Schritt zur Seite getreten, unterhielten sich aber noch immer.

Dann trat der Beamte auf den Kofferraum zu, und Hamza konnte sein Gesicht deutlich erkennen. Er trug Bart und war extrem groß. Er wirkte herablassend, während er mit Farid redete, der neben dem Beamten wie ein verschreckter Schuljunge wirkte.

Hamza hatte getan, was er konnte. Wenn das nicht funktionierte, blieb ihm nichts anderes übrig, als das Feuer zu eröffnen. Er streckte die Hand nach der Waffe aus und umfasste den Kolben. Würde sich der Beamte zum Kofferraum umdrehen, dann würde er ihn durch die Heckscheibe erschießen. Die Tür aufdrücken, den anderen umlegen, damit Farid es bis ins Auto schaffte.

Der Polizist brachte Farid mit einer Geste zum Schweigen, woraufhin der die Arme kraftlos hängen ließ. Hamza sah, wie sich die Lippen des Beamten bewegten, er sprach in das Funkgerät an seiner Schulter. Die Fahrertür der Streife ging auf, sein Kollege rief etwas und winkte hektisch.

Im nächsten Augenblick ging das Blaulicht auf dem Dach an, die Sirene heulte auf, und der Polizist rannte zum Wagen zurück.

Er warf sich auf den Beifahrersitz, dann beschleunigte der Streifenwagen, fädelte ein und verschwand in hohem Tempo auf der E4.

Farid lehnte sich gegen die Kofferraumklappe, Hamza stieg aus. Ein Lkw fuhr vorbei und brachte das Auto zum Vibrieren. Hamza griff Farid unter die Achseln und führte ihn zur Beifahrertür, drückte ihn auf den Sitz und schlug die Tür zu.

ZEHN

Der gekrümmte, weißhaarige Mann wandte sich Vanessa zu, und das flimmernde grünliche Licht des Fernsehbildschirms erhellte sein Gesicht. Er bedachte sie mit einem gelangweilten, desinteressierten Blick, ehe er sich wieder dem Fernseher widmete. Auf der Armlehne stand ein übervoller Aschenbecher.

Vanessa drückte den Rücken durch, nach der langen Autofahrt von Jönköping hatte sie Kreuzschmerzen.

»Abbas Mansour«, begann sie. »Mein Name ist Vanessa Frank, ich bin von der Polizei. Das ist mein Kollege Samer Bakir.«

Der Mann im Sessel grunzte gleichgültig. Die Frau, die sie hereingeführt hatte, schob sich an Vanessa vorbei und trat neben ihren Mann. Sie sagte etwas auf Arabisch zu ihm, und Vanessa schnappte den Namen Hamza auf.

»Was wollen Sie von mir?«, fragte er, reckte sich nach der Zigarettenschachtel auf der anderen Armlehne und zündete sich eine an.

»Über Ihren Sohn sprechen.«

Abbas' Frau verließ das Wohnzimmer.

»Ahmed?«

»Hamza.«

»Ich habe nur einen Sohn. Ahmed. Der andere ist tot. Einerlei. Besser, er wäre nie geboren worden.«

Er hatte einen starken Akzent. Vanessa fand die Fernbedienung und machte den Fernseher aus. Abbas stierte sie feindselig an. Sie hielt seinem Blick stand, bis er schließlich zu Boden sah, an der Zigarette zog und den Rauch ausblies.

»Ich habe schon alles der Säpo gesagt. Ein Mann aus Syrien hat uns angerufen, vor einem Jahr ungefähr, und gesagt, dass er tot ist. Meine Frau hat darauf bestanden, dass wir das der Säpo melden.

Ich habe nicht verstanden, warum, er war ja tot. Aber wir haben trotzdem angerufen.«

»Sie scheinen nicht besonders traurig darüber zu sein, Sie nennen ihn ja nicht einmal beim Namen.«

»Er war ein Versager. Ein Schwächling, der gefallen wollte. Von solchen wie Ihnen akzeptiert werden wollte. Ich wusste schon vor seinem siebten Geburtstag, dass das schiefgehen würde.«

Vanessa setzte sich auf das abgewetzte Ledersofa und versank fast darin. Samer blieb stehen, lehnte sich an den Türstock und verschränkte die Arme vor der Brust.

»Können Sie seinen Tod denn auch beweisen?«, wollte Vanessa wissen.

»Was meinen Sie?«

»Ein Foto von der Leiche, zum Beispiel?«

Abbas schnaubte.

»Nein.«

Samer räusperte sich und trat auf Abbas zu, der ihn gelassen musterte. Eine dünne Rauchsäule von der Zigarette in seiner Hand kräuselte sich zur Decke.

»Dann könnte er also noch am Leben sein?«

Abbas machte eine irritierte Geste, aber sein Blick wurde auf einmal konzentriert.

»Woher soll ich das wissen? Hören Sie mir nicht zu? Es ist mir egal. Er ist in dem Moment für mich gestorben, als er weg ist, nach Syrien. Keiner vermisst ihn, nur seine Mutter.«

»Hat er keinen Kontakt zu Ihnen aufgenommen?«

»Nein.«

»Haben Sie noch einen Gegenstand mit Hamzas DNA?«, fragte Vanessa.

»Warum sollte ich? Ich habe alles weggeworfen«, entgegnete Abbas und strich sich angewidert imaginären Schmutz von den Handflächen.

Sie wandten sich zum Gehen und hörten, wie der Fernseher wieder losplärrte. Die kleine Frau stand in der Diele und winkte sie aufgeregt in die Küche. Es duftete herrlich nach Kräutern und gekochtem Essen, der Geschirrspüler lief.

»Glauben Sie, dass Hamza noch lebt?«, fragte sie hoffnungsvoll.

»Wie heißen Sie?«, fragte Vanessa.

»Shadia.«

Vanessa und Samer tauschten einen raschen Blick.

»Wir wissen es nicht, Shadia. Es ist eine mögliche Spur, der wir nachgehen«, erklärte Vanessa.

Die Frau hielt sich an der Tischkante fest, ließ sich langsam auf einen Stuhl sinken und holte tief Luft. Die kleine Hand umklammerte die Tischkante, bis die Knöchel weiß hervortraten, ihr Arm zitterte. Vanessa brauchte nicht mehr zu fragen, ob der Sohn Kontakt zu seiner Mutter aufgenommen hatte, ihre Reaktion sprach Bände.

Sie warteten, bis sie sich wieder gefasst hatte. Ohne Vorwarnung und mit gesenktem Blick ergriff sie das Wort.

Ihr Schwedisch war um einiges besser als Abbas'.

»Er hat sich verändert. Er hat angefangen, in diese Moschee zu gehen. Hat sich aufgeregt, über alles und jeden. Hat von Gott geredet. Von Gottes Zorn. Von den Ungläubigen, von den Schweden. Alle sollten sterben. Er kam nach Hause und hat mich und seine Schwester Nadira belehrt. Hat gesagt, wir sollen ihm gehorchen und keine Widerworte geben. Nadira hatte die Nase voll, als er ihr eine Ohrfeige gegeben hat, weil sie seinen Teller nicht abräumen wollte. Sie ist ausgezogen. Meine Freundinnen haben erzählt, dass er auf Skärholmen herumstolziert ist und den Frauen gesagt hat, sie sollen sich anständig anziehen. Er hat sie Huren genannt, Schlampen. Er war schon immer ein verwirrter Mensch, Hamza. Aber er hat sich verändert und ist ein schlechter Mensch geworden. Ein böser, verdorbener Mensch.«

Sie verstummte. Betrachtete Vanessa und Samer verwundert, als hätte sie vergessen, dass sie da waren.

»Aber ich liebe meinen Sohn trotzdem. Ich wünschte, ich könnte ihn hassen, ihn vergessen, so wie mein Mann. Aber das geht nicht.

Sie sagen, er hat schreckliche Sachen gemacht da unten. Ich kann das aber nicht glauben. Für mich ist er einfach nur mein Junge. Mein lieber, schüchterner Junge. Ich kann nicht anders, ich träume davon, dass er eines Tages hier vor der Tür steht und ich ihn wieder in den Arm nehmen kann so wie früher als Kind.«

Sie begann zu weinen, Tränen liefen ihr über die Wangen und tropften auf den Tisch. Sie wischte sie rasch mit dem Handrücken fort.

»Ich konnte mich nicht mal von ihm verabschieden«, schniefte sie. »Plötzlich war er weg.«

»Kennen Sie einen gewissen Stig Boström?«, fragte Vanessa.

Shadia zog die Nase hoch.

»Der Lehrer aus Skärholmen?«

»Genau.«

»Ein netter Mann. Er hat versucht, Hamza zu helfen. Er durfte Stig zu Hause besuchen und hat Bücher zum Lesen von ihm bekommen. Abbas mochte ihn nicht.«

»Warum nicht?«, fragte Vanessa überrascht.

»Er hat etwas gegen Schweden, den Schwedischkurs für Einwanderer musste ich heimlich besuchen.« Sie machte eine ratlose Geste. »Zuerst hat er geglaubt, dass Stig aus Hamza einen Schweden machen wollte. Einen Onkel Tom, der den Schweden die Stiefel leckt. Und sich von allem lossagt, was Arabisch ist. Dann wieder meinte er, Stig wäre pervers. Dass er die Jungs zu sich nach Hause einlud, um … ja, Sie wissen schon.«

»Hatten Hamza und Stig ein gutes Verhältnis?«

»Hamza hat Stig vergöttert.«

»Stig ist tot. Er wurde umgebracht.«

Shadia riss die Augen auf und schüttelte dann heftig den Kopf.

»Hamza würde Stig nie etwas tun.«

Der Geschirrspüler piepte. Samer trat einen Schritt auf Shadia zu und ging in die Hocke.

»Haben Sie noch eine Erinnerung an Hamza, etwas, das Sie aufgehoben haben?«

Sie nickte.

»Eine Haarlocke, als ihm zum ersten Mal die Haare geschnitten wurden. Mein Mann weiß nichts davon, aber ich habe die Locke in einer Schachtel unter dem Bett aufgehoben.«

»Können Sie sie holen?«

»Warum?«

»Um herauszufinden, ob Ihr Sohn lebt.«

ELF

Axel trank so gut wie nie Alkohol und konnte sich nicht entsinnen, wann er das letzte Mal einen Rausch gehabt hatte. Doch nun sah er eine Dose Carlsberg im Kühlschrank funkeln. Er wischte das Kondenswasser, das sich auf dem grünen Weißblech gebildet hatte, am Hosenbein ab und öffnete die Dose.

Rebeccas und Thorstens Wohnung lag im Dunkeln, alles war still.

Thorsten war ausgezogen und wohnte nun im Sommerhaus, bis er eine eigene Wohnung gefunden hatte. Rebecca war mit einer Freundin unterwegs. Simon, der am Vortag aus dem Krankenhaus entlassen worden war, schlief.

Axel ging mit dem Bier zum Sofa. Manchmal hörte er Lars Winnerbäck, wenn er arbeitete, aber nun verzichtete er darauf, weil Simon aufwachen könnte und dann seine Hilfe bräuchte, um zur Toilette zu gehen.

Es hatte länger gedauert als erwartet, das Geld aufzuspüren, das Johan Karlström über Gambler gewaschen hatte. Es gab viele äußerst sorgfältig gelegte falsche Fährten, Axel war zwischen verschiedenen Konten weltweit hin und her geschleust worden, aber er hatte sich bei seiner Suche nicht beirren lassen. Seine Recherchen bewegten sich in einer Grauzone des Gesetzes, nicht zuletzt, weil er das geschützte Log-in und Passwort von seiner Position bei der Danske Bank verwendete, um den digitalen Spuren zu folgen.

Nun war er ganz nah an der Endstation des Geldes dran, dachte er.

Axel ließ sich aufs Sofa sinken, trank einen Schluck Bier und nahm den Laptop auf die Knie. Ehe er seine Arbeit fortsetzte, horchte er, ob Simon noch schlief, aber abgesehen von einem Nachbarn, der sich eine späte Dusche zu gönnen schien, war alles ruhig.

Er konzentrierte sich wieder voll und ganz auf die Jagd nach dem Geld, und eine Stunde später war er am Ziel. Er beugte sich vor zum Bildschirm und blinzelte. Las er da richtig? Das konnte doch nicht wahr sein, dachte er.

Das Geld, augenscheinlich legal und sauber, war abgehoben worden, und zwar nur wenige Kilometer von hier entfernt.

ZWÖLF

Nach einem kurzen Abstecher zu Trudes Wohnung, um die Haarlocke von Shadia Mansour abzuliefern, fuhr Vanessa nach Hause.

Celine wartete bereits in der Diele auf sie. Vanessa umarmte sie und bückte sich dann, um ihre Stiefel aufzuschnüren.

»Wollen wir einen Teig kaufen gehen?«, fragte Celine hoffnungsvoll.

Vanessa gähnte.

»Es ist doch schon halb zehn.«

»Zeit ist relativ. Das sagt jedenfalls unser Physiklehrer, und du hast doch gesagt, dass ich im Unterricht aufpassen soll.«

Vanessa musste lachen.

»Dann zieh deine Jacke an, Einstein.«

Während Vanessa Celine dabei zusah, wie sie in Jacke und Schuhe schlüpfte, dachte sie, was für ein merkwürdiger Ort die Welt doch war; ein Ort, den sie immer weniger verstand. Nur wenige Kilometer entfernt lebten die Eltern eines jungen Mannes, der sich einigen der schlimmsten Terroristen aller Zeiten angeschlossen hatte. Dem Vater zufolge war er immer schon ein Versagertyp gewesen, der Mutter zufolge ein lieber, kleiner Junge. Das war zu widersprüchlich, es passte einfach nicht zusammen. Das Puzzle ging nicht auf. Vielleicht konnte Vanessa nun mit Natasjas Tod abschließen. Wie konnte dieses warmherzige, intelligente und vernünftige Mädchen, das sie so sehr geliebt hatte, beim IS gewesen sein?

Das konnte sie beim besten Willen nicht begreifen. Jedenfalls noch nicht.

Sie verließen die Wohnung und gingen an dem indischen Restaurant in der Roslagsgatan vorbei.

»Am Sonntag ist erster Advent, was meinst du dazu?«, fragte Celine.

»Was soll ich denn dazu meinen?«

»Magst du Weihnachten?«

Sie bogen in die Odengatan ein.

»Ehrlich gesagt, bin ich ein richtiger Weihnachtsmuffel. Und du?«

»Ich liebe Weihnachten«, rief Celine aus. »Das ist doch die beste Zeit vom ganzen Jahr.«

»Hast du mit deinem Vater Weihnachten gefeiert?« Vanessa hielt Celine die Tür zum Seven Eleven auf. Das Mädchen lief zur Kasse und nickte dem jungen Mann freundlich zu, der bereits zwei Lussekatter-Teiglinge aus der Kühlung genommen hatte, als er sie reinkommen sah. Er legte sie auf einen Teller, und Celine bezahlte.

»Danke, Steve«, sagte Celine mit breitem Grinsen und trug den Teller zu einem freien Tisch. »Nein, Papa hat zu Weihnachten immer ein Saufgelage veranstaltet.«

Vanessa schnappte sich einen Teigling.

»Ein Saufgelage?«

»Ja, einfach ein paar Tage durchfeiern. Am 23. ist er meistens verschwunden und am zweiten Weihnachtstag dann wieder aufgetaucht. Aber das war nicht schlimm, ich habe das ganze Jahr über jede Woche zwanzig Kronen gespart, für den Tannenbaum und das Weihnachtsessen. Dann habe ich mit Mamas altem Weihnachtsschmuck die ganze Wohnung dekoriert.«

»Alleine?«

Celine nickte unbeschwert. Sie knöpfte ihre Jacke auf und biss von ihrem Teigling ab.

»Als Papa nach Hause gekommen ist, hat er gesagt, er wäre in einem Raumschiff gelandet. Er hat so getan, als hätte er Angst, und gefragt, ob er von Aliens gekidnappt worden wäre, und dann hat er sich aufs Sofa gelegt und rumgejammert. Ich musste ihn dann mit den Resten füttern.«

Vanessa musste grinsen. Sie sah Celine vor sich, wie sie allein in der düsteren, heruntergekommenen Wohnung in Bredäng saß, umgeben von blinkenden Kerzen, und darauf wartete, dass ihr Vater seinen Rausch ausgeschlafen hatte. Es war ein trauriges, aber zugleich auch irgendwie schönes Bild. Vanessa schauderte, sie musste an die Dokumente denken, die sie in ihrem Schrank verstaut hatte. Sie legte den safrangelben Hefeteig aus der Hand und wischte sich die Finger ab.

»Celine, würdest du … was würdest du sagen, wenn …«

Das Mädchen sah sie forschend an.

»Was denn?«

Vanessa bekam einen Kloß im Hals.

»Wollen wir uns noch zwei Teiglinge mit nach Hause nehmen?«

DREIZEHN Es war Sonntagabend, und Molly begutachtete von ihrem Platz im Fond der Uber-Black-Limousine aus ihr sorgsam geschminktes Gesicht im Rückspiegel.

Auf der Kungsgatan bogen sie am Kebab House rechts ab und fuhren Richtung Norra Bantorget. Sie war noch nie im Clarion Hotel Sign gewesen. Sie ließen den Park und die Hjalmar-Branting-Statue hinter sich und hielten vor dem Hoteleingang. Fahnenstangen mit einem Dutzend Flaggen verschiedener Länder ragten aus dem Boden. Der Fahrer hielt ihr die Tür auf und half ihr aus dem Wagen. Molly bedankte sich, lächelte ihn kurz an und strich ihren hellen Trenchcoat glatt, ehe sie auf das Gebäude zuging. Ihre Absätze hallten auf dem steinernen Fußboden wider, und sie ignorierte die Blicke von ein paar Männern, die sie ungeniert musterten. Die Glastür glitt automatisch auf. Molly trat in die Lobby, ohne ihren Schritt zu verlangsamen.

Sie nahm die Schlüsselkarte, die sie sich am selben Morgen per Boten hatte schicken lassen, aus ihrer Handtasche und steuerte auf die Fahrstühle zu. Sie versuchte festzustellen, ob Thomas da war – er hatte gesagt, dass Beamte von der Säpo vor Ort sein würden –, aber sie konnte weder ihn noch sonst jemanden ausmachen, der einer seiner Kollegen hätte sein können. Ihre Handflächen wurden feucht; sie strich sich über den Trench, dann drückte sie den Fahrstuhlknopf.

Auf der entsprechenden Etage stieg sie aus und suchte ihre Zimmernummer. Hielt die Schlüsselkarte vor das Lesegerät an der Tür und trat ein. Sie sah sich in der Suite um. Zwei Zimmer, die hintereinander lagen, ein großes Badezimmer mit Wanne, das nach Westen zeigte. Die Aussicht auf den Klara sjö, die Dächer und die vielen

Gleise, die zur Centralstationen führten, war atemberaubend. Sie schälte sich aus dem Trenchcoat und betrachtete ihre schwarze Spitzenunterwäsche.

Ich sehe wie eine Puppe aus, dachte sie.

Molly öffnete die Bar, nahm zwei Minifläschchen Whisky heraus und schraubte sie auf. Setzte sich aufs Bett, legte den Kopf in den Nacken und trank das erste. Verzog das Gesicht.

»Zum letzten Mal«, sagte sie laut zu sich selbst. »Dann bist du frei.«

Sie griff nach der zweiten Flasche.

»*Free as a bird, cowboy*«, sagte sie mit Südstaatenakzent und kippte den zweiten Whisky hinunter.

Es klopfte an der Tür. Sie erhob sich, ließ die Fläschchen zu Boden fallen und schob sie mit dem Fuß unter das Bett.

Der Mann, der sich vor Molly aufgebaut hatte, setzte seine Brille ab, klappte die Bügel zusammen und schob sie in die Brusttasche des Jacketts. Er war Mitte vierzig, wirkte aber jünger. Sie wusste, dass er seit rund zehn Jahren verheiratet war, denn sie hatte die beiden in einer Talkshow auf TV4 gesehen, wo sie über ihre Liebe, ihre Kanutouren in den Schären und die Gleichberechtigung im trauten Heim gesprochen haben.

Nun wurde sie von seinen eisblauen Augen eingehend gemustert.

»Lang ist's her, Molly.«

Sie rang sich ihr mädchenhaftes Lächeln ab, das wirkte immer. Die Männer hielten sich für etwas Besonderes, sie fühlten sich auserwählt. Und genau das war der Kniff. Sie wussten, dass sie jeden kriegen konnte, den sie wollte, und ihre Aufgabe bestand darin, sie glauben zu machen, dass sie etwas ganz Besonderes an sich hatten, was sie die anderen Männer vergessen ließ. Sie biss sich auf die Lippe, trat auf ihn zu und half ihm aus dem Jackett. Dann knöpfte sie ihm ganz langsam das Hemd auf. Sie sah, wie sein Glied anschwoll und hart wurde unter dem Hosenstoff.

»Warte«, sagte er plötzlich. Molly hielt inne. Er zückte einen Blisterstreifen mit Tabletten und hielt ihn ihr vor die Nase.

»Was ist das?«, fragte sie.

»Nur Atarax, ein ganz leichter Tranquilizer. Wenn wir zwei, drei Tabletten nehmen und mit Alkohol runterspülen, dann ist das, als würden wir im Himmel vögeln, mit lauter Engeln drum rum.«

Molly nickte lächelnd. »Und das traust du dich? In deiner Position?«

Sie wusste, es gefiel ihm, dass sie so tat, als mache sie sich Gedanken, als wäre sie beeindruckt von seiner Stellung.

»Ich bin kein Dealer«, sagte er und grinste. »Die sind vom Arzt, rezeptpflichtig.«

Molly zögerte. Vielleicht würden die Tabletten helfen, ihre Nervosität erträglicher zu machen. Sie ging zum Barschrank, nahm acht kleine Alkoholflaschen heraus und reihte sie auf dem Bett auf. Der Mann drückte vier Tabletten heraus, schluckte zwei und reichte Molly die anderen beiden.

—

Der Fahrstuhl hielt im achten Stock. Hamza rückte seine schwarze Cap zurecht, suchte Sabinas Blick unter der gleichen Kopfbedeckung und nickte. In einem Sessel vorne im Korridor saß ein hochgewachsener, blonder Mann, sein Bart war fast weiß. Er faltete die Zeitung zusammen und musterte die beiden. Er trug einen Knopf im Ohr, das Kabel verschwand unter seinem Kragen. Hamza erkannte ihn wieder, er war einer der Leibwächter vom Eishockeymatch, bei dem er Khenziir beobachtet hatte.

Hamza und Sabina hatten bereits am Samstagabend ins Hotel eingecheckt und ihre Waffen auf ihr Zimmer gebracht. Das Schild an den Türknauf gehängt, auf dem stand, dass sie keinen Room Service wünschten. Im Laufe des Sonntags hatten sie sich als Paar ausgegeben und waren Hand in Hand durch das Hotel geschlendert, um sämtliche Ein- und Ausgänge auszukundschaften.

Sie betraten die Suite, und Hamza stellte die Tasche, die er unter dem Bett verwahrt hatte, auf den Überwurf. Zog den Reißverschluss auf, nahm eines der Sturmgewehre heraus und gab es Sabina, die es fachmännisch überprüfte.

»Fünf Minuten. Ich kümmere mich um den Wachmann. Du wartest hier.«

Sabina nickte. Hamza fand ihre Schönheit überwältigend. Die vollen Lippen, die dunklen Augenbrauen und das pechschwarze Haar, das ihr in die Stirn fiel, wenn sie es offen trug. Bald würde sie tot sein. Aber er würde alles dafür tun, dass sie beide überleben und fliehen konnten.

Hamza reichte Sabina sein Gewehr und griff nach seiner Pistole. Entsicherte und schraubte den Schalldämpfer auf. Er verstaute Pistole und Sturmhaube in der Sporttasche und schulterte sie.

»Wenn ich ihn erledigt habe, kommst du raus.«

Sabina zog ihre Sturmhaube übers Gesicht. Hamza sah ihr ein paar Sekunden lang in die dunklen Augen, ehe er sich umwandte, sich die Kappe in die Stirn drückte und die Tür aufmachte. Er ging mit bestimmten Schritten auf den Bodyguard zu, der träge aufsah. Gelassen erwiderte Hamza seinen Blick. Beiläufig, als suche er etwas, schob er eine Hand in die Sporttasche.

Aber etwas in seiner Miene oder Bewegung hatte etwas verraten.

Der Mann sprang auf, griff nach seiner Dienstwaffe. Zu spät. Hamza hatte den Finger bereits am Abzug.

Eine Kugel in den Schädel, eine in die Brust.

Der Mann wurde nach hinten katapultiert, kippte zur Seite und rutschte aus dem Sessel. Hamza zog seine Sturmhaube auf, als Sabina aus ihrem Zimmer stürzte.

—

Molly hockte rittlings auf dem Mann und bewegte sich rhythmisch vor und zurück. Die Welt um sie herum begann zu schaukeln. Drehte sich. Sämtliche Geräusche waren gedämpft, als befände sie sich in einem Aquarium. Es war schön, so benebelt zu sein. Nicht mehr zu denken. Nur so zu tun als ob. Vorgeben zu genießen.

Der Mann stöhnte bei jeder Bewegung rammdösig, den Mund halb geöffnet. Mit einer Hand knetete er ihre Brust, mit der anderen drückte er ihr Gesäß nach unten. Irgendwo da draußen hörte sie einen dumpfen Schlag. Sie fuhr zusammen, hielt inne und drehte den Kopf zur Tür.

»Mach weiter, du kleine Hure, weiter«, sagte er, presste sie fester auf seinen Schwanz und drang tiefer ein.

Das tat weh. Sie nahm ihre Bewegung wieder auf, aber ihr wurde übel, sie stützte sich mit den Knien ab, um nicht das Gleichgewicht zu verlieren. Sie machte die Augen auf und richtete ihren Blick auf das Bild an der Wand, damit sie sein rotes, verschwitztes Gesicht nicht sehen musste.

»Warte kurz«, keuchte sie. Sie konnte ihre Übelkeit nicht mehr unterdrücken. Sie stieg von ihm herunter, fiel vom Bett und rappelte sich wieder auf. Er rief ihr wütend hinterher.

Sie wäre beinahe gestolpert, fing sich und riss die Badezimmertür auf, schlug auf den Lichtschalter, und das Licht ging an. Sie verriegelte die Tür hinter sich, kniete sich vor die Toilette und übergab sich.

Eine hellbraune Flüssigkeit lief in das Toilettenbecken, das Wasser wurde trüb. Molly klammerte sich an die WC-Schüssel, von Schwindel übermannt.

—

Sie standen vor der Suite, in der Khenziir sich mit der Prostituierten befand. Er würde in Kürze tot sein, der Mann, der Muslime hasste und Karriere gemacht hatte, weil er den Islam beschmutzte.

»Zurück«, befahl Hamza und richtete seine Kalaschnikow auf die Tür. Er wollte gerade abdrücken, da hörte er Schreie. Als er sich umdrehte, fiel sein Blick auf die Leiche des Leibwächters. Zwei ältere Damen waren gerade aus dem Fahrstuhl getreten und schrien aus vollem Hals. Sabina zielte mit ihrem Sturmgewehr sofort auf die Frauen.

»Nein«, brüllte Hamza.

Sie ließ die Waffe sinken. Hamza trat neben die Zimmertür, um nicht von den Querschlägern getroffen zu werden, schoss das Schloss auf und stieß die Tür mit einem Tritt auf. Er schob sich in die Suite, die Kalaschnikow im Anschlag. Khenziir stand nackt am Fußende des Bettes und sah die beiden überrascht an. Dann riss er die Arme hoch und kam dabei fast aus dem Gleichgewicht. Sein verständnisloser, wütender Blick war nun blanker Panik gewichen. Sabina und Hamza bauten sich nebeneinander auf, richteten ihre Sturmgewehre auf seinen Körper und eröffneten das Feuer.

Khenziir fiel rücklings auf das zerwühlte Bett, sein Blut färbte die Laken rot. Sabina zog ihre Sturmhaube hoch, sodass ihr Mund frei war, und spuckte auf seinen zerschossenen Brustkorb.

Die Schreie im Korridor wurden lauter.

VIERZEHN

Max Lewenhaupt hatte soeben die Redaktion der *Kvällspressen* verlassen, und in der Gjörwellsgatan wartete bereits das Taxi auf ihn. Er hatte die letzten Stunden am Schreibtisch damit verbracht, Spesenrechnungen zu sortieren und auf einen Geistesblitz für neue Artikel zu hoffen, die er in der kommenden Woche veröffentlichen würde. Doch nach dem Scoop im Zusammenhang mit Vanessa Frank fühlte er sich leer im Kopf, und genau das war für einen Journalisten lebensgefährlich. Man war immer nur so gut wie seine letzte Schlagzeile, wie der Bulle zu sagen pflegte. Aber Max hatte keinen Einfall gehabt. Hatte auf den Bildschirm gestarrt, ohne dass ein einziger Aufhänger aufgetaucht war. Vielleicht wurde das besser, wenn er zu Hause war und sich ein warmes Bad einließ. Als er den Wagenschlag des Taxis aufmachte, klingelte sein Handy. Er grüßte den Fahrer höflich, nannte ihm seine Adresse und nahm dann den Anruf an.

»Kannst du ins Clarion Hotel Sign fahren?«, begann der Bulle ohne Umschweife. Max schielte zu dem Gebäude zurück, das er verlassen hatte. Der Bulle klang euphorisch.

»Was ist denn passiert?«

»Ein freier Fotograf, der zufällig in der Nähe war, hat was von einem Schusswechsel gefaselt. Er hat das über den Polizeifunk mitgekriegt.«

»Bandenkrieg?«, fragte Max.

»Was weiß ich. Kannst du hinfahren und das überprüfen?«

—

Molly hielt sich die Ohren zu. Sie war völlig durcheinander, die lauten Schüsse hallten ihr noch in den Ohren. Was war da los? Sie hörte Stimmen und heftete ihren Blick auf die verschlossene Tür. Sie musste weg von hier. Sie kroch zur Badewanne, quälte sich über den Rand und kauerte sich wie ein Ungeborenes zusammen. Irgendwas lief hier falsch. Warum die Schüsse? Thomas. Wo war Thomas? Er musste ihr helfen. Bald würden die Beamten, von denen er gesprochen hatte, vor Ort sein und ihr zu Hilfe kommen.

Molly dachte an ihren Vater.

Sie wollte noch nicht sterben.

—

Auf der Fleminggatan überholte ein Streifenwagen das Taxi mit hohem Tempo. Die Sirenen heulten, das Blaulicht tauchte die Hausfassaden in Blau. Kurz darauf fuhr eine zweite Streife vorbei. Das hier war etwas Größeres, Max spürte das mit jeder Faser seines Körpers. Das Display seines Mobiltelefons wurde hell. Der Newsticker der *Kvällspressen. Schusswechsel in Hotel im Zentrum von Stockholm*. Ehe er die Meldung öffnen konnte, um sie zu lesen, kam schon die nächste, von der *Aftonposten. Bestätigt: Mindestens ein Toter nach Schusswechsel in Luxushotel*.

Max fluchte innerlich. Die Kollegen von der *Aftonposten* waren schon da. Ihre Redaktion lag in fußläufiger Entfernung vom Norra Bantorget.

Er beugte sich zwischen den Sitzen nach vorn.

»Können Sie ein bisschen schneller fahren?«

—

Panische Hotelgäste stürmten den Korridor entlang und rannten im Rücken der beiden maskierten Schützen vorbei. Sie schrien und weinten vor Angst und drängten Richtung Treppen und Fahrstühle, um so schnell wie möglich das Erdgeschoss zu erreichen.

Sabina trat auf die Badezimmertür zu und wandte sich noch einmal um. Deutete mit der Mündung ihrer Kalaschnikow auf die Tür. Alles, was um sie herum geschah, schien an ihr abzuperlen. Sie brachte die Waffe in Anschlag und wollte schießen, als der Feueralarm einsetzte. Sie senkte sie wieder und warf Hamza einen Blick zu. Er sah auf seine Casio-Armbanduhr. Eine Minute und 45 Sekunden waren seit dem ersten Schuss verstrichen.

»Wir müssen hier weg. Jetzt«, entschied Hamza.

Die Hure umzulegen war zweitrangig. Die ursprüngliche Idee war die, sie auf den Gang rauszuschleifen, damit es so aussah, als sei sie aus irgendeinem anderen Zimmer gestürmt und dann in die Schusslinie geraten. Doch ihnen blieb nicht mehr viel Zeit, die ersten Beamten würden jeden Moment eintreffen. Mit jeder Sekunde, die verstrich, verringerten sich ihre Aussichten, davonzukommen.

Hauptsache, Khenziir war tot.

Sabina feuerte eine Schusssalve ab. Die Kugeln zerfetzten die Badezimmertür. Hamza warf einen Blick in den Hotelflur. Gab Sabina ein Zeichen. Der Tumult hatte sich gelegt, es war niemand mehr zu sehen.

»Komm jetzt.«

Sie liefen zur Feuertreppe und rissen die Tür auf. Von unten drangen aufgebrachte Stimme herauf. Sie zogen sich die Sturmhauben von ihren Gesichtern, ließen die Waffen fallen und schälten sich aus der obersten Schicht ihrer Kleidung. Sabina richtete ihr langes dichtes Haar, während Hamza prüfte, dass sie nichts vergessen hatten, was sie entlarven konnte.

—

Molly zog sich am Wannenrand hoch. Glasscherben und Holzsplitter lagen über den Fliesenboden verstreut. Durch ein Einschussloch in der Tür blickte sie benommen in die Suite. Das Chaos, die Schreie und die Schüsse waren von ohrenbetäubender Stille abgelöst worden. Sie nahm nicht einmal wahr, dass sie noch immer nackt war, als sie am Badezimmerspiegel vorbeiging. In der Suite regte sich nichts. Molly schrie laut auf, als sie den Toten auf dem Bett entdeckte.

Aus Brustkorb und Magen pulsierte Blut und lief in Rinnsalen auf den Boden.

Molly schlug sich die Hand vor den Mund. Was, wenn die noch hier waren? Wenn sie es auch auf sie abgesehen hatten? Wo war Thomas? Hatten sie ihn auch umgebracht?

Sie musste hier weg, bevor sie zurückkamen. Ihre Unterwäsche lag verknäuelt neben der Minibar, sie schlüpfte hastig hinein, ohne darauf zu achten, dass sie den schwarzen Spitzenslip auf links anzog. Griff nach Trenchcoat und Handtasche, die auf einem Stuhl am Fenster lagen. Streifenwagen hielten am Norra Bantorget. Molly stopfte ihre High Heels in die Tasche und spähte auf den Korridor. Rannte zu den Fahrstühlen und drückte verzweifelt die Knöpfe.

»Verdammt, verdammt, verdammt«, murmelte sie.

Sie drehte sich um, warf einen Blick an die Decke und erblickte das grüne Schild, das den Weg zum Notausgang wies. Sie kämpfte sich das Treppenhaus hinunter, nahm zwei Stufen auf einmal, und als sie das Erdgeschoss erreichte, blieb sie stehen und fasste ihr Haar zusammen. Wischte sich mit der Handfläche über die Wangen und atmete tief durch, ehe sie die Tür aufschob und in die Lobby trat.

—

Nachdem Max bezahlt hatte, sprang er in der Vasagatan vor dem Systembolaget aus dem Taxi und hastete Richtung Clarion Hotel Sign. Schon von Weitem sah er die blinkenden Blaulichter der Krankenwagen und Polizeistreifen. Vor dem Hotel hatte sich eine große Menschentraube gebildet, es herrschte ein einziges Durcheinander. Die Beamten riefen den aufgescheuchten Leuten Anweisungen zu, bei denen es sich zum Großteil um ausländische Touristen zu handeln schien, die nicht verstanden, was sie tun sollten und was vor sich ging.

Eine Frau sprach fassungslos von einem Terrorakt.

»Zurück«, brüllte ein Polizist, breitete die Arme aus und drängte sie aus dem Eingangsbereich des Hotels.

Max bahnte sich einen Weg durch die Menschenmenge zu einem anderen Polizeibeamten. Zückte seinen Presseausweis und fragte, was passiert sei.

Der Beamte schnaubte und wandte sich ab.

»*Swedish press*«, rief Max, fuhr herum und wedelte mit dem Ausweis. »*Did anyone see what happened?*«

Er wiederholte die Frage auf Schwedisch, aber niemand beachtete ihn.

Die Menschen strömten aus dem Hotel, einige nur in Unterwäsche oder mit weißen Bademänteln bekleidet.

Auf der Vasagatan kamen zwei SUVs angerauscht und hielten mit quietschenden Reifen, Polizeibeamte mit maskierten Gesichtern und Maschinengewehren stiegen aus. Max spürte, wie ihm das Herz bis zum Hals schlug.

Die Anti-Terror-Einheit.

Vielleicht ging es hier tatsächlich um einen Anschlag?

—

Molly kehrte dem Hotelkomplex den Rücken und lief mit gesenktem Blick Richtung Centralstationen in der Hoffnung, ein freies Taxi zu ergattern. Im Scandic Grand Central standen die Gäste an den Panoramafenstern und blickten hinaus.

Es kamen immer mehr Polizeieinsatzkräfte.

Molly griff nach ihrem Telefon und rief die Nummer auf, die sie von Thomas bekommen hatte. Das Telefon war ausgeschaltet. Der Frauenstimme vom Band zufolge war die Nummer nicht vergeben.

Vor dem Casino Cosmopol warteten einige Taxen. Sie riss die Beifahrertür des ersten auf. Sie musste mit Thomas reden. Jetzt.

»Wohin möchten Sie?«

»Zur Sicherheitspolizei.«

»Meinen Sie das im Ernst?«

Er drehte sich um und musterte sie ungläubig. Er schien zu denken, sie sei betrunken.

»Ja, zur Säpo.«

»Und wo ist das?«

»Keine Ahnung. Warten Sie.«

Molly suchte die Besucheranschrift mit ihrem Telefon heraus.

»In Solna.«

—

Hamza bahnte sich ruhig einen Weg durch die Menschenmassen. Er war gefasst und fokussiert. Sabina konnte er nirgends entdecken. Jeder von ihnen hatte seinen eigenen Fluchtweg, und sie hatte ihm bereits bewiesen, dass sie allein klarkam. Er bog in die Torsgatan ein und beschleunigte seinen Schritt. Mit seiner Bomberjacke, dem Kapuzenshirt, der Kappe und Jeans konnte man ihn für einen beliebigen Passanten halten. Es würde Tage dauern, ihn unter all den anderen Hotelgästen zu identifizieren. Wenn überhaupt. Ohne von den Überwachungskameras erfasst zu werden, hatten er und Sabina sich umgezogen.

Auf Höhe des Seven Eleven überquerte er die Straße und setzte sich auf eine freie Bank. Begrub das Gesicht in den Händen, spürte, wie die Erschöpfung von ihm Besitz ergriff, nun, da kein Adrenalin mehr durch seine Blutbahn gepeitscht wurde.

Bis er erneut mit Sabina zusammentreffen würde, um gemeinsam nach Lappkärrsberget zu fahren, war noch eine Stunde Zeit.

Khenziir war tot. Hamza hatte den ersten Schritt getan, um die Kinder, Frauen und gefallenen Brüder zu rächen. Jahrhundertelange Unterdrückung. Er hatte den Anblick genossen, wie die Kugeln Khenziirs Körper durchschlugen und jeder einzelne Treffer eine rote Explosion in seinem Körper verursachte.

Doch dieser Mord war erst der Anfang.

Vor Weihnachten noch würden die Schlagzeilen von dem richtigen Anschlag die ganze Welt erschüttern. Er wusste zwar noch nicht, wie und wo der Terrorakt stattfinden würde, aber Farid hatte ihm zu verstehen gegeben, dass es eine ganz große Sache sein würde. Von da an würde niemand länger behaupten können, dass der IS auf dem absteigenden Ast sei.

FÜNFZEHN

Molly trat an den ausladenden Tresen der Anmeldung, hinter dem zwei Wachmänner mit schusssicheren Westen unter ihren Jacketts sie eingehend musterten. Auf der Parkfläche vor dem Gebäude stoppten mehrere Autos, und ernste Beamte eilten durch die Türen, am Empfang vorbei Richtung Fahrstühle und Treppen. Molly ging stark davon aus, dass dies mit dem Vorfall im Clarion zu tun hatte.

»Ja?«, sagte einer der Wachmänner ungeduldig. Er war groß, kahl rasiert und hatte rötliche Bartstoppeln. Molly registrierte, dass er eine Pistole im Hüftholster trug.

»Ich suche einen Ihrer Kollegen namens Thomas.«

Der Mann runzelte die Stirn.

»Thomas. Und wie weiter?«

»Das weiß ich nicht, aber er ist bei der Einheit MI6. Er arbeitet bei der Sicherheitspolizei.«

Er warf seinem Kollegen einen irritierten Blick zu.

»Im Moment haben wir sehr viel zu tun. Wenn Sie seinen Nachnamen nicht wissen, dann können wir ihn auch nicht anrufen und ihm mitteilen, dass Sie hier sind, verstehen Sie?«

Molly suchte in ihrer Tasche nach ihrem Telefon und öffnete das Foto von Thomas, das sie heimlich in der Kneipe aufgenommen hatte. Sie zeigte dem Mann das Display, der sich über den Tresen beugte.

»Noch nie gesehen. Und selbst wenn, dürfte ich Ihnen nicht sagen, ob er hier arbeitet oder nicht. Wir sind die Säpo und nicht das Fundbüro von Ikea.«

In Molly stieg Panik auf. Das Telefon am Empfang klingelte, und der Wachmann legte die Hand auf den Hörer.

»Ich muss aber mit jemandem reden«, raunte sie.

Er seufzte.

»Und mit wem?«

Molly schniefte.

»Das weiß ich nicht. Mit irgendjemandem. Irgendeinem Chef. Ich muss Thomas erreichen, er arbeitet hier. Ich weiß, dass er hier arbeitet«, fuhr sie verzweifelt fort.

Das Telefon klingelte beharrlich, und der Wachmann nahm ab.

Thomas musste einfach hier irgendwo sein. Molly drehte sich um und beobachtete die vorbeihastenden Beamten. Hoffte, Thomas wäre einer von ihnen.

Molly steuerte auf eine Frau zu, zeigte ihr das Foto von Thomas.

»Kennen Sie diesen Mann? Ich muss mit ihm sprechen.«

Die Frau sah Molly verwundert an, schüttelte den Kopf und eilte weiter. Molly wandte sich an einen Mann in Anzug und Brille und wiederholte ihre Frage. Er hob abwehrend die Hände und ließ sie stehen.

»Tut mir leid.«

»Thomas«, rief sie. »Kennt hier jemand einen Thomas?«

SECHZEHN

Schon die vierte Polizeistreife binnen zwei Minuten fuhr mit lärmenden Sirenen und Vollgas auf der Sturegatan Richtung Innenstadt. Die Wege im Humlegården lagen im Dunkeln und waren rutschig. In den Fenstern der schönen Jugendstilhäuser, die den Park umsäumten, leuchteten Weihnachtssterne und Adventspyramiden.

Nicolas hatte von Södermalm die U-Bahn zum Stureplan genommen. Seit die Karlströms sein Arbeitsverhältnis beendet hatten und er nicht mehr für die AOS Risk Group tätig war, wohnte er im Hotel Rival am Mariatorget. Er war wieder exakt an dem Punkt angelangt, an dem er nach seiner unehrenhaften Entlassung bei der Spezialeinheit SOG gewesen war. Er wusste nicht, was er nun aus seinem Leben machen sollte, und war am frühen Abend von Axel Grystads Anruf aus seinen Gedanken gerissen worden. Er hatte gefragt, ob sie sich treffen wollten, und sie hatten sich auf dem Spielplatz bei den Schaukeln verabredet. Nicolas sondierte wie gewohnt das Terrain und bewegte sich in einem Halbkreis über die gefrorene Rasenfläche, konnte jedoch nichts Ungewöhnliches entdecken. Axel war allein und vertrat sich auf dem bereiften Schotter die Beine.

Nicolas trat aus den Schatten und hob rasch die Hand zum Gruß.

»K-k-können wir ein Stück gehen?«, schlug Axel vor.

»Worum geht es denn?«, fragte Nicolas, als sie die Allee Richtung Scandic Hotel einschlugen. Auf dem Boden hatten sich Eispfützen gebildet.

»Ich weiß, wo ein Großteil des Geldes abgeblieben ist, das Johan Karlström gewaschen hat, und ich dachte mir, dass Sie sich auch dafür interessieren.«

»Okay, dann schießen Sie mal los.«

Ein weiterer Streifenwagen kam angeprescht, und Axel wartete, bis es vorübergefahren war.

»Ich habe fast zwei Millionen Kronen von Pokerspielern an die Babylon Exchange zurückverfolgt, eine Wechselstube in Rinkeby. Dafür habe ich zwar eine ganze Weile gebraucht, die haben sich richtig angestrengt, um ihre Spuren zu verwischen. Haben immer nur Beträge unter 10000 Kronen eingezahlt, um das Warnsystem zu umgehen. Das war richtig professionell aufgezogen.«

»Und warum haben Sie dann Zeit darauf verwendet?«

Axel sah auf seine Hände.

»Die Höchststrafe für Geldwäsche liegt bei sechs Jahren. Für Fahrerflucht gibt's gerade mal sechs Monate. Einfache Mathematik. Ich will, dass Johan Karlström verurteilt wird und in Haft kommt. Dass er lange sitzen muss und nicht noch mehr Schaden anrichten kann. Ve-verstehen Sie?«

Nicolas schmunzelte.

»Verstehe. Wie geht es Ihrem Sohn? Simon heißt er, oder?«

»Er ist jetzt zu Hause bei seiner Mutter. Er wird vermutlich nie wieder laufen können.«

Sie gingen schweigend weiter. Ein Jogger in Reflektor-Kleidung überholte sie.

»Ich weiß nicht, wie ich es ihm sagen soll, dass er wohl nie wieder Fußball spielen, sich nie wieder so wie vorher wird bewegen können«, sagte Axel. »Das ist fast schon zynisch. In den Tagen vorher ... vor dem Unfall, da wusste ich nicht, wie ich das aushalten soll, dass er größer und selbstständiger wird. Ich habe den Tag gefürchtet, an dem er sich abnabeln und mich nicht mehr brauchen würde. Und jetzt ... jetzt braucht er mich für den Rest seines Lebens, jeden Tag, jede Sekunde.«

Nicolas wusste nicht, was er darauf sagen sollte.

Axel tat ihm leid, er ahnte, dass er es nicht leicht gehabt hatte. Wenn jemand wusste, wie gründlich die kleinste Abweichung von den Mobbern auf den Schulfluren und in den Umkleiden ausgenutzt wurde, dann Nicolas. Er hatte das Ausgeliefertsein seiner Schwester Maria aus nächster Nähe mitbekommen.

»Haben Sie Kinder?«, fragte Axel.

»Nein, ich …«

Das Klingeln seines Telefons unterbrach Nicolas. Er entschuldigte sich, blickte auf die Nummer, die er nicht kannte, und nahm den Anruf an.

»Ich hole dich ab«, sagte er. »Bleib, wo du bist.«

Er wandte sich an Axel.

»Ich weiß, das ist jetzt vielleicht ein bisschen viel verlangt, aber könnte ich mir Ihr Auto ausleihen? Ich bringe es in ein paar Stunden zurück.«

Axel nickte und zeigte Richtung Valhallavägen.

»Wir müssen aber erst zu mir nach Hause und den Schlüssel holen.«

SIEBZEHN

Max Lewenhaupt stand in der Menschenmenge vor dem Clarion. Zwanzig Minuten waren vergangen, seit die Anti-Terror-Einheit mit ihren Waffen im Anschlag das Gebäude gestürmt hatte. Seitdem hatte sich nichts mehr gerührt in dem Gebäude. Die Stimmung war angespannt. Max trat auf der Stelle, er fror und ärgerte sich darüber, dass er sich nicht wärmer angezogen hatte.

Es würde eine lange Nacht werden. Vorne an den Absperrungen vor dem Hotel drängten sich die Fotografen. Die Blitze ihrer Kameras erhellten die Dunkelheit, sicher schickten sie die Fotos direkt an die Webredaktionen ihrer Zeitungen.

»Entschuldigung? Sind Sie Reporter?«

Max drehte den Kopf. Eine blonde Frau in den Fünfzigern sah ihn an.

»*Kvällspressen*. Max Lewenhaupt«, gab er zurück und hielt ihr seine Hand hin.

Die Frau schüttelte sie.

»Ich weiß, ich habe Sie wiedererkannt«, sagte sie und senkte die Stimme. »Ich habe da etwas, das könnte Sie interessieren.«

»Ja?«

»Ich war im achten Stock, als alles passiert ist. Ich habe … äh … Fotos von dem Mann, der ermordet worden ist.«

Sie gingen ein paar Schritte auf die Seite, um ungestört reden zu können.

»Darf ich mal sehen?«

Sie nahm ihr iPhone zur Hand, entsperrte es und tippte auf das Fotosymbol. Ein Bild erschien, das einen Hotelflur zeigte. Ein Mann lag eigenartig verrenkt vor einem Sessel, Blut rann ihm aus Kopf und Brustkorb. Max nahm ihr das Telefon aus der Hand und schirmte das Display ab. Er wischte zum nächsten Foto. Derselbe Mann.

»Mir ist noch was eingefallen dazu«, sagte die Frau zögerlich.

»Das wäre?«

»Hier«, fuhr sie fort und zoomte das Foto größer.

Max wusste nicht, worauf sie hinauswollte.

»Sehen Sie?«

»Sie meinen das Weiße da? Das Kabel?«, fragte Max verwirrt.

Sie nickte eifrig.

»Könnte das vielleicht zu einem Ohrhörer gehören? Wie bei Bodyguards, Sie wissen schon.«

Max fiel die Kinnlade herunter.

Sie hatte recht. Dann heftete er seinen Blick auf die blaue Anstecknadel am Pullover des Mannes. Kein Zweifel: Es zeigte das Emblem der Säpo. Er betrachtete das Gesicht des Toten, seinen durchtrainierten Körper. Der Mann war Personenschützer bei der Sicherheitspolizei gewesen.

Er presste seinen Fingernagel in die Handfläche, um sich nicht anmerken zu lassen, wie aufgeregt er war.

»Und nachdem Sie diese Fotos gemacht haben, haben Sie das Hotel verlassen?«, fragte er, so ruhig er konnte.

»Ja, es ertönten noch viele weitere Schüsse.«

Max konnte sich kaum noch halten vor lauter Überschwang, aber er beherrschte sich schließlich. Die Säpo schützte Politiker und die Königsfamilie. In den letzten 35 Jahren gab es zwei Morde an Ministern in Schweden. Staatsminister Olof Palme 1986 und Außenministerin Anna Lindh 2003. Heute Abend wurde schwedische Geschichte geschrieben.

»10000 Kronen«, sagte er, einigermaßen beiläufig. »Sie zeigen keinem die Fotos und reden auch mit niemandem drüber.«

Die Frau machte ein überraschtes und erfreutes Gesicht.

»Ist das Ihr Ernst?«

Er nickte. Klickte die Fotos an, gab seine Telefonnummer ein und schickte sie an sein Telefon.

»Und wann bekomme ich das Geld?«

»Morgen. Rufen Sie mich an, dann sprechen wir das alles ab. Aber vergessen Sie nicht – kein Wort zu niemandem.«

Max prüfte, ob die Fotos auf seinem Telefon angekommen waren, bahnte sich einen Weg zu den Absperrungen und rief dann den Bullen an. Während er darauf wartete, dass er abnahm, entdeckte er Vanessa Frank, die sich unter dem blauweißen Flatterband hindurchbeugte und im Laufschritt den Eingang des Hotels ansteuerte.

»Endlich«, meldete sich der Bulle mürrisch.

Max wölbte die Hand vor dem Mikrofon.

»Hör mir zu. Such bitte jedes Bild raus, das wir haben, von Mitgliedern der Regierung, Oppositionspolitikern und dem Königshaus. Alle aus den letzten paar Tagen. Und dann identifizierst du einen von den Leibwächtern.«

»Und wozu?«, entgegnete der Bulle schroff.

»Eins der Opfer, also gesetzt den Fall, es gibt mehrere, ist von der Säpo. Personenschutz. Ich schick dir gleich ein paar Fotos rüber. Wenn wir rausfinden können, wen er in den letzten Stunden oder Tagen beschützt hat, dann erfahren wir vielleicht auch, ob es noch weitere Tote gibt.«

»Meinst du wirklich?«

»Klar.«

»Verflucht. Was weiß die Konkurrenz?«

»Nichts, glaube ich.«

Der Bulle begann, Anweisungen zu bellen, die den Journalisten im Hintergrund galten, ehe er ohne ein Wort des Abschieds einfach auflegte. Max schob sein Telefon in die Tasche und ließ den Blick über die Absperrungen schweifen.

Ihm war auf einmal gar nicht mehr kalt.

ACHTZEHN Die Sirenen der Streifenwagen tönten noch immer, es war inzwischen spät am Sonntagabend. Nicolas kam immer mehr zu der Überzeugung, dass irgendeine größere Sache hinter dem Schusswechsel im Clarion Hotel Sign stecken musste.

Er fuhr am Nordfriedhof vorbei Richtung Solnavägen, vorbei an der OKQ8-Tankstelle, wo er Molly Berg ausmachte, die auf ihn wartete. Neben der Zapfsäulenreihe hielt er an und stieg aus. Ein paar Mietwagen standen am Solnavägen aufgereiht, niemand sonst war unterwegs.

Molly trat aus dem Schatten eines Containers auf Nicolas zu. Sie fror so sehr, dass sie schlotterte. Er schlüpfte aus seiner Jacke und legte sie ihr um die Schultern. Sie hatte nackte Beine, ihr Augen-Make-up war zerlaufen.

Nicolas führte sie zum Wagen, machte die Beifahrertür auf und schob sie behutsam auf den Sitz. Nahm auf der Fahrerseite Platz, startete den Motor und regelte die Heizung aufs Maximum.

Molly krümmte sich auf ihrem Sitz zusammen.

»Was machst du denn hier?«, fragte er vorsichtig, nahm ihre steif gefrorenen Finger zwischen seine Hände und legte sie an die Lüftungsklappen im Armaturenbrett, aus denen warme Luft strömte. »Entschuldigung, jetzt habe ich einfach so Du gesagt, ich hoffe, das ist okay?«

Sie starrte mit leerem Blick durch die Windschutzscheibe in die Dunkelheit hinaus.

»Ja, klar, ist schon in Ordnung. Können wir losfahren?«

Nicolas legte den Gang ein, fuhr in den Kreisverkehr und bog Richtung Frösundaleden ab. Molly weinte lautlos. Er warf ihr einen besorgten Blick zu, entschied sich aber, abzuwarten. Bestimmt würde sie reden, wenn sie sich wieder gefasst hatte. Sie fuhren nach Skytteholm, Nicolas bog beim Max-Schnellrestaurant ab und hielt hinter dem Fußballplatz. Er ließ den Motor laufen, lehnte sich im Sitz zurück und wartete.

»Erzähl doch erst mal, dann können wir gemeinsam eine Lösung finden.«

Sie fuhr sich mit den Handflächen über ihr Gesicht.

»Thomas, der Mann, der in meiner Wohnung war und nach dem du mich gefragt hast … ich glaube, dass er mich gelinkt hat.«

»Inwiefern?«

»Er hat gesagt, er wäre beim MI6 und würde mit der Sicherheitspolizei zusammenarbeiten.« Molly schluckte, schüttelte den Kopf. »Und ich habe das geglaubt. Habe nachrecherchiert, ob die Arbeitsabläufe wirklich so stimmen. Und alles schien plausibel zu sein. Er hat mich erpresst, damit gedroht, gewisse Fotos von mir meinem Vater zukommen zu lassen und an die Presse zu schicken. O Gott, was bin ich nur für eine Idiotin. Und dann im Hotel … sie haben ihn erschossen.«

»Thomas?«

»Nein.«

»Wer wurde dann erschossen?«

»Magnus Moheden.«

Nicolas starrte sie an. »Der Justizminister?«

Molly nickte in Zeitlupe.

»Dann war er es also, der im Clarion erschossen wurde?«

»Ja.«

»Und du warst dabei?«

»Im Badezimmer.«

»Ihr …« Nicolas suchte nach den richtigen Worten. »Wart dort verabredet?«

»Richtig. Thomas hat das organisiert, über Wickr, eine verschlüsselte Messenger-App. Ich habe ihm meine Login-Daten gegeben, und er meinte, sie wollten nur überprüfen, ob Magnus Moheden so was noch macht, jetzt, als Justizminister. Es ging um die Sicherheit des Landes und darum, dass er erpresst werden könnte. Das war das Letzte, was ich tun müsste, danach würde er mich in Ruhe lassen. Mich gehen lassen. Aber sie haben ihn umgebracht.«

»Wo warst du zu dem Zeitpunkt?«

»Ich war im Bad und habe mich übergeben. Sie haben durch die Tür geschossen, aber ich habe mich in die Badewanne gelegt.«

»Und dann?«

»Ich wollte nur noch weg, das war mein einziger Gedanke. Thomas finden. Also bin ich irgendwie aus dem Hotel raus, bin am Casino in ein Taxi rein und zur Sicherheitspolizei gefahren.«

Nicolas musterte sie teilnahmsvoll. »Aber da kannte niemand einen Thomas?«

Molly schüttelte den Kopf und brach in Tränen aus.

»Es ist meine Schuld, dass er tot ist.«

Nicolas lehnte den Kopf an die Nackenstütze und blickte auf den Fußballplatz mit seinen erloschenen Lichtern. Er wusste nicht, was er tun sollte. Molly musste sich der Polizei stellen, erklären, dass sie benutzt worden war und auf das Beste hoffen. Doch das würde aus ihrem Leben einen Scherbenhaufen machen. Die Bombe konnte jeden Moment platzen. Die internationale Presse würde sich sensationsheischend auf ihr Leben stürzen, die Boulevardpresse würde sie nie wieder in Ruhe lassen. Und sie würde zur Zielscheibe werden. Thomas und die anderen, wer auch immer die sein mochten, würden den Job zu Ende bringen wollen. Damit sie nicht den Mund aufmachen und sie verraten würde, wer auch immer hinter der Sache steckte.

»Ich rufe eine Polizistin an, die ich kenne. Ich vertraue ihr, und sie wird dir helfen. Sie wird dir zuhören.«

»Nein, bitte nicht.«

Sie legte ihm eine Hand auf den Arm und sah ihn eindringlich an.

»Du hast keine Alternative. So wird die Polizei davon ausgehen, dass du etwas mit dem Mord zu tun hast.«

»Glaubst du wirklich?«, flüsterte sie.

»Ja.«

»Aber es weiß doch niemand, dass ich da war.«

»Das werden sie schon noch herausfinden. Und dann wird es verdächtig wirken, wenn du dich nicht aus freien Stücken bei der Polizei meldest und eine Aussage machst.«

»Aber ...«

»Der schwedische Justizminister ist erschossen worden. Du musst dich an die Polizei wenden, das ist deine Pflicht.«

Nicolas rief Vanessas Nummer auf. Das Freizeichen klingelte ins Leere, sie nahm nicht ab, und er legte das Telefon auf die Knie. Molly wirkte erleichtert.

Er stellte das Radio lauter. Ein Nachrichtensprecher berichtete, dass der Schusswechsel im Clarion Hotel Sign zwei Opfer gefordert hatte. Darüber, wer die Toten waren, verlor er kein Wort.

Nicolas legte Molly eine Hand auf die Schulter. Sie tat ihm leid. Sie war ausgenutzt worden, und das hatte verheerende Konsequenzen, sowohl für Magnus Moheden als auch für sie selbst.

»Das wird sich bestimmt alles klären«, sagte er und versuchte, aufmunternd zu wirken.

Ihm entging jedoch dabei nicht, dass seine Stimme irgendwie hohl klang, er konnte seinen Worten selbst kaum glauben.

NEUNZEHN

Trude zog die weiße Plastikhaube in den Nacken und klemmte sich den Mund-Nasen-Schutz unters Kinn. Ihr Blick aus den großen braunen Augen war niedergeschlagen. Im Hotelkorridor waren Platten ausgelegt worden, und Vanessa konnte mindestens zehn weitere Techniker hinter Trude ausmachen. Samer schielte zu dem toten Sicherheitsmann hinüber, die Leiche wurde gerade fotografiert.

»Und da drinnen liegt jetzt also Magnus Moheden, der Justizminister?«, fragte Vanessa.

»Genau«, gab Trude zurück.

Mehrere Zimmertüren standen weit offen, nachdem die Hotelgäste panisch zu den Fahrstühlen und Treppenaufgängen gerannt waren, als die Schüsse gefallen waren. Ein Turnschuh lag vor einer Aufzugstür, jemand hatte offenbar seine Reisetasche bei sich gehabt, sie aber dann fallen lassen. Die Kriminaltechniker standen hier vor keiner leichten Aufgabe, dachte Vanessa, doch gleichzeitig war sie seltsam teilnahmslos. Das alles war so surreal. Ein Mitglied der Regierung, genau genommen der Justizminister, war im Zentrum von Stockholm in einem Hotelzimmer hingerichtet worden.

Das Telefon klingelte in ihrer Manteltasche, sie drückte den Anruf weg, ohne einen Blick auf das Display zu werfen.

»Wann können wir denn rein?«, erkundigte sich Vanessa und nickte Richtung Zimmer.

»In ein paar Stunden.«

»Was gibt's bis jetzt?«

»Er liegt auf dem Bett, nackt. Der Täter oder die Täter haben die Tür aufgeschossen, sind rein in die Suite und haben das Feuer auf ihn eröffnet. Wir haben 18 leere Hülsen gefunden.«

»Ist schon geklärt, was er hier wollte?«, fragte Vanessa.

Trude sah sich um, trat einen Schritt auf sie zu und senkte die Stimme.

»Ich bin ziemlich sicher, dass er nicht allein in der Suite war. Die Minibar wurde geleert, ich habe auf zwei Flaschen Lipgloss gesichert. Ein Blisterstreifen Atarax auf dem Nachttisch, Reste von Erbrochenem in der Toilette. Die Badezimmertür hat ebenfalls Einschusslöcher.«

»Moheden hatte Familie, stimmt's?«, fragte Vanessa.

»Frau und zwei halbwüchsige Kinder«, erwiderte Trude. »Ich habe letzte Woche erst eine hübsche Homestory in der Sonntagsbeilage von *Dagens Nyheter* gelesen. Ich muss jetzt wieder rein.«

Sie zog den Mund-Nasen-Schutz und die Haube wieder hoch und wandte sich zum Gehen.

ZWANZIG

Nicolas fand eine freie Parklücke beim Södra-Latins-Gymnasium und bugsierte Axels Wagen zwischen zwei dunkle SUVs. Da Vanessa nicht zu erreichen war und es auf Mitternacht zuging, hatte er beschlossen, Molly ins Rival mitzunehmen. Axel hatte ihm versichert, es sei kein Problem, wenn er sein Auto erst am nächsten Tag wieder zurückbekam.

»Warte«, sagte Nicolas, als Molly aussteigen wollte. »Zieh meinen Pullover über und setz die Kapuze auf. Im Hotel gibt es sicher Überwachungskameras, und dass du da drauf zu erkennen bist, muss ja nicht sein.«

Nicolas zog seinen Pullover aus und zupfte das weiße T-Shirt zurecht, das er darunter trug. Stieg aus und stellte sich mit dem Rücken zur Autotür, während Molly in das Sweatshirt schlüpfte und die Kapuze überstülpte. Schweigend gingen sie durch die eisigen Straßen von Södermalm zum Hotel. Ein schwerer Schneeregen ging nieder, es war kaum jemand unterwegs, und die meisten Pubs waren geschlossen.

Nicolas' Zimmer lag im zweiten Stock und zeigte zum Mariatorget. Ein Bett, ein Sessel und ein Schreibtisch bestritten das Mobiliar. Nicolas legte die Sicherheitskette vor, durchforstete seine Reisetasche nach den Sportklamotten und reichte sie Molly. Anschließend ging er ins Bad und nahm den Müllbeutel aus dem Eimer unter dem Waschbecken.

»Leg bitte deine alten Kleider in den Beutel.«

»Geht das in Ordnung, wenn ich dusche? Mir ist immer noch kalt.«

»Wie du willst. Hast du Hunger? Ich kann zum Seven Eleven runtergehen und etwas holen.«

»Danke, nicht nötig«, sagte sie, lächelte kurz und ging ins Bad. Nicolas ließ sich auf den Sessel fallen. Die Dusche begann zu rauschen. Vermutlich war das, was er tat, strafbar, dachte er düster. Aber Molly tat ihm leid. Sie war an der Nase herumgeführt und erpresst worden. Ihr Leben war ein einziger Scherbenhaufen, und morgen würden sich Polizei und Presse auf ihr Leben stürzen. Jedes pikante Detail zu einer Schlagzeile ausschlachten, über Molly urteilen und sie auseinandernehmen. Das würde alles für sie ändern.

Aber er sah keine andere Möglichkeit, als sie an Vanessa zu verweisen. Immerhin war es tröstlich zu wissen, dass sie über Molly nicht den Stab brechen, sondern auf ihrer Seite sein würde. Oder sich zumindest anhören würde, was sie zu sagen hatte. Mehr konnte er für Molly nicht tun. Die Alternative lautete, ihr zur Flucht außer Landes zu verhelfen, was moralisch zweifelhaft war, und außerdem würde es ihr nicht gelingen, länger als ein paar Tage unterzutauchen, bis man sie fand.

Die Dusche im Bad verstummte, Nicolas hörte Mollys Schritte. Es klang, als würde sie mit jemandem sprechen. Er befürchtete schon, sie hätte jemanden angerufen, und schlich beunruhigt zur Tür, um besser horchen zu können. Doch sie schien lediglich Selbstgespräche zu führen, Nicolas verstand kein Wort.

Perplex kehrte er zum Sessel zurück und legte die Füße auf die Heizung. Die Badezimmertür ging auf, und Molly trat auf ihn zu. Sein Sport-Outfit war viel zu groß und weit.

»Ich dachte mir, du nimmst das Bett und ich den Sessel.«

»Nimm du ruhig das Bett, es ist dein Zimmer. Außerdem kann ich so oder so nicht schlafen.« Sie schob die Sweatshirt-Ärmel hoch.

Nicolas stand auf und zog die Vorhänge zu. Nur die Nachttischlampe erhellte den Raum.

»Du brauchst das Bett dringender, du hattest einen ziemlich harten Tag.«

»Danke«, murmelte Molly.

Nicolas musterte sie nachdenklich.

»Ich habe deine Stimme aus dem Bad gehört. Es hörte sich an, als hättest du mit jemandem geredet.« Er versuchte, belanglos zu klingen.

Molly wurde verlegen.

»Ich rede manchmal mit mir selber. Das habe ich schon immer gemacht. Ich bin in Kiruna aufgewachsen, etwas außerhalb von Kiruna, da gab es nicht so viele Leute zum Reden. Findest du mich merkwürdig?«

Nicolas schüttelte den Kopf.

»Ich bin schon seltsameren Menschen begegnet.«

Molly ging zum Bett, schlug die Decke zurück und legte sich hin. Streckte den Arm aus und löschte das Licht. Das Zimmer wurde dunkel. Sie warf sich unruhig hin und her, und Nicolas schloss die Augen.

»Ich habe mich noch gar nicht bei dir bedankt«, sagte sie plötzlich.

»Kein Problem.«

»Ich hätte von Anfang an auf dich hören sollen. Ich bin eben immer allein klargekommen, ich traue niemandem. Aber dir vertraue ich, du bist in Ordnung. Wenn du meinst, ich soll mit deiner befreundeten Polizistin sprechen, dann mache ich das. Ich werde ihr alles erzählen.«

»Gut.«

Nicolas sah das Display seines Handys durch den Jeansstoff aufleuchten. Er nahm es zur Hand, weil er hoffte, Vanessa würde anrufen, doch es waren die Flashnews.

Die Kvällspressen *enthüllt: Justizminister Magnus Moheden eines der Opfer nach Schüssen in Hotel*, stand dort.

EINUNDZWANZIG

Als Max Lewenhaupt am frühen Morgen in die Redaktion fuhr, lag eine unheimliche Stille über der Stadt, und er musste an die Filme über Naturkatastrophen denken, die er als Teenager so gerne gesehen hatte. Er war noch nicht auf der Welt gewesen, als Staatsminister Olof Palme ermordet wurde, und an den Mord an Außenministerin Anna Lindh erinnerte er sich nur dunkel. Während sich das Taxi seinen Weg über das dunkle Kungsholmen suchte, wusste er, dass er den gestrigen Tag niemals vergessen würde.

Die Geschehnisse würden in die Geschichte eingehen, und er gehörte zu jenen, deren Aufgabe darin bestand, sie zu erzählen.

In der Redaktion herrschte das übliche geordnete Chaos, der Bulle war über Nacht nicht nach Hause gefahren und brachte den Morgen damit zu, von seinem Stuhl aufzuspringen und seinen Journalisten Anweisungen zuzubrüllen, um sich anschließend leise grummelnd wieder zu setzen. Die Regierung hatte sich die Nacht mit Beratungsgesprächen herumgeschlagen, und bereits gegen neun Uhr traf eine Pressemitteilung ein, derzufolge der Staatsminister um 13 Uhr eine Rede halten würde.

Max war nicht sonderlich enttäuscht darüber, dass er nicht zu den Kollegen gehörte, die nach Rosenbad geschickt worden waren. Er sollte stattdessen über Magnus Mohedens Vita schreiben. Von seiner Kindheit in Gävle, seiner Zeit bei den Jungen Sozialdemokraten, über sein Jurastudium in Uppsala und seine ersten Jahre als Rechtsanwalt, bis zu seinem Amtsantritt als kontroverser und unbeirrbarer Justizminister. Max arbeitete konzentriert bis zur Mittagspause, rief ehemalige Kommilitonen und Parteikameraden an, Lehrer, Jugendfreunde und Sporttrainer. Sowohl Freunde als auch

Kollegen aus der Opposition waren voll des Lobes über den Verstorbenen. Magnus Moheden war ein angesehener Politiker gewesen, nur wenige Wochen vor seinem Tod hatte er die Liste der beliebtesten Minister der rot-grünen Regierung angeführt. Seine konsequente Linie in puncto Kriminalität war auch von der Opposition sehr geschätzt worden.

Fünf Minuten vor der Rede des Staatsministers hatte Max 7500 Zeichen getippt. Zusammen mit dem umfangreichen Bildmaterial reichte sein Text für drei ganze Seiten.

Zufrieden mit sich und seinem Artikel schlenderte Max zum Kaffeeautomaten neben dem Büro der Chefredakteurin. Außenreporter und Journalisten hatten sich am Newsdesk versammelt, um sich gemeinsam die Rede anzusehen, doch Max wollte jetzt lieber allein sein. Als er an seinen Platz zurückkehren wollte, hörte er hinter sich ein Klopfen, das ihm gelten musste. Er drehte sich um, und Chefredakteurin Tuva Algotsson, das Telefon am Ohr, bedeutete ihm mit einer Geste, in ihr Büro zu kommen. Verwundert betrat Max den gläsernen Kubus.

»Wir hören uns«, sagte sie ins Telefon und beendete das Gespräch.

Sie betrachtete Max heiter, während sie ihren Hosenanzug glatt strich und die Füße auf den Schreibtisch schwang.

»Gute Arbeit gestern, Max. Wirklich gute Arbeit. Der Bulle, ich meine Bengt, hat erzählt, dass die Idee von dir kam, Fotos von Mitgliedern der Regierung durchzusehen, um herauszufinden, wer der erschossene Personenschützer war. Große, gediegene Journalistenarbeit.«

»Danke.«

Max platzte vor Stolz, obwohl er sich nichts anmerken zu lassen versuchte. Tuva Algotsson war eher bekannt dafür, dass sie äußerst sparsam mit Lob umging. Auf ihrem Laptop erklang der *Kvällspressen*-Jingle, inspiriert von der Intro-Melodie der CNN, woraufhin ein Reporter verkündete, dass Staatsminister Stefan Löfven nun seine Rede beginnen würde.

»Nimm dir einen Stuhl und setz dich«, forderte Tuva ihn auf. Max zwängte sich neben die Chefredakteurin und hob kurz den Kopf, um einen Blick am Bildschirm vorbei in die Redaktion zu werfen, wo sich die übrigen Kollegen um einen Fernseher versammelt hatten. Der Staatsminister, sichtlich betroffen vom Ernst der Stunde, räusperte sich. Er trug schwarzen Anzug, weißes Hemd, schwarze Krawatte. Hatte rote Flecken am Hals und rückte den Hemdkragen gerade, ehe er direkt in die Kamera sah.

»Magnus Moheden – Vater, Ehemann und Justizminister von Schweden – wurde gestern im Stadtzentrum von tödlichen Schüssen getroffen. Ein furchtbarer Schlag gegen seine Familie, gegen unser Land. Gegen unsere Demokratie.«

Max warf Tuva einen Blick zu, die einvernehmlich nickte. Max fand, der Staatsminister mache seine Sache gar nicht schlecht, dafür, dass er nicht gerade als begnadeter Rhetoriker galt.

»Heute früh wurde ich von Gustav Steen, dem Chef der Sicherheitspolizei informiert. Die Terrororganisation IS – der sogenannte Islamische Staat – hat sich zu dem Anschlag bekannt.«

Max hätte sich beinahe an seinem Kaffee verschluckt. Tuva riss den Mund auf. Die Redaktion geriet in Aufruhr. Der Bulle sprang von seinem Stuhl auf und begann, zu schreien und zu gestikulieren.

»Und wieder hat sich in Schweden die hässliche Fratze des Terrors gezeigt, aber wir sehen nicht einfach nur tatenlos zu. Wir werden diejenigen zur Rechenschaft ziehen, die das zu verantworten haben. Wir werden sie ihrer gerechten Strafe zuführen. Das verspreche ich.«

ZWEIUNDZWANZIG

Die Schüsse vom Vortag dröhnten Hamza noch in den Ohren. Er machte die Speisekammer auf, die mit Konserven, Nudeln, Reis und Kaffee aus allen Nähten platzte. Sie waren für drei Monate versorgt, und so lange würden sie wohl warten müssen. Aber er war zumindest nicht mehr allein. Sie waren zu dritt in der Wohnung. Zu ihm und Sabina, die nun einen angemessenen Niqab trug, hatte sich im Lauf des Tages eine weitere Person gesellt. Seinen richtigen Namen hatte der Mann Hamza nicht verraten, aber er hatte darum gebeten, mit Thomas angesprochen zu werden.

Anders als bei Farid hatte Hamza zu Thomas sofort einen Draht. Es war offensichtlich, dass er im Krieg gewesen war. Dass er gekämpft hatte, die Schrecken, den Staub, das Blut und die Schreie der Verwundeten erlebt hatte.

Sie saßen bei spärlichem Licht und heruntergelassenen Jalousien am Küchentisch und tranken süßen Tee. Thomas war gesprächig und hatte erzählt, dass er in Westlondon aufgewachsen war – sein Vater stammte aus Pakistan, seine Mutter war Engländerin – und sein Chemiestudium am King's College in London abgebrochen hatte, um 2015 mit zwei Kameraden nach Syrien zu gehen. Die beiden anderen waren zu Märtyrern geworden.

Es hatte etwas Wohltuendes, beinahe Rührendes, jemandem zu begegnen, der wusste, was Hamza durchgemacht hatte. Der da gewesen war, in Syrien, und der für das Kalifat und für Gott gekämpft hatte.

»Er ist also wie ein Hund gestorben?«, fragte Thomas und entblößte eine weiße Zahnreihe.

Hamza nickte.

»Er hat um sein Leben gefleht. Nackt.«

Hamza äffte Magnus Moheden nach. Er fühlte sich unbeschwert, glücklich. Wie in den ersten Monaten im Irak, als sie Stadt um Stadt gestürmt und eingenommen hatten. Damals, als nichts ihren Vorstoß hatte aufhalten können. Als die feindlichen Soldaten Hals über Kopf die Flucht ergriffen hatten, weil die IS-Krieger im Anmarsch gewesen waren. Aber das hier war noch viel besser. Die Geschehnisse im Clarion Hotel Sign waren erst der Beginn einer langen Reihe von Attentaten, die in die Geschichte eingehen würden und mit dem gleichen Respekt wie der Anschlag auf das World Trade Center am 11. September 2001 genannt werden würden. Muslime auf der ganzen Welt würden auf Hamzas Namen und die der anderen Märtyrer ein Loblied singen.

»Und die Frau ist davongekommen?« Thomas' Lächeln erstarb augenblicklich.

»Sie war im Bad, und das Risiko war zu hoch, sie in den Flur rauszuschleifen und dort umzulegen. Die Zeit hatten wir einfach nicht. Aber sie ist offenbar geflüchtet. Im Fernsehen kam nichts darüber, dass Khenziir nicht allein gewesen sein könnte.«

Thomas schnaubte.

»Die sind doch gekauft, alle miteinander. Die Medien, die Politiker, die Bullen. Die werden niemals zugeben, dass die letzte Tat des Ministers darin bestanden hat, eine Hure zu vögeln. Heuchler. Perverse Heuchler. Und uns beschuldigen sie, wir würden Sexsklaven halten. Der einzige Unterschied ist doch der, dass sie ihre bezahlen.«

Thomas tat, als spucke er auf den Boden.

»Wer ist sie denn?«, wollte Hamza wissen.

»Nur eine kleine dumme Nutte. Ich habe keine Ahnung, ob sie überhaupt kapiert hat, dass ich nicht beim MI6 arbeite.«

»Hat sie das denn geglaubt?«

Thomas grinste. Er erzählte, wie sie die intimen Fotos von Molly an Bord der Lucinda gemacht hatten und er dann in Stockholm den Kontakt zu ihr aufgenommen hatte.

»Ich habe sie wochenlang bearbeitet.«

»Und wie?«

»Sie ist die Traumfrau aller Männer. Sie ist eine Schönheit, eine der schönsten Frauen, die ich jemals gesehen habe. Mädchenhaft. Feminin. Ich habe ihre offensive Art ignoriert und sie verunsichert. Habe sie nach und nach in die Knie gezwungen, und damit konnte sie nicht umgehen.«

»Wie hast du das denn angestellt?«

»Ich hatte immer schon einen Schlag bei Frauen. Bei den westlichen besonders. Du weißt doch, wie das ist, du bist schließlich in Europa aufgewachsen. Sie sind leichtfertig. Schlichte Gemüter. Ihre Egos sind so groß wie Berge. Sie reden von Feminismus und Befreiung, aber im Grunde genommen wollen sie wie Huren in einem Bordell behandelt werden. Eigentlich ist das nicht ihre Schuld, sondern die ihrer Eltern. Sie werden so erzogen. Sie haben keine Ehre. Ein Teil von mir wollte sie einfach nur packen und ficken, wie wir das mit unseren jesidischen Gästen gemacht haben.«

Hamza verzog den Mund. Auch wenn er es sich bisher nicht eingestanden hatte, waren ihm Zweifel gekommen und er hatte sich gefragt, ob die Propaganda des Westens ihn verunsichert hatte.

Sein Glaube an das Rechte war ins Wanken geraten.

Doch in Gesellschaft von Thomas fühlte er sich wieder wie er selbst – wie einer der Auserwählten für die Armee Gottes.

»Wie ist es gelaufen für dich?«, fragte er.

Thomas erhob sich und bedeutete ihm, ihm in die Diele zu folgen, wo der Drucker stand. Sie hatten sich darauf geeinigt, keine Informationen auf digitalem Weg auszutauschen. Es wäre fatal, wenn sie sich auf diese Weise verraten würden und die ganze Operation scheitern würde.

Thomas setzte sich an den Ikea-Schreibtisch, verband sein Telefon mit dem Drucker und druckte mehrere Fotos aus. »Alles wurde gecheckt. Wir kommen leicht ins Haus rein, und ins Büro auch. Wir werden siegen, Bruder!«

»Inschallah«, murmelte Hamza, beugte sich vor und sah sich mit gerunzelter Stirn die Ausdrucke an.

DREIUNDZWANZIG

Nicolas stand in der Lobby des Rival und sah Vanessa aus dem Taxi steigen. Feine Schneeflocken segelten aus dem dunklen Himmel und schmolzen sofort auf den Straßen und Gehsteigen. Die Stadt war in ergriffenen Ernst gehüllt, eine stoische Ruhe, die Nicolas nicht unberührt ließ.

Vanessa beugte sich noch mal kurz ins Taxi und sagte etwas, das den Fahrer zum Lachen brachte, dann schlug sie die Tür zu, er gab Gas und fuhr Richtung Hornsgatan. Sie trat durch die Glastür und kam auf Nicolas zu. Ihre Schönheit faszinierte ihn jedes Mal aufs Neue. Aber da war noch etwas. Ein Gefühl der Zusammengehörigkeit, einer gemeinsamen Geschichte, die er mit ihr und mit seiner Schwester Maria durchlebt hatte und mit niemandem sonst. Vanessa war offenbar freundlicher gestimmt als bei ihrem letzten Treffen im Thelins in der Odengatan. Ihre kühle Art hatte ihn verletzt, aber er hatte sich entschieden, kein Wort darüber zu verlieren.

Sie umarmten sich hölzern.

»Danke, dass du kommen konntest«, begann er.

»Wir können uns ja vielleicht an die Bar setzen, ich brauche ein Glas Wein nach allem, was in den letzten Stunden so passiert ist.«

Nicolas achtete ganz bewusst auf seine Bewegungen, während sie die Lobby durchquerten und die Treppe hochgingen. Er versuchte, ihre Körpersprache zu deuten und zu ergründen, ob sie sich freute, ihn zu sehen, oder ob sie ihre Verabredung eher als Freundschaftsdienst betrachtete.

Die Bar befand sich im ersten Stock, es gab kaum Gäste. Ein gelangweilter Barkeeper in schwarzer Weste und weißem Hemd zapfte Nicolas ein Bier und servierte Vanessa einen Weißwein. Sie setzten sich einander gegenüber.

»Ehe ich mir anhöre, was du zu sagen hast, möchte ich mich bei dir entschuldigen, wegen letztens, im Thelins. Das war nicht richtig von mir. Wir haben viel zu viel zusammen durchgemacht, da kann ich nicht so mit dir umspringen. Als du von Erica Karlström erzählt hast, da bin ich … ich weiß auch nicht.«

»Was bist du?«, fragte er überrascht.

Sie nestelte an ihrem Glas herum und blickte auf die Tischplatte.

»Ich weiß nicht, mir hat das einfach nicht gefallen, aber ich weiß, dass ich kein Recht dazu habe, so zu reagieren. Es ist dein Leben. Außerdem war ich es, die … das beendet hat, was wir hatten oder was wir hätten haben können, was immer das gewesen sein mochte.«

»Das mit Erica ist vorbei. Und ich bin gefeuert.«

»Wohnst du hier im Hotel?«

Er nickte.

Vanessa musste grinsen.

»Ihr seid erwischt worden?«

Sie sahen sich forschend an, er wartete darauf, dass sie etwas sagen würde, aber sie ließ sich Zeit. Nicolas gab schließlich auf und räusperte sich.

»Jedenfalls ist das nicht der Grund, warum ich dich gebeten habe, dich mit mir zu treffen. Ich kann verstehen, dass du genug anderes um die Ohren hast.« Er drückte den Rücken durch. »In dem Zimmer, in dem der Justizminister erschossen wurde, war eine Frau. Und ich weiß, wer sie ist.«

Vanessa stellte ihr Weinglas ab und beugte sich vor.

»Wo hast du das denn gelesen?«, fragte sie.

»Nirgends. Sie hat den Kontakt zu mir gesucht. Nach dem Mord.«

»Warum das denn?«

»Sie heißt Molly Berg. Ich habe dich gebeten, sie zu überprüfen.«

»Und wo ist sie jetzt?«

»Auf meinem Zimmer. Sie ist völlig aufgelöst, ihr Leben ist ein einziger Trümmerhaufen. Sie ist erpresst worden, von einem Engländer, der sich Thomas genannt hat. Er hat ihr damit gedroht, kompromittierendes Bildmaterial an die Zeitungen zu schicken. Und an ihren Vater.«

Nicolas zog seinen Stuhl neben den von Vanessa. Er spürte die Wärme ihres Arms und sog den Duft ihres Parfums ein.

»Thomas, ich zeige dir gleich ein Bild von ihm, hat vorgegeben, für den MI6 zu arbeiten. Und für die Säpo. Er ist der Mann, der mich vor ein paar Wochen überfallen hat. Er hat das Treffen von Moheden und Molly arrangiert.«

Er zeigte Vanessa den Videoclip, den er von Axel Grystad bekommen hatte und der zeigte, wie Molly dem Mann, der Nicolas überfallen hatte, Johan Karlströms Mobiltelefon übergab.

»Kennst du ihn?«

Vanessa schüttelte den Kopf, und Nicolas schob seinen Stuhl an seinen angestammten Platz zurück, sodass sie sich wieder gegenübersaßen.

»Kannst du mir das Video schicken? Was hat er mit Johan Karlströms Telefon gewollt?«

Nicolas tippte auf *Senden*, und im nächsten Moment gab Vanessas Telefon einen Ton von sich.

»Ich glaube, das hat mit Geldwäsche zu tun, in Form von Online-Poker auf Gambler. Johan ist der CEO der Firma. Aber im Frühjahr war mit der Geldwäsche Schluss. Die britischen Behörden haben angefangen, gegen ihn zu ermitteln, und er hielt es dann für das Beste, nach Schweden zurückzukehren, zumindest für eine Weile. Ich vermute, Thomas wollte wissen, was oder wie viel Johan den Briten tatsächlich erzählt hat. Wie viel er zugegeben hat.«

Vanessa schenkte Nicolas einen leeren Blick.

»Seit wann weißt du, dass Karlström Geld wäscht?«

»Seit ein paar Tagen. Zwei Millionen Kronen sind insgesamt von Gambler um die halbe Welt geschleust worden, um schlussendlich hier aufzuschlagen. In Stockholm, in einer Wechselstube in Rinkeby namens Babylon Exchange. Ich dachte, das könnte interessant sein für deinen Verein, nicht zuletzt vor dem Hintergrund dessen, was gestern passiert ist.«

»Der IS hat sich zu der Tat bekannt. Für die Ermittlungen ist ausschließlich die Säpo zuständig. Und die stellt jetzt gerade in ganz Schweden jede Moschee einzeln auf den Kopf, schummrige Hinterzimmer inklusive.«

Sie stand auf.

»Ich muss mit dieser Molly reden.«

VIERUNDZWANZIG

Molly Berg hatte sich abgeschminkt und ihre Haare zu einem unordentlichen Knoten hochgesteckt. Sie trug Nicolas' Sportkleidung. Trotzdem war sie wie auf den Fotos, die Nicolas ihr gezeigt hatte, eine der schönsten Frauen, die Vanessa je gesehen hatte. Ihre Gesichtszüge waren ebenmäßig, und ihre gesamte Erscheinung strahlte etwas Exotisches und zugleich Verletzliches aus.

»Molly, das ist Vanessa. Vanessa, Molly«, stellte Nicolas die beiden einander vor.

Eine Woge der Eifersucht überwältigte Vanessa, als sie sich vergegenwärtigte, dass Molly die Nacht zusammen mit Nicolas auf seinem Hotelzimmer verbracht hatte. Unwirsch verscheuchte sie ihre Gedanken und bedeutete Molly, auf dem Bett Platz zu nehmen.

Nicolas räusperte sich.

»Molly, erzähl doch einfach noch mal das, was du mir erzählt hast.«

Er ließ sich auf dem Sessel nieder, während Vanessa sich neben die junge Frau setzte und sie erwartungsvoll ansah.

»Ich weiß gar nicht, wo ich anfangen soll.«

»Fangen Sie damit an, wie Ihr Kontakt zu Magnus Moheden entstanden ist«, schlug Vanessa vor.

»Ich arbeite seit ein paar Jahren als, ja, Escort, wie man so sagt. Bis vor einiger Zeit habe ich in Barcelona gewohnt, Moheden ist ein paarmal im Jahr runtergeflogen. Und ich habe ihn zum ersten Mal auf einer Party in einer Villa getroffen, das war vor drei Jahren, bevor er Minister geworden ist.«

Molly erzählte alles. Wie sie von dem Mann kontaktiert worden war, der sich zunächst als Geschäftsmann namens Thomas ausgegeben und dann behauptet hatte, er arbeite für den britischen Geheimdienst in einer gemeinsamen Operation mit der Säpo. Wie sie ihm geholfen hatte, Johan Karlströms Mobiltelefon zu entwenden, und geglaubt hatte, damit aus dem Schneider gewesen zu sein. Wie er ihr nach Kiruna nachgereist war, um sie erneut zu erpressen. Je mehr Molly erzählte, desto sympathischer wurde sie Vanessa.

Sie musste sich eingestehen, dass sie die junge Frau mochte.

Als Molly die letzten Momente in Mohedens Leben schilderte, wagte Vanessa kaum zu atmen. Kein Zweifel, Molly war von diesem Thomas benutzt worden, damit er an den Justizminister rankommen konnte.

»Aber wer geschossen hat, haben Sie nicht gesehen?«

»Nein.«

Molly verstummte und schielte unsicher zu Vanessa hinüber.

Vanessa schlug die Beine übereinander und warf Nicolas einen flüchtigen Blick zu. Holte ihr Telefon aus der Handtasche, suchte das Foto von Hamza Mansour und zeigte Molly das Display.

»Haben Sie diesen Mann schon mal gesehen?«

Molly beugte sich vor und betrachtete eingehend die Aufnahme, dann schüttelte sie den Kopf. Vanessa wollte ihr Telefon schon aus der Hand legen, doch sie besann sich und suchte den Film der Videoüberwachung von dem Ica in Bergshamra heraus, auf dem Natasja und der unbekannte Mann zu sehen waren. Dann drückte sie auf *Play*.

»Kennen Sie diese Frau?«

»Nein, ich habe sie noch nie gesehen.«

»Und dieser Mann, kennen Sie den?«

Molly lehnte sich vor und blinzelte. Schüttelte wieder den Kopf.

»Können Sie kurz auf Pause gehen?«

Vanessa kam ihrer Bitte nach.

»Was ist denn?«

»Ich habe ihn schon mal gesehen. Oder besser gesagt, seinen Nacken.«

Nicolas erhob sich abrupt aus dem Sessel und stellte sich an die Bettkante.

»Was meinen Sie genau?«, wollte Vanessa wissen.

Molly deutete auf den Fleck an seinem Nacken, direkt unterhalb des Haaransatzes.

»Letzten Sommer war ich auf einer Jacht in Puerto Portals, also auf Mallorca«, sagte sie, ohne den Blick von dem Foto abzuwenden. »Auf der Lucinda. Dieser Mann war auch an Bord. Ich erinnere mich an sein Muttermal. Ich habe ihn von meiner Kajüte aus gesehen, als er von Bord ging.«

TEIL VIII

EINS

Am Mittwochabend um halb sechs betrat Vanessa den McDonald's im Sveavägen. Das Schnellrestaurant war brechend voll, aber sie konnte den Mann, mit dem sie sich verabredet hatte, sofort ausmachen.

Erik Giertz trug Polizeiuniform und saß an einem der Tische, die zum Observatorielunden zeigten. Als Vanessa sich einen Weg zu seinem Tisch bahnte, musterte er sie kurz, ehe er aufstand und ihr seine riesige Pranke hinstreckte. Sie fand, er könne mühelos als Statist in einer Dokumentation über Wikinger mitwirken. Er maß knappe zwei Meter, trug einen vollen, blonden Bart und hatte blaue Augen.

»Danke, dass Sie sich die Zeit nehmen«, sagte sie und streifte die drei leeren Big-Mac-Schachteln mit einem Blick.

»Habe meinen Dienst gerade eben beendet. Das hier ist so ein bisschen Tradition, ich habe hier gearbeitet, bevor ich zur Polizei gegangen bin. Hier an der Kasse.«

Vanessa setzte sich. In seinem Bart hatte sich ein Salatblatt verfangen.

Die Informationen, die sie von Molly Berg erhalten hatte, hatte sie über Mikael Kask an die Säpo weitergeleitet, aber sie hatte keine Ahnung, in welche Richtung sie jetzt ermittelten, denn sie hatte seither nichts mehr gehört.

Sie hatte das Babylon Exchange unter die Lupe genommen – die Wechselstube, bis zu der Axel einen Großteil des von Karlström gewaschenen Geldes zurückverfolgt hatte – und herausgefunden, dass ein gewisser Farid Alami der Inhaber war. Zweiundfünfzig Jahre alt, 1997 aus Marokko nach Schweden eingewandert. Das Geschäft hatte im vergangenen Jahr rund 4,3 Millionen Kronen Umsatz gemacht, und zum Kapital gehörte unter anderem ein silberner Renault.

Als Vanessa das Kennzeichen in die Datenbank Storm eingegeben hatte, musste sie zu ihrer Verwunderung feststellen, dass der Wagen letzte Woche erst auf der E4 bei Sätra von Erik Giertz und einem Kollegen gestoppt worden war.

»Sie haben letzten Freitag einen silbernen Renault mit dem Kennzeichen NRM 127 angehalten?«

»Stimmt.«

»Warum haben Sie das gemacht?«

»Der Mann am Steuer ist Schlangenlinien gefahren«, entgegnete Erik Giertz defensiv.

Vanessa wusste, dass manche Polizisten dies als Ursache angaben, wenn sie ein Fahrzeug kontrollieren wollten, ohne dass irgendein Verdachtsmoment vorlag. Sie musste ihn dazu bringen, alles zu erzählen; jedes noch so kleine Detail konnte entscheidend sein.

»Ernsthaft?«

Erik Giertz zuckte die Achseln.

»Zwei Männer sind erschossen aufgefunden worden, in einem Pkw, und die Zeugen haben von zwei, ja, wie soll ich sagen ... nichtethnischen Schweden gesprochen, die in einem ähnlichen Wagen vom Tatort geflüchtet sind. Wir haben es drauf ankommen lassen.«

»Ich zeige Ihnen jetzt einen Ausschnitt von einem Überwachungsvideo und ich will, dass Sie mir sagen, ob darauf der Mann zu sehen ist, den Sie angehalten haben.«

»Geht klar.«

Erik Giertz nahm eine Pommes, tunkte sie in Ketchup und schob sie sich in den Mund. Vanessa spielte den Clip von Natasja und dem Unbekannten vor dem Ica ab.

»Schwer zu sagen. Man sieht ihn ja nur von hinten. Aber er könnte es sein, ich meine, seine Gestik kommt mir bekannt vor.«

Vanessa lehnte sich im Stuhl zurück, rief das Foto von dem Mann auf, der sich als Thomas ausgegeben hatte, und zeigte Erik Giertz das Display.

Er schüttelte den Kopf.

»Der Mann war älter. In den Fünfzigern vielleicht.«

Vanessa nickte, griff nach dem Ausdruck, den sie von Farid Alamis Führerscheinfoto gemacht hatte, und schob ihn über den Tisch.

»Und der hier?«

Erik Giertz nickte.

»Und der andere?«

»Ich habe ihn nur ganz kurz gesehen. Um die dreißig, schätze ich. Kurze schwarze Haare.«

Vanessa zeigte ihm das Foto von Hamza Mansour, aber Erik Giertz schüttelte wieder den Kopf.

»Ich konnte ihn nicht richtig sehen.«

Sie räusperte sich.

»Sie haben das Kennzeichen überprüft, aber die Identität der Insassen nicht, und den Wagen haben Sie auch nicht durchsucht.«

»Das ist korrekt, wir hatten keine Zeit. Es kam eine Meldung rein, eine Schießerei in Sätra, wir mussten los.«

Vanessa seufzte. Sie hatte gedacht, sie hätte endlich eine Spur, und gehofft, zwischen Farid Alami und dem Mann vor dem Ica beziehungsweise dem auf der Jacht einen Zusammenhang herstellen zu können. Und möglicherweise sogar zu Hamza Mansour. Doch nun verließ sie der Mut. Sie musste Farid und die Geldwäsche genauer untersuchen, um herauszufinden, wie brauchbar diese Spur überhaupt war. Nach ein paar weiteren belanglosen Fragen musste sie einsehen, dass Erik Giertz nichts mehr beizutragen hatte, und verabschiedete sich.

ZWEI

Johan Karlström beugte sich vor, hielt sich ein Nasenloch zu und zog mit dem anderen durch einen abgeschnittenen Strohhalm das Kokain von der Schreibtischplatte. Er schloss die Augen, legte den Kopf in den Nacken und drückte sich mit Daumen und Zeigefinger gegen die Nasenflügel, damit das Kribbeln nachließ. Eigentlich nahm er nur am Wochenende Koks, der heutige Donnerstag war eine Ausnahme. Er steckte in Schwierigkeiten und musste sich entspannen, den Kopf freikriegen.

Er ließ seine Faust auf den Schreibtisch niedersausen. Die Reste der Line gerieten in Unordnung. Er wiederholte die Bewegung und beobachtete dabei die winzigen weißen Krümel.

»Fotzenland. Ich hasse dieses verfluchte Sozenland.«

Er befeuchtete eine Fingerkuppe und stippte sie auf.

Es war nur eine Frage der Zeit, bis die Säpo hinter die Transaktionen käme, und dann würde er bei Gambler rausfliegen. Die Konten im Ausland würden aufgedeckt werden, und er wäre dann zwar nicht pleite, aber bedeutend ärmer. Und käme vielleicht in Haft.

Er brauchte einen Anwalt. Einen skrupellosen, eiskalten Hardliner.

Er hoffte, Anders I. Bladh war ein solcher. Er hatte ihn gegoogelt und ihm eine E-Mail geschickt. Immerhin trug er gute Anzüge und einen nass gekämmten Scheitel und lächelte blendend weiß. Bestimmt genoss er das Leben und wollte viel Geld verdienen. Gier war gut, dann kämpften die Menschen härter. Freud hatte recht, Sexualität und Aggressivität waren die Triebfedern des Menschen. Männer, die sich nicht dafür schämten, dass sie auf Muschis standen, waren Männer, die Erfolg im Leben hatten. Der Rest war nichts als Mittelmaß. Durchschnittsroboter.

Mandant von Rechtsanwalt Bladh zu werden, war die einzige Möglichkeit, einer Haftstrafe zu entgehen. Johan hatte im Januar bereits den Verdacht gehabt, dass mit dem Mann, der ihn aufgesucht und ihn um Hilfe bei der Geldwäsche gebeten hatte, etwas nicht stimmte. Aber die Bezahlung war besser als sonst gewesen. Der Prozentsatz höher. Wenn er nicht so verdammt dumm gewesen wäre, dann wäre er nicht in diesen Schlamassel hineingezogen worden.

Zwar hatte Johan sich auch vorher schon mit halbseidenen Typen eingelassen, er war bei potenziellen Geschäftskontakten nie wählerisch. Jeder sollte nach eigenem Wissen und Gewissen Geld verdienen.

Aber islamischer Terror?

Nigger-Nazis.

Es gab Grenzen. Als einer seiner Kontakte, die es nicht so genau nahmen, ihm gegenüber erwähnt hatte, das Gerücht mache die Runde, dass der IS über verschiedene Online-Spielseiten Geldwäsche betriebe, hatte er eins und eins zusammengezählt. Als das Schreiben von der britischen Behörde für den Kampf gegen Wirtschaftskriminalität aus London eintraf, hatte er eingesehen, dass er ein Problem hatte. Die Frage war nur, ob die Polizei oder die Säpo ihm glauben würde, wenn er sie aus freien Stücken kontaktierte und alles erzählte, was er über den Mann wusste. Vielleicht würden sie dann darauf verzichten, die Konten zu filzen. Und die Presse raushalten.

Er schob sich eine neue Line zurecht und schnupfte sie, als sein Rechner den Eingang einer Mail vermeldete. Anders Bladh wollte sich mit ihm treffen und schlug einen späten Lunch in einer Stunde im Opernkeller vor. Kein schlechter Anfang. Der Mann war ganz nach Johans Geschmack.

Anders Bladh war tadellos gekleidet, er trug einen blauen Nadelstreifenanzug und eine goldene Rolex am linken Handgelenk. Das braune Haar war streng zurückgekämmt und glänzte ölig. Beiläufig grüßte der Anwalt das Personal und wurde an einen Fenstertisch mit Sicht auf das Schloss und das Wasser geführt. Johan hatte tausend Fragen, doch Anders kam ihm zuvor, indem er unter dem Tisch seine Aktentasche öffnete.

»Warten Sie.«

Er reichte Johan einen Stift aus Gold und ein Dokument und bat ihn, zu unterschreiben.

»Damit ist unser Gespräch vertraulich. *Attorney-client privilege*, wie die Amis sagen.«

Johan unterschrieb, ohne zu lesen, was. Er hatte Gefallen an Anders Bladh gefunden, auch wenn er jünger aussah als auf den professionellen Fotos der Homepage der Kanzlei. Er beugte sich über den Tisch und berichtete von dem Mann, der vor einem Jahr auf ihn zugekommen war und sich auf Englisch erkundigt hatte, inwiefern sie einander von Nutzen sein könnten. Seinen Verdacht in puncto islamischer Terror ließ er unerwähnt. Das spielte keine Rolle, und er wusste schließlich nicht mit Sicherheit, wie die Dinge lagen. Das konnte warten.

Anders hörte schweigend und mit sachlicher Miene zu. Machte sich ein paar wenige Notizen in seinen Block. Als der Hauptgang gebracht wurde – *köttbullar* mit brauner Soße und Kartoffeln –, legte er die Schreibutensilien aus der Hand, steckte sich die Serviette in den Hemdkragen und ergriff das Wort.

»Zuerst müssen wir Sie und Ihre Familie an einen sicheren Ort bringen«, sagte er und tat sich von den eingelegten Gurken auf, die auf einer kleinen Platte serviert worden waren.

Johan sah ihn ungläubig an. Mehr hatte er nicht dazu zu sagen?

»Was meinen Sie damit?«

»Sie wollen nicht so gern eingebuchtet werden. Oder habe ich Sie da missverstanden?« Anders führte die Gabel zum Mund. »Hmmm, köstlich. Also, ich habe auch andere Mandanten, die in einer ganz ähnlichen Situation waren wie Sie. Und ich habe einen Freund mit einem großen Haus in der Türkei. Was halten Sie von der Türkei, Johan?«

Johan machte eine ratlose Geste. Anders' Ton verwirrte ihn. Er wollte lieber eine Line, und keine Spielchen mit dem Juristenbürschchen spielen, den er mit Geld nur so überhäufen würde. Nur weil der Grünschnabel ein Examen von irgendeiner Uni hatte, brauchte er hier nicht den großen Zampano zu geben.

»Was soll ich davon schon halten?«, fragte er leicht irritiert zurück.

»Die Türkei ist ein feines Land, so sollten Sie darüber denken. Vor allem, weil sie mit Schweden kein Auslieferungsabkommen hat. Deshalb bin ich der Meinung, Sie und Ihre Familie sollten einen kleinen Abstecher in die Türkei machen. Das Haus meines Freundes hat sämtliche Annehmlichkeiten, die Sie sich vorstellen können. Für 50000 in der Woche, aber das ist ja wohl keine große Sache für einen hart arbeitenden Mann wie Sie. Anschließend nehmen wir mit der Polizei Kontakt auf. Wenn Sie die Initiative ergreifen und Reue zeigen, dann wird sich das günstig für Sie auswirken.«

»Augenblick, jetzt warten Sie mal. Sie arbeiten doch noch gar nicht für mich.«

»Das tue ich, seit Sie das Dokument unterschrieben haben.«

Zuerst wurde Johan wütend. Aber dann siegte ein Grinsen über seine verbitterte Miene. Er deutete auf den langsam kauenden Anwalt, der ihn belustigt musterte.

»Ich mag Sie«, sagte er und hob drohend den Finger. »Verflucht, ich mag Sie. Türkei – warum nicht. Entschuldigen Sie mich einen Moment.«

Draußen vor dem Fenster ging die Sonne langsam unter.

»Verdammtes Sozenland, hier sitzt man also rum und isst bei Sonnenuntergang zu Mittag«, brummte Johan auf dem Weg zum WC, aber ihm war trotzdem leichter zumute.

DREI Die Räumlichkeiten der Babylon Exchange waren heruntergekommen. Die Farbe an den Wänden blätterte ab, die Möbel waren verschlissen, und die Auslegeware hatte Flecken.

Die Computerbildschirme zeigten verschiedene Wechselkurse und Valutaregelungen auf Arabisch, Spanisch und Englisch an.

Hinter einer Glasscheibe saß ein Mann Mitte zwanzig mit akkurat getrimmtem Bart. Er sah Vanessa und Samer verwundert an, als sie durch die Tür traten. Samer ging auf ihn zu, und Vanessa warf einen Blick hinter den Tresen. Eine zweite Tür führte in ein Büro, wie sie vermutete.

Sie hörte, wie Samer sich auf Arabisch unterhielt, dann drehte er sich zu ihr um und schüttelte den Kopf.

»Farid Alami ist nicht hier.«

»Und wann wird er zurückerwartet?«, wollte Vanessa wissen.

»Das weiß er nicht.«

»Und Mister Diskobart ist sicher, dass Farid nicht da drinnen ist?« Sie zeigte auf die Tür hinter dem Tresen.

Samer gestikulierte wortreich. Der junge Mann schüttelte den Kopf. Samer zückte seinen Polizeiausweis, woraufhin der Mann widerwillig aufstand, die Tür aufmachte und Samer hindurchtreten ließ. Der ließ seinen Blick durch das Büro schweifen und zog die Tür dann wieder zu.

Vanessa und Samer verließen die Wechselstube und blieben vor der Fensterfront stehen.

»Farid Alami ist in der Degerbygränd gemeldet«, sagte Vanessa. »Wenn wir uns beeilen, erwischen wir ihn vielleicht noch, ehe die Pappnase ihn anruft, um ihn zu warnen.«

Der junge Mann hinter dem Tresen beobachtete sie. Vanessa

konnte nicht sehen, was seine Hände taten, aber sie war überzeugt, dass er seinen Chef kontaktierte.

»Komm«, sagte sie und lief zum Auto.

Sie parkten im Wendehammer vor Halalgross, stiegen aus und eilten die Treppen zu den vierstöckigen Wohnhäusern hinauf. Samer lief voran, dicht gefolgt von Vanessa. Als sie einen Blick nach links warf, entdeckte sie einen silbernen Renault, der ein Stück weiter die Straße hinauf parkte.

»Du gehst rauf. Ich bleibe hier, damit er nicht mit dem Auto türmen kann«, rief sie Samer zu, der den Treppenabsatz fast erreicht hatte. Vanessa überprüfte das Kennzeichen, ehe sie zu ihrem BMW zurückhastete, einstieg und ihn ein Stück weiter abstellte. Unauffällig, vier Plätze hinter Farids Renault, den sie so gut im Blick hatte.

Nach ein paar Minuten schlenderte Samer die Treppe hinunter. Er sah sich verwirrt um, und Vanessa blendete kurz auf. Samer schüttelte enttäuscht den Kopf.

Drei Stunden später, und nichts war passiert. Vanessa hatte Hunger und war gereizt, Samer trommelte mit der linken Hand auf dem Schaltknüppel herum und schaute in sein Telefon.

»Magnus Moheden bekommt ein Staatsbegräbnis«, sagte er und zeigte Vanessa das Display.

»Und was bedeutet das?«

»Gute Frage.«

Samer vertiefte sich wieder in den Artikel.

»Dass der Staat dafür zahlt. Es wird eine Prozession geben, durch die Stadt. Der Trauergottesdienst wird in der Nikolaikirche in Gamla stan abgehalten werden.«

»Wie nach dem Mord an Olof Palme?«

Samer schüttelte den Kopf.

»Formell gesehen, war das offenbar kein Staatsbegräbnis, sondern wurde von der Sozialdemokratischen Partei ausgerichtet.«

»Weißt du, was mein Vater gemacht hat, als die Beisetzung übertragen wurde?«, fragte Vanessa und blickte in die Dunkelheit hinaus.

»Nein?«

»Er hat vor dem Fernseher gesessen und Champagner getrunken. Dann hat er die ganze Familie ins Restaurant eingeladen. So ausgelassen habe ich ihn nie wieder erlebt.«

»Hat er Palme nicht gemocht?«

»Das kann man so sagen. Er war Geschäftsmann.«

»Ihr seid ziemlich verschieden, oder?«

»Ich habe seine Liebe für deutsche Autos geerbt«, sagte Vanessa und strich mit der Handfläche über das weiß-blaue Emblem auf dem Lenkrad. »Wann ist die Beerdigung?«

»Am Sonntag.«

Vanessa wollte gerade vorschlagen, dass einer von ihnen losgehen und etwas zu essen besorgen könnte, als ihr Telefon klingelte. Es war Trude.

»Die Kollegen von der Nationalen Forensik haben sich gemeldet. Sie haben die Haarlocke, die ihr von Shadia Mansour bekommen habt, untersucht und zusätzlich eine Mitochondrienanalyse durchgeführt. Die DNA aus Stig Boströms Wohnung ist ein Treffer. Hamza Mansour war dort, kein Zweifel.«

Vanessa wandte sich an Samer.

»Hör mal zu«, sagte sie, stellte auf Lautsprecher und bat Trude, das eben Gesagte zu wiederholen. Samer, der die Rückenlehne flach gestellt hatte, setzte sich auf und fokussierte seinen Blick.

»Wie läuft es im Clarion?«, erkundigte Vanessa sich.

Trude war eine von zig Kriminaltechnikern und -technikerinnen, die den Tatort im Hotel untersucht hatten, die Säpo hatte sie zur Unterstützung angefordert, nachdem sie den Fall übernommen hatte. Die kriminaltechnischen Untersuchungen waren uferlos, sie konnten jede Hilfe gebrauchen.

»Wir sind so gut wie durch. Aber ein Hotel ist wohl einer der schlimmsten Plätze, um Spuren zu sichern. In jedem Zimmer haben Hunderte von Gästen genächtigt. Auch die kleinsten Ecken und Winkel sind kontaminiert. Die Forensik arbeitet rund um die Uhr, um die Spuren auszuwerten.«

»Haben die Überwachungskameras etwas aufgezeichnet?«

»Nicht, dass ich wüsste. Es gibt nur in der Lobby und im Eingangsbereich Kameras.«

Es entstand eine Pause.

»Wenn du mich später noch brauchst, ruf einfach an. Ich muss jetzt aufbrechen«, sagte Trude.

»Danke, das wird wahrscheinlich der Fall sein«, gab Vanessa zurück und beendete das Telefonat.

Samer sah sie nachdenklich an.

»Warum sollten wir Trudes Unterstützung brauchen?«

Vanessa zeigte auf Farid Alamis Auto.

Samer wurde ihr immer sympathischer. Durch die Arbeitszeit, die sie zusammen verbracht hatten, hatte er ihr Vertrauen gewonnen. Und sie hatte keine Ahnung, wie sie ihm ihre Verdächtigungen erklären sollte, ohne dass er sie für verrückt halten würde.

»Wir wissen, dass die Babylon Exchange mindestens zwei Millionen gewaschenes Geld aus Johan Karlströms Online-Casino ausbezahlt hat, aber wir wissen nicht, an wen. Oder wo das Geld abgeblieben ist. Aber wir haben eine mögliche Verbindung zwischen Farid Alami und Natasja. Ich habe mit einem Kollegen gesprochen, der letzte Woche Farids Wagen gestoppt hat. Er hält es nicht für ausgeschlossen, dass er derselbe Mann ist wie der auf dem Ica-Film, da ist ja Natasja auch drauf. Sie war beim IS, das ist uns inzwischen bekannt. Und der Mann auf den Filmaufnahmen hat ihr gedroht. Ich glaube, dass die Geldwäsche und Farid etwas mit dem IS-Attentat auf Magnus Moheden zu tun haben.«

Sie erwähnte nicht, dass Molly Berg den Mann auf dem Überwachungsvideo als einen der Männer auf der Luxusjacht erkannt hatte. Zu erklären, wie sie das herausgefunden hatte, wäre zu kompliziert.

Samer seufzte.

»Und du willst immer noch nicht sagen, wie du darauf gekommen bist, dass die Babylon Exchange Geld wäscht?«

»Nur so viel: Ich habe eine Quelle.«

»Der du vertraust?«

»Mehr als jeder anderen.«

Samer fuhr sich über die Bartstoppeln. Auf dem Gehsteig rechts neben ihnen gingen zwei Mütter mit ihren Kinderwägen vorbei.

»Irgendwo in Stockholm gibt es eine äußerst aktive Terrorzelle«, führte Vanessa an. »Ich habe der Säpo alle Informationen gegeben, die ich habe, aber was die damit anstellen, weiß der Himmel. Da arbeiten Behörden zusammen, und die Offenheit, die vor dem Mord an Moheden herrschte, ist wie weggeblasen. Wir haben keinen Schimmer, was die Säpo eigentlich treibt, und erfahren nur das, was Trude uns erzählt. Und die von der Säpo liegen auch nicht immer richtig. Ist alles schon vorgekommen.«

VIER Johan seufzte geräuschvoll, als er bemerkte, dass sein Sohn weinte. Erica saß auf dem Sofa, James auf dem Schoß. Sie strich ihm übers Haar und drückte ihn an sich.

Er war so ein Jammerlappen, so erbärmlich verletzlich.

»Jetzt hör auf zu heulen, verdammt noch mal«, schimpfte Johan. »Es sind doch nur ein paar Wochen.«

»Aber ich will nicht, ich will nicht schon wieder umziehen. Bitte, Papa.«

Johan spürte, wie die Wut in ihm aufstieg, packte James grob am Arm, riss ihn von Erica los und gab ihm einen Stoß in Richtung seines Zimmers.

»Pack deine verdammten Sachen.«

Erica versuchte, ihn zu beruhigen, und James trottete davon.

»Du verhätschelst ihn zu sehr«, sagte Johan. »Er ist viel zu verwöhnt, zu schwach. Ich weiß nicht, was aus einem wie ihm werden soll. Verflucht, ich will keinen Sohn haben, den ich verachte.«

Erica wollte ihn zum Schweigen bringen.

»Sei still«, flehte sie. »Bitte. Er kann dich hören.«

»Was spielt das für eine Rolle?«

Sie starrten einander an, dann senkte Erica den Blick und stand auf. Sie trat vor den Kühlschrank, nahm eine Weinflasche heraus und schenkte sich ein Glas ein. Trank einen großen Schluck.

»Wer sind diese Männer im ersten Stock?«, wollte sie wissen.

»Die Technik-Nerds.«

»Was machen die hier?«

»Die überprüfen, ob jemand unsere Rechner oder Mobilgeräte gehackt hat. Das war die Idee von dem Anwalt.« Johans Augen verengten sich zu Schlitzen. Er ging auf Erica zu und baute sich vor ihr auf. »Hast du mal wieder einen anderen gevögelt? Und irgendeinem blöden Personal-Trainer ein Foto von deiner Fotze gezeigt?«

Johan hörte Schritte die Treppe herunterkommen, wandte sich um und entdeckte Anders Bladhs blank gewienerte Lederschuhe.

»Können Sie mal kurz raufkommen?«

»Was ist denn?«

»Wir haben etwas gefunden.«

Das Technikerteam, bestehend aus drei jungen Männern Mitte zwanzig, saß vor Johans Laptop. Johan und Anders stellten sich an den Schreibtisch.

»Arash, erkläre Johan bitte, was du gefunden hast.«

Einer der Männer, der ein rotes T-Shirt mit Star-Wars-Motiv trug, rückte seine Brille zurecht und nickte.

»Es gibt eine dritte Person, die Zugang zu Ihrem Mailaccount hat. Jemand hat …«

Johan ballte die Faust und trat noch einen Schritt vor.

»Ich scheiß drauf, wie das abgelaufen ist. Ich will wissen, wer dahintersteckt.«

Der Bursche im T-Shirt sah ihn perplex an.

»Raus«, fuhr Johan ihn und die anderen beiden an. Als sie das Zimmer verlassen hatten, schloss er die Tür und setzte sich auf den Schreibtischstuhl. Anders blieb stehen, die Hände auf dem Rücken.

»Die wissen doch jetzt, dass ich Sie kontaktiert habe. Verdammt. Und dass ich auspacken werde.«

»Können Sie die irgendwie erreichen?«

»Sie kapieren das nicht, den Typen können Sie keine Angst machen. Wenn Sie die anrufen und zu argumentieren versuchen, werden die nur wütend.«

Anders Bladh ließ sich auf einen Stuhl sinken und schlug die Beine übereinander.

»Erzählen Sie mir mehr über den Mann, der Sie kontaktiert hat.«

Johan seufzte.

»Ich habe doch schon alles gesagt. Er war Brite, das heißt, er hat zwar wie ein Engländer gesprochen, aber eher irgendwie Arabisch ausgesehen. Korrekt gekleidet, redegewandt. Er hat den Kontakt zu mir gesucht, als ich in London gewohnt habe. Hat mir erklärt, was er wollte und was er dafür zahlen würde. Ich habe ihn nur dieses eine Mal getroffen. Den Rest haben wir über eine verschlüsselte App geregelt. Dann habe ich meinen Account gelöscht. Deswegen hat er ja angefangen, mir zu mailen.«

Anders strich mit dem Daumen über seinen Manschettenknopf.

»Ich schlage vor, Sie geben mir die Mailadresse. Ich formuliere einen Text, in dem ich ihm die rechtlichen Konsequenzen auseinandersetze. Glauben Sie mir, ich kann sehr überzeugend sein.«

Johan zögerte. Schob sich den Zeigefingernagel zwischen die Zähne, biss eine Ecke ab und spuckte sie auf den Boden.

»Inzwischen wissen die sowieso, dass Sie einen Anwalt eingeschaltet haben, und da ist es absolut naheliegend, dass Sie mit der Polizei kooperieren. Morgen brechen Sie auf. Weder die noch die Polizei wissen, wohin.«

»Gut, dann los«, entschied Johan und erhob sich. »Tun Sie, was Sie tun müssen.«

FÜNF Sabina, Thomas und Hamza hatten sich am Küchentisch versammelt. Die Jalousien waren heruntergelassen, nur zwei Kerzen auf der Fensterbank spendeten Licht.

Thomas hielt den Laptop auf seinem Schoß fest.

»Kann ich die Mail von dem Anwalt noch mal lesen?«

Thomas reichte Hamza den Rechner, der sich die Mail von Anders Bladh nochmals durchlas.

»Alles deutet darauf hin, dass er auspacken will«, meinte Thomas.

Niemand erwiderte etwas.

»Wir haben keine andere Wahl«, beschloss Hamza schließlich. »Wir müssen früher zuschlagen.«

»Aber wir haben den Befehl, hierzubleiben und zu warten«, hielt Sabina zögerlich dagegen und wandte sich dabei an Thomas, was Hamza irritierte. Sie hatten untereinander keine Rangfolge, aber Sabina hielt offenbar Thomas für besser geeignet als ihn, um Entscheidungen zu treffen.

Thomas legte sich die Hände vor den Mund und schloss die Augen.

»Wenn Johan Karlström mit den Bullen redet, dann können sie auch die Kohle bis zu Farid zurückverfolgen. Und über ihn können sie dann auf uns kommen. Dieses Risiko können wir auf keinen Fall eingehen«, sagte Hamza.

»Farid wird nicht reden«, entgegnete Sabina.

Hamza warf ihr einen genervten Blick zu.

»Du weißt doch überhaupt nicht, was er tun wird. Er ist ein Schwächling. Ein Schreibtischtäter. Ein Organisator. Wenn er nur das kleinste bisschen unter Druck gesetzt wird, dann macht er den

Mund auf. Ich war dabei, als wir von den Bullen angehalten wurden, nachdem wir die Waffen geholt hatten.«

»Farid war doch derjenige, der …«

Sabina verstummte, als Thomas so plötzlich aufstand, dass der Stuhl hinter ihm umfiel.

Sie senkte den Kopf und heftete ihren Blick auf die Tischplatte. Er fasste sie unsanft am Arm, zerrte sie vom Stuhl und schleifte sie über den Küchenboden in den Flur. Ihr Niqab verrutschte.

»Du musst lernen, die Klappe zu halten, wenn Männer reden. Verfluchte Schlampe. Was ist überhaupt los mit dir? Du bist einfach schon zu lange in Schweden.«

Er beugte sich zu ihr hinunter und schlug ihr ins Gesicht. Bevor er die Küchentür hinter sich zuzog, verpasste er ihr einen Tritt.

Thomas kehrte zum Tisch zurück.

»Du hast recht, wir müssen Johan Karlström aus dem Weg schaffen, bevor er redet. Ich habe seine Adresse. Morgen früh fahren wir hin.«

Hamza machte den Mund auf, um etwas zu entgegnen, als es an der Tür klingelte.

Sie starrten sich an, dann griff Hamza nach seiner Kalaschnikow, die hinter ihm an der Wand lehnte. Thomas stand auf, nahm seine Maschinenpistole und war mit einem Satz bei der Küchentür. Im Wohnzimmer zwängte Sabina sich in die Sprengstoffweste. Sie stellten sich wortlos neben sie, um die Sprengladung an der Wohnungstür im Blick zu behalten.

Wenn jemand die Tür aufzubrechen versuchte, würde die Bombe detonieren. Und alles im Umkreis von drei, vier Metern in den Tod reißen. Die tragende Wand, die Wohnzimmer und Küche trennte, würde sie schützen.

Sabina schloss die Augen, und Hamza war klar, dass sie betete, sich auf den Tod vorbereitete.

Er folgte ihrem Beispiel und murmelte ein Gebet, um den Segen Gottes zu erhalten.

Er hoffte, Gott würde ihn als Märtyrer aufnehmen.

SECHS Nicolas saß in seinem Hotelzimmer, die Füße auf dem Fensterbrett, und beobachtete die Passanten, die auf dem Mariatorget den Pfützen auswichen.

Wieder mal befand er sich am Scheideweg, ohne Zukunftspläne. Er wusste nicht, wo er leben wollte oder was er mit dem Rest seiner Zeit auf diesem Planeten anstellen sollte. Wo wäre er heute, wenn er bei der Spezialeinheit SOG geblieben wäre? Vielleicht wäre er tot, vielleicht hätte er sich noch mehr im Dickicht verfangen. Die Zeit hatte die Eigenschaft, den Erinnerungen irgendwie mehr Glanz zu verleihen. Eines war sicher: Als Soldat wäre das Leben einfacher. Ein Befehlshaber teilte ihm mit, wohin und welchen Auftrag er ausführen musste. Er brauchte nicht darüber nachzudenken und nur das auszuführen, was von ihm verlangt wurde, in dem Wissen, dass es richtig war, da er im Auftrag des Landes Schweden handelte und mit seiner Waffe in der Hand die Demokratie und das Leben seiner Landsleute verteidigte.

Und jetzt?

Es klopfte drei Mal hinter der Wand, das Zeichen, dass Molly Hunger hatte. Er grinste und sprang auf. Klopfte zwei Mal zurück, was in ihrer simplen Codesprache bedeutete, dass ihr Wunsch Befehl und Essen unterwegs sei.

Nachdem Molly von ihren Erlebnissen auf der Jacht berichtet hatte, war Vanessa zur Rezeption hinuntergegangen, um sich ein Zimmer geben lassen. Mit größter Wahrscheinlichkeit war es strafbar, einer Zeugin ein Versteck zu organisieren, aber Vanessa hatte erklärt, sie würde es nicht zulassen, dass die Säpo Mollys Leben zerstörte. Außerdem sollte Molly für sie leicht erreichbar sein, wenn sie für die Ermittlungen gebraucht wurde. Vanessa hatte ihr versichert, dass sie eine freie Frau sei, sobald diese abgeschlossen seien.

Nicolas griff sich seine Jacke und verließ das Zimmer.

Eine halbe Stunde später befand er sich in Mollys Zimmer, das identisch eingerichtet war wie seines, und reichte ihr eine Plastikbox vom nächstgelegenen Thairestaurant. Im Fernsehen lief CNN.

»Ist alles in Ordnung?«, fragte er.

»Kannst du nicht bleiben und auch hier essen?«

Molly stellte den Fernseher aus, und sie setzten sich beim Fenster auf den Boden. Nicolas lehnte den Rücken gegen das Bett, Molly setzte sich in den Schneidersitz.

»Woher kommst du eigentlich ursprünglich?«, wollte Nicolas wissen und schob sich mit Stäbchen ein Stück Hähnchen in den Mund.

»Rat mal.«

Er sah sie an. Sie schmunzelte, drehte den Kopf hin und her, damit er sie genau in Augenschein nehmen konnte.

»Südamerika vielleicht?«

Molly schüttelte lachend den Kopf.

»Meine Mutter kommt aus Thailand, mein Vater ist Schwede.«

»Es gibt ja viele, die gegen solche Verbindungen so ihre Vorbehalte haben«, sagte Nicolas vorsichtig und streckte sich nach der Limodose.

»Du offensichtlich auch.«

Er nickte.

»In meinem Fall stimmen sie alle«, gab Molly unbekümmert zurück. »Mein Vater hat meine Mutter in einer Bar in Bangkok aufgegabelt. Hat ihr ein neues Leben versprochen. Sie hatte die Wahl, entweder für besoffene, bekiffte Touristen die Beine breit zu machen oder nach Kiruna zu ziehen. Aber klar, es war nicht besonders spaßig, zu hören, wie die Leute tuschelten und hinter unserem Rücken mit dem Finger auf uns zeigten, wenn wir durch die Stadt gingen. Und wie die Jungs in der Schule mich gefragt haben, wie viel Baht meine Mutter für eine Gruppenvergewaltigung nahm oder wenn sie ihnen einen blasen würde.«

Mollys Ton war teilnahmslos und nüchtern, auch wenn Nicolas ahnte, dass sich eine tiefe Traurigkeit hinter ihren Worten verbarg.

Er suchte nach Worten und schwieg, weil er die richtigen nicht finden konnte. Molly legte den Kopf schief und musterte ihn amüsiert.

»Du brauchst nicht so ein trauriges Gesicht zu machen. Meine Mutter war eine Hure. Ich bin eine Hure. Auch wenn ich um ein Vielfaches mehr verdient habe, als sie jemals verdient hat. Ein Psychoanalytiker würde wohl eine ganze Menge interessante Dinge bei mir finden.«

Sie lachte auf.

»Hier sitzen wir, vollkommen unbedeutend und vergänglich, und essen Pad Thai, auf einem Planeten, der sich irgendwo im Universum um die eigene Achse dreht«, rief sie aus und gestikulierte mit den Essstäbchen. »In hundert Jahren werden wir beide tot sein, und keiner wird sich an diesen Augenblick erinnern. Es gibt keine Fotos von diesem Moment. Gab es ihn dann überhaupt, wenn sich niemand an ihn erinnert? Die Weltgeschichte ist voll von zahllosen solcher Augenblicke, weißt du? Augenblicke, die in Vergessenheit geraten. Menschen, die in Vergessenheit geraten.«

Molly wurde ernst.

»So was geht mir durch den Kopf, wenn ich mit Kunden zusammen bin, die Hunderttausende von Kronen bezahlt haben, um ihren Schwanz in mich reinzustecken. Keiner erinnert sich daran. Du bist nicht wichtig, Molly. Es ist nur dein Körper, der in diesem Bett ist. Das andere, das, was dich wirklich ausmacht, ist nicht käuflich, für keinen.«

Nicolas schob die letzten Bissen in der Plastikschachtel zusammen.

»Wieso hast du es nicht versucht?«

Er hob den Blick und sah sie fragend an.

»Mit dir zu schlafen?«

Sie nickte.

»Stört dich das?«, fragte er zurück.

»Ein bisschen, vielleicht. Komischerweise. Außerdem stehe ich ja irgendwie in deiner Schuld.«

»Das fände ich wirklich unpassend.«

Molly lachte und wiederholte seine Worte, gekünstelt und mit tiefer, verstellter Stimme, ehe sie die Essensbox auf den Teppich stellte und Nicolas ansah.

»Du bist ein feiner Mensch, Nicolas. Ich mag dich.«

SIEBEN Die Briefkastenklappe quietschte. Hamza und Thomas zielten mit ihren Waffen auf die Wohnungstür. Hamza rechnete damit, dass sie jeden Moment aufgebrochen und die Sprengladung losgehen werden würde.

Die Stimme, die durch den Briefkastenschlitz den Weg in die Wohnung fand, war keine unbekannte. Hamza und Thomas sahen sich fragend an und senkten langsam ihre Waffen.

»Mach auf«, zischte Farid. »Schnell.«

Hamza übergab seine Kalaschnikow an Sabina. Er wischte sich die Hände an seiner Jeans ab, um sich dann um den Sprengsatz zu kümmern.

»Warte«, sagte er schroff.

»Beeil dich«, schnauzte Thomas.

Hamza begann mit der Entschärfung. Er holte tief Luft, wischte sich erneut die feuchten Hände ab, bevor er die Sprengladung zur Seite hob und vorsichtig auf den Boden legte.

Er schloss die Tür auf.

»Was machst du hier?«, fragte er. Er warf einen prüfenden Blick ins Treppenhaus, konnte niemanden entdecken, zog Farid abrupt in die Wohnung und schloss die Tür wieder ab. Thomas presste Farid gegen die Wand.

»Sie … sie haben mich gefunden.«

Farid war wie gelähmt. Hamza sah, wie ihm der Schweiß auf der Stirn ausbrach.

»Wer?«

»Die Bullen. Oder die Säpo. Die waren bei mir zu Hause. Und im Babylon. Bei Gott, sie waren so kurz davor, mich zu schnappen, so kurz davor.«

Hamza, der angefangen hatte, die Tür wieder zu bestücken, drehte sich um.

»Und von allen verdammten Orten bist du ausgerechnet hierhergekommen? Wir sollten dir den Hals umdrehen.«

Thomas' Griff wurde fester. Er packte Farid an der Kehle und drückte zu, bis dieser nach Luft rang.

»Sie können dir gefolgt sein. Vielleicht hast du sie sogar hierhergeführt.«

Thomas spannte seine Armmuskeln an, sie wölbten sich unter der Haut.

Farid schüttelte verzweifelt den Kopf. Röchelte. Thomas lockerte seinen Griff leicht, Farid fiel zu Boden und fasste sich keuchend an den Hals.

»Niemand ist mir gefolgt. Ich bin stundenlang in der Gegend rumgefahren.«

»Und dein Handy?«

»Das hab ich nicht mehr.«

Hamza und Thomas atmeten geräuschvoll aus. Hamza half Farid auf die Füße und führte ihn ins Wohnzimmer. Sabina blickte zu Boden.

»Was ist passiert?«, fragte Thomas.

»Zwei Polizisten sind in der Wechselstube aufgetaucht. Ich war zu Hause, wurde aber gewarnt. Als ich auf die Straße rausgespäht habe, weil ich zu meinem Auto laufen wollte, war es schon zu spät. Ich habe mich in den Keller geschlichen, mich dort eine Weile versteckt und bin dann hinten raus.«

»Bist du sicher, dass dir niemand gefolgt ist?«, wollte Hamza wissen.

Farid nickte energisch und sah Thomas erschrocken an.

»Absolut. Ich bin zehn oder elf Mal umgestiegen, mit U-Bahn und Bus. Hinter mir ist bestimmt keiner her.«

»Wo hast du das Handy entsorgt?«

»Ich habe es zertreten. Und dann im T-Centralen in einen Mülleimer geworfen. Die SIM-Karte habe ich am U-Bahnsteig entsorgt.

Ich wollte euch vorher schon anrufen, aber es war das Sicherste, was ich tun konnte. Weder in der Wohnung noch im Büro gibt es Anhaltspunkte, die sie hierherführen können. Ich schwör's.«

Hamza zog Thomas in sein Schlafzimmer und schloss die Tür.

»Was meinst du?«

»Ich denke, wir können ihn eigentlich ganz gut gebrauchen«, erwiderte Thomas.

Hamza runzelte fragend die Stirn.

»Er ist nutzlos. Wofür?«

»Morgen. Du und ich, wir werden in der nächsten Phase gebraucht. Sollte einer von uns ausfallen, können wir es immer noch schaffen, aber es wäre besser, wir schaffen es beide. Wenn wir jetzt von den Schweinen erwischt oder umgelegt werden, gibt es keinen mehr, der die Sache beenden kann. Dann wäre alles umsonst.«

Thomas hatte recht.

»Wir brauchen zwei Autos.« Hamza ließ sich auf das Bett sinken. »Und wir müssen sie ein gutes Stück von hier entfernt an zwei verschiedenen Orten abstellen, falls irgendwas schiefgeht.«

»Organisier du das«, entschied Thomas. »Geh jetzt. Morgen nehme ich Farid mit und bringe Johan um.«

»Und seine Familie?«

»Wir können keine Zeugen gebrauchen. Nicht zum jetzigen Zeitpunkt.«

Hamza nickte.

»Noch etwas.« Er senkte seine Stimme. »Wenn was schiefgeht, darf Farid nicht den Kreuzrittern in die Hände fallen. Wir brauchen ihn später für die große Sache nicht mehr. Er ist verbraucht. Ab morgen ist er nur noch ein unnötiges Risiko für uns.«

ACHT Trude Hovland und ein weiterer Gerichtsmediziner schlugen gegen zehn Uhr abends in der Degerbygränd auf. Vanessa hatte Mikael Kask am Telefon dazu überredet, den Renault von Farid Alami kriminaltechnisch untersuchen zu lassen. Die beiden Kriminaltechniker waren müde und hatten schon ganz rote Augen, machten sich aber sofort ans Werk. Aus den Fenstern des Wohngebäudes blickten neugierige Nachbarn auf das Geschehen hinunter. Da es in der Gegend häufig Angriffe auf Einsatzkräfte gegeben hatte, hatte sich ein Streifenwagen mit zwei uniformierten Beamten zu ihnen gesellt.

Vanessa und Samer fuhren nach Hause.

»Morgen werde ich die Verkehrs-Videoüberwachung vom 18. November checken, wegen dem Auto von Farid Alami«, sagte Samer. »Der Wagen könnte auf Östermalm gewesen sein, als Natasja und Rikard Olsson getötet wurden.«

»Sehr gut.«

»Denkst du oft an sie?« Samer drehte den Kopf und sah Vanessa an.

»Natasja?«

»Ja.«

»Nicht mehr so wie vorher. Ich versuche, sie als Terroristin zu sehen, aber ... ich weiß auch nicht. Ich schwanke zwischen Hass auf sie, weil sie mich hinters Licht geführt hat, weil sie mich dazu gebracht hat, sie in mein Leben zu lassen, aber mehr als alles andere will ich, dass ihr Mörder gefasst wird, um herauszufinden, was wirklich passiert ist.«

»Würde es einen Unterschied für dich machen, wenn du erfahren würdest, dass sie ausgestiegen ist und deshalb aus dem Weg geräumt wurde?«

»Vielleicht.«

Samer nickte nachdenklich.

»Ich glaube, dass genau das passiert ist«, sagte er. »Ich denke, du hast ihr den Glauben an das Leben wiedergegeben, und deshalb haben sie sie umgebracht.«

Vanessa begegnete Samers Blick, und sie lächelten sich an.

»Danke«, sagte sie.

Im Auto breitete sich auf einmal eine ganz andere Stille aus.

»Du bist wirklich etwas Besonderes, Vanessa.«

Sie ließ ihn zappeln.

»Du bist so reich, dass du diese ganze Scheiße gar nicht zu sehen brauchst, dass du dir das ganze Elend nicht antun musst. Wahrscheinlich wollen die Menschen deshalb reich sein. Weil sie dann in einer Blase leben, in der Zeitung von Gewalttaten lesen und denken: ›Das geht mich alles nichts an.‹ Aber du nicht. Du willst, dass dich solche Sachen etwas angehen, und ich hoffe, dass ich dich gut genug kennenlernen kann, um zu verstehen, warum.«

Vanessa wusste nicht, was sie sagen sollte. Sie fuhren ein paar Hundert Meter schweigend weiter, bis sie an einer roten Ampel hielten.

»Es tut mir leid, dass ich dich verdächtigt habe, Samer, das war falsch von mir.«

»Ja, das war es«, erwiderte er und blickte auf die dunkle Straße hinaus.

NEUN

Der Freitagmorgen war eiskalt und dunkel, und stadtauswärts war wenig Verkehr. In Richtung Innenstadt waren jedoch beide Fahrspuren mit Autos verstopft. Am Steuer saß ein älterer Fahrer der Sicherheitsfirma, Johan hatte sich nie die Mühe gemacht, sich seinen Namen zu merken. Er selbst saß auf dem Beifahrersitz des Range Rover, Erica und James auf der Rückbank. Sein Sohn lag mit dem Kopf auf dem Schoß seiner Mutter, während sie beruhigend durch sein blondes Haar strich.

Er hatte die Augen geschlossen, und Johan nahm an, dass er weinte, aber er wollte sich nicht umdrehen, um nachzusehen. Er konnte sich nicht mit den Unzulänglichkeiten seines Sohnes auseinandersetzen. Nicht jetzt. Nicht an diesem Morgen. Anders Bladh hatte ihm eine SMS geschickt, in der er mitteilte, dass alle Vorbereitungen in der Türkei nun abgeschlossen seien. Sie würden mit Turkish Airlines nach Istanbul fliegen und anschließend einen Inlandsflug nach Antalya nehmen. Dort würden sie von einer türkischen Sicherheitsfirma, die ein Freund von Anders Bladh empfohlen hatte, für den Weitertransport nach Westen abgeholt werden.

Das Haus lag an der sogenannten Türkisküste, auf einem Hügel mit Blick auf das Mittelmeer. Die meisten der umliegenden Villen gehörten internationalen Dollarmillionären. Es würde herrlich werden, der Dunkelheit und der Kälte zu entfliehen. Und dem Gesetz von Jante, das einem die Luft zum Atmen und den Lebenswillen raubte. Schweden war das einzige Land der Welt – neben Nordkorea und möglicherweise Kuba –, in dem es verboten war, Geld zu verdienen.

Der Fahrer schaute in den Rückspiegel, Johan blickte nach rechts und versuchte zu verstehen, was er da sah. Hinter ihnen hatte ein grauer Saab aufgeschlossen, älteres Modell. Hatte er nicht kurz zuvor dasselbe Auto gesehen, als sie Djursholm verlassen hatten?

Er überprüfte den Tacho. Knapp unter 120 Stundenkilometer.

»Halten Sie die Geschwindigkeit. Und bleiben Sie auf der rechten Spur«, entschied er.

»Selbstverständlich.«

Normalerweise hätte er den Fahrer aufgefordert, schneller zu fahren, aber in dieser Situation wäre es verheerend, wenn sie von der Polizei angehalten würden. Das Risiko wäre ein zu großes und vollkommen unnötig. Johan war ein Spieler, der oft und gerne hoch pokerte, denn so machte das Leben mehr Spaß, aber nur, wenn die potenziellen Gewinne es wert waren. In diesem Fall ging es nur um ein paar Minuten in der VIP-Lounge in Arlanda. Der Flieger ging erst in zwei Stunden.

Sein Telefon vibrierte, und Johan nahm den Anruf entgegen.

»Ich wollte nur hören, ob Sie auf dem Weg sind«, grüßte Anders Bladh.

»Das sind wir. Wir fahren gerade an Upplands Väsby vorbei.«

»Perfekt.«

»Sobald das Flugzeug abhebt, rufe ich die Polizei an und teile den Beamten mit, dass Sie erreichbar sind.«

»In Ordnung.«

»Gute Reise. Ich fliege im Laufe der Woche runter, wenn Sie sich schon ein bisschen eingelebt haben. Dann beginnt ja die eigentliche Arbeit erst.«

Johan legte auf und drehte sich um. Erica begegnete seinem Blick.

Sie trug einen weißen Pelzmantel, darunter ein tief ausgeschnittenes Kleid. Ihre langen Beine waren nackt, und sie trug hohe Absätze. Gut. Er wollte nicht, dass sie wie eine stinknormale Familie auf dem Weg in den All-Inclusive-Urlaub aussahen. Er stellte sie gerne zur Schau, es gefiel ihm, wenn andere Männer ihr lüsterne Blicke zuwarfen. Erica gehörte ihm. Alles, was sie trug, gehörte ihm. Und obwohl Johan wusste, dass er manchmal schwer zu ertragen war, hatte sie ihm alles zu verdanken. Ohne ihn wäre sie immer noch ein abgehalftertes Reality-TV-Sternchen oder eher eine schwammige, deprimierte Kassiererin in irgendeinem Vorstadtladen. Er hatte ihr ein Leben ermöglicht, von dem sie nie zu träumen gewagt hätte. Es war also nur recht und billig, wenn sie ein bisschen Dankbarkeit zeigte.

»Du kannst wenigstens mal versuchen zu lächeln, verdammt noch mal«, nuschelte er.

Durch die Heckscheibe sah er, wie der Saab blinkte und zum Überholen ansetzte. Ericas Lippen bewegten sich, aber er hörte nicht zu.

Stattdessen folgte er dem Saab mit dem Blick.

Er blieb auf gleicher Höhe.

Johan starrte den Schwarzen am Steuer an. Was zum Teufel war sein Problem? Der Fahrer drehte sich ebenfalls um, um zu sehen, was vor sich ging, und murmelte etwas. Die hintere Seitenscheibe des Saab wurde heruntergekurbelt.

Johan kannte den Mann auf dem Rücksitz, ohne zu wissen, woher.

ZEHN

Nicolas hatte sich beim Seven Eleven in der Hornsgatan einen lauwarmen Kaffee gekauft und spazierte Richtung Altstadt.

Aus der Baugrube, die irgendwann einmal das neue Slussen werden sollte, ragten zwei Kräne in den Himmel, Bagger lärmten, und Männer in gelben Overalls mit Bauhelmen arbeiteten auf dem umzäunten Gelände. Eine weißhaarige Frau streifte umher und durchstöberte die Abfalleimer auf dem kleinen Platz nach etwas Brauchbarem.

Auf der anderen Seite des Wassers standen die Attraktionen von Gröna Lund still. Öde und verlassen warteten sie auf die Wärme des Sommers. Wenn Nicolas an die Zukunft dachte, wurde er von Wehmut ergriffen. Wo würde er sein, wenn die Achterbahn wieder ihre steilen Kurven mit kreischenden Besuchern in den Sitzen fuhr? Wenn die Kräne abgebaut waren und Platz und U-Bahn-Haltestelle Slussen fertig waren?

Sein Mobiltelefon vibrierte. Er nahm es eilig zur Hand und hoffte, dass es Vanessa war. Aber es war eine Eilmeldung der *Evening Press*, die einen Autounfall nördlich von Upplands Väsby meldete. Drei Tote bestätigt. Eine vierte Person – eine Frau – rang um ihr Leben, hieß es in dem kurzen Text.

Die Ursache des Unfalls ist gegenwärtig noch ungeklärt. Aber Zeugen zufolge, die mit der Evening Press *gesprochen haben, hat der Fahrer beim Überholen die Kontrolle über sein Fahrzeug verloren.*

Nicolas scrollte durch die Fotos, zoomte heran. Ein schwarzer Range Rover hatte sich offenbar überschlagen und lag auf einem Acker. Die Karosserie war vollständig demoliert. Das Nummernschild verpixelt.

Das konnte einfach nicht Familie Karlström sein. Wie viele schwarze Range Rover gab es in Schweden?

Doch der Gedanke ließ ihm keine Ruhe.

Nach kurzem Zögern wählte er Ericas Mobilnummer. Die Freizeichen zogen sich endlos in die Länge. Niemand meldete sich. Er probierte es ein zweites Mal. Wieder nichts. Nicolas warf einen besorgten Blick auf das geordnete Chaos am Slussen.

Er ging zurück Richtung Mariatorget, während er Vanessa anrief.

»Der Autounfall in Upplands Väsby. Kannst du das Kennzeichen des Wagens raussuchen?«

Es entstand eine Pause.

»Wozu brauchst du das?«

ELF

Der graue Saab war von der E4 abgebogen und fuhr in Richtung Erholungsgebiet Fjällnora, wo Thomas und Farid den anderen Fluchtwagen gegen fünf Uhr morgens abgestellt hatten.

Der Geruch des Schießpulvers stach in die Nase, die Kalaschnikow war noch warm. Thomas beugte sich zwischen den Vordersitzen vor und klopfte Farid auf die Schulter.

»Und den Weg weißt du noch?«, fragte er auf Englisch.

»Klar, kein Problem«, antwortete Farid auf Arabisch.

Keiner der anderen Verkehrsteilnehmer schien bemerkt zu haben, was geschah, als sie das Feuer eröffneten. Das nächste Auto befand sich Hunderte von Metern hinter ihnen, und es musste aus der Ferne so ausgesehen haben, als hätte der Fahrer des Range Rover die Kontrolle über sein Fahrzeug verloren. Der SUV hatte sich mehrmals auf dem Feld überschlagen. Das konnte keiner der Insassen überlebt haben. Thomas drehte sich um. Die Straße hinter ihnen war frei, niemand war ihnen gefolgt.

»Das Kind ist auch tot«, sagte Farid wie zu sich selbst und fuhr sich mit dem Ärmel über die verschwitzte Stirn. »Oder nicht? Es muss auch gestorben sein.«

»Was meinst du damit?«

»Er hatte einfach Pech, dass er auch im Auto saß. Er war noch so jung. Ein harmloser kleiner Junge.«

Thomas rieb sich die brennenden Augen. Sie waren um vier Uhr aufgestanden, um die Fahrzeuge wie besprochen zu deponieren und rechtzeitig um sechs Uhr morgens vor der Villa in Djursholm zu sein. Als sie sahen, wie der Fahrer Reisegepäck in den Kofferraum lud, wurde ihnen klar, dass Johan Karlström seine Flucht geplant hatte.

Farid setzte den rechten Blinker, und sie fuhren auf einen Feldweg, der in den Wald führte. Nach einem Kilometer erreichten sie den Nissan, den sie in einem Wäldchen geparkt hatten.

Thomas wartete, bis Farid den Motor abgestellt hatte. Er betrachtete das große, dunkle Muttermal in seinem Nacken, dann versenkte er das Messer bis zum Griff in seiner Kehle. Farid fuchtelte mit den Armen, aber aus seinem Mund kam kein einziger Laut.

»Du hast es nicht in dir. Du bist zu schwach. Ein Abtrünniger bleibt ein Abtrünniger. Kind, Frau oder Mann. Junge oder Mädchen.«

Thomas schob die Klinge hin und her und durchtrennte dabei Gewebe und Blutgefäße. Warmes Blut spritzte an das Fahrzeugdach. Farid drückte seinen Unterkörper durch, trat und röchelte.

»Du bist nie in Raqqa gewesen. Du hast nie gesehen, wie ihre Drohnen und Bomben auf unsere Kinder herabregneten, sie in Stücke rissen und zerborsten auf dem heißen Asphalt zurückließen. Du hast nie den Gestank von Blut, verwestem Fleisch und zerplatzten Träumen gerochen.«

Thomas zog sein Messer wieder heraus, stieß die Beifahrertür auf und packte Farids Habseligkeiten in eine Plastiktüte, die er zusammenknotete. Er öffnete die Heckklappe des Nissan, nahm den Benzinkanister heraus, den Hamza ihnen wie vereinbart überlassen hatte, damit sie das Auto anzünden konnten, warf die Plastiktüte und die Kalaschnikow hinein.

Er kehrte zu dem Saab zurück, stellte den Benzinkanister auf den Boden und vergewisserte sich, dass er nichts zurückgelassen hatte, was die Polizei auf ihre Fährte führen könnte. Er sammelte die leeren Patronenhülsen ein, die er im Auto finden konnte, und steckte sie in seine Tasche, dann goss er das Benzin aus.

Öffnete die Fahrertür, schob seine Hand in Farids Jeanstasche und nahm das Feuerzeug heraus.

Er fand einen alten Kassenzettel, zündete ihn an und wartete auf eine richtige Flamme, bevor er ihn auf die Leiche warf, die sofort Feuer fing. Thomas ging ein paar Schritte zurück und sah zu, wie die Feuerzungen aus den offenen Autotüren leckten.

ZWÖLF

Vanessa saß an ihrem Schreibtisch in der Mordkommission. Die Tür zum Korridor war geschlossen. Sie stand auf und sah aus dem Fenster auf die Polhemsgatan hinunter. Eine Streife fuhr mit heulenden Sirenen vom Hof.

Sie wartete auf einen Anruf von einem der Kollegen vor Ort in Upplands Väsby. Wenn der Range Rover Familie Karlström gehörte, war es höchst unwahrscheinlich, dass es sich um einen Unfall handelte. Das Mobiltelefon klingelte, und Vanessa nahm den Anruf an.

»Hallo?«

»Mein Name ist Fredrik Karlsson, ich bin Polizeimeisteranwärter und war bei dem Unfall dabei. Mein Chef hat mich gebeten, dass ich Sie kontaktiere.«

»Wie lautet das Kennzeichen des Autos?«

»JKL 172.«

Vanessa brauchte gar nicht erst auf den gelben Klebezettel zu schauen, auf den sie die Nummer während ihres Gesprächs mit Nicolas notiert hatte.

Es war der Wagen der Familie Karlström.

»Laut Zeugenaussagen war es ein Unfall. Was glauben Sie?«

Im Lautsprecher rauschte es, und Vanessa begriff, dass er immer noch auf dem Feld stehen musste, wo das Auto lag. Vermutlich hatten sie den Fundort abgeriegelt und ihn damit beauftragt, dafür zu sorgen, dass keine unbefugten Personen die Unfallstelle betraten.

»Ich kriege ja nicht so viel mit, aber die Kollegen haben etwas entdeckt, was darauf hindeutet, dass es Fremdverschulden war.«

»Und die Opfer?«

»Zwei Männer und ein kleiner Junge, alle drei waren noch an der

Unfallstelle tot. Eine Frau wurde schwer verletzt. Ich glaube nicht, dass sie überlebt, es ist ein Wunder, dass sie überhaupt noch geatmet hat. Sie ist ins Krankenhaus von Danderyd gebracht worden.«

Nachdem sie Nicolas am Mariatorget abgeholt hatte, parkte Vanessa ihren BMW neben der Notaufnahme des Krankenhauses in Danderyd. Ein Krankenwagen stand in der Zufahrt. Sie eilten über den Parkplatz und betraten das Gebäude. Vanessa zeigte an der Pforte ihren Polizeiausweis und bat darum, mit dem diensthabenden Arzt zu sprechen, während Nicolas ungeduldig wartete. Sie wurden von einer Krankenschwester abgeholt, die sie schweigend durch einen langen Korridor führte. Sie blieb vor einer Tür stehen, wies auf eine Couch und forderte sie auf, sich zu setzen, bevor sie die Tür öffnete und in dem Zimmer verschwand.

»Geht es dir gut?«, fragte Vanessa und griff Nicolas' Hand. Er schüttelte den Kopf und starrte unverdrossen auf die weiß gestrichene Wand.

»Er war erst zehn.«

»Wer?«

»James. Ihr Sohn. Zehn Jahre, Vanessa.«

Er hatte Tränen in den Augen, und Vanessa war erstaunt, weil sie ihn zum ersten Mal um Fassung ringen sah. Sie war verwirrt und wusste nicht, was er von ihr erwartete. Sie befeuchtete ihre Lippen, um etwas Tröstliches zu sagen, besann sich dann aber.

Als die Tür wieder aufging und ein Arzt in grüner Kluft auf sie zutrat, ließ Vanessa Nicolas' Hand los.

»Lebt sie?«, fragte Nicolas ohne Umschweife und stand auf.

Der Arzt schüttelte bedauernd den Kopf.

»Erica Karlström erlag während der Operation ihren Verletzungen. Es tut mir leid. Wir konnten nichts mehr tun. Es war schon ein kleines Wunder, dass sie die Fahrt hierher überstanden hat.«

Nicolas ließ sich auf die Couch zurücksinken und vergrub sein Gesicht in den Händen. Vanessa und der Arzt tauschten einen langen Blick.

»Von welchen Verletzungen sprechen Sie?«, fragte Vanessa leise.

»Wo soll ich anfangen?«, erwiderte der Arzt und seufzte. »Also, zwei Schussverletzungen in der Brust, Schädel- und Beckentrauma, Frakturen an beiden Beinen und wahrscheinlich auch an der Wirbelsäule. Wie ich schon sagte, nichts, was wir hätten tun können, hätte sie am Leben erhalten.«

»Schusswunden?«, hakte Vanessa nach. »Wo sind die Kugeln?«

»Wir haben sie aufbewahrt, sie können von der Polizei abgeholt werden.«

»Kann ich sie mal sehen?«

Er warf ihr einen fragenden Blick zu.

»Sicher«, sagte er und hielt ihr die Tür auf.

Vanessa drehte sich zu Nicolas auf dem Sofa um.

»Ich bin gleich wieder da.«

Sie folgte dem Arzt durch den leeren OP, den zwei Reinigungskräfte säuberten, in ein kleines Büro. Auf dem Schreibtisch lag ein blutiger, wiederverschließbarer Plastikbeutel. Darin zwei platt gedrückte Projektile. Sie hielt das Tütchen ins Licht der Deckenlampe. Die Kugeln stammten ziemlich sicher aus einer Kalaschnikow. Wie Vanessa vermutet hatte, handelte es sich um die gleichen Projektile, die auch im Clarion beim Mord an Magnus Moheden gefunden worden waren. Sie war sich sicher, dass Erica mit derselben Waffe wie der Justizminister getötet worden war, aber den Beweis dafür würde die ballistische Untersuchung nur liefern können, wenn man die Hülsen sicherstellte.

Vanessa legte den Beutel zurück, verabschiedete sich von dem Arzt und verließ den Raum.

Nicolas saß noch immer in derselben vornübergebeugten Position da. Vanessa ließ sich neben ihm nieder. Sie lehnte ihren Kopf an seine Schulter. Er hatte ihr noch nie so leidgetan, aber sie wusste nicht, was sie sagen sollte, um ihn zu trösten.

»Kann ich irgendetwas tun?«, flüsterte sie.

»Nein.«

Zwei Krankenschwestern, die weiter unten im Flur aufgetaucht waren, senkten ihre Stimmen und gingen mit ernsten Gesichtern vorbei.

Nicolas atmete stoßweise.

»Musst du jetzt nicht los?«, fragte er.

Sie begegnete seinem Blick, lächelte schwach und schüttelte den Kopf.

»Nein.«

Sie rückte zur Seite und legte seinen Kopf sanft auf ihren Schoß. Strich ihm übers Haar. Nicolas' Beine waren zu lang für das Sofa, und er zog sie an, sodass seine Knie über die Sitzfläche hinausragten.

Vanessa sah Erica Karlström vor sich. Wenn sie überlebt hätte, dann wäre trotz allem ihr einziger Sohn tot. Und sie wusste, wenn sie in Kuba vor die gleiche Wahl gestellt worden wäre, als Adeline aufgehört hatte zu atmen, dann hätte sie zweifellos den Tod gewählt, ohne zu zögern.

Aber jetzt, im Nachhinein?

Jahrelang hatte sie sich nach dem Tod gesehnt. Ihren Wunsch nie ausgesprochen, nur gedacht. Und sie hatte das Leben um sich herum wie durch einen Filter betrachtet, wie ein Schauspiel auf einer Bühne, dem sie klar und deutlich ins Auge sehen musste, bevor der Tod sie holte und der Schmerz über den Verlust ihrer Tochter ein Ende haben würde.

TEIL IX

EINS

Es war nach sieben Uhr abends. Vanessa klopfte energisch an die Badezimmertür. Celine hatte die Badewanne für sich entdeckt und verbrachte nun jeden Tag mindestens eine Stunde darin.

»Ich komme gleich.«

Vanessa kehrte ins Wohnzimmer zurück, nahm zwei Teller, Besteck und eine Flasche Limonade und stellte alles auf den Esstisch, wo die Pizzakartons bereits warteten.

Die Tür zum Badezimmer öffnete sich, eine Dampfwolke quoll heraus. Celine erschien im Rahmen, eingewickelt in ein weißes Frotteetuch. Ihre Haut war von dem heißen Badewasser krebsrot.

»Hast du auch mal in Erwägung gezogen, die Wassertemperatur ein wenig zu senken? Du siehst aus wie ein Hummer.«

Celine strahlte.

»Ich ziehe mir nur schnell etwas an«, bemerkte sie und verschwand in ihr Zimmer.

Vanessa zog den Stuhl vom Tisch, schlüpfte in ihre dunkle Strickjacke und setzte sich.

Es war Freitag, und zwei Tage vor der Trauerfeier für Magnus Moheden in der Nikolaikirche in Gamla stan ging die Jagd nach seinem Mörder mit unverminderter Intensität weiter. Der Mord an Familie Karlström wurde nun auch von der Säpo untersucht.

Spätnachts und im Morgengrauen hatten schwer bewaffnete Beamte die Moscheen der Stockholmer Vororte bis in die Hinterzimmer und Kellerräume auf links gekrempelt.

Aber die Terrorzelle schien ihnen immer einen Schritt voraus zu sein.

Nicht zuletzt die Hinrichtung des Marokkaners Farid Alami, der erstochen in einem ausgebrannten Fahrzeug nördlich von Arlanda aufgefunden worden war, zeigte, dass die Zelle systematisch ihre schwachen Glieder ausschaltete, um das Risiko der Enttarnung zu minimieren. Vanessa interpretierte den Mord so, dass Farid Alami, der offenbar als Organisator fungiert hatte, seine Rolle ausgespielt und somit eher eine Gefahr dargestellt hatte als von Nutzen gewesen war.

Alles deutete darauf hin, dass ein weiterer Angriff unmittelbar bevorstand. Bald war Weihnachten, und das Weihnachtsgeschäft vor den Feiertagen war in vollem Gang, obwohl die Terrorgefahr von Stufe drei auf vier heraufgesetzt worden war. Niemandem schien klar zu sein, dass sich das, was im Clarion und in der Drottninggatan passiert war, wiederholen konnte – mit weitaus schlimmeren Folgen.

Die Auswertung der Verkehrs-Videoüberwachung stadtauswärts wie stadteinwärts hatte ergeben, dass sich der silberfarbene Renault von Farid Alami zum Zeitpunkt der Morde an Natasja und Rikard Olsson auf Östermalm befunden hatte. Vanessa war überzeugt, dass Farid an den Geschehnissen beteiligt gewesen war oder zumindest als Komplize fungiert hatte. Rikard Olsson und Natasja waren vom IS getötet worden. Das Mordmotiv galt es allerdings noch zu klären.

Zwei Terroristen waren inzwischen identifiziert worden. Im Clarion hatte man DNA-Spuren sowohl von Hamza Mansour als auch von Sabina gesichert, in einer Suite auf demselben Stockwerk, in dem Justizminister Moheden ermordet worden war. Der Mann, der sich Thomas nannte und dessen Anwerbung von Molly Vanessa in einem Memo an die Säpo detailliert geschildert hatte, konnte bislang nicht identifiziert werden.

Es war frustrierend, die Ermittlungen nicht weiterführen zu können, und sie wünschte, sich stärker einbringen zu dürfen.

Vanessa wurde aus ihren Gedanken gerissen, als Celine sich mit Glitzer im Haar an den Esstisch setzte, und es dauerte eine Weile, bis ihr dämmerte, dass Celine sich als Lucia ausstaffiert hatte.

Sie klappten die Deckel der Kartons zurück und schnitten die Pizza in Stücke. Celine erzählte, dass sie in der Schule das Lucia-Fest gefeiert hatte, doch die Unterhaltung verlief schleppend. Vanessa war abgelenkt, hatte Mühe zuzuhören.

Als die Pizzen halb aufgegessen waren, legte Celine das aufgerollte Stück, das sie sich gerade in den Mund stecken wollte, aus der Hand und sah Vanessa nachdenklich an.

»Bist du sauer auf mich?«, fragte sie. »Habe ich was angestellt?«

Celine sah sie mit ängstlichen Augen an, als Vanessa ihren Blick überrascht hob.

»Überhaupt nicht«, beeilte sie sich zu sagen. »Aber ich muss mit dir über eine Sache reden.«

Sie fischte die Dokumente aus ihrer Gesäßtasche, faltete sie auseinander und legte sie vor Celine auf den Tisch. Der Blick des Mädchens huschte nervös zwischen Vanessa und den Papieren hin und her.

»Was ist das?«

Vanessa räusperte sich. »Ich habe mich gefragt, ob du vielleicht …«

Celine griff nach den Unterlagen. Vanessa musterte gespannt ihr Gesicht und versuchte, das kleinste Zucken beim Lesen zu deuten.

»Willst du, dass ich hier wohne?«, flüsterte sie. »Für immer?«

Vanessa hatte plötzlich einen Kloß im Hals.

»Wenn du willst? Es ist alles andere als sicher, dass der Antrag genehmigt wird, das muss alles noch sorgfältig geprüft werden, aber …«

Celine sprang so abrupt auf, dass der Stuhl hinter ihr umfiel. Vanessa gelang es kaum aufzustehen, ehe das Mädchen ihr um den Hals fiel. Sie spürte Celines nasse Haare durch ihren dünnen weißen T-Shirt-Stoff.

»Ich dachte schon, du hättest es bereut«, flüsterte Celine.

»Was bereut?«

»Ich habe die Papiere vor einer Woche in deinem Schrank entdeckt. Aber weil du nichts gesagt hast, dachte ich, du wolltest nicht drüber reden. Ich verspreche dir, lieb zu sein. Und nicht so kratzbürstig wie manchmal. Und ich werde Gemüse essen. Spinat. Brokkoli. Bis ich völlig brocco-loco bin.«

Vanessa musste lachen.

»Ich möchte, dass du genau so bleibst, wie du bist, Celine.« Sie lächelte und zerstrubbelte ihr die nassen Haare.

Während Celine die Pizzakartons zum Altpapiercontainer im Innenhof brachte, klingelte Vanessas Handy.

»Ich habe da was für dich«, sagte Trude.

Sie klang erschöpft, was verständlich war. Die Kriminaltechniker hatten seit dem Mord an Magnus Moheden fast jeden Tag lange Schichten eingelegt und mussten neben ihrer Arbeit für die Säpo auch noch ihren regulären Aufgaben nachkommen.

»Du hattest recht. Hamza Mansour war ebenfalls mit dem silbernen Renault von Farid Alami unterwegs. Wir haben seine DNA auf dem Beifahrersitz gefunden. Sie passt zu der, die wir in Stig Boströms Wohnung und im Clarion nachgewiesen haben.«

Diese Nachricht kam nicht sehr überraschend, aber Vanessa hatte dennoch das Gefühl, etwas übersehen zu haben.

»Dann könnte er also in der Nacht, als Natasja ermordet wurde, dabei gewesen sein.«

»Das ist nicht auszuschließen.«

Vanessa dankte für den Anruf und setzte sich wieder an den Tisch. Der Geschirrspüler lief, und sie trommelte mit den Fingern auf die Tischplatte. Hamza Mansour hatte im Renault von Farid Alami gesessen. Vielleicht war er dabei gewesen, als Erik Giertz und sein Kollege den Wagen auf der E4 angehalten hatten. Aber dann wurden sie zu einer Schießerei gerufen, ehe sie Zeit hatten, das Auto zu durchsuchen. Sie erinnerte sich fast wortwörtlich an das Gespräch mit dem groß gewachsenen Polizisten bei McDonald's.

Vanessa griff zu ihrem Telefon und googelte 29. *November + Schusswechsel + Sätra*.

Ohne Erfolg: An diesem Tag war in den Medien keine Schießerei in Sätra erwähnt worden. Das war seltsam. Normalerweise wurden jede Schießerei und jede Abrechnung unverhältnismäßig aufgebauscht.

Vanessa rief die Telefonnummer von Erik Giertz auf.

Er meldete sich sofort und erklärte, er sei unterwegs und habe daher nur wenig Zeit.

»Diese Schießerei, von der Sie und Ihr Kollege wegbeordert worden sind, wie ging die eigentlich aus?«

Eine Zeit lang herrschte Schweigen.

»Das war nichts. Falscher Alarm, wie sich herausstellte.«

ZWEI Mikael Kask beendete sein Gespräch mit Vanessa und legte das Telefon auf das weiße Laken. Er ließ seinen Blick an den Rissen in der Decke entlang bis hinunter zur terracottafarbenen Backsteinwand wandern. Das Fenster zur Markvardsgatan stand offen, der Wind wehte ins Zimmer und erfasste die Vorhänge.

Trude Hovland kam mit einem Glas Rotwein in jeder Hand herein. Er betrachtete bewundernd ihren nackten Körper, bevor er nach einem Glas griff. Trude legte sich mit dem Kopf neben Mikaels Füße und zum offenen Fenster hin und balancierte das Weinglas auf ihrem Bauch. Er kannte niemanden, der so entspannt war in seiner Nacktheit wie sie. Er zog die Decke zu sich heran und legte sie sich über die Lenden.

»Was hat Vanessa gesagt?«, fragte sie.

»Sie bat mich, einen Notruf zurückzuverfolgen, um herauszufinden, von welcher Nummer er abgesetzt wurde«, entgegnete Mikael und setzte sich auf.

Als Trude ihm am frühen Abend eine SMS geschrieben und gefragt hatte, ob er Zeit habe, hatte er sich in der Umkleide von Barrys Bootcamp gerade umgezogen. Er hatte seine Trainingskleidung sofort wieder in die Tasche gepackt, war zum Stureplan gelaufen und hatte den Bus der Linie 2 nach Vasastan genommen.

»Und?«

»Und was?«

Auf der Straße bellten sich zwei Hunde wütend an.

»Wirst du ihr helfen?«

»Keine Frage.«

Sie schwiegen.

Mikael trank von seinem Wein und fragte sich, ob Trude wollte, dass er ging, aber dann hätte sie ihm vermutlich keinen Wein mehr nachgeschenkt.

Er schüttelte das Kissen hinter seinem Rücken auf. Du musst aufhören, so viel nachzugrübeln, dachte er. Trude hatte eine seltsame Wirkung auf ihn. Er war in ihrer Gesellschaft so natürlich, wie er es seit Jahren mit keiner anderen Person mehr gewesen war. Gleichzeitig befürchtete er, sie zu enttäuschen und von ihr gebeten zu werden zu gehen.

»Du magst sie, nicht wahr?«, fragte Trude.

Michael suchte hoffnungsvoll nach Anzeichen von Eifersucht in ihrer Stimme, fand jedoch keine. Trude drehte sich auf die Seite, stützte ihr Kinn in die Hand und musterte ihn mit ihren großen, dunklen Augen.

»Sehr sogar«, antwortete er. »Vanessa ist etwas Besonderes. Die beste Ermittlerin, mit der ich je zusammengearbeitet habe. Aber irgendwie werde ich aus ihr einfach nicht schlau.«

Trude verzog den Mund.

»Man muss kein Therapeut sein, um zu merken, dass sie in ihrem Leben schon viel durchgemacht hat. Irgendwas ist mit ihr. Aber ich habe nicht zu fragen gewagt. Das würde ihr nicht gefallen. Und das ist auch in Ordnung, man muss ja nicht alles über jeden wissen.«

»Habt ihr denn privat Kontakt?«, fragte Mikael erstaunt.

»Manchmal. Sie wohnt hier in der Nähe, in der Roslagsgatan. Wir trinken manchmal ein Glas Wein zusammen. Aber kümmere du dich doch um den Notruf, dann gehe ich so lange duschen. Und danach gehen wir was essen. Immerhin ist heute Lucia.«

Mikael sah Trude verwundert an.

»Gerne.«

Sie erhob sich, stellte das leere Rotweinglas auf dem Nachttisch ab, legte ihre Hand auf seine behaarte Brust und küsste ihn auf den Mund, bevor sie ins Bad ging.

Zwei Stunden später saßen Trude und Mikael nebeneinander in der Tapasbar Nombre. Nur ein großes Panoramafenster trennte sie von der Odengatan, es war fast so, als würde man auf dem Gehsteig sitzen und essen. Zunächst hatte Mikael Bedenken gehabt, dass jemand vorbeikommen und sie zusammen sehen könnte, aber je mehr Rotwein er trank, desto entspannter fühlte er sich. Vielleicht wäre es sogar gut, wenn jemand sie so sehen würde, denn das könnte auf natürliche Weise Anlass zu einem Gespräch darüber geben, wohin ihre Beziehung wirklich führte.

Das Mobiltelefon kündigte eine neue Nachricht an. Eine E-Mail von der Notrufzentrale. Trude fischte ein Paar Ohrhörer aus ihrer Jackentasche, reichte Mikael einen und steckte sich kichernd den anderen ins Ohr. Er tippte auf *Play*.

»112. Was ist passiert?«, sagte der Beamte.

»Schusswechsel in Sätra. Maschinenpistolen. Vier Männer werden sterben. Sie bluten. Beeilen Sie sich«, sagte eine Männerstimme.

»Wo in Sätra?«

Ein Moment der Stille.

»Im Zentrum bei der U-Bahn. Beeilen Sie sich. Die sterben.«

Das Gespräch wurde unterbrochen.

Trude und Mikael tauschten einen fragenden Blick. Die E-Mail enthielt auch die Handynummer des Anrufers.

»Ich leite das am besten gleich an Vanessa weiter«, beschloss Mikael.

DREI Feine Schneeflocken tanzten am dunklen Himmel über Stockholm. Die weißen Rasenflächen im Humlegården waren mit einem Wirrwarr von Schlittenspuren übersät. Axel und Nicolas gingen langsam durch den Park und ließen sich auf einer Bank bei der Statue vor der Königlichen Bibliothek nieder.

Es war kurz vor Mitternacht, und Axel hatte Nicolas erst eine Stunde zuvor angerufen. Zuerst hatte er gedacht, Axel hätte es sich anders überlegt mit dem Auto, das er sich am Sonntag ausleihen konnte, um Molly zum Flughafen zu fahren. Aber Axel hatte erklärt, dass er eine wichtige Entdeckung gemacht habe und dass Eile geboten sei.

Beunruhigt war Nicolas rasch in seine Jacke geschlüpft und hatte die U-Bahn zum Östermalmstorg genommen.

»Ich glaube, es ist meine Schuld, dass Familie Karlström umgebracht wurde«, sagte Axel.

Nicolas warf ihm einen überraschten Blick zu.

»W-w-wussten Sie, dass Johan Karlström einen Anwalt kontaktiert hat?«, fuhr Axel fort. »Er wollte die Geldwäsche gestehen und aussagen, welche Rolle er dabei gespielt hatte. Er hat entdeckt, dass sein Computer gehackt worden war und das als Erpressungsversuch gedeutet. Der Anwalt hat daraufhin die vermeintlichen Erpresser, Johans Geldwäschekunden, zur Rede gestellt, indem er ihnen von Johans Rechner eine Mail mit einer Drohbotschaft geschickt hat. Es waren aber nicht die Kunden, die hinter dem Hack stecken, sondern ich. Also ist es meine Schuld, dass er und seine Familie jetzt tot sind.«

Nicolas starrte ausdruckslos vor sich hin.

»U-u-und es ist meine Schuld, dass Simon wahrscheinlich nie

wieder gehen kann und dass eine ganze Familie ausgelöscht worden ist. Ich weiß nicht, wie ich das ertragen soll.«

Axel verstummte, sein Atem hing wie eine weiße Dunstwolke in der Dunkelheit.

»Mein ganzes Leben lang konnte ich sagen, dass ich nie jemanden verletzt habe. Aber jetzt? Ich weiß auch nicht … Ich kann nachts nicht mehr schlafen. Stattdessen habe ich mich vor den Rechner gesetzt und mich mit Farid Alami beschäftigt.«

Der Tonfall von Axels Stimme hatte sich verändert.

»Und, haben Sie etwas entdeckt?«

»Ich weiß es nicht. Farid Alami scheint Zugang zu einem anderen Konto gehabt zu haben, von dem ich nicht sicher bin, ob die Polizei oder die Säpo es überhaupt entdeckt haben. Ich bin darauf gestoßen, kurz bevor ich Sie angerufen habe. Man braucht schon gewisse Fachkenntnisse, um zu wissen, wie man danach suchen muss. Vielleicht kann die Polizei damit etwas anfangen?«

Axel zog einen Handschuh aus, öffnete den Reißverschluss seiner Jacke und holte vier gefaltete Zettel heraus, die er Nicolas reichte.

Der überflog sie flüchtig.

»Was ist das?«

»Transaktionen.«

»Wie …?«, begann Nicolas, aber unterbrach sich. »Das spielt jetzt keine Rolle.«

Axel beugte sich vor und tippte auf das Blatt.

»Es ist nicht viel, aber sehen Sie diese drei Zahlungseingänge? Es handelt sich um die einzigen regelmäßigen Überweisungen auf ein und dasselbe Konto. Die Inhaberin heißt Jovana Babic, eine Kundin der Danske Bank, bei der ich als IT-Techniker arbeite. Ich habe die Adresse, die die Bank von ihr hat, auf der Rückseite notiert.«

Er sah zu Nicolas auf.

»Würden Sie diese Papiere Ihrer Bekannten bei der Polizei geben?«

»Ich werde dafür sorgen, dass sie sie bekommt.«

Nicolas machte Anstalten zu gehen, ließ sich aber wieder auf die Bank fallen, als Axel sitzen blieb.

»Und was machen Sie jetzt?«, fragte Axel nach einer Weile.

»Ich leiste Ihnen ein bisschen Gesellschaft«, entgegnete Nicolas.

Axel sah ihn von der Seite an.

»Warum das denn?«

Nicolas grinste.

»Sie sehen aus, als könnten Sie das brauchen.«

VIER Vanessa schob sich eine Haarsträhne hinters Ohr, während sie in den Rückspiegel schaute. Ihr Körper fühlte sich schwer an, und sie blieb hinter dem Steuer sitzen. Ausnahmsweise hatte sie einen freien Parkplatz in der Roslagsgatan ergattert, und da sie am nächsten Morgen früh rausmusste, hatte sie beschlossen, das Auto dort stehen zu lassen. Der Nachgeschmack von ihrem letzten Kaffee lag ihr noch auf der Zunge, ihre Augen waren rot und brannten. Seit drei Uhr nachmittags hatte sie an verschiedenen Koordinierungssitzungen für die Beerdigung von Magnus Moheden teilgenommen. Sie war auf einen Posten innerhalb der Absperrungen beordert worden, die um die Nikolaikirche herum errichtet werden sollten. Während der Zeremonie selbst würde sie sich jedoch aus Sicherheitsgründen in der Kirche aufhalten, da sie die einzige Polizeibeamtin war, die Sabina Haddad noch lebend gesehen hatte. Nach den Besprechungen hatte sie in ihrem Büro gesessen und war die gesamten Ermittlungen noch einmal durchgegangen, in der Hoffnung, etwas zu finden, was sie übersehen hatten. Die Terrorzelle war da draußen, irgendwo in Stockholm. Bereit zum Attentat auf weiche Ziele. Um schwedische Mitbürger auszulöschen. Vanessa hatte keinen Zweifel daran, dass sie versuchen würden, so viele Menschen wie möglich in den Tod mitzureißen, wenn sie die Chance hätten. So arbeiteten die islamistischen Terrorgruppen.

Shadia Mansour hatte bestätigt, dass ihr Sohn Hamza es gewesen war, der den Notruf wegen der Schießerei in Sätra abgesetzt hatte. Dank dieses Notrufs also hatten sie zumindest die Telefonnummer von einem der Terroristen. Samer Bakir bemühte sich nach Kräften, vom Mobilfunkanbieter eine Liste sämtlicher Anrufe zu erhalten, die mit dieser Nummer getätigt worden waren. Obwohl die Behörden Druck machten, ließ der Betreiber sich mit den Informationen Zeit.

Bis zur Beerdigung waren es nur noch wenige Stunden, und die Medien berichteten über die umfassendsten und teuersten Sicherheitsvorkehrungen in der Geschichte der schwedischen Polizei. Nach der Zeremonie in der Nikolaikirche sollte der Sarg in einer Prozession zur Adolf-Fredriks-Kirche im Sveavägen gebracht und Moheden beigesetzt werden. In den Leitartikeln der Zeitungen war zu lesen, wie wichtig es sei, der islamistischen Terrorgefahr die Stirn zu bieten und nicht zu kapitulieren.

Vanessa starrte mit leerem Blick vor sich hin. Der ganze Ablauf war ein einziger Albtraum. Mindestens 10000 Menschen würden sich um die Nikolaikirche versammeln. Wie die meisten ihrer Kollegen war Vanessa der Meinung, die Beerdigung hätte angesichts der terroristischen Bedrohung verschoben oder zumindest in kleinerem Rahmen abgehalten werden müssen. Die Entscheidung, die Zeremonie wie geplant durchzuführen, war jedoch eine politische, die nicht beeinflussbar war.

Das Mobiltelefon vibrierte in ihrer Hand, und es dauerte eine Weile, bis sie begriff, dass es sich um einen eingehenden Anruf handelte.

»Bist du noch wach?«, fragte Nicolas.

Er klang unverschämt wach, als ob er einen Spaziergang machen würde.

»Ein bisschen noch. Die Beerdigung findet morgen statt, das weißt du ja. Ich muss vor Ort sein, in der Kirche, ich habe also noch einiges zu erledigen.«

»Können wir uns treffen? Ich möchte dir etwas zeigen.«

»Was denn?«

»Eine Liste mit den Kontobewegungen von Farid Alami. Dieses Konto ist deinen Kollegen wohl durch die Lappen gegangen.«

Es entstand eine Pause. Die Morgenbesprechung zu den Sicherheitsvorkehrungen für die Beerdigung sollte um sieben Uhr stattfinden, also in etwas mehr als sechs Stunden. Und Vanessa brauchte dringend Schlaf.

»Ich kann auch ein Foto machen und dir schicken«, sagte Nicolas schnell.

»Wo bist du denn?«

»Im Karlavägen.«

»Ich komme hin.«

Vanessa startete den Wagen und parkte aus. Als sie an der Ampel in der Odengatan bei Rot hielt, sah sie im Rückspiegel das nächste Auto den freien Parkplatz in Beschlag nehmen.

Als Nicolas den Karlavägen auf Höhe des Ellen-Keys-Park entlangging, hob er den Arm und winkte, und Vanessa kam neben ihm zum Halten. Nicolas öffnete die Beifahrertür, ließ sich auf den Sitz fallen und hielt die Hände vor die Lüftungsschlitze der Heizung.

»Ich weiß, dass du viel zu tun hast, aber ich habe Axel getroffen. Der Typ, der …«

»Ich weiß«, unterbrach ihn Vanessa.

Nicolas nahm ein Bündel zusammengerollter Papiere aus der Innentasche seines Mantels und reichte es ihr.

»Das hier sind die Zahlungen, die Farid Alami in den letzten sechs Monaten getätigt hat.«

Vanessa faltete die Ausdrucke über dem Lenkrad auseinander.

»Sieh dir das an«, sagte er. Vanessa folgte Nicolas' Finger mit dem Blick, der ein paar Zeilen weiter nach unten wanderte. »Da. Und da.«

»Ich verstehe nicht.«

»In den letzten drei Monaten hat Farid insgesamt 60 000 Kronen auf ein Konto bei der Danske Bank eingezahlt, aufgeteilt auf drei Chargen. Das Konto gehört einer gewissen Jovana Babic.«

»Und was weißt du über sie?«

Nicolas schob Vanessas Hand behutsam weg und drehte die Seite um. Auf der Rückseite stand eine Adresse in Vällingby, mit blasser Tinte von Hand geschrieben.

»Das sind die Kontaktdaten der Bank von Babic.«

»Danke«, sagte Vanessa.

Plötzlich war sie hellwach. Spürte am ganzen Körper, dass das wichtig war. Vielleicht konnte sie das einen Schritt näher an die Terrorzelle heranführen. Sie würde die Information so schnell wie möglich an Mikael Kask weitergeben.

»Danke«, sagte sie noch mal und legte die Ausdrucke aus der Hand. Sie betrachtete Nicolas, der dunkle Ringe unter den Augen hatte.

»Wie geht es dir?«

»Ganz gut.«

»Und Molly?«

»Auch gut. Morgen fahre ich sie nach Arlanda. Ihr Flieger geht eine Stunde nach der Beerdigung. Sie wird für ein paar Monate bei ihrem Vater in Kiruna bleiben.«

Vanessa nickte.

»Und du? Was wirst du tun?«

Nicolas zuckte die Schultern.

»Keine Ahnung. Ich dachte, dass ... ja, dass ich etwas gefunden habe. Aber es hat sich einfach nicht so ergeben.«

Sie sahen sich an. Vanessa streckte die Hand aus, streichelte seine Wange und strich über seinen Arm, bevor sie sie eilig wieder zurückzog.

»Ich ...«

»Schon gut, Vanessa. Du musst nichts sagen.«

Ihr Lächeln verwandelte sich in ein Lachen.

»Weißt du, dass du das schönste Lachen hast, was ich kenne?«, sagte Nicolas.

Sie freute sich. »Findest du?«

Er nickte und wurde plötzlich ernst.

»Ich glaube, das liegt daran, dass du so selten lachst. Dann bedeutet es viel mehr. Jedes Lachen ist dann viel intensiver, viel wichtiger.«

Er tastete nach der Türklinke. Sie legte ihm die Hand auf den Arm und hielt ihn zurück.

»Ein anderes Mal, Nicolas. Aber nicht jetzt. Nicht jetzt.«

Sie schluckte.

»Ich weiß.« Er stieg aus, drehte sich noch mal um und streckte den Kopf ins Wageninnere.

»Pass auf dich auf, Vanessa.«

Sie sah ihm nach, wie er die Treppe hinunter und in den Schatten des Ellen-Keys-Parks verschwand.

FÜNF

Es war Viertel vor zwei, als Vanessa und Samer, den sie unterwegs eingesammelt hatte, in die Straße einer Reihenhaussiedlung in Vällingby bogen. Die Siedlung lag im Dunkeln. Mikael Kask war zunächst dagegen gewesen, dass sie fuhren, aber Vanessa hatte darauf bestanden. Jovana Babic war der beste Hinweis, den sie hatten, und die Säpo war beschäftigt. Vielleicht würden sie es nicht einmal für nötig halten, sie zu überprüfen, weil die Transaktionen nicht sonderlich hoch gewesen waren. Nichts in ihren persönlichen Daten deutete darauf hin, dass sie eine Verbindung zu Islamisten hatte. Aber Vanessa wusste, dass man heutzutage nicht mehr blind glauben sollte, was in den Papieren der Behörden stand.

Die Jalousien an Jovana Babics Haus waren heruntergelassen. In der Einfahrt stand ein kleiner weißer Ford. Ein Kinderfahrrad war neben der Eingangstür abgestellt, neben ein paar Töpfen mit verwelkten Pflanzen. Sie stiegen aus und näherten sich dem Haus. Vanessa hielt inne, zog ihre Sig Sauer aus dem Schulterholster, lud sie durch, sodass eine Kugel in den Lauf gelangte, entspannte den Abzug und schob die Waffe in den Bund ihrer Jeans.

Samer drückte auf den Klingelknopf. Ein durchdringendes Signal ertönte. Vanessa spähte durch das runde Fenster in der Haustür ins Innere. Nichts, nur ein dunkler Flur.

»Probier es noch mal. Offensichtlich ist jemand zu Hause«, sagte sie und deutete auf das Auto.

Ein Licht ging an, und Vanessa sah eine Frau um die sechzig, bekleidet mit einem hellblauen Nachthemd, die Treppe im Haus herunterkommen. Sie bewegte sich schlaftrunken, ihre ergrauten Haare standen ihr zu Berge. Sie blinzelte erschrocken durch die

Scheibe in der Tür. Samer drückte seinen Polizeiausweis gegen das runde Fenster, und nach kurzem Zögern schloss sie auf.

»Sind Sie Jovana Babic?«, fragte Samer.

Die Frau schüttelte schnell den Kopf und fröstelte.

»Nein, das ist meine Tochter.«

»Wissen Sie, wo sie ist?«

Sie zeigte nach oben.

»Im ersten Stock. Es ist mitten in der Nacht, was wollen Sie denn überhaupt?«

»Wir müssen sofort mit ihr sprechen.« Vanessa schob die Frau sanft zur Seite, putzte sich eilig die Schuhsohlen an der Fußmatte ab und trat ins Haus.

Im selben Moment hörte sie Kinderstimmen. Eine Frau in den Dreißigern mit langem, kastanienbraunem Haar erschien am oberen Ende der Treppe, zwei kleine Mädchen neben sich. Eines der Mädchen begann zu weinen.

»Jovana Babic?«, fragte Vanessa.

»Ja. Was ist los?« Sie machte ein ängstliches Gesicht, und das Weinen des Mädchens wurde lauter. Jovana nahm sie auf den Arm und strich ihr übers Haar.

»Wir sind von der Polizei, wir müssen mit Ihnen sprechen«, sagte Vanessa etwas lauter, um das Mädchen zu übertönen.

Jovana schüttelte heftig den Kopf.

»Das ist jetzt nicht möglich. Kann das nicht bis morgen warten? Was soll ich denn mit den Kindern machen? Ich kann sie nicht einfach allein lassen.«

Der anfängliche Schock schien in trotzige Wut umgeschlagen zu haben.

Das andere Mädchen stimmte in das Geschrei seiner Schwester ein. Vanessa wollte Jovana Babic nur ungern vor ihren Töchtern nötigen mitzukommen.

»Gehen Sie wenigstens mit uns zum Auto«, forderte sie Frau Babic auf. »Wie gesagt, wir wollen nur mit Ihnen reden. Es ist wirklich wichtig.«

Jovana schien ihre Optionen abzuwägen. Schließlich nickte sie und setzte das weinende Mädchen ab.

»Ich ziehe mir nur schnell etwas an.«

—

Hamza stieg im Erdgeschoss des Wohnkomplexes in Lappkärrsberget aus dem Aufzug. Er hatte zwei Müllsäcke mit seinen, Sabinas und Thomas' persönlichen Habseligkeiten bei sich. Hauptsächlich Kleidung, Schuhe und verschiedene gefälschte Dokumente. Eigentlich war es nicht nötig, alles verschwinden zu lassen, denn wenn die Polizei auf die Wohnung stieß, würden sie alle drei bereits tot sein.

Die Müllsäcke waren zu groß, um sie in den Schacht im Mietshaus zu werfen, und wenn er sie verbrannte, würde er unerwünschte Aufmerksamkeit erregen. Doch hundert Meter weiter kam ihm ein grüner Baucontainer gut zupass.

Hamza schulterte die Säcke und stieß die Tür auf. Eisige Kälte schlug ihm entgegen.

Mitten auf dem Vorplatz blieb er stehen, sog die kühle Nachtluft ein und blickte zu dem leuchtenden Halbmond auf. Er wusste, es würde das letzte Mal sein, dass er ihn sah. Bald würde er im Firdaus sein, der höchsten Stufe von Dschanna, dem Paradies, wo die Märtyrer, die Propheten und die Rechtschaffensten leben.

Schweden hatte nichts von ihm wissen wollen, aber schon morgen würde er in der gesamten muslimischen Welt berühmt sein und für immer in Erinnerung bleiben. Für die Schweden würde der Name Hamza Mansour ein Synonym sein für Angst, aber die Muslime in aller Welt würden sich mit Liebe an ihn erinnern, auf ewig.

Er würde unsterblich sein.

Von den Feinden gehasst, von den Seinen geliebt.

Hamza ging den abschüssigen Weg hinunter, vorbei am Fußballplatz und am Klettergerüst. Aus einer Wohnung im ersten Stock scholl Musik, und hinter den Fenstern waren tanzende Silhouetten zu sehen. Junge Leute, die tranken, rauchten und wie in Ekstase herumhüpften. War ihnen überhaupt klar, was für ein leeres und sinnloses Leben sie führten?

Der Container stand zwischen zwei Wohnhäusern. Hamza stellte die Müllsäcke auf dem gefrorenen Boden ab und warf einen Blick über die Schulter, bevor er sie entsorgte.

In jüngeren Jahren hatten er und die anderen Jungs auf den Straßen auf Skärholmen Baucontainer geplündert, um brauchbares Holz zu finden, das sie in den Wald geschleppt hatten. Einmal hatten sie versucht, eine Weltraumrakete zu bauen, ein anderes Mal ein Floß, mit dem sie die Welt umsegeln wollten.

Hamza schmunzelte bei der Erinnerung daran. Sah das Gesicht seines Vaters Abbas vor sich. Empfand eine plötzliche, überwältigende Zärtlichkeit für ihn. Er wünschte, er hätte seinen Vater treffen können, um ihm zu erklären, dass er im Laufe der Jahre begriffen hatte, dass er mit seiner Meinung über Schweden und die Schweden richtiggelegen hatte. Sie haben die Muslime ausgebeutet. Sie gedemütigt. Sie zu einem Leben in den Betonghettos der Vorstädte gezwungen, wie gehetzte Tiere.

Vielleicht hätten sie wieder zusammenkommen, sich gegenseitig verzeihen können, wenn Hamza zugegeben hätte, dass er sich geirrt hatte? Und wenn sein Vater nur den Islam, den wahren Weg, gefunden hätte, wäre er ein glücklicherer Mensch gewesen.

Doch für eine Versöhnung war es nun zu spät. Soweit sein Vater wusste, war Hamza schon seit Jahren tot. Und bald würde er es wirklich sein.

—

Vanessa bat Samer, vor dem BMW zu warten und auf der Hut zu sein. Sie wollte allein mit Jovana sprechen. Sie hielt die Autotür auf, und die Frau ließ sich auf den Beifahrersitz sinken. Als Vanessa den Fahrersitz in Beschlag nahm, sah sie, dass Jovana ein goldenes Kreuz an einer Kette um ihren Hals trug.

Jovana machte eine ausholende Geste. »Worum geht es hier wirklich?«

Vanessa griff nach den Dokumenten von Nicolas, reichte sie Jovana, die ihre Haare gerade zu einem Knoten aufdrehte, und tippte mit dem Zeigefinger auf die Liste.

»Dreimal haben Sie Geld von dieser Kontonummer erhalten, insgesamt 60000 Kronen. 20000 Kronen jedes Mal.«

Jovana starrte auf die Zahlen. Sie schüttelte heftig den Kopf.

»Nein.«

»Die Kontonummer ist Ihre, wir haben sie überprüft«, erklärte Vanessa ruhig. »Und jetzt will ich wissen, warum.«

Jovana räusperte sich.

»Irgendetwas muss da schiefgelaufen sein. Ich wusste nicht einmal etwas davon.«

»60000 Kronen gehen auf Ihrem Konto ein, ohne dass Sie etwas davon bemerken?«, sagte Vanessa. »Was machen Sie beruflich?«

»Ich studiere Wirtschaftswissenschaften.«

Vanessa verzog den Mund.

»Vielleicht sollten Sie Ihren Bankberater anrufen? Wirtschaft scheint ja eher nicht so Ihr Ding zu sein.«

Die Selbstsicherheit, die Jovana noch kurz zuvor gezeigt hatte, war wie weggeblasen. Sie schlug den Blick nieder, um Vanessa nicht in die Augen sehen zu müssen. Es war offensichtlich, dass sie etwas zu verbergen hatte. War sie sich ihrer Verbindung zu Terroristenkreisen bewusst? Deckte sie die Terroristen, oder hatte sie Geld bekommen, ohne zu wissen, woher?

»Werden Sie von jemandem bedroht?«

Jovana warf Vanessa einen überraschten Blick zu.

»Nein, sicher nicht.«

Vanessa nahm die Ausdrucke wieder an sich und rollte sie zu einer Röhre zusammen.

»Sie haben zwei Töchter«, sagte sie. »Ich weiß, Sie denken, Sie beschützen sie, wenn Sie lügen, aber das stimmt nicht. Sie müssen mir helfen. Ich werde alles tun, um zu verhindern, dass Sie Schwierigkeiten bekommen, aber die Sache ist ernst. Der Mann, der die Zahlungen geleistet hat, ist Dschihadist.«

Jovana blickte sie starrsinnig an. Vanessa starrte zurück.

Das Display ihres Telefons leuchtete auf. Eine Textnachricht von Samer.

Wie läuft's denn so?

Vanessa sah auf die Uhr, 02:32 Uhr, und schob das iPhone in ihre Jackentasche. Sie beugte sich zu Jovana vor, öffnete das Handschuhfach und nahm die Handschellen heraus. Sie schloss eine um Jovanas Handgelenk und befestigte die andere an der Innenseite der Autotür.

»Was machen Sie da?« Jovana sah sie bestürzt an.

»Der Mann, der hinter den Zahlungen steht, ist, wie gesagt, Dschihadist. Er hat mit IS-Terroristen kooperiert. Jetzt ist er tot. Die Säpo und die gesamte Polizei sind auf der Suche nach seinen Komplizen. Überlegen Sie sich, ob es das Geld wert war.«

»Dürfen Sie das überhaupt machen?« Jovana schüttelte ihre gefesselte Hand.

Vanessa zuckte mit den Schultern.

»Ich bin so schlecht in Jura, wie Sie in BWL zu sein scheinen.« Sie stieg aus dem Auto, und Samer trat einen Schritt zurück.

»Was ist los?«

»Sie will nicht reden. Verdammt, ist das kalt.«

Samer schaute durch das Seitenfenster und warf Jovana einen kurzen Blick zu.

»Wenn sie nicht innerhalb der nächsten fünf Minuten den Mund aufmacht, rufe ich die Säpo an«, sagte Vanessa.

Er nickte. Vanessas Mobiltelefon klingelte.

»Wo bist du?«, fragte Celine besorgt. »Du bist nicht nach Hause gekommen.«

Vanessa spürte, wie ihr warm ums Herz wurde. Sie räusperte sich.

»Tut mir leid, ich muss Überstunden machen, Liebes.«

»Ist alles in Ordnung?«

»Ja, klar. Mach dir um mich keine Sorgen.«

»Gut.«

Sie beendeten das Gespräch, und Vanessa ließ ihren Blick über die gelben Reihenhäuser schweifen, die die Straße säumten. Sie wollte sich Samer gegenüber nichts anmerken lassen, aber sie war verzweifelt. Sie spürte, dass sie ganz nah dran waren. Jovana hatte der Terrorzelle in irgendeiner Weise geholfen, auch wenn sie selbst nicht eingeweiht gewesen war.

Sie tauschte einen Blick mit Samer und setzte sich wieder auf den Fahrersitz. Wandte sich an Jovana.

»Das Mädchen, das mich gerade angerufen hat, ist dreizehn Jahre alt. Wenn es nach denen ginge, die Sie zu schützen versuchen, würde sie einen Niqab tragen und mit einem nach Pisse stinkenden alten Mann verheiratet sein. Er hätte die Freiheit, sie zu vergewaltigen und zu verprügeln. Ich weiß nicht, wie Sie das sehen, aber das ist keine Welt, in der ich leben möchte.«

Jovana starrte mit leerem Blick geradeaus, als hörte sie nicht, was Vanessa sagte.

»Sie wissen, wozu diese Leute fähig sind. Sie haben die Filme aus dem Schlachthaus, das sie Kalifat nennen, gesehen. Die Bilder der Opfer von Paris, Barcelona und Brüssel. Von der Drottninggatan. Eines der Mädchen, das dort niedergemetzelt wurde, war nicht viel älter, als Ihre Töchter es sind. Es ist Ihre Pflicht als Bürgerin, als Mutter, als Frau, verdammt, Jovana, als Schwedin, mir zu helfen, dass sich so etwas nicht wiederholt. Jetzt gebe ich Ihnen die Chance, das Richtige zu tun.«

Einen Moment lang kam Leben in Jovanas Blick, sie öffnete den Mund, schloss ihn aber wieder.

»Also gut.« Vanessa stieg aus dem Auto. Sie schüttelte den Kopf in Samers Richtung.

»Was machen wir jetzt?«, fragte er.

Vanessa trat auf der Stelle, um sich aufzuwärmen.

»Wir rufen die Säpo.«

SECHS Es begann ganz allmählich, hell zu werden, als Nicolas von der U-Bahn-Station Stadium heraufkam. Der Himmel war klar und wolkenlos. Er hatte sich mit Axel für die Autoschlüsselübergabe in der Straße neben dem Valhalla-Grill verabredet.

Es war Sonntagmorgen, auf den Straßen war kaum etwas los. Die feine Schicht Neuschnee, die über Nacht gefallen war, ließ seine Gedanken zu James wandern, und ihm zog sich der Magen zusammen. Es kam ihm wie eine Ewigkeit vor, seit sie zusammen Feldhockey gespielt hatten. Nun lag der Junge in einem Leichenschauhaus und wartete auf seine Beerdigung. Nicolas fragte sich, wer daran teilnehmen würde, da sowohl Erica als auch Johan Karlström tot waren. Er beschloss herauszufinden, wann die Zeremonie stattfinden würde, um hinzugehen und James die letzte Ehre zu erweisen.

Er passierte die schwarzen Tore des Stadions und blickte im Vorbeigehen durch die Backstein-Arkaden auf das Spielfeld. Axel stand wie vereinbart im Valhallavägen neben dem weißen Passat und hob grüßend die Hand. Er hatte eine schwarze Tasche geschultert und trug eine braune Daunenjacke.

»Ich werde bei Rebecca und Simon übernachten«, sagte er und deutete auf seine Tasche, als Nicolas auf ihn zukam. »W-was hat Ihr Kontakt bei der Polizei zu den Kontoauszügen gesagt?«

»Wir haben noch nicht miteinander gesprochen.«

»Ich hoffe, sie sind von Nutzen.« Axel war die Enttäuschung deutlich anzumerken.

Nicolas tastete nach seinem Telefon in der Manteltasche. Vanessa war wahrscheinlich beschäftigt, aber er konnte nachvollziehen, dass Axel wissen wollte, was passiert war. Vor allem im Hinblick darauf, was für ein großes Risiko er eingegangen war, als er in den Konten von Farid Alami geschnüffelt hatte.

»Ich rufe sie an und erkundige mich.«

Er ging ein paar Schritte zur Seite, damit Axel das Telefonat nicht mithören konnte. Als Vanessa sich meldete, wurde ihm sofort klar, dass es ein Fehler gewesen war, sie anzurufen.

»Ja?«

Sie klang müde und genervt, wie nur sie klingen konnte: als führte sie Krieg gegen die ganze Welt.

»Ich wollte nur kurz hören, ob ihr was rausgefunden habt gestern Nacht.«

»Warte.« Er hörte sie eine Tür schließen. »Wir haben Jovana Babic ausfindig gemacht, aber sie weigert sich zu reden. Die Säpo hat sie jetzt in der Mangel. Ich will nicht unhöflich sein, aber ich habe seit über 24 Stunden nicht mehr geschlafen. In ein paar Stunden muss ich in der Nikolaikirche sein, und hier ist jede Menge los. Ich muss mich auch noch vorbereiten. Wir sehen uns später.«

»Verstehe.«

Sie legten auf, Nicolas drehte sich zu Axel um und machte eine ratlose Geste. Ein Läufer sprintete an ihnen vorbei.

»Tut mir leid. Sie haben Jovana Babic geschnappt, aber sie redet nicht.«

Axel kramte in seiner Tasche nach den Autoschlüsseln. Doch als Nicolas die Hand ausstreckte, um sie entgegenzunehmen, ließ er den Arm sinken.

»Das Geld wurde drei Mal hintereinander am 25. auf das Konto von Jovana Babic eingezahlt. Fast so wie ein Gehalt. Oder ein …«

Axel beugte sich hastig vor und zog einen silbernen Laptop aus seiner Tasche. Er klappte ihn auf und sah sich nach einer Sitzgelegenheit um, schloss das Auto auf und ließ sich auf den Beifahrersitz sinken, die Füße auf dem Asphalt.

»Was machen Sie da?«

Axel hob eine Hand, damit Nicolas ihn nicht unterbrach. Nicolas musste grinsen. Axel verwandelte sich wirklich, wenn er an einem

Rechner saß und arbeitete. Auf dem Weg zum Funkhaus fuhr ein leerer Bus an ihnen vorbei. Nicolas folgte ihm mit dem Blick, und als er verschwunden war, hatte Axel aufgehört, am Computer zu tippen.

»Die Adresse in Vällingby, an die Jovana Babics Post geschickt wird, ist eine c/o-Adresse.«

»Und?«

»Untermiete. Verstehen Sie?«

Nicolas sah ihn verwundert an.

»Hier.« Axel drehte Nicolas den Laptop hin. »Jovana Babic hat sich und ihre beiden Kinder im September nur vorübergehend unter dieser Adresse gemeldet. Das Geld, das Farid Alami ihr gezahlt hat, muss die Miete für eine Wohnung oder ein Haus gewesen sein. Sie hat ihm ihre eigene Wohnung schwarz untervermietet.«

»Das ist wahrscheinlich der Grund, warum sie sich weigert, mit der Polizei zu reden. Wissen Sie, wo sie vorher gewohnt hat?«

Axel tippte mit dem Zeigefinger auf den Bildschirm.

»Professorsslingan 37. Lappkärrsberget.«

Nicolas nahm sein Telefon noch mal zur Hand und rief die zuletzt gewählte Nummer auf. Das Freizeichen klingelte ins Leere, ohne dass Vanessa sich meldete. Er streckte sich nach den Autoschlüsseln, die Axel auf dem Armaturenbrett abgelegt hatte, ging um den Passat herum und setzte sich ans Steuer.

»Steigen Sie ein«, sagte er.

Axel faltete die Beine zusammen und zog die Tür zu.

SIEBEN

Nicolas parkte den Passat an einem Hügel. Zu ihrer Rechten lag eine Baustelle, zu ihrer Linken erstreckte sich ein kleiner, eingezäunter Garten, und dahinter ragten die ziegelroten Wohnkomplexe des Studentenviertels in den Himmel.

»Die Pistole«, sagte Nicolas. »Die haben Sie nicht zufällig noch im Auto?«

Axel schüttelte den Kopf.

»Ich habe sie von der Lidingö-Brücke geworfen. Was haben Sie jetzt vor?«, fragte er besorgt.

»Können Sie herausfinden, in welchem Stock sich die Wohnung von Jovana Babic befindet?«

»Schon geschehen. Im vierten.«

»Danke. Warten Sie hier.«

Nicolas stieg aus dem Auto und strich seinen Mantel glatt. Er ging die Treppe hinauf, die zu einem großen Hof mit einem Spielplatz und einem Fußballfeld führte. Klapperte die Treppenaufgänge ab bis zu Nummer 37. Er blieb stehen und betrachtete das Haus mit den fünf Stockwerken, bevor er den Türknauf prüfte. Verschlossen. Während er überlegte, wie er reinkommen könnte, versuchte er noch mal, Vanessa anzurufen, aber sie nahm noch immer nicht ab.

Nicolas betrachtete sein Spiegelbild in der Glasscheibe in der Tür. Wenn die Terroristen dort oben waren, dann würden sie bewaffnet sein.

Wenn er das Fenster einschlagen würde, um hineinzugelangen, und sie nicht zu Hause wären, würden sie bei ihrer Rückkehr sofort feststellen, dass etwas faul war. Ihr Versteck wechseln, für immer verschwinden. Oder noch schlimmer: Sie würden die Nerven verlieren und handeln. Er ging ein paar Schritte zur Seite und spähte durch das erleuchtete Fenster der Erdgeschosswohnung.

Er nahm eine Bewegung wahr und klopfte an das Fenster. Eine junge Frau drehte sich um.

Ihr Haar war kurz geschnitten, und sie trug ein langes, weißes T-Shirt, ihre Beine waren nackt. Sie öffnete das Fenster und steckte den Kopf heraus.

»Ja?«

»Ich bin mit einer Freundin verabredet, aber ich kann sie nicht erreichen. Können Sie mir vielleicht aufmachen?«

Sie taxierte ihn ein paar Sekunden lang. Nicolas nahm den Geruch von Marihuana in der Wohnung wahr.

»*Sure.*«

Kurz darauf öffnete sie die Tür, nun trug sie eine weite Freizeithose. Nicolas bedankte sich und ging die Treppe hinauf.

Dann wurde ihm plötzlich klar, dass er die Situation nicht richtig durchdacht hatte. Was sollte er tun, wenn er vor der Wohnung stand? Er konnte nicht einfach klingeln und sich erkundigen, ob dort Terroristen wohnten. Und wenn die Wohnung leer war und er sich Zutritt verschaffte, war es nicht ausgeschlossen, dass es eine Alarmanlage gab, oder schlimmer, einen Sprengsatz, der beim Aufhebeln der Tür ausgelöst würde.

Nicolas hielt inne und konsultierte nochmals sein Telefon. Vanessa hatte nichts von sich hören lassen.

Wenn Axels Theorie stimmte, hielten sich die Mörder von Familie Karlström in diesem Haus auf. Und sie hatten Molly erpresst, ihr Leben ruiniert. Den Justizminister ermordet.

Nicolas ertastete die weißen Ohrhörer in der Manteltasche. Das musste funktionieren.

Wachsam schlich er die letzten Stufen hinauf in den vierten Stock. Auf dem Türschild rechts neben dem Aufzug stand *J. Babic*.

Er legte sein Ohr an das dunkle Holz, schloss die Augen und hielt den Atem an.

Stille. Kein Mucks. Er ging in die Knie und schob langsam den

Briefkastenschlitz auf. Ein schwacher Luftzug mit fremden Gerüchen schlug ihm entgegen.

Aus der Wohnung war kein Laut zu hören. Sie musste leer sein. Nicolas verband die Ohrhörer mit dem Mobiltelefon.

Tippte auf Videoaufnahme und seilte das Telefon vorsichtig am Ohrhörerkabel durch den Briefkastenschlitz ab, die Kamera in die Wohnung gerichtet. Um herauszufinden, ob die Tür an einen Sprengsatz gekoppelt war, musste er das Telefon so absenken, dass es mit dem Display auf dem Boden landete und Richtung Zimmerdecke filmen konnte.

Er schaffte es, das Telefon hochkant auf der Fußmatte im Flur abzustellen, und wartete ein paar Sekunden. Er lehnte seine Stirn an die Tür, bevor er wieder durch den Schlitz sah und noch etwas Ohrhörerkabel zugab. Das Telefon kippte, das Display zeigte nun nach oben, sodass nur die Fußmatte gefilmt wurde.

»Verdammt.«

Nicolas zog das Kabel wieder zehn Zentimeter hoch und versuchte es erneut. Diesmal war er erfolgreich. Er vergewisserte sich, dass er die gesamte Innenseite der Tür gefilmt hatte, bevor er begann, das Telefon nach oben zu holen.

Doch dann blieb es an der Metallkante des Briefkastenschlitzes hängen. Nicolas hörte, wie sich das Kabel vom Telefon löste und das Gerät mit einem dumpfen Schlag im Flur landete.

—

Vanessa saß in dem Van, der die Kollegen der Spezialeinheit zur Trauerfeier von Magnus Moheden in die Altstadt zur Nikolaikirche brachte. Als sie an der roten Ampel vor der Strömbron hielten, blickte Vanessa zwischen den Bäumen im Kungsträdgården auf die Statue Karls XII. vor dem Café Opera. Trauernde in dicker Winterkleidung gingen in Grüppchen auf die Kirche und das Schloss zu. Wie auch nach dem Terroranschlag in der Drottninggatan zeigten die Stockholmerinnen und Stockholmer auf diese Weise, dass sie für eine offene, demokratische Gesellschaft eintraten und sich von dem Terror nicht einschüchtern ließen. Vanessa war stolz auf diese Entschlossenheit, doch sie spürte auch ständig diese unterschwellige Angst, weil die Terrorzelle da draußen noch immer eine Gefahr war.

Der Schlafmangel machte ihre Glieder bleischwer, ihre Augen rot und trocken. Sie roch nach Schweiß, und ihr weißes Hemd war zerknittert.

Sie drückte ihre Stirn gegen das kühle Fensterglas, um etwas munterer zu werden.

Wenn sie Jovana Babic doch bloß zum Reden gebracht hätte und sie erzählt hätte, wofür sie das Geld bekommen hatte. Sie setzte eine düstere Miene auf. Das alles musste sie jetzt abhaken. Das Einzige, was nun zählte, war der Schutz der Menschen, die sich bald zu Zehntausenden um die Nikolaikirche und auf den Straßen Stockholms versammeln würden.

—

Nicolas warf einen letzten Blick durch den Briefkastenschlitz auf sein Telefon, bevor er sich aufrichtete.

Wenn die Terroristen zurückkamen und es entdeckten, wäre ihnen sofort klar, dass sie enttarnt worden waren. Aber es ging nicht nur um das Telefon, er musste herausfinden, was sich hinter dieser Tür verbarg.

Er vergegenwärtigte sich die Hausfassade, die er eben noch betrachtet hatte. Wenn er sich richtig erinnerte, waren die Balkone direkt übereinander angeordnet. Es sollte also relativ einfach sein, auf diesem Weg in die Wohnung einzudringen.

Nicolas ging in den fünften Stock und betätigte die Klingel der Wohnung über Jovana Babics. Auf dem Namensschild stand *Tandon*.

Von drinnen näherten sich Schritte, und der Schlüssel wurde im Schloss gedreht. Ein Mann in Nicolas' Alter mit vollem schwarzen Schnurrbart und dünnen Beinen streckte seinen Kopf heraus.

»Yes?«

Nicolas nahm an, der Mann sei Austauschstudent.

»Ich müsste kurz auf Ihren Balkon. Eines der Kinder hat sich aus Versehen einschließen lassen, und ich muss da rein«, sagte Nicolas auf Englisch.

Der Mann musterte ihn misstrauisch.

»Ich habe Jovana schon seit Monaten nicht mehr gesehen.«

Nicolas grinste breit.

»Sie ist wieder da. Wir haben in der Zwischenzeit meine Wohnung genutzt. Und, hey, sie wird durchdrehen, wenn sie davon erfährt. Können Sie mich jetzt bitte einfach reinlassen?«

Der Mann lachte auf und trat zur Seite.

»Und du bist ihr neuer Freund? Willst du runterklettern?«

»Ich habe keine Wahl.«

Der Verdacht schien der Neugierde gewichen zu sein, und der Mann winkte Nicolas ins Wohnzimmer zur Balkontür.

Er öffnete und bedeutete Nicolas hinauszuklettern. Die Balkone waren, wie Nicolas vermutet hatte, aus grauem Zement gegossen und oben mit einem breiten Sims versehen. Unten klaffte ein zehn Zentimeter breiter Spalt zwischen Boden und Geländer. Nicolas beugte sich über das Geländer, um nach unten zu schauen. Ein Großteil der SOG-Ausbildung hatte darin bestanden, verschiedene Einbruchstechniken zu trainieren. Die Spezialkräfte mussten außerdem in der Lage sein, sich von Dächern oder Hubschraubern abzuseilen, um ein Gebäude zu sichern. Diesen Sprung hier dürfte er ohne Probleme schaffen.

Außerdem war es die einzige Möglichkeit, in die Wohnung zu gelangen und das Telefon zurückzuholen. Wenn er Glück hatte, stand die Balkontür offen, sonst würde er das Fenster einschlagen müssen. Das wäre zwar auch ein offensichtlicher Einbruch, aber dann hätte er zumindest theoretisch die Chance, Vanessa vorzuwarnen, damit sie ihre Kollegen losschicken konnte. Das Risiko war viel geringer, als wenn er die Wohnungstür aufbrechen und einen Alarm oder Schlimmeres auslösen würde.

Nicolas kletterte auf das Geländer und schwang sein rechtes Bein auf die andere Seite. Er lag bäuchlings auf dem Sims, hielt sich fest und schob den rechten Fuß in den Spalt zwischen Geländer und Boden. Dann tat er es mit dem linken Bein gleich.

Der Mann sah ihn neugierig an.

»Du hast keine Höhenangst?«, fragte er.

»Kein bisschen.«

Jetzt kam der schwierige Teil. Um mit den Händen einen Halt am unteren Balkonabsatz zu finden, auf dem er nun stand, musste er springen und wie ein Trapezkünstler nach dem Absatz greifen.

»Alles in Ordnung?«

Die Stimme klang skeptisch. Nicolas nickte kaum merklich. Er stellte sich die nächste Bewegung vor, sog Luft in seine Lungen und ließ los.

Im nächsten Moment hielt er sich mit gestreckten Armen fest, die Beine baumelten über dem Asphalt.

Er warf einen hastigen Blick nach unten, um den Abstand zum nächsten Balkon abzuschätzen, dann ließ er los und befand sich in freiem Fall.

ACHT

Das Gesicht des Mannes war ebenmäßig, mit maskuliner Kieferpartie und großer Nase. Seine Haut war sonnengebräunt, was – wie Hamza vermutete – dem Solariumbesuch geschuldet war. Das grau melierte Haar, eben noch akkurat zurückgekämmt, stand zu allen Seiten ab.

Er hob flehend die Hände und wich zurück, während er um sein Leben bettelte. Doch es gab kein Entkommen. Er würde hier sterben, in seinem Büro. Diese Erkenntnis stand ihm ins Gesicht geschrieben, obwohl er immer noch auf Gnade hoffte. Tränen rannen ihm die Wangen hinunter.

»Ich habe getan, was ihr von mir wolltet. Bitte, lasst mich gehen. Ich werde euch nicht verraten. Niemals.«

Hamza bewegte sich langsam, aber entschlossen vorwärts. Er fühlte sich leer und wie betäubt. Der Fluchtversuch des Mannes fand ein jähes Ende, als er mit dem Rücken gegen den Schreibtisch stieß. Hamza packte ihn am Hemdkragen und trat ihm in die Kniekehlen, sodass er zu Boden ging.

»Nein, bitte.«

Er bäumte sich auf und versuchte, sich loszureißen, aber Hamza war stärker.

Er hob das Messer, das er hinter seinem Rücken verborgen hatte, und in dem Moment erschien Thomas in der Tür.

Thomas hielt inne, verschränkte die Arme und lehnte sich entspannt gegen den Türpfosten. Er musterte den verängstigten Mann und grinste.

—

Nicolas hievte sich über das Balkongeländer und landete auf dem Betonboden.

»Hat's geklappt?«, rief der Mann aus dem fünften Stock.

Nicolas lehnte sich vor und sah hinauf.

»Ich hab's geschafft. Danke für die Hilfe.«

Die Balkontür war verschlossen. Er spähte hinein und stellte fest, dass sich niemand in der Wohnung aufhielt, genau wie er vermutet hatte. Aber es gab nichts, womit er das Fenster hätte einschlagen können. Er zog eilig seinen Mantel aus und wickelte ihn um Ellbogen und Oberarm. Nach einem Blick auf die Glasscheibe zog er auch seinen Kapuzenpullover aus und schlang ihn als zusätzliche Schicht um den Mantel. Er positionierte sich vor der Balkontür, packte seine linke Faust mit der rechten Hand, um der Bewegung mehr Schwungkraft zu verleihen, drehte sich zur Seite und rammte den Ellbogen durch das Fenster. Das Glas splitterte überraschend leise. Nicolas trat einen Schritt zurück und stellte fest, dass das Loch groß genug war, um seine Hand hindurchzuschieben und den Türknauf von innen zu drehen. Nachdem er sich vergewissert hatte, dass er sich nicht geschnitten hatte, zog er seine Handschuhe an, steckte seine Hand vorsichtig hindurch und öffnete die Tür.

Nicolas ging in den Flur, vorbei an einem Schreibtisch mit einem Drucker und einem großen Ikea-Schrank. Das Schuhregal neben der Wohnungstür war leer. Er nahm rasch sein Telefon von der Fußmatte wieder an sich und stellte fest, dass er einen verpassten Anruf von Vanessa erhalten hatte.

Er rief zurück, doch sie ging nicht ran.

»Verflucht noch mal, Vanessa.«

Es konnte nicht schaden, einen schnellen Rundgang durch die Wohnung vorzunehmen, zumindest, bis er Vanessa erreichte. Vielleicht stieß er auf eine Spur, die ihn zu den Terroristen führen würde. Ein Großteil der Beamten aus der Region war wahrscheinlich für die Beerdigung von Moheden abgestellt, und bis Vanessa ihre Kollegen rufen konnte, war es vielleicht schon zu spät. Und vielleicht würde er etwas Wichtiges, etwas Entscheidendes finden.

Vor allem, wenn sie einen zeitnahen Anschlag planten. Wenn er etwas tun konnte, um sie aufzuhalten, dann war das seine Pflicht.

Er rief Axel an, während er die Wohnungstür von innen öffnete.

»Ziehen Sie sich ein Paar Handschuhe an und kommen Sie«, sagte er. »Ich bin in der Wohnung und brauche Ihre Hilfe, um hier schnell ein paar Dinge durchzusehen.«

»Wie sind Sie reingekommen?«

Nicolas hatte schon aufgelegt.

—

Vanessa blinzelte in das grelle Sonnenlicht und fuhr sich mit den Handflächen über die Wangen, um ihre Müdigkeit zu vertreiben. Vor ihr ragte die gelbe Nikolaikirche mit ihrem grünen Kupferdach auf, die seit dem 14. Jahrhundert als Ort für Krönungen und königliche Hochzeiten diente. Schräg links vor der Kirchentür, vor einem der großen Fenster, befand sich die Sicherheitsschleuse, die sämtliche Trauergäste passieren mussten. Rund tausend Menschen drängten sich bereits vor den Absperrungen, die bei dem dreißig Meter hohen Obelisken vor der Kirche errichtet worden waren. Etwa fünfzig uniformierte Polizeibeamte waren als zusätzlicher Sicherheitskordon innerhalb der Absperrungen postiert.

Auf dem nahe gelegenen Schloss waren Scharfschützen postiert. Sicherheitszäune in Zweierreihe bildeten eine Straße, die den Slottsbacken hinunter in Richtung Skeppsbron führte, damit die Autos der Trauergäste problemlos vorfahren konnten. In einem eingezäunten Bereich rechts der Kirche beobachtete Vanessa, wie schwarz gekleidete Reporter ernst in ihre Mikrofone sprachen, die Kameras auf den Eingang der Kirche gerichtet.

Unterhalb des Kais dümpelte ein Polizeiboot auf den glitzernden Wellen. Am gegenüberliegenden Ufer konnte man das Grand Hôtel und das Nationalmuseum ausmachen.

Vanessa hatte noch nie ein derartiges Sicherheitsaufgebot gesehen. Die Nikolaikirche war seit vergangener Woche observiert und erst vor einer Stunde von Sprengstoffspürhunden durchsucht worden. Für die Terroristen war es unmöglich, zu den Gästen in die Kirche vorzudringen, absolut unmöglich. Wenn die Terrorzelle wieder zuschlagen wollte, war das plausibelste Szenario, dass sie die Menschenmenge im Freien angreifen würde.

Das Telefon vibrierte in ihrer Tasche, sie nahm den Anruf sofort an. Es war wieder Nicolas.

»Die Zahlungen waren für eine Wohnung«, sagte er.

Vanessa wusste nicht, worum es ging. Sie ging ein paar Schritte auf den Eingang der Kirche zu und steckte sich einen Finger ins Ohr, um den Lärm zu dämpfen.

»Wiederhol das bitte noch mal.«

»Jovana Babic hat ihre Wohnung an Farid Alami untervermietet.«

Ihr Herz machte einen Satz.

»Woher weißt du das?«

»Ich bin in der Wohnung. Professorsslingan 37. Lappkärrsberget, die Studentenwohnungen in Uninähe.«

Vanessa warf rasch einen Blick auf die Uhr – in einer halben Stunde sollten bereits die ersten der neunhundert Gäste eintreffen. Jede Minute, jede Sekunde zählte, wenn es eine Spur zu den Terroristen gab. Sie musste die Säpo anrufen, damit die Kriminaltechniker hinschickte. Und vorgeben, sie hätte einen Tipp von einer anonymen Quelle erhalten.

»Hast du irgendwelche technische Ausrüstung gesehen? Computer, iPads, Mobiltelefone. Grundrisse von Gebäuden oder Karten?« Die Worte sprudelten nur so aus ihr heraus.

»Nichts davon. Genau danach haben wir gesucht, aber sie haben die Wohnung offenbar geräumt und sind abgehauen.«

—

Hamza und Thomas packten den Toten unter den Achseln und schleiften ihn um den Schreibtisch herum, sodass die Leiche vom Flur aus nicht zu sehen war. Eigentlich war das gar nicht nötig, denn niemand würde die Räumlichkeiten in den nächsten Stunden aufsuchen, vielleicht sogar erst am nächsten Tag.

Jetzt konnten sie nichts mehr tun, außer zu warten. Hamza ließ sich auf einem der Besuchersessel nieder, während Thomas mit angespanntem Gesichtsausdruck auf und ab tigerte. Plötzlich blieb er stehen und sah Hamza eindringlich an.

»Ich geh mir mal die Beine vertreten«, sagte er tonlos.

War das Angst in Thomas' Blick? Würde er abhauen und Hamza den letzten Teil ihres Anschlags überlassen?

Er wollte protestieren, aber er wusste auch, dass es zwecklos wäre. Sie hatten nichts zu tun, bis Sabina ihren Teil erledigt hatte, und sie konnten nichts unternehmen, um ihr zu helfen. Wenn Thomas eine Weile allein sein musste, um sich zu sammeln, war das seine Sache. Würde er nicht zurückkommen, müsste Hamza sich auch um seinen Teil kümmern.

Thomas lehnte seine Kalaschnikow an die Wand und verließ wortlos den Raum.

Hamza trat ans Bücherregal und fuhr mit dem Finger über die Buchrücken. Er schloss die Augen und rief sich die Gesichter von Mazhar und Amina ins Gedächtnis. Ihr Gelächter. Herzerweichend. Er machte die Augen wieder auf und wünschte, er hätte sein Handy behalten, um die Nachrichtenmeldungen zu verfolgen. Oder um sich zumindest irgendwie zu beschäftigen. Vielleicht seinen Geschwistern eine SMS zu schicken oder seine Mutter?

Bald würden er, Thomas und Sabina sterben. Vermutlich vor laufenden Fernsehkameras, was bedeutete, dass seine Familie Zeuge seiner letzten Atemzüge sein könnte. Es war ein seltsames Gefühl. Trotzdem freute er sich darüber. Er dachte an den Mann – wahrscheinlich ein Polizist –, der ihn schließlich töten würde. Wer war er? Was tat er jetzt, in diesem Moment? Vielleicht frühstückte er, ohne zu ahnen, was ihm bevorstand.

—

Axel sah, wie Nicolas enttäuscht die Wohnungstür hinter sich zuzog und die Handschuhe abstreifte. In der Wohnung standen lediglich ein paar Möbel, die wahrscheinlich Jovana Babic gehörten.

»Und was machen wir jetzt?«, fragte Axel.

»Ich muss zum Mariatorget und Molly abholen, wenn wir rechtzeitig am Flughafen sein wollen«, meinte Nicolas, als sie die Treppe hinuntergingen.

Axel beschloss, zu Fuß zu Rebecca nach Hause zu gehen. Er musste eine Weile allein sein, wieder runterkommen. Der Vormittag war extrem hektisch gewesen, und jetzt fühlte er sich völlig ausgelaugt. Er hatte wirklich geglaubt, seine Entdeckung, dass es sich bei Farid Alamis Transaktionen um Mietzahlungen handelte, würde zu etwas führen. Nach allem, was Familie Karlström zugestoßen war, hatte er gehofft, dabei helfen zu können, die Terroristen zu stoppen, bevor sie noch mehr Menschen Schaden zufügten.

Aber sie hatten nichts in der Wohnung gefunden, und jetzt fühlte er sich einfach nur leer.

Als sie am Fußballplatz vorbeikamen, erklärte er Nicolas, dass er zu Fuß zu Rebecca laufen würde.

»Sind Sie sicher?«

»Ja. Machen Sie sich keine Sorgen. Die frische Luft wird mir guttun.«

Nicolas sah ihn verwundert an.

»Es ist nicht Ihre Schuld. Nichts von alledem. Das ist Ihnen doch klar, oder?«

Axel senkte den Blick und nickte kurz.

»Dann bis bald, ich bringe Ihnen die Autoschlüssel vorbei, wenn ich von Arlanda zurückkomme.«

Nicolas nahm die Treppe hinunter zum Auto, und Axel wandte sich zum Gehen. Zwei Kinder in Schneeanzügen zogen ihre Schlitten den Weg hinauf. Axel drehte sich um und folgte ihnen verdrossen mit dem Blick. Nach dreihundert Metern blieb er abrupt stehen.

In der Wohnung hatte er eine Sache übersehen. Darauf hätte er natürlich früher kommen müssen.

Axel rannte wieder zurück, sein Rechner in der Laptoptasche schlug ihm bei jedem Schritt gegen die Hüfte.

NEUN Unruhig trat Vanessa neben dem Eingang der Nikolaikirche von einem Fuß auf den anderen und blickte immer wieder in die Menge. Die Spurensicherung war auf dem Weg zur Wohnung der Terrorzelle in Lappkärrsberget, aber wenn sie leer war, wie Nicolas gesagt hatte, waren in den nächsten Tagen keine Ergebnisse zu erwarten. Und dann könnte es schon zu spät sein.

Mikael Kask und Samer Bakir saßen auf Kungsholmen im Präsidium und gingen die Anrufliste von Hamza Mansours Prepaid-Telefon durch, dessen Nummer sie dank des abgesetzten Notrufs erhalten hatten. Im besten Fall würden sie anhand der Liste mehrere Telefone der Terroristen identifizieren können. Samers letztem Bericht zufolge hatten die Ermittlungen an Fahrt aufgenommen und bewegten sich endlich in die richtige Richtung.

Vanessa warf noch einmal einen wachsamen Blick auf die Menschenmenge, die sich vor der Absperrung drängte, in der Hoffnung, den einen oder anderen prominenten Gast ausmachen zu können.

Als ihr Telefon klingelte, trat sie etwas näher an die Kirchenmauer heran, bevor sie den Anruf annahm.

»Kannst du mich hören?«, fragte Samer.

Vanessa drückte das Telefon fester ans Ohr und bedeckte das andere mit ihrer Hand, um Samer besser zu verstehen.

»Wir haben zwei Nummern gefunden, mit denen Hamza Mansour in Kontakt stand. Sie …«

Samer fuhr fort, aber im Lautsprecher knackte und rauschte es nur. Die Mobilfunknetze waren wahrscheinlich überlastet. Vanessa betrat eilig die Kirche.

»… Vanessa? Hörst du mich?«

»Ja, jetzt ja.«

»Die beiden Mobilverbindungen, mit denen Hamza Mansour Kontakt hatte, wurden heute Morgen um neun Uhr ausgeschaltet. Ein Telefon hatte sich auf Kungsholmen, in der Nähe der Hantverkargatan eingeloggt. Das andere im Kungsträdgården.«

—

Axel starrte auf die Blätter, die der Canon-Drucker ausspuckte. Er hätte früher darauf kommen müssen, dass die Terroristen den Drucker benutzt haben könnten. Etwa, um digitale Spuren durch das Hin- und Herschicken von Daten zu vermeiden. Vermutlich gehörte der Drucker Jovana Babic und war deshalb zurückgelassen worden. Und vermutlich hatten sie keine Ahnung, dass das Gerät die Druckaufträge speicherte.

Axel blätterte die Ausdrucke flüchtig durch. Die Seiten waren noch warm. Die letzten beiden zeigten einen Mann in den Fünfzigern mit zurückgekämmten Haaren. Der Mann stieg irgendwo in der Innenstadt in ein Auto, einen schwarzen Lexus. *Dinos Schuhe*, stand auf dem Schaufenster hinter ihm. Neben dem Schuhgeschäft befand sich ein weiteres Geschäft, aber es waren nur zwei Buchstaben seines Namens zu sehen.

Ce …

Er nahm sein Handy und googelte. *Dinos Schuhe* lag in der Hantverkargatan 21.

—

Nicolas stellte Mollys Reisetaschen auf den Rücksitz. Der Mariatorget war fast menschenleer, auf der Hornsgatan herrschte nur wenig Verkehr; sie würden bis nach Arlanda nicht lange brauchen. Trotz des Abstechers zum Lappkärrsberget waren sie früh dran, Nicolas wollte die entspannte Situation auf der Straße ausnutzen. Molly saß bereits auf dem Beifahrersitz, in Jeans, schwarzer Daunenjacke und schwarzer Mütze. Ihr glänzendes dunkles Haar floss über die Schultern. Er mochte Molly, unterhielt sich gerne mit ihr und lachte oft in ihrer Gesellschaft, aber gleichzeitig würde er sich ruhiger fühlen, wenn er sie aus der Stadt gebracht hatte.

Er hatte befürchtet, dass die Terroristen sie aufspüren würden, um das zu beenden, was sie im Clarion begonnen hatten. Oder dass irgendein Journalist ihr nachstellen, im Hotel Rival auftauchen und unangenehme Fragen stellen würde. Aber nichts dergleichen war geschehen, zum Glück.

Nicolas' Telefon gab einen Ton von sich, er nahm es zur Hand und stellte fest, dass Axel ihm ein Foto geschickt hatte. Er konnte kaum erkennen, was es darstellte, da rief Axel auch schon an.

»Ich bin in der Wohnung. Der D-d-drucker.«

Nicolas bat ihn, ein paarmal tief durchzuatmen und sich zu beruhigen. Axel räusperte sich und setzte erneut an.

»In der Wohnung steht ein Drucker.«

»Ja, den habe ich gesehen.«

»Ich habe den Speicher ausgelesen, um die letzten Druckaufträge aufzurufen. Das Foto, das ich Ihnen geschickt habe, wurde vor 13 Tagen gedruckt, wahrscheinlich von einem aus der Terrorzelle.«

»Moment mal«, sagte Nicolas und tippte erneut auf das Bild. »Wissen Sie, wer der Mann ist?«

»Nein, aber sehen Sie sich den Schriftzug auf dem Schaufenster hinter ihm an. *Dinos Schuhe*, das ist in der Hantverkargatan 21.«

»Gut. Ich schicke das Foto an meinen Kontakt bei der Polizei. Und jetzt schnell raus aus der Wohnung. Die Spurensicherung ist schon auf dem Weg.«

Nicolas beendete das Telefonat und leitete das Bild an Vanessa mit einer kurzen Zusammenfassung dessen, was Axel ihm erzählt hatte, weiter. Der Einbruch in die Wohnung war also immerhin nicht ganz umsonst gewesen. Vielleicht konnte das Foto Vanessa und ihren Kollegen helfen, die Terrorzelle ausfindig zu machen. Das Datum passte, zumindest hatten die Terroristen die Wohnung zu dem Zeitpunkt gemietet. Sie mussten es sein, die das Bild gedruckt haben.

Er war erleichtert, als er sich ans Steuer setzte und sein Telefon in das Fach zwischen Fahrer- und Beifahrersitz legte.

»Können wir?«, fragte er Molly.

»Es ist schön, endlich nach Hause zu kommen.«

Nicolas drehte den Schlüssel und setzte den rechten Blinker. Nach einem Blick in den Seitenspiegel setzte sich der Wagen in Bewegung.

»Ich wollte das eigentlich bei unserem Abschied in Arlanda sagen, aber ich will auch nicht riskieren, dass es ungesagt bleibt. Ich danke dir. Für alles. Du hast mir das Leben gerettet und warst gut zu mir.«

Nicolas lächelte und warf Molly einen Blick zu.

»Keine Ursache. Ich hoffe, ich kann dich irgendwann mal besuchen? Und schauen, wie es dir so geht.«

»Sicher.«

An der Hornsgatan bogen sie links ab, um die Staus in Gamla stan und Slussen zu umgehen. Nicolas' Telefon klingelte.

»Wer ist das?«, fragte er, ohne den Blick von der Straße zu nehmen.

Molly reckte sich nach seinem Telefon.

»Vanessa.«

Sie reichte es Nicolas, der den Anruf annahm.

»Seid ihr auf dem Weg zum Flughafen?«

»Ja.«

»Könnt ihr vorher noch in der Hantverkargatan vorbeifahren?«

»Warum?«

»Ein Telefon, von dem wir vermuten, dass es den Terroristen gehört, wurde in der Gegend ausgeschaltet, und jetzt auch noch der Mann auf dem Foto, das du mir geschickt hast. Ich will einfach wissen, was da los ist. Aber wir können dafür keine Kollegen abstellen, nicht jetzt. Die Beerdigung nimmt unsere gesamten Ressourcen in Anspruch.«

Nicolas schaute auf die Armbanduhr und dann auf Molly.

»Das müssten wir schaffen.«

»Gut. Ich denke, das ist wichtig. Ruf mich an, wenn du da bist«, sagte Vanessa und legte auf.

ZEHN Vanessa stand in der Nikolaikirche, die sich bereits mit den ersten Trauergästen füllte. Ein älterer Mann, der sie wohl ebenfalls für einen Gast hielt, überreichte ihr ein Programm für die Zeremonie. Sie nahm es zerstreut entgegen, während sie ihren Blick durch das Kirchenschiff schweifen ließ.

Kräftige rote Backsteinsäulen stützten die weißen, gewölbten Decken der Seitenschiffe. Vorne am Altar stand der weiße Sarg mit Magnus Mohedens Leichnam in einem Meer aus Blumenkränzen. Vanessa hatte den Leichenwagen nicht ankommen sehen, also war der Sarg entweder schon vorher hineingebracht worden, oder man hatte einen Seiteneingang benutzt.

Sonnenstrahlen fielen durch das runde, bunte Fenster über dem Altar und zeichneten Prismen auf dem Steinboden. Vanessa schlug das Programm auf, dessen Deckblatt ein Schwarz-Weiß-Foto eines jungen, lächelnden Magnus Moheden zierte, und blätterte durch den Ablauf. Nach der Ansprache des Pfarrers war der Ministerpräsident an der Reihe, gefolgt von einigen weiteren Rednern, bevor die Zeremonie beendet und der Sarg in die Adolf-Fredriks-Kirche gebracht werden würde.

Vier Polizisten in dunklen Jacken waren an der Tür postiert und überblickten die Bankreihen. Vanessa erkannte mehrere der dunkel gekleideten Trauergäste aus Nachrichtenformaten und anderen Fernsehsendungen wieder. Nun gingen sie leise und ernst durch die Gänge, um ihre Plätze einzunehmen. Sie beschloss, ein wenig frische Luft zu schnappen, legte das Programm auf einen Beistelltisch an einer Säule und entdeckte eine dunkle Holztür links neben dem Haupteingang. Sie entschuldigte sich, als sie mit einem Gast zusammenstieß, und drückte die Tür auf.

In dem kleinen, mit einer Küchennische ausgestatteten Raum saßen zwei Männer in den Fünfzigern in Anzügen an einem wackligen Tisch, jeder mit einem Becher Kaffee vor sich. Sie schienen nicht von der Säpo und auch nicht vom Sicherheitsdienst zu sein, und Vanessa schloss daraus, dass es sich um die Fahrer handeln musste, die den Sarg gebracht hatten und ihn nach der Zeremonie zum Ort der Bestattung bringen würden.

Sie schloss die Tür wieder und wandte sich zum Eingang, drängte sich an eintretenden Teilnehmern des Gottesdienstes vorbei und trat ins Freie.

Ein Raunen ging durch die Menge, als der Premierminister in Begleitung seiner Frau eintraf. An ihrer Seite befanden sich eine blonde Frau in schwarzem Trauerkostüm sowie zwei halbwüchsige Kinder, die Vanessa als Magnus Mohedens Familie erkannte. Ein Blitzlichtgewitter brach los und hielt jede ihrer Bewegungen fest.

Es blieb noch eine Viertelstunde bis zum Beginn der eigentlichen Zeremonie, und die Bankreihen hatten sich mittlerweile gut gefüllt.

Ein Ruf ertönte, und Vanessa blickte angespannt über die Menschenmenge. Ein Beamter setzte einen Funkspruch ab und wies in Richtung Schloss. Zwei uniformierte Beamte bahnten sich schnell einen Weg an den Absperrungen vorbei.

Eine Limousine hielt innerhalb der Absperrungen, die Kronprinzessin und ihr Ehemann stiegen aus und nickten der Menge feierlich zu, bevor sie mit den Säpo-Beamten in die Kirche eilten. Kurz darauf rollte ein schwarzer Volvo mit getönten Scheiben langsam zum Vorplatz hinauf. Die Türen wurden geöffnet, und Vanessa konnte das Königspaar ausmachen. Es wurde sofort von vier Beamten umringt, die sie durch die Sicherheitsschleuse und den Eingang eskortierten.

Anschließend warf Vanessa einen letzten Blick auf den Obelisken und das glitzernde Wasser, bevor sie ebenfalls wieder in die Kirche trat.

—

Nicolas und Molly bogen vom Fridhemsplan in die St. Eriksgatan ein und erreichten die Hantverkargatan. Sie fuhren an der Feuerwache und am Kungsholmens-Gymnasium vorbei. Nicolas gab Gas, schaffte es aber nicht mehr über die Ampel. Zwei Fußgänger überquerten die Straße.

»Sie können ihr nichts abschlagen, oder?« Molly lächelte ihn amüsiert an.

Nicolas drehte seinen Kopf und musterte sie.

»Nein, das kann ich nicht.«

»Warum? Was macht Vanessa so besonders?«

»Wir haben einfach schon sehr viel zusammen durchgemacht.«

»Und das ist alles?«

»Ganz genau, Molly.«

Die Ampel sprang auf Grün. Nicolas fuhr an einem Bus vorbei, der eine weißhaarige Frau an der Haltestelle Pontonjärparken aussteigen ließ.

»Bist du in sie verliebt?«

»Das ist meine Sache.«

Seine Beziehung zu Vanessa war ihm zu privat, zu intim, Nicolas fühlte sich nicht wohl dabei, mit jemand anderem darüber zu sprechen.

Die Hantverkargatan wurde schmaler. Sie kamen an kleinen Läden, Bars, Pubs und Anwaltskanzleien vorbei.

Nicolas achtete auf die Hausnummern. 17, 19, 21. Er hielt vergebens nach einer freien Parklücke Ausschau, stellte sich neben einen schwarzen Mercedes-SUV in die zweite Reihe und schaltete seine Warnblinkanlage ein. Er griff nach seinem Telefon, rief Vanessas Nummer auf und öffnete die Fahrertür. Sie meldete sich nach dem zweiten Signal.

»Ich bin jetzt da. Wonach soll ich suchen?«

»Moment, ich gehe hier schnell auf die Seite.«

Er hörte hallende Stimmen und Schritte im Hintergrund und begriff, dass sie in der Nikolaikirche war.

»So, jetzt aber«, sagte sie. »Was siehst du?«

Nicolas drehte sich um und warf mit dem iPhone am Ohr einen Blick über die Straße.

»Einen Sushi-Imbiss. Eine Bankfiliale. Ein Café. Einen Dessous-Laden. Das Schuhgeschäft auf dem Foto. Und ein …«

Ein lautes Rauschen ertönte im Hörer.

»Hallo, bist du noch dran?«, fragte er.

Sein Blick blieb an einem Schild hängen. Mit klopfendem Herzen wurde ihm klar, dass er gefunden hatte, wonach Vanessa suchte.

»Vanessa?«

—

Sabina folgte den Menschen, die sich über die Strömbron schoben. Ihr Schädel fühlte sich irgendwie benebelt und taub an, und wie viele andere verbarg sie ihre Augen hinter einer großen Sonnenbrille. Nach dem Morgengebet hatte sie zwei Beruhigungstabletten genommen. Hamza und Thomas hatte sie nichts davon gesagt, sie hatte sich geschämt. Eigentlich sollte sie froh sein, aufrecht und mit Stolz im Herzen dem Tod entgegengehen zu dürfen.

Auf der anderen Seite der Brücke standen zwei uniformierte Polizisten und beobachteten die Passanten, die Richtung Gamla stan gingen. Sabina zwang sich zu einem steifen Lächeln, als einer von ihnen seinen Blick auf sie richtete. Sie dankte Gott, dass die Kälte die Stadt fest im Griff hatte und die Sprengstoffweste deshalb gut unter der roten Winterjacke versteckt war. Sie ging an den Polizisten vorbei und konsultierte ihre Armbanduhr. Sie würde den vereinbarten Ort pünktlich erreichen. Sie schob ihre Hand in die Jackentasche und fuhr mit dem Daumen über den Auslöser.

—

Vanessa starrte auf ihr Telefon. Die Verbindung war unterbrochen worden. Sie rief zurück, und Nicolas nahm sofort ab.

»Was hast du gesagt?«

»Hier gibt es ein Bestattungsinstitut, es heißt Cederdahls.« Hinter ihr wurden die Flügel der Kirchentür geschlossen. Ihr ging alles Mögliche durch den Kopf.

»Warte, bleib dran. Ich muss was überprüfen.«

Sie ging schnell zu dem kleinen Raum hinüber, in dem sie die beiden Männer angetroffen hatte, die sie für die Fahrer hielt, die den Sarg zur Kirche transportiert hatten.

—

»Bist du noch dran?«

Nicolas hörte Vanessas Schritte auf dem Steinboden widerhallen. Die Kirchenglocken begannen zu läuten. Molly machte Anstalten, aus dem Auto zu steigen, aber er machte eine abwehrende Geste, und sie zog die Tür wieder zu. Im Bestattungsinstitut brannte kein Licht. Er spähte hinüber und überquerte dann die Straße.

—

Sabina blieb auf der Skeppsbron stehen und wandte sich Richtung Nikolaikirche und Schloss um. Sie spürte den kalten Wind im Nacken, der vom Strömmen aufstieg. Die Kirchenglocken läuteten. Sie sah ein letztes Mal auf die Armbanduhr und zählte die Sekunden herunter. Bewegten sich ihre Lippen dabei? Sie presste sie aufeinander und schloss die Augen hinter ihrer Sonnenbrille. Barg ihre zitternden Hände in den Taschen.

Sie würde ihr Leben für die größte Sache geben, für die ein Mensch jemals sterben konnte. Für Gott. Sie würde nicht zögern und ihre Pflicht tun, obwohl sie vor Angst wie gelähmt war.

Es war so weit. Mit dem Daumen entfernte sie die durchsichtige Plastikabdeckung des Knopfes. Sie machte den Mund auf, um zu schreien, Gott ist groß, aber sie brachte keinen Ton heraus.

—

Die beiden Männer blickten erwartungsvoll auf, als Vanessa in den Raum stürmte.

»Haben Sie den Sarg hierhergebracht?«, fragte sie und zeigte ihren Polizeiausweis.

Sie tauschten einen Blick, sahen dann Vanessa an und nickten unisono.

»Wo haben Sie den Sarg eingeladen?«

»Auf Kungsholmen«.

»Bei welchem Bestatter?«

»Cederdahls«, sagten sie wie aus einem Mund.

»Wer hat Ihnen den Sarg übergeben?«

»Jacob Cederdahl. Der Inhaber.«

»Rufen Sie ihn an.«

»Jetzt sofort?«

Einer der Männer nahm sein Telefon, schlug die Nummer nach und hielt es sich ans Ohr. Das Läuten der Kirchenglocken verklang allmählich. Der Pfarrer ergriff das Wort und hob zu einem monotonen Sprechgesang an. Seine Stimme drang bis in den kleinen Raum.

»Jacob Cederdahl ist nicht erreichbar.«

Vanessa überließ die Fahrer wieder sich selbst und trat ins Mittelschiff.

»Versuch, dir irgendwie Zutritt zum Bestattungsinstitut zu verschaffen, und finde Jacob Cederdahl«, raunte sie Nicolas am Telefon zu. Aus den Bankreihen war vereinzeltes Schniefen zu hören. Vanessa ließ ihren Blick über die Trauergäste schweifen, die mit gesenkten Köpfen nebeneinandersaßen, und über den Pfarrer, der neben dem Sarg gestikulierte.

Im nächsten Moment ertönte eine dumpfe Explosion.

ELF Nicolas drückte seine Nase gegen die Schaufensterscheibe. Er konnte einen Schreibtisch, Stühle und ein grünes Sofa erkennen. Darüber hing ein kleines Ölgemälde von König Carl Gustav und Königin Silvia. Nicolas zuckte zusammen, als er den Lärm am anderen Ende der Leitung hörte.

»Vanessa? Was ist los bei dir?«

»Ich weiß es nicht. Draußen vor der Kirche gab es eine Explosion. Ich schätze, es war am Kai unterhalb des Schlosses.«

—

Der Pfarrer verstummte. Er stand wie versteinert da und blickte auf die Teilnehmer des Trauergottesdienstes. Seine Lippen bebten, er schien nach Worten zu suchen. Die Menschen drehten unruhig die Köpfe, blickten ängstlich in die Richtung, aus der die Explosion zu hören gewesen war. Eine Frau begann zu weinen. Die Polizisten und die Säpo-Beamten hielten sich die Hände schützend an die Ohren, um die Anweisungen über Funk besser zu verstehen. Aus der Menschentraube, die sich vor der Kirche versammelt hatte, waren durch den Haupteingang vereinzelte Rufe zu hören. Vanessa eilte zu einem der Fenster, die Richtung Schloss zeigten. Draußen herrschte völliges Chaos.

Am Kai stieg eine schwarze Rauchsäule in den klaren blauen Himmel auf.

»Kirche sichern. Türen verschließen«, rief einer der Beamten.

Weitere Kollegen kamen angelaufen und bezogen am Haupteingang Posten. Einige zückten ihre Waffen, andere legten ihre Hand auf die Waffe im Holster. Vanessa sah zwischen den aufgeschreckten Teilnehmern hin und her. Sie versuchte, Samer zu erreichen, doch er meldete sich nicht. Daraufhin rief sie Mikael Kask an und fasste atemlos zusammen, was geschehen war.

»Schick Samer sofort in die Hantverkargatan.«

»Das geht nicht.«

»Wieso das denn nicht?«

»Ich weiß nicht, wo er im Moment ist. Hier geht alles drunter und drüber.«

Vanessa versuchte, die Alarmsirenen und die Panik um sie herum auszublenden. Die Nikolaikirche sollte bei einem Terroranschlag eigentlich der sicherste Ort in ganz Stockholm sein. Sämtliche Trauergäste hatten sich ausweisen, die Sicherheitsschleuse passieren und die Taschen vorzeigen müssen, bevor sie eingelassen worden waren. Sie gehörten zur politischen Elite Schwedens, und jede in der Kirche anwesende Person war eingehend überprüft worden.

Jede, bis auf einen, kam Vanessa plötzlich in den Sinn.

—

Nicolas schob langsam die Tür zum Bestattungsinstitut auf. Er trat ein und horchte. Aus den angrenzenden Räumen drang kein Laut, nur draußen auf der Straße fuhren Autos vorbei. Der Vorraum war mit dunklen Holzpaneelen verkleidet. An den Wänden hingen Landschaftsgemälde, die klobigen Möbel waren in dunklen Farben gehalten. Ein gerahmter Artikel kündete davon, dass die Cederdahls an der Beerdigung von Prinzessin Lilian beteiligt gewesen waren.

Nicolas ging weiter in die Räumlichkeiten hinein.

Irgendetwas stimmte hier nicht.

Das spürte er instinktiv.

Er gelangte in einen schmalen Korridor und öffnete eine Tür. Dahinter befand sich ein kleines Büro mit einem massiven Mahagonischreibtisch und Bücherregalen, darin dicke, alte Lederbände. Im

Fenster, das zum Innenhof hinausging, standen ordentlich gepflegte Topfpflanzen.

Er wollte die Tür gerade wieder schließen und sich zum Gehen wenden, als er erstarrte.

Auf dem Teppich ragten zwei Beine hinter dem Schreibtisch hervor. Nicolas trat näher. Es war ein Mann in den Fünfzigern. Seine weit aufgerissenen Augen starrten ausdruckslos an die Decke. Blut lief aus der durchtrennten Kehle und wurde von dem dicken Teppich aufgesaugt.

—

Vanessa taxierte den hochwertigen weißen Sarg des Justizministers, dann hastete sie den Gang entlang darauf zu.

Die Trauernden hatten sich von ihren Plätzen erhoben und sahen sich ängstlich um, als der Lärm und die Schreie draußen zunahmen. Eine Frau weinte hysterisch und hielt ihre Kinder fest, während ein Mann sich durch seine Bankreihe drängte und in Richtung Ausgang stürmte. Ein Polizist hielt ihn sofort auf und führte ihn wieder zurück, während ein anderer brüllte, alle sollten sitzen bleiben. Mehrere Anwesende sanken schließlich auf den Steinboden und klammerten sich voller Angst aneinander. Jemand rief, er brauche einen Arzt für seine Frau, die in Ohnmacht gefallen sei. Es war nur noch eine Frage der Zeit, bis das totale Chaos ausbrach.

Vanessa versuchte, den Lärm auszublenden und sich auf den aufgebahrten Sarg zu konzentrieren. Blumenkränze und Kondolenzkarten waren darum herum drapiert. Die Menschen in den Reihen, die ihr am nächsten standen, sahen ehrfürchtig zu, wie sie sich bückte und begann, den Sarg zu untersuchen. Zuerst tastete sie die Unterseite ab, danach den Sargdeckel. Sie fuhr mit der Hand über die lackierte Oberfläche, bis sie auf einen metallenen Haken stieß. Sie legte ihn zurück.

»Was machen Sie da?«

Ein Personenschützer der Säpo tauchte neben ihr auf. Vanessa ignorierte ihn, was ihn zu verunsichern schien. Er verschränkte die Arme vor der Brust und sah sie fragend an.

Sie wollte den Sargdeckel anheben, aber er klemmte. Der Sarg schwankte bedrohlich, während sie versuchte, den Deckel aufzuschieben. Sie beugte sich vor und suchte nach dem nächsten Haken.

»Jetzt komm schon.«

Sie trat einen Schritt zurück, atmete tief durch und betrachtete den Sarg. Ein Raunen ging durch die vorderen Bankreihen, als sie den Deckel senkrecht nach oben stemmte. Zwei Männer sprangen auf und riefen, jemand müsse sie aufhalten, aber Vanessa überhörte ihre Stimmen.

Der Leichnam war wächsern und blass, Magnus Mohedens Augen waren geschlossen. Er trug einen dunklen Anzug, ein weißes Hemd und eine rote Krawatte. Seine Hände waren über der Brust gekreuzt, zwischen seinen Fingern steckte eine rote Rose. Das aufgeregte Gemurmel wurde lauter. Vanessa biss die Zähne zusammen und fuhr mit ausgestreckten Armen an der Polsterung der Innenseite entlang. Beugte sich anschließend über die Leiche und tastete die Unterseite des Körpers ab.

»Was zum Teufel machen Sie da?«

Sie drehte sich um. Ein weiterer Personenschützer der Säpo war aufgetaucht.

»Warten Sie.«

Ihr barscher Tonfall ließ die Männer stutzen. Vanessa wandte sich wieder der Leiche zu. Die Krawatte war verrutscht, als sie sich vorgebeugt hatte, und hatte einen daumennagelgroßen braunen Fleck neben einem Hemdknopf entblößt. Sie betrachtete den Fleck genauer. Es könnte sich um Blut handeln. Oxidiertes Blut. Sie machte zwei Knöpfe auf und riss das Hemd mit einem Ruck auseinander. Die Naht auf der Brust, die von der Obduktion stammte, hatte sich ein wenig gelöst.

Einer der Sicherheitsmänner legte ihr resolut eine Hand auf die Schulter.

Vanessa schubste den Beamten zurück, griff unter ihre Jacke, zog ihre Waffe und richtete sie auf die Männer, die sich zurückzogen. Die Rufe aus den Bankreihen verstummten für ein paar Sekunden, dann schrie eine Frau vor Angst laut auf.

Vanessa wusste, dass sie keine zweite Chance bekommen würde. Sie legte ihre Sig Sauer in Reichweite auf den Rand des Sarges, fuhr mit der Hand über Mohedens Bauch und Brustkorb und griff in den vernähten Schnitt. Sie schob ihre Hand tief in das kalte Innere, bis sie auf etwas Hartes stieß.

Die Kollegen von der Säpo starrten sie entsetzt an, während Vanessa die Bauchhöhle untersuchte.

»Eine Bombe«, flüsterte sie. »Die Bastarde haben ihm eine Bombe in den Bauch gestopft. Geben Sie den Befehl, sämtliche Ausgänge zu öffnen. Schicken Sie alle Leute raus. Jetzt.«

ZWÖLF Vanessa nahm die andere Hand zu Hilfe, um die Oberhaut zur Seite zu schieben und besser in den Bauchraum greifen zu können.

»Zurück«, rief der Beamte neben ihr. Er wandte sich den Trauergästen zu, die sich ängstlich dem Sarg genähert hatten, und wiederholte seine Worte, während er die Arme über den Kopf hob und wild gestikulierte. »Zu den Türen. Raus. Alle raus.«

Voller Panik erhoben sich die Menschen aus den Bankreihen, schrien, schubsten und knufften, um so schnell wie möglich dem Altar den Rücken zu kehren und aus der Kirche zu stürmen. Es herrschte ein einziges Durcheinander, und die Polizei versuchte vergeblich, eine gewisse Ordnung aufrechtzuerhalten.

Vanessa untersuchte die Konstruktion. Es schien sich um eine relativ einfache Rohrbombe mit Zeitzünder zu handeln. Der Sprengsatz war in drei Thermoskannen untergebracht. Zwei Kabel waren mit einer Casio-Uhr mit schwarzem Armband verbunden. Vanessa beugte sich vor und wischte mit ihrem Jackenärmel über das Display, um es besser ablesen zu können. Es zeigte 12:11 Uhr.

»Was wollen Sie jetzt tun?«, flüsterte der Säpo-Beamte, der als Einziger an ihrer Seite geblieben war.

»Ich weiß es nicht.«

»Was denken Sie, wann wird sie hochgehen?«

»Das kann ich nicht genau sagen. Aber wahrscheinlich um Viertel nach, denn laut Programm sollte dann der Premierminister seine Rede halten.«

In dem Moment sprangen die Ziffern auf 12:12 Uhr. Vanessa blickte ihren Kollegen an, der kreidebleich geworden war.

»Wir haben keine Zeit, alle rauszuholen«, raunte er und sah sich um. »Das ist unmöglich. Hier sind mindestens neunhundert Personen versammelt.«

»Und wir haben auch keine Zeit, das Bombenkommando herzuholen?«

Er schüttelte vehement den Kopf.

»Nein. Die kommen einfach nicht durch bei diesen Menschenmassen.«

Hinter ihnen strömten die Trauergäste weiterhin in Panik zu den Türen. Eine Frau stürzte, blieb liegen und krümmte sich vor Schmerzen, als sie von anderen Flüchtenden überrannt wurde.

Vanessa zwang sich zu fokussieren und leckte sich über die Lippen.

»Können Sie nicht einfach die Batterie aus der Uhr nehmen?«, fragte der Beamte.

»Ich glaube nicht, dass das eine gute Idee ist. Dann würde sich das elektrische Signal abschalten und die Sprengladung würde gezündet.«

—

Molly erkannte Thomas sofort, als er vom Norr Mälarstrand kommend in die Hantverkargatan einbog und Cederdahls Bestattungsinstitut ansteuerte. Sie nahm ihr Telefon zur Hand und suchte Nicolas' Nummer heraus.

»Verdammt. Verdammt. Verdammt noch mal.«

Das Freizeichen ertönte, als sie Thomas durch die Eingangstür verschwinden sah.

—

Das Handy vibrierte in seiner Tasche. Nicolas sah, dass Molly ihn anrief, drückte sie weg und hoffte, dass sie im Auto sitzen geblieben war.

Der Tote musste irgendwie mit dem Mord an Magnus Moheden

und der Explosion vor der Nikolaikirche zusammenhängen. Aber wie? Er hoffte, dass mit Vanessa alles okay war.

Er trat wieder auf den Korridor und hörte plötzlich ein Geräusch. War die Person, die dem Bestatter die Kehle durchgeschnitten hatte, noch da?

Schritte näherten sich.

»Hamza. Zeit zu gehen.«

Eine Toilettenspülung rauschte, und am anderen Ende des Flurs wurde eine Tür aufgestoßen. Der Mann namens Hamza ging auf den Ausgang zu und würde ihn jeden Moment entdecken.

»*I'll wait outside*«, rief der andere Mann.

—

Vanessa warf einen Blick auf die Casio-Armbanduhr. Der Kollege von der Säpo ergriff die Flucht. Verzweifelt überlegte Vanessa, ob sie die Batterie herausnehmen sollte, wie er es vorgeschlagen hatte, aber um den Deckel aufzuschrauben, brauchte sie einen kleinen Schraubenzieher.

Sie fluchte und wischte sich die Hände am Hosenstoff ab.

Noch zwanzig Sekunden, dann war es Viertel nach.

Neunzehn.

Sie warf einen Blick über die Schulter. Die Trauergäste versuchten, sich in Sicherheit zu bringen, und drängten durch die Türen ins Freie. Das Kirchenschiff begann, sich etwas zu lichten, aber es waren immer noch Hunderte von Menschen und es herrschte absolutes Chaos. Zwei Männer lieferten sich eine Schlägerei vor der Kanzel. Mehrere reglose Körper lagen in den Gängen. Panische Schreie hallten von den Wänden wider. Von draußen ertönten Rufe und Polizeisirenen.

Noch 17 Sekunden.

Vanessa unterdrückte den Impuls, die Armbanduhr sich selbst zu überlassen und aus der Kirche zu stürzen. Sie würde es ohnehin nicht schaffen. Die Bombe war zu groß. Das Dach würde einstürzen, und sie würde zusammen mit allen anderen, die sich nicht befreien konnten, unter den Trümmern begraben werden.

Sie leckte sich erneut über die Lippen.

Zeit ist doch relativ, dachte sie. Was passiert, wenn ich die Zeiteinstellung ändere? Wenn ich die Uhr zurückstelle, kann ich die Bombe dann austricksen?

—

Molly ging in Deckung, als sie sah, wie Thomas aus dem Bestattungsinstitut trat und vor dem Eingang stehen blieb. Er lugte ungeduldig durch das Schaufenster. Er muss auf jemanden warten, fuhr es ihr durch den Kopf. Geduckt kroch sie auf den Fahrersitz. Der Schlüssel steckte im Zündschloss. Molly hielt ihren Kopf gesenkt, damit Thomas sie nicht entdeckte. Aber sie konnte erkennen, wie die Passanten auf dem Gehsteig stehen blieben und auf ihre Telefone starrten.

—

Vanessa war sich alles andere als sicher, dass es funktionierte, aber sie hatte keine andere Chance.

An der linken Seite der Armbanduhr befanden sich zwei silberne Knöpfe. Auf der rechten einer. Die Hoffnung sank mit jeder Sekunde, die verstrich. Sie würde nie herausfinden, wie man diese Uhr zurückstellen konnte. Und wenn sie die Zeit in die falsche Richtung verstellte, würde der Sprengsatz detonieren.

Vanessa drückte den einzelnen Knopf, und die Digitalziffern begannen zu blinken. Schweiß rann ihr den Nacken hinunter, ihr Hemd war durchnässt.

Fünf.

Vanessa hyperventilierte. Sie fühlte sich, als würde sie in tausend Stücke zerspringen. Die Kollegen würden ihre Überreste von den Wänden kratzen müssen, um ihre DNA zu sichern. Sie dachte an

Nicolas. Sie hoffte, dass er sich um Celine kümmern würde. Hoffte, dass sie ein gutes Leben haben würden.

Vier.

Vanessa biss sich so kraftvoll auf die Unterlippe, dass sie Blut schmeckte. Sie schloss die Augen und drückte gleichzeitig die drei Knöpfe. Hinter ihren Lidern begann es zu flimmern. Sie barg das Gesicht in der Achselhöhle und machte sich vor Verzweiflung so klein sie konnte.

Sie wollte nicht sterben. Nicht jetzt. Vor ein paar Jahren hätte sie nichts dagegen gehabt, aber das war nun anders. Seit Celine in ihrem Leben eine Rolle spielte und ihr einen Grund gegeben hatte zu kämpfen. Um etwas Schönes. Wunderbares. Celine verließ sich auf sie, und sie brauchte sie.

Drei.

Tränen traten ihr in die Augen. Ihre Lippen bebten, ihre Halsmuskeln brannten, als sie den Rücken durchdrückte und sich zwang, aufrecht zu stehen. Sie wollte nicht in gebeugter Haltung sterben. Das wollte sie den Terroristen nicht gönnen. Niemand würde jemals erfahren, wie sie die letzten Sekunden ihres Lebens verbracht hatte, aber sie würde es wissen. Sie redete sich ein, dass das tatsächlich etwas bedeutete.

Zwei.

»Mörder, verfluchte«, flüsterte sie.

Sie sog Luft in ihre Lunge und begriff, dass dieser Atemzug ihr letzter sein konnte.

Eins.

DREIZEHN

Nicolas konnte gerade noch in den Büroraum hechten, als Hamza auf den Korridor trat. Sowie er die Tür passiert hatte, machte Nicolas einen Schritt nach vorne. Der hochgewachsene Terrorist hatte in jeder Hand eine Kalaschnikow, und in diesem Augenblick verstand Nicolas, dass er und sein Komplize nun das Attentat zu Ende bringen würden, das vor der Nikolaikirche seinen Anfang genommen hatte. Sie wollten Erwachsene, Kinder, einfach jeden niedermähen, der ihnen in diesem Ausnahmezustand unter die Augen kam. Er musste sie aufhalten, sonst würden Hunderte von Menschen sterben.

Nicolas warf sich auf Hamza, packte ihn am Hals und zerrte ihn rücklings ins Büro. Hamza trat um sich, versuchte, sich zu befreien, und feuerte eine Schusssalve an die Decke. Aber es war nur eine Frage der Zeit, bis er seine Waffen fallen lassen musste, um sich aus Nicolas' Griff loszumachen, sonst würde er durch den Sauerstoffmangel ohnmächtig werden. Der Mann röchelte und versuchte verzweifelt, sich loszuwinden. Sein Finger krümmte sich um den Abzug, das automatische Feuer traf die Bücher im Regal und die Porträts an der Wand, die zu Boden fielen.

—

Es tat sich nichts.

Vanessa drückte wieder die Knöpfe der Casio-Uhr. Sie machte die Augen auf und hätte die Armbanduhr vor Schreck beinahe fallen lassen. Das Licht, das durch die großen Kirchenfenster hereinströmte, blendete sie. Sie blinzelte ein paarmal und blickte auf die Uhr in ihrer Hand. Alle Ziffern leuchteten schwarz: 88:88:88. Sie keuchte auf. Die Uhr befand sich in einer Art Pausenmodus, während sie offenbar immer noch elektrische Signale an den Zünder sendete. Vanessa lenkte ihren Blick auf die drei metallenen Thermosbehälter in Magnus Mohedens Bauchraum.

»Das Bombenentschärfungskommando muss kommen«, rief sie mit einem Blick über die Schulter, ohne die Knöpfe loszulassen.

Niemand antwortete.

»Das Entschärfungskommando«, rief sie. »Bringt sie her!«

Vanessa spürte Panik in sich aufsteigen.

Keiner hatte sie gehört. Es war niemand da, der ihr helfen könnte.

Ihr brach am ganzen Körper der Schweiß aus, lief vom Haaransatz hinab und brannte in den Augen. Sie blinzelte erneut, ihre Handflächen waren feucht. Klebrig. Aber sie konnte sich nicht rühren. Die Knöpfe der Casio-Uhr nicht loslassen.

»Hilfe!«, rief sie. »Ich brauche hier Hilfe.«

Sie stützte die Unterarme auf die Sargkante, um eine bequemere Position zu finden. Ihre Hände zitterten.

Schweißtropfen fielen vom Kinn auf Mohedens Leiche, und Vanessa wischte sich die Wange an der Schulter ab.

Von draußen waren Sirenen und Schreie zu hören. Sie nahm Schritte hinter sich wahr, drehte sich um und erkannte, dass Samer den Gang entlanglief.

Warum war er plötzlich hier?

—

Als Molly die Schusssalve hörte, spähte sie über das Armaturenbrett hinweg Richtung Bestattungsinstitut. Sie sah, wie Thomas in seine Jackentasche griff, eine Pistole zückte und in dem Ladenlokal verschwand.

»Nein«, flüsterte sie.

Sie wählte den Notruf. Es tutete ins Leere.

—

Die Schreibtischkante drückte in sein Kreuz. Nicolas presste seinen Arm fester gegen den Hals des Terroristen, denn er wusste, dass ihm die Zeit davonlief. Der andere musste die Schüsse gehört haben und konnte jeden Moment mit einer Waffe in der Tür auftauchen.

»Hamza«, hörte Nicolas ihn im Eingangsbereich rufen. »Wo bist du?«

Die Stimme des Komplizen schien Hamza neue Energie einzuflößen. Sein Widerstand wurde stärker, er zog und zerrte an Nicolas' Arm. Er würde nicht mehr so lange warten können, bis Hamza bewusstlos wurde.

Nicolas' Blick fiel auf einen Becher mit Stiften auf dem Schreibtisch. Zwischen den Bleistiften glänzte etwas. Er löste seinen Griff um Hamzas Arm und streckte die linke Hand nach dem Brieföffner aus. Er hob die Klinge über den zappelnden Mann, spürte, wie dieser innehielt, als ihm klar wurde, was gleich geschehen würde, und vergrub die Klinge in der Kehle des Terroristen.

Der Körper sackte unter Nicolas' Händen kraftlos zusammen. Er zog den Brieföffner aus dem Hals und ließ ihn fallen. Schritte im Korridor kamen näher. Nicolas stieß Hamzas Körper von sich fort und stürzte sich auf die beiden Sturmgewehre auf dem Boden.

Doch es war zu spät.

Er registrierte eine Bewegung in der Tür, hörte Schüsse knallen. Der Schmerz explodierte in seinem Körper, wo die Kugeln ihn trafen.

—

»Vanessa?«

Samers Stimme hallte durch die verlassene Kirche. Vanessas Blick zuckte zwischen Mohedens geschändeter Leiche im Sarg und ihren Händen hin und her, die zittrig die Casio-Uhr umklammerten.

»Wo warst du denn?«, fragte sie schroff und starrte ihn an. Ihre Reaktion schien ihn zu überraschen. »Ich habe mit Mikael telefoniert. Wo zum Teufel bist du gewesen?«

Sie schielte zu ihrer Sig Sauer auf der Sargkante, aber sie konnte nicht danach greifen, ohne die Uhr loszulassen.

»Ich bin zum Kungsträdgården gefahren, weil eines der Mobiltelefone, mit denen Hamza Mansour in Kontakt stand, heute Morgen dort ausgeschaltet worden ist. Ich habe es einfach nicht länger ausgehalten, im Präsidium rumzusitzen und Däumchen zu drehen. Ich wollte irgendwas finden, egal was. Dann habe ich die Explosion am Kai gehört und bin hierher. Was hast du denn gedacht?«

Das klang logisch. Samer war auf ihrer Seite.

»Ich weiß nicht mehr, was ich denken soll«, wisperte sie.

Samer warf ihr einen langen Blick zu und nahm sein Telefon aus der Gesäßtasche. Er rief eine Nummer auf.

»Wir brauchen ein Team zur Sprengstoffentschärfung für die Nikolaikirche. Jetzt. Alles andere ist zweitrangig.«

»Wir müssen außerdem Kollegen zu Cederdahls Bestattungsinstitut in der Hantverkargatan schicken«, sagte Vanessa, als er aufgelegt hatte.

»Warum?«

»Bei Cederdahls ist das da installiert worden«, sagte sie und wies mit dem Kinn zu den Thermoskannen, die aus Mohedens Bauch ragten.

Samer tätigte einen weiteren Anruf und wandte sich dann an Vanessa.

»Kann ich was tun? Kann ich dir irgendwie helfen?«

Sie schüttelte den Kopf.

»Ach doch, trockne mir bitte mal kurz meine Stirn. Der Schweiß tropft mir in die Augen ...«

Samer sah sich nach etwas Brauchbarem um, zog seine Jacke aus, trat näher und tupfte ihr mit dem Ärmel die Stirn ab.

»Besser?«

»Ja, danke.«

Vanessa rang sich ein Lächeln ab. Samer schielte auf die Uhr in ihren Händen.

»Verdammt noch mal«, sagte er und ließ sich auf den Steinboden sinken, lehnte sich an die Stützen, auf denen der Sarg ruhte, und blickte auf die leeren Bankreihen. Er seufzte schwer.

»Samer?«

»Ja?«

»Du musst nicht bleiben. Wenn etwas passiert, ist es besser, wenn nur einer von uns …«

»Das ist nett von dir.«

»Nur einfache Mathematik.«

»Was würdest du tun, wenn ich dort stehen würde, wo du jetzt stehst?«

Vanessa schwieg.

»Du würdest bleiben und mit mir warten. Oder nicht?«

—

Die Tür des Bestattungsinstituts ging auf. Molly hoffte, dass es Nicolas sein würde, der heraustrat, aber stattdessen war es Thomas, der sich wachsam umsah. Er hatte zwei Maschinenpistolen bei sich, und Molly spürte, wie sich ihr der Magen umdrehte.

Thomas schloss mit dem Funkschlüssel ein rotes Auto auf, das rund fünfzig Meter entfernt parkte. Molly ließ den Motor von Axels Auto an und rollte vom Gehsteig auf die Straße. Sie beobachtete, wie Thomas den Wagen umrundete, um zum Fahrersitz zu gelangen.

Dreißig Meter.

Molly klappte die Sonnenblende herunter, um ihr Gesicht zu verbergen, und erhöhte das Tempo, blieb aber auf der rechten Straßenseite, um keine Aufmerksamkeit zu erregen.

Zwanzig Meter.

Thomas öffnete die Fahrertür, beugte sich vor und warf die Waffen auf den Beifahrersitz.

Molly beschleunigte. Der Tacho zeigte sechzig Stundenkilometer, als sie das Lenkrad nach links riss und die Mittellinie überquerte. Thomas fuhr herum und schrie. Seine Augen waren vor Schreck weit aufgerissen, als sie ihn rammte.

Er wurde zwischen ihrer Motorhaube und dem roten Auto eingeklemmt und blieb vor der Windschutzscheibe liegen. Seine Arme bewegten sich noch. Sie zog die Handbremse, stürzte aus dem Auto und rannte in Richtung Bestattungsinstitut.

—

»Was sagen Sie?«

Vanessa schaute Samer erwartungsvoll an, der das Telefon ans Ohr gedrückt hielt.

»Drei Tote, ein Schwerverletzter. Zwei der Toten sind bereits identifiziert. Der eine ist Hamza Mansour, der andere der Bestattungsunternehmer Jacob Cederdahl.«

Vanessa atmete tief durch und konzentrierte sich darauf, die Knöpfe der Uhr gedrückt zu halten.

Was, wenn Nicolas das dritte Opfer war? Die einzige Möglichkeit, das herauszufinden, war, am Leben zu bleiben.

An der Kirchentür wurden Schritte und Rufe laut. Samer reckte den Hals.

»Sie sind jetzt hier«, sagte er.

Vanessa drehte ihren Kopf so weit, wie sie konnte. Drei dunkel gekleidete Männer kamen auf sie zu.

Sie stellten sich an den Sarg, beugten sich vor und studierten den Sprengsatz.

»Alles in Ordnung?«

Vanessa schnitt eine Grimasse. Nickte mit zusammengepressten Lippen.

»Wie lange brauchen Sie?«, fragte sie tonlos. »Samer, trockne mir bitte noch mal die Stirn.«

Samer tat wie geheißen.

»Das ist unmöglich zu sagen«, sagte der Mann. »Ich hoffe, nur ein paar Minuten.« Hinter ihm öffneten die beiden anderen ihre Taschen.

Einer von ihnen richtete eine Taschenlampe auf die beiden Kabel zwischen Thermoskannen und Casio-Uhr.

Sie unterhielten sich leise, deuteten und überlegten. Nach einer Minute hatten sie offenbar einen Entschluss gefasst. Sie beugten sich wieder über ihre Taschen und nahmen Werkzeuge heraus.

Samer lächelte Vanessa beruhigend an.

»Alles gut«, sagte er und trat ein paar Schritte zurück, um den Experten Platz zu machen. Er stellte sich hinter Vanessa und legte ihr eine Hand auf den Rücken.

Die beiden Männer bezogen links und rechts von Vanessa Position, und sie sah zwischen den beiden hin und her. Ihr Mund war trocken, sie fuhr sich mit der Zunge über die Backentaschen, um den Speichelfluss anzuregen.

Die Männer beugten sich über den Toten. Einer von ihnen bog die Kabel auseinander, während der andere einen Seitenschneider zur Hand nahm. Schweiß perlte auf ihren angespannten Gesichtern, sie arbeiteten fokussiert und effizient.

»Bereit?«

»Ja, gleich«, krächzte Vanessa.

Sie schloss die Augen und holte Luft.

»Okay, jetzt.«

Sie hörte ein Klicken und machte die Augen wieder auf.

Alle starrten erwartungsvoll auf den Sprengsatz.

»Sie können mir die Uhr jetzt geben«, sagte der Mann mit der Zange und hielt ihr die Hand hin.

Vanessa atmete erleichtert aus. Reichte ihm mit verkrampften Fingern die Casio, legte den Kopf in den Nacken und blickte in das Gewölbe hinauf. Sie musste laut auflachen, dann fiel sie dem überraschten und verschwitzten Sprengmeister um den Hals.

VIERZEHN

Das Licht im Krankenzimmer war gedimmt. Die Maschinen, die Nicolas am Leben hielten, piepten und brummten. Er hatte die Augen geschlossen, aber sein Herz schlug und zeichnete digitale Kurven auf einen schwarzen Bildschirm.

Vanessa beugte sich vor und legte ihre Wange an seine Hand.

In den letzten beiden Tagen hatte sie kaum ein Auge zugetan, im Sessel an Nicolas' Bett. Sie erhob sich und blickte aus dem Fenster auf den trostlosen Parkplatz hinunter.

Wie spät mochte es sein? Sicher schon Abend, nahm sie an. Aber es war noch nicht Nacht, so spät konnte es noch nicht sein. Es klopfte an der Tür, und Mikael Kask steckte seinen Kopf herein. Er warf einen Blick auf den leeren Sessel, ehe er Vanessa am Fenster entdeckte.

Sie traten auf den Korridor. Mikael deutete auf eine Sitzgruppe ein Stück weiter vorn, vor der ein leise gestellter Fernseher lief. Sie ließen sich nebeneinander auf das Sofa sinken.

»Wie geht es ihm?«, fragte Mikael besorgt.

Vanessa wiederholte mechanisch, was die Ärzte gesagt hatten, den Blick auf die Nachrichtensendung und die Bilder des Terroranschlags geheftet. Gebannt verfolgte sie zum x-ten Mal, wie die zugedeckten Todesopfer vom Kai unterhalb der Nikolaikirche abtransportiert wurden.

»Und sie wissen nicht, ob er es schafft?«

»Nein.«

Mikael nahm eine alte Zeitung vom Couchtisch, wahrscheinlich suchte er die Fernbedienung, um den Fernseher auszuschalten. Er gab auf, griff stattdessen in seine Jackentasche und hielt die schwarze Casio-Uhr hoch.

»Für dich, von den Sprengmeistern. Sie wollten, dass du sie bekommst.«

Vanessa musste schmunzeln und wog die Uhr in der Hand. Sie war erstaunlich leicht.

»Am besten, ich lerne demnächst mal, wie die funktioniert.«

Ein Arzt ging vorbei und nickte ihnen zu. Vanessa schob die Uhr in die Tasche ihrer Jeans und machte Anstalten, ins Krankenzimmer zurückzukehren.

»Da ist noch etwas. Natasja. Es ist uns gelungen, mithilfe der Prepaid-Handys der Terroristen zu rekonstruieren, was in der Mordnacht mit ihr geschehen ist.«

Vanessa ließ sich wieder auf die Couch zurücksinken.

»Die Personen vor Ort, das waren Farid und Sabina. Sabina hatte sich mit Natasja in Gärdet verabredet, und ihrer Kommunikation über Messenger zufolge hatte sie versprochen, ihr dabei zu helfen, unterzutauchen. Natasja wollte aussteigen. Aber Sabina hat auf sie eingestochen. Rikard Olsson ist in diesem Moment von seiner Joggingrunde zurückgekommen, unfreiwillig Zeuge der Messerattacke geworden und nahm die Verfolgung auf, als Sabina die Flucht ergriff. Ihm wurde in der Taptogatan in den Rücken geschossen, wahrscheinlich hatte er sie fast eingeholt.«

»Von Farid Alami?«

»Genau.«

Als Vanessa ins Zimmer zurückkehrte, nachdem sie sich unten in der Caféteria einen Kaffee gekauft hatte, saß ein Mann mit blonden Haaren an Nicolas' Bett. Er sah sie erstaunt an. Nach einem Augenblick der Verwirrung erkannte sie, wer es war.

»Axel?«

»I-ich wollte nur kurz schauen, wie es ihm geht. Ich bin gleich wieder weg.«

»Bleiben Sie doch bitte sitzen.«

Vanessa zog den zweiten Besucherstuhl neben den von Axel.

»Er mag Sie«, sagte sie und ließ sich darauf fallen. »Nicolas ist ziemlich schwer zu beeindrucken, aber er mag Sie. Das war sonnenklar, als er von Ihnen erzählt hat.«

Obwohl Axel seinen Blick senkte und auf den Boden heftete, konnte ihr nicht entgehen, dass die Worte ihn freuten.

Vanessa beugte sich vor und zupfte die Bettdecke zurecht, damit Nicolas nicht fror.

»Ich möchte mich bei Ihnen bedanken. Ohne Sie hätten wir die Bombenexplosion in der Nikolaikirche nicht verhindern können. Sie sind mutig. Sollten Sie jemals in Erwägung ziehen, den Arbeitgeber zu wechseln – bei der Polizei können wir jemanden wie Sie sehr gut gebrauchen.«

Axels Reaktion zeigte Vanessa, dass er es nicht gewohnt war, als mutig bezeichnet zu werden. Seine Lippen bewegten sich, er wollte etwas sagen, doch er brachte kein Wort heraus. Stattdessen nickte er abrupt und wischte sich eine Träne aus dem Augenwinkel. Vanessa erlöste ihn von seiner Verlegenheit, indem sie ihm ihre Hand hinhielt. Axel ergriff sie.

Sie saßen eine Weile schweigend nebeneinander, bevor er langsam aufstand, zum Abschied die Hand hob und aus dem Zimmer stapfte.

Vanessa beugte sich wieder über Nicolas. Streichelte seine Wange und fuhr mit den Fingern durch sein kurz geschnittenes Haar.

»Ich komme schon klar«, flüsterte sie. »Das muss ich schließlich auch, denn jetzt geht es nicht mehr nur um mich. Celine wartet zu Hause. Und ich liebe dieses Mädchen, ich möchte sehen, wie sie aufwächst, die Schule fertig macht und in die Welt hinausgeht. Diese Erde braucht Menschen wie sie. Und dich. Ich möchte, dass du lebst, Nicolas. Hast du mich verstanden? Du musst leben. Sonst wird mir immer ein Stückchen von mir selbst fehlen.«

EPILOG

In den Wochen nach dem Anschlag trauerte Schweden um die Menschen, die mit ihrem Leben bezahlen mussten, während von der Säpo immer neue Details über die Pläne der Terrorzelle durchsickerten und von den Zeitungen in Druckerschwärze verwandelt und veröffentlicht wurden.

Rasch wurde klar, dass eine weitaus größere Katastrophe in letzter Sekunde abgewendet worden war.

Bei der Selbstmordattentäterin, die sich am Kai unterhalb des Schlosses in die Luft gesprengt hatte, damit die Trauergäste in der Nikolaikirche verbarrikadiert und von der Bombe im Sarg des Justizministers Moheden getötet werden würden, handelte es sich um Sabina, oder Fadila Khalili, wie sie in Wirklichkeit hieß.

Fünf Menschen verloren ihr Leben, neunzehn weitere wurden verletzt.

In dem roten Nissan Note in der Hantverkargatan, der von den Terroristen Hamza Mansour und Thomas – dessen richtiger Name Wasim Sayyad lautete – benutzt worden war, wurden zwei Kalaschnikows, Sprengstoff sowie ein abgegriffener Stadtplan der Altstadt gefunden.

Die Ermittler kamen zu dem Schluss, dass sie das durch die Anschläge entstandene Chaos nutzen wollten, um so viele Zivilisten wie möglich zu töten.

In der Villa des Bestatters Jacob Cederdahl in Enskede wurde die Familie gefesselt und verängstigt, aber unverletzt aufgefunden. Wasim Sayyad, Fadila Khalili und Hamza Mansour hatten sich gegen fünf Uhr morgens gewaltsam Zutritt zum Haus verschafft und seine Ehefrau sowie seine drei Kinder als Geiseln genommen. Dann waren die beiden Männer mit Jacob Cederdahl in seine Geschäftsräume in der Hantverkargatan gefahren und hatten ihn gezwungen, die Bombe in dem Rumpf des toten Justizministers zu verstecken, bevor der Sarg zur Nikolaikirche gebracht worden war.

Die Identität der Polizeibeamten und Zivilisten, die mit vereinten Kräften ein noch größeres Massaker verhindert hatten, blieb für die Öffentlichkeit anonym.

DANK Vor allem möchte ich meiner geliebten Linnea danken, die mich und unser bewegtes Leben aushält. Deine Ideen und Unterstützung sind von unschätzbarem Wert. Ich liebe dich.

Besonderer Dank gilt meiner jüngeren Schwester Manuela, deren Kreativität und Kompetenzen in puncto Problemlösung mich – wie immer – vor so mancher dramaturgischen Falle bewahrt hat.

Ferner danke ich meiner Familie, die mich stets unterstützt. Danke, Oma und Opa Bengt für alles, was ihr für mich getan habt.

Dank auch an Claes Ericson, Ebba Barrett Bandh und die anderen bei Bookmark, die alles dafür geben, dass meine Bücher so gut werden wie möglich. Und an Petra König-Kämpe für ihren Rotstift und ihre klugen Vorschläge, die Geschichte besser zu machen. Vielen Dank an Joakim Hansson und die gesamte Nordin Agentur für ihren unermüdlichen Einsatz. Ich danke Simon Strand – einem der weisesten Menschen, die ich kenne –, der einen interessanten und auch beruhigenden Einfluss auf meine Arbeitsweise hatte. Vielen Dank an X, die für Molly Berg Modell stand und ihre Geschichte und ihre Gedanken über die Welt, in der sie arbeitet, großzügig mit mir geteilt hat. Ich möchte auch dem Terrorismusforscher Magnus Ranstorp danken, dass er sich Zeit genommen hat, mit mir über islamistischen Terrorismus zu sprechen. Außerdem möchte ich den Polizeibeamten Therese, Ewa-Marie und Hasse Norlén danken, die das Manuskript sorgfältig durchgegangen sind und mich im Zaum gehalten haben, wenn ich von der Polizeiarbeit in die Fiktion abgeschweift bin.

Vielen Dank: Sean Canning, Camilla Läckberg, Alice Stenberg, Johannes Selåker, Helena Jensen, Fredrik Feldt, Fredrik Moberg, Matilda Brinkeborn und Karin Sydholm für die Lektüre und für eure

Anmerkungen, Kritik, Lob und Liebe. Und vielen Dank an Leonid Androsov, der sein Wissen, wie man in Rechner, WLAN-Netzwerke und Drucker eindringt, geduldig mit mir geteilt hast. Mathias Emanuel, vielen Dank für deine detaillierten Einblicke in die Arbeit eines Personenschützers. Dank auch an Martina Nilsson, strategische Koordinatorin für Forensik bei der Polizei Stockholm.

Ich möchte mich ferner bei Ann-Marie Skarp bedanken, die mich zum Autor gemacht hat.

Abschließend möchte ich allen Lesern danken, die mich täglich kontaktieren und mir von ihrer Sympathie für Vanessa Frank berichten. Ich danke Euch von ganzem Herzen.